매들린의 기도

매들린의 기도

줄리 가우드 · 장은영 옮김

현대문화센타

1

「형제 여러분, 여러분은 무엇이든지 참된 것과 고상한 것과 옳은 것과 순결한 것과 사랑스러운 것과 덕스럽고 칭찬할 만한 것들을 마음속에 품으십시오.」

신약성서 中, 필립비 전서 4장 8절

1099년, 영국

그들은 그를 죽일 작정이었다.

황량한 뜰 한복판엔 전사가 말뚝에 묶여 있었다. 양손은 등뒤로 돌려져서 결박당한 상태였다. 정면을 응시하는 남자의 얼굴엔 아무런 감정도 담겨 있지 않았다. 그는 노골적으로 자신의 적을 무시하고 있었다.

포로는 웃옷을 빼앗겨서 상반신은 벗은 상태였다. 하지만 그 와중에도 별다른 저항을 안 했고 주먹다짐은커녕, 반항하는 말 한마디 없었다. 그들은 가죽으로 안감을 댄 두툼한 겨울용 외투, 사슬 갑옷, 면 셔츠, 양말 그리고 가죽 부츠까지 벗겨냈다. 적의 의도는 뻔했다. 칼에 피 한 방울 묻히지 않고 포로를 동사시키려는 것이다. 모두 피에 굶주린 흡혈귀처럼 포로의 일거수 일투족을 지켜보고 있었다. 혹한으로 인해 서서히 죽어가는 포로의 눈에 바로 앞에 쌓인 옷들이 보이지 않을 리가 없다.

병사 열둘이 그를 에워싸고 있었다. 각자 손에 든 단검을 믿고 포로 주위를 빙빙 돌면서, 갖은 욕설과 비웃음 그리고 모욕적인 말을 퍼붓고 있었다. 하지만 개중 한 사람만 제외하고 다들 포로한테서 멀찍이 떨어진 위치에 있었다. 지금까지는 고분고분하게 굴었다지만, 혹여 마음을 달리 먹고 공격을 감행할 가능성이 없지 않았다. 다들 포로가 헤라클레스 못지않은 장사라는 소문을 의식하고 있었다. 더구나 포로의 초인적인 전투능력을 전장에서 직접 눈으로 확인한 자들도 있었다. 그리고 포로가 밧줄을 끊기라도 한다면 큰일이었다. 단검을 써보기도 전에 최소한 서너 명은 포로의 손에 죽을 공산이 컸다.

그 유명한 '늑대'를 붙잡다니, 지휘관은 이게 웬 떡이냐 싶었다. 포로는 실수를 해도 너무 무모한 실수를 저지르고 말았다. 웩스턴 영지의 남작, 던컨은 말 그대로 홀홀 단신 적의 요새로 들어왔다. 더구나 무기 하나 소지하지 않은 채였다. 로던이 휴전협정을 지키리라고 믿다니, 남작은 미련하기 짝이 없는 인사였다.

자기 명성을 너무 과신한 탓이겠지. 지휘관이 속으로 생각했다. 자기가 정말 천하무적이라고 생각하는 건가? 원래 유명한 전장에 관한 이야기 치고 과장되지 않은 이야기가 없는 법. 저렇게 아무렇지 않은 척하는 것도 착각에 빠졌다는 증거가 아니겠어?

하지만 지휘관은 불안감을 지울 수가 없었다. 포로의 자존심을 짓밟고, 포로의 지위를 나타내주는 문장마저 갈기갈기 찢어버렸다. 로던 남작은 포로가 수치심을 느끼면서 죽기를 바랐다. 하지만 남작의 그런 마음을 비웃기라도 하듯이 반쯤 벌거벗은 포로는 너무나 당당하게 서 있었다. 포로는 살려달라고 애걸하지도 않았을 뿐더러 도무지 죽어가는 사람처럼 보이지가 않았다. 보통 사람이라면 추위서 새파랗게 질렸을 법한데 포로의 몸엔 소름이 돋아난 흔적조차 없었다. 구릿빛으로 그을린 몸은 추운 날씨에 단련됐는지 강인하게만 보였다. 젠장. 어떻게 된 인간이 떨지도 않는 거냐. 지휘관이 속으로 욕지기를 내뱉었다. 귀족의 품위를 깡그리 짓밟으려고 옷을 벗겼더니, 거칠고 두려울 것 없는 전사가 모습을 드러냈다. 포로에 관해서 세간에 떠도는 과장 섞인 이야기가 사실처럼 느껴졌다. 그들의 눈에도 포로는 한 마리 '늑대'처럼 보였다.

포로를 조롱하던 병사들도 어느새 입을 다물었다. 뜰에서는 바람 소리만 거세게 들려왔다. 지휘관은 병사들에게 눈길을 돌렸다. 다들 고개를 숙이고 땅만 내려다보고 있었다. 전사의 눈길과 마주칠까봐 잔뜩 겁을 먹은 모양이었다. 지휘관은 그런 병사들을 탓할 맘이 없었다. 자신도 병사들과 같은 심정이었던 것이다.

병사들 중에서 키가 제일 큰 병사조차 웩스턴의 남작, 던컨보다 머리 하나는 작았다. 남작은 체격조건도 월등히 좋았다. 단단한 어깨와 허벅지, 길고 탄탄해 보이는 다리. 포로는 느긋하게 양쪽 다리를 벌리고 서 있었다. 그 모습을 보고 있자니 포로가 맘만 먹으면 이 정도 병사들을 죽이는 것쯤은 아무 문제도 안 된다는 생각이 절로 들었다.

어느덧 주위는 어둑어둑 해지고 눈가루마저 날리고 있었다. 병사들이 때를 맞춰서 불평하기 시작했다.

「이러다가 애꿎은 우리들까지 얼어죽는 거 아니야?」

「저놈이 죽으려면 아직 멀었어. 남작 님도 안 계신데 들어가 있으면 안 되나.」

다른 병사들도 격렬하게 고개를 끄덕이면서 찬성하는 것을 보고 지휘관은 신음 소리를 냈다. 그 역시 살을 에는 듯한 추위 때문에 짜증이 났으며 시간이 갈수록 점점 더 불안해지기 시작했다. 지금쯤이면 웩스턴 남작이 쓰러져서 비명 소리를 내질러야 할 상황이 아닌가. 남작의 오만한 태도를 보고 있자니 울화가 솟구쳤다. 남작은 지루해서 못 견디겠다는 표정을 짓고 있었다. 지휘관은 마지못해서 남작을 과소 평가 했다는 사실을 인정했다. 정말이지 화가 치미는 일이었다. 자신은 두꺼운 부츠

를 신고도 발이 시려 죽을 지경인데, 남작은 맨발로 서 있으면서도 옴짝
달싹도 안 했다. 어쩌면 남작에 관한 소문은 사실일지도 모른다.

　지휘관은 미신을 쉽게 믿어버리는 자신의 성격이 저주스러웠다. 그는
마음속으로 자신에게 욕설을 퍼붓고 나서 부하들에게 해산하라고 명령
을 내렸다. 병사들이 모두 떠나자, 지휘관은 밧줄이 튼튼한지 점검해본
뒤 포로 앞에 섰다.

　「다들 네가 늑대처럼 교활하다고 하더군. 하지만 지금 네 꼬락서니
를 보고 있자니 네놈도 별 수 없이 인간이란 생각이 절로 드는 걸. 날이
밝으면 네놈의 얼어붙은 몸뚱이를 여기서 멀리 떨어진 곳에 버릴 게야.
그렇게 되면 영주님이 한 짓이라는 걸 아무도 모를 테지.」

　지휘관이 비웃듯이 말했다. 하지만 포로는 그를 쳐다보려고 하지도
않았다. 화가 치민 지휘관이 덧붙였다.

　「맘 같아서는 네 놈 심장을 도려내고 싶을 뿐이다.」

　포로가 별다른 반응을 보이지 않자 지휘관은 급기야 그의 얼굴에 침
을 뱉었다.

　그제야 포로는 천천히 시선을 아래로 내렸다. 두 사람의 눈동자가 마
주쳤다. 포로의 눈빛을 본 지휘관은 침을 꿀꺽 삼켰다. 그는 몸을 획 돌
리고 떨리는 손으로 성호를 그었다. 지휘관은 포로의 회색 눈동자에서
철저히 보복하겠다는 의지를 읽었던 것이다. 그는 성안으로 피신하려고
달음박질쳤다.

　한편 매들린은 벽에 드리워진 그림자에 몸을 숨기고 있었다. 병사들
이 돌아올지도 모르는 상황이라 몇 분 더 기다릴 필요가 있었다. 그 짧
은 시간 동안 매들린은 용기를 낼 수 있게 도와달라고 신에게 기도했다.

　그녀는 필요하면 목숨까지 버릴 각오가 되어 있었다. 남작을 구할 수
있는 사람은 자신 밖에 없질 않은가. 매들린도 발각되면 끝이라는 사실
을 너무나 잘 알고 있었다. 남작뿐 아니라 자신까지 목숨을 내놔야 할
처지가 되리라.

　매들린은 긴장한 나머지 손을 덜덜 떨면서도 재빨리 움직였다. 기왕

마음먹은 일, 빨리 해치워야 마음이 편해질 것 같았다.

긴 검은 망토를 뒤집어쓴 매들린이 남작 앞에 섰다. 바람이 휙 하고 불면서 모자가 벗겨지고 다갈색의 머리카락이 주르륵 흘러내렸다. 매들린은 머리카락을 쓸어 넘기고 남작을 올려다봤다.

일순 던컨은 환상이라고 생각한 나머지 고개를 세차게 흔들었다. 하지만 곧이어 여자의 입에서 흘러나온 말소리가 환상이 아님을 말해주고 있었다.

「금새 풀어드릴게요. 여기서 멀리 떨어지기 전까진 아무 소리도 내시면 안 돼요.」

순간 던컨은 자신의 귀를 의심했다. 이렇게 일이 묘하게 꼬이다니, 당장이라도 웃음이 터져 나올 것 같았다. 이젠 연극을 끝낼까 생각해봤지만 호기심이 동했다. 던컨은 여자의 속셈이 뭔지 확실히 알 때까지 조금만 더 참기로 했다.

던컨은 아무 말 없이 매들린이 단검을 꺼내는 모습을 지켜봤다. 그녀는 던컨에게 다가오더니 두꺼운 밧줄을 끊기 시작했다. 매들린의 떨리는 손이 던컨의 눈에도 들어왔다. 추위 때문인지 두려움 때문인지 알 수는 없었지만.

은은한 장미향기가 코를 자극했다. 날씨가 너무 추우니까 멀쩡하던 정신도 이상해지는 모양이군. 던컨은 마음속으로 그렇게 단정지었다. 한겨울에 장미, 그리고 이 지옥 같은 요새 안에서 천사라니…… 말도 안 되지. 하지만 매들린에겐 봄날의 꽃향기가 났고 천상에서 내려온 환영처럼 보였다.

그는 고개를 다시 흔들었다. 이성적으로 생각하자. 던컨도 눈앞의 여자가 누군지 알고 있었다. 매들린의 겉모습은 전에 보고 받은 내용과 일치했다. 그러면서도 중요한 부분에선 사실과 어긋났다. 보통 체격, 갈색 머리, 초록색 눈동자, 예쁘장한 용모. 자신의 기억이 맞는 한 대강 그런 얘기였다. 내가 들은 정보가 완전히 엉터리였군. 던컨이 속으로 생각했다. 로던의 여동생이 예쁘장하다니, 말도 안 됐다. 숨이 막힐 정도로 매력적이라고 한다면 또 모를까.

밧줄이 겨우 풀렸다. 던컨도 이젠 손을 자유롭게 쓸 수 있었다. 그는 무표정한 얼굴로 가만히 서서 매들린을 지켜봤다. 그녀는 수줍게 미소를 한번 짓더니 무릎을 꿇고 던컨의 소지품을 집어들었다.

매들린은 몸을 일으키려다가 비틀거렸다. 불안하니까 몸이 마음대로 움직여주질 않았다. 그녀는 몸을 추스르고 던컨에게 말했다.

「절 따라오세요.」

던컨은 꼼짝도 안 하고 가만히 서 있었다. 매들린은 왜 저러나 싶어 조바심이 났다. 아무래도 추위 때문에 사고기능이 마비가 된 것 같았다. 그녀는 한쪽 팔만 써서 던컨의 옷가지들을 가슴팍에 끌어안았다. 부츠는 손끝에 대롱대롱 매달린 채였다. 매들린은 나머지 팔로 던컨의 허리를 감쌌다.

「저한테 기대세요. 시간이 없으니까 빨리 서둘러야 돼요.」

성문을 보면서 매들린이 다급하게 중얼거렸다.

던컨은 '걱정할 필요가 없다. 지금 자신의 병사들이 성벽을 기어오르고 있다'는 말을 하려다가 그만두었다. 매들린이 아무것도 모르면 모를수록 자신에겐 유리했다.

매들린은 자신보다 몸집이 월등히 큰 던컨을 부축하려고 안간힘을 썼다. 매들린의 머리가 간신히 던컨의 어깨까지 닿을 정도였으니까, 두 사람의 체격 차는 대단했다. 그런데도 매들린은 던컨의 몸무게가 조금이나마 자신에게 실릴 수 있도록 애썼다.

「성당 뒤에 있는 신부님의 처소에 들러야 돼요. 다들 거긴 찾을 생각도 안 할 테니까요.」

매들린이 부드럽게 말했다.

던컨의 시선이 북쪽 성벽 꼭대기에 꽂혔다. 달빛을 받아 소복하게 쌓인 눈이 기묘한 빛을 냈다. 성벽을 타넘는 병사들의 모습이 윤곽을 드러냈다.

던컨은 만족스럽게 고개를 끄덕였다. 로던의 병사들은 역시 자기 주인을 닮아서 어둔하기 짝이 없었다. 날씨가 춥다고 해서 문지기마저 성 안에 들어간 지금, 로던의 요새는 완전히 노출된 상태였다.

그는 매들린의 발걸음을 늦추려고 좀더 힘을 주고 몸을 기댔다. 그리고 계속 손을 오므렸다 폈다 하면서 감각을 되찾으려고 애썼다. 하지만 발엔 별 감각이 느껴지지 않았다. 좋지 않은 신호였지만 지금으로선 어떻게 해볼 도리가 없었다.

어디선가 희미하게 휘파람 소리가 들렸다. 던컨은 재빨리 손을 쳐들고 부하들에게 대기하라는 신호를 보냈다. 혹시 무슨 눈치를 챘나 싶어서 매들린의 안색을 살폈다. 하지만 매들린은 던컨을 부축하느라 다른 데 신경 쓸 여력이 없는 듯했다.

좁은 문 하나가 모습을 드러냈다. 매들린은 한 손으로 던컨을 벽에 기대게 하면서 문을 따려고 애썼다. 던컨은 벽에 기대고 서서 매들린이 얼음처럼 차가운 사슬을 풀려고 애쓰는 모습을 지켜봤다.

문이 열리자, 매들린은 던컨의 손을 붙들고 안으로 잡아끌었다. 한참 복도를 걸어갔더니 문이 또 하나 보였다. 순간 지독한 냉기가 획 하고 두 사람을 감쌌다. 매들린은 재빨리 문을 열고 던컨에게 들어가라고 손짓을 했다.

유리창 하나 없는 방안엔 대여섯 개의 촛대에서 타오르는 촛불이 따스한 빛을 던져주고 있었다. 하지만 마룻바닥엔 먼지가 자욱하고 천장엔 거미줄이 잔뜩 쳐져 있었다. 공기도 텁텁했다. 벽에는 성직자들이 입는 색색가지 제의(祭衣)들이, 중앙에는 짚으로 대강 만든 잠자리가 있었다. 그리고 바로 옆에는 두터운 담요 두 장이 얌전하게 개켜 있었다.

매들린은 문을 잠그고 안도의 한숨을 내쉬었다. 그녀는 던컨에게 짚더미 위에 앉으라고 신호를 했다.

「병사들이 남작 님한테 하는 짓을 보고 안 되겠다 싶어서 몸을 숨길 만한 장소를 찾아봤어요.」

매들린이 던컨에게 옷가지를 건네주면서 말했다.

「제 이름은 매들린이고…… 전…….」

매들린은 자신이 로던의 여동생이라고 솔직히 털어놓으려다가 말았다.

「날이 밝는 대로 성밖으로 빠져나가는 길을 알려드릴게요. 로던도 모르는 비밀통로니까 걱정 안 하셔도 돼요.」

남작은 짚으로 만든 침상 위에 앉아서 셔츠를 입었다. 그는 매들린이 '자신의 진짜 계획'을 알게 되면 어떻게 반응할지 궁금했다. 매들린의 출현으로 인해 상황은 복잡하게 전개되고 있었지만 그렇다고 계획을 바꿀 수는 없었다.

던컨의 쇠사슬 갑옷이 그의 단단한 가슴을 감쌌다. 매들린은 담요를 던컨의 어깨에 덮어씌우고 그 앞에 무릎을 꿇었다. 그녀는 던컨에게 발을 뻗으라고 손짓을 했다. 매들린은 걱정스러운 얼굴로 던컨의 발을 꼼꼼히 살펴봤다. 던컨이 부츠를 신으려고 했을 때 그녀가 말렸다.

「발을 먼저 따뜻하게 만들어야 해요.」

매들린은 발에 감각을 되찾아줄 방법을 생각하면서 심호흡을 했다. 그녀는 고개를 숙이고 던컨의 시선을 피했다.

그녀는 나머지 담요를 집어들고 던컨의 발에 덮었다. 하지만 이내 고개를 내젓더니 담요를 허벅지 위에 덮어줬다. 그러고 나서 망토를 벗고 천천히 크림색 속옷을 무릎 위까지 걷어올렸다. 그 와중에 가죽을 꼬아 만든 허리띠와 단검 집이 가운에 걸려서 걸리적거렸다. 하는 수 없이 매들린은 천천히 가운을 벗고 던컨 옆에 내려놓았다.

그는 매들린의 기묘한 행동에 호기심이 들었다. 매들린은 아무 말 없이 심호흡을 하더니 던컨의 두 발을 붙들었다. 그리고는 망설일 짬도 없이 발을 속옷 밑에 집어넣고 자신의 따뜻한 배에 닿게 했다.

얼음처럼 차가운 던컨의 피부가 닿자 매들린은 비명을 질렀다. 그래도 그녀는 옷을 고쳐 입고 양팔로 던컨의 다리를 꼬옥 감싸안았다. 매들린의 어깨가 덜덜덜 떨리고 있었다. 던컨은 자신의 몸에서 한기가 모두 빠져나와 매들린의 몸에 흡수되는 느낌이 들었다.

던컨은 지금까지 살아오면서 이렇게까지 남을 위해 자신을 희생하는 모습은 본 적이 없었다.

이내 던컨의 발에 감각이 돌아오기 시작했다. 수천 개의 바늘이 동시에 발바닥을 콕콕 쑤시는 느낌이었다. 던컨은 발이 너무 화끈거려서 저도 모르게 몸을 뒤척거렸다. 하지만 매들린은 던컨이 움직이지 못하게 그의 다리를 힘껏 끌어안았다.

「통증이 있다는 건 좋은 신호예요. 천만다행인줄 아세요. 」

매들린이 쉰 목소리로 속삭였다.

던컨은 매들린의 목소리에 비난이 섞인 것을 깨닫고 한쪽 눈썹을 치켜 올렸다. 매들린은 던컨의 얼굴을 올려다보고 재빨리 말문을 열었다.

「조금만 조심하셨으면 이런 일은 없었겠지요. 다음 번에 또 이런 일이 생기면 그땐 저도 도와드릴 재간이 없어요.」

매들린은 던컨에게 미소를 지으려고 애썼다.

「남작 님은 로던이 명예를 아는 사람이라고 생각하셨나요? 아뇨. 로던은 명예의 명자도 모른답니다. 한해라도 더 살고 싶으시면 그 사실을 마음에 꼭 새겨두세요.」

매들린은 고개를 숙이고 생각에 잠겼다. 자신은 오라버니의 적을 풀어준 대가를 어떻게든 치러야만 했다. 아마 오래지 않아 로던이 매들린이 던컨을 풀어줬다는 사실을 알아내리라. 그나마 로던이 요새를 떠나서 다행이었다. 생각지도 않게 도망칠 수 있는 시간을 번 셈이었다.

하지만 무엇보다 남작을 무사히 탈출시켜야 했다. 그러고 나서 자신의 대담한 행동이 어떤 결과를 낳게 될지 걱정해도 늦지 않았다. 매들린은 지금은 쓸데없이 걱정하지 않기로 마음먹었다.

「벌써 엎질러진 물이야.」

매들린이 자포자기한 목소리로 중얼거렸다.

남작은 아무 대꾸도 하지 않았다. 침묵이 점점 더 무겁게 매들린의 어깨를 짓눌렀다. 그녀는 남작이 한마디라도 해줬으면 하고 바랐다. 그도 그럴 것이 남작의 발이 매들린의 배에 파묻혀 있었고 더구나 남작이 발가락을 조금만 움직이면 가슴 언저리를 발로 쓰다듬게 되는 상황이 벌어질 판이었다. 그런 생각을 했더니 얼굴이 화끈 달아올랐다. 그녀는 간신히 용기를 내서 던컨의 안색을 살폈다.

그때까지 던컨은 매들린이 고개를 들기만을 기다리고 있었다. 던컨의 눈이 매들린의 눈길을 붙들었다. 매들린의 눈동자 색은 맑게 개인 하늘처럼 푸르렀다. 그리고 오라비인 로던과는 닮은 점이 없었다. 매들린의 순수해 보이는 눈동자에 빨려 들어갈 것만 같았다. 던컨은 마음속으로 '겉모습'은 중요한 게 아니라고 되새겼다. 이 여자는 로던의 누이동생일 뿐이야. 그 이상도 그 이하도 아니지. 악마를 붙잡기 위해 써야 할 미끼일 뿐이라고.

매들린은 던컨의 회색 눈동자를 바라보면서 단검처럼 차디찬 눈이라고 생각했다. 무표정한 얼굴엔 아무런 감정이 떠올라 있지 않아서 돌을 깎아놓은 것 같았다.

좀 길다 싶은 진한 갈색 머리는 아주 살짝 곱슬거렸다. 하지만 그렇다고 던컨의 인상이 부드러워지진 않았다. 단호해 보이는 턱과 냉혹한 인상을 주는 입술. 눈가에 주름이 전혀 잡혀 있지 않는 걸 보면 아무래도 거의 웃지도, 미소짓지도 않는 타입의 남자인 듯했다. 매들린은 저도 모르게 몸을 떨었다. 전사와 남작이라는 지위에 걸맞게 차갑고 냉혹해 보이는 인상이었다. 아마도 그의 삶엔 웃음이나 미소가 끼여들 여지가 없으리라.

갑자기 매들린은 던컨이 무슨 생각을 하는지 알 수가 없다는 사실을 깨달았다. 그녀는 어색함을 없애려고 기침을 한번 했다. 던컨이 한마디라도 말을 하면 좀 덜 무서울 것 같았다.

「로던을 혼자서 만날 생각을 하셨어요?」

매들린이 물었다. 하지만 아무리 기다려도 던컨은 아무 대답이 없었다. 그녀는 한숨을 내쉬었다. 남작은 미련하기만 한 게 아니라 고집불통이었다! 매들린이 목숨까지 구해줬는데도 고맙다는 말 한마디 없었다. 그의 무정한 태도는 세간에 떠도는 풍문과 들어맞았고, 얼음처럼 차가운 겉모습과 너무나 잘 어울렸다.

던컨이 무섭다는 생각이 들자 매들린은 화가 치밀었다. 남작한테 미련하다고 할 게 아니야. 나야말로 바보같이 굴고 있잖아. 매들린은 자신을 나무랐다. 남작은 가만히 있는데도 무서워서 덜덜 떨고 있는 자신이 한심했다.

이 사람의 몸집이 너무 커서 그래. 방이 너무 작으니까 더 그런 느낌이 드는 거야. 매들린은 속으로 결론을 지었다.

「목숨이 아깝다면 로던을 만나러 돌아가겠다는 생각은 아예 하지 마세요.」

남작은 아무 대답이 없었다. 그는 천천히 매들린의 배에 놓여 있던 다리를 미끄러뜨렸다. 부드러운 허벅지 살을 일부러 자극하면서 천천히.

그녀는 계속 무릎을 꿇은 채로 고개를 숙이고 있었다. 던컨은 양말과 부츠를 신은 다음 천천히 매들린이 풀러놓았던 허리띠를 내밀었다.

매들린은 아무 생각 없이 양손으로 허리띠를 받았다. 던컨의 행동을 '구해줘서 고맙다는 마음의 표시'로 받아들인 매들린은 미소를 지었다. 그리고 이젠 던컨이 고맙다는 말을 하리라고 생각했다.

그때 남작은 엄청난 속도로 매들린의 왼손을 붙잡더니 밧줄로 묶었다. 그리고 미처 저항할 사이도 없이 매들린의 허리띠로 다른 쪽 손목을 한 번 묶고 다시 양손을 꽁꽁 묶었다.

매들린은 당황한 얼굴로 남작의 얼굴을 올려다 본 순간, 등골에 한기가 스쳤다.

「난 로던을 잡으러 온 게 아니야, 매들린. 당신을 데리러 왔어.」

2

「지금 제정신으로 하는 말씀이세요?」

매들린이 깜짝 놀라서 속삭였다.

남작은 아무 대답 없이 무서운 얼굴로 매들린을 물끄러미 쳐다봤다. 그는 매들린을 일으켜 세우더니 어깨를 양손으로 붙들었다. 옆에서 붙잡아주지 않으면 뒤로 주저앉을 것처럼 보였기 때문이었다. 이상한 일이지. 원래 몸집이 큰 남자들은 거친 법인데 이 사람은 다른 것 같아. 그녀는 점점 더 혼란스러웠다.

이런 일을 꾸미다니 이해할 수가 없었다. 자신은 생명의 은인이 아닌가. 누굴 위해서 목숨까지 버릴 각오를 했는데. 세상에. 차갑게 언 발을 몸으로 녹여주기까지 했다. 정말이지 할 수 있을 만큼은 다 했다.

남작은 매들린 앞에 버티고 섰다. 그의 얼굴엔 냉혹한 표정이 떠올라 있었고 불에 달군 부지깽이처럼 거세고 얼얼한 열기가 온몸에서 뿜어져 나오고 있었다. 매들린은 남작의 냉랭한 시선에 움찔하지 않으려고 결사적으로 애썼다. 하지만 몸이 너무 떨려서 남작이 못 보고 지나칠 가능성은 별로 없었다.

그는 매들린이 추워서 그런 거라고 착각하고 망토를 집어들었다. 어깨에 망토를 씌워주다가 무심코 손이 매들린의 가슴을 스쳤다. 매들린은 남작이 일부러 그런 게 아니라는 걸 알면서도 저도 모르게 한 발자국 물러나서 옷깃 꽉 붙들었다. 그 모습을 보고 남작의 얼굴이 더욱더 험악해졌다. 매들린의 손을 붙들고 방을 나선 던컨은 어두운 통로를 성큼성큼 걸어갔다. 매들린은 남작과 발을 맞추려고 반쯤은 달리다시피 했다.

「로던의 부하들과 대적하려고 하시는 이유가 뭐죠?」

남작은 아무 대꾸도 없이 묵묵히 걸어갔다. 하지만 매들린은 묵과하고 있을 수가 없었다. 이대로 가다가는 남작은 죽는다. 그걸 막을 사람은 자신뿐이었다.

「부탁이에요, 남작 님. 제 말을 들으세요. 분명히 그 사람들은 남작 님을 죽이려고 할 거예요.」

매들린은 남작의 손을 있는 힘껏 잡아당겼다. 그러나 남작은 꿈쩍도 하지 않았다.

두 사람은 안뜰로 통하는 출입구에 도달했다. 남작이 문을 거칠게 열어젖히는 바람에 문고리가 떨어져나갔다. 결국 문은 성벽에 부딪혀서 산산조각이 나고 말았다. 매들린은 던컨에게 떠밀려서 안뜰로 들어갔다. 얼음처럼 차가운 바람이 뺨을 거세게 때렸다. 눈앞에 벌어진 광경을 본 순간, 매들린은 남작을 미련하다고 생각한 자신이 우습게만 느껴졌다.

백 명이 넘는 병사들이 뜰 안에 집결해 있었다. 더구나 아무 기척도 없이 빠르게 성벽을 넘고 있는 병사들은 그 수를 훨씬 웃돌고 있었다. 다들 웩스턴 남작을 상징하는 청색과 백색의 전투복을 입은 채.

매들린은 눈앞의 광경에 압도당한 나머지 던컨이 부하들을 쳐다보고 있지 않다는 사실을 눈치채지 못했다. 그녀는 던컨의 등에 부딪히면서 비틀거렸다. 넘어지지 않으려고 던컨의 사슬 갑옷을 붙들려는 순간, 던컨이 손을 놔줬다는 사실을 깨달았다.

던컨의 등뒤에 숨은 매들린은 자신의 생명줄이나 되는 것처럼 그의 옷을 꽉 붙들고 있었다. 그런데도 던컨은 아무 기척도 못 느낀 사람처럼 가만히 있었다. 순간 매들린은 자신의 행동이 너무 비겁하게만 느껴졌다. 그래서 병사들이 볼 수 있게끔 바로 옆에 섰더니 머리가 간신히 남작의 어깨에 닿을락 말락 했다. 그녀는 겁먹은 표정을 짓지 않으려고 노력하면서 어깨를 곧게 폈다.

솔직히 말해서 매들린은 겁이 났다. 사실 죽는 것은 그렇게 두렵지 않았지만 목숨이 끊어지기 직선까지가 문제였다. 자신이 어떤 행동을 할지 모르기 때문에 무서웠다. 이제 나한테 남은 시간이 얼마나 될까? 빨리 죽는다면 모를까 시간이 지체된다면 자제심을 잃고 겁쟁이처럼 행동할는지도 모른다. 하마터면 매들린은 자신을 제일 먼저 죽여달라고 말할 뻔했다. 하지만 그 말을 하는 것 자체가 너무 비겁하게 느껴졌다.

웩스턴 남작은 매들린이 무슨 생각을 하고 있는지 모르고 있었다. 매들린의 표정이 기묘할 정도로 차분하고 엄숙했기 때문에 던컨은 말문이 막혔다. 성이 쑥대밭이 되는 꼴을 보면 필시 눈물을 흘리면서 살려달라고 애걸할 게야. 그때 병사 하나가 남작에게 다가갔다. 매들린이 보기에 남작과 혈연지간인 듯했다. 그도 그럴 것이 남작과 머리색이나 근육질의 체격까지 똑같았다. 그는 매들린을 무시하고 던컨에게 말을 걸었다.

「던컨 형님! 도대체 언제까지 이렇게 대기해야 하는 겁니까?」

남작의 이름은 던컨이었다. 던컨…… 가족들끼리 부르는 친숙한 이름을 들으니까 남작도 조금은 인간처럼 느껴졌다.

「방금 내가 한 말 못 들었습니까? 형님! 도대체 언제쯤 명령을 내릴 겁니까?」

병사가 다시 다그쳤다. 남동생이니까 저렇게 남작에게 대들 수 있는 거겠지. 매들린이 속으로 중얼거렸다. 남작보다 어려 보이는 얼굴, 전장에서 얻은 상흔도 남작보다 적었다. 병사는 갈색 눈동자에 경멸감을 가득 담고 매들린을 응시했다. 당장이라도 매들린을 후려치고 싶어하는 눈치였다. 독이 오른 병사는 매들린이 전염병 환자라도 되는 듯이 뒤로 한 발자국 물러섰다.

「로던은 여기 없다, 길라드.」

던컨이 동생에게 말했다.

남작의 목소리가 너무 부드러웠기 때문에 매들린의 마음에도 희망이 샘솟았다.

「그럼 그냥 돌아가실 생각인가요?」

매들린이 던컨을 올려다보면서 물었다.

던컨은 아무 대답이 없었다. 매들린이 질문을 다시 반복하려는 찰라 던컨의 동생이 목소리를 높이면서 장황하게 떠들어대기 시작했다. 그는 매들린에게 시선을 고정시킨 채 분통을 마구 터뜨렸다. 매들린은 길라드가 퍼붓는 욕설을 이해하지 못했다. 하지만 무섭게 빛나는 길라드의 눈빛만으로도 그가 얼마나 험악한 말을 하고 있는지 짐작이 갔다.

던컨이 길라드에게 유치한 짓은 그만두라고 말하려는 순간, 매들린이 던컨의 손을 잡았다. 그는 너무 놀라서 어떻게 반응해야 할지 알 수가 없었다.

던컨은 매들린이 몸을 떠는 게 느껴져서 아래를 내려다봤다. 하지만 그녀는 담담한 얼굴로 길라드를 바라보고 있었다. 던컨은 고개를 흔들었다. 길라드는 자신이 얼마나 매들린에게 무섭게 굴고 있는지 모르고 있었다. 솔직히 말해서 안다고 한들, 길라드가 신경이나 쓸지 의문이었다.

갑자기 길라드의 광분한 모습이 던컨의 눈에 거슬리기 시작했다. 매들린은 포로일 뿐 증오해야 할 철천지원수가 아니었다.

「그만하면 됐다. 네가 욕을 퍼붓는다고 로던이 돌아올 것 같냐?」

던컨은 갑자기 매들린의 손을 뿌리치더니 어깨에 팔을 획 하고 둘렀다. 그 바람에 매들린은 균형을 잃고 뒤로 나가떨어질 뻔했다. 그는 보란 듯이 매들린을 옆구리에 바짝 끌어당겼다. 길라드는 할말을 잃고 멍하니 두 사람을 바라봤다.

「로던은 분명히 남쪽으로 갔을 게다. 안 그랬으면 중도에서 너와 마주쳤겠지.」

던컨이 말했다.

「그래서 이젠 돌아가실 건가요?」

매들린은 어떻게 해서든 담담한 목소리로 말하려고 애썼다. 어서 가 줬으면 하는 속마음이 드러나기라도 하면 곤란했다.

「로던하고는 다음에 대적해도 되지 않을까요?」

그녀는 로던이 없어서 실망한 두 사람을 달래보려고 한마디 덧붙였다.

던컨과 길라드가 동시에 매들린에게 몸을 돌렸다. 두 사람 모두 '당신, 미쳤군' 하는 표정을 짓고 있있다.

매들린의 마음속에서 공포심이 다시 고개를 쳐들었다. 남작의 차가운 눈동자를 응시한 순간, 매들린의 무릎이 휘청거렸다. 그녀는 천천히 시선을 아래로 깔았다.

「실성한 건 아니니까 그렇게 쳐다보지 마세요.」

매들린이 중얼거렸다.

던컨은 매들린의 손을 붙잡고 자신이 묶여 있었던 기둥으로 끌고 갔다. 겁을 먹은 매들린은 다리가 휘청거려서 두 번이나 비틀댔다. 던컨이 손을 놔주자 매들린은 쪼개진 기둥에 기대고 서서 그를 쳐다봤다.

던컨은 한참 동안 매들린을 응시했다. 꼼짝하지 말고 있으란 얘기겠지. 매들린이 속으로 단정지었다. 갑자기 던컨이 매들린 앞에 나서더니 허리에 손을 얹은 채 양다리를 벌리고 섰다.

「누구도 이 여자에게 손을 대면 안 된다. 이 여자는 내 거야.」

던컨의 쩌렁쩌렁한 목소리가 메아리쳤다.

매들린은 성문을 쳐다보았다. 분명히 성안에 있는 사람들이 던컨의 목소리를 들었겠지. 하지만 시간이 지나도 던컨의 부하들은 모습을 나타내지 않았다. 아무래도 바람 소리 때문에 못 들은 모양이야. 매들린이 속으로 생각했다.

던컨이 곁에서 떨어지려고 하자 매들린은 사슬 갑옷을 결사적으로 붙들었다. 까끌까끌한 사슬을 움켜쥐느라 손에 생채기가 났다. 매들린은 손이 쓰라려서 얼굴을 찡그렸다. 두 사람은 가슴이 서로 닿을 정도로 근접한 거리에 있었다. 상대적으로 키가 작은 매들린은 던컨을 쳐다보려고 고개를 힘껏 뒤로 젖혔다.

「남작 님께선 지금 사태를 제대로 파악하지 못하고 계세요. 이성적으로 한번 생각해 보세요. 이 계획이 얼마나 한심한지.」

「내 계획이 한심하다고?」

던컨이 놀라서 되물었다. 매들린이 무슨 의도로 그런 말을 하는지 알고 싶었다. 젠장, 날 모욕해도 유분수가 있지. 던컨이 속으로 분통을 터뜨렸다. 아마 매들린이 남자였다면 방금 그 말 한마디로 황천 행이 됐을지도 모른다. 하지만 어린아이처럼 악의 없는 표정과 심각한 목소리로 봐서는 자신이 말실수를 했다는 사실을 모르는 눈치였다.

매들린은 눈을 감고만 싶었다. 자신을 죽일 듯한 얼굴로 쳐다보는 던컨을 똑바로 바라볼 자신이 없었기 때문이다.

「날 인질로 잡는다고 해봐야 시간 낭비예요.」

「당신한텐 그만큼의 가치가 없다는 얘긴가?」

「네. 나라는 사람의 존재는 오라버니에겐 없어도 그만이니까요.」

매들린이 담담하게 말했다. 던컨은 매들린이 진심으로 한 말이라는 걸 알았다.

「이대로 가다간 남작 님은 분명히 오늘밤 여기서 뼈를 묻으셔야 할 겁니다. 수적으로 봐도 최소한 4대 1 밖에 안 되는 병사들로 무슨 승산이 있겠어요. 그리고 아래쪽 성채에서도 백 명이 넘는 병사들이 자고 있어요. 일단 싸움이 벌어지면 다들 여기로 몰려오겠지요. 그런데도 싸울 작정이세요?」

매들린이 양손을 쥐어뜯으면서 말했다.

던컨은 혼란스러운 얼굴로 매들린을 응시했다. 그녀는 던컨이 마음을 돌리기만을 빌었다. 하지만 던컨은 그녀의 기대와는 달리 그게 무슨 상관이냐는 듯이 어깨를 으쓱해 보였다.

그 모습을 보고 있자니 매들린은 화가 치밀었다. 완전히 죽으려고 작정한 사람이 아닌 다음에야 어떻게 저렇게 나올까.

「승산이 있건 없건 절대 물러서지 않으시겠다는 말씀인가요?」

「그래.」

던컨의 눈에 따스한 기운이 스미는가 싶더니 금새 사라져버렸다. 하도 의외라 매들린은 어떻게 반응해야 할지 몰랐다. 남작이 지금 날 비웃은 건가?

매들린은 방금 날 비웃은 거냐고 물어보고 싶었지만 도저히 엄두가 안 났다. 그는 한참 동안 매들린을 바라보고 있다가 고개를 내저으면서 성으로 걸어갔다. 아무래도 매들린하고 입씨름하는 것이 괜히 시간만 낭비한다는 결론을 내린 눈치였다.

던컨의 행동만 봐서는 그가 이제 어떻게 나올지 알 수가 없었다. 그도 그럴 것이 부드러운 표정과 느릿느릿한 걸음걸이만 봐서는 '사교적인 방문'을 하러 가는 사람처럼 보였기 때문이었다.

하지만 그런 겉모습에 속을 매들린이 아니었다. 너무 무서운 나머지 속이 매슥거리기 시작했다. 그녀는 심호흡을 계속 하면서 꽉 모아 쥔 양손을 풀어보려고 했지만 공포심 때문에 마음대로 되질 않았다. 성안에서 자고 있는 하인들을 생각하니까 두려움이 더욱더 커졌다. 던컨 밑에 있는 병사들이라고 해서 무고한 사람들을 그대로 둘 까닭이 있겠는가. 오라비인 로던만 봐도 언제나 무차별로 살육을 하곤 했다.

어차피 죽을 목숨이었다. 로던의 여동생이라는 사실이 밝혀졌으니까……. 하지만 죽기 전에 무고한 사람들의 목숨을 구할 수만 있다면, 태어나서 지금까지 살아온 의미를 찾을 수 있을지도 모른다. 다른 사람은 몰라도 내가 목숨을 구해준 사람들은 날 기억해주겠지.

매들린은 남작을 보면서 계속 밧줄과 씨름했다. 던컨은 계단 맨 위에 올라가서 병사들을 똑바로 응시했다. 이젠 던컨의 속마음을 눈치채지 못할 사람은 없었다. 그의 얼굴엔 광포한 분노가 아로새겨져 있었다.

던컨은 천천히 검을 하늘로 치켜 올렸다. 그리고 곧이어 그의 목소리가 성벽 주위에 거세게 메아리쳤다.

「진격!」

전장의 비명 소리가 매들린을 괴롭혔다. 전엔 한번도 전투장면을 목격한 적이 없었다. 그저 병사들이 과장을 섞어가면서 애기하는 무용담을 들어봤을 뿐이었다. 하지만 어떤 병사도 이런 무자비한 살육의 장면을 묘사한 적이 없었다. 매들린은 생지옥이 따로 없다는 생각이 들었다.

로던의 병사들이 수적으로 훨씬 많았지만 던컨이 이끄는 정예부대를 따를 수가 없었다. 매들린은 병사 하나가 던컨에게 덤벼들다가 죽는 광경을 목격했다. 이내 던컨에게 창을 찌르려던 병사의 몸에서 눈 깜짝할 사이에 팔이 떨어졌다. 병사는 비명 소리를 지르면서 자신의 피가 물든 땅에 쓰러졌다.

매들린은 속이 울렁거려서 눈을 감아버렸다. 그러나 방금 목격했던 광경이 머릿속에서 지워지지 않았다.

던컨의 종자로 보이는 청년이 달려오는가 싶더니 매들린 옆에 와서 섰다. 금발머리의 중간 체격에 몸이 너무 근육질이라 뚱뚱해 보일 정도였다. 그는 단검을 뽑아들고 얼굴까지 치켜 올린 자세로 가만히 있었다.

그는 매들린에겐 신경도 안 쓰고 던컨만 응시했다. 하지만 매들린이 보기에 종자는 자기를 보호하려는 태세를 갖추고 있었다. 아까 던컨이 종자에게 손짓하는 모습을 본 뒤라 그런 생각이 안 들 수가 없었다.

매들린은 결사적으로 종자의 얼굴에만 시선을 두려고 애썼다. 그는 신경질적으로 아랫입술을 질근질근 씹었는데 그 행동이 두려움 때문인지 흥분해서 그런지 감이 잡히질 않았다.

매들린은 몸을 돌리고 던컨을 눈으로 찾았다. 언뜻 보니까 방패를 땅에 떨어뜨린 것 같았다. 눈치 빠른 종자는 땅에 떨어뜨린 방패를 대신 주우려고 전속력으로 달렸지만 너무 서두른 바람에 들고 있던 단검을 떨어뜨리고 말았다.

매들린은 잽싸게 그쪽으로 달려가서 단검을 주운 뒤 던컨이 찾기 쉽게 원래 있던 자리로 돌아갔다. 그녀는 무릎을 꿇고 앉아서 밧줄을 끊기 시작했다. 입고 있던 망토에 가려져서 매들린이 손을 놀리는 모습은 남들에게 들킬 염려가 없었다. 매운 연기 냄새가 코로 스며들었다. 매들린이 고개를 드는 순간, 성안으로 통하는 출입구에서 갑자기 거센 불꽃이 확 뿜어져 나왔다. 하인들은 병사들과 함께 뒤에서 따라오는 불길을 피해 정신없이 성문으로 내달렸다.

매들린의 충실한 종복인 사이먼이 노구를 이끌고 그녀에게 다가왔다. 사이먼의 주름진 얼굴에 눈물이 쉴새없이 흘러내렸고, 절망감 때문에 가뜩이나 꾸부정한 어깨가 더 축 늘어져 있었다.

「전 저놈들 손에 아가씨가 돌아가신 줄 알았습니다.」

사이먼이 매들린을 일으켜 세우면서 작게 말했다.

그는 매들린의 손에서 단검을 받아들고 재빨리 밧줄을 끊었다. 밧줄이 풀리자 그녀는 사이먼의 양어깨에 손을 얹었다.

「어서 도망치세요. 가족들을 생각해서라도 빨리 가셔야 해요.」

「그렇지만 아가씨는…….」

「이렇게 꾸물댈 시간이 없어요.」

매들린이 사이먼을 재촉했다.

사이먼은 신앙심 깊은 노인으로 언제나 매들린에게 성심을 다했다. 그 역시 다른 하인들처럼 조상에게 물려받은 신분에 묶이고 법에 의해 로던의 영지에 귀속된 처지였다. 지금까지 참을 만큼 참으면서 살아온 사람이 여기서 목숨까지 잃는다면 너무 불공평하지 않은가.

「저하고 같이 가시지요. 제가 아가씨를 숨겨드리겠습니다.」

사이먼이 애원했다.

매들린은 단호하게 고개를 내저었다.

「제가 있어봤자 아저씨한텐 짐만 될 뿐이에요. 그리고 도망친다고 해도 남작이 찾아낼 걸요. 부탁이니 아무 말씀도 하지 말아주세요.」

매들린은 사이먼의 어깨를 밀면서 소리를 질렀다.

「어서 가세요!」

「신이 함께 하시길…….」

사이먼이 속삭였다. 그는 매들린에게 단검을 건네주고 성문을 향해 달려갔다. 하지만 몇 걸음 못 가서 바닥에 나동그라지고 말았다. 로던의 병사를 공격하고 있던 길라드와 충돌한 탓이었다. 사이먼이 몸을 일으키는데 길라드가 몸을 획 하고 돌렸다. 그는 사이먼을 '또 다른 적'이라고 결론을 내린 듯했다. 매들린이 비명 소리를 지르면서 사이먼 앞을 가로막았다.

「옆으로 비키시오!」

길라드가 검을 쳐들면서 고함을 쳤다.

「그럴 순 없습니다. 차라리 절 먼저 죽이세요」

매들린도 지지 않고 목소리를 높였다.

길라드가 성난 얼굴로 단검을 높이 치켜 올렸다. 이 사람은 날 죽인대도 아무런 양심의 가책을 느끼지 못할 것 같아. 매들린이 자조적으로 되뇌었다.

그 광경을 본 던컨이 두 사람에게 달려갔다. 막내동생인 길라드는 원래 성미가 불같기로 유명했지만, 그렇다고 매들린에게 손을 댈 리가 없었다. 죽으면 죽었지 명령을 어길 녀석이 아니었으니까. 형제이기 이전에 던컨은 웩스턴 영지의 군주였고 길라드는 그의 가신이었다. 그래서 두 사람은 언제나 혈연보다는 주종관계를 먼저 따졌다. 던컨은 좀 전에 가신들 앞에서 분명히 자신의 뜻을 밝혔다. 그 누구도 매들린에게 손을 대면 안 된다고. 길라드 역시 예외가 될 순 없었다.

삼십 여 명 되는 다른 하인들이 그 광경을 목격하고 사이먼 뒤에 늘어섰다. 매들린은 차분한 얼굴로 길라드를 응시했다.

때마침 길라드 옆에 자리를 잡은 던컨은 매들린의 괴상한 행동을 목격할 기회를 얻었다. 매들린은 천천히 머리카락을 들어올리더니 목덜미 옆으로 치웠다. 그리고 담담한 목소리로 길라드에게 '여길 찌르라'고 말했다.

　길라드는 너무 놀라서 저도 모르게 천천히 검을 아래로 내렸다. 하지만 매들린의 표정은 변함이 없었다. 매들린은 길라드 옆에 선 던컨에게 시선을 돌렸다.

　「오라버니 때문에 이 사람들도 벌을 받아야 하나요? 그저 법적으로 어쩔 수 없이 오라버니에게 묶여서 살았다는 죄 밖에 없는 선량한 분들인데요.」

　매들린은 던컨이 뭐라고 대답할 사이도 없이 등을 돌렸다. 그녀는 사이먼의 손을 잡고 일으켜 세웠다.

　「전부터 웩스턴 남작 님은 명예를 아시는 분이라고 들었어요. 그러니까 아저씨, 제 옆에 서세요. 소문이 사실인지 아니면 남작 님도 오라버니하고 똑같은 사람인지 같이 확인해봐요.」

　갑자기 매들린은 손에 들려 있던 단검이 신경 쓰였다. 그녀는 몰래 단검을 등뒤로 돌리고 망토의 안감을 찢었다. 그리고 그 안에 단검을 몰래 집어넣었다. 단이 찢어지기라도 하면 안 되는데……. 매들린이 속으로 중얼거렸다.

　그녀는 주위를 돌리기 위해서 일부러 목소리를 높였다.

　「이 사람들에게 손을 대실 양이면 차라리 절 먼저 죽이세요.」

　「난 당신 오래비처럼 약한 자들에게 손을 대지 않아. 다른 사람들하고 같이 여길 떠나시오, 노인장.」

　던컨이 경멸감이 가득 담긴 목소리로 말했다.

　매들린은 하인들이 성문을 향해서 내달리는 모습을 지켜봤다.

　「한 가지만 더 부탁드려도 될까요? 부탁이니 지금 절 죽여주세요. 이런 부탁을 드리는 것 자체가 비겁하다는 건 알아요. 하지만 언제 죽을지도 모르는 상황이 계속되니까 점점 힘드네요. 어서 절 죽여주세요.」

　매들린은 던컨이 자신을 죽일 생각이라고 믿고 있었다. 던컨은 다시 한 번 매들린의 말에 놀라서 말문이 막혔다. 매들린처럼 알다가도 모를 여자는 처음이었다.

　「난 당신을 죽이지 않아.」

던컨은 그 말 한마디를 내던지고 반대쪽으로 걸어갔다.

매들린은 너무 안도한 나머지 다리가 후들거렸다. 자신이 '죽여달라고' 했을 때 던컨은 깜짝 놀란 표정을 지었다. 그것만 봐도 던컨의 말이 사실임을 알 수 있었다.

매들린은 태어나서 처음으로 승리감을 느꼈다. 이젠 죽지 않아도 되는구나, 훗날 던컨의 목숨을 구한 애기를 남에게 할 수도 있겠구나…….

이윽고 전투는 끝났다. 마구간에 있던 말들이 하인들 뒤를 따라 성문 밖으로 빠져나갔다. 몇 초 후 목재로 된 마구간이 불길에 휩싸였다.

순식간에 성이 잿더미가 되는 모습을 지켜보면서도 매들린은 아무 느낌도 받지 못했다. 행복한 추억이라고는 전혀 없었고, 집이라고 부를 만한 곳도 아니었으니까.

정말이지 마음속에서 한줌의 분노도 일어나지 않았다. 오늘 일은 지금까지 수많은 악행을 저질렀던 로던에게 내린 천벌이리라.

과거 로던이 무슨 짓을 했기에 웩스턴 남작이 이렇게 철저하게 보복을 하는 것일까? 이번 일로 인해 던컨은 어떤 대가를 치러야 할까? 로던을 총애하는 윌리엄 2세가 들으면 던컨을 죽이려고 하진 않을지…….그렇게 되면 로던은 좋아서 어쩔 줄 몰라 하리라. 국왕은 로던을 아끼다 못해 기이할 정도로 집착하는 모습을 보였다. 소문을 듣자하니 두 사람은 보통 이상의 관계라고 했다. 매들린은 얼마 전까지 그 말이 무슨 뜻인지 모르고 있었다. 마구간지기의 아내 수다쟁이 마르타가 술김에 마구 떠들어대는 이야기를 듣기 전에는.

처음에 그녀는 마르타의 말을 믿지 않았다. 그리고 로던이 아직까지 미혼인 이유는 사랑했던 여자가 죽었기 때문이라고 말했다. 그 말을 들은 마르타는 '왜 그렇게 순진하냐'면서 코방귀를 뀌었다. 마르타의 애기를 한참 듣고 보니 그럴 수도 있겠다는 생각이 머리를 스쳤다.

그때까지 매들린은 남자들끼리 부부간에 하는 행위를 할 수 있으리라고는 상상도 하지 못했다. 더구나 그 상대가 자신의 오라버니와 국왕이라니…… 생각만 해도 구역질이 났다. 결국 그날 매들린은 저녁 먹은 걸

몽땅 토하고 말았다.

「성당도 예외는 아니다. 남김 없이 불태워라.」

던컨의 쩌렁쩌렁한 목소리가 뜰 안에 울려 퍼졌다. 깜짝 놀란 매들린은 치마를 들고 성당으로 달려갔다. 성당이 불타기 전에 소지품을 찾으러 가야겠다는 생각 때문이었다. 마침 매들린에게 신경 쓰는 사람은 아무도 없었다.

성당으로 통하는 옆문에 다다른 순간, 던컨이 매들린을 획 하고 낚아챘다. 그는 매들린을 벽에 밀면서 양 손바닥으로 벽을 쾅 하고 내리쳤다. 졸지에 매들린은 던컨의 몸에 가려서 꼼짝도 못하는 신세가 되고 말았다.

「나한테서 도망갈 생각은 하지 않는 게 좋아.」

던컨이 부드럽게 말했지만 어찌 보면 귀찮아서 건성으로 하는 말처럼 들리기도 했다.

「그런 적 없어요.」

매들린이 화가 나는 걸 참으면서 대꾸했다.

「성당 안에서 죽고 싶어서 그러시는 겐가 아니면 나한테 말했던 비밀통로를 찾아가는 중이신가?」

「소지품이 모두 성당 안에 있어서 그래요. 그걸 찾아야 저도 제 갈 길을 가지요.」

던컨은 말없이 매들린을 뚫어져라 쳐다봤다.

「말을 한 필 달라는 부탁은 안 할게요. 제대 뒤에 놓아둔 옷가지만 찾아갈 수 있게 해주세요.」

매들린이 간청했다.

「당신이 성당에서 살았다고? 나더러 그 말을 믿으라고?」

매들린은 치미는 화를 억누르고 침착한 표정을 지었다. 그 동안 자기 감정을 내색하지 않는 법을 배우려고 얼마나 힘들게 애썼던가. 오랜 세월 노력한 보람이 있었다.

하지만 던컨은 매들린의 눈에 분노의 감정이 아른거리는 것을 놓치지 않았다. 그러나 눈 깜짝할 사이에 그런 감정은 종적도 없이 사라지고 말았다.

「어서 대답해봐.」

「아뇨. 아침에 도망치려고 옷들을 제대 뒤에 숨겨놨을 뿐이에요.」

던컨의 강렬한 눈빛을 견디다 못해 매들린이 대답했다.

던컨은 도저히 매들린의 말을 믿을 수가 없었다. 이렇게 추운 계절에 편한 제집을 버리고 떠날 사람이 어디 있겠는가? 그것도 여자가……. 어디로 갈 생각이었냐고 묻는다면 과연 뭐라고 대답할지 궁금했다.

던컨은 거짓말이라는 사실이 들통났을 때 매들린이 어떻게 나올지 눈으로 확인하고 싶었다.

「당신이 하고 싶은 대로 해.」

매들린은 그 말을 '성을 떠나도 된다'는 말로 받아들였다.

「그럼 여길 떠나도 된다는 말씀이신가요?」

매들린이 떨리는 목소리로 물었다.

「그래. 당신이 여기 남아 있을 이유가 없지.」

던컨이 미소 띤 얼굴로 대답했다.

매들린은 던컨이 무슨 생각을 하는지 감을 잡을 수가 없었다. 던컨 역시 매들린 이상으로 감정을 숨기는 데엔 도가 튼 눈치였다.

매들린은 고개를 숙이고 던컨의 팔 아래로 빠져나갔다. 그리고 성당 뒤편으로 이어지는 통로를 달려 내려갔다. 던컨이 바로 그 뒤를 따랐다.

삼베로 만든 가방은 전날 숨겨놓은 대로 제대 뒤에 있었다. 매들린은 짐을 들고 던컨에게 몸을 돌렸다. 그에게 고맙다고 하려다가 순간, 머뭇거렸다. 던컨의 얼굴에 놀란 기색이 완연했기 때문이었다.

「제 말을 안 믿으셨어요?」

매들린이 물었다.

던컨은 얼굴을 찌푸리더니 몸을 획 돌리고 성당 밖으로 걸어나갔다. 매들린의 몸이 덜덜 떨리기 시작했다. 아무래도 아까 끔찍한 광경들을 목격한 탓인 듯했다. 너무 많은 사람들이 죽고, 고통에 신음하는 모습을 눈으로 확인하질 않았던가. 점점 속이 울렁거리기 시작했다. 조금 있으면 던컨이 병사들과 함께 성을 떠날 거야. 그때까지만 참으면 돼. 그녀는 속으로 중얼거렸다.

매들린이 성당을 빠져나왔을 때 병사들이 성당에 불을 지르기 시작했다. 불꽃이 굶주린 짐승처럼 시뻘건 혀를 날름대면서 삽시간에 성당을 집어삼켰다.

매들린은 한참 동안 성당이 불타는 모습을 지켜보고 있었다. 어느 순간 그녀는 자신도 모르게 던컨의 손을 꽉 붙잡고 있었다는 사실을 깨닫고 흠칫 놀라 재빨리 손을 놓고 옆으로 물러났다.

병사들은 대부분 말에 올라서 던컨의 명령이 떨어지기만을 기다리고 있었다. 병사들 앞엔 몸집이 커다란 백마가 서 있었다. 다른 말들하고 비교했을 때 팔뚝 하나 정도 되는 길이만큼 머리가 더 높이 솟은 것 같았다. 바로 옆에선 종자가 말고삐를 놓치지 않으려고 진땀을 빼고 있었지만 말을 당해낼 재간이 없는 듯 보였다. 말 주인이 누구냐고 물어볼 필요도 없었다. 어느 모로 보나 던컨에게 어울리는 말이었으니까……

던컨은 매들린에게 말이 서 있는 곳을 가리켰다. 그녀는 기계적으로 그쪽을 향해서 걸어갔다. 말에게 가까이 가면 갈수록 공포심이 솟구쳤다. 마음 한편에서는 불안한 예감이 조금씩 들기 시작했다.

어쩌면 좋지. 남작은 날 데리고 가려는 거야.

매들린은 마음을 진정시키려고 심호흡을 해봤다. 너무 정신이 없으니까 별 생각이 다 드네. 남작이 날 데려가긴 왜 데려가. 나한테는 그럴 만한 가치가 없는 걸. 매들린이 속으로 중얼거렸다.

그래도 매들린은 남작의 입에서 확실한 대답을 들어야 안심할 수 있을 것 같았다.

「설마…… 저도 데려갈 생각은 아니시죠?」

매들린이 솔직하게 물었다.

던컨은 매들린 손에 들려 있던 가방을 뺐더니 종자에게 획 하고 던졌다. 그게 바로 던컨의 대답이었다. 그는 재빨리 말에 오르더니 매들린에게 손을 내밀었다.

매들린은 한 발자국, 한 발자국 뒤로 물러났다. 하느님, 도와주세요. 전 도저히 못하겠어요. 매들린이 속으로 소리를 질렀다. 말안장이 저렇게 높은 곳에 있는데…… 거기까지 기어오르려고 했다가는 기절을 하거나 비명 소리를 낼 게 분명했다. 그런 망신을 당할 바엔 차라리 죽는 편이 나았다.

매들린은 말을 타는데 기본적으로 필요한 상식들을 하나도 모르고 있었다. 어린 시절, 승마교습을 받아 본 적이 거의 없었다. 그나마 몇 번 안 되는 기회도 모두 로던이 망쳐놓곤 했다. 로던은 승마교습을 이용해서 누이동생을 자신에게 무조건 복종하는 인간으로 만들려고 애썼다. 겁이 나서 얼굴이 하얗게 질린 매들린을 마구 다그치던 로던……. 지금도 그 끔찍했던 기억들이 되살아나곤 했다. 이젠 어린아이도 아니고 그때처럼 무서워해야 할 이유가 없었다. 하지만 매들린의 마음속에 숨어 있던 '겁에 질린 계집아이'는 여전히 공포심에 진저리를 내고 있었다.

매들린은 다시 한 발자국 뒤로 물러나면서 천천히 고개를 내저었다. 죽으면 죽었지 저 말에 오를 순 없었다.

어디로 갈지 정하지도 않은 채 그녀는 몸을 획 돌리고 걷기 시작했다. 다리가 너무 후들거려서 몇 번인가 비틀거렸다. 공포심이 극도로 치솟았지만 매들린은 계속 땅만 보면서 한 발자국, 한 발자국 힘껏 내디뎠다.

그때 수족을 잃은 병사의 모습이 눈에 들어왔다. 병사의 얼굴은 고통스럽게 일그러져 있었다. 그 광경을 보는 순간 매들린은 한계점에 도달하고 말았다. 갑자기 어디선가 고통스러운 비명 소리가 울려 퍼졌다. 누군가가 가슴이 찢어질 듯이 괴로워서 울부짖는 소리였다. 매들린은 소리를 듣지 않으려고 힘껏 귀를 막았지만 소용이 없었다. 그 끔찍한 비명 소리는 계속 이어졌다.

매들린이 비명을 지르기 시작하자 던컨이 말을 그녀 쪽으로 몰았다. 그는 몸을 숙이고 매들린을 말 위로 번쩍 들어올렸다.

던컨의 손이 닿는 순간 매들린은 조용해졌다. 매들린의 몸에 망토를 덮어씌우는데 갑옷의 사슬에 매들린의 얼굴이 닿았다. 던컨은 매들린이 걸친 망토를 잡아당겨서 매들린의 얼굴과 사슬 사이에 끼워놓았다. 그렇게 하면 까끌까끌한 사슬 대신 보드라운 천에 얼굴을 기대고 갈 수 있어서 편하리라.

던컨은 매들린에게 잘해주고 싶었다. 머릿속에 매들린이 얼음처럼 차가워진 발을 녹여주던 모습이 스쳐지나갔다. 이젠 자신이 받은 대로 돌려줄 차례였다. 더구나 매들린을 힘들게 만든 장본인은 던컨 자신이 아니었던가.

던컨은 길게 한숨을 내쉬었다. 이미 엎질러진 물이나 다름없었다. 계획대로만 진행되었다면 간단했을 것을……. 이렇게 상황이 복잡해지리라고 누가 짐작이나 했겠는가.

갑자기 생각할 일이 너무 많아졌다. 정작 당사자인 매들린은 자신이 상황을 얼마나 복잡하게 만들었는지 까맣게 모르고 있었지만. 지금으로선 던컨이 나서서 정리를 해야 할 판국이었다. 처음 세웠던 계획을 완전히 바꿔야겠군. 던컨이 속으로 중얼거렸다. 이젠 싫든 좋든 매들린을 놔줄 수 없다는 생각만 머릿속에 선명하게 박혔다. 그런 마음이 들다니, 어처구니가 없고 울화가 벌컥 치밀었다.

던컨은 매들린을 단단히 끌어안고 병사들에게 움직이라는 신호를 보냈다. 그는 병사들이 모두 성을 빠져나가고 길라드와 종자만 남을 때까지 기다렸다. 그리고 한참 동안 폐허가 된 성을 둘러보았다.

매들린은 던컨의 안색을 좀더 확실히 살펴보려고 고개를 쳐들었다. 매들린의 시선을 느꼈는지 던컨도 천천히 시선을 떨어뜨렸다.

「눈에는 눈, 이에는 이라는 말이 있지.」

매들린은 던컨의 입에서 '당신 오라버니가 이러이러한 짓을 해서 나도 보복을 했다'는 설명이 나오기를 기다렸다. 하지만 던컨은 알아서 해석하라는 듯이 매들린의 눈동자를 가만히 응시하기만 했다. 변명을 하고 싶지 않은 거야. 전쟁에서 이긴 자는 원래 자기 자신의 행동을 정당화할 필요가 없으니까…….

매들린은 고개를 돌리고 폐허가 된 성곽을 바라봤다. 삼촌인 버튼 신부님한테 들은 카르타고와 로마 사이에 벌어졌던 포에니 전쟁에 관한 얘기가 머릿속에 떠올랐다. 신부님은 성당에서 금기시하는 여러 가지 이야기들을 해주시곤 했다. 고위 성직자들이 그 사실을 알았다면 아마 버튼 신부님은 무사하지 못했으리라.

지금 눈앞에 펼쳐진 광경은 로마와 카르타고 사이에 벌어졌던 포에니 전쟁을 연상하게 했다. 네 차례에 이르는 치열한 접전 끝에 승리한 로마는 카르타고를 완전히 잿더미로 만들어버렸다. 당시 시가지에 치솟은 불길이 17일 밤낮을 꺼지지 않고 계속 타올랐다고 한다.

역사는 다시 되풀이된다고 했던가. 카르타고가 그랬던 것처럼 로던과 로던이 소유했던 것들이 모두 더럽혀지고 말았다.

「카르타고는 멸망해야 된다.」

매들린은 고대 로마의 정치가였던 카토(Marcus Cato, B.C. 234-149)가 즐겨 쓰던 말을 읊조렸다.

그 말을 듣던 던컨은 깜짝 놀랐다. 도대체 매들린이 어디서 그런 지식을 얻었는지 궁금했다.

「그래. 로던도 카르타고처럼 영원히 사라져야 돼.」

「그럼 저도 오라버니…… 아니 카르타고에 속하는 건가요?」

매들린이 물었다.

「아니. 매들린, 당신은 카르타고에 속하지 않아.」

매들린은 고개를 끄덕이더니 눈을 감고 그의 가슴에 등을 기댔다. 던컨은 그녀의 턱을 치켜들어서 자신과 시선이 마주치게 했다.

「당신은 로던과는 아무 관계가 없어, 매들린. 이제부터 당신은 내 사람이니까. 무슨 얘긴지 알아들겠어?」

매들린은 고개를 끄덕였다. 던컨은 매들린의 겁먹은 표정을 보고 턱에 놓인 손을 치웠다. 그리고 한참 동안 그녀를 쳐다본 후에야 천천히, 그리고 부드럽게 망토를 얼굴에 씌워주었다.

「이 세상에서 날 자기 거라고 하는 사람이 아무도 없으면 얼마나 좋을까.」

매들린이 따뜻한 망토 밑에서 작게 중얼거렸다.

그 말을 들은 던컨의 얼굴에 느긋하게 미소가 떠올랐다. 매들린의 마음이 어떻든 그에겐 중요하지 않았다. 운명은 스스로 만든다고 했던가.

매들린이 던컨의 차가운 발을 녹여준 그 순간, 이미 운명은 바뀌기 시작했다.

3

일행은 그날 밤과 다음날까지 계속 북쪽을 향해 빠른 속도로 말을 몰았다. 휴식이라고는 지친 말들이 기운을 회복할 수 있게 두 번 쉰 게 전부였다. 매들린도 잠깐씩 소변을 볼 기회가 주어졌지만 다리에 힘이 하나도 없어서 매번 고문이나 다름없었다. 그리고 어떻게 잠깐 허리 좀 펴볼까 하면 어느새 던컨이 와서 말안장에 털썩 앉히곤 했다.

병사들이 흩어지는 것보다는 하나로 뭉쳐 있는 것이 안전했기 때문에 던컨은 샛길 대신 넓은 길을 택했다. 그렇다고는 해도 무성하게 자란 덤불과 나뭇가지들 때문에 앞으로 나가기가 힘들었다. 기사들이 걸쳐 입은 옷은 걸핏하면 나뭇가지에 걸리기 일수였다. 병사들 모두 걸리적거리지 않게 방패를 아예 높이 쳐들고 갔다. 하지만 매들린은 던컨의 망토에 폭

쌓여 있었기 때문에 다칠 염려도 없었고 춥지도 않았다.

병사들은 모두 완전무장을 한 덕을 많이 보고 있었다. 물론 맨손으로 고삐를 잡거나 얼굴이 드러나는 모자를 쓴 병사들은 상대적으로 고생을 더 많이 했지만 길이 험해서 앞으로 나가는 속도가 조금 늦어졌을 뿐 별다른 지장을 받는 것 같지 않았다.

일행은 거의 이틀 동안 쉬지 않고 꼬박 달렸다. 드디어 던컨의 입에서 계곡에서 하룻밤 야영을 한다는 말이 나왔다. 매들린은 마음속으로 '저 사람은 지치지도 않나, 분명히 인간이 아닐 거야' 라고 중얼거렸다. 병사들이 던컨을 '늑대' 라고 부른다는 점, 그리고 흉측한 늑대가 새겨진 문장(紋章)만 봐도 알 수 있었다. 매들린은 던컨의 어머니가 '악마'이고 아버지는 '끔찍하게 생긴 늑대'일지도 모른다고 상상했다. 이렇게 엄청난 속도로 그것도 쉬지도 않고 말을 달리다니, 분명히 인간이 아닐 거야.

그날 밤 매들린은 배가 고파서 견디기가 힘들었다. 그녀는 돌 위에 앉아서 병사들이 말을 돌보는 모습을 지켜봤다. 말이 없으면 기사들은 무용지물이나 다름없었다. 그걸 알기 때문에 다들 자기 일신보다 말에게 먼저 신경을 쓰는 것이리라.

여덟에서 열 정도 되는 병사들이 모여 작게 불을 지폈다. 모닥불이 환하게 타오를 때 다시 세어봤더니 병사들은 얼추 서른 명이 넘었다. 병사들의 지친 어깨가 불빛에 어슴푸레 윤곽을 드러냈다. 식사는 맨 마지막 순서였다. 식사라고 해봐야 딱딱한 빵과 치즈가 전부였지만. 그리고 소금기 있는 맥주를 조금씩만 나눠 마셨다. 아무래도 외부의 공격을 받기 쉬운 곳에서 야영을 하다보니 알아서 조심하는 듯 보였다. 산적들이나 야생동물이 갑자기 공격해 올 공산도 있었다.

던컨은 종자를 시켜서 매들린의 시중을 들게 했다. 이름이 앤셀이라는 던컨의 종자는 아무래도 자기가 맡은 일에 불만이 많은 눈치인지 잔뜩 못마땅한 표정을 짓고 있었다.

매들린은 북쪽으로 가고 있다는 사실에 위안을 받았다. 이렇게 되면 원래 가려고 했던 곳과 점점 가까워지는 셈이었다. 사촌 에드위스가 사는 스코틀랜드. 하지만 지금 생각해보니 얼마나 무모한 계획이었는지 알 것 같았다. 늙어서 등이 꼬부라진 암말을 타고 어떻게 스코틀랜드까지 갈 생각을 했는지……. 오랜 여정을 견딜 수 있는 튼튼한 말과 의복을 제대로 갖추지 않고선 스코틀랜드까지의 여행은 자살이나 다름없는 애기였다. 더구나 사이먼이 희미한 기억을 더듬어서 그려준 지도를 따라갔으면 십중팔구 길을 잃고 여기저기 헤매고 다녔을 것이다.

스코틀랜드에 가다니, 꿈이나 다름없는 애기였지만 그래도 희망을 버릴 순 없었다. 희망마저 버린다면 매들린에겐 남는 게 아무것도 없었다. 던컨은 분명히 스코틀랜드 국경 지대에 근접한 곳에 살고 있는 거야. 거기서 에드위스의 집까지 얼마나 걸릴까? 어쩌면 걸어서 갈 수 있을지도 몰라. 매들린은 속으로 생각했다.

이런저런 제약을 생각하다보면 실행하기도 전에 엄두가 안 날것 같았다. 그래서 대신 뭐가 필요할지 생각해봤다. 우선 튼튼한 말 한 필, 식량, 마지막으로 신의 은총이 따라야겠지. 아니, 제일 중요한 건 신의 은총이고 두 번째가 식량, 마지막이 말이야. 그때 던컨이 야영지 중앙으로 움직이는 모습이 눈에 들어왔다. 내 계획에 제일 큰 장애물은 바로 던컨이야. 그래. 반은 인간이고 반은 늑대인 저 사람이 바로 제일 큰 골칫거리야.

로던의 성을 떠난 이래, 던컨은 매들린에게 한마디도 안 했다. 매들린은 '당신은 이제 내 사람'이라고 했던 던컨의 말이 자꾸 마음에 걸렸다. 그게 도대체 무슨 말인지 묻고 싶었지만 던컨이 너무 냉정하고 차가워 보여서 가까이 가는 것도 무서웠다.

매들린은 너무 지쳐 있었다. 지금은 던컨 때문에 걱정할 마음의 여유가 없었다. 좀 쉬고 나면 여길 빠져나갈 방법도 떠오르겠지. 포로에겐 도망쳐야 할 의무가 있어. 매들린이 속으로 중얼거렸다.

하지만 자신에게 그럴 만한 재간이 있을지 의문이었다. 읽고 쓸 줄 알면 무슨 소용이 있겠는가? 아무도 매들린에게 그런 능력이 있는지 몰랐다. 여자가 읽고 쓰는 법을 배우는 것은 당시 금기나 다름없었다. 작위가 있는 높은 신분의 남자들도 자기 이름을 못 쓰는 사람들이 대부분이었다. 그런 일은 성직자에게 맡기는 것이 관례로 되어 있었다.

매들린의 삼촌인 버튼 신부님은 그녀에게 여러 가지 고전을 공부하게 했다. 그 중에서도 오디세우스(호머의 장편 서사시, 오디세이의 주인공)에 관한 얘기가 제일 마음에 들었다. 신화 속의 영웅 오디세우스는 매들린이 어려서 무서울 때마다 마음속에서 친구가 되어준 인물이었다. 그녀는 오디세우스가 침대 바로 옆에 앉아서 자신을 지켜보고 있다는 상상을 하곤 했다. 오디세우스 생각을 하면 로던이 쫓아와서 도로 데리고 갈지도 모른다는 두려움이 조금 가시는 듯했다.

로던! 생각만 해도 몸서리가 쳐지는 그 이름. 웩스턴 남작에게 도망치지 못하는 것도 따지고 보면 모두 로던 탓이었다. 매들린은 혼자선 말도 타지 못했다. 매들린이 여섯 살 되던 해 로던은 몇 번인가 승마교습을 해줬었다. 그때의 기억이 어제 일처럼 머릿속에서 주마등처럼 떠올랐다. 매들린의 작은 몸이 안장 위에서 꼭 버티지 못하고 여기저기 흔들리는 모습을 보고 로던은 버럭 고함을 질렀다. '이 병신 같은 계집애야!' 라고……

급기야 로던은 매들린을 안장에 꽁꽁 묶은 뒤, 말에게 채찍을 휘둘러서 전속력으로 달리게 했다.

매들린이 무서워하는 걸 본 로던은 신이 나서 어쩔 줄 몰라했다. 결국 매들린은 감정을 숨기는 법을 터득했고, 로던도 더 이상 매들린을 괴롭히지 않았다. 매들린이 더 이상 무서워하는 모습을 보이지 않으니까 재미가 시들해진 모양이었다.

아주 어렸을 때부터 매들린의 아버지와 오라버니는 매들린을 싫어했다. 그래서 매들린은 두 사람의 사랑을 받기 위해서 갖은 노력을 다 했다. 하지만 여덟 살이 되던 해, 매들린은 버튼 외삼촌에게 떠맡겨졌다. 외가 쪽으로 남은 친척이라고는 버튼 신부님이 전부였다. 삼촌은 매들린을 제대로 키우기 위해서 최선을 다했다. 버튼 삼촌은 나쁜 쪽은 매들린이 아니라 아버지와 오라버니라고 틈만 나면 말씀하셨고, 그 덕에 매들린도 조금씩 자책하는 마음을 버리게 됐다.

버튼 삼촌은 매들린을 딸처럼 사랑하고 아껴줬다. 언젠가 삼촌은 매들린에게 로던이 모든 여자들을 경멸한다고 말했었다. 하지만 매들린은 그 말에 동의할 수가 없었다. 로던도 손위 누이들에게만큼은 잘해줬던 것이다. 클라리사와 사라 언니는 매들린과는 달리 제대로 교육을 받았고 지참금도 두둑하게 챙겨 받았다.

아버지가 매들린을 박대하는 이유는 엄마와 너무 닮았기 때문이라고 했다. 아버지는 결혼 서약을 한 뒤 엄마에게 냉담해지셨다고 한다. 버튼 삼촌도 아버지의 태도가 갑자기 돌변한 까닭을 모르셨다. 그저 성직자답게 아버지의 깨끗하지 않은 영혼을 탓하셨을 뿐.

어린 시절에 대한 기억은 별로 없었지만, 엄마를 떠올리면 왠지 마음이 훈훈해지곤 했다. 그리고 로던이 괴롭혔던 기억보다는 엄마의 따뜻한 품에서 애정을 담뿍 받은 기억이 훨씬 더 많았다.

무슨 이유로 아버지와 오라버니가 어머니와 매들린을 박대했는지 알고 싶었다. 그 질문에 대한 답은 로던만이 알고 있었다. 언젠가 로던에게 전후사정에 관해서 듣게 되면 아버지와 오라버니를 이해할 수 있게 될지도 모른다. 그렇게 되면 해묵은 상처도 아무는 날이 오지 않을까?

이런 우울한 생각은 그만 두자. 매들린은 자리에서 획 일어나서 야영지 주위를 한번 뺑 돌았다. 나무가 우거진 숲에 들어가서 볼일을 본 다음 야영지로 돌아가려는 데 조그마한 개울이 눈에 띄었다. 매들린은 나무 가지로 얼음을 깨고 손과 얼굴을 씻었다. 물이 너무 차가워서 소름이 돋을 정도였지만 깨끗한 물을 마시니 답답했던 마음이 뻥 하고 뚫리는 기분이었다.

그때 매들린은 인기척을 느끼고 뒤로 몸을 획 돌렸다. 던컨이 바로 뒤에 버티고 서 있었다.

「어서 일어나. 눈 좀 붙이러 가야지.」

던컨은 매들린을 일으켜 세우면서 말했다. 던컨의 커다랗고 마디가 굵은 손이 매들린의 작은 손을 부드럽게 감쌌다. 그는 매들린의 손을 꼭 붙잡고 야영지로 데리고 갔다. 던컨의 텐트는 털가죽 여럿 대서 만든 것으로, 단단하고 두터운 나뭇가지들이 떠받치고 있었다. 두터운 털가죽 덕분에 추위는 염려하지 않아도 될 듯했다. 텐트 안쪽에도 회색 가죽이 바닥에 깔려 있었다. 근처에 지펴둔 불빛을 받아 텐트 위엔 그림자들이 넘실거렸다. 보기만 해도 따스하고 포근한 느낌을 주는 정경이었다.

던컨은 매들린에게 들어가라고 손짓을 했다. 매들린은 재빨리 텐트 안으로 들어갔다. 바닥에 깔린 가죽은 습기를 잔뜩 머금은 나머지 얼음처럼 차가웠다.

던컨은 가만히 서서 매들린이 눕는 모습을 지켜봤다. 그녀는 춥다는 내색을 하지 않으려고 애썼다. 던컨한테 불평을 하느니 차라리 얼어죽는 게 나았다.

느닷없이 던컨이 그녀를 벌떡 일으켜 세우는 바람에 텐트가 흔들렸다. 그는 매들린의 망토를 벗기더니 바닥에 깔린 가죽 위에 펼쳐놓았다.

매들린은 던컨의 행동을 이해할 수가 없었다. 자신이 쓸 텐트라고 생각했는데 그게 아닌 모양이었다. 던컨이 몸을 쭉 펴고 눕자 텐트가 꽉 차는 느낌이었다. 더구나 자기만 편하자고 남의 망토까지 바닥에 깔다니, 화가 절로 치밀었다. 나더러 그럼 망토도 없이 밖에 나가서 자란 말이야? 얼어 죽일 작정이면 차라리 성에 놔두고 오면 되잖아. 여기까지 힘들게 끌고 올 게 뭐람.

던컨은 매들린을 안은 채 옆으로 몸을 굴리면서 자신의 망토를 뒤집어썼다. 그 바람에 매들린은 꼼짝도 못하고 던컨에게 폭 안기고 말았다. 얼굴은 던컨의 목덜미에, 머리는 던컨의 턱 밑에 파묻혔다. 순식간에 매들린은 던컨의 몸 위에 올라탄 모양이 되고 말았다.

「이렇게 하고 있으니까 숨을 못 쉬겠어요.」

매들린이 던컨의 목덜미에 대고 중얼거렸다.

「그럴 리가 있나.」

던컨이 장난스럽게 대답했다.

매들린은 화가 치밀었다. 내가 숨을 쉬지 못하는지 어쩌는지 자기가 알게 뭐야. 너무 화가 나니까 겁도 없어졌는지 던컨이 무섭다는 생각도 안 들었다. 매들린은 던컨의 어깨를 손바닥으로 마구 내리쳤다. 아까 텐트에 들어오기 전에 던컨은 사슬 갑옷을 벗었다. 그래서 지금은 면으로 만든 셔츠만 달랑 입고 있었다. 던컨의 넓은 어깨를 감싼 셔츠는 터질 듯이 팽팽하게 당겨져 있었다. 온몸이 근육질이라 꼬집고 싶어도 꼬집을 살이 없었다. 돌처럼 단단한 체격마저 그의 고집스럽고 굽히지 않는 성격을 그대로 드러내주는 듯했다.

그렇긴 해도 매들린을 꼭 끌어안은 던컨의 가슴은 따뜻하고 넉넉했다. 그리고 던컨의 몸에서 나는 희미한 가죽냄새와 남성적인 체취가 싫진 않았다. 왠지 묘한 기분이 들고 심장이 뛰었다. 너무 꼭 붙어 있으니까 그럴 거야. 매들린이 애써 자기 변명을 늘어놓았다.

던컨의 따스한 숨결이 목덜미를 간지럽히자 왠지 마음이 편해졌다. 말도 안 돼. 매들린은 혼란스러워서 머리를 흔들었다. 그녀는 다시 한 번 던컨의 품에서 빠져나가려고 셔츠를 붙잡았다.

던컨이 지겨운지 한숨을 내쉬었다. 그는 매들린의 손을 셔츠 안에 집어넣더니 양 손바닥을 따뜻한 가슴에 올려놓았다. 까슬까슬한 가슴 털 때문에 매들린은 손가락 끝이 따끔따끔했다.

밖은 저렇게 추운데도 어쩜 이렇게 더울 수가 있지? 매들린이 의아해서 중얼거렸다. 몸을 꼭 맞대고 있으니 던컨을 성적으로 의식하지 않을 수 없었다. 던컨의 하복부가 매들린의 다리 사이에 파묻힌 상태였다. 가운을 통해 던컨의 단단해진 남성이 느껴졌다. 그런데도 별다른 거부감이 들지 않았다.

갑자기 끔찍한 생각이 매들린의 머리를 스쳤다. 혹시 남녀가 관계할 때…… 바로 지금 이런 자세로 하는 건 아닌가? 한동안 고민을 하던 매들린은 언젠가 마르타가 했던 말을 떠올렸다. 마르타는 하인들과 음담패설을 나누면서 언제나 '밑에 깔렸다'는 말을 즐겨 쓰곤 했던 것이다. 몇 번인가 엿들을 기회가 있었건만 제대로 귀담아 듣지 않은 것이 지금에 와서 후회가 됐다.

사실 매들린은 그쪽 방면에 관해서도 아는 바가 별로 없었다. 하지만 그것 때문에 고민을 하다니, 스스로에게 화가 났다. 수치심을 아는 여자라면 성적으로 무지하다고 걱정하진 않아.

이게 모두 던컨 때문이야. 날 약올리려고 일부러 이렇게 꼭 끌어안고 있는 걸까? 던컨이 매들린의 허벅지를 펴려고 그곳을 세게 눌렀다. 매들린은 던컨의 바위처럼 단단한 허벅지에서 느껴지는 힘을 무시할 수가 없었다. 아마 마음만 먹으면 나 같은 여자는 종이 곽처럼 손쉽게 짜부러뜨리겠지. 매들린은 순간 저항을 멈췄다. 더 이상 이 야만인을 화나게 하면 안 돼. 최소한 가슴은 손으로 가렸으니 다행이지 뭐야. 하지만 마음을 놓기가 무섭게 던컨이 몸을 움직였다. 그 바람에 매들린의 가슴이 던컨의 가슴에 밀착되고 말았다.

갑자기 던컨이 또 움직였다.

「이런 젠장…….」

그는 매들린의 귀에 대고 버럭 소리를 질렀다. 매들린은 던컨이 왜 갑자기 소리를 질렀는지 알 수가 없었다. 귀가 멍멍해서 앞으로 남은 인생을 귀머거리로 살아야 하는 건 아닌가 불안한 마음만 앞섰다.

던컨은 벌떡 일어나더니 욕지기를 내뱉었다. 매들린은 멀찍이 떨어져서 던컨에게 곁눈질을 했다. 그는 한쪽 팔꿈치에 기대서 몸을 옆으로 조금 일으킨 다음 바닥에서 뭔가를 찾기 시작했다. 결국 던컨은 매들린이 망토 안감에 숨겨놓았던 단검을 찾아냈다.

매들린은 저도 모르게 얼굴을 찡그렸다.

던컨은 웃음이 나오는 걸 참을 수가 없었다.

매들린은 던컨이 미소 짓는 모습을 보고 하마터면 자기도 미소를 지을 뻔했지만 던컨의 웃음기가 전혀 없는 눈을 보고 마음을 바꿨다.

「소심한 여자인줄만 알았는데 이제 보니 수완이 좋은 걸.」

던컨이 부드러운 목소리로 말했다.

이걸 칭찬으로 받아들여야 하나? 아니면 비웃음이라고 생각해야 되나? 매들린은 던컨의 마음을 짐작할 수가 없었다. 그녀는 그 동안 단검에 관해서 까맣게 잊고 있었다는 말을 하지 않기로 마음먹었다. 그 얘기를 들으면 자기를 멍청한 여자라고 생각할 게 분명했다.

「제가 남작 님한테 붙들린 포로라는 걸 잊으셨어요? 단검은 탈출할 때를 대비해서 갖고 있었어요. 원래 포로들은 탈출을 하는 게 의무가 아니었던가요?」

던컨이 매들린의 말을 듣고 얼굴을 찌푸렸다.

「제가 너무 솔직해서 기분이 상하셨나요, 남작 님? 그럼 아무래도 제가 입을 다무는 편이 낫겠군요. 전 이제 좀 자야겠어요.」

말을 끝낸 매들린은 눈을 감았다.

「이쪽으로 와, 매들린.」

부드럽지만 단호한 명령조의 말을 들으니까 등줄기에 소름이 돋았다. 매들린은 겁이 나서 숨쉬기도 힘들어졌다. 매들린이 눈을 뜨는 순간, 자신을 향해 겨눠진 검이 보였다.

난 정말 겁쟁이야. 그녀는 속으로 그런 말을 되뇌면서 천천히 던컨에게 다가갔다. 매들린은 옆으로 누워서 던컨과 마주보는 자세를 취했다.

「이렇게 하니까 이젠 좀 맘에 차세요?」

하지만 던컨은 맘에 차지 않은 모양이었는지 갑자기 그녀의 등을 바닥에 눕혔다. 던컨의 커다란 몸집이 매들린의 시야에 크게 들어왔다. 너무 얼굴을 가까이 대고 있어서 던컨의 회색 눈동자에 떠오른 은색 반점도 볼 수 있었다.

매들린은 전에 '눈은 마음의 창'이라는 말을 어디선가 들었다. 하지만 던컨의 눈을 봐도 무슨 생각을 하는지 전혀 짐작할 수가 없어서 마음이 불안해졌다.

던컨은 아무 말 없이 매들린을 응시하고 있었다. 매들린이 애써 숨기려고 하는 감정들이 던컨의 눈엔 확실히 보였다. 그녀는 자신을 무서워하고 있었다. 하지만 그렇다고 눈물을 비치거나 애걸을 하지도 않았다. 물론 자신을 무서워한다는 사실엔 화가 났지만 그녀의 꿋꿋한 태도를 보고 있자니 마음이 즐거워졌다. 그리고 매들린은…… 정말이지 매력적인 여자였다. 던컨은 그녀의 입술에서 어떤 맛이 날지 궁금하다는 생각이 들자 대번에 몸에 반응이 왔다.

「밤새도록 날 쳐다보고만 있을 작정인가요?」

「글쎄. 내가 그러고 싶으면 그렇게 되겠지?」

「그럼 나도 밤새 당신을 쳐다보고 있어야겠군요.」

「왜 그런 마음이 들었지, 매들린?」

던컨이 부드럽게 물었다.

「내가 잠들어 있는 동안 강제로…… 날 어떻게 해볼 생각이라면 그만두세요, 남작 님.」

매들린이 성난 얼굴로 대꾸했다.

「내가 당신을 뭘 어떻게 한다는 얘기지? 자세히 설명해봐.」

던컨이 웃으면서 말했다. 이번엔 던컨의 눈에 장난기가 베어 있었다.

매들린은 차라리 입을 꼭 다물고 있을 걸 하는 마음이 들었다. 괜히 던컨의 머리에 외설적인 생각만 불어넣어준 결과가 되고 말았으니…….

「이런 대화는 그만 하는 게 좋겠어요. 제발 아까 했던 말은…… 잊어주세요.」

매들린이 말을 더듬었다.

「하지만 난 잊어버리고 싶지 않은데. 당신 생각엔 내가 곤히 잠든 당신을 덮치기라도 할 것 같아?」

던컨은 일부러 매들린의 얼굴에 좀더 가까이 다가가서 물었다. 그녀의 얼굴이 순식간에 주홍빛으로 물들었다.

「아뇨. 분명히 너무 피곤해서 그런……일을……하고 싶다는 생각도 안 들 거예요. 더구나 밖엔……병사……들도 있으니까…… 그런 일은 없겠지요.」

당황한 매들린은 간신히 끝까지 말을 이었다.

「글쎄. 그거야 두고봐야 알겠지.」

두고봐야 안다니, 도대체 무슨 뜻으로 하는 얘기야? 매들린은 던컨의 눈이 기묘하게 빛나는 것을 놓치지 않았다. 매들린이 보기에 자신이 불안해하는 모습을 보면서 즐기는 눈치였다.

아무래도 말로는 안 되겠군. 매들린은 주먹으로 던컨의 오른쪽 눈 아래를 쳤다. 하지만 아파서 비명을 지른 쪽은 던컨이 아니라 매들린이었다. 던컨은 움찔하는 기색도 없었다. 맞은 사람은 아무렇지도 않은 데 때린 사람만 아파서 눈물이 찔끔 나오려고 했다. 하마터면 괜히 애꿎은 손만 부러뜨릴 뻔했네.

「꼭 돌덩어리 같아.」

「갑자기 왜 그래?」

「당신이 날 어떻게 해보겠다면 난 내 목숨이 끊어질 때까지 싸울 거예요. 난 내 의지가 얼마나 확고한지 보여주고 싶었어요.」

매들린이 떨리는 목소리로 말했다.

「목숨이 끊어질 때까지 싸우겠다고?」

차라리 당장 내 목숨을 끊어버렸으면 좋겠다는 생각을 하는 것 같아. 매들린이 던컨의 험악해진 얼굴을 보고 단정지었다.

「왜 그렇게 지레짐작을 하지? 그런 습성은 버리는 게 좋아.」

「당신이 날 위협했잖아요. 그건 지레짐작하는 것보다 훨씬 나쁜 습성이에요.」

「그런 적 없어. 당신이 혼자 멋대로 상상을 한 거라고.」

「난 당신 원수의 누이동생이에요. 그 사실은 절대 변하지 않는다는 점, 잊지 마세요.」

매들린이 던컨에게 두 사람의 관계가 정확히 어떤 건지 상기시켰다.

「하지만 침실의 불만 꺼놓으면 당신이 로던의 누인지 어쩐지 내가 알게 뭐야. 물론 나도 당신이 파문 당한 신부의 매춘부가 돼서 같이 살고 있다는 소문은 들었어. 하지만 그렇다고 당신을 기피할 이유는 없지. 여잔 잠자리에선 다 똑같으니까.」

던컨이 가차없이 말했다.

매들린은 던컨을 또 한 대 치고 싶어졌다. 너무 화가 나서 눈물이 다 나왔다. 그녀는 버튼 신부님은 파문 당한 적도 없을 뿐더러, 공교롭게도 자신의 삼촌이 되시는 분이라고 외치고 싶었다. 이 세상에서 매들린을 사랑하고 아껴주는 사람이라고는 삼촌 밖에 없었다. 그런 소중한 삼촌의 명예를 실추시켜도 유분수지…… 어떻게 그런 말을 감히 입에 담을 수가 있지?

「그 애긴 어디서 들었어요?」

던컨의 잔인한 말에 충격을 받은 매들린이 쉰 목소리로 물었다.

던컨은 자신이 한 말 때문에 매들린이 얼마나 상처받았는지 알 수 있었다. 역시 생각했던 대로 소문은 사실이 아니었다. 진작부터 던컨은 매들린이 순결하다는 것을 꿰뚫어 보고 있었다.

「맘대로 생각해요. 내가 매춘부로 보여요? 그래요. 그렇게 보인단 말이지요. 그럼 긴말은 필요 없겠군요. 당신 말대로 난 매춘부예요.」

매들린이 분을 이기지 못하고 격렬하게 말했다.

포로로 잡힌 이래 매들린이 화를 내는 모습은 이번이 처음이었다. 던컨은 화가 나서 반짝거리는 매들린의 청색 눈동자에 빨려들 것만 같았다. 역시 내 생각이 맞았어. 매들린은 순결해.

「이젠 눈 좀 붙여.」

매들린을 조금이나마 편하게 해줄 생각에 던컨이 말했다.

「괜히 잠이 들었다간 당신이 무슨 짓을 해도 난 알 수가 없잖아요. 그러니 걱정이 돼서 어떻게 자겠어요?」

「그럼 당신은 내가 무슨 짓을 해도 잠만 자고 있을 거란 얘긴가?」

던컨이 귀를 의심하는 듯이 물었다. 방금 그 말이 얼마나 모욕적인 말인지 매들린은 모르고 있었다. 그만큼 성적으로 무지하다는 얘기였다.

「그런 마음이 들면 먼저 당신을 깨울 테니까 걱정하지 마. 그러니까 이제 눈감고 잠이나 자.」

던컨은 매들린을 끌어안고 등이 자신의 가슴에 닿게 했다. 매들린의 몸에 두른 던컨의 팔이 봉긋한 가슴 부분에 머물렀다. 던컨은 망토를 두 사람 몸 위에 두른 뒤, 매들린을 의식하지 않으려고 애썼다.

하지만 말처럼 쉽지가 않은 일이었다. 매들린의 보드라운 몸과 은은

한 장미향기가 끊임없이 던컨을 자극했다. 아무래도 오늘밤 잠자긴 글러 먹은 듯하다.

「그걸 뭐라고들 해요?」

매들린이 담요, 아니 망토 밑에서 물었다. 망토 때문에 소리가 막혀서 잘 안 들렸지만 던컨은 용케 다 알아들었다.

「남자가 여자를 강제로 어떻게 해보는 거?」

던컨이 확인 차 되묻자 매들린이 고개를 끄덕였다.

「강간이라고 하는 거야.」

매들린의 정수리에 대고 던컨이 중얼거렸다.

그때 갑자기 매들린이 획 하고 고개를 드는 바람에 던컨의 턱에 부딪히고 말았다. 던컨은 짜증이 나기 일보직전이었다. 아예 대꾸를 하지 말걸 하는 생각까지 들었다.

「난 지금까지 한번도 여자를 강제로 어떻게 해본 일이 없어. 그러니까 안심해.」

「맹세할 수 있어요?」

매들린이 다시 작게 물었다.

「그렇다니까!」

던컨이 고함을 쳤다.

매들린은 던컨이 하는 말을 믿었다. 불안했던 마음도 사라지고 던컨의 품이 편안하게만 느껴졌다. 던컨의 몸에서 나오는 온기 때문에 졸음이 점점 몰려왔다. 매들린은 던컨의 가슴에 등을 바짝 붙이고 좀더 편하게 누우려고 몸을 움직였다. 그러자 던컨의 입에서 신음 소리가 새어 나왔다. 매들린은 던컨이 무엇 때문에 그러는지 궁금했다. 그때 던컨이 매들린의 허리를 꽉 붙들더니 움직이지 못하게 했다. 매들린은 자신이 자꾸 움직이니까 잠이 안 오는 모양이라고 단정했다.

신발이 벗겨져서 발이 시려워진 매들린은 던컨의 장딴지 사이에 양쪽 발을 살짝 밀어 넣었다. 그녀는 던컨의 신경을 건드리지 않기 위해 최대한 움직이지 않으려고 애썼다.

던컨의 따스한 숨결이 목덜미를 간지럽혔다. 매들린은 눈을 감고 한숨을 내쉬었다. 던컨의 따뜻한 품속이 아늑하고, 편하게만 느껴졌다. 갑자기 오디세우스와 사이렌에 관한 얘기가 떠올랐다. 던컨의 따스한 체온은, 오디세우스와 병사들을 유혹했던 사이렌(반은 새이고 반은 요정으로 아름다운 노랫소리로 꾀어서 뱃사람들을 죽게 만듦)의 신비스러운 노래처럼 매들린을 끌어당겼다. 신화 속의 영웅 오디세우스는 잘게 부순 밀랍(蜜蠟)조각을 선원들의 귀에 틀어막아서 사이렌들의 노래 소리를 듣지 못하게 했다.

나도 오디세우스처럼 머리가 비상하면 얼마나 좋을까. 그럼 어떻게 해서든 유혹에 쉽사리 빠지지 않는 방법을 찾아낼 텐데…….

바람이 거세게 몰아치면서 구슬픈 소리를 냈다. 하지만 매들린은 던컨의 품에 안겨 있어서 추위를 느낄 수가 없었다. 나한테는…… 사이렌의 유혹을 이길만한 재간이 없어. 매들린이 눈을 감고 중얼거렸다.

한밤중에 매들린은 잠에서 깼다. 등은 따뜻한데 가슴과 팔 부분이 너무 추웠다. 매들린은 던컨을 깨우지 않으려고 조심하면서 천천히 몸을 돌렸다. 그녀는 던컨의 어깨에 뺨을 기댄 뒤 양손을 셔츠 밑에 넣었다.

던컨이 턱을 매들린의 이마에 문질렀다. 반쯤 잠이 든 상태였던 매들린은 만족스럽다는 듯이 한숨을 내쉬면서 바짝 몸을 붙였다. 까끌까끌한 턱수염이 콧등을 간지럽혔다. 그녀는 고개를 들고 천천히 눈을 떴다.

던컨은 다정하고 따뜻한 눈으로 매들린을 지켜보고 있었다. 매들린의 시선이 엄격한 인상을 주는 던컨의 입매에 머물렀다. 던컨이 키스하면 어떤 기분일까.

두 사람은 한동안 아무 말 없이 서로를 응시하고만 있었다. 어느 순간 누가 먼저라고 할 것 없이 상대방의 입술을 찾았다.

던컨이 상상했던 대로 매들린의 입술은 달콤하면서도 부드러웠다. 다행히 매들린은 반쯤 잠이 깬 상태라 별 저항이 없었다. 던컨은 엄지로 매들린의 턱을 아래로 잡아당겨서 거의 닫히다시피 한 입술을 열었다. 그리고 매들린이 생각할 기회도 주지 않고 혀를 밀어 넣었다.

매들린의 작게 헐떡이는 소리와 던컨의 나지막한 신음 소리가 모두 키스에 묻혀버렸다.

던컨은 매들린을 눕히더니 다리 사이에 자리를 잡았다. 그는 양손으로 매들린의 얼굴을 감싼 채 부드럽게 매들린의 입술을 공략했다.

매들린의 양손은 던컨의 가슴에 깔려 있었다. 손가락으로 던컨의 가슴이 뜨겁게 달아오를 때까지 쓰다듬었다.

던컨은 매들린의 온몸 구석구석을 애무하고 싶었다. 매들린이 너무나 열렬하게 키스에 반응했기 때문이었다.

키스가 점점 더 강렬하고 농도가 진해지기 시작했다. 던컨은 입술과 혀로 매들린의 입술을 탐하고 또 탐했다. 하지만 매들린을 원하는 마음은 사그라질 줄 모르고 점점 더 커져만 갔다.

이렇게 강렬하고 달콤한 키스는 던컨도 처음이었다. 매들린이 몸을 떨지 않았으면 아마 키스는 계속 됐으리라. 매들린의 목구멍에서 작게 신음 소리가 흘러나왔다. 그 소리를 듣는 순간 하마터면 이성을 잃을 뻔했다.

그때 던컨이 갑자기 몸을 뒤로 뺐다. 매들린은 너무 놀란 나머지 한동안 멍한 상태로 있었다. 던컨은 바닥에 등을 대고 눕더니 눈을 감았다. 던컨이 방금까지 키스에 열중한 흔적은 거친 숨소리 밖에 없었다.

매들린은 어떻게 행동해야 할지 갈피를 잡지 못했다. 부끄러워서 죽을 것만 같았다. 내가 뭐에 홀렸었나. 어쩜 그렇게 헤픈 여자처럼 품위 없이 굴 수가 있지? 던컨의 험악한 얼굴을 보니 기분이 별로 안 좋은 모양이었다.

매들린은 갑자기 눈물이 나오려고 했다.

「던컨?」

매들린 자신이 듣기에도 울먹이는 소리처럼 들렸다.

던컨은 아무 말 없이 한숨만 내쉬었다.

「미안해요.」

매들린의 갑작스러운 사과에 놀란 던컨은 몸을 옆으로 돌렸다. 고통스러울 정도로 부푼 하복부 때문에 찌푸린 얼굴을 펼 수가 없었다.

「뭐가 미안하다는 거지?」

던컨이 찬바람이 쌩쌩 도는 목소리로 물었다. 스스로 생각해도 너무 냉정한 목소리라서 화가 났다.

매들린은 던컨을 대하기가 무서운지 등을 돌렸다. 던컨의 눈에도 매들린의 가늘게 떠는 몸이 비쳤다. 던컨이 매들린을 품에 안으려고 팔을 뻗는데 갑자기 매들린이 입을 다시 열었다.

「당신을 강제로 어떻게 해보려고 해서 미안하다구요.」

던컨은 순간 귀를 의심했다. 이렇게 우스꽝스러운 사과는 받아 본 적이 없었다.

던컨의 얼굴에서 험악한 기운이 서서히 사라지고 대신 미소가 떠올랐다. 사실 웃음이 터질 것만 같았지만 매들린이 하도 심각하게 나오니까 그럴 수도 없었다. 무슨 이유에선지 몰라도 던컨은 매들린의 마음을 상하게 하고 싶지 않았다.

그는 길게 신음 소리를 냈다. 매들린은 그 소리를 듣고 '아무래도 나한테 완전히 질린 모양이야' 라고 속단을 내렸다.

「앞으로 다신 이런 일이 없을 거예요. 약속할게요.」

던컨은 매들린의 허리에 팔을 두르고 품안으로 끌어당겼다.

「그럴까? 오늘 같은 일이 또 생길 테니까 두고봐. 내가 약속하지.」

매들린이 듣기엔 맹세처럼 들리는 말이었다.

　한편 로던 남작은 던컨과 병사들이 야영한 장소에서 말을 타고 반나절 정도 걸리는 거리에 있었다. 행운의 여신이 로던 편이었는지, 달빛마저 휘영청 밝아서 밤에도 계속 말을 달릴 수가 있었다. 로던의 병사들 역시 수적으로 보나 충성심 면에서 보나 던컨의 병사들과 비교해서 뒤질 것이 없었다. 분명히 지쳤을 텐데 아무도 불평하는 자가 없었다.

　하인 하나가 반쯤 정신이 나간 몰골로 로던의 뒤를 따라와서 던컨이 한 짓거리에 대해 알려주었다. 그 길로 로던은 병사들을 이끌고 성으로 돌아왔다. 사지가 절단 난 병사들의 시체를 목격한 일행은 격분한 나머지 철저한 응징을 하리라고 굳게 다짐했다. 그리고 너도나도 앞다퉈서 던컨을 자기 손으로 죽이겠다고 하늘에 맹세했다.

　과거 로던과 합심해서 던컨을 죽이려고 계략을 꾸몄던 일은 병사들의 안중에는 없었다. 오로지 복수라는 집념만 강하게 불태우고 있었다.

로던은 던컨을 쫓아가기로 마음먹고 신속하게 결단을 내렸다. 그렇게 결정한 이유가 두 가지 있었다. 무엇보다 이제 부정한 방법으로 웩스턴 남작을 끝장내려고 했던 계획이 들통나는 건 시간 문제였다. 그렇게 되면 궁정에서 겁쟁이라고 손가락질 당하는 것은 기정사실이 아닌가. 던컨이 윌리엄 2세에게 탄원을 하면, 아무리 로던을 총애하는 국왕이라도 한쪽이 죽을 때까지 싸워서 분쟁을 해결하라고 명령을 내리리라. 붉은 얼굴만큼 성격도 다혈질인 국왕이 '하찮은 의견 차이로 싸움을 벌였다고' 분통을 터뜨리는 모습이 눈에 선했다. 던컨과 싸워봐야 죽은목숨이나 다름없다는 사실은 로던도 알고 있었다. 지금까지 웩스턴 남작은 패배를 모르는 전사라는 명성을 쌓았다. 기회가 생기기만 한다면 자신을 갈가리 찢어 죽이고도 남을 작자였다.

로던 역시 그 나름대로 재간이 있는 분야가 있었지만 던컨 같은 부류를 상대하는 데는 별다른 도움을 주지 못했다. 그는 궁정에서 국왕의 사무관 비슷한 역할을 수행하고 있었다. 물론 대다수의 귀족들이 그렇듯이 문맹이라 글을 쓰고 읽는 일은 성직자에게 전담한 형편이었다. 하지만 로던이 주로 담당하는 일은 국왕을 알현할 사람을 고르는 일이었다. 로던은 수단 좋은 사기꾼처럼 국왕을 알현하고자 하는 귀족들을 위협해서 돈을 뜯어내곤 했다. 그런 마당에 던컨을 몰래 죽이려고 했다는 사실이 드러나면 모든 게 끝장이었다.

로던은 잘생긴 편에 속했다. 은빛이 은은하게 감도는 금발머리는 고수머리 하나 없이 곧게 쭉 뻗어서 반짝거렸고, 다갈색 눈동자에는 금색 반점들이 총총 떠올라 있었다. 마르긴 했지만 키가 컸고, 입술은 깎아놓은 조각처럼 매력적이었다. 로던이 미소 지으면 황홀해서 기절 일보직전까지 가는 여자들이 있을 정도였다. 로던의 손위 누이인 클라리사와 사라는 로던과 머리와 눈동자 색이 똑같았다. 그래서 그런지 로던처럼 이성에게 인기들이 많았다.

로던은 영국에서 제일 매력적인 독신남이라고 불렸고, 원하기만 하면 어떤 여자라도 손에 넣을 수가 있었다. 하지만 로던은 이복누이인 매들린을 갖고 싶었다. 던컨을 뒤쫓아가기로 한 두 번째 이유가 바로 거기 있었다. 두 달 전에 버튼 신부 곁을 떠나 성으로 돌아온 매들린을 처음 본 순간, 로던은 충격을 받았다. 어릴 때 매들린은 정말이지 못생긴 아이였다. 지나치게 도톰한 아랫입술 때문에 인상이 부루퉁하게 보이질 않나, 너무 말라깽이라 볼품이 하나도 없었다. 더구나 눈이 하도 커다래서 얼굴에 눈만 떠 있는 것처럼 보였다.

로던은 매들린이 갖고 있던 잠재력을 미처 깨닫지 못했었다. 어렸을 때의 모습을 생각하면 자라서 매들린의 엄마 레이첼과 판박이처럼 닮게 될 거라는 상상을 하기가 힘들었으니까. 보기만 해도 혐오스러웠던 아이가 어느새 매혹적이고 사랑스러운 여자로 변해버렸다.

이런 기적 같은 일이 일어나리라고 누가 생각을 했겠는가? 보기 흉한 나방이 아름다운 나비로 둔갑한 꼴이었다. 친구 녀석들까지 모두 매들린을 보고 넋을 잃었다. 로던과 제일 막역한 사이인 모르카는 아부한답시고 돈까지 내밀면서 매들린과 정혼하게 해달라고 끊임없이 졸라댔다.

하지만 로던은 다른 남자에게 매들린을 보낼 자신이 없었다. 두 달 전 매들린을 처음 봤을 때 성욕을 강렬하게 느꼈다. 여자에게 그런 반응을 보인 건 몇 년만의 일이라서 당혹스러웠다. 로던에게 성욕을 느끼게 했던 여자는 매들린의 엄마 레이첼뿐이었다. 로던은 새어머니였던 레이첼을 사랑했기 때문에 다른 여자를 봐도 아무런 감정이 일어나지 않았다. 하지만 레이첼은 죽고 없었다. 그녀가 죽으면 집착도 자연히 사라질 거라고 생각했었지만 그건 로던의 희망사항이었을 뿐 레이첼에 대한 집착은 매들린을 통해서 이어지고 있었다. 매들린…… 자신이 남자라는 걸 증명하기 위해서는 매들린이 필요했다.

로던은 심각한 고뇌에 빠졌다. 돈이 먼저냐, 욕망이 먼저냐 어느 쪽을 선택할지 결정을 내릴 수가 없었다. 매들린을 곁에 두고 싶은 마음이 굴뚝같았지만 혼인을 시키면 들어올 재물이 있었다. 물론 머리를 잘 굴리면 두 가지 모두 챙길 수 있으리라는 생각이 들었지만.

매들린은 아주 기묘한 자세로 잠에서 깨어났다. 던컨은 매들린의 몸 밑에 깔려 있었다. 얼굴은 던컨의 배에 놓여 있었고 다리는 서로 엉킨 상태였다. 무엇보다 매들린의 양쪽 손이 모두 던컨의 허벅지 사이에 끼여 들어가 있었다.

비몽사몽간이라 매들린은 자신의 손이 정확히 어느 곳에 있는지 깨닫지 못했다. 그저 따뜻하고…… 너무 딱딱하다는 느낌만 들뿐이었다.

순간 매들린은 눈을 확 떴다. 자기 손이 던컨의 은밀한 곳에 파묻혀 있었다는 사실을 자각했기 때문이었다. 매들린은 숨을 쉴 수가 없었다. 그녀는 던컨이 잠이 들었기를 간절히 빌면서 손을 천천히 빼냈다.

「이제야 깼군.」

매들린은 깜짝 놀라서 손을 획 뺐다. 그 바람에 던컨의 사타구니를 세게 치고 말았다. 던컨은 저도 모르게 신음 소리를 냈다.

매들린은 옆으로 몸을 굴리고 슬쩍 던컨의 안색을 살폈다. 실수로 거길…… 쳐서 미안하다고 사과하고 싶었지만 그럴 수가 없었다. 자기가 손을 어디다 두고 있었는지 매들린도 확실히 자각하고 있었다는 사실을 알리는 것 밖에 더 되는가?

매들린은 얼굴이 달아올랐다. 던컨의 안색을 살펴보니 기분이 별로인 것 같았다. 그러니 사과를 해봐야 받아줄 것 같지가 않았다.

하룻밤 사이에 자란 수염 때문에 던컨은 인상이 더 거칠게 보였다. 매들린은 던컨의 강렬하면서도 호기심이 어린 시선에 왠지 긴장이 됐다. 그는 끊임없이 매들린의 등 언저리를 쓰다듬고 있었다. 밤새도록 던컨이 자신을 따뜻하게 해주려고 얼마나 애를 썼는지 기억이 났다. 아마 던컨이 마음만 먹었으면 매들린을 다치게 하는 것쯤은 아무 일도 아니었으리라. 매들린은 스스로에게 던컨을 두려운 존재라고 애써 못박고 있다는 사실을 깨달았다. 하지만 그 반대가 맞는다고 해야 옳았다. 물론 던컨이 두렵긴 했지만, 로던하고는 전혀 다른 의미에서 그랬다.

로던의 성으로 돌아온 이래 계속 숨쉬기 힘든 공포감에 짓눌린 채 깨어나곤 했었다. 하지만 그날은 달랐다. 침대 곁에서 자신을 지켜보고 있는 로던이 없기 때문이었다.

던컨은 로던과는 완전히 달랐다. 로던처럼 잔인한 사람이었다면 매들린이 추워서 떨어도 아무 신경도 쓰지 않았으리라. 무엇보다 던컨은 약속을 지킬 줄 아는 사람이었다. 매들린을 강제로 어떻게 해보려고 하질 않았고…… 키스를 한 쪽은 오히려 그녀였다. 그때의 기억이 하나 하나 선명하게 되살아나면서 맥박도 점점 빨라졌다.

감정을 숨기는 법을 알고 있어서 얼마나 다행인지 몰랐다. 매들린은 자신의 얼굴에 아무런 감정도 떠올라 있지 않을 거라고 확신했다. 그 정도나마 품위를 지킬 수 있어서 다행이었다.

던컨은 내가 무슨 생각을 하고 있는지 모를 거야. 그녀는 안도의 한숨을 작게 내쉬었다.

던컨은 매들린의 얼굴에 만감이 교차하는 모습을 흥미롭게 지켜보고 있었다. 지난 몇 분 사이에 그녀의 눈동자에는 두려움과 낭패감 그리고 안도감이 차례로 스쳐갔다.

던컨은 전사였기 때문에 타인의 약점을 쉽게 찾아내곤 했다. 싸우는 상대의 마음을 읽어야 그에 따라 즉각즉각 반응을 할 수 있었다. 그리고 던컨은 상대에게 가장 소중한 존재를 찾는 것이 중요하다는 사실도 터득했다. 물론 그건 전사로서 취해야 할 행동이긴 했지만 일상 생활에서도 빠짐없이 적용이 되는 일이었다. 전사로서의 삶과, 보통 사람으로서의 삶을 따로따로 구분 할 순 없는 노릇이 아닌가. 그래서 던컨은 매들린의 성격을 어느 정도 파악할 수 있었다. 그녀는 감정을 숨기고 억제하는 것을 아주 중요시하는 여자였다. 던컨은 매들린과 부딪히면서 감정에 좌지우지되지 않는 여자도 존재한다는 사실을 처음 알았다. 딱 한번 매들린이 자제심을 잃는 모습을 지켜봤다. 로던의 성에서 수족이 잘려나간 시체를 보고 비명을 지르던 매들린. 하지만 자신이 이성을 잃고 비명을 질렀다는 사실을 알고 있을지 의문이었다.

매들린은 알다가도 모를 여자였지만, 같이 있으면 마음이 저절로 즐거워졌다.

매들린을 품에 안고 키스가 하고 싶어서 견딜 수가 없었다. 그래서 던컨은 매들린한테서 멀찍이 떨어졌다. 갑자기 집에 빨리 도착했으면 하는 생각이 들었다. 매들린이 자신의 성에서 안전하게 보호받을 수 있을 때까진 불안감을 떨치지 못할 것 같았다.

던컨은 자리에서 일어나서 몸을 쭉 폈다. 태양이 서서히 젖빛 구름을 향해 상승하고 있었다. 아무래도 햇살이 구름에 가려서 땅바닥에 얼어붙은 서리가 녹긴 힘들 것 같다. 추운 날씨이긴 했지만 바람이 강하게 불지 않아서 다행이었다.

매들린은 신을 신고 가운에 묻은 먼지를 털어낸 뒤, 망토를 어깨에 걸쳤다. 자신의 몰골이 얼마나 흉한지 안 봐도 뻔했다. 그래서 그녀는 앤셀을 찾으러 갔다. 종자는 던컨의 말을 돌보고 있었다. 그녀는 되도록 말에게서 멀찍이 떨어져서 가방이 어디 있는지 아느냐고 큰소리로 물었다. 겁이 나서 가까이 못 오는 매들린을 향해 앤셀은 가방을 던졌다. 매들린은 연신 고맙다는 말을 하면서 가방을 주워들었다.

사실 얼굴만 씻을 생각이었지만 깨끗한 물을 보니까 몸도 씻고 싶어졌다. 그녀는 비누를 꺼내서 재빨리 목욕을 마친 다음 새 옷으로 갈아입었다.

정말이지 너무 추웠다. 몸이 덜덜 떨렸다. 매들린은 발목까지 닿는 연노랑색 옷을 속에 받쳐입고 무릎까지 오는 금색 가운을 걸쳐 입었다. 길다란 소매 주위에는 감청색 실로 자수가 놓여 있었다.

매들린은 가방을 챙긴 뒤 시냇가에 앉아서 머리를 빗었다. 피곤이 어느 정도 풀리고 불안감도 많이 가신 뒤라 자신이 처한 상황에 대해서 생각해 볼 마음의 여유가 생겼다. 제일 먼저 떠오른 생각은 던컨이 자신을 데리고 가는 이유가 뭔지 모르겠다는 거였다. 전에 던컨은 '당신은 이제 내 사람이야' 라는 말을 했다. 그게 무슨 뜻인지 궁금했지만 차마 물어볼 용기가 나지 않았다.

매들린은 누군가 다가오는 소리를 듣고 고개를 돌렸다. 길라드가 매들린을 데리러 온 모양이었다.

「뭘 그렇게 꾸물대고 있나? 이젠 떠날 시간이야!」

소스라치게 놀란 매들린은 하마터면 물에 빠질 뻔했다. 길라드가 재빨리 잡아주지 않았다면 톡톡히 망신을 당했으리라.

「머리만 땋으면 돼요. 그리고 제 귀는 멀쩡하니까 그렇게 소리 지르지 마세요.」

「머리만 땋으면 된다니…….」

길라드는 기가 막혀서 한동안 말을 잇지 못했다.

「이런 제길. 당신은 포로란 말이야.」

길라드가 말을 더듬었다.

「저도 그 정도는 알아요. 하지만 제가 머리를 땋는 것과 그게 무슨 상관이 있는지 모르겠군요.」

매들린이 담담하게 말했다.

「날 지금 자극하려고 드는 건가? 설마 자기가 처한 상황 파악도 못하고 있는 건 아니겠지, 레이디 매들린(공작, 후작, 백작의 딸을 부를 때 이름 앞에 레이디를 붙임).」

그 말을 듣고 매들린이 고개를 흔들었다.

「무슨 이유로 저한테 화를 내세요? 원래 성격이 그래요, 아니면 제가 로던의 누이라 그러시는 건가요?」

길라드는 한동안 대답을 못하고 머뭇거렸다. 매들린은 시뻘개진 길라드의 얼굴을 보고 자기 때문에 성이 났다는 사실을 알았다.

「왜 절 포로로 잡은 거지요?」

「당신 오래비가 한 짓을 생각해봐. 당신도 잘 알 텐데 그러는군.」

「부탁이에요. 제가 알아듣기 쉽게 설명해주세요.」

「새삼스럽게 이제 와서 왜 아무것도 모르는 척하려는 게지? 지난 몇 년 동안 무슨 일이 있었는지 모르는 자가 이 나라엔 한 사람도 없어.」

「전 두 달 전까진 오라버니하고 떨어져서 살았어요. 그리고 사람들 왕래가 별로 없는 곳에서 자랐기 때문에 나라 안팎 사정을 잘 몰라요.」

「후후. 파문 당한 신부하고 같이 살았다지? 그러니까 사정을 잘 모를 수도 있겠군.」

길라드가 비웃었다.

화가 욱 하고 치민 나머지 매들린은 길라드에게 소리를 지르고 싶었다. 다들 그 끔찍한 소문을 진짜라고 믿고 있느냐고…….

「내가 진실을 모두 얘기하면 당신도 더는 모른다고 잡아떼지 못하겠지. 로던은 던컨의 가신들의 영지를 두 군데나 공격했어. 그때마다 여자나 어린애마저도 가차없이 죽여버렸어. 병사들이 성안에 들어올 때까지, 로던은 가신들한테 사교적인 방문인 것처럼 꾸며댔지.」

「왜요? 오라버니가 왜 그런 짓을 했지요? 그런다고 얻어지는 것도 없을 텐데요.」

매들린이 애써 태연한 척하며 물었다. 물론 로던은 그런 짓을 하고도 남을 인간이었지만 왜 그랬는지 이유를 알 수가 없었다.

「형님을 죽이고 싶어서 그렇지, 달리 무슨 이유가 있겠어. 후후. 당신 오래비는 권력을 얻기 위해선 뭐든지 하는 작자야. 이 나라를 통틀어서 로던이 무서워하는 사람은 오직 하나야. 우리 형님. 두 사람의 세력을 따지자면 비등비등하지. 당신 오래비는 국왕 폐하의 총애를 받고 있다지만 이 나라, 아니 전 세계를 통틀어서 형님이 거느린 병사들처럼 뛰어난 전사들은 없어. 국왕께선 로던을 총애하는 만큼 형님의 충성심도 소중하게 여기고 있지.」

「국왕 폐하께선 오라버니가 한 짓을 묵인하셨나요?」

「국왕은 증거가 없으면 개입을 하려고 들지 않아. 로던이나 우리 형님, 어느 편도 들려고 하질 않는다고. 하지만 국왕 폐하도 노르망디(영국 해협에 면한 프랑스 북서부 지방)에서 돌아오시면 이 이상 방관은 안 하실 게야. 그건 내가 보장하지.」

길라드가 생각만 해도 넌더리가 난다는 듯이 대답했다.

「그럼 던컨은 가신들을 위해서 아무 일도 못했나보죠? 그래서 이번에 오라버니가 사는 성을 공격한 건가요?」

「당신은 형님이 가만히 보고만 있었을 거라고 생각해? 천만의 말씀.

형님은 가신들의 영지에서 당신 오래비가 끌어들인 작자들을 몽땅 내쫓
아 냈어.」

「그럼 던컨도 죄 없는 여자나 어린애까지 죽였나요?」

매들린이 작게 물었다.

「당연히 여자하고 어린애는 그냥 나뒀지. 로던이 무슨 얘기를 했는
지는 몰라도 우린 그렇게 무자비한 살육은 안 해. 그리고 공격을 할 때
도 '사교적인 방문'인양 꾸며대는 짓거리는 안 했어.」

「오라버니는 저한테 아무 얘기도 안 했어요. 저는 그저 여동생일 뿐
이라 자기 생각을 털어놓을 만큼 중요한 존재가 아닌 걸요.」

매들린이 어깨를 축 늘어뜨리고 말했다. 갑자기 생각해야 할 일이 너
무 많아졌다.

「국왕 폐하가 오라버니 편을 들면 어쩌지요? 그럼 던컨은 어떻게 되
는 거예요?」

길라드가 듣기에 매들린의 목소리엔 공포심이 베어 있었다. 매들린은
던컨을 걱정하는 것처럼 보였다. 하지만 매들린이 포로라는 점을 감안하
면 앞뒤가 안 맞는 얘기였다.

「우리 형님은 원래 성격이 급한 편이지. 웩스턴 가문의 사람한테 손
을 대다니, 당신 오래비는 불행을 자초한 거야. 국왕 폐하가 돌아와서
'일대 일로 결투를 하라'고 명하실 때까지 기다릴 형이 아니야. 내가 단
언하는데 형님은 국왕의 뜻과는 아무 상관없이 로던을 죽일 거야.」

「웩스턴 가문의 사람한테 손을 댔다니, 그게 무슨 뜻이지요? 던컨에
게 남자 형제가 또 있었어요? 오라버니가 그분을, 형제분을 죽였다는 말
인가요?」

「갑자기 또 무슨 수작을 부리려고 그래? 아델라 누이에 관해서 아무
것도 모르는 척해 봐야 소용없어.」

길라드가 고압적으로 말했다.

「부탁이에요. 아델라가 누군지 말씀해주세요.」

매들린은 길라드의 험악한 표정에 움찔해서 고개를 숙이고 말했다.

「우리 누님이야.」

그 말을 듣고 매들린이 고개를 획 하고 쳐들었다.

「이 모든 게 누님 때문이란 말인가요?」

매들린이 놀라서 물었다. 길라드는 매들린이 왜 그렇게 놀란 표정을 짓는지 알 수가 없었다.

「궁정에서 로던은 혼자 있던 누이를 겁탈하고 죽을 만큼 때렸어. 살아난 게 기적처럼 여겨질 정도였지. 몸은 회복됐지만 정신적인 충격이 커서 예전 같지가 않아.」

매들린은 더 이상 참을 수가 없어서 등을 돌렸다. 길라드에게 눈물을 흘리는 모습을 보이고 싶지 않아서였다.

「정말 뭐라고 드릴 말씀이 없어요.」

매들린이 작게 말했다.

「이젠 내가 한 말을 믿는다는 얘긴가?」

길라드가 거친 목소리로 물었다.

「네. 그렇다고 다 믿는 건 아니지만요. 오라버니는 여자를 죽을 만큼 패고도 남을 인간이에요. 오라버니가 여자를 겁탈할 사람인지 모르겠지만 사실이라고 하시니까 믿겠어요. 저희 오라버니는 원래 천성이 악한 위인이라 옹호할 생각은 추호도 없어요.」

「다 믿는 게 아니라니…… 대체 어떤 말을 못 믿겠다는 거야?」

길라드가 다시 고함을 쳤다.

「누님 때문에 오라버니와 싸운다면서요. 그게 좀 이상하네요.」

매들린이 솔직하게 털어놨다.

「도대체 무슨 말을 하는 거야?」

「오라버니가 웩스턴 가문의 명예를 손상시켜서 절 미워하시는 건가요? 아니면 정말 누님을 사랑하기 때문에 절 미워하시는 건가요?」

그 말을 듣고 격분한 길라드는 매들린의 몸을 획 하고 돌려서 자신과 마주보게 했다. 그는 매들린의 어깨를 아플 정도로 꽉 붙들었다.

「한 핏줄이니까 사랑하는 게 당연하잖니! 눈에는 눈, 이에는 이야.

레이디 매들린, 당신을 포로로 잡았으니 분명히 로던은 기를 쓰고 따라 오겠지. 그럼 결국 죽는 건 로던이야.」

「그럼 죄를 저지른 사람은 오라버니지만 책임은 제가 져야 한다는 말인가요?」

「당신은 그 악마 같은 놈을 끌어낼 미끼야.」

「하지만 그 계획엔 허점이 있어요. 오라버니는 절대 날 구하러 올 사람이 아니에요. 나는 오라버니한테 있으나마나한 존재니까요.」

「로던은 바보가 아니야.」

길라드가 말했다. 그는 매들린의 입에서 나온 얘기가 모두 진심에서 우러나온 말이라는 사실을 깨달았다. 그래서 더욱 화가 치밀었다.

「당장 그 손 치우지 못해!」

그때 갑자기 던컨의 고함소리가 허공에 울려 퍼졌다.

순간 길라드는 재빨리 어깨에서 손을 떼고 뒤로 물러났다. 던컨은 험악한 얼굴로 매들린을 왜 울렸는지 다그칠 차비를 했다. 매들린은 두 사람 사이에 끼여들더니 던컨을 마주봤다.

「동생 분은 절 때리지 않았으니까 그만 두세요. 앞으로 절 어떻게 다룰 건지 설명해주고 있었어요.」

매들린의 눈동자엔 상처받은 심정이 고스란히 드러나 있었다. 던컨이 괜찮으냐고 물어보려는 순간, 그녀는 몸을 돌리더니 가방을 집어들었다.

「이젠 출발해야지요.」

매들린이 길라드를 지나쳐서 야영지로 돌아가려고 하자 길라드는 허겁지겁 길을 비켜줬다.

「자기가 결백하다는 걸 믿으란 말인가?」

길라드가 중얼거렸다.

「자기 입으로 그렇게 말하더냐?」

던컨이 물었다.

「아뇨. 자기를 옹호하는 말은 한마디도 안 했습니다, 형님. 하지만 정말 아무것도 모르는 사람처럼 굴더군요. 제길. 도대체 이해를 못하겠습니다. 누이 때문에 로던과 싸우려고 한다는 말을 듣더니 깜짝 놀라지 뭡니까? 나더러 누이를 사랑하느냐고 물어본 건 어떻구요.」

「그래서 네 대답을 듣고 뭐라고 하든?」

「한 핏줄이니까 사랑하는 게 당연하지 않느냐는 말을 듣더니 난감한 표정을 짓지 뭡니까? 정말이지 나로선 이해하기 힘든 여잡니다.」

「그래. 맞는 말이다. 매들린은 자기 자신의 가치를 지나치게 평가절하하는 경향이 있지.」

던컨이 길라드의 말에 동조했다.

「자, 빨리 움직이자. 시간이 없어. 서두르면 저녁 무렵엔 성에 도착할 수 있을 게야.」

길라드는 고개를 끄덕인 다음 던컨의 뒤를 따랐다.

한편 야영지로 돌아가는 길에 매들린은 던컨을 따라 가지 않으리라 마음을 먹었다. 앤셀이 가방을 어디론가 가지고 가버렸지만 매들린은 아무 말도 안 했다. 던컨이 가방을 가져가도 그만이었다. 이젠 어떻게 되든 아무 상관이 없었다. 그저 던컨이 자기를 여기 혼자 남겨두고 떠났으면 하는 마음만 들었다.

던컨은 전투복을 마저 갖춰 입기 위해 종자에게 다가갔다. 그는 매들린에게 말에 타라고 손짓을 했다. 매들린은 분명한 목소리로 '싫다'고 말한 순간, 귀를 의심한 던컨은 매들린에게 몸을 돌렸다.

매들린은 다시 싫다는 대답을 반복했다. 던컨은 너무 놀라서 한동안 가만히 있었다. 그녀는 마지막으로 고개를 한번 더 내젓더니 숲을 향해서 걸어가기 시작했다.

「매들린!」

던컨의 고함소리에 매들린은 발걸음을 멈췄다. 그녀는 던컨에게 맞설 용기를 쥐어짜면서 몸을 돌렸다.

「이쪽으로 와. 당장!」

두 사람은 한참 동안 서로를 응시했다. 병사들은 모두 하던 일을 멈추고 두 사람을 지켜보고 있었다. 아무래도 병사들 앞이라 거절당하는 게 쉽지 않을 터였다.

　매들린은 치마를 들어올리고 재빨리 던컨 앞에 가서 섰다. 이제 목소리만 낮추면 병사들이 들을까봐 염려하지 않아도 되리라.

　「전 여기 남겠어요. 오라버니는 절 찾으러 올 사람이 아니라니까요. 그건 제가 맹세할 수 있어요. 괜히 시간 낭비하지 말고 절 여기 두고 가세요.」

　「이런 황량한 곳에 남겠다고? 당신은 아마 한 시간도 못 버틸 걸.」

　던컨이 작게 말했다.

　「지금 보다 훨씬 더 안 좋은 상황이었을 때도 꿋꿋하게 견뎌냈어요. 그러니까 남작 님, 전 여기 남겠어요.」

　매들린이 어깨를 똑바로 펴면서 말했다.

　「당신이 남자였으면 무사하지 못했어. 누구라도 내가 명령을 내리면 따라야 돼. 또 한번 싫다고 고개를 흔들었단봐. 땅바닥에 쓰러질 때까지 후려칠 테니까.」

　물론 맘에도 없는 공갈이었지만 입에서 그 말이 떨어지는 순간 후회가 됐다. 어깨를 꽉 붙들었더니 매들린이 아파서 움찔했다. 그는 재빨리 손을 치우고 매들린이 자신의 명령을 따르기만을 기다렸다.

　하지만 매들린은 그 자리에 서서 너무나 침착한 표정으로 던컨을 바라봤다.

　「하도 많이 겪은 일이라 상관없어요. 마음 내키는 대로 해보세요. 내가 쓰러졌다가 일어나면 또 때리고 싶은 마음이 들 것 같아요? 그럼 또 때리세요. 분이 풀릴 때까지 때리라구요.」

　던컨은 일순 누군가 매들린을 때렸다는 사실에 격분했다. 십중팔구 로던이 분명했다.

　「왜 당신 오라버니는…….」

　「그건 중요하지 않아요.」

　매들린이 던컨의 말을 끊었다. 던컨에게 동정심을 받고 싶은 생각은 추호도 없었다. 그저 혼자 남고 싶다는 생각만 머릿속에 가득했다.

「어서 말을 타.」

한숨을 한번 내쉬더니 던컨이 말했다.

던컨의 꼭 다문 입술과 꿈틀거리는 뺨에 매들린의 시선이 머물렀다. 그 순간 그녀는 억지로 짜낸 용기마저 사라지는 느낌이 들었다.

던컨은 말이 서 있는 곳을 향해서 매들린을 살짝 밀었다.

「당신 말을 들으니까 로던을 죽여야겠다는 생각이 더욱 더 확고해지는군.」

매들린은 던컨에게 그게 무슨 말이냐고 물어보려고 고개를 돌렸다. 하지만 던컨의 짜증 섞인 눈동자를 본 순간 자신의 패배를 인정하지 않을 수가 없었다. 매들린이 무슨 말을 해도 던컨은 절대 마음을 바꾸지 않을 게 분명했다.

매들린은 길게 한숨을 내쉬더니 던컨의 말이 서 있는 곳을 향해 걸어갔다. 병사들 대부분이 아직도 매들린을 쳐다보고 있었다. 겉으론 아무 내색도 안 했지만 심장이 터질 것처럼 고동을 쳤다. 이젠 던컨보다는, 보기만 해도 끔찍한 저 말이 문제였다. 차라리 던컨한테 붙들려서 안장 위에 내동댕이쳐지는 편이 나을 것 같았다. 혼자 힘으로 말을 타야 한다니 끔찍했다.

「난 왜 이렇게 겁쟁이일까.」

매들린이 혼자 중얼거렸다. 갑자기 심심하면 혼잣말을 하던 버튼 신부님이 떠올랐다. 원래 사람은 남보다는 자기가 하는 말에 제일 관심이 많은 법이라고 했던가. 매들린의 입가에 미소가 떠올랐다.

「삼촌이 지금 절 보셨으면 남부끄럽다고 하셨겠지요. 이젠 저 끔찍한 말에 타야 하는데, 분명히 망신당할 거예요.」

공포심에 떨면서도 문득 자신이 얼마나 웃기지도 않는 걱정을 하고 있는지 깨달았다.

「어차피 말발굽에 짓밟혀 죽을 텐데 망신당할 걱정은 해봤자지. 남들이 날 겁쟁이라고 생각한들 뭐 어때. 난 벌써 죽은 다음일 텐데.」

혼자 마구 떠들어댔더니 공포심이 조금씩 줄어드는 기분이었다. 평정을 서서히 찾아가는 와중, 던컨의 말이 자신을 쳐다보고 있다는 느낌이 들었다. 앞발로 땅을 차는 걸 봐선 매들린이 맘에 안 드는 모양이었다. 설상가상으로 코방귀까지 뀌어댔다. 어쩜 저렇게 저 멍청한 말은 자기 주인하고 성격이 안 좋은 것까지 똑 닮았을까.

매들린은 용기를 그러모아서 말 바로 옆까지 걸어갔다. 그것도 맘에 안 들었는지 옆구리로 매들린을 밀어댔다. 그녀는 손을 위로 뻗어서 안장을 붙들려고 했지만 말이 갑자기 히힝 하고 울어대는 바람에 깜짝 놀라서 뒤로 물러섰다.

매들린은 화가 머리끝까지 치밀어서 허리춤에 양손을 얹었다.

「넌 나보다 훨씬 몸집이 크지만 머리는 별로 안 좋은 모양이구나.」

말이 자신을 물끄러미 쳐다보자 매들린은 기분이 한결 좋아졌다. 물론 이 쪽이 하는 말을 알아듣진 못하겠지만 최소한 딴청을 피우고 있진 않으니까 다행이었다.

매들린은 말을 향해 억지로 미소를 지으면서 조심스럽게 말 앞쪽으로 비스듬하게 움직였다.

말을 마주본 상태에서 매들린은 머리를 숙이게 할 생각에 고삐를 잡아당겼다. 그리고 부드럽고 낮은 목소리로 말의 귓가에 속삭였다.

「난 한번도 말 타는 법을 배운 적이 없단다. 그래서 네가 무서운 거야. 넌 정말 힘이 세니까 나 같은 여자를 발굽으로 짓밟아버리는 일쯤은 식은 죽 먹기겠지. 아차, 네 이름을 물어본다는 걸 잊었구나. 네가 내 말이라면 난 실레노스(그리스 신화에 등장하는 술과 여자를 좋아했던 숲의 신, 사티로스들 중의 하나로 주신(酒神) 디오니소스의 양부였던 노인. 사티로스는 발굽, 귀, 꼬리 모양이 말과 비슷하게 생겼음)라고 부를 거야. 실레노스는 내가 정말 좋아하는 신이란다. 너처럼 아주 야생적이고, 자유분방한 기질을 갖고 있었다지. 그래. 너한테는 실레노스라는 이름이 딱 어울려.」

매들린은 일방적인 대화를 마친 뒤 말고삐를 놓았다.

「네 주인이 네 등위에 오르라고 명령을 했단다. 실레노스, 부탁이니 가만히 있어줄래? 난 아직도 네가 많이 무섭거든.」

옷을 다 갖춰 입은 던컨은 매들린이 말에게 얘기하는 모습을 지켜보고 있었다. 여기서는 매들린이 도대체 무슨 말을 하는지 들을 수가 없었다. 매들린은 괴상한 방향에서 말을 타려고 했다. 깜짝 놀란 던컨은 그렇게 타면 말이 날뛴다고 소리를 지르려고 했다. 하지만 매들린이 말안장 위에 올라탄 모습을 본 순간, 그 말이 목에 걸리고 말았다. 정말이지 저렇게 이상한 자세로 말을 타는 모습은 난생 처음이었다. 던컨은 한숨을 길게 내쉬었다. 이제야 왜 매들린이 말을 타고 갈 때 고목나무의 매미처럼 달라붙어 있었는지 이해가 갔다. 매들린은 던컨의 말을 무서워하고 있었다. 문득 말이라면 모두 무서워하는 건지 아니면 던컨의 말만 특별히 무서워하는 건지 궁금해졌다.

던컨의 말은 매들린이 우스꽝스러운 자세로 안장에 오르는 데도 꿈쩍도 안 했다. 안장 위에 자리를 잡은 매들린이 몸을 숙였다. 그 모습을 본 던컨이 속으로 중얼거렸다. 매들린이 지금 말한테 뭐라고 얘기하는 게 아니라면 내가 성을 갈겠다!

「방금 그 장면, 형님도 봤습니까?」

길라드가 던컨의 등뒤에서 물었다.

던컨은 고개만 끄덕였을 뿐 길라드에게 등을 보인 채 서 있었다. 그는 입가에 미소를 띠운 채, 매들린을 계속 바라보고 있었다.

「승마하는 법을 도대체 누가 가르친 거야? 승마에 관해 선 아무것도 모르는 것 같군.」

길라드가 고개를 흔들면서 혼잣말을 했다.

「분명히 내가 보기엔 아예 배우질 않은 것 같다. 매들린이 저렇게 서투른 데도 말이 가만히 있는 걸 보면 신기할 뿐이지.」

던컨은 고개를 한번 흔들더니 매들린을 향해서 뚜벅뚜벅 걸어갔다.

한편 앤셀은 던컨의 반대편에서 매들린에게 다가갔다. 얼굴에 주근깨가 가득한 앤셀은 낄낄 웃으면서 매들린에게 한바탕 설교를 늘어놓았다.

「말을 탈 땐 왼쪽 방향에서 올라가야 한다구요.」

앤셀은 뽐내듯이 말하더니 매들린의 손을 잡고 말에서 끌어내리려고 했다. 다시 한 번 제대로 타보라고 그러는 것 같았다. 던컨이 모습을 나타내자 말이 경중거리면서 앞으로 나아갔다. 순간 매들린을 붙잡고 있던 앤셀이 멀찌감치 나가 떨어졌다.

「또 한번 매들린의 몸에 손을 댔다간 가만 안 둘 줄 알아!」

앤셀을 땅바닥에 밀쳐낸 뒤 던컨이 버럭 소리를 질렀다. 종자는 재빨리 일어난 다음 고개를 끄덕거렸다.

불쌍한 앤셀은 겁을 잔뜩 먹은 모양이었다. 매들린이 앤셀을 위해서 중재에 나섰다.

「앤셀은 절 가르쳐주려고 그런 거예요. 제가 서두르다가 멍청하게 말안장에 잘못 올라갔거든요. 그래서 다시 말안장에서 내려오려는 걸 앤셀이 도와줬어요.」

앤셀은 매들린에게 고맙다고 눈인사를 한 뒤 던컨에게 공손하게 절을 했다. 던컨도 매들린의 설명을 듣고 마음이 풀렸는지 고개를 끄덕였다.

던컨이 실레노스를 타려고 하자 매들린은 겁이 나서 눈을 꼭 감았다. 던컨의 몸에 부딪혔다간 바닥에 나가떨어질 게 분명했다.

던컨은 매들린이 눈을 감더니 고개를 돌리는 모습을 봤다. 도대체 왜 저러는지 알 수가 없군. 던컨은 획 하고 말에 오르면서 그녀를 무릎 위에 앉힌 다음 망토를 몸에 둘러줬다.

「지금 와서 생각하니까 당신이란 사람은 우리 오라버니하고 다를 게 없어요. 어떻게 자기 편 병사들 시체도 안 묻어주고 떠나요? 당신도 오라버니처럼 자비심이라고는 눈곱만큼도 없군요.」

「이봐. 우리 쪽 전사자는 한 사람도 없었다고. 당신 오라버니의 성에 남겨진 시체들은 모두 로던의 병사들이었어.」

던컨은 짜증이 나는 걸 간신히 참으면서 대답했다.

의외의 대답에 깜짝 놀란 매들린은 슬그머니 고개를 들고 던컨의 얼굴을 훔쳐봤다. 그 바람에 머리가 던컨의 턱에 부딪혔다.

「나더러 그 말을 믿으라구요? 당신 병사들이 그렇게 대단…….」

「이 이상 내 성질을 돋구려고 들지 마.」

던컨은 망토로 매들린의 머리를 획 하고 덮었다.

정말 무서운 사람이야. 피도 눈물도 없는 사람 같으니라고. 양심이 있으면 살인을 그렇게 쉽게 하진 못할 거야.

사실 매들린은 타인의 목숨을 빼앗는 게 어떤 건지 상상도 못해봤다. 지금까지 버튼 삼촌과 성당이라는 울타리 안에서만 살았기 때문에 로던이나 던컨 같은 부류의 사람들은 어떻게 대해야 할지 갈피를 잡을 수가 없었다.

매들린은 겸손이 최고의 미덕이라고 배운 까닭에 오라버니에게 복종했다. 하지만 사실은 끓어오르는 분노를 삭인 것뿐이었다. 그녀는 자신의 영혼이 로던처럼 사악하지 않기만을 빌었다. 이복 형제지간이라고는 해도 같은 아버지의 핏줄을 이어받은 건 변함없는 사실이었다. 매들린은 자신이 아버지 쪽의 사악한 기질은 제하고 엄마와 외가 쪽의 선한 성품만 물려받았기를 간절히 바랐다.

얼마 지나지 않아 매들린은 너무 지쳐서 걱정할 기운도 없어졌다. 그날 일정은 정말이지 너무 고되고 힘들어서 신경이 극도로 날카로워졌다. 한참만에 어떤 병사가 거의 다 왔다는 얘기를 하는 걸 들었다. 하지만 얼마 안 남았다고 생각하니까 매 시간이 더 길게만 느껴졌다.

울퉁불퉁하고 고개가 많은 지형이라 진행속도가 느려졌다. 아무리 던컨이라고 해도 전처럼 엄청난 속도로 말을 달리진 못했다. 매들린은 이렇게 달리다가는 어디 걸려서 넘어지겠다는 생각을 몇 번이나 했는지 모른다. 그녀는 하루 종일 던컨의 품안에서 눈을 감은 채 길고도 끔찍한 여정을 견뎌야만 했다. 실레노스는 바닥에 깊숙한 틈새가 있으면 꼭 바로 앞까지 가서 아슬아슬하게 비켜가곤 했다. 그때마다 긴장을 해서 그런지 완전히 기진맥진하고 말았다.

병사 하나가 드디어 웩스턴 영지에 들어섰다는 소식을 큰소리로 알렸다. 병사들이 환호하는 소리가 이 고개에서 저 고개로 울려 퍼졌다. 매들린은 안도의 숨을 내쉬고 던컨의 가슴에 기댄 채 축 늘어졌다. 긴장감 때문에 빳빳했던 어깨에서 조금씩 힘이 빠졌다. 너무 지쳐서 던컨의 성에 도착하면 자신의 처지가 어떻게 될지 걱정할 여력이 없었다. 지금은 한시라도 빨리 말에서 내렸으면 좋겠다는 생각만 간절했다.

그날 따라 날씨마저 뼛속까지 시릴 정도로 추웠다. 매들린은 시간이 가면 갈수록 초조해졌다. 웩스턴 영지에 들어와서 벌써 몇 시간 쉬지 않고 달렸지만 아직도 던컨의 성은 모습을 나타내지 않았다.

해가 질 무렵 던컨은 길라드의 잔소리를 못 이겨 잠깐 동안 휴식을 취하기로 했다. 하지만 두 사람이 나누는 대화를 들어봐선 던컨은 영 못마땅한 기색이었다.

「넌 어째 매들린보다도 약해빠졌냐.」

던컨이 길라드에게 말했다.

「양쪽 다리에 감각이 하나도 없어서 그렇수다.」

길라드가 심드렁하게 대꾸했다.

「지금까지 매들린은 불평 한마디 안 했다.」

던컨이 병사들에게 잠깐 쉬고 간다는 신호를 보낸 뒤 말했다.

「겁이 나서 아무 말도 못했겠지요. 분명히 망토 밑에서 형님 가슴팍을 부여잡고 눈물 깨나 흘렸을 겁니다.」

길라드가 코방귀를 뀌면서 말했다.

「글세, 그럴까? 그럼 네가 직접 눈물 자국이 있나 한번 봐라.」

던컨은 망토자락을 획 하고 들어서 길라드가 매들린의 얼굴을 볼 수 있게 했다.

길라드가 고개를 내저었다. 나한테 열등감을 느끼게 하려고 일부러 매들린을 들먹이는 걸 내가 모를 줄 알고? 그는 형을 보면서 껄껄 웃어댔다. 그 정도 농담쯤에 기분 상할 길라드가 아니었다. 길라드는 지금 당장 다리를 좀 쭉 펴고 맥주 한잔 들이키고 싶어서 죽을 지경이었다. 하지만 무엇보다 제일 급한 건 소변을 보는 일이었다.

「원래 머리가 나쁘면 자기가 어떤 상황에 처했는지도 잘 모르는 법이 아니랍니까? 그러면 자연히 겁이 날래야 날 까닭이 없겠지요. 혹시 레이디 매들린이 그런 거 아닙니까?」

길라드가 히죽대면서 말했다.

던컨은 그 말을 농담으로 받아들이지 않았다. 길라드는 던컨의 험악한 얼굴을 보고 부리나케 숲으로 달려갔다. 던컨은 천천히 말에서 내린 다음 매들린에게 몸을 돌렸다. 매들린은 던컨의 넓은 어깨에 양손을 올려놓았다. 그는 애써 미소짓는 매들린의 허리를 꽉 붙든 다음 천천히 품 안에 끌어당겼다. 두 사람의 시선이 거의 일직선상에서 만나고 얼굴이 닿을락 말락 하는 순간, 던컨은 그대로 가만히 있었다. 그 상태에서 똑바로 다리를 펴려고 했더니 저도 모르게 입에서 신음 소리가 나왔다. 매들린은 온몸이 쑤시고 아파서 비명 소리가 나올 지경이었다.

그런데도 던컨은 뻔뻔스럽게 그걸 보고 미소를 지었다!

이상하게도 던컨하고 같이 있으면 성질이 나빠지는 느낌이었다. 그렇지 않고서야 던컨의 귀에 들이대고 고막이 터져라 비명 소리를 지르고 싶어질 리가 없다. 맞아. 이 사람은 내 마음속에서 악한 심성을 불러일으키는 재주가 있는 것 같아. 매들린은 지금까지 살아오면서 한번도 누군가에게 소리를 질러본 적이 없었다. 버튼 삼촌만 해도 심심하면 매들린더러 '넌 천성적으로 순하고, 차분한 아이야' 라는 말씀을 하시곤 하질 않았던가.

하지만 던컨의 비웃는 얼굴을 보고 있자니까 온순하고 차분한 성품은 어디론가 사라져버리고 말았다. 지금부터라도 괜한 일에 흥분하지 말자. 매들린이 속으로 다짐했다. 내가 아파서 괴로워하는 걸 보고 비웃든 말든 모르는 척해야지.

던컨은 매들린을 뚫어져라 쳐다보고 있었다. 꼭 풀리지 않는 수수께끼에 대한 해답을 찾으려는 사람처럼 진지해 보였다. 그녀는 움찔하지 않으려고 애쓰면서 던컨의 시선을 고스란히 받았다.

던컨의 시선이 매들린의 입술에 머물렀다. 한동안 매들린은 왜 그러는 걸까 하고 의아해 하다가 이내 자신도 던컨의 입술을 멍하니 쳐다보고 있었다는 사실을 깨달았다. 순식간에 얼굴이 화끈거렸다.

「동생이 착각한 거예요. 난 그렇게 머리가 나쁜 여자가 아니에요.」

뭐가 그렇게 우스운지 던컨의 입가가 한층 더 옆으로 벌어졌다.

「이젠 좀 놔줘요.」

매들린이 자기 딴엔 오만한 표정을 지으면서 말했다.

「내가 손을 놓으면 바닥에 얼굴을 쾅 하고 부딪힐 텐데.」

던컨이 대꾸했다.

「그래서 내가 땅바닥에 얼굴을 부딪히면 속이 시원하겠어요?」

매들린이 애써 부드러운 목소리로 물었다.

던컨은 '글쎄, 그건 나도 모르지' 라는 식으로 어깨를 한번 으쓱하더니 매들린을 붙들고 있던 손을 확 놓았다.

이런 못된 인간! 내가 넘어질지도 모른다는 걸 알면서도 일부러 손을 놓다니……. 균형을 잃은 매들린은 허공에 팔을 허위허위 휘두르면서 속으로 외쳤다. 던컨의 팔을 붙들었기에 망정이지 하마터면 뒤로 고꾸라질 뻔했다. 매들린은 다리에 힘이 하나도 없어서 똑바로 서 있는 것조차 힘들었다.

「전엔 이렇게 장시간 동안 말을 타본 적이 별로 없어요.」

말을 타본 일이 거의 없다고 하는 게 옳겠지. 던컨이 속으로 중얼거렸다. 매들린처럼 이해하기 힘든 여자는 난생 처음이었다. 그도 그럴 것이 도대체 어떤 모습이 진짜인지 갈피를 잡을 수가 없었다. 평소에 걷는 모습을 보면 기품이 넘쳐 보였지만, 꽤나 덤벙거린다 싶을 때도 있었다. 지금까지 부주의하게 던컨의 턱에 머리를 부딪힌 게 몇 번이나 되는지 몰랐다. 어쩌면 정수리에 혹이 생겼을지도 모른다.

매들린은 던컨이 무슨 생각을 하고 있는지 짐작이 안 갔다. 하지만 던컨이 만면에 미소를 띄우고 있는 걸 보니 알아봤자 마음만 불편해질 것 같다. 이제 다리에 힘이 좀 생긴 매들린은 던컨의 팔을 놓고 숲 속으로 들어갔다. 저 사람한테 할머니처럼 어기적어기적 걷는 꼴을 보이기 싫은데……. 제발 딴 데 좀 쳐다보고 있었으면.

숲에서 볼일을 보고 나온 뒤 매들린은 다리에 뭉친 근육을 풀어볼 생각에 병사들 주위를 슬슬 걸어다녔다. 걷다보니 얼추 삼각형 모양을 이

룬 지형이 나타났다. 거기서 제일 후미진 곳에 자리를 잡고 방금 전에 올라온 계곡을 내려다봤다.

무슨 이유에선지 던컨은 서두르는 기미가 없었다. 길라드가 쉬자고 했을 때 분통을 터뜨렸던 사람이 지금은 시간이 남아도는 것처럼 마냥 늑장을 부리고 있었다. 매들린은 고개를 흔들었다. 정말이지 던컨처럼 이해하기 힘든 사람은 처음 봤어.

낙조(落照)가 시작되면서 선명한 오렌지와 불그스름한 빛깔을 띤 햇살이 빗살 모양으로 뻗어나갔다. 아래쪽으로 뻗어나간 햇살은 어딘가 멀리 떨어진 곳의 지면을 핥고 있으리라. 매들린은 뒤에서 들려오는 소음은 무시하고 눈앞의 정경에만 집중하려고 애썼다. 그때 갑자기 숲 속에서 나무들 사이를 뚫고 빛이 번쩍 했다가 이내 사라졌다. '저세 뭐지?' 호기심이 생긴 매들린은 오른쪽으로 가봤다. 그랬더니 처음과는 완전히 다른 방향에서 빛이 또 번쩍거렸다.

어느 순간 빛줄기는 수도 없이 늘어나서 흡사 백 개가 넘는 초에 동시에 불을 붙인 형국이 되었다. 계곡 아래였고, 여기선 멀리 떨어진 거리였지만 정체 모를 섬광들은 이쪽을 향해 점점 더 가깝게 다가오고 있었다. 꼭 불이라도 난 것 같잖아. 그게 아니면…… 철제로 만든 물건이 햇빛을 받아 번쩍거린다던가…….

매들린은 그제야 강렬하게 번쩍이던 섬광의 정체를 알아냈다. 병사들이 들고 있는 방패와 갑옷 외에 또 어떤 물건이 저렇게 번쩍거릴 수 있겠는가.

계곡 아래쪽에서 수백을 훨씬 웃도는 병사들이 전진해오고 있었다.

5

「나쁜 사람은 쫓는 자가 없어도 달아나고 착한 사람은 사자처럼 당당하다.」

구약성서 中, 잠언 28장 1절

매들린은 너무 놀라서 얼어붙은 것처럼 서 있었다. 이내 공포심 때문에 몸이 덜덜 떨리기 시작했다. 그녀는 마음을 가다듬으려고 심호흡을 했다. 이젠 앞으로 어떻게 해야 할지 이성적으로 생각해봐야지.

던컨한테 포로로 잡힌 만큼 사실대로 털어놓는다는 건 말이 안 됐다. 일단 입을 다물고 있다가 전투가 시작됐을 때 몰래 도망을 가면 될 일이었다.

하지만 내가 입을 다물면 사상자는 더욱 더 늘어나겠지. 매들린이 고개를 흔들었다. 던컨에게 알려서 여길 빨리 빠져나가면 어떻게든 싸움은 피할 수 있지 않을까. 사람 목숨이 중요하지 지금 이 상황에서 도망치는 게 대수겠어?

매들린은 치마를 들어올리고 달렸다. 포로로 잡힌 처지에 공격당할지도 모르니까 조심하라고 알려줘야 한다니 황당한 일이 아닐 수 없었다.

병사들이 던컨과 길라드를 둥글게 에워싸고 있었다. 매들린은 병사들 사이를 밀치고 들어가서 던컨 바로 뒤에 섰다.

「남작 님, 드릴 말씀이 있어요」

잔뜩 긴장을 해서 그런지 목소리에 힘이 없었다. 던컨은 매들린을 무시한 채 계속 병사들에게 무언가를 떠들어대고 있었다.

「드릴 말씀이 있다구요」

이번엔 매들린이 큰소리로 말했다. 그리고 용기를 쥐어짜서 어깨를 살짝 쳤다.

하지만 던컨은 계속 매들린을 무시했다. 매들린은 포기하지 않고 조금 더 세게 던컨의 어깨를 쳤다.

던컨은 한층 목소리를 높이고 병사들에게 무슨 말인가를 계속 떠들어대고 있었다. 매들린이 판단하기엔 자신이 이제 하려는 말에 비하면 시시껄렁한 애기가 아닐 수 없었다.

매들린은 점점 불안해져서 양손을 신경질적으로 쥐어짰다. 계곡 아래쪽에 있던 병사들이 당장이라도 여길 덮칠 것만 같았다.

던컨이 아는 척할 때까지 마냥 기다리고만 있으려니까 마음이 더 초조해졌다. 화가 난 매들린은 젖 먹던 힘까지 다해 던컨의 오른쪽 무릎 뒷부분을 걷어찼다. 순간 너무 아파서 눈물이 핑 돌았다. 발가락이 모두 부러진 것 같았다. 차돌처럼 단단한 다리를 찰 생각을 하다니 무모하기 짝이 없는 행동이었다. 그나마 던컨의 관심을 끌었기에 망정이지, 안 그랬으면 괜히 애꿎은 발가락만 축낼 뻔했다. 다행히 그때까지 일방적으로 무시만 하고 있던 던컨이 휙 하고 몸을 돌렸다.

화가 나 있을 줄 알았는데 던컨은 의외로 깜짝 놀란 표정을 짓고 있었다.

「긴히 드릴 말씀이 있어요」

매들린이 던컨을 간신히 똑바로 쳐다보면서 말했다.

　매들린의 목소리로 판단컨대 뭔가 걱정거리가 있는 듯했다. 던컨은 매들린의 팔을 붙잡고 야영지 반대쪽으로 끌고 갔다. 그 와중에 매들린은 두 번이나 발을 헛디뎠다.

　던컨이 땅이 꺼져라 한숨을 길게 내쉬었다. 갑자기 왜 그러는지 매들린은 안 봐도 훤했다. 날 얼마나 하찮게 여기고 있는지 보여주고 싶은 거야. 하지만 조금 있다가 내 얘기를 듣고 나면 태도가 조금은 바뀔지도 모르지. 고맙다는 인사치레는 기대도 안 하지만, 최소한 귀찮아 죽겠다는 표정은 안 보일 테니까…….

　그리고 무엇보다 무의미한 살상을 막을 수 있는 기회가 아닌가. 그 생각에 용기를 얻은 매들린은 던컨의 눈을 똑바로 쳐다봤다.

　「계곡 아래쪽에서 중무장한 병사들을 봤어요.」

　매들린의 기대와는 달리 던컨은 아무 반응도 보이지 않았다. 결국 말을 다시 반복하는 수밖에 없었다.

　「병사들이 이쪽으로 오고 있다구요. 병사들의 갑옷이 햇빛에 반사되는 걸 내 눈으로 직접 확인했어요. 이젠 어떻게 하죠?」

　던컨은 한참 동안 기묘한 시선으로 매들린을 응시했다. 던컨의 차가운 회색 눈동자엔 의혹이 가득했다.

　「전 지금까지 한번도 거짓말을 한 적이 없어요. 절 따라오세요. 제 말이 사실인지 아닌지 직접 확인해보세요.」

　던컨은 너무나 당당한 태도로 자신 앞에 서 있는 매들린을 응시했다. 정말이지 사랑스러운 여자였다. 커다란 녹색 눈동자에는 던컨에 대한 신뢰감이 가득 담겨 있었다. 복숭아 빛으로 물든 뺨엔 머리카락이 몇 가닥 흘러내려 있었고 콧등은 진흙이 묻어서 지저분했다.

　「왜 이런 얘길 해주는 거지?」

　「그래야 한시라도 빨리 여기서 빠져나가죠. 이 이상 무고한 사람들이 희생되는 건 보고 싶지 않아요.」

　매들린이 얼굴을 찌푸리면서 대답했다.

　던컨은 고개를 끄덕인 다음 손짓을 해서 길라드를 불렀다.

「여기 계신 숙녀 분께선 우릴 뒤쫓는 녀석들이 있다는 걸 이제야 깨달으셨다는 구나.」

길라드는 깜짝 놀라서 던컨을 쳐다봤다.

「정말이요? 그럼 형님은 언제부터 알고 있었습니까?」

「오늘 아침.」

던컨이 그게 뭐 대수냐는 식으로 어깨를 으쓱했다.

「혹시 산적떼는 아닐까요?」

길라드가 던컨의 무관심한 태도를 그대로 따라하면서 물었다. 하지만 실상은 오후 내내 입을 꾹 다물고 있었던 던컨에게 화가 나 있었다. 그리고 매들린이 왜 그 얘길 솔직하게 털어놓았는지 이해할 수가 없었다.

「놈들은 산적들이 아니다, 길라드.」

한참 동안 던컨과 길라드 사이에서 침묵이 팽팽하게 감돌았다. 이윽고 길라드의 얼굴에 이제야 알겠다는 표정이 떠올랐다.

「쥐새끼들이 늑대를 잡겠다고 나선 꼴이로군요.」

「이번엔 녀석이 아마 선봉으로 나섰을 게다.」

던컨이 대답했다.

길라드가 냉소적인 미소를 흘렸다.

「원래는 조금 더 성에 가까이 가서 녀석들을 상대해주려고 했었지. 하지만 지형적으로 우리한테 유리하니까 여기서 그냥 싸우기로 한다. 가서 병사들한테 준비하라고 일러라.」

길라드는 단숨에 병사들에게 달려가서 말에 올라서 정렬하라고 외쳤다. 매들린은 너무 겁이 나서 아무 말도 안 나왔다. 길라드가 큰소리로 웃어젖히는 소리가 들렸다. 그 순간 매들린은 자신으로 인해 불가피한 사상자가 없어지리라는 생각이 오산이었음을 깨달았다. 하지만 아직도 길라드가 했던 ‘쥐와 늑대’ 얘기가 무슨 뜻인지 이해할 수가 없었다.

「역시 내가 생각했던 대로 당신은 로던하고 다를 바가 없어요. 안 그래요?」

「어서 말에 올라, 매들린. 당신 오라버니를 만나러 가야지.」

던컨은 분통을 터뜨리는 매들린을 싹 무시하면서 말했다.

매들린은 너무 화가 나서 대꾸할 맘도 안 났다. 던컨이 싸움을 피할 사람이 아니라는 걸 진작 알아봤어야 했다. 전에도 로던의 영지에서 떠나라고 계속 설득했건만 듣는 척도 하질 않았던가.

매들린은 성이 나서 실레노스의 안장에 올랐다. 너무 화가 나니까 무섭지도 않았을 뿐더러 말에 오르고 보니 도대체 어떤 방향에서 말을 탔는지 기억조차 안 났다.

던컨은 고삐를 붙들고 매들린이 탄 말을 끌고 갔다. 매들린은 어깨를 꾸부정하게 구부리고 안장을 꽉 붙들었다. 하지만 등자가 너무 아래쪽에 있어서 발에 닿지가 않았다. 거기다 말이 한 걸음 디딜 때마다 중심이 앞으로 쏠리면서 말 등에 엎어지기 일보직전까지 가곤 했다. 매들린으로서는 던컨이 등을 돌리고 있어서 얼마나 다행인지 몰랐다.

「이 말의 이름이 뭐지요?」

매들린이 물었다.

「말한테 말이라고 하지 달리 뭐라고 부르나?」

「그럴 줄 알았어요. 어쩌면 그렇게 사람이 냉정하고 인정머리가 없어요? 아끼는 말한테 이름 하나 안 지어주다니……. 내가 대신 이 녀석한테 이름을 지어줬어요. 앞으로는 당신도 실레노스라고 부르세요.」

던컨은 대꾸를 하지 않았다. 평상시 같았으면 아마 무슨 배짱으로 남의 말한테 이름을 지어줄 생각을 했냐고 분통을 터뜨렸을 것이다. 하지만 적이 눈앞에 있는데 그런 사소한 일에 신경 쓸 여유가 없질 않은가.

이 사람을 약올리는 게 왜 이렇게 재밌지? 매들린은 기분이 한결 흐뭇해져서 슬그머니 미소를 지었다. 이내 앤셀이 실레노스보다 훨씬 순해 보이는 회색 말을 몰고 나타났다. 던컨은 매들린에게 고삐를 던지더니 회색 말 위에 올라탔다.

매들린의 얼굴에서 미소가 대번에 사라졌다. 그녀는 멍한 상태로 말고삐를 움켜쥐었다. 던컨의 도움도 없이 실레노스를 혼자 탈 생각을 하니까 입이 딱 벌어졌다. 그런 매들린의 심정을 알아채기라도 했는지 실레노스가 갑자기 사선 방향으로 요동을 치기 시작했다. 말발굽이 지상에 내리 꽂히는 힘이 어찌나 엄청난지, 그 여파로 매들린마저 낙마할 지경이었다. 갈색 말을 탄 길라드가 매들린 반대편에 자리를 잡았다. 그리고는 실레노스가 더 이상 움직이지 못하게 자신의 말을 바로 그 옆에 바싹 붙였다.

「녀석들이 여기까지 오려면 시간이 좀 걸리겠는데요. 여기서 계속 기다릴 작정입니까?」

길라드가 던컨에게 말을 던졌다.

「아니, 우리도 그쪽으로 이동한다.」

세 사람 뒤편에 정렬하고 있던 병사들이 웅성거리기 시작했다. 아무래도 던컨은 병사들이 진정할 때까지 기다렸다가 출발 신호를 할 것 같았다.

「여기서 기다리고 있으면 안 될까요?」

매들린이 던컨에게 필사적으로 말했다. 던컨은 매들린의 머리 위로 시선을 던지더니 이내 고개를 내저었다. 그리고 다시 계곡 아래를 내려다봤다.

「여기서 기다리고 있겠어요.」

매들린이 큰소리로 선언했다.

「안 돼.」

던컨은 매들린을 쳐다보지도 않은 채 거칠게 한마디 내뱉었다.

「날 못 믿겠으면 나무에 묶어놓고 가요.」

「로던이 죽기 전에 최소한 한번은 얼굴을 보여줘야 할 것 아닌가?」

길라드가 냉소적으로 말했다.

「그래. 죽기 전에 딱 한번만 자선하는 셈치고 만나주지 그래.」

던컨도 한마디 거들었다.

「둘 다 싸우지 못해서 안달이 났군요. 안 그래요?」

매들린이 떨리는 목소리로 물었다.

「조금 있다가 몸을 풀 생각을 하니까 벌써부터 신이 나는군.」

길라드가 일부러 매들린더러 들으라는 듯이 말했다.

「두 사람 모두 제정신이 아니군요.」

매들린이 던컨과 길라드를 번갈아 보면서 말했다.

「우리한테 한 짓을 생각하면 로던은 죽어 마땅한 놈이야. 로던이나, 당신이 우리가 죽었으면 좋겠다고 생각하는 것과 똑같은 이치지.」

길라드가 조소 어린 목소리로 말했다.

매들린이 던컨을 흘낏 쳐다봤으나 두 사람의 대화를 듣고 있는 것 같지도 않았다. 매들린은 길라드에게 다시 시선을 돌렸다.

「오라버니를 죽이고 싶어하는 이유는 저도 알겠어요. 하지만 전 두 사람이 죽었으면 좋겠다는 생각은 안 해요.」

「누굴 바보로 알고 그러는 게야? 방금 그 얘기는 로던의 편에 서지 않겠다는 말로 들리는데…… 아가씨는 로던의 누이가 아니었나?」

길라드가 험상궂은 얼굴로 대꾸했다.

「난 어느 편도 들지 않겠어요. 누구든 죽는 걸 바라지 않으니까요.」

「무슨 꿍꿍이 속인지 이제야 알겠군. 이제 보니 누가 이기는지 기다렸다가 그 쪽에 붙겠다는 속셈이 아닌가? 정말이지 교활하기 짝이 없는 여잘세, 그려.」

「맘대로 생각해요. 형제들끼리 어쩌면 그렇게 똑같아요.」

매들린이 화가 나서 말했다.

길라드가 싱긋 웃는 걸 보니 그 말이 맘에 들은 눈치였다.

「이보세요. 기분 나쁘라고 한 말이었지 칭찬이 아니었어요. 던컨처럼 고집불통이고 무모한데다가…… 살인까지 즐긴다는 얘기였어요.」

길라드를 약올려서 분통을 터뜨리게 하려고 한 말이었지만, 매들린은 내심 무서워서 벌벌 떨고 있었다.

「내 눈을 똑바로 보고 날 증오하지 않는다고 말해 보시지.」

길라드가 이를 악물고 물었다. 목덜미에 파랗게 돋아난 정맥을 보면 얼마나 화가 났는지 짐작할 수 있었다. 당장이라도 매들린을 한 대 후려치고 싶어하는 눈치였다.

「증오하지 않아요. 사실 증오하고 싶지만 그렇게 안 되네요.」

「그건 왜지?」

「저한테 누님을 사랑한다고 했으니까요.」

길라드는 '그게 무슨 말도 안 되는 소리냐, 당신처럼 미련한 여자는 처음 봤다'고 하려다가 문득 던컨에게 시선을 돌렸다. 단아하게 앉아 있는 형을 본 길라드는 정신을 가다듬고 검에 손을 갖다댔다.

얼마 후 던컨은 병사들에게 신호를 보냈다. 매들린은 기도를 하고 싶었지만 너무 겁이 나자 다른 생각은 하나도 할 수 없었다.

한 쪽이 전멸할 때까지 싸움을 계속 하는 걸까? 던컨의 고집스러운 성격을 봐서는 절대 수적으로 불리하다고 물러날 사람이 아니었다.

매들린은 상내 편 병사들의 수를 얼추 세어보려고 했지만 괜한 헛수고였다. 그도 그럴 것이 병사들은 메뚜기 떼처럼 새까맣게 땅을 덮고 있었다.

던컨의 병사들이 적은 걸까? 사상자들이 엄청나겠지. 던컨은 원래 명예를 중시하는 사람이고, 오라버니는 명예의 명자도 모르는 사람이니까……. 매들린이 속으로 중얼거렸다. 전에도 휴전 협정을 지킬 것처럼 가장해서 던컨을 속이질 않았던가. 던컨은 벌써 그 사실을 잊어버린 걸까?

매들린은 던컨보다 훨씬 더 로던이라는 인간에 대해서 잘 알고 있었다. 일단 승산이 있다고 생각하면 수단과 방법을 가리지 않고 비열하게 싸우려고 할 게 틀림없었다.

어느 편이 이기든 나하고는 아무 상관이 없는 일이야. 싸우다가 양쪽 모두 죽으라면 죽으라지. 싸우고 싶어하는 건 내가 아니라 그 사람들이니까.

「어떻게 되든 무슨 상관이야.」

매들린은 그 말을 주문이라도 되는 것처럼 끊임없이 중얼거렸다. 하지만 그런다고 자신의 마음까지 속일 수는 없었다.

6

던컨은 남을 놀래키는 일은 별로 관심이 없는 사람이 분명했다. 던컨이 내지른 고함소리가 사방에 울려 퍼지면서 그 여파로 나뭇가지에 매달린 잎새들이 흔들렸다. 나팔소리와 내리막길을 질주하는 말들의 천둥 같은 발굽소리도 로던과 그의 병사들에게 전투가 시작되었음을 알렸다.

매들린은 던컨과 길라드 사이에 끼여서 정신없이 계곡 아래로 내려갔다. 세 사람의 주위를 둘러 싼 병사들은 방패를 높이 쳐들고 있었다. 던컨과 길라드는 매들린이 나뭇가지에 걸려서 낙마하는 사태가 생기지 않게 길을 막는 나뭇가지들이 나타나면 즉각 방패로 쳐냈다

일행은 던컨이 미리 싸움터로 점찍어 뒀던 장소가 한 눈에 내려다보이는 산마루에 도착했다. 던컨은 고삐를 잡아당겨서 말을 세우더니 다른

손으로 매들린의 턱을 꽉 붙잡고 위로 치켜 올렸다.

「여기서 한 발자국도 움직일 생각하지 마.」

던컨의 회색 눈동자가 매들린의 초록색 눈동자를 도전적으로 응시했다. 이윽고 던컨이 손을 떼려고 하자 매들린이 움직이지 못하게 했다.

「당신이 죽어도, 난 울지 않을 거예요.」

매들린이 작게 말했다.

「그럴 리가 있나.」

던컨이 싱긋 웃더니 거만하게 말했다.

매들린은 뭐라고 대꾸할 기회도 없었다. 어느새 던컨은 말을 몰아서 이미 전투가 시작된 계곡 아래로 질주했다. 순식간에 던컨의 병사들은 모두 사라지고 매들린은 산마루 위에 달랑 혼자 남게 되고 말았다.

이내 귀에 거슬리는 소음들이 신경을 긁기 시작했다. 금속끼리 부딪히는 소리며 고통에 찬 비명 소리가 한데 어울려 고막이 터져라 울려퍼졌다. 매들린은 계속 던컨의 등만 바라보고 있었다. 다행히 던컨이 타고 있는 회색 말이 눈에 잘 띄어서 어디 있는지 쉽게 찾을 수 있었다. 던컨은 덤벼드는 병사들을 매번 검으로 후려쳐서 말에서 떨어뜨렸다. 아무것도 모르는 매들린이 보기에도 던컨이 검을 다루는 솜씨는 천부적이었다.

잠깐 눈을 감았다가 뜬 사이에 회색 말이 시야에서 사라져버렸다. 매들린은 정신없이 던컨과 길라드를 찾았지만 어디에도 보이지 않았다.

로던은 찾아볼 마음이 안 들었다. 평상시의 로던이라면 어딘가 숨어 있을 게 분명했다. 던컨처럼 검을 들고 직접 싸울 인물이 아니었다. 더구나 지금처럼 위급한 상황에서는 더더욱 그랬다. 로던은 명을 보전하기 위해서라면 뭐든지 할 사람이었다. 싸움은 모두 충성을 맹세한 가신들에게 맡겨 놓고 여차하면 튈 궁리를 하는 인간. 그게 바로 로던이었다.

「나하고는 상관없는 싸움이야.」

매들린은 목이 터져라 소리를 질렀다. 일 초라도 더 끔찍한 전투장면을 보고 있다가는 미칠 것 같았다. 최대한 빨리 그 자리를 피하고 싶은 마음뿐이었다.

「어서 가자, 실레노스.」

던컨이 그랬던 것처럼 슬쩍 밀어봤지만 말은 꿈쩍도 안 했다. 하는 수 없이 매들린은 고삐를 세게 잡아당겼다. 산마루를 향해서 더 가까이 접근해오고 있는 병사들을 보자 마음이 점점 급해졌던 것이다.

한편 던컨은 로던의 흔적을 찾을 수가 없어서 격분한 상태였다. 전투에서 이긴다고 한들 로던이 다시 쥐새끼처럼 빠져나가면 무슨 소용이 있겠는가. 문득 매들린을 남겨두고 온 산마루를 올려다봤더니, 어느새 그곳도 전투의 소용돌이에 휩쓸리기 일보직전이었다. 로던을 찾으려고 혈안이 된 탓에 매들린의 존재에 대해서는 까맣게 잊고 있었던 것이다. 매들린 곁에 병사들을 붙여두지 않은 게 실수였다.

던컨은 방패를 땅에 던진 다음 힘껏 휘파람을 불었다. 제발 매들린을 태운 말이 휘파람 소리를 들었기만을 빌고 또 빌었다. 산마루로 달려가는 던컨의 심장이 미친 듯 뛰고 있었다.

다행히 실레노스는 던컨의 휘파람 소리를 듣고 앞으로 움직였다. 이제는 실레노스도 매들린이 이끄는 대로 순순히 따를 것처럼 보였다. 하지만 실레노스가 갑자기 앞으로 튀어 나가는 바람에 매들린은 고삐를 놓치고 말았다.

실레노스는 산마루를 기어올라오는 병사 두 명을 훌쩍 뛰어넘더니 뒷발로 두 사람의 머리를 걷어차버렸다. 병사들은 비명 소리와 함께 아래로 굴러 떨어졌다.

매들린은 순식간에 전장의 한복판에 서 있었다. 말을 타고 싸우는 병사들이나 바닥에서 그냥 싸우는 병사들이나 하나 같이 필사적으로 싸우고 있었다. 병사들 틈에 끼인 실레노스는 옴짝달싹도 할 수가 없었다. 매들린은 실레노스의 목에 매달려서 어서 전투가 끝나기만을 빌고 또 빌었다.

길라드는 피가 묻은 검으로 오른쪽을 내리치고, 방패로 왼쪽을 막으면서 매들린을 향해 한 걸음 한 걸음 다가왔다. 로던의 병사 하나가 광기 어린 눈빛을 번득이면서 매들린에게 검을 내리치려고 했다. 매들린은 반사적으로 던컨의 이름을 목놓아 불렀다. 하지만 도와줄 사람이 아무도 없는 절대절명의 순간, 목숨을 보존하려면 기지를 발휘하는 수밖에 없었다. 매들린은 재빨리 땅바닥에 몸을 날렸다. 하지만 이미 병사의 검은 매들린의 왼쪽 허벅지에 깊게 파고든 다음이었다. 매들린은 너무 아파서 비명을 질렀다. 그러나 땅바닥에 쿵 하고 충돌하는 순간, 숨이 턱 막히면서 비명 소리도 묻히고 말았다.

이내 허공에 펄럭이던 망토가 돌돌 말린 채 매들린의 어깨에 툭 떨어졌다. 그때까지 정신이 멍한 상태였던 매들린은 깜짝 놀라서 온정신을 망토를 몸에 두르는 일에 집중했다. 그것마저 통증 때문에 손이 제대로 움직여 주지 않아서 힘겹기만 했다. 일순 너무 아파서 죽는 건 아닐까 하는 의구심이 들었다. 하지만 이내 허벅지에 감각이 없어지면서 정신이 좀 들었다. 어지럼증을 꾹 참으면서 간신히 일어난 매들린은 망토 자락을 양손으로 붙들고 주위를 둘러봤다.

그때 갑자기 실레노스가 어깨를 밀어대는 통에 하마터면 매들린은 다시 땅에 쓰러질 뻔했다. 그녀는 간신히 균형을 잡은 뒤 실레노스에게 몸을 기대고 섰다. 말에서 떨어진 뒤에도 실레노스가 도망치지 않고 곁에 있어줘서 얼마나 다행인지 몰랐다. 더구나 던컨의 말은 방패처럼 버티고 서서 매들린을 보호해주고 있었다.

눈물이 쉴새없이 뺨을 타고 흘러내렸다. 길라드가 뭐라고 소리를 질러대는 게 보였지만 무슨 소린지 알아들을 수가 없었다. 매들린은 그저 길라드가 병사들 사이를 뚫고 이쪽으로 다가오는 모습만 보고 있었다. 길라드가 다시 목청을 높여서 말했지만 검과 검이 긁히고 부딪히는 소리에 묻혀버렸다.

전장의 끔찍한 광경은 이성마저 마비시켜버렸다. 매들린은 기계적으로 길라드를 향해 걸어가기 시작했다. 대지에 쓰레기더미처럼 쌓인 병사들의 시체에 이리 채이고 저리 채이면서도 매들린은 계속 나아갔다. 이 끔찍한 전장터에서 그녀를 던컨에게 데려다줄 사람은 길라드 외엔 없었다. 그리고 일단 던컨만 곁에 있으면…… 안전해지리라.

몇 발자국인가 거리를 두고 있을 때 갑자기 길라드 등뒤에서 누군가 공격을 했다. 낌새를 눈치챈 길라드는 재빨리 몸을 돌리고 상대와 혈전을 벌이기 시작했다. 이내 로던의 병사 하나가 길라드의 등을 찌르려고 덤벼들었다.

길라드에게 피하라고 비명을 지르려는데, 작게 흐느끼는 소리만 나왔다. 그녀는 근처에 버려진 시체의 손에서 철퇴를 잡아 빼냈다.

매들린은 낑낑대면서 철퇴를 양손에 들어올린 다음 필사적으로 움직였다. 간신히 길라드의 등뒤에 바짝 붙어선 그녀는 예의 그 병사가 공격하기만을 기다렸다.

병사는 잔인한 미소를 흘리면서 위협적으로 검을 쳐들었다. 공포심이 극에 달하니까 평소라면 상상도 못할 초인적인 힘이 솟아났다. 매들린이 휘두른 철퇴는 순식간에 병사의 갑옷을 뚫고 살을 찢어놓았다.

싸움을 끝낸 길라드는 황급히 몸을 돌리다가 하마터면 매들린을 넘어뜨릴 뻔했다. 때마침 로던의 병사가 매들린의 철퇴를 맞고 땅에 쓰러졌다. 길라드는 너무 놀라서 할말을 잃고 말았다.

매들린은 양팔로 복부를 감싼 다음 몸을 한껏 웅크렸다. 자신이 철퇴를 휘두른 것이 아니라 맞은 쪽이라도 되는 것처럼 괴로워하고 있었다. 길라드는 매들린을 위로할 생각에 어깨를 부드럽게 쓰다듬었다.

하지만 매들린은 자신이 방금 전에 저지른 끔찍한 일 때문에 몸서리를 쳤다. 옆에 있는 길라드를 의식할 수도 없었을 뿐더러, 전장터 역시 뇌리에서 사라진 지 오래였다.

매들린이 병사를 죽이는 장면을 목격한 던컨은 재빨리 안장에 걸터앉은 다음 길라드가 서 있는 곳을 향해 말을 몰았다. 길라드가 옆으로 비켜선 틈을 타서 던컨은 매들린을 안장 위로 끌어올렸다. 신이 도우셨는지 다행히 말의 몸통에 오른쪽으로 부딪혔다. 그 덕에 다친 왼쪽 허벅지는 별탈 없이 무사했다.

전투는 이제 막바지에 달했고 던컨의 병사들이 퇴각하는 로던의 병사들을 뒤쫓고 있었다.

「마무리는 너한테 맡긴다!」

던컨은 길라드에게 한마디 던진 뒤, 산마루 위쪽으로 말을 몰았다. 험한 지형임에도 불구하고 엄청나게 빠른 속도로 달리는 걸 보면 혈통이 좋은 준마가 틀림없었다.

싸우는 외중에 망토와 방패를 떨어뜨린 던컨은 매들린의 얼굴이 긁히지 않게 나뭇가지들을 손으로 쳐냈다. 하지만 당사자인 매들린은 던컨의 동정을 받고 싶은 생각이 전혀 없었다. 그럴 바엔 차라리 땅에 떨어져서 딩구는 편이 백배 나을 것 같았다. 화가 머리끝까지 난 매들린은 거칠게 던컨의 몸을 밀어댔다.

자신은 딘컨 때문에 사람을 죽이질 않았던가.

던컨의 머릿속엔 어서 안전한 곳으로 피해야 한다는 생각뿐이었다. 한참 동안 전속력으로 달리던 말은 나무 숲 아래로 들어가서 멈췄다. 눈에 띨 염려가 없어서 안전할 뿐더러 조용한 곳이었다.

던컨은 매들린을 위험에 빠뜨린 자신을 용서할 수 없었다. 그는 눈물을 흘리는 매들린의 모습을 보고 안타까운 나머지 신음 소리를 냈다.

「이제 그만 울어. 로던은 죽지 않았으니까 울 필요는 없다고.」

그때까지 자신이 울고 있었다는 사실을 모르던 매들린은 울컥 화가 치밀었다. 로던 때문에 운다고 생각하다니, 착각도 가지가지였다. 매들린은 주먹으로 눈물을 훔치고 나서 심호흡을 한번 했다.

「난 지금까지 증오라는 감정이 뭔지 몰랐어요. 하지만 이젠 남작 님 때문에 그게 뭔지 확실히 알 것 같아요. 하늘에 맹세코 죽는 순간까지 당신을 증오하겠어요. 당신 때문에 벌써 지옥에 떨어지게 된 마당에 달라질 게 뭐가 있겠어요?」

「지금 무슨 소리를 하는 거야? 당신 오라버니는 안 죽었으니까 걱정하지 않아도 된다고 했잖아.」

던컨은 최대한 부드럽게 말했다. 그녀의 어깨에 잔뜩 힘이 들어간 걸 보면, 이제 거의 한계점에 도달했다는 얘기였다. 어떻게 해서든 매들린을 위로하고 싶었다. 던컨은 내심 그런 감정이 드는 건 책임감 때문이라고 애써 변명을 했다.

「왜 이렇게 말귀를 못 알아들어요? 당신 때문에 난…… 사람을 죽였어요. 그런 중죄를 저질렀으니 이젠 지옥에 떨어지겠지요. 애초에 당신이 날 여기까지 끌고 오지 않았으면 이런 일도 없었잖아요.」

매들린이 눈물을 흘리면서 간신히 말을 끝마쳤다.

「아까 그 병사를 죽인 것 때문에 이러는 거야?」

던컨이 놀란 목소리로 물었다. 아무래도 여자니까 살인에 대해서 과민반응을 보이는 것도 당연한 일인지 모른다. 던컨이 경험한 바에 의하면 여자들은 별 이상한 일 때문에 흥분하고 분통을 터뜨리는 습성을 갖고 있었다. 물론 지난 이틀 동안 매들린이 겪어야 했던 고초를 생각하면 던컨도 뭐라고 할말이 없었지만.

「난 지금까지 훨씬 더 많은 사람을 죽였어.」

죄의식을 덜어줄 생각으로 던컨이 매들린한테 한 말이었다.

「당신이 지금까지 수천 명이 넘는 사람들을 죽였대도 난 상관 안 해요. 그거 알아요? 당신은 감정과 영혼이 모두 메말라서 양심의 가책을 느끼지 못하는 거예요. 그런 마당에 몇 사람을 죽이든 당신이 눈 하나 깜짝하겠어요?」

매들린이 던컨을 마구 몰아붙였다.

할말을 잃은 던컨은 매들린에게 대꾸를 해봤자 무의미하다는 사실을 깨달았다. 매들린은 지금 너무 지쳐서 이성적으로 생각할 수 있는 상황이 아니었다. 화는 내고 있었지만 기운이 하나도 없는지 목소리가 너무 작았다.

「당신을 어떻게 다뤄야 할지 모르겠어.」

던컨은 버둥거리는 매들린을 품에 안고 작게 속삭였다.

「당신이 뭘 하든 난 상관 안 해요.」

매들린이 고개를 획 쳐들고 반항적으로 대꾸했다. 언뜻 보니 던컨의 오른쪽 눈 밑에 뭔가 날카로운 것에 베인 상처가 있었다. 매들린은 가운 소매로 피를 닦아주면서도 계속 분통을 터뜨렸다.

「날 여기 놔두고 가든지, 죽이든지 맘대로 해요. 애초에 날 포로로 잡을 생각을 하지 말았어야 했어요.」

「우리 생각대로 로던은 당신을 찾으러 뒤따라 왔어. 그런데도 그런 말이 나와?」

던컨이 지적했다.

「오라버니는 나 때문에 뒤따라 온 게 아니에요. 당신이 성을 쑥대밭으로 만들었기 때문에 복수하려고 따라온 거예요. 그 동안 누누이 말했지만 오라버니는 나 같은 건 신경도 안 써요. 이런 말을 다시 해봐야 무슨 소용이 있겠어요? 당신이란 사람은 너무 고집불통이라서 남들이 하는 말은 들으려고도 하지 않잖아요. 당신하고 말해봤자 기운만 빠지고 내 입만 아플 따름이에요. 앞으로 다시는 당신하고 말을 하면 손에 장을 지지겠어요.」

격렬하게 일장연설을 늘어놓았더니 남은 힘마저 모두 빠져버렸다. 던컨의 상처를 최대한 깨끗하게 닦아낸 매들린은 그의 가슴에 등을 기대면서 축 늘어졌다.

알다가도 모를 게 여자라고 했던가. 매들린의 말이나 행동은 너무나 모순적이었다. 입으로는 '당신 같은 사람은 증오한다'고 말하면서도 상처를 치료해주려고 하는 것만 봐도 그랬다.

던컨에겐 순전히 무의식적인 행위처럼 보였다. 갑자기 로던의 성에서 길라드가 매들린을 마구 다그쳤던 때가 떠올랐다. 그때도 매들린은 겉으로는 너무나 침착해 보였건만, 내내 던컨의 손을 꼭 붙들고 있었다.

방금 전에도 손으로는 피를 닦아주면서 입으로는 계속 분통을 터뜨리질 않았던가. 던컨은 한숨을 내쉬면서 매들린의 정수리에 턱을 올려놓았다. 어떻게 매들린처럼 마음이 고운 여자가 로던 같은 쓰레기와 한 핏줄인지 알다가도 모를 일이었다.

어느새 사라졌던 감각이 조금씩 되살아났다. 감정을 마음껏 분출하고 나니까 분은 어느 정도 가셨지만, 대신 허벅지가 쿡쿡 쑤시기 시작했다.

다행히 상처는 망토에 가려져서 안 보였다. 던컨이 모르고 있다는 사실에 매들린은 심술궂은 만족감을 느꼈다. 물론 비논리적인 생각이라는 건 알고 있었지만 지금 상황에선 이성적으로 생각할 수가 없었다. 너무 피곤하고 배가 고픈데다가 몸이 아프기까지 하니까 아무 생각도 안 났다.

병사들이 합류한 뒤 일행은 웩스턴 성을 향해서 출발했다. 그로부터 한 시간 후, 매들린은 불평이 터져 나오는 것을 이를 악물고 필사적으로 참았다.

어쩌다가 던컨의 손이 매들린의 상처 난 허벅지를 스쳤다. 다리를 덮은 망토와 가운이 통증을 덜어주진 못했다. 꼭 불에 데인 것처럼 쓰리고 아팠지만 비명이 나오는 걸 간신히 참았다. 매들린은 던컨의 손을 찰싹 때려서 허벅지에서 떨어지게 했다. 하지만 통증은 사라지지 않고 불로 달군 쇠막대기로 지져대는 것처럼 아프고 쓰라렸다.

「잠깐 쉬었다 가야겠어요.」

매들린이 이를 악물면서 말했다. 사실은 비명을 지르고 울부짖고 싶은 마음이 굴뚝같았지만 던컨 때문에 가뜩이나 나빠진 성질, 여기서 더 버릴 순 없었다.

던컨은 고개만 한번 끄덕였을 뿐 계속 말을 몰았다. 몇 분의 시간이 지났을까, 아무래도 던컨은 매들린의 요구를 묵살하기로 한 모양이었다.

어쩌면 저렇게 인정머리라고는 손톱만큼도 없는 사람이 있을까! 매들린은 마음속으로 던컨에게 갖은 욕설을 퍼부었다. 물론 아는 욕이 얼마 없긴 했지만 그래도 조금은 응어리진 마음이 풀리는 것 같았다. 하지만 그래봤자 던컨하고 수준이 똑같아지는 꼴이 아닌가.

매들린은 속이 불편해서 넘어올 것만 같았다. 분명히 던컨에게 다시는 말을 안 하겠다고 맹세를 했지만 지금 상황에선 어쩔 도리가 없었다.

「당신 옷에 대고 토를 해도 좋아요?」

매들린의 입에서 위협의 말이 떨어지자마자 던컨은 병사들에게 멈추라는 신호로 손을 들어올렸다. 말에서 내린 던컨은 매들린을 안아서 땅에 내려놓았다.

「왜 멈추는 겁니까? 이제 거의 다 왔잖아요.」

말에서 내린 길라드가 던컨에게 황급히 다가가서 물었다.

「매들린 때문에 그런다.」

던컨이 간략하게 한마디 던지고 말았다.

매들린은 다리를 질질 끌다시피 하면서 숲으로 들어갔다. 그러다 우연히 길라드가 하는 말을 듣고 한마디 했다.

「금새 돌아올 테니까 거기 서서 기다리고 있어요, 길라드.」

매들린의 말은 꼭 윗사람이 아랫사람한테 명령하는 것처럼 들렸다. 길라드가 던컨을 흘낏 쳐다보자 그는 잔뜩 찌푸린 얼굴로 매들린을 지켜보고 있었다. 아무래도 던컨은 매들린의 건방진 말투가 맘에 안 든 눈치였다.

「너무 힘드니까 그래요.」

길라드가 매들린을 대신해서 변명을 했다.

하지만 던컨은 매들린이 숲 속으로 사라질 때까지 계속 눈을 떼지 않았다.

「뭔가 이상한데……」

던컨은 아무래도 뭔가 마음에 걸려서 얼굴을 찌푸렸다.

「어디가 아픈 건 아닐까요?」

길라드가 한숨을 내쉬었다.

「나한테 토할지도 모른다고 위협을……」

던컨은 말을 끝내지도 않고 성큼 성큼 매들린을 찾으러 갔다.

「혼자 있게 놔둡시다. 여기 숨을 곳이 어디 있다고 그럽니까?」

길라드가 던컨의 팔을 붙들면서 말했다.

던컨은 길라드의 손을 뿌리치고 계속 앞으로 나갔다. 분명히 매들린의 눈동자는 아파서 못 견디겠다고 무언의 호소를 하고 있었다. 더구나 걸음걸이마저 부자연스러울 정도로 뻣뻣했다. 어디가 아픈 게 아니라면 유난히 오른쪽 다리에만 힘을 주고 걷는 것처럼 보일 리가 없다. 그리고 구토가 나올 것 같으면 숲 속으로 달려갔지, 저렇게 천천히 걸어가진 않았으리라. 아무리 봐도 뭔가 이상했다.

던컨은 매들린이 고개를 숙인 채 나무에 기대고 서 있는 모습을 발견했다. 매들린은 눈물을 흘리면서 천천히 망토를 땅에 떨어뜨렸다. 매들린의 가운은 붉은 피로 흠뻑 젖어 있었다.

던컨은 저도 모르게 소리를 버럭 지르면서 매들린에게 달려갔다. 깜짝 놀란 매들린의 입에서 흐느끼는 소리가 흘러나왔다. 던컨은 무릎을 꿇고 앉은 다음 허벅지에 놓인 매들린의 손을 치웠다. 싸울 기운은커녕 옴짝달싹할 기운도 없는 매들린은 던컨이 하는 대로 가만히 있을 수밖에 없었다.

피로 범벅이 된 가운을 본 순간, 이성을 잃은 던컨은 떨리는 손으로 가운을 들췄다. 하지만 피가 말라붙어서 좀처럼 마음먹은 대로 되지 않았다. 큼지막한 손으로 최대한 상처를 건드리지 않으려고 안간힘을 쓰는 던컨의 모습이 매들린은 왠지 안쓰러웠다.

「도대체 누가 이런 짓을 한 거야?」

던컨이 쉰 목소리로 속삭였다.

매들린의 귀에는 던컨의 말이 깃털처럼 부드럽고 따스하게 들렸다. 던컨이 이 이상 더 따뜻하게 대해준다면 왈칵 울음을 터뜨릴 것 같았다. 매들린은 마음을 굳게 먹고 어깨를 똑바로 폈다.

「내가 언제 동정해달라고 했나요? 어서 그 손 치워요. 점잖지 못하게 어디다 손을 대요.」

매들린의 위엄 있는 태도에 놀란 던컨은 하마터면 미소를 지을 뻔했다. 눈이 마주치는 순간, 던컨은 매들린이 어떤 심정인지 알 수 있었다. 자존심을 방패 삼아 자제심을 잃지 않으려고 하는 것이리라.

매들린의 상처를 보아하니 아무래도 당장은 어떻게 해볼 도리가 없었다. 던컨은 자존심으로 버티겠다는 매들린이 생각을 존중해주기로 했다.

「동정은 누가 동정을 한다고 그래. 난 인간이 아니라 늑대야. 나한테서 인간적인 감정을 기대하지 말라구.」

던컨이 일부러 거칠게 말했다.

　매들린은 아무 말 없이 눈만 동그랗게 떴다. 던컨은 슬며시 웃으면서 매들린의 상처를 다시 살폈다.
「그냥 놔두라고 했잖아요.」
「그럴 순 없지.」
　던컨은 단검을 꺼내서 매들린의 가운을 가늘고 긴 직사각형 모양으로 잘라냈다.
「당신 때문에 가운을 못 입게 됐잖아요.」
「그럼 피범벅이 된 가운을 또 입을 생각을 했단 말이야? 기왕 버린 옷을 가지고 왜 그래?」
　잘라낸 천을 매들린의 허벅지에 감으면서 던컨이 말했다. 지혈이 되게 천을 단단히 묶으려고 했더니 매들린이 어깨를 밀었다.
「그렇게 아프게 하면 어떻게 해요?」
　매들린은 아프다고 인정을 하는 자신이 증오스러웠다. 그러나 너무 아파서 눈물이 왈칵 쏟아지려고 했다.
「괜한 사람 잡지 마.」
　너무 기가 막히니까 눈물이 쏙 들어가버렸다. 던컨이 아무렇게나 내뱉은 말 때문에 화가 머리끝까지 났다. 아픈 건 아픈 사람이 잘 알지, 멀쩡한 사람이 어떻게 아느냐고 한마디를 해주려다가 말았다.
「바늘로 상처를 꿰매야 될 것 같은데.」
「내 몸에는 아무도 손 못 대요.」
　매들린이 던컨의 어깨를 치면서 대꾸했다.
「당신처럼 고집 센 여자는 처음 봤어.」
　던컨은 망토를 매들린의 어깨에 걸쳐준 다음 조심스럽게 품에 안고 들어올렸다. 매들린은 본능적으로 던컨의 목에 팔을 감았다.
「뭐 묻은 개가 뭐 묻은 개를 나무란다더니…… 당신이야말로 황소 저리 가라 고집이 세잖아요. 정말 하늘에 맹세컨대, 다시는 당신하고 말을 안 할 거예요.」
「당신은 원래 약속을 하면 절대로 깨지 않는 사람이지. 워낙 명예를 중요하게 생각하니까…… 내 말이 틀렸나, 레이디 매들린?」

「당연하지요. 혹시 그거 알아요? 늑대들은 원래 뇌가 굉장히 작대요. 그러니까 머리가 나쁜 게 당연해요.」

매들린은 눈을 감고 던컨의 가슴에 기댔다. 던컨이 냉정하게 나오니까 어느새 아픔도 잊어버리고 있었다. 그가 동정심을 보였다면 아마 눈물을 펑펑 쏟았으리라. 아무리 아프다고 해도 갓난아이처럼 울다니, 자존심이 허락하지 않았다. 지금까지 매들린은 무슨 일이 있어도 '자존심'과 '품위'는 잃지 않으려고 노력해왔다. 자존심과 품위를 한꺼번에 잃는 것처럼 수치스러운 일이 또 있을까? 매들린은 던컨 몰래 슬쩍 미소를 지었다. 비록 품위는 잃었지만 던컨 덕에 자존심은 살릴 수가 있었다. 던컨도 그건 모르겠지?

던컨은 한숨을 내쉬었다. 방금 했던 그 말로, 매들린은 맹세를 깨뜨렸다. 굳이 그걸 지적할 생각은 없었지만 자꾸만 웃음이 나오려고 했다.

던컨은 매들린이 어쩌다가 이렇게 되었는지 자세히 알고 싶었다. 자신이 거느린 병사들이 그랬을 리는 없고…… 그렇다고 로던의 병사가 그랬을 것 같지도 않았다. 로던의 친 혈육인 매들린을 보호하면 보호하려고 했겠지, 감히 손을 대진 못했으리라.

아무래도 그에 대한 대답은 나중에 들어야 할 것 같았다. 지금은 너무 화가 난 상태라 마음을 가라앉힐 필요가 있었다. 더구나 매들린에겐 상처를 치료하고 쉬는 게 급선무였다.

던컨은 매들린에게 아무렇지도 않게 농담을 던졌지만 사실은 쉬운 일이 아니었다. 원래 그는 화가 나면 감추는 성격이 아니었다. 누군가 오해를 해서 비난을 하면 똑같이 비난을 해주곤 했다. 하지만 매들린이 던지는 비난의 말은 아무렇지도 않게 감수할 수 있었다. 던컨도 매들린이 한계에 도달했다는 걸 알기 때문이었다. 그런 마당에 누가 당신을 이 지경으로 만들었는지 자세히 얘기해 보라고 다그칠 순 없는 노릇이었다.

두 사람이 돌아온 뒤 일행은 다시 길을 떠났다. 매들린은 던컨의 목덜미에 얼굴을 파묻은 채 작은 새처럼 품안에 파고들었다. 이젠 안전하

다는 느낌이 들었다. 그런 감정을 느끼다니, 이상할 노릇이었다. 매들린
도 던컨이 로던하고는 질적으로 다르다는 사실은 인정했다. 물론 죽는
순간까지 그 얘기는 던컨에게 하지 않을 작정이었지만…… 자신을 미끼
로 로던을 잡으려고 한다는 걸 알면서도 던컨을 미워할 수가 없었다. 로
던이 던컨의 누이동생한테 한 짓을 생각하면 당연한 일일지도 모른다.
　「두고봐요. 난 꼭 도망칠 테니까…….」
　매들린은 저도 모르게 혼잣말을 입밖에 내고 말았다.
　「그런 일은 없을 걸.」
　던컨이 단언했다.
　「드디어 꿈에서 그리던 집에 도착했군!」
　길라드가 흘낏 매들린을 쳐다보면서 큰소리로 말했다. 망토에 가려서
얼굴이 거의 안 보였지만, 길라드가 보기엔 안색이 편안해 보였다. 다행
히 매들린은 잠이 든 것 같았다. 사실 길라드는 앞으로 매들린을 어떻게
대해야 할지 종잡을 수가 없었다. 길라드로서는 정말이지 어색한 입장에
처해 있었다. 지금까지 길라드는 매들린에게 노골적으로 경멸감을 표시
했었다. 그런데도 매들린은 길라드에게 어떤 식으로 보답을 했던가? 생
명의 위협을 무릅쓰고 길라드의 목숨을 구해줬다. 길라드는 매들린이 왜
자신을 도와줬는지 이해할 수가 없었다. 솔직히 궁금해서 죽을 지경이었
지만 물어보진 않았다. 매들린의 입에서 달갑지 않은 대답이 나올 것 같
다는 불길한 예감 때문이었다.
　하늘 높이 솟은 성벽이 일행의 앞에 모습을 드러내자 길라드는 던컨
보다 앞서서 나갔다. 의례껏 성안에 제일 마지막으로 들어가는 사람은
던컨이었다. 안전을 제공하는 성벽 뒤에 피신할 기회를 병사들에게 먼저
주겠다는 의도에서 결정한 의식이었다. 병사들은 군주가 자기 생명보다
자신들의 생명을 우선한다는 점에서 던컨의 결정을 높이 샀다. 병사들은
제각기 던컨에게 충성을 맹세했고, 기꺼이 전장에 출전했다. 그뿐 아니
라 다들 던컨이라면 자신들을 보호해줄 수 있으리라는 믿음을 갖고 있
었다.

　병사들은 자부심과 긍지를 바탕으로 똘똘 뭉쳐 있었다. 각자 던컨의 사병이라는 딱지가 붙은 것을 너무나 자랑스럽게 여겼다. 그 나라에서 최고라는 정예군이라고 인정을 받았기 때문에 어찌 보면 당연한 반응이었다.

　던컨은 보통 사람은 견디지 못할 만큼 힘든 시험을 통과한 자들만 골라서 사병으로 두었다. 소수 정예 부대라고는 했지만 사실 정확히 세면 육 백 명에 근접한 인원이라 적은 수는 아니었다. 사병들은 던컨의 복사판이나 다름없었다.

　국내에서 검을 다루는 솜씨는 던컨이 최고였으며, 그를 두려워하지 않는 사람들이 없었다. 약점이라고는 전혀 노출하지 않았고 세속적인 명리에는 별 관심이 없는 것처럼 보였다. 실제로 던컨은 다른 귀족들처럼 황금이라면 사족을 못 쓰는 사람이 아니었다. 약점은 하나도 없는 강철 같은 인간. 던컨에게 악의를 품고 있는 사람들의 공통적인 생각이었다. 외부 사람들 눈에 비친 던컨은 양심도 없고 자비심도 없는 냉혹한 전사였다.

　하지만 매들린은 던컨에 대한 소문을 거의 들은 바가 없었다. 그녀는 던컨의 품속에서 병사들이 지나가는 모습을 가만히 지켜봤다. 던컨이 성 안에 들어가지 않고 기다리는 이유가 뭔지 궁금했다.

　매들린은 눈앞에 있는 성에 관심을 돌렸다. 나무 하나 없이 황량한 언덕 위에 우뚝 솟은 거대한 성채. 잿빛의 성벽은 폭이 최소한 200미터는 되고, 달까지도 닿을 것처럼 높이 치솟아 있었다. 매들린은 지금까지 이렇게 거대한 건 본 적이 없었다. 바깥으로 돌출한 탑의 일부가 언뜻 보였는데 어찌나 높이 솟았는지 상층부는 구름에 가려져서 안 보였다.

　뱀처럼 구불구불하고 자갈이 많은 오르막길을 올라갔더니 도개교가 모습을 나타냈다. 던컨은 병사들이 모두 도개교를 건너간 다음에야 말을 앞으로 몰았다. 집에 도착해서 신이 난 말이 옆 걸음을 치는 순간, 매들린의 허벅지에 극심한 통증이 몰려왔다. 그녀는 얼굴을 찡그리면서 던컨의 팔을 꽉 잡았다.

매들린의 기진맥진한 얼굴을 내려다본 던컨은 걱정스러운 표정을 지었다.

「이제 조금만 참으면 편하게 쉴 수 있어, 매들린.」

매들린은 고개를 끄덕이며 눈을 감았다. 일단 성안에 들어간 뒤 던컨은 재빨리 말에서 내려서 매들린을 안아들었다. 병사들은 일렬로 죽 늘어서 있었고 길라드는 병사 두 사람과 성채로 통하는 문 앞에 서 있었다. 매들린이 눈을 떴더니 길라드가 당혹스러운 표정을 짓고 매들린의 다리를 뚫어져라 보고 있었다. 누더기처럼 헤진 가운은 땅에 질질 끌렸고, 피범벅이 된 다리에선 피가 줄줄 흘러내렸다.

길라드는 다급하게 이중으로 된 문을 열고 옆으로 비켜섰다. 현관 중앙에 갔더니 따뜻한 공기가 매들린의 얼굴을 부드럽게 쓰다듬었다.

병사들이 기거하는 성채가 분명했다. 출입구 통로는 좁았고, 바닥은 나무로 되어 있었다. 병사들의 숙소는 오른쪽에 위치했고 왼쪽 벽면을 모두 차지한 나선형의 계단은 위층에 있는 주거공간으로 통했다. 던컨의 품에 안겨서 계단을 오르던 매들린은 뭔가 이상하다는 생각이 들었다.

「계단 위치가 잘못 되었네요.」

매들린이 던컨을 올려다보면서 말했다.

「제대로 되어 있는데 무슨 소리야.」

「위치가 틀렸다니까요. 계단은 원래 오른쪽 벽면에 설치하는 거예요. 설마하니 그것도 모르고 있었어요?」

매들린이 위엄 있게 말했다.

「뭔가 특별한 이유가 있으면 왼쪽에 설치할 수도 있는 거야.」

던컨은 일부러 한 단어 한 단어 또박또박 말했다. 꼭 약간 모자란 아이를 가르치기라도 하는 것처럼.

「어떤 멍청한 사람이 그런 괴상한 생각을 했대요?」

던컨은 매들린을 무시하고 계단만 올라갔다.

「당신처럼 고집이 센 사람은 처음 봤어요.」

「누가 할 소린데 그래.」

던컨이 슬며시 웃으면서 대꾸했다.

묵묵히 뒤를 따라오던 길라드는 두 사람의 대화가 우스꽝스럽게만 들렸다. 하지만 마음이 무거우니까 웃음도 안 나왔다.

지금쯤 홀(Hall. 중세의 성채엔 홀과 내실, 두 가지 종류의 방이 있었다. 홀에서 영주는 식사와 잡무를 처리했으며 하인과, 병사, 손님, 영주, 가족들이 함께 시간을 보내기도 했다) 안에 있을 에드먼드와 아델라가 떠올랐기 때문이었다. 길라드는 매들린이 두 사람과 부딪혔다가 불쾌한 일을 겪기라도 할까봐 걱정이 됐다. 에드먼드한테 매들린이 얼마나 심성이 고운 여자인지 미리 귀띔해줄 기회가 있기만을 바랄 뿐이었다.

다행히 던컨은 2층에 있는 홀 안에 들어가지 않고 한층 더 올라갔다. 계단이 점점 좁아지면서 올라가는 속도도 자연히 느려졌다.

탑 맨 꼭대기에 있는 방에 들어서니 얼음처럼 차가운 냉기가 느껴졌다. 벽난로 옆에 있는 창문이 활짝 열려 있었다. 그 바람에 나무로 만든 덧문이 쾅쾅 소리를 내면서 계속 벽에 부딪혔다.

던컨은 조심스럽게 매들린을 침대 위에 눕힌 후 길라드에게 지시했다.

「거티한테 매들린이 먹을 음식을 가져오라고 해. 그리고 에드먼드한테 상처가 난 곳을 꿰매야 하니까 알아서 약이며 바늘 같은 걸 챙겨 오라고 해라.」

「에드먼드 형이 시키는 대로 순순히 따라 줄지 의문인데…….」

길라드가 한마디 했다.

「내가 하라면 하라는 대로 해야지, 녀석이 별수 있냐.」

「에드먼드가 누구예요?」

던컨과 길라드가 동시에 매들린을 쳐다봤다. 매들린은 추워서 덜덜 떨면서 일어나려고 안간힘을 썼다. 하지만 힘이 없어서 침대 위로 다시 쓰러지고 말았다.

「제 손위에 있는 형님입니다.」

길라드가 대답했다.

「형제가 다들 몇 분이나 되세요?」

매들린이 얼굴을 찌푸리면서 물었다.

「캐서린 누님이 첫째고, 그 다음이 던컨 형님, 에드먼드 형, 그 아래가 아델라 누이고 저는 막냅니다. 에드먼드 형한테 치료를 받으면 금새 괜찮아질 거예요, 매들린.」

「제가 낫기를 바라시는 이유가 뭐예요?」

매들린이 아리송한 얼굴로 물었다.

말문이 막힌 길라드는 던컨이 대신 대답을 해줬으면 했다. 하지만 던컨은 덧문을 닫고 벽난로에 불을 지피는 데 여념이 없었다.

「어서 내가 시키는 대로 해라, 길라드.」

던컨이 몸을 돌리더니 길라드에게 명령했다.

길라드가 문을 나서려는 순간, 매들린의 목소리가 뒤통수를 때렸다.

「이 정도 상처는 나 혼자서 어떻게 해볼 수 있으니까 형제분은 데려오시지 않아도 돼요.」

「어서 가라, 길라드.」

문이 쾅 소리를 내면서 닫혔다.

「당신이 여길 떠나기 전엔 내가 아랫사람한테 내린 명령에 대해서 이래라 저래라 하지마. 내 말 무슨 뜻인지 알아듣겠어?」

「당신이 무슨 말을 한들 내가 무슨 능력이 있어서 이해를 하겠어요. 나라는 여자는 오라버니를 잡기 위한 미끼 밖에 더 되나요?」

매들린은 눈을 감고 추위가 가시지 않을까 해서 양팔로 가슴을 끌어안았다.

「차라리 날 편안히 죽게 놔둬요. 너무 기운이 없어서 당신 동생의 치료를 견뎌낼 자신이 없어요.」

다소 극적인 면이 있는 말투였다. 매들린은 기운이 없어서 소리를 지르지 못하는 게 한이었다.

「당신이라면 견딜 수 있어, 매들린.」

「어떻게 된 사람이 남이 하는 말은 한마디도 지지 않으려고 해요? 그것처럼 나쁜 성격은 없어요.」

매들린이 화가 나서 투덜거렸다.

그때 바깥에서 문을 두드리는 소리가 들렸다. 던컨은 들어오라고 소리를 지른 다음 벽난로 쪽으로 걸어갔다. 그는 벽난로의 선반 위에 한쪽 어깨를 기대고 서더니 매들린을 똑바로 응시했다.

끼익 소리와 함께 문이 열리더니 나이가 지긋한 여자가 모습을 나타냈다. 겨드랑이에 두툼한 담요를 끼운 채 한 손에는 쟁반을, 다른 한 손에는 물병을 들고 있었다. 몸집은 다소 통통했고 갈색 눈동자에는 불안한 빛이 떠올라 있었다. 하녀는 매들린을 흘끗 쳐다보더니 던컨에게 어색한 몸놀림으로 절을 했다.

양손에 물건을 들고 한쪽 무릎을 굽히면서 절을 하자니 어색 할 수밖에 없으리라. 매들린이 보기에도 하녀는 던컨을 무서워하는 것 같았다. 어쩔 줄 몰라서 당황하는 하녀의 모습을 보자 동정심이 저절로 들었다.

던컨은 하녀에게 고개를 끄덕이더니 손으로 매들린 옆을 가리켰다. 하녀에게 친절한 말 한마디라도 하면 좋으련만…… 던컨은 냉정하기만 했다.

하녀는 던컨의 말이 떨어지기가 무섭게 침대로 달려가다시피 했다. 결국 너무 서두르는 바람에 두 번이나 넘어질 뻔했다. 하녀는 음식을 담은 쟁반을 매들린 옆에 놓은 다음 물병을 건네줬다.

「이름이 어떻게 돼요?」

매들린은 던컨이 들을 새라 작은 목소리로 물었다.

「거티라고 합니다.」

거티는 쟁반을 나무로 만든 궤짝 위에 올려놓더니 담요를 매들린의 다리에 덮었다. 그러다가 실수로 상처 난 허벅지를 건드리고 말았다. 너무 아파서 소리를 지르고 싶었지만 매들린은 눈을 꼭 감고 아무 소리도 안 냈다.

그걸 보고 던컨은 화가 나서 하녀에게 소리를 질렀지만 이미 엎질러진 물이었다. 거티는 덜덜 떨면서 매들린에게 음식을 건네줬다.

「친절하게 대해주셔서 고마워요, 거티.」

던컨은 매들린의 얼굴을 한참 동안 쳐다봤다. 하녀에게 화가 나서 뭐라고 퍼부어 댈 줄 알았더니 고맙다고 인사를 하다니…… 던컨으로서는 이해하기 힘든 일이었다.

그때 갑자기 문이 벌컥 열렸다. 매들린이 깜짝 놀라서 그쪽으로 시선을 돌렸다. 엄청난 기세로 열린 문은 벽에 두 번이나 부딪힌 연후에야 잠잠해졌다. 몸집이 엄청나게 큰 남자가 허리에 양손을 얹은 채 무시무시한 얼굴로 문간에 서 있었다. 매들린은 기운 없이 한숨을 내쉬면서 '저 사람이 에드먼드겠지' 라는 생각을 했다.

거티는 문가로 가 있다가 에드먼드가 방에 들어오는 순간 바깥으로 뛰어나갔다. 이내 물병과 괴상한 모양의 병들을 올려놓은 쟁반을 들고 하인들이 들어왔다. 하인들은 쟁반을 침대 옆에 있는 바닥에 내려놓고 던컨에게 공손하게 절을 한 다음 바깥으로 나갔다. 하인들은 하나같이 겁에 질린 토끼처럼 벌벌 떨고 있었다. 겁을 먹는 것도 당연하지. 매들린이 속으로 중얼거렸다. 방안에 늑대가 둘이나 있는데 무섭지 않을 사람이 어디 있겠어?

에드먼드는 여전히 한마디도 없었다. 던컨은 매들린 앞에서 에드먼드와 싸우고 싶지 않았다. 십중팔구 화가 나서 목소리를 높이게 될 테고, 그랬다가는 매들린이 겁을 먹을 게 분명했다. 그렇다고 순순히 물러설 던컨이 아니었지만……

「형한테 인사도 안 할 참이냐, 에드먼드?」

던컨이 먼저 선수를 쳤다.

예기치 않은 말에 깜짝 놀랐는지 에드먼드의 얼굴에서 성난 기미가 조금 사라졌다.

「왜 나한테만 로던의 여동생을 데리고 온다는 얘기를 사전에 안 했지? 길라드 녀석은 처음부터 알고 있었다면서!」

「그걸 또 자랑삼아 떠들어댔겠군.」

던컨이 고개를 흔들었다.

「그래.」

「길라드 녀석이 부풀려서 말한 거다. 에드먼드, 난 녀석한테 그 애길 해준 적이 없어.」

「도대체 우리한테 숨긴 이유가 뭐야?」

에드먼드가 물었다.

「애기를 했으면 분명히 말다툼이 벌어졌을 게야.」

던컨이 씩 웃으면서 말했다.

매들린이 보기에도 확실히 던컨의 태도는 완전히 달라져 있었다. 미소를 짓는 던컨은 남성적이면서 동시에 매력적이었다. 그냥 늑대가 아니라 인간처럼 보인다고 해야 옳지. 던컨한테 그 이상의 찬사는 하면 안 돼! 매들린이 속으로 자신을 나무랐다.

「말 같지 않은 소리는 집어쳐. 형이 생전 말다툼하는 걸 피한 적이 있었어?」

에드먼드가 버럭버럭 대들었다.

얼마나 소리가 큰지 벽이 흔들릴 지경이었다. 혹시 에드먼드나 길라드가 귀가 안 좋은 건 아닌가 하는 생각이 머리를 스쳤다. 그렇지 않고서야 걸핏하면 목소리를 높일 이유가 없지 않은가.

두 사람이 가까이 붙어 있으니까 확실히 에드먼드가 던컨보다 키가 작았다. 그래도 길라드보다는 던컨과 용모가 많이 흡사해 보였다. 에드먼드의 험악한 얼굴은 던컨처럼 무시무시한 분위기를 연출했다. 얼굴 표정은 거의 분간하기 힘들 정도로 똑같았다. 하지만 에드먼드의 머리색은 던컨처럼 까만 색이 아니라 갈색이었다. 숱이 많고 짙은 갈색 머리. 에드먼드는 갑자기 매들린을 향해 시선을 돌렸다. 에드먼드의 갈색 눈동자에 웃음기가 베어 있다고 생각한 것도 잠시, 순식간에 얼음처럼 차가워졌다.

「나한테 목소리를 높일 작정인가요? 미안하지만 전 지금 그걸 받아줄 기분이 아니에요.」

에드먼드는 매들린의 말에 아무 대꾸도 안 했다. 팔짱을 끼고 오랫동안 매들린을 노려보고만 있었다. 하지만 상처를 치료하라는 던컨의 명령을 어기진 못했다. 에드먼드가 침대 가로 다가오자 매들린은 겁이 덜컥 났다.

「절 그냥 놔둬주셨으면 좋겠어요.」

「아가씨 마음이 어떻든 나하고는 상관없소.」

에드먼드가 매들린에게 다친 다리를 내보이라고 손짓했다. 매들린은 마음이 영 내키지 않았지만 승복하는 수밖에 없었다. 에드먼드처럼 덩치가 큰 사람과 실랑이를 벌이다가는 기운이란 기운이 모두 소모될 게 분명했다. 바로 뒤에 겪어야 할 시련을 견디려면 힘을 비축해둘 필요가 있었다. 하는 수 없이 매들린은 최대한 몸을 드러내지 않으려고 애쓰면서 담요를 들어올렸다. 에드먼드에게 처음부터 수치심도 모르는 여자라는 인상을 주긴 싫었다.

던컨은 침대로 다가가서 에드먼드의 반대쪽에 자리잡고 섰다. 에드먼드는 매들린의 상처를 보고도 안색이 전혀 변하지 않았다. 매들린은 에드먼드가 상처를 건드리자 아파서 얼굴을 찡그렸다. 그 모습을 본 던컨의 얼굴도 험악해졌다.

「움직이면 안 되니까 형이 몸으로 꼭 누르고 있어.」

에드먼드가 한결 부드러워진 목소리로 말했다.

「안 돼요!」

자신의 의사와는 상관없이 매들린의 눈동자에 공포심이 떠올랐다.

「그럴 것까지는 없다. 필요하면 내가 알아서 할 테니까 걱정 마라.」

던컨이 매들린을 보면서 말했다.

매들린은 침대에 어깨를 축 늘어뜨린 다음 차분한 얼굴로 고개를 끄덕거렸다. 하지만 던컨이 보기에도 치료를 제대로 끝내려면 매들린을 꼭 붙들고 있어야 할 것 같았다. 매들린이 겪어야 할 고통을 생각하면 여자의 몸으로 비명을 지른다고 해도 수치스러운 일은 아니리라.

에드먼드는 치료에 쓸 도구를 들고 매들린을 바라봤다. 놀랍게도 매들린은 차분한 얼굴을 하고 있었다. 매혹적인 녹색 눈동자에도 두려운 기색은 전혀 찾아볼 수가 없었다. 길라드가 말했던 대로 매들린은 정말

아름다운 여자였다.

「준비가 끝났으면 어서 시작하세요.」

매들린이 작게 말했다.

에드먼드는 매들린이 어서 시작하라는 듯이 손을 흔드는 모습을 보고 하마터면 웃음을 터뜨릴 뻔했다. 꼭 윗사람이 아랫사람한테 지시할 때처럼 위엄이 있어 보였다.

「차라리 불에 달군 나이프로 상처를 지지는 편이 낫지 않을까요?」

에드먼드가 대답할 기회도 없이 매들린은 계속 말을 이었다.

「기분 상하지 않으셨으면 좋겠어요. 주제넘게 말할 생각은 없었으니까요. 그래도 바늘로 꿰매다니, 조금 야만적이란 생각이 안 드세요?」

「지금 야만적이라고 했소?」

에드먼드는 매들린의 말을 이해하지 못하는 눈치였다.

「난 준비가 끝났으니까 이제 시작해도 좋아요, 에드먼드.」

매들린이 한숨을 내쉬면서 말했다.

「'시작하세요'도 아니고 '시작해도 좋다'고?」

에드먼드가 던컨을 쳐다보면서 되뇌었다. 하지만 던컨은 너무 걱정이 돼 웃을 여유가 없었다.

「꼭 아랫것들 부리듯이 말하시는군.」

에드먼드가 매들린에게 살짝 미소지으면서 말했다.

「그만 꾸물대고 어서 시작해. 기다리고 있는 게 더 힘들다.」

던컨이 이를 악물고 말했다.

에드먼드는 고개를 끄덕이고 상처를 깨끗이 닦아내기 시작했다. 우려했던 것과는 달리 매들린은 아무 소리도 내지 않았다. 던컨이 침대에 앉자 매들린은 고개를 옆으로 돌려버렸다. 어느 틈에 매들린은 무의식적으로 던컨의 허벅지를 손톱이 박힐 정도로 꽉 붙들고 있었다.

비명 소리가 목구멍에서 터져 나오려는 찰나, 바늘이 살갗을 뚫었다. 결국 매들린은 정신을 잃고 말았다. 던컨은 매들린의 손을 허벅지에서 떼어놓고 조심스럽게 얼굴을 정면으로 돌려놓았다. 그리고는 눈물로 범벅이 된 뺨을 부드럽게 닦아주었다.

「차라리 비명 소리를 냈으면 나았을 걸……」

에드먼드가 상처를 꿰매면서 중얼거렸다.

「그랬으면 네가 힘들었겠지.」

던컨은 침대에서 일어나서 에드먼드가 매들린의 허벅지에 하얀 천을 두텁게 감는 모습을 지켜봤다.

「어쩌면 열병에 시달리다가 죽을지도 몰라.」

에드먼드가 찌푸린 얼굴로 말했다.

「닥치지 못해! 내가 이 여자를 죽게 놔둘 것 같으냐?」

격분한 던컨이 사납게 말했다.

「그래도 마음이 쓰이는 모양이지?」

에드먼드가 놀라서 물었다.

「그래.」

에드먼드는 입을 떡 벌리고 던컨이 방에서 나가는 모습을 지켜봤다. 그는 땅이 꺼져라 한숨을 내쉰 다음 방에서 나왔다.

성을 빠져 나온 던컨은 호수로 발길을 돌렸다. 살을 에이는 듯한 추위는 잠시나마 던컨의 마음에서 시름을 덜어주었다.

던컨은 심신을 강인하게 하기 위해서 매일 밤 수영을 했다. 날씨가 더우나 추우나 매일 치르는 의식처럼 던컨의 일과에서 빠지는 일이 없었다. 사실 수영이 좋아서 하는 건 아니었지만 그렇다고 그 시간을 일부러 빼먹지는 않았다.

던컨은 옷을 벗은 후 차가운 물에 뛰어들었다. 찬물에 들어가면 잠시나마 매들린에 대한 생각을 지울 수 있으리라고 기대하면서……

얼마 후 던컨은 에드먼드와 길라드가 동석한 가운데 저녁을 먹었다. 항상 혼자서 식사를 하던 던컨에게는 이례적인 일이었다. 형제들 모두 매들린의 얘기는 한마디도 안 했다. 험악한 얼굴로 묵묵히 밥을 먹고 있는 던컨을 보고 있자니 말을 붙이기가 무서웠다.

던컨은 자신이 뭘 먹었는지 기억도 못했다. 쉬려고 침대에 누웠건만 매들린의 모습이 머릿속에서 떠나지 않았다. 매들린이 없으니까 잠이 안 오는 걸까? 그래. 계속 붙어 있었으니까 곁에 있는 게 익숙해진 것도 당연하지. 던컨이 애써 변명을 했다. 한 시간이 지나고 두 시간이 지났건만 눈은 말똥말똥하기만 했다.

결국 한밤중이 되어서야 던컨은 패배를 시인하고 매들린을 찾아 나섰다. 그는 탑 위로 올라가면서 내내 욕지기를 내뱉었다. 혹시 내 명을 거역하고 죽진 않았는지 가서 살펴보는 것뿐이야. 던컨은 애써 그렇게 자위를 했다.

방안에서 매들린이 잠결에 흐느껴 우는 소리가 들렸다. 저도 모르게 그 소리에 이끌려서 방에 들어간 던컨은 문을 조심스럽게 닫았다. 그는 벽난로에 나무를 집어넣은 다음 매들린에게 다가갔다.

매들린은 오른쪽으로 누워서 가운을 다리에 휘감고 있었다. 던컨은 어떻게 해서든지 가운을 바로 잡아주려고 했지만 쉽지가 않았다. 짜증이 난 던컨은 '이렇게 해야 본인도 편할 거야' 라고 되뇌면서 단검으로 가운을 찢어버렸다.

매들린은 이제 하얀 속옷만 입은 상태였다. 깊이 파인 속옷은 풍만한 가슴을 살짝 드러내 보이며 빨강, 노랑, 그리고 녹색을 띤 봄꽃들이 목선을 따라 꼼꼼하게 수놓아져 있었다. 매들린은 속옷에 수놓아진 꽃들처럼 여성스럽고 아름다웠다. 심성은 또 얼마나 고운지…… 벽난로 불빛을 받아 석고상처럼 깨끗한 피부가 황금빛으로 물들었다.

매들린은 너무 사랑스러웠다.

「젠장.」

던컨이 저도 모르게 중얼거렸다. 속옷차림의 매들린은 사랑스럽다는 말로는 부족할 정도로 매력적이었다.

던컨은 매들린이 몸을 떠는 모습을 보고 침대에 몸을 뉘었다. 어느새 몸에서 긴장감이 풀리기 시작했다. 확실히 매들린이 곁에 있는 게 익숙해진 거야. 그러니까 이렇게 금새 마음이 편해지지.

던컨은 이불을 끌어올려서 몸 위에 덮었다. 매들린을 뒤에서 끌어안으려고 하는 찰나, 던컨은 선수를 빼앗기고 말았다. 던컨의 허벅지 사이에 엉덩이가 폭 감싸일 때까지 매들린은 등을 밀어댔다.
  레이디 매들린도 이젠 내 곁에 있는 게 익숙해진 모양이군. 어느새 던컨의 입가엔 슬며시 미소가 떠올라 있었다.

7

구약성서 中, 잠언 15장 1절

매들린은 거의 24시간 동안 잠을 잤다. 눈을 떴을 때는 벌써 오후라 방안은 어둑어둑했고 햇살이 희미하게 나무 덧문을 통해 흘러 들어오고 있었다. 주위 광경이 아지랑이처럼 흐릿하게 보였다. 정신이 멍한 상태라서 자신이 어디 있는지 기억도 안 났다.

매들린은 몸을 일으키려다가 허벅지가 따가워서 얼굴을 찡그렸다. 그제야 기억이 하나씩 돌아오기 시작했다.

끔찍했다. 정말이지 몸에서 어느 한 군데 아프지 않은 곳이 없었다. 누군가 불에 달군 부지깽이로 지진 건 아닐까 의심할 정도로 허벅지가 쓰라리고 아팠다. 뱃속에서 요란한 소리가 났지만 식욕이 전혀 없었다. 몸이 불덩이 같아서 그런지 목이 너무 말랐다. 지금 당장 옷을 몽땅 벗어 던지고 창가에서 시원한 바람을 맞을 수만 있다면 뭐든 할 수 있을 것 같았다.

매들린은 창문을 열려고 몸을 일으켰지만 담요 하나 들어올릴 기운도 없었다. 그러다가 문득 자신이 속옷만 걸치고 있다는 사실을 자각했다. 누군가 가운을 벗긴 게 틀림없었다. 수치심이 들기보다는 옷을 벗기는데도 아무것도 모르고 있었다는 사실이 기가 막혔다.

매들린이 입고 있는 하얀 면 셔츠는 무릎을 간신히 덮을 정도로 짧았지만 소매는 너무 길어서 펄럭거릴 정도였다. 소매를 접으려는 순간, 전에 이 셔츠를 어디서 봤는지 기억이 났다. 어젯밤 텐트에서 매들린과 같이 잘 때 던컨이 입고 있었던 셔츠가 분명했다. 아니…… 그제 밤이었나? 너무 졸리니까 언제 일인지 생각이 안 났다. 그래서 잠깐 동안 눈을 감고 생각해 보기로 마음먹었다.

매들린은 아주 기분 좋은 꿈을 꾸었다. 꿈속에서 매들린은 열 한 살이었고 버튼 삼촌과 같이 살고 있었다. 로버트 신부님과 새뮤얼 신부님이 그린스테드 장원을 찾아왔다. 삼촌도 만날 겸 그린스테드의 영주인 모튼 경에게 안부 인사를 드리려고 오셨다고 한다. 모튼 남작의 자그마한 영지에서 일하는 몇몇 농부들을 제외하고는 매들린 외에는 젊은 사람이 없었다. 매들린은 마음이 넉넉하고 따뜻한 사람들에게 둘러싸여서 지냈는데, 다들 나이가 할아버지뻘은 됐다. 로버트 신부님과 새뮤얼 신부님은 사람들로 북적대는 클레르만 수도원에서 오신 분들이었다. 모튼 경은 신부님들이 돌아가실 때까지 지낼 수 있는 숙소를 마련해주셨다. 연로한 남작은 버튼 삼촌의 친구 분들을 꽤 마음에 들어하셨다. 두 분 모두 체스 실력이 수준급인데다가 남작 님이 떠벌리는 젊은 시절 얘기를 즐겁게 듣곤 하셨으니까……

매들린은 자신을 보물처럼 소중하게 아껴주는 노인들 틈에서 자랐다. 그분들은 돌아가면서 매들린에게 읽고 쓰는 법을 가르쳐주셨다. 매들린의 꿈은 어느 날 밤에 있었던 일로 이어졌다. 그녀는 책상에 앉아서 삼촌들에게 번역한 문장을 읽어드리고 있었다. 벽난로에서는 탁탁 소리를 내면서 불이 타올랐고, 방안 가득히 평안하고 따스한 분위기가 흐르고 있었다. 매들린은 자신이 제일 좋아하는 신화 속의 영웅 오디세우스의 모험 이야기를 하고 있었다. 꿈속에서 오디세우스는 매들린 곁에 있었다. 그는 자신의 무용담을 떠들어대는 매들린을 내려다보면서 싱긋 미소 지었다.

매들린은 두 번째로 잠에서 깨어났다. 아까 잠깐 동안 눈을 감고 있겠다고 했었는데…… 분명히 몇 분밖에 안 지났겠지? 아무리 눈을 뜨려고 해도 떠지지가 않았다. 누군가 눈꺼풀 위에 묵직한 것을 올려놓은 느낌이었다.

「내가 왜 이런 대접을 받아야 돼?」

매들린이 화가 나서 큰소리로 중얼거렸다.

눈꺼풀을 누른 물건은 젖어서 척척했다. 매들린은 농부들이나 쓰는 상스러운 말을 떠들어대면서 걸리적거리는 물건을 잡아챘다. 이상한 일이지만 누군가 웃는 소리를 들은 것 같았다. 매들린은 귀를 쫑긋 세우고 그 소리에 집중을 했다. 그런데 아까 그 물건이 또 이마를 철썩 갈기지를 않는가. 아까 치웠는데 이게 어떻게 된 일이지? 매들린은 이상해서 고개를 내저었다.

누군가 뭐라고 얘기를 했지만 무슨 소리인지 알아들을 수가 없었다. 말을 좀 또박또박하고 속삭이지만 않으면 좋을 텐데. 누군지 정말 예의라고는 하나도 없는 사람이잖아. 매들린은 큰소리로 그렇게 떠들어댔다.

누군가 이불을 하나 더 덮어주니까 갑자기 너무 더워졌다. 창가에 가서 찬바람을 쐬지 않으면 더워서 질식할 것만 같았다. 꼭 지옥 불 속에 들어간 기분이었다. 하지만 난 착한 아이니까 천국에 갈 거야. 매들린이 중얼거렸다.

왜 눈이 안 떠지지? 누군가 어깨를 들어올리더니 입술에 차가운 것을 댔다. 지금까지 간절하게 목말라 하던 물이었다. 양껏 마시려고 했는데 금새 물병이 흔적도 없이 사라져버렸다. 얼마 마시지도 못했는데…… 너무 속상했다. 누군가 매들린을 고문하려고 작정한 모양이었다.

갑자기 모든 게 분명해졌다. 매들린은 지옥이 아니라 오디세우스를 골탕 먹이려고 하는 괴물들이 가득한, 죽은 자들의 나라(그리스 신화. 하데스 신이 다스리는 저승을 말함)에 있는 게 분명했다. 이젠 오디세우스 다음으로 나까지 괴롭히려고 하는구나. 두고봐. 나도 가만히 당하고 있진 않을 거야.

매들린은 화가 머리끝까지 치밀었다. 삼촌이 거짓말을 하셨잖아. 오디세우스 이야기는 지어낸 이야기고 전설일 뿐이라고 했는데…… 그게 아니었어. 오디세우스가 싸운 괴물들은 정말 존재하고 있었어. 내가 눈을 뜨기만을 기다리고 있는 괴물들이.

그럼 오디세우스는 어디 있는 걸까? 어떻게 나만 괴물들한테 남겨두고 갈 수 있지? 자기가 뭘 해야 할지 모르는 건 아닐까? 사람들이 자기 얘기를 하는 걸 듣지 못했을 리가 없는데…….

누군가 허벅지를 만지는 게 느껴졌다. 뭔가 뜨거운 물건이 다시 눈을 짓눌렀다. 매들린은 손으로 탁 떨어뜨린 다음 옆으로 고개를 돌렸다. 그랬더니 어느새 외눈박이 거인이 침대 옆에 무릎을 꿇고 있지 않은가. 매들린은 소스라치게 놀라서 비명을 질렀다. 끔찍하게 생긴 거인이 이죽거리는 모습을 보고 놀라지 않을 사람이 있겠는가. 난 겁을 먹은 게 아니라 화가 난 거야. 키클롭스(그리스 신화에 등장하는 외눈박이 거인), 어쩌면 놈들의 우두머리인 폴리페모스(오디세우스가 장님으로 만든 키클롭스)일지도 몰라. 키클롭스 중에서도 제일 흉측한 바로 그놈. 자칫 방심했다가는 폴리페모스한테 잡혀갈지도 몰라.

매들린은 거인에게 주먹을 휘둘렀다. 코를 겨냥했는데 약간 빗나가고 말았다. 그래도 기분은 한결 좋아졌다. 매들린은 그나마 남아 있던 기운이 빠져서 침대에 풀썩 눕고 말았다. 폴리페모스가 아파서 울부짖는 소리를 들은 매들린은 의기양양하게 미소를 지었다.

매들린은 허벅지를 찔러대는 괴물을 무시하고 고개를 돌려서 벽난로를 쳐다봤다. 그때 매들린은 불빛을 온몸에 받고 서 있는 남자를 봤다. 평소에 상상했던 것보다 몸집이 훨씬 크고 매력적이었다. 인간이 아니니까 그래. 몸집도 저렇게 커다랗고, 온몸에서 신비스러운 광채가 나는 걸 보면 분명히 인간이 아니야.

「나만 괴물한테 놔두고 어디 가 있었던 거예요?」

매들린이 소리를 질렀다.

매들린은 신화 속의 영웅이 미약한 인간과 얘기를 나눌 수 있는지 확신할 수가 없었다. 하지만 아무 말 없이 매들린을 빤히 쳐다보고 있는 걸 보니 인간과는 대화를 하지 않는 모양이었다.

매들린은 화가 나서 견딜 수가 없었다. 키클롭스가 바로 옆에서 괴롭히고 있는데도 신화 속의 영웅은 침묵만 지키고 있을 뿐 꼼짝하려고 하지 않았다.

「빨리 처치해요, 오디세우스.」

매들린은 손가락으로 옆에 무릎을 꿇고 있는 키클롭스를 가리켰다.

오디세우스는 당황한 얼굴로 가만히 서 있었다. 덩치가 저렇게 크고 힘이 세도 머리는 별로 안 좋은 모양이야.

「나 혼자만 싸우게 놔둘 참이에요?」

매들린은 목청껏 소리를 질렀다. 좌절감 때문에 눈물이 시야를 가렸다. 울고 싶지 않았지만 눈물이 자꾸만 나왔다. 오디세우스는 빛 속에서 어딘가 사라져버리려고 했다. 어쩜 저렇게 무례할 수가 있지?

매들린은 오디세우스를 보낼 수가 없었다. 머리가 나쁘든 말든 따로 의지할 사람이 아무도 없질 않은가? 매들린은 오디세우스를 달래보기로 마음먹었다.

「오빠가 나를 때릴 때도 가만히 보고만 있었지요? 그건 내가 큰맘먹고 용서해 드릴게요. 하지만 지금 날 두고 떠나면 절대 용서하지 않을 거예요.」

오디세우스는 그다지 매들린의 용서를 얻고 싶은 의욕이 없는 듯했다. 어느새 오디세우스가 점점 사라지기 시작했다. 아무래도 좀더 강력하게 위협을 해야할 것 같아.

「이보세요, 오디세우스 님. 날 두고 가면 오디세우스 님한테 예의가 뭔지 톡톡히 가르쳐줄 사람을 보낼 거예요. 세상에서 제일 무서운 전사를 보낼 테니 두고봐요. 그 사람이 오디세우스 님을 못 이기면…….」

극적인 효과를 노리기 위해서 매들린은 일부러 말을 멈췄다.

「그땐 던컨을 보내겠어요.」

그제야 마음을 놓은 매들린은 만족스럽게 한숨을 쉬면서 눈을 꼭 감았다. 제 아무리 위대한 오디세우스라도 이젠 좀 겁이 나겠지. 다른 사람도 아닌 던컨을 보낸다고 했으니까. 매들린은 숙녀답지 못하게 코방귀를 뀌었다.

그녀는 한 쪽 눈만 살그머니 뜨고 오디세우스의 반응을 살폈다. 걱정스러운 얼굴의 오디세우스를 보니까 승리의 미소가 떠올랐다. 하지만 이 정도로는 아직 부족해. 키클롭스하고 싸우게 하려면 굉장히 화가 많이 나게 해야 된다고.

「던컨이 늑대라는 소문은 들어봤겠지요? 그건 사실이에요. 내가 시키면 던컨은 오디세우스 님을 갈기갈기 찢어버릴 거라구요. 그 사람은 내가 시키면 뭐든지 해요. 잘 봐요.」

매들린은 던컨을 부른답시고 손가락을 탁 퉁기려고 했지만 기운이 없어서 잘 안 됐다.

그래도 그녀는 자부심을 느끼면서 눈을 감았다. 무력도 안 쓰고, 점잖게 말만 해서 오디세우스한테 이겼잖아.

「난 세상에서 제일 온순하고 착한 처녀라니까요!」

매들린이 목청껏 소리를 높였다.

꼬박 사흘 낮과 밤을 매들린은 죽은 자들의 나라로 끌고 가려고 하는 신화 속의 괴물들과 싸웠다. 오디세우스는 매들린 곁을 한시도 떠나지 않고 명령만 하면 괴물을 뚝딱 해치우곤 했다.

고집 불통인 오디세우스도 가끔씩 매들린에게 말을 걸기도 했다. 주로 매들린의 과거에 대한 질문이었다. 오디세우스는 매들린의 어린 시절에 대해서 특히 관심이 많은 것 같았다. 엄마가 돌아가시고 로던이 보호자 노릇을 하게 되면서 어떻게 살았는지 알고 싶어했다.

대답하기 꺼려지는 질문이었다. 매들린은 버튼 삼촌하고 지냈던 세월에 관해서만 얘기를 하고 싶었다. 그래도 오디세우스가 화가 나서 떠나기라도 하면 큰일이 아닌가. 하는 수 없이 입을 열기 시작했다.

「그 애기는 하고 싶지 않아요.」

매들린은 격렬하게 증오심을 분출했다. 깜짝 놀란 던컨은 침대 옆에 앉아서 매들린을 끌어안았다.

「괜찮아. 이제 마음 편히 먹고 눈 좀 붙여봐, 매들린.」

「몇 달 전에 난 어렸을 때 지내던 성에 돌아갔어요. 그런데 밤마다 오빠가 내 방에 몰래 들어와서 한참 동안 침대 발치에 서 있곤 했어요. 난…… 눈을 뜨면…… 무서운 일이 생길까봐 꼭 감고 있었어요.」

「로던 생각은 그만 해.」

매들린이 울자 던컨은 이불을 걷어내고 매들린을 끌어안았다.

던컨은 로던에 대한 증오심과 분노 때문에 몸이 떨릴 지경이었다. 매들린은 자기가 무슨 말을 하는지도 모르고 있었지만 던컨은 로던의 의도를 이해하고도 남았다.

던컨의 품에서 안정을 찾은 매들린은 울음을 그치고 잠이 들었다. 하지만 얼마 뒤 다시 잠이 깬 매들린은 오디세우스가 아직도 곁에 있는 걸 발견했다. 오디세우스는 최고로 멋진 영웅이야. 힘도 세지, 마음도 착하지……. 물론 거만하긴 하지만 그 정도는 봐줄 수 있어.

그리고 장난기도 참 많은 것 같아. 얼굴을 하도 수시로 바꾸니까 자꾸 깜짝 깜짝 놀라잖아. 어느 때는 던컨인 척했다가 갑자기 자기 모습으로 바꿀 때도 있지. 한밤중에 매들린이 너무 겁이 나서 몸을 떨고 있는데 오디세우스가 아킬레스로 모습을 바꿨다. 매들린을 재밌게 해주려고 장난을 친 것 같았다. 그는 몸집에 비해 우스꽝스러울 정도로 작은 나무 의자에 앉아서 매들린을 쳐다보고 있었다.

아킬레스는 부츠를 신고 있지 않았다. 걱정이 된 매들린은 부츠를 신지 않으면 발을 다칠지도 모른다고 말했다. 아킬레스는 의아한 표정을 짓더니 어릴 때 어머니가 스틱스 강(그리스 신화에 나오는 죽은 자들의 나라에 있는 강)에 자신의 몸을 담군 뒤로 불사의 몸이 되었다고 말했다.

「하지만 어머니가 붙잡고 있었던 양쪽 발뒤꿈치엔 강물이 안 닿았잖아요. 거기가 바로 아킬레스 님한테는 제일 약한 부분이라구요. 내 말이 무슨 애긴지 알아들겠어요?」

아킬레스의 당혹해하는 표정을 보니 이해를 못한 모양이었다. 매들린은 한숨을 내쉬면서 동정심이 가득한 시선을 보냈다. 아무래도 어머니한테 애길 못 들었나봐. 그녀는 아킬레스가 앞으로 어떻게 될지 알고 있었다. 하지만 독화살을 조심하라는 애기는 안 했다. 내가 애기 안 해도 조금 있으면 어차피 알게 될 텐데 뭘.

매들린은 아킬레스가 불쌍해서 눈물을 흘리기 시작했다. 갑자기 아킬레스가 뚜벅뚜벅 걸어오더니, 어느새 던컨으로 모습을 바꿨다. 그는 매들린을 품에 안고 부드럽게 이마를 쓰다듬어 주었다. 이상하네. 오디세우스 님이 안아줬을 때하고 느낌이 비슷하잖아.

매들린은 던컨에게 침대 옆에 누우라고 닦달을 했다. 그녀는 또르르 몸을 굴려서 던컨 몸 위에 올라갔다. 매들린은 던컨의 가슴에 머리를 올려놓고 가만히 눈을 들여다봤다.

「당신 몸에 내 머리카락을 휘장처럼 드리우면 어떨 것 같아요? 그럼 이 세상에서 나만 당신을 볼 수 있을 텐데……. 내 생각이 어떠냐구요, 던컨?」

「당신은 지금 자기가 무슨 말을 하고 있는지도 모르고 있어, 매들린. 열이 나서 헛소리를 하는 거라고.」

「신부님을 부를 건가요?」

매들린의 눈동자에 눈물이 가득 차 올랐다.

「그러고 싶어?」

「아뇨. 난 아직 죽고 싶지 않아요. 신부님이 오시면 내가 죽는다는 걸 알게 되잖아요. 난 아직 할 일이 많아서 죽을 수가 없어요, 던컨.」

「무슨 일을 하고 싶은데?」

던컨은 매들린의 성난 얼굴을 보고 슬며시 웃었다.

매들린은 갑자기 몸을 숙이더니 코를 던컨의 턱에 문질렀다.

「갑자기 당신한테 키스하고 싶어졌어요, 던컨. 혹시 내가 이런 말을 해서 기분이 나빠졌어요?」

「당신은 쉬어야 한다니까, 매들린.」

던컨은 몸을 일으키려고 했지만 매들린이 꽉 붙들고 놓아주질 않았다. 움직였다가 상처를 건드리기라도 하면 큰일이지. 던컨은 그대로 가만히 누워 있었다. 하지만 무엇보다 매들린 곁에서 떠나기 싫은 게 솔직한 심정이었다.

「한번만 키스해주면 당신이 하라는 대로 할 게요.」

매들린이 약속했다.

그녀는 손으로 던컨의 양쪽 뺨을 찰싹 내리치더니 얼굴을 겹쳐왔다. 그리고 숨돌릴 사이도 없이 던컨의 입술을 빼앗았다. 매들린의 입술은 뜨겁고, 유혹적이며, 달콤했다. 그녀는 마음껏 그리고 열정적이고 탐욕스럽게 던컨의 입술을 공격했다. 흥분한 던컨이 천천히 매들린의 허리에 팔을 감았더니 따스한 맨살이 닿았다. 어느새 치마가 허리 위로 말려 올라가 있었다. 매들린의 부드러운 엉덩이를 쓰다듬던 던컨은 자제력을 잃고 흥분하고 말았다.

매들린은 고삐 풀린 망아지처럼 자유 분방하고 열정적으로 키스를 했다. 매들린의 혀가 던컨의 입 속을 파고 들어와서 마음껏 던컨의 혀를 탐했다.

「당신하고 키스하면…… 그만두고 싶지 않아요, 던컨. 그런 마음을 먹다니, 내가 나쁜 거죠? 안 그래요?」

매들린이 숨을 몰아쉬면서 말했다.

던컨은 매들린의 얼굴과 목소리에서 후회하는 기색을 찾을 수가 없었다. 아무래도 열병에 걸리니까 자제심이 날아가버린 모양이었다.

「마르타 말대로 당신이 내 밑에 깔렸으면 좋겠어요. 그럼 당신을 내 맘대로 어떻게 해볼 수 있을 텐데……」

사랑을 나누는 걸 밑에 깔린다고 표현하다니……. 던컨은 화가 나서 한숨을 내쉬었지만 어느새 그 소리는 신음 소리로 변해 있었다. 매들린은 던컨의 손을 들어올리더니 대담하게 한쪽 가슴에 올려놓았다.

「안 돼, 매들린.」

던컨이 중얼거렸다. 하지만 매들린의 따뜻하고 부드러운 가슴에서 손을 떼고 싶지 않았다. 던컨이 엄지손가락으로 젖꼭지를 살짝 문질렀더니 공깃돌처럼 딱딱해졌다.

「당신은 지금 제정신이 아니야. 무슨 짓을 하는지 모르고 있다고.」

던컨이 이를 악물고 말했다.

갑자기 매들린은 울음을 터뜨렸다.

「날 어떻게 생각하는지 말해줘요. 당신한테 나는 중요한 존재인가요? 거짓말이라고 해도 상관없어요. 그러니까 그렇다고 말해줘요.」

「그래, 매들린. 당신은 나한테 중요한 사람이야.」

던컨은 매들린의 허리에 팔을 감은 다음 자신의 옆에 눕혔다.

어떻게 해서든지 매들린과 떨어져야만 했다. 안 그랬다가는 자제심이고 뭐고 날아가버릴 테니까……. 그래도 아직 미련을 못 버린 던컨은 매들린의 입술에 한번 더 키스를 했다.

던컨이 숨을 몰아쉬면서 입술을 떼기도 전에 매들린은 잠이 들었다. 키스 때문에 위안을 받은 모양이었다.

매들린의 몸과 마음을 지배하는 열병은 던컨의 일상마저 뒤죽박죽으로 만들었다. 던컨은 매들린을 길라드와 에드먼드에게 맡길 생각은 꿈에도 없었다. 두 사람이 곁에 있을 때 매들린이 정열적인 본성을 내보이면서 키스라도 하면 곤란했다. 그런 상황에서 매들린을 위안해줄 수 있는 특권은 절대 다른 사람에게 내줄 수 없었다.

사흘 째 되던 밤, 드디어 매들린을 괴롭혔던 괴물들이 사라졌다. 다음 날 아침 매들린은 기진맥진한 상태로 눈을 떴다. 밤사이에 누군가 생기를 몽땅 쥐어짜기라도 했는지 물먹은 솜방망이처럼 몸이 무겁고 기운이 없었다. 던컨은 벽난로 근처에 앉아 있었는데 그 역시 지칠 대로 지친 기색이었다. 어디 아팠느냐고 질문을 던지려는 순간 던컨과 눈이 마주쳤다. 그는 의자에서 벌떡 일어나더니 침대 가로 다가왔다. 이상하네. 매들린이 속으로 생각했다. 꼭 한시름 덜은 사람처럼 보이잖아.

「당신은 열병에 시달렸었어.」

던컨이 잔뜩 가라앉은 목소리로 말했다.

「그래서 목구멍이 이렇게 아픈 거군요.」

매들린이 말했다. 세상에나. 이게 내 목소리야? 꼭 개구리가 내는 소리보다 더 끔찍하게 들리네. 목은 또 왜 이렇게 빡빡하지?

방을 한번 휙 둘러봤더니 난장판이 따로 없었다. 내가 자는 동안 누가 싸우기라도 했나? 어떻게 된 거냐고 물었더니 던컨은 재밌어 하는 표정을 지었다.

「지금도 목구멍이 아파?」

「내가 아프다니까 그렇게 고소해요?」

던컨이 아니라고 고개를 내저었지만 매들린은 곧이 들리지가 않았다. 뭐가 그렇게 좋은 건지 던컨은 계속 히죽거리고 있었다.

그날 아침의 던컨은 너무나 강인해 보였다. 차가운 인상을 주는 검은색 옷을 입고 있었지만 미소를 지을 때의 눈빛은 따스하기만 했다. 던컨의 그런 모습이 누군가를 연상시켰지만, 그게 누군지 생각이 안 났다. 웩스턴 남작하고 조금이나마 닮은 사람이라면 잊을 리가 있나? 그래도 누군지 기억이 날 듯 말 듯한데…….

「이젠 당신이 깼으니까 하인을 시켜서 시중을 들게 해야겠군. 병이 완전히 나을 때까지 이 방에서 나가면 안 돼. 알았어?」

던컨의 말은 매들린의 관심을 현실로 돌아오게 했다.

「그 동안 내가 많이 아팠어요?」

「그래, 많이 아팠지.」

던컨은 몸을 돌리더니 문가로 걸어갔다.

왜 저렇게 날 떠나지 못해서 안달이지? 매들린은 서둘러서 방을 나가려는 던컨을 보고 그런 생각을 했다. 그녀는 눈에 달라붙은 머리채를 옆으로 넘긴 다음 던컨의 등을 바라봤다.

「지금 난 자루 걸레처럼 지저분한 몰골이겠지?」

매들린이 중얼거렸다.

「정말 그래.」

던컨이 문가에 서서 말했다.

뭐 저렇게 무례한 사람이 있어? 웃음기가 섞인 던컨의 목소리를 듣고 화가 난 매들린은 큰소리로 던컨을 불렀다.

「이봐요, 던컨. 내가 몇 일 동안 아팠어요?」

「꼬박 사흘이 넘도록 아팠지.」

던컨이 고개를 돌리자 매들린은 깜짝 놀란 표정을 지었다.

「히나도 기억을 못하는 모양이군.」

매들린은 고개를 내저었다. 던컨이 씩 웃는 걸 본 매들린은 혼란 상태에 빠졌다. 도대체 이런 상황에서 웃는 저의가 뭐야?

「던컨?」

「왜?」

「사흘 동안 여기 있었어요? 이 방에서 나랑 같이 있었냐구요?」

던컨은 아무 대답 없이 방을 나가서 문을 닫으려고 했다. 답을 듣기는 글렀다고 체념하고 있었는데 갑자기 던컨의 단호한 목소리가 방안에 쩌렁쩌렁 울려 퍼졌다.

「꿈도 야무지군.」

문이 쾅 소리를 내면서 닫혔다.

매들린은 본능적으로 던컨이 계속 곁에 있었다는 사실을 알고 있었다. 물론 정확하게 무슨 일이 있었는지 기억은 안 났지만. 그런데 왜 거짓말을 하는 걸까?

「저 사람 고집을 누가 당해내겠어!」

매들린의 목소리에는 웃음기가 베어 있었다.

8

매들린은 다리에 힘이 생기기를 바라며 침대 가에 앉아 있었다. 던컨이 나가고 몇 분 뒤에 문을 두드리는 소리가 희미하게 들렸다. 들어오라고 하자 하인이 모습을 드러냈다. 삐쩍 말라서 뼈만 앙상한 하녀는 무슨 걱정거리가 그리 많은지 이마에 주름이 깊게 파여 있었다. 침대에 가까이 올수록 하녀의 걷는 속도가 점점 느려지기 시작했다. 아니, 걸음걸이 자체가 다친 사람처럼 아주 힘겹게만 보였다.

하녀는 당장이라도 도망칠 태세를 갖추고 계속 문만 힐끔힐끔 쳐다보고 있었다. 내가 무서운가. 매들린은 하녀의 경계심을 없애려고 일부러 미소를 지었다. 하지만 하녀가 왜 그렇게 자신을 무서워하는지 알 수가 없었다.

하녀는 등뒤에 숨기고 있었던 가방을 천천히 내밀면서 불쑥 입을 열었다.

「가방을 가지고 왔습니다, 아가씨.」

「고마워요. 정말 친절하시네요.」

매들린의 칭찬을 듣고 하녀는 기분이 좋아진 모양이었다. 경계하는 기색은 사라졌지만 그래도 조금은 혼란스러워하는 눈치였다.

「날 왜 무서워하는지 알 수가 없네요. 나쁜 마음은 품고 있지 않으니까 걱정 마세요. 도대체 이 집안 형제들이 무슨 말을 했길래 그렇게 겁을 먹었어요?」

매들린이 터놓고 물었다. 그녀의 솔직한 태도 때문인지 하녀의 몸에서도 서서히 긴장이 빠져나갔다.

「설마하니 그분들이 저같이 천한 것한테 무슨 말씀을 하셨으려구요. 실은 이 방에서 나는 비명 소리가 주방까지 들렸었답니다. 대부분이 아가씨가 내시는 소리였지요.」

「내가 소리를 질렀어요?」

충격을 받은 매들린이 물었다.

「네. 물론 열병 때문에 아무것도 기억 못하신다는 것쯤은 쇤네도 알고 있었습지요. 조금 있으면 거티가 음식을 갖고 올 겁니다. 전 그 동안 아가씨 옷을 갈아 입혀 드리겠습니다.」

「배도 고프고 기운도 하나도 없어요. 그나저나 이름이 뭐예요?」

매들린은 힘이 얼마나 남아 있는지 시험삼아 다리를 구부렸다.

「쇤네의 이름은 모드라고 합니다. 돌아가신 왕비 전하의 이름과 같지요.」

「그래요? 모드 생각엔 제가 목욕을 할 수 있을 것 같아요? 너무 끈적거려서 못 견디겠어요.」

「이런 한겨울에 목욕이라니요?」

모드가 깜짝 놀라서 물었다.

「난 원래 매일 목욕하는 습관이 있답니다. 마지막으로 목욕한 게 꼭 몇 년 전에 있었던…….」

「목욕을 매일 하신다구요? 이유가 뭐지요?」

「깨끗해진 기분이 들어서 좋거든요.」

매들린은 모드 역시 목욕을 해야겠다는 생각을 했지만 기분을 상하게 할까봐 아무 말도 안 했다.

「던컨…… 영주께서 들으시면 사치라고 생각하실 지도 모르겠어요. 모드 생각엔 목욕을 해도 좋다고 허락을 해주실 것 같아요?」

「그럼요. 이 방에서 나가지만 않으시면 뭐든지 하고 싶은 대로 하실 수 있습니다. 너무 무리해서 병이 도지기라도 하면 영주님이 화내십니다요. 남편한테 욕조를 여기까지 올려다 달라고 쇤네가 말하겠습니다.」

「결혼했군요.」

「네. 착한 남정네를 만나서 사내녀석을 하나 두고 있습지요. 조금 있으면 다섯 살이 되는데 어찌나 말썽을 피우는지 모릅니다. 그 아이 이름은 돌아가신 국왕 폐하의 이름을 따서 윌리엄이라고 한답니다.」

모드가 신이 나서 떠드는데 갑자기 문이 열리더니 하녀가 쟁반을 들고 들어왔다.

「이봐, 거티. 겁먹을 거 없어. 다행히 아가씨는 미치신 게 아니었다구!」

거티가 그 말을 듣고 미소지었다. 옆으로 퍼진 뚱뚱한 몸매, 하얀 피부, 갈색 눈동자. 전체적으로 포근한 인상을 주는 용모였다.

「전 주방에서 일하고 있습지요. 아가씨가 예쁘다는 얘기는 들었지만…… 내 보기엔 말랐어. 너무 말랐다구. 쟁반에 담아온 음식은 모두 들어요. 안 그러면 바람에 휙 날아갈지도 몰라.」

「아가씨가 목욕을 하고 싶대, 거티.」

「그럼 하시라고 하면 되잖은가. 나중에 감기 걸려도 우리 탓은 차마 못하겠지.」

거티가 한쪽 눈썹을 치켜 올리면서 대구했다.

두 사람은 방을 청소하면서 쉴새없이 떠들어댔다. 분명히 아주 친한 사이임에 틀림없었다. 매들린은 귀를 쫑긋 세우고 두 사람의 쑥덕공론을 열심히 들었다.

두 사람의 도움으로 목욕을 마친 매들린은 기진맥진했다. 머리를 감는 건 비교적 수월했지만 말리는 데 시간이 너무 많이 걸렸다. 매들린은 벽난로 앞에 깔린 가죽 위에 앉아서 긴 머리채를 난롯불에 가까이 댔다. 시간이 흐르면서 점점 팔에서 쥐가 나기 시작했다. 매들린은 하품을 크게 하면서 몸을 쭉 뻗고 누웠다. 잠깐만 쉬었다가 일어나야지. 머리가 마저 마르면 길게 땋아 내린 다음 옷을 입을 작정이었다.

던컨은 방에 들어서다가 속옷 차림으로 잠이 든 매들린을 발견했다. 그녀는 다리를 가슴에 파묻은 채 오른쪽으로 누워서 황금색으로 물든 머리채로 얼굴을 거의 다 가리고 있었다.

갑자기 몸을 한껏 웅크린 고양이가 떠올랐다. 던컨은 슬며시 웃었다. 저렇게 자게 놔뒀다가는 감기에 걸릴지도 모르겠는걸.

던컨은 매들린을 안고 침대로 갔다. 그녀는 새끼고양이처럼 던컨의 품을 파고들었다. 기분이 좋은지 잠결에 한숨까지 내쉬었다. 이런 제길! 그는 매들린의 몸에서 또 장미꽃 냄새가 나자 투덜거렸다.

던컨은 침대에 매들린을 내려놓고 담요를 덮어줬다. 냉담한 태도를 유지하려고 했지만 어느새 손이 매들린의 빰을 쓰다듬고 있었다.

잠이 든 매들린은 상처받기 쉬운 어린아이처럼 보였다. 그래서 이렇게 발이 안 떨어지는 거야. 던컨이 애써 자기 변명을 했다. 매들린을 지켜주고 싶다는 충동이 물밀듯이 밀려왔다. 절대 로던 녀석에게는 보내지 않아. 그 악마 같은 놈 곁에는 절대 못 가게 할 거다.

자신이 세운 계획이며 원칙들은 매들린을 만나면서 뒤죽박죽이 되고 말았다. 매들린을 통해서 로던에게 복수한다는 원칙은 어느새 매들린을 로던의 손아귀에서 보호하겠다는 것으로 변해 있었다. 던컨은 끙 하고 신음 소리를 내면서 문가로 걸어갔다. 젠장. 이젠 내 마음도 모르겠군. 이게 모두 매들린 때문이야.

신경이 온통 매들린에게만 쏠리고 마음은 혼란스럽기만 했다. 아니,

그녀 옆에만 있으면 생각을 제대로 할 수가 없었다.

일단 마음의 정리가 끝나기 전까지는 매들린과 거리를 두기로 마음먹었다. 일순 마음이 무거워졌다. 던컨은 욕지기를 내뱉으면서 천천히 등 뒤의 문을 닫았다.

너무 쇠약한 상태였기 때문에 매들린은 방에서 한 발자국 나가지 못해도 그다지 답답하다는 느낌은 못 받았다. 하지만 그로부터 이틀 뒤, 감옥에 갇힌 기분이 들기 시작했다. 모드와 거티가 가물에 콩 나듯이 드나들긴 했지만 대부분의 시간을 혼자 보내야만 했다. 매들린은 바닥이 닳도록 왔다갔다하다가 소일거리를 찾기 시작했다. 하인들이 불편해하는 데도 불구하고 벽이며 바닥을 걸레로 문질렀다. 하지만 육체적인 노동도 지루함을 완전히 가시게 하진 못했다. 우리에 갇힌 짐승 신세나 다름없지 뭐야. 던컨은 언제쯤 들를까? 매들린은 던컨이 오기만을 기다리고 또 기다렸다.

던컨은 나 같은 건 잊어버렸나봐. 얼마나 다행이야. 원래 그런 일에는 익숙해져 있으니까 상관없어.

그로부터 이틀이 더 지나자 매들린은 창밖에 몸을 던지고 싶은 충동마저 일었다. 너무 답답하고 지루해서 미친 듯이 소리를 지르고 싶어졌다.

그녀는 창가에 서서 지는 해를 바라보며 던컨을 생각했다. 그때 갑자기 문이 벌컥 열리더니 던컨이 모습을 나타냈다. 한순간 매들린은 너무 보고 싶으니까 헛것이 다 보이는 모양이라고 생각했다. 오랫만에 본 던컨의 모습은 거칠고, 강인하고, 너무 잘생겨서 일순 마음의 동요를 일으켰다.

「에드먼드가 실밥을 풀어줄 게야.」

던컨은 그 말 한마디를 던지더니 벽난로 앞에 가서 섰다. 냉정하고 지루한 표정으로 팔짱을 끼고 서 있는 던컨의 모습을 보고 있자니 가슴이 아팠다.

매들린은 상처받았다는 사실을 절대로 내색하지 않기로 마음먹었다. 최대한 차분한 얼굴로 던컨을 대하고 싶었다.

매들린은 흰색 가운과 청색 오버튜닉(가운, 튜닉 위에 걸쳐 입는 옷)을 입었고 가는 허리에 두른 허리띠는 여성스러운 몸매를 강조해주었다.

가슴에 늘어뜨린 진한 갈색 머리카락은 숱이 많아서 풍성했고, 군데군데 적갈색을 띠고 있었다. 던컨도 직접 만져봐서 어떤 촉감인지 알았다. 실크처럼 보드라운 느낌을.

던컨은 매들린에게 넋을 잃은 자신이 한심스러워서 얼굴을 찌푸렸다. 그러나 도저히 매들린에게서 시선을 뗄 수가 없었다. 그 정도로 이 여자가 그리웠던 걸까? 어리석은 생각이라 절대로 입 밖에 낼 얘기는 아니었지만 그로 인해 던컨은 인정하고 싶지 않은 속마음을 깨닫게 되었다. 그 동안 매들린을 만나지 못해서 쓸쓸했다는 사실을.

그러고 보니 매들린이 입은 옷 색깔은 웩스턴 남작, 바로 던컨을 상징하는 청과 백이었다. 던컨에게 충성을 맹세한 병사들의 전투복 색만 해도 청색과 백색이 아니었던가. 매들린이 그 사실을 자각하고 있을지 의문이었다. 던컨은 저도 모르게 씩 웃었다. '당신 혹시 일부러 나한테 맞춰서 옷을 입은 건 아니냐'고 물어보면 매들린이 어떻게 나올지 궁금했다. 하지만 보기만 해도 키스가 하고 싶어지는 매들린의 유혹적인 입술에 정신을 빼앗긴 나머지 그 얘기를 꺼낼 기회를 놓치고 말았다.

매들린은 차마 던컨을 오랫동안 쳐다볼 수가 없었다. 얼굴을 마주보면 그 동안 꾹꾹 눌러왔던 그리움이란 감정을 그에게 들킬지도 모른다.

「이젠 날 어떻게 할 생각인지 알고 싶어요.」

매들린은 바닥으로 시선을 떨군 채 말했다. 던컨을 보고 있으면 생각을 제대로 할 수가 없었다. 확실히 던컨이 곁에 있으면 집중력이 떨어졌다. 그런 자신의 반응을 이해할 수는 없었지만 그렇다고 그 사실을 부정하지도 않았다. 남작은 말 한마디 없이 매들린의 마음에 먹구름을 드리우는 능력이 있었다. 때로는 마음의 평정을 잃게 하고, 당혹스럽게 만들기도 했다. 곁에 있을 때는 도망치고 싶고, 곁에 없을 때는 그리운 사람.

그가 바로 던컨이었다.

매들린은 던컨에게 등을 돌리고 창 밖을 내다봤다.

「앞으로 남은 여생을 이 방에 갇혀서 보내야 하는 건 아닌가요?」

매들린의 걱정스러운 목소리를 듣고 던컨은 미소를 지었다.

「당신 방문은 잠근 적이 없는 걸로 기억하는데.」

「지금 나한테 농담하는 거예요? 이번 주 내내 이 방에 갇혀 지낸 사람한테 그게 무슨 말이에요? 내가 마음만 먹었으면 여기서 도망칠 수 있었다는 얘기예요?」

매들린은 몸을 획 돌리더니 어이가 없는 표정으로 물었다.

「아니, 도망을 치진 못했겠지. 하지만 당신이 그러고 싶다고 얘기만 했으면 방에서 나올 수도 있었어.」

「나더러 그 말을 믿으라구요? 당신 말을 곧이곧대로 받아들였다가는 나만 바보가 된 기분이 들겠어요. 솔직히 거짓말을 해서라도 나한테 굴욕감을 주고 싶은 게 아니에요? 그에 비해 난 태어나서 지금까지 한번도 거짓말을 해본 적이 없어요. 그러니까 얼마나 불공평해요?」

그때 에드먼드가 문가에 모습을 나타냈다. 평상시처럼 험악한 표정이었지만 전과는 다르게 뭔가 조심스러워하는 기색이 보였다. 그는 한참 동안 매들린을 응시한 다음에야 방안으로 들어왔다.

「이번엔 내 말대로 움직이지 못하게 꼭 붙들고 있어.」

에드먼드가 던컨에게 말했다.

「이젠 열병이 나아서 정신도 들었겠다, 그럴 필요가 뭐가 있겠냐? 더구나 레이디 매들린은 아기고양이처럼 온순하고 순종적이니까 걱정하지 않아도 될 게야.」

던컨은 매들린에게 침대에 누우라고 손짓을 했다.

「두 분 모두 잠깐 동안 나가주셨으면 좋겠어요.」

매들린이 달아오른 얼굴로 말했다.

「왜 그래?」

던컨이 물었다.

「설마하니 날…… 수치심도 모르는 여자라고 생각하는 건 아니겠죠? 상처만 보일 수 있게 어떻게든 해볼 작정이니까 잠깐만 나가서 기다려 주세요.」

매들린이 더듬대면서 말했다.

얼굴이 새빨갛게 달아오른 것을 보면 진심으로 하는 얘기가 틀림없었다. 옆에서 에드먼드가 목에 뭐가 걸린 사람처럼 기침을 하기 시작했다. 하지만 던컨은 일부러 땅이 꺼져라 한숨을 내쉬었다.

「지금 체면을 따질 상황이 아니잖아. 더구나…… 난 벌써 당신 다리는 다 봤어.」

매들린은 던컨을 한참 동안 노려본 다음 허겁지겁 침대로 갔다. 그녀는 침대 중앙에 자리를 잡고 가죽 담요를 뒤집어쓴 상태에서 옷을 허벅지까지 걷어올리려고 안간힘을 썼다. 매들린은 붕대를 풀고 옆으로 치우고 다시 붕대를 푸는 일을 힘겹게 반복했다.

에드먼드가 매들린 옆쪽에 무릎을 꿇고 앉았다. 그녀는 에드먼드의 왼쪽 눈 밑이 시퍼렇다는 걸 그제야 알아차렸다. 어쩌다가 멍이 든 걸까? 분명히 던컨 아니면 길라드가 그랬겠지. 매들린은 성급하게 결론을 내렸다. 정말 맘에 안 드는 사람들이야. 형제들이 어쩌면 하나같이 싸움하는 걸 그렇게 좋아할까? 물론 실밥을 푸는 에드먼드의 손길이 유난히 부드럽다는 사실을 알고 있었지만 그래도 웩스턴 형제들의 호전적인 천성은 못마땅했다.

「약간 따끔거리긴 하지만 별로 아픈 줄도 모르겠어요, 에드먼드.」

매들린이 안도의 한숨을 내쉬면서 말했다.

던컨은 매들린이 움직이면 당장이라도 덤벼들 기세로 침대 가에 서 있었다. 남자 두 명에게 허벅지를 내보이다니, 민망하고 수치스러운 일이었다. 매들린은 어떻게든 던컨의 주의를 돌리고 싶어서 맨 처음 머리에 떠오른 일을 입 밖으로 내보냈다.

「왜 문 양쪽에 자물쇠를 달아놨지요?」

「갑자기 그게 무슨 말이야?」

던컨이 난감한 표정으로 물었다.

「저기 저 나무 판자를 고리에 밀어 넣으면 문이 잠기잖아요. 그런데 무슨 이유로 저런 고리들을 문의 바깥쪽과 안쪽에 모두 달아놨어요?」

우스꽝스러운 화제라는 걸 알면서도 매들린은 일부러 관심이 있는 척하면서 물었지만 그녀의 작전은 맞아 들어갔다.

던컨은 문을 한번 흘끔 쳐다본 다음에 다시 매들린에게 시선을 돌렸다. 잠깐이나마 허벅지에서 눈을 떼고 있어서 다행이었다.

「그냥 빗장이라고 하면 되지 뭘 그렇게 장황하게 떠드는 거야?」

던컨이 무심하게 말했다.

「그러지 말고 솔직히 말해봐요. 어느 쪽 문에 빗장을 달아야 할지 헷갈렸던 거죠?」

「계단을 왼쪽에 설치한 것과 똑같은 이치야.」

던컨이 눈을 빛내면서 맞받아 쳤다. 매들린은 던컨의 걱정스러운 표정이 미소로 바뀌자 마음이 즐거워졌다.

「그러니까 그 이유가 뭔데요?」

매들린이 저도 모르게 미소지으면서 말했다.

「내가 그렇게 하고 싶었으니까.」

「그것도 이유라고 할 수 있을지 의문이네요.」

던컨의 손을 붙들고 있었다는 사실을 자각하는 순간 매들린의 미소도 사라졌다. 그녀는 재빨리 손을 뿌리치고 에드먼드에게 시선을 돌렸다.

「상처는 다 나았어.」

던컨을 보고 있던 에드먼드가 일어나면서 말했다.

매들린은 들쭉날쭉한 선 모양으로 허벅지에 남은 상처를 내려다봤다. 정말 보기만 해도 끔찍한 흉터라 저도 모르게 얼굴이 구겨졌다. 이내 마음을 가라앉힌 매들린은 자신의 속물적인 태도에 부끄러움을 느꼈다.

「고마워요, 에드먼드.」

매들린은 담요를 다리에 덮으면서 말했다.

하지만 에드먼드가 어떻게 일을 처리했는지 눈으로 확인하지 못한 던컨은 담요를 치우려고 몸을 내밀었다. 매들린은 던컨의 손을 치우고 담요를 들추지 못하게 가장자리 부분을 침대에 꾹 눌렀다.

「다 나았다고 했잖아요.」

던컨이 담요를 거칠게 벗겨내자 매들린은 깜짝 놀라서 외마디 비명을 질렀다. 그녀는 재빨리 가운을 아래로 내리려고 했지만 던컨에게 양손을 붙들리고 말았다. 던컨은 매들린이 가운 밑에 받쳐입은 옷을 의도적으로 천천히 걷어올렸다. 결국 매들린이 그렇게 감추려고 애썼던 허벅지가 적나라하게 드러나고 말았다.

「감염된 흔적은 없어.」

두 사람의 실랑이를 지켜보고 있던 에드먼드가 한마디 했다.

「그래. 이젠 다 나았구나.」

던컨이 고개를 끄덕이면서 말했다.

「어떻게 자기 동생이 하는 말도 못 믿어요?」

옷매무새를 고치던 매들린이 질렸다는 듯이 물었다.

그러자 던컨과 에드먼드가 의미를 알 수 없는 시선을 교환했다.

「당신 같은 사람은 형제도 못 믿는 게 당연하겠지요. 에드먼드의 눈을 저 지경으로 만든 것도 십중팔구 당신 소행일 거예요. 웩스턴 형제들한테 주먹질말고 기대할 게 또 뭐가 있겠어요?」

매들린이 혐오감을 감추지 않고 말을 술술 늘어놓았다.

던컨은 화가 났다는 표시로 몸을 획 돌리더니 문가로 걸어갔다. 이내 유난히 큰 한숨소리가 던컨의 입에서 흘러나왔다. 한동안 못마땅한 얼굴로 매들린을 보고 있던 에드먼드는 던컨을 따라 방을 나가려고 했다.

「명령 때문에 어쩔 수 없이 절 치료했다는 건 알지만 그래도 정말 고맙다는 말씀드리고 싶어요.」

에드먼드의 입에서 모욕이 나올 거라고 기대한 매들린은 잔뜩 마음의 준비를 했다. 에드먼드가 아무리 기분 나쁜 말을 해도 겸손하게 받아들여야지.

하지만 정작 당사자인 에드먼드는 아무 대꾸도 안 했다! 내 심성이 착하다는 걸 보여주고 싶어도 웩스턴 형제들이 기회를 안 주는데 어쩌 겠어. 그럴 기회를 먼저 줘야 할 것 아니야. 내심 실망한 매들린은 화가 나서 중얼거렸다.

「한 시간 뒤에 저녁식사가 있을 거야. 길라드가 당신을 데리러올 테 니까 마음이 내키면 홀에서 같이 저녁식사를 해도 좋아.」

던컨은 그 말을 남기고 방을 나갔다. 하지만 에드먼드는 그 자리에 서 있다가 천천히 몸을 돌리고 매들린을 쳐다봤다.

「폴리페모스가 누굽니까?」

매들린이 눈을 동그랗게 떴다. 난데없이 폴리페모스가 누구냐니, 별 이상한 질문도 다 있네.

「호머의 오디세이에 나오는 키클롭스들의 우두머리예요. 폴리페모스 는 이마 중앙에 커다란 눈이 하나 박혀 있는 아주 끔찍하게 생긴 거인 이랍니다. 오디세우스의 병사들을 저녁으로 먹어치웠대요.」

그 말을 들은 에드먼드의 표정이 더욱 험악해졌다.

「이런 젠장.」

「그런 입에 담기 힘든 욕설은 하시면 안 돼요. 그나저나 갑자기 폴 리페모스에 관해서 물으시는 이유가 뭐죠?」

매들린이 에드먼드의 뒤통수에 대고 소리쳤다.

하지만 에드먼드는 발자국 소리만 남기고 사라져버렸지만 그의 무례 한 행동 때문에 행복감이 줄어들지는 않았다. 그녀는 침대 위에서 방방 뛰면서 신나게 웃어댔다. 이젠 여기서 나가도 되는 거야! 야호! 물론 던 컨은 매들린을 가둬둔 게 아니라고 부인했지만 그 말을 믿을 수가 없었 다. 분명히 날 당황하게 만들려고 일부러 그런 얘기를 지어낸 거야. 아 무튼 던컨에게 틈을 보이면 안 돼. 어떻게 해서든지 내가 한심하고 미련 한 여자라는 생각을 심어주려고 들 테니까.

가방을 뒤졌지만 역시 입을 만한 옷이 없었다. 나도 좀 예쁜 옷이 있 었으면 좋았을 텐데. 세상에, 바보 같이 무슨 생각을 하는 거야? 난 포 로 신세지, 손님이 아니라고.

그로부터 5분 뒤 준비를 끝낸 매들린은 한동안 초조하게 방안을 왔다 갔다했다. 빗장이 얼마나 단단하게 채워졌는지 확인해 볼 생각에 문을 힘껏 밀었다. 순간 문이 활짝 열려서 하마터면 앞으로 고꾸라질 뻔했다.

이번엔 날 골려먹으려고 문을 안 잠근 거야. 던컨이 일부러 그랬다고 믿고 싶었지만 그건 아무래도 아닌 듯싶었다. 왜냐하면 던컨은 에드먼드 보다 먼저 방을 나갔었다.

왁자지껄한 소리가 계단을 타고 위로 올라왔다. 매들린은 계단 난간 에 몸을 한껏 내밀고 귀를 쫑긋 세웠지만 무슨 말들을 하는지 알아들을 수가 없었다. 하는 수 없이 포기하고 방으로 돌아오는데 돌 벽에 기대놓 은 나무 널빤지가 눈에 띄었다. 매들린은 충동적으로 널빤지를 집어들고 방안으로 질질 끌고 들어왔다. 널빤지를 침대 밑에 숨겨 놓는데, 웃음이 실실 나왔다. 나한테 이렇게 대범한 면이 있었나?

「이젠 바깥에서 못 들어오게 문을 잠글 수 있으니까 얼마나 좋아. 가만히 던컨이 하고 싶은 대로 놔두는 것보다는 낫잖아.」

내가 언제 던컨의 행동에 대해서 이래라 저래라 할 만한 위치에 있었 던가? 매들린이 씁쓸하게 되뇌었다. 널빤지 하나 숨긴 것 가지고 이렇게 좋아하다니…… 이게 모두 너무 오랫동안 방안에만 갇혀 있어서 그런 거야.

아무리 기다리고 또 기다려도 길라드는 오지 않았다. 순간 매들린은 던컨이 거짓말을 한 거라고 속단을 내렸다. 잔인한 사람 같으니.

그러나 얼마 뒤 문가에서 발자국 소리가 들리자 매들린의 얼굴이 확 밝아졌다. 그제야 마음을 놓은 매들린은 배시시 나오는 웃음을 참지 못 하고 부리나케 창가로 달려갔다. 그녀는 최대한 빠른 속도로 옷매무새를 정리하고 머리를 가다듬은 다음 억지로 침착한 표정을 지었다.

의외로 길라드는 무서운 얼굴을 하고 있지 않았다. 봄날의 숲을 연상 시키는 색의 옷을 입어서 그런지 그날 따라 활력이 넘쳐 보였다. 따스한 느낌을 주는 녹색은 길라드의 용모를 한층 두드러지게 했다.

「아래층에 내려가기 전에 드릴 말씀이 있습니다.」

길라드가 부드러운 목소리로 말했다. 그는 뒷짐을 진 채 걱정스러운 얼굴로 매들린에게 다가갔다.

「아델라도 같이 식사를 하게 될 텐데 분명히……」

「저 때문에 기분이 불쾌해질 수도 있겠네요.」

「네. 사실 불쾌하다는 말로는 좀 부족한 면이 있지만요. 아델라는 계속 침묵만 지키고 있지만 눈빛이 심상치가 않아요. 그래서 좀 불안한 마음이 들었습니다.」

「왜 나한테 이런 말을 해주는 거죠?」

「미리 마음의 준비를 하라고 드리는 말입니다.」

「걱정해주는 이유가 뭐지요? 저에 대한 생각이 180도로 바뀌셨나봐요. 혹시 저번 전투에서 도와드려서 그래요?」

「음…… 당연하지요.」

길라드가 말을 더듬거렸다.

「그 말을 들으니까 가슴이 아프네요.」

「내 목숨을 구한 걸 후회한다는 얘긴가요?」

길라드가 물었다.

「아뇨. 사람의 목숨을 빼앗았기 때문에 마음이 아프다는 얘기였어요. 하지만 길라드를 제때 도울 수 있어서 천만 다행이에요. 그 점에 대해서는 후회하지 않아요.」

매들린이 길라드가 알아듣게 설명했다.

「앞뒤가 안 맞는 말을 하는군요.」

길라드가 혼란스럽다는 듯이 말했다.

그렇겠지. 매들린이 속으로 중얼거렸다. 던컨처럼 길라드도 오랫동안 손에 피를 묻힌 사람이야. 아마 내가 느끼는 죄의식은 죽을 때까지 이해하지 못하겠지. 오히려 내가 저지른 짓을 영웅적인 행동인 것처럼 미화해서 생각할 게 분명해.

「난 이해를 못하겠어요.」

길라드가 어깨를 으쓱하면서 덧붙였다.

「그렇겠지요.」

어찌나 슬픈 목소리였는지, 길라드는 매들린의 마음을 달래주고 싶은 충동이 일었다.

「매들린 같은 여자는 처음 봤어요. 정말 보기 드문 사람이에요.」

「저도 튀지 않으려고 노력하고 있어요. 하지만 제 과거를 생각하면, 그것도 쉽지 않은 일이랍니다.」

「전 칭찬으로 한 얘기였는데요.」

길라드가 웃으면서 말했다. 매들린은 보기 드문 여자라는 말을 결점이라고 생각하는 걸까?

길라드는 고개를 흔들면서 매들린보다 앞서서 계단 아래로 내려갔다.

「계단이 군데군데 젖었으니까 조심해요. 혹시 미끄러지면 내 몸을 꼭 붙들어요. 그래서 일부러 내가 먼저 내려가는 거니까요.」

길라드는 계속 혼자서 쉬지도 않고 떠들어댔다. 하지만 매들린은 너무 긴장해서 집중을 할 수가 없었다. 아델라를 만날 생각을 하니까 가슴에 돌을 얹은 것처럼 답답하고 불안했다.

홀의 출입구까지 왔을 때 길라드가 옆으로 물러서더니 매들린에게 팔을 내밀었다. 하지만 매들린은 길라드의 호의를 거절했다. 길라드의 심경에 변화가 생겼다는 걸 알면 그의 형제들이 달가워할 것 같지 않아서였다.

매들린은 가지런히 손을 앞에 모으고 홀을 둘러봤다. 홀은 어마어마한 규모였는데, 돌로 만든 벽난로가 정면을 온통 차지했고 벽난로의 오른쪽에는 최소한 스무 명은 수용할 수 있는 거대한 탁자가 놓여 있었다. 나무로 만든 받침대가 탁자 밑에 받쳤고 의자들이 양쪽 일렬로 놓여 있었다. 어떤 의자는 똑바로 놓여 있었지만, 대부분이 뒤집혀져 있었다.

뭔가 특이한 냄새가 코를 자극해오자 매들린은 반사적으로 얼굴을 찡그렸다. 주위를 둘러봤더니 바닥에 깔린 골풀이 오래 되었는지 곰팡이가 잔뜩 피어 있었다. 벽난로에서 나오는 열기를 받아 냄새가 한층 더 역겹게 느껴졌다. 불행하게도 그게 전부가 아니었다. 홀 중앙에서 서로 엉켜

붙어서 잠이 든 열두 마리 안팎의 개들이 풍기는 악취도 만만치 않았다.

매들린은 지저분한 주위의 광경에 몸서리가 쳐졌지만, 입을 꾹 다물고 있기로 마음먹었다. 웩스턴 가문의 사람들이 짐승처럼 살든 말든 자신과는 아무 상관이 없는 일이었다.

그때 길라드가 팔꿈치로 살짝 찌르면서 앞으로 나가라고 재촉했다. 식탁에 앉아 있던 에드먼드는 매들린을 지켜보고 있었는데 뭔가를 고민하고 있는 사람처럼 보였다. 그는 애써 매들린을 보고도 못 본 척하려고 했다. 매들린 역시 그런 그를 보고도 아무렇지도 않은 척했다.

매들린이 길라드와 함께 식탁에 앉자 병사들이 열을 맞춰서 홀 안으로 들어왔다. 그들은 상석 하나만 남겨두고 각자 나머지 의자에 자리를 잡고 앉았다. 아무래도 웩스턴 일족의 우두머리는 던컨인 이상 다른 사람의 자리는 아닐 것 같았다.

매들린은 길라드에게 언제쯤이면 던컨이 합류할 건지 물어보려고 했다. 그때 에드먼드의 쩌렁쩌렁한 목소리가 홀 안에 울려 퍼졌다.

「거티!」

이내 홀의 오른쪽에 자리잡은 주방에서 에드먼드 못지않게 큰 목소리가 흘러나왔다.

「여기 귀 먹은 사람 없어요!」

거티는 한 손엔 고기를, 다른 한 손엔 산더미처럼 쌓인 빈 쟁반을 들고 곡예를 하듯이 아슬아슬하게 움직였다. 하녀 둘이 그 뒤에서 음식을 담은 쟁반들을 들고 따라왔다. 마지막으로 커다란 빵 덩어리들을 양손에 들고 겨드랑이 양쪽에도 빵을 하나씩 끼운 하녀가 등장했다.

거티는 식탁 중앙에 쟁반들을 쾅 하고 내려놓은 다음 다른 하녀들에게도 신호를 보냈다. 하녀들이 쟁반을 식탁에 내려놓기가 무섭게 쟁반들이 원반처럼 빙글빙글 돌면서 공중에서 날아다니기 시작했다. 매들린은 입을 쩍 벌린 채 병사들이 음식 쟁반과 술병을 이쪽저쪽으로 던지고 받는 광경을 지켜봤다. 이내 에드먼드를 필두로 다들 식사를 시작하기 시작했다.

그와 동시에 자고 있던 개들이 벌떡 일어나더니 식탁 양쪽에 자리를 확보하려고 앞다퉈서 질주를 했다. 갑자기 개들이 왜 저러지? 매들린이 뭔가 이상하다는 생각을 하는데, 병사 하나가 뼈다귀를 어깨 너머로 던졌다. 그랬더니 다른 놈들보다 몸집이 두 배나 큰 사냥개 한 마리가 허공에서 뼈다귀를 잽싸게 물었다. 사납게 으르렁대는 소리가 들리기 시작하자, 병사들이 차례로 먹다 남은 음식 찌꺼기를 등뒤로 던졌다. 개들이나 식탁에 앉아서 먹는 사람들이나 아귀처럼 먹어대느라 정신이 없었다.

매들린은 혐오감을 감출 생각도 안 하고 얼굴에 노골적으로 드러냈다. 식욕은 완전히 달아나고 말았다. 식사 중에 점잖은 말은 전혀 오가지 않았다. 눈앞에서는 탐욕스럽게 음식을 먹어대는 인간들이 끊임없이 내뱉는 욕설이, 등뒤에서는 개들이 게걸스럽게 쩝쩝대는 소리만이 귀를 찔러댔다.

처음엔 장난을 치는 건 아닐까 생각했지만 그게 아니었다. 배를 다 채운 남자들은 누가 먼저라고 할 것 없이 트림을 해대기 시작했다.

「왜 안 먹어요? 배고프지 않아요?」

길라드가 입에 음식을 잔뜩 넣은 채로 말했다.

「식욕이 싹 달아났어요.」

매들린은 길라드가 맥주를 쭉 들이킨 후 튜닉 소매로 입을 닦는 모습을 지켜봤다.

「한 가지 물어볼게요. 던컨이 올 때까지 기다리지 않고 그냥 먹는 이유가 뭐지요? 던컨이 그렇게 하라고 시켰나요?」

「형은 원래 같이 식사하지 않습니다.」

길라드가 빵을 길게 쭉 잡아뜯더니 매들린에게 건네줬다. 그녀는 머리를 흔들면서 다시 물었다.

「원래 던컨하고 같이 식사를 안 한다구요?」

「아버지가 돌아가시고 메리가 병에 걸린 후로 그렇게 됐어요.」

길라드가 덧붙였다.

「메리가 누구예요?」

「살림을 맡아보던 가정부였는데 몇 년 적에 죽었지요. 이 중에서 제일 오래 살 거라고 생각했었는데……. 다른 사람을 쓸까 했지만 아델라가 메리의 기분을 상하게 할 수 없다고 반대를 했지요. 나중엔 눈이 너무 나빠져서 식탁이 어디 있는지 분간도 못할 정도였어요.」

길라드가 가끔씩 트림을 해가면서 말을 마쳤다.

그는 고기를 잔뜩 베어 물더니, 뼈를 등뒤로 던졌다. 매들린은 길라드가 던지는 음식 찌꺼기를 피하느라고 정신이 없었다. 다시 한 번 분노의 감정이 온몸을 휩쓸고 지나갔다.

「큰 형님은 최대한 가족들과 거리를 두려고 노력하는 편이에요. 핏줄을 따지기 전에 형님은 이 성을 다스리는 영주니까요. 그것도 그렇지만 원래 혼자 먹는 걸 좋아하는 것 같아요.」

「어련하겠어요.」

매들린이 중얼거렸다.

「던컨의 병사들은 원래 저렇게 열중해서 음식을 먹나요?」

한시라도 빨리 여기서 빠져나갔으면 좋겠다는 생각을 하면서 매들린이 물었다.

「하루 일과도 다 끝났겠다, 지금쯤이면 배가 고플 시간이니까요.」

길라드가 어깨를 으쓱하면서 대답했다.

더 이상은 못 참겠다고 생각한 순간, 갑자기 시련이 끝났다. 병사들이 하나 둘씩 일어나더니 트림을 하면서 밖으로 나갔다. 매들린은 너무 구역질이 나서 우습다는 생각도 안 들었다.

먹이 쟁탈전을 마친 개들도 느긋하게 벽난로 앞에 가서 자리를 잡고 누웠다. 차라리 인간보다 개가 백배 낫지. 최소한 작별 인사 대신 트림을 하진 않잖아.

「왜 아무것도 안 먹었어요? 음식이 별로 맛이 없어요?」

길라드가 낮은 목소리로 물었다. 아무래도 에드먼드가 들을까봐 조심하는 눈치였다.

「이것도 음식이라고 할 수 있나요?」

매들린이 혐오감을 감추지 못하고 물었다.

「그럼 뭐라고 한답니까?」

갑자기 에드먼드가 험상궂은 얼굴로 다그쳤다.

「짐승들이 먹는 건 사료지 음식이라고 할 수 없잖아요. 방금 전에 저는 인간의 탈을 쓴 짐승들이 게걸스럽게 먹어대는 광경을 목격한 기분이에요. 차라리 개들이 사람보다 훨씬 낫더군요.」

순식간에 에드먼드의 얼굴이 시뻘겋게 달아올랐다. 당장이라도 매들린의 목을 졸라버리고 싶어하는 눈치였다. 하지만 격분한 매들린은 당장 눈에 보이는 게 없었다. 자신에게 이런 용기가 있으리라고는 상상도 못해봤다.

「당신이 그만큼 얘기했으면 알아들었겠지. 안 그러냐, 에드먼드?」

던컨의 굵직한 목소리가 바로 등뒤에서 들렸다. 매들린은 용기를 잃을까봐 차마 고개를 돌릴 수가 없었다.

어느 정도 가까이 있는지 등을 뒤로 밀었더니 어깨에 던컨의 허벅지가 닿았다. 얼마나 딱딱한지 살짝만 닿았는데도 아플 정도였다. 매들린은 던컨을 밀어서 넘어뜨리기로 작정하고 벌떡 일어섬과 동시에 획 몸을 돌렸다. 하지만 던컨은 꿈쩍도 하지 않았을 뿐더러, 두 사람의 몸은 한치의 틈도 없이 딱 달라붙게 되었다. 하는 수 없이 매들린은 옆으로 빠져 나온 다음에 몸을 돌렸다. 이렇게 야만적인 광경은 처음 봤다고 던컨에게 말해줄 참이었다. 하지만 던컨의 차가운 회색 눈동자와 마주치는 순간 용기가 스르륵 몸에서 빠져나갔다.

불행하게도 던컨은 매들린의 마음을 조정하는 신비스러운 힘을 갖고 있는 것 같았다. 지금이 바로 그 힘을 실감할 수 있는 순간이었다. 머릿속에 있던 생각이 깡그리 사라져버렸다. 아니, 던컨에게 무슨 말을 하려고 했는지조차 기억이 나지 않았다.

매들린은 간다는 말도 없이 몸을 획 돌리고 천천히 문가로 걸어갔다. 사실 달려가고 싶은 충동을 꾹 참았다는 사실만으로도 던컨에게 한 수 이겼다는 생각이 들었다.

「내가 당신에게 떠나도 좋다고 했던가?」

던컨이 매들린의 뒤통수에 대고 한마디씩 또박또박 말했다.

흠칫 놀라서 일순 등이 뻣뻣해진 매들린은 몸을 돌리고 억지 미소를 지었다.

「내가 언제 떠나도 되겠냐고 물어본 적이 있어요?」

매들린은 던컨의 과장된 어투를 앵무새처럼 흉내냈다. 놀라서 말문이 막힌 던컨의 표정을 뒤로 한 채 매들린은 계속 걸어갔다. 난 인질이라고. 인질은 원래 자길 붙잡은 사람에게 인사 따위는 하지 않는 법이야. 정말이지 나한테 이런 끔찍한 일이 생기다니, 너무 불공평해. 나처럼 온순하고 심성이 고운 여자도 별로 없는데 말이야.

매들린은 계속 투덜거리느라고 던컨이 움직이는 것도 몰랐다. 정말 꼭 늑대하고 하는 짓이 똑같애. 커다란 던컨의 손이 어깨에 놓이는 순간 매들린의 머리에 맨 처음 떠오른 생각이었다.

갑자기 매들린은 몸을 떨면서 던컨에게 기댔다. 그때 던컨은 매들린의 관심이 자신에게서 완전히 떠나 있음을 깨달았다. 매들린은 출입구만 뚫어져라 쳐다보았는데 그곳엔 아델라가 서 있었다.

9

매들린은 눈앞에 벌어진 광경에 충격을 받았다. 그녀는 아델라를 한 눈에 알아봤는데, 그건 상대방이 길라드와 너무 닮았기 때문이었다. 갈색 머리, 갈색 눈동자, 길라드보다는 자그마한 체구. 하지만 너무 말라서 뼈만 앙상하고 얼굴은 병자처럼 누렇게 떠 있었다.

아델라가 입고 있는 가운은 흰색 계통의 색을 띠고 있었던 것 같았다. 하지만 지금은 각종 오물이며 먼지가 잔뜩 달라붙어 있어서 정확하게 어떤 색인지 분간이 안 갔다. 빳빳하고 긴 머리채도 가운 못지않게 때국물이 줄줄 흘렀다. 어쩌면 끈적끈적해 보이는 머리카락 속에 붙어 있는 건 먼지만이 아닐지도 모른다.

일단 충격이 가시기 시작하면서 아델라의 용모에 대한 거부감도 사라졌다. 뭔가에 홀린 것 같은 초점 없는 눈동자를 보는 순간 동정심이 솟아났다. 아델라의 눈빛은 고통과 절망감을 절절하게 담고 있었다. 매들린은 울음이 터져 나올 것만 같았다. 세상에. 이게 모두 로던 때문이야.

던컨은 매들린의 어깨에 팔을 두른 다음 거칠게 잡아끌어서 자기 옆에 세웠다.

「저년은 내가 죽일 거야.」

아델라가 위협적으로 소리를 질렀다.

어느새 아델라에게 다가간 에드먼드가 여동생의 팔을 붙들었다. 아델라는 에드먼드의 손에 이끌려서 반 강제로 끌려갔다. 에드먼드가 아델라에게 뭐라고 말했지만 소리가 너무 작아서 매들린의 귀에는 들리지 않았다.

「나한테는 저년을 죽일 권리가 있어!」

의자에 앉으면서 아델라가 갑자기 소리를 질렀다.

아델라의 증오심에 불타는 눈동자가 쏘아보고 있었다. 던컨이 꽉 끌어안지 않았다면 그 기세에 눌려서 뒤로 한 발 물러섰을지도 모른다.

「그렇게 해요, 아델라.」

매들린이 정말 괜찮다는 듯이 고개를 끄덕이면서 말했다.

그 말을 듣고 격분한 아델라는 벌떡 자리에서 일어났다. 그 바람에 의자가 요란한 소리를 내면서 바닥에 떨어지고 말았다.

「네년이 등을 돌리고 있을 때를 틈타서 내가…….」

「그만하면 됐다.」

던컨의 쩌렁쩌렁한 목소리가 사방에 울렸다. 방금까지 기세가 등등했던 아델라는 대번에 풀이 죽어서 잠잠해졌다.

에드먼드는 던컨에게 못마땅한 시선을 던진 다음 아델라를 다시 의자에 앉혔다. 던컨은 욕설을 내뱉으면서 매들린의 어깨를 놔준 대신 손을 꼭 잡고 밖으로 끌고 나갔다. 매들린은 던컨의 속도에 맞추느라 뒤에서 뛰어가다시피 했다.

하지만 던컨은 매들린의 방이 있는 탑 꼭대기에 올라갈 때까지 속도를 늦추지도 않았을 뿐더러 손을 놓지도 않았다.

「어떻게 저런 상태로 놔둘 수가 있죠? 아델라는 당신 동생이에요.」

매들린이 따지듯이 물었다.

「당신 오래비가 그렇게 만든 거야.」

매들린은 눈물이 왈칵 쏟아질 것 같았다.

「너무 피곤해요. 쉬게 해주세요.」

그녀는 천천히 방으로 갔다. 던컨이 제발 따라오지 않기를 바라면서. 계단을 내딛는 발자국 소리는 던컨이 곁에 없다는 사실을 알려줬다.

매들린은 방안에 들어가서 문을 닫았다. 침대에 몸을 던질 틈도 없이 눈물이 펑펑 쏟아지기 시작했다.

던컨은 홀에 돌아가서 동생들에게 협조를 하라고 지시를 내릴 작정이었다. 마침 길라드와 에드먼드가 식탁에 앉아서 술을 마시고 있었다. 다행스럽게도 아델라는 자리에 없었다.

길라드는 자리에 앉는 던컨에게 술병을 건네줬다. 그와 동시에 에드먼드가 도전적으로 한마디 던졌다.

「이젠 내 여동생의 마수로부터 로던의 여동생을 보호해야 하는 신세가 된 건가?」

「매들린은 누이한테 아무 짓도 안 했어. 로던하고는 질적으로 다른 사람이야. 우리가 지금까지 심하게 대했는데도 저항하는 말이라고는 한마디도 안 했잖아.」

길라드가 매들린을 옹호하고 나섰다.

「내 앞에서 매들린을 옹호할 생각은 마라. 그 여자가 네 생명을 어떻게 구해줬는지 나도 안다. 네가 수도 없이 떠들어대서 이젠 외울 지경이니까. 문제는 매들린이 곁에 있으면 아델라가 불안해한다는 거야.」

「그래. 이렇게 좋은 일이 또 어디 있겠냐.」

던컨이 한마디 툭 던졌다.

「방금 뭐라고 그랬어?」

에드먼드가 던컨을 몰아세웠다.

「화부터 낼 생각은 그만두고 내 말이나 잘 들어봐. 아델라가 마지막으로 너한테 말을 한 게 언제 일이냐?」

「런던에서 우리가 그 애를 찾아냈을 때가 마지막이었지.」

「이번엔 길라드, 넌 어떠냐?」

「나도 에드먼드 형하고 같아요. 우리한테 무슨 일이 있었는지 털어놓은 다음에 아예 입을 다물었잖습니까? 그날 밤 이후로는 아무한테도 말을 안 했어요.」

「하지만 너희들도 봤다시피 매들린에겐 말을 걸지 않았더냐.」

「지금 그걸 좋은 징조라고 생각하는 거야? 물론 말을 하기야 했지. 하지만 그저 매들린을 죽이겠다는 말만 반복했을 뿐이잖아.」

에드먼드가 어처구니없다는 듯이 말했다.

「아델라는 현실에 조금씩 눈을 뜨고 있는 거야. 지금은 분노의 감정이 극도로 커져서 아델라의 마음을 거의 좀먹은 상태지만, 매들린이 도와준다면 회복될 게다.」

던컨이 자세히 설명했다.

「캐서린 누이가 찾아왔을 때도 아델라는 쳐다보지도 않았어. 친언니도 못한 일인데 매들린이 어떻게 아델라를 도와줄 수 있다는 거야?」

에드먼드가 고개를 내저었다.

던컨은 어떻게 설명을 해야 할지 난감했다. 지금까지 뭔가 중요한 일이 생겨도 형제들과 머리를 맞대고 상의를 해본 일이 없었다. 자신은 그저 명령을 내리고 다른 사람들은 기대치에 맞게 따라와주기만 하면 된다고 생각했다. 던컨은 선친과 같은 방식으로 아랫사람들과 자신의 집안을 다스렸다. 병사들을 훈련하는 방식에 있어서는 예외가 있긴 했다. 선친과는 다르게 던컨은 병사들과 함께 호흡하면서 자신이 습득하지 못한 전투기술들을 병사들에게 강요하는 법이 없었다.

하지만 지금은 평상시와는 상황이 조금 달랐다. 던컨이 무슨 생각을 하는지 동생들도 알 자격이 있었다. 아델라는 두 사람에게도 친 혈육인 만큼 자신들의 의견을 말할 권리도 있었다.

「캐서린 누이한테 한번 더 와달라고 부탁하는 게 좋겠어.」

에드먼드가 고집스럽게 말했다.

「매들린이 도와주면 되니까 그럴 것까진 없다. 아델라가 감정을 드러내는 건 매들린 한 사람뿐이야. 그 말은 아델라의 머릿속에 무슨 생각이 돌아가고 있는지 다른 사람은 몰라도 매들린은 이해할 수 있다는 얘기다. 시간이 지나면 녀석도 매들린에게 의지하게 될 게야. 우린 옆에서 매들린에게 방향만 제시해주면 돼.」

「그래. 형 말대로 아델라가 매들린에게 의지하게 되겠지. 하지만 마음속으로는 매들린을 죽이고 싶다는 살의를 품고 있을 거야. 그러니까 그 점에 대해서는 미리 조심해야 돼.」

에드먼드가 던컨의 의견에 수긍을 했다.

「난 매들린에게 그렇게 위험한 일을 시키고 싶지 않아. 차라리 그냥 놔두고 왔으면 로던이 알아서 매들린을 찾아냈을 텐데. 그리고 매들린은 큰형의 여자도 아니잖아. 안 그래, 에드먼드 형? 이젠 우리도 똑같이 매들린을 책임져야 하는 입장이라고.」

길라드가 심각하게 말했다.

「매들린은 내 여자다, 길라드.」

던컨이 부드러운 목소리로 말했다. 하지만 길라드를 쏘아보는 눈빛은 충분히 도전적이었다.

길라드가 마지못해서 고개를 끄덕였다. 두 사람의 언쟁을 지켜보고 있던 에드먼드는 던컨의 목소리에서 독점욕의 냄새를 감지하자 영 못마땅한 기분이 들었다.

갑자기 에드먼드는 길라드의 의견에 전적으로 찬성하는 마음이 생겼다. 사사건건 대립하는 평소의 두 사람을 생각하면 아주 드문 일이었다.

「매들린을 여기까지 데려오지 않는 건데 그랬어.」

그 말을 끝낸 에드먼드는 최대한 빨리 돌려보내면 어떻겠냐고 운을 떼어볼 생각이었다.

그때 던컨이 주먹으로 탁자를 엄청난 기세로 내려치자 그 반동으로 맥주가 출렁거렸다. 길라드가 옆에서 붙들지 않았으면 술병이 날아갔을 정도로 세게.

「매들린은 절대 어디에도 보내지 않을 게야. 내가 너한테 처음이자 마지막으로 묻겠다, 에드먼드. 넌 내 결정에 반대할 작정이냐?」

한동안 두 사람 사이에 팽팽한 긴장감이 감돌았다.

「그렇게 하는 게 순리라면 따라야겠지.」

에드먼드가 마지못해서 대답하자 던컨이 고개를 끄덕였다. 두 사람을 지켜보고 있던 길라드는 자신이 뭔가 놓치고 있다는 생각이 들었지만 그게 뭔지 알 수가 없었다.

「그래. 그렇게 하는 게 순리에 맞는 일이다, 에드먼드. 이래도 내 의견에 반대할 생각이냐?」

던컨이 반복해서 에드먼드에게 물었다.

「아니. 나야 형이 하라는 대로 하는 수밖에 없지. 그래도 그런 결정을 내리면 골치 아픈 일이 많이 생길 텐데.」

「그래도 내 마음은 변하지 않는다, 에드먼드.」

길라드는 정확히 두 사람 사이에 어떤 애기가 오가는 건지 알 수가 없었다. 던컨은 꼴을 보아하니 설명을 해줄 것 같지 않고, 에드먼드하고 단둘이 있을 때 물어봐야 할 것 같았다.

「그나저나 형님, 매들린이 아델라를 도울 수 있게 우리가 방향을 제시해주면 된다는 애길 하셨지요? 그게 무슨 뜻입니까?」

길라드가 물었다. 아까부터 궁금해서 좀이 쑤셨던 질문이었다.

던컨은 그제야 길라드에게 시선을 돌렸다. 에드먼드가 자신의 의견을 따라줘서 기분이 한결 좋아진 상태였다.

「매들린은 과거에 겪은 경험들을 토대로 아델라를 도울 수 있을 게다. 우린 되도록 두 사람이 대면할 기회를 만들어주면 되는 게야. 에드먼드, 너는 아델라를 하루도 빠지지 말고 저녁식사 시간에 홀에 데리고 와라. 그리고 길라드, 너는 매들린을 맡아라. 매들린이 넌 무서워하지 않으니까.」

「그럼 나는 무서워한다는 얘기야?」

에드먼드가 어처구니가 없다는 듯이 물었다.

던컨은 에드먼드의 말을 무시하고 불쾌한 표정을 지었다. 중도에 말이 끊겨서 기분이 나쁘다는 신호였다.

「내 말을 끝까지 들어라. 아델라나 매들린이 거절해도 상관없어. 싫다면 억지로 끌고 와도 되니까 둘이 같이 저녁을 먹게만 해봐.」

「아델라는 우리 착한 매들린을 분명히 가만두지 않을 거야. 봄꽃처럼 달콤하고 사랑스런 매들린은 분명히 아델라를 당해내지 못할…….」

「매들린은 네 말대로 봄꽃처럼 사랑스럽지만 겨울 바람처럼 기질이 드센 면도 있다. 길라드, 우리가 할 일은 그런 기질을 어느 정도 발산할 수 있게 도와주는 거야.」

무슨 이유에선지 던컨은 화가 난 것 같았다.

「방금 뭐라고 그랬습니까? 매들린처럼 온순하고 착한 아가씨한테 어떻게…….」

길라드가 소리를 버럭 질렀다.

언제나 험악한 얼굴을 하고 있는 에드먼드의 입가에 경련이 일더니 급기야 웃음이 터져 나오고 말았다.

「그래. 매들린의 주먹에 맞아보니까 아주 달콤하더구나. 그리고 누가 매들린이 온순하고 착한 아가씨가 아니라고 했냐? 그렇긴 해도 소리 지를 때 보니까 목청이 얼마나 좋은지 귀머거리들도 벌떡 일어나겠더라.」

「그땐 열병에 걸려서 그런 거잖아. 그러기에 내가 매들린의 몸에서 악마를 내쫓으려면 머리카락을 잘라야 한다고 했잖아. 지금 매들린은 에드먼드 형의 눈을 시퍼렇게 멍들게 했다는 것도 기억 못하고 있다고.」

던컨이 고개를 내저었다.

「나 때문에 괜히 매들린을 옹호할 필요는 없다.」

「그럼 매들린을 어떻게 할 작정인지 말해봐요.」

길라드가 던컨을 다그쳤다.

「여기 있으면 매들린도 안전할 게다, 길라드.」

던컨이 자리에서 일어나면서 말했다.

「글쎄, 그럴까요? 아델라가 정신을 차릴 때까지는 매들린도 안전하다고 할 수 없어요. 아마 많이 힘들 겁니다.」

「그래. 매들린도 매들린이지만 다들 많이 힘들겠지. 나도 힘든 시간이 어서 끝났으면 좋겠다.」

던컨은 홀을 나와서 수영을 하러 호수로 갔다. 어느새 던컨의 마음은 매들린에게 향했다. 운명의 장난인지 매들린의 선한 마음은 로던의 사악한 본성에 조금도 물들지 않았다. 그리고 절대 여자라고 만만하게 볼 상대가 아니었다. 던컨의 입가에 미소가 머물렀다. 매들린은 언제나 자기 본성을 감추고 있지만, 난 진짜 모습이 어떤지 알아. 물론 열병에 걸리지 않았으면 매들린이 얼마나 열정적인 여자인지 알아채기 힘들었겠지. 생에 대한 욕구가 유난히 강하고, 천성적으로 관능적인 여자. 그게 바로 매들린의 진짜 모습이야.

어쩌면 아델라도 매들린에게 도움이 될지도 모르지. 아델라라면 매들린이 뒤집어 쓴 가면을 벗어 던지게 해줄 수 있을지도 몰라.

어느새 물이 너무 차갑게 느껴져서 생각을 제대로 할 수 없었다. 수영을 끝내면 매들린에게 가봐야지. 어떻게 보면 단순하기 짝이 없는 동기였지만 던컨은 평상시보다 훨씬 빨리 수영을 끝마칠 수 있었다.

그때 매들린은 창문을 열다가 우연히 던컨이 호수 쪽으로 걸어가는 모습을 봤다. 던컨은 등을 돌린 채 옷을 모두 벗어 던지더니 호수에 뛰어들었다.

매들린은 너무 놀라서 던컨이 나체라는 사실에 얼굴을 붉힐 틈이 없었다. 이런 날씨에 호수에 뛰어들다니, 제정신이야?

달빛이 워낙 밝아서 던컨이 이쪽에서 저쪽까지 호수 전체를 왕복하는 모습이 훤히 보였다. 매들린의 시선은 계속 던컨의 움직임을 놓치지 않았지만 물에서 나올 때만은 눈을 꼭 감고 있었다. 그러다가 이 정도면 괜찮겠지 싶었을 때 다시 눈을 떴다.

상체만 벗은 채로 물가에 서 있는 던컨은 제우스신의 수호를 받는 복수의 화신처럼 당당하게 보였다. 신의 축복이 없었다면 저렇게 아름답고 강인한 육체를 타고나지 못했으리라.

그는 튜닉을 걸치지 않고 어깨에 둘렀다. 저 사람은 춥지도 않을까? 창문만 열어놔도 이렇게 추운데. 매들린은 매서운 바람을 맞으면서 계속 몸을 떨고 있었다. 하지만 던컨은 산들 바람인양 아무렇지도 않게 느긋하게 걸어가고 있었다.

던컨의 모습이 점점 가까워짐에 따라, 매들린의 심장고동도 빨라졌다. 정말 균형이 잘 잡힌 몸이잖아. 엄청나게 넓은 어깨, 늘씬하고 군살이 전혀 없는 허리, 근육이 잘 발달된 상체, 달빛 아래 윤곽이 뚜렷하게 드러난 단단한 팔. 매들린은 던컨의 가슴에서 근육이 잔물결처럼 움직이는 걸 볼 수 있었다. 거리가 꽤 있었지만 여기서 봐도 온몸에서 힘이 넘쳐 흘렀다. 매들린은 그런 던컨의 모습에 끌리면서도 왠지 불안한 마음이 들었다.

던컨은 갑자기 발을 멈추더니 위를 쳐다봤다. 던컨과 시선이 마주친 매들린은 저도 모르게 손을 흔들었다가 주춤했다. 여기선 잘 안 보이지만 분명히 무서운 얼굴로 날 노려봤을 거야. 저 사람은 원래 표정이 그렇잖아.

매들린은 몸을 획 돌리고 침대로 돌아갔다. 너무 서두르는 바람에 창문을 닫는다는 걸 깜빡 잊은 채…….

매들린은 아직도 화가 난 상태였다. 아델라의 모습이 떠오를 때마다 미친 듯이 소리를 지르고 싶었다. 결국 한 시간 동안 이불을 뒤집어쓰고 계속 울었더니 눈이 퉁퉁 붓고 볼이 데인 것처럼 쓰라렸다.

아델라를 생각하면 화가 나고 가슴이 아파서 견딜 수가 없었다. 불쌍한 아델라. 그런 일을 겪다니. 얼마나 힘들었을까?

자신의 의지와는 상관없이 다른 사람 손에 휘둘리는 기분이 어떤 건지 매들린도 잘 알고 있었다. 그래서 아델라가 느끼는 분노도 충분히 이해할 수 있었다.

그렇긴 해도 웩스턴 형제들의 행동은 너무나 괘씸했다. 같은 핏줄인 아델라를 그렇게 방관만 하고 있어도 되는 거야? 덕분에 사태만 더욱 악화됐잖아.

아델라는 이제부터 내가 책임지고 도와줄 거야. 매들린은 마음속으로 다짐했다. 아델라를 저 지경으로 만든 사람이 로던이기 때문에 도우려는 건 아니었다. 자신은 로던의 누이였지만 그렇다고 죄의식을 느끼진 않았다. 아델라가 마음에 큰 상처를 받았고, 어떻게 해야 할지 갈피를 못 잡는 게 딱해서 돕고 싶을 뿐이었다.

아델라를 대할 때 최대한 부드럽고 친절한 태도를 보여줘야지. 그러면 언젠가는 아델라도 내 마음을 받아들이게 될 거야.

매들린의 눈에서 또 눈물이 흐르기 시작했다. 덜컥 발이 덫에 걸린 심정이었다. 사촌인 에드위스가 사는 집이 지척이었지만 아직은 탈출하고 싶어도 탈출을 할 수가 없었다. 지금 아델라에게는 관심과 애정이 절실하게 필요했다. 그런데도 정작 가족들이 수수방관만 하고 있질 않은가. 그래. 아델라가 회복할 때까지는 여기 남아 있어야 돼.

어느새 방안 공기가 등골이 오싹할 정도로 차가워졌다. 매들린은 몸을 떨면서 이불 속으로 파고들다가 문득 창문을 열어놓았다는 사실을 깨달았다. 그녀는 담요를 뒤집어쓰고 창가로 뛰어갔다.

가뜩이나 기분도 울적한데 비까지 오고 있네. 호숫가를 살펴봤더니 던컨의 모습은 안 보였다. 그러다가 문득 매들린의 시선이 성벽 너머에 있는 낮은 산등성이에 머물렀다.

그런데 이게 웬일인가! 커다란 짐승 한 마리가 언덕 위에 서 있었다. 매들린은 까치발을 하고 창 밖으로 최대한 몸을 내민 다음 그쪽을 뚫어져라 응시했다. 혹시라도 녀석이 갑자기 시야에서 사라져버릴까봐 겁이 나서 눈도 맘대로 깜빡일 수가 없었다.

녀석이 꼭 자신을 쳐다보고 있는 것처럼 느껴졌다. 세상에. 나도 아델라처럼 정신이 어떻게 됐나봐. 그나저나 자세히 보니까 정말 늑대하고 꼭 닮았잖아. 너무 멋있어!

매들린은 뭐에 홀린 사람처럼 한시도 눈을 뗄 수가 없었다. 갑자기 늑대가 목을 뒤로 젖히는 게 보였다. 녀석이 이제 울부짖으려고 하나봐. 기다려봤지만 아무 소리도 나지 않았다. 아무래도 비바람 소리가 너무 커서 안 들리는 것 같아.

얼마나 오랫동안 그 자리에 서서 늑대를 쳐다보고 있었을까. 매들린은 일부러 눈을 꼭 감았다가 다시 떴다. 다행스럽게도 늑대는 사라지지 않고 그대로 있었다.

「저 녀석은 늑대가 아니라 개야. 몸집이 너무 커다래서 그렇지.」

매들린이 혼자서 중얼거렸다. 미신을 쉽게 믿는 사람이었으면 늑대를 보고 앞으로 무슨 일이 생길 전조라고 생각했을지도 모른다.

매들린은 창문을 닫고 침대로 돌아왔다. 머릿속엔 온통 방금 본 들짐승의 모습만 기득해서 한동안 잠을 이룰 수가 없었다. 녀석은 늑대가 아니라 개라니까. 늑대를 닮았으니까, 늑대개라고 하면 되겠네. 잠이 들기 전에 매들린이 마지막으로 떠올린 생각이었다.

매들린은 너무 추워서 한밤중에 깨어났다. 몸을 떠는데 던컨이 팔을 두르더니 품에 끌어당겼다.

별 괴상한 꿈도 다 있네. 매들린은 미소를 지으면서 잠이 들었다.

10

구약성서 中, 창세기 6장 4절

　서른 살 때까지 장수한다고 해도 아델라를 돕기로 작정한 한 주간 동안의 일은 절대 잊지 않으리라. 매들린은 속으로 이를 갈면서 이렇게 맹세했다.

　윌리엄 공이 영국을 침략한 이래(노르망디 공, 정복왕(征服王) 윌리엄을 말함) 이렇게 요란하게 보낸 한 주일은 없었을 거라는 생각이 들었다. 하지만 윌리엄 공이 영국을 점령했을 땐 난 태어나지도 않았잖아. 그러니까 그건 빼놓고 생각해도 상관없어.

　일주일 동안에 그 좋던 성격도 거의 다 거덜나버리고, 미치기 일보 직전이었다. 스트레스가 어찌나 심한지 이가 득득 갈릴 지경이었다. 이게 모두 다 잘난 웩스턴 일가 때문이지 뭐겠어.

매들린은 뜰 안을 산책할 자유를 얻었지만 병사 하나가 그림자처럼 성가시게 따라다니고 있었다. 더불어서 던컨의 허락 하에 들짐승들에게 먹일 음식 찌꺼기도 얻어냈다.

각종 고기와 곡식이 가득 들은 삼베 자루를 품에 안고 매들린은 성벽 바깥에 있는 언덕 위로 걸어 올라갔다. 늑대개가 뭘 먹을지 알 수가 없어서 이것저것 다 골라왔던 것이다.

매들린 뒤를 졸졸 따라다니는 앤서니라는 이름의 잘생긴 병사는 왜 이렇게 멀리 가느냐고 연신 투덜거렸다. 사실 성에서 나오기 전에 말을 타고 가자고 했지만 매들린이 싫다고 거절했던 것이다. 매들린은 걷는 게 건강에 좋다고 둘러댔지만, 사실은 서투르게 말을 타는 꼴을 보이고 싶지 않아서였다.

매들린이 일을 마치고 돌아오는데 던컨이 기다리고 있었다.

「내가 언제 성밖으로 나가도 된다고 했지?」

「동물들한테 먹이를 줘도 된다고 하셨지 않습니까?」

앤서니가 나서서 매들린을 옹호했다.

「허락했잖아요.」

미소 띈 얼굴로 매들린이 부드럽게 말했다.

하지만 던컨의 얼굴에서는 찬바람이 쌩쌩 돌았다. 꼭 날 못 잡아먹어서 안달이 난 사람 같아. 매들린이 중얼거렸다. 던컨은 화가 나도 사실 목소리를 높일 필요가 없었다. 커다란 몸집만 봐도 그 쪽에 시선이 갔고, 더구나 지금처럼 기분이 썩 좋지 않을 때는 얼굴 표정만으로도 상대방을 위협하고 남았다.

매들린은 이젠 던컨을 무서워하지 않았다. 물론 하루에도 몇 번씩 그 사실을 스스로에게 세뇌시켜야 했지만.

「언덕 위에 올라간 것뿐이에요. 혹시 내가 계속 걸어서 런던까지 갈까봐 걱정을 한 거예요?」

한참만에 매들린이 대답을 했다.

「도대체 거기까지 올라간 이유가 뭐야?」

던컨이 물었다.

「우리 늑대한테 먹이를 주려구요.」

던컨은 난생 처음 자제력을 허물어뜨린 표정을 보였다. 말 그대로 깜짝 놀라서 할말을 잃은 듯했다. 매들린은 슬며시 미소를 지었다.

「웃고 싶으면 웃어요. 늑대인지 개인지 모르겠지만, 그 녀석한테 계속 먹이를 줄 생각이에요. 하지만 봄이 오면 우리 늑대도 사냥할 수 있을 테고, 그러면 내 도움 없이 혼자서 살아갈 수 있겠지요.」

던컨은 아무 말 없이 등을 돌리고 뚜벅뚜벅 걸어가버렸다. 웬일로 별 말이 없지? 앞으로 성 밖에 나가면 안 된다는 말을 할 줄 알았는데. 매들린은 흐뭇해서 웃음이 나오려고 했다.

사실은 매일 밤 창문을 열고 찾아봤지만 늑대개는 그날 이후로 모습을 나타내지 않았다. 내가 정말 녀석을 보긴 한 걸까? 혹시 상상이 지나쳐서 착각을 했을지도 몰라. 가끔씩 매들린은 이불 속에 폭 파묻혀서 그런 생각들을 하곤 했다.

하지만 던컨에게는 아무 말도 안 했다. 성을 나와서 도개교를 넘을 때마다 얼마나 짜릿한 기분이 드는데, 그런 자유를 포기하다니 말도 안 됐다. 언덕에 가보면 전날 남겨둔 음식이 모두 사라지고 없었다. 들짐승들이 밤새 다 먹어치운 게 틀림없었다. 수고하는 보람이 있는 것 같아서 기분이 정말 좋았다. 하지만 솔직히 던컨을 약올리는 게 더 재미있었다.

늑대개가 자취를 감춘 마당에 계속 언덕에 올라가는 이유는 하나, 던컨을 약올리고 싶어서였다. 몇 일 동안 계속 매들린을 피하는 걸 보니 확실히 던컨도 기분이 상한 모양이었다.

저녁식사 시간만 아니면 나름대로 즐겁게 지낼 수 있을 텐데. 매번 즐거워야 할 식사 시간이 너무 부담스러웠고 스트레스는 극에 달했다.

비가 오나 눈이 오나 매들린은 최대한 바깥에서 시간을 보내려고 했다. 던컨의 누이였던 캐서린이 입던 옷들을 거티가 가져다줬다. 하지만 옷이 너무 헐렁거려서 매들린은 바느질을 해서 고쳐 입었다. 옷은 좀 낡았지만 그래도 깨끗해서 입으면 촉감이 좋았다. 그리고 무엇보다 따뜻해서 좋았다.

매일 오후 매들린은 설탕 덩어리를 들고 실레노스를 보러 마구간에 갔다. 매들린과 던컨의 말 사이에는 어느새 단단한 결속감이 형성돼 있었다. 실레노스는 매들린을 보면 일부러 야단법석을 떨면서 나무로 만든 칸막이를 걷어차는 시늉을 해댔다. 하지만 매들린이 말을 걸기 시작하면 거짓말처럼 조용해졌다. 매들린은 실레노스에게 설탕을 먹인 다음 잊지 않고 '넌 참 기백 있는 말이야' 같은 칭찬을 해주곤 했다.

실레노스는 비록 몸집은 집채만했지만, 갈수록 귀엽고 앙증맞게 굴었다. 매들린이 머리를 쓰다듬어주면 슬쩍 슬쩍 손을 밀어댔고, 장난 삼아 손을 치우면 다시 쓰다듬어줄 때까지 계속 머리를 디밀었다.

하지만 마구간지기는 매들린이 오는 게 달갑지 않다고 큰소리로 떠들어대곤 했다. 그는 매들린 때문에 영주님이 아끼는 말의 버릇만 나빠졌다고 생각했다. 그래서 영주님께 말하겠다고 마음에도 없는 위협을 하곤 했다. 겉으로는 딱딱하게 굴었지만, 속으로는 매들린이 말을 다루는 솜씨에 감탄하고 있었다. 아직까지도 그는 던컨의 말에 안장을 얹을 때마다 조금은 겁이 나곤 했다. 그런데도 매들린이라는 자그마한 체구의 아가씨는 실레노스를 전혀 무서워하지 않는 것 같았다.

사흘 째 되는 날 오후, 마구간지기는 매들린에게 말을 걸기 시작했고, 그 주가 다 가기 전에 두 사람은 친구가 되었다.

마구간지기의 이름은 제임스였고 모드의 남편이라고 밝혔다. 그는 외아들인 윌리엄이 아직도 엄마의 치맛자락만 붙들고 다닌다는 말을 했다. 하지만 제임스는 아이가 어서 자라서 가업을 이어받는 날이 오기만을 손꼽아 기다리고 있었다.

「윌리엄은 내 뒤를 이어서 웩스턴 성의 마구간을 맡을 겁니다. 전통을 따르는 거지요.」

제임스는 '전통'이라는 단어를 유난히 강조했다.

「아가씨라면 실레노스도 안장 없이 태우려고 할 겁니다.」

매들린에게 자신만의 영역인 마구간을 실컷 구경시켜주면서 말했다.

이제는 제임스도 던컨의 말을 실레노스라고 부르게 됐나봐. 매들린은 슬며시 미소를 지었다.

「난 한번도 안장 없이 말을 타본 적이 없는 걸요. 사실은 전 별로 말을 타본 경험이 없답니다.」

「비가 좀 그치면 제대로 가르쳐드릴 수 있을 것 같은데요.」

제임스가 따스한 미소를 지으면서 제안했다.

「좋아요.」

「그나저나 말을 타는 법을 배우지도 않았으면 도대체 어떻게 돌아다 녔습니까?」

「걸어다녔지요.」

깜짝 놀라 말문이 막힌 제임스를 보니까 그녀는 절로 웃음이 나왔다.

「왜 그렇게 놀라세요? 제가 끔찍한 죄를 저질렀다고 고백이라도 했 나요?」

「암놈이 하나 있는데 아주 순해서 다루기가 편하답니다. 초보자가 연습하기엔 적당한 말이에요.」

「아뇨. 그럼 실레노스가 분명히 기분 나빠 할 거예요. 우리끼리 알아 서 잘 해낼 테니까 걱정하지 마세요.」

「우리라뇨?」

당황한 제임스가 물었다.

「실레노스하고 제 애길 한 거예요. 난 혼자서도 실레노스를 잘 다룰 자신이 있어요.」

「영주님의 말을 타시겠다는 말씀이신가요, 아가씨?」

제임스가 더듬더듬 말했다.

「나도 실레노스가 누구 말인지 알아요. 그리고 이 녀석이 체격이 좀 크긴 해도 걱정은 안 하셔도 돼요. 전에도 몇 번 타봤기 때문에 별 문제 가 없을 거예요.」

매들린이 실레노스를 쓰다듬으면서 말했다.

「하지만 영주님께 허락을 받으셔야 할 텐데요.」

「그건 걱정 마세요.」

매들린의 방긋 웃는 모습을 보자 제임스의 마음속에서 반박을 하겠다는 생각이 사라지고 말았다. 자신에 대한 신뢰감을 담고 반짝거리는 초록색 눈동자와 미소를 보는 순간 어느새 매들린의 의견에 전적으로 찬성하는 입장이 됐다.

마구간을 나오자 호위병이 쪼르르 따라와서 매들린과 나란히 보조를 맞췄다. 호위병의 존재는 자신은 이 성에 초대받은 '손님'이 아니라는 사실을 계속 확인시켜줬다. 아마 다른 사람들도 호위병을 보면 그런 생각이 들겠지. 하지만 그나마 앤서니의 태도는 많이 부드러워진 편이었다. 그리고 사실 당사자도 자기가 맡은 직분에 그다지 불만을 품고 있지 않았다.

다른 병사들이 인사를 하는 태도를 보아 다들 앤서니를 좋게 봐주는 모양이었다. 그는 덩치와 나이에 걸맞지 않게 웃는 모습이 순수해 보이는 사람이었다. 일개 종자라면 모를까, 앤서니 같은 지휘관이 아녀자를 호위하는 일을 맡다니, 이해하기 힘든 일이었다.

「혹시 영주님 눈에 벗어나는 일을 했어요?」

매들린이 호기심을 못 이기고 결국 물었다.

하지만 앤서니는 무슨 말인지 이해를 못한 눈치였다.

「제가 보기에 앤서니는 병사들이 훈련을 마치고 돌아오는 모습을 보면 부러워하는 것 같았어요. 저하고 매번 같은 곳만 걸어다니는 것도 지겨울 거예요. 차라리 훈련을 받았으면 좋겠다는 생각이 안 들어요?」

「전 괜찮습니다.」

앤서니가 똑부러지게 말했다.

「하지만 던컨의 눈에 들지 않았으면 이런 일을 맡아야 할 이유가 없잖아요.」

「부상이 회복될 시간이 조금 필요해서 그렇습니다.」

앤서니가 머뭇거리다가 대답을 했다. 병사의 목덜미가 서서히 벌겋게 물들어가기 시작했다. 매들린은 앤서니가 갑자기 왜 그렇게 민망해하는지 알 수가 없었다.

「나도 적지 않은 부상을 당해서 얼마 전까지 고생을 했었어요. 하지만 에드먼드가 도와줘서 죽을 고비를 간신히 넘겼답니다. 대신 끔찍한 흉터가 허벅지에 길게 남았어요.」

상대방의 마음을 편하게 해주려고 일부러 꺼낸 얘기였다. 하지만 당사자인 앤서니는 여전히 불편해하는 기색이 역력했다.

「원래 병사들은 전장에서 부상당하면 영광으로 생각하지 않나요?」

「그렇습니다.」

앤서니는 뒷짐을 지더니 갑자기 빨리 걷기 시작했다.

혹시 차마 입 밖에 내기 힘든 부위에 부상을 당한 건 아닐까? 팔과 다리는 성해 보이니까, 가슴이나 아니면…….

「이 얘기는 앞으로 다시는 안 할게요.」

매들린이 빨개진 얼굴로 엉겁결에 말했다. 그제야 마음을 놓았는지 앤서니는 천천히 걷기 시작했다. 내 생각이 맞았어. 앤서니는 말하기 껄끄러운 곳에 부상을 당한 거야.

앤서니에게 묻진 않았지만 병사들이 매일 굉장히 오랜 시간 동안 훈련을 받는 이유가 뭔지 궁금했다. 던컨처럼 적수가 많은 군주를 감당하는 것도 힘들 거야. 매들린은 자신이 속단을 내리고 있다는 생각은 안 들었다. 던컨은 사람들이 쉽사리 좋아할 만한 타입이 아닌걸. 분명히 타협할 줄도 모르고 약삭빠르게 구는 것도 싫어하겠지. 아무래도 궁정에 가보면 친구보다는 적이 더 많을 것 같아.

마땅히 할 일이 별로 없다보니 자연히 던컨에 대해서 생각할 시간이 많아졌다. 이렇게 자유시간이 많아보기는 난생 처음이었다. 그녀는 성을 좀더 안락한 공간으로 만들기 위해서 틈만 나면 거티와 모드에게 이런저런 의견을 제시하곤 했다.

거티와는 달리 모드는 경계심을 버리고 심심하면 할 일을 팽개치고 매들린을 만나러 왔다. 모드의 네 살배기 아들인 꼬맹이 윌리는 처음엔 쑥스러운지 엄지손가락을 물고 있었다. 하지만 매들린이 그러면 안 된다

고 한동안 달래서 손가락을 입에서 떼어냈더니 어느새 모드처럼 수다쟁
이로 돌변해버렸다.

날이 저물어 감에 따라 서서히 복부가 긴장이 되면서 머리마저 지끈
거리기 시작했다. 당장 쓰러져서 기절을 하지 않는 게 다행이지. 웩스턴
집안 사람들하고 같이 저녁 먹을 생각을 하면 정말 고문이 따로 없어.

사실 매들린은 혼자서 저녁을 먹게 해달라고 던컨에게 애걸복걸을 했
다. 결국 무릎까지 꿇고 빌기 일보직전까지 갔지만 던컨은 눈 하나 깜짝
하지 않았다. 매들린만 억지로 저녁 식탁에 나오게 하고 자기는 뻔뻔스
럽게 횡 하니 어디론가 사라지곤 했다. 던컨은 언제나 혼자서 식사를 했
고 병사들이 엉망으로 만든 식탁을 깨끗이 정리한 다음에야 얼굴을 잠
깐 비췄다.

식사 중에 아델라는 매들린과 대화 비슷한 걸 하려는 시도를 했다.
하지만 일방적으로 퍼붓는 욕도 대화라고 할 수 있을지. 병사들이 뼈를
던질 때마다 아델라도 매들린에게 한마디씩 차례로 욕설을 퍼부었다.

이 이상 고문을 견뎌낼 수 있을지 의문이었다. 식사 중에 내내 억지
미소를 짓고 있으려니까 입가에 경련이 일어나다 못해 이젠 **뻣뻣해진**
것 같았다.

일주일째 되는 날 저녁 매들린은 결국 자제심을 완전히 상실해서 주
위 사람들을 경악하게 만들었다.

매들린은 가도 좋다는 던컨의 허락을 받고 식탁에서 일어나서 출입구
로 걸어가기 시작했다. 머리는 지끈거렸고, 아델라한테서 빨리 벗어나고
싶다는 생각만 들었다. 이젠 더 이상 아델라가 지르는 비명 소리를 감당
할 자신이 없었다. 하지만 던컨의 여동생은 잽싸게 그녀를 따라왔다.

잔뜩 경계 어린 시선으로 아델라를 홀끗 쳐다보는데 꼬맹이 윌리가
주방으로 통하는 문가에서 이쪽을 훔쳐보고 있었다. 꼬맹이 윌리는 매들
린을 알아보고 방긋 웃었다.

매들린은 윌리와 잠깐 얘기를 할 생각으로 가다 말고 섰다. 윌리는
환하게 미소 짓는 매들린을 보고 신이 나서 쏜살같이 달려나왔다. 마침

아델라가 손을 획 하고 바깥으로 펼쳤다. 아델라는 매들린에게 욕설을 할 때면 언제나 그런 오만한 자세를 취하곤 했다. 결국 아델라의 손등이 달려오던 윌리의 뺨을 철썩 갈기고 말았다. 꼬맹이 윌리는 비틀대다가 바닥에 넘어졌다.

윌리가 울음을 터뜨리자 길라드가 소리를 질렀다. 하지만 이어 매들린은 귀청이 찢어져라 비명을 질러댔다. 순간 홀 안에 있던 사람들은 놀라서 입을 딱 벌렸다. 방금 전까지 기세 등등하던 아델라마저 한 발자국 뒤로 물러섰다.

길라드가 일어서려고 하는데 던컨이 팔을 붙들었다. 팔을 뿌리치려고 했지만 던컨의 눈빛이 길라드를 꼼짝도 못하게 했다.

매들린은 꼬맹이 윌리에게 달려가서 몇 번이나 부드럽게 머리에 입을 맞춰주면서 달랬다.

「자, 이제 엄마한테 가보렴.」

아들의 울음소리를 듣고 깜짝 놀라서 달려나온 모드는 거티와 함께 조금 전부터 문가에 서 있었다.

매들린은 몸을 획 돌렸다. 아델라가 조금이나마 후회하는 구석이 보였으면 화를 가라앉혔을지도 모른다. 하지만 아델라의 입에서 '어린놈이 걸리적거리게 어딜 알짱거려' 라는 말이 튀어나오는 순간, 참고 또 참았던 화가 폭발했다.

아델라가 이번엔 다시 윌리를 '버릇없는 애새끼' 라고 욕했다. 그 말이 떨어지기가 무섭게 매들린은 아델라에게 다가가서 있는 힘껏 뺨을 후려쳤다. 무방비 상태로 있던 아델라는 균형을 잃고 비틀대다가 무릎을 꿇었다.

매들린은 아델라가 일어날 틈도 주지 않고 머리채를 잡고 있는 힘껏 뒤로 잡아당겼다.

「이래도 또 욕을 할 거예요? 또 할 거냐구요?」

「그 손 못 놓겠습니까?」

에드먼드가 소리를 버럭 질렀다. 한편 홀 안에 있던 사람들은 그때까지 망연자실해서 두 여자의 혈투를 지켜보고 있었다.

　매들린은 아델라에게 시선을 떼지 않은 채로 에드먼드에게 소리를 질렀다.

　「끼여들 생각은 하지 말아요. 아델라가 이 지경이 된 게 내 탓이라고 생각하죠? 그럼 잘 됐어요. 지금부터 내가 나서서 해결하기로 마음먹었으니까 참견하지 말아요.」

　「내가 언제 매들린 책임이라고 했습니까? 그러지 말고 아델라를 놔줘요. 그 아이는……..」

　에드먼드가 고래고래 고함쳤다.

　「아델라는 정신을 개조할 필요가 있어요, 에드먼드.」

　매들린은 아델라의 머리채를 휘어잡은 채 문가에서 구경을 하고 있던 거티와 모드에게 말했다.

　「욕조가 최소한 두 개는 있어야 몸에 붙은 때를 다 벗길 수 있겠어요. 빨리 가서 준비해줘요, 거티. 그리고 모드는 갈아입을 만한 옷을 찾아봐 주세요.」

　「목욕을 하실 건가요?」

　거티가 물었다.

　「목욕을 할 사람은 아델라예요.」

　매들린은 고개를 돌리고 아델라를 노려 본 다음 한마디 덧붙였다.

　「나한테 숙녀답지 못한 말을 한마디씩 할 때마다 입을 비누로 틀어막을 테니까 알아서 해요.」

　매들린은 아델라의 머리채를 놓고 일으켜 세우려고 했다. 던컨의 여동생이 빠져나가려고 몸부림을 쳤지만 매들린은 꿈쩍도 하지 않았다. 분노 때문에 헤라클레스처럼 힘이 솟아나는 기분이었다.

　「이래봬도 난 힘이 꽤 센 편이에요. 그리고 지금 내 기분이 아주 안 좋은 상태니까 건드리지 않는 게 좋을 거예요. 반항하면 발로 걸어차서라도 내 방까지 끌고 올라갈 테니까 그리 알아요. 이런, 분이 풀릴 때까지 걸어찰 생각을 하니까 너무 좋아서 웃음이 다 나오려고 하네.」

그녀는 아델라의 팔을 끌고 강제로 출입구까지 가면서 웩스턴 형제들이 들으란 듯이 일부러 크게 말했다.

아델라가 급기야 울음을 터뜨렸다. 하지만 그런다고 봐줄 생각은 없었다. 지금까지 에드먼드와 길라드가 아델라에게 준 것이라고는 동정심이 전부였다. 지금 아델라에게 필요한 건 동정심이 아니라 따끔한 질책이었다. 나라면 아델라를 도와줄 수 있어. 웩스턴 형제들처럼 동정심 때문에 마음이 흔들릴 염려도 없고. 그래. 이 일은 내가 해야 돼. 어느새 두통마저 싹 가셔버렸다.

「울고 싶으면 울어요, 아델라. 하지만 그래봤자 소용없어요. 꼬맹이 윌리한테 아까 뭐라고 했어요? 버릇없는 애새끼라고요? 그 말은 윌리가 아니라 아델라한테 딱 맞는 말이에요. 하지만 이제부터는 제가 나서서 버릇을 고쳐놓겠어요. 어디 두고봐요.」

매들린은 끊임없이 떠들어대면서 아델라를 끌고 탑 꼭대기로 올라갔다. 다행인지 불행인지, 아델라를 걷어찰 기회는 한번도 없었다.

나무로 만든 욕조에 김이 모락모락 나는 물이 채워졌다. 아델라는 기진맥진했는지 얌전해진 상태였다. 거티와 모드는 아델라의 옷을 벗기는 걸 도왔다.

「태워버려요.」

매들린은 끔찍하게 지저분한 옷을 거티에게 건네주면서 말했다.

욕조에 들어간 아델라는 소금 기둥이 된 롯의 아내처럼 꼼짝도 안 하고 먼 곳만 응시했다. 하지만 눈빛을 보면 아델라가 얼마나 격분한 상태인지 알고도 남았다.

「욕조는 왜 두 개나 준비하라고 하셨어요?」

양손을 쥐어짜면서 모드가 물었다. 그때 아델라가 갑자기 매들린의 머리채를 휘어잡고 머리가죽을 벗겨 버릴 기세로 미친 듯이 잡아당겼다.

복수라도 하듯이 매들린은 아델라의 머리를 물 속에 푹 쳐 넣었다. 그 순간 모드가 평상시에 그려왔던 천사같이 착하고 사랑스러운 매들린의 이미지는 온데간데없이 사라지고 말았다. 아델라 아가씨가 익사라도 하면 어쩌려고 저러실까?

「아델라 아가씨가 숨을 못 쉴지도 몰라요.」

모드가 겁이 나서 말했다.

「이렇게 하면 나한테 침도 못 뱉겠지요.」

매들린은 한마디 한마디 힘주어서 말했다.

「하지만 저라면……」

거티는 항의를 하다 말고 몸을 획 돌렸다. 모드는 거티가 달려나가는 모습을 지켜봤다. 이젠 매들린 아가씨가 아델라 아가씨를 익사시키려고 한다는 소문이 삽시간에 퍼질 게 분명했다. 항상 성에서 제일 먼저 소문을 퍼뜨리는 사람은 거티였으니까……. 그나저나 소문이 퍼지면 웩스턴 남작도 여기서 무슨 일이 벌어지고 있는지 확인하고 싶어할 것 아닌가.

모드는 당장이라도 거티를 뒤쫓아가고 싶은 충동이 일어났다. 전엔 한번도 누가 이렇게 무섭게 성깔을 부리는 모습을 본 적이 없었다. 모드는 난생 처음 매들린이 무섭게 느껴졌다. 그래도 우리 꼬맹이 윌리를 편들어줬잖아. 그 일이 아니었으면 거티처럼 도망쳤을지도 모른다.

「아델라가 너무 더러워서 목욕을 한 번 하는 걸로는 부족해요. 그래서 욕조를 두 개나 준비한 거예요.」

모드는 매들린이 하는 말을 알아듣기가 힘들었다. 아델라가 아까부터 계속 발로 차고 손으로 할퀴는 바람에 정신이 하나도 없었다. 결국 물이 사방으로 튀면서 매들린의 옷도 흥건히 젖었다.

「비누 좀 집어줘요.」

매들린이 모드에게 말했다.

그로부터 한 시간 동안, 모드는 매들린과 함께 내년 봄까지 수다를 떨어도 부족할 만큼 엄청난 시련을 겪었다. 어느새 다시 모습을 나타낸 거티는 계속 머리만 삐죽 내밀고 사태를 요모조모 살피다가, 길라드와 에드먼드에게 상황을 보고하려고 아래층으로 후다닥 내려갔다.

결국 왁자지껄한 소동이 막을 내리자, 거티는 다소 실망스러웠다. 아델라는 매들린에게 빗질을 맡기고 벽난로 앞에 조용히 앉아 있었던 것이다. 이제 아델라는 싸우려고 하는 의지도 없었고 흥분 상태에서 벗어난 듯했다.

하인들이 욕조를 치운 뒤, 모드와 거티도 방에서 나갔다. 하지만 모드는 다시 문가에 나타나서 황급하게 말했다.

「제 아들 녀석을 도와주셔서 고맙다는 말씀을 드리려구요.」

매들린이 입을 열기도 전에 모드가 계속 말을 이어갔다.

「그리고 말씀드리지만 전 아델라 아가씨한테 아무 감정도 없습니다. 아가씨가 원해서 저렇게 되신 것도 아닌 걸요. 그래도 우리 윌리를 위해 주셔서 정말 고맙습니다.」

「나도 그 아일 때릴 생각은 없었어.」

아델라의 입에서 욕설이 나오지 않은 것은 이번이 처음이었다. 모드와 매들린은 슬며시 미소를 교환했다.

모드가 문을 닫고 나간 다음 매들린은 의자에 앉아서 아델라를 정면으로 마주봤다. 하지만 아델라는 매들린을 외면하고 무릎 위에 포개놓은 손만 쳐다보고 있었다.

매들린에게는 아델라를 차분히 관찰할 수 있는 기회였다. 깨끗이 씻겨놓고 보니 아델라는 너무 예뻤다! 갈색 눈동자, 황갈색 머리. 사실 전엔 몰랐는데 머리를 감기고 나니까 햇살을 연상시키는 금빛 머리카락들이 군데군데 눈에 띄었다.

용모는 던컨과 전혀 닮지 않았지만, 고집 센 성격은 똑같았다. 매들린은 한참 동안 꾹 참고 기다려야 했다.

한 시간 정도 지났을까, 아델라가 고개를 들고 매들린을 바라봤다.

「나한테 뭘 바라는 거죠?」

「무슨 일이 있었는지 얘기해줬으면 좋겠어요.」

아델라의 얼굴이 대번에 벌개졌다.

「얼마나 알고 싶은데요? 하나하나 세세하게 다 얘기해드려요? 그래야 속이 시원하겠어요?」

아델라는 애꿎은 잠옷 소매만 비틀어댔다.

「아뇨. 하지만 누구한테라도 얘길 털어놔야 돼요. 마음속에 있는 독을 제거하려면 그렇게 하는 도리밖에 없어요. 분명히 기분이 한결 나아질 테니까 두고봐요. 앞으로는 오라버니들하고 남동생 앞에서 다신 유치한 행동을 안 해도 될 거예요.」

아델라가 눈을 커다랗게 떴다.

「어떻게 알았…….」

그녀는 저도 모르게 자백을 하고 말았다는 사실을 깨달았다.

「바보가 아닌 다음에야 아델라가 날 미워하지 않는다는 것쯤은 눈치챌 수 있어요. 매일 길에서 마주쳤지만 단 한번도 나한테 욕설을 퍼붓지 않았잖아요. 가족들이 합석한 저녁 식탁에서만 그랬었지요. 아델라가 날 미워하는 척하는 게 너무 표시가 났어요.」

「난 매들린을 증오해요.」

「아뇨. 내가 언제 아델라에게 상처를 줬나요? 그러니까 날 미워할 이유가 없잖아요. 우리 두 사람 모두 남자 형제들이 벌이는 싸움에 말려서 희생당한 거예요. 우리들처럼 순진한…….」

「이제 난 순진하단 말을 들을 자격이 없어요. 그리고 던컨 오라버니도 매일 밤 매들린의 방에 가잖아요. 그러니까 매들린도 순진하다고는 할 수 없겠지요.」

아델라가 반박했다.

매들린은 너무 놀라서 말문이 막혔다. 아델라는 왜 내가 던컨하고 같이 밤을 지낸다고 생각하는 걸까? 그게 아닌데. 하지만 지금은 아델라가 우선이야. 변명은 나중에 해도 늦지 않아.

「정말 기회만 있으면 로던을 죽여버리고 싶어. 왜 날 그냥 내버려두지 않는 거예요? 이대로 편안히 죽게 해줘요.」

아델라가 자포자기하듯이 말했다.

「그런 끔찍한 얘기는 하지 말아요. 죄받으니까. 그러지 말고 아델라, 내가 어떻게 도와줬으면 좋겠어요?」

「왜죠? 왜 날 도와주려는 거예요? 당신은 로던의 여동생인데.」

「형제로서 도리니 정이니 하는 것들을 버린 지 오래예요. 그러니까 말해봐요. 로던을 언제 만났지요?」

매들린이 별일이 아닌 것처럼 아무렇지도 않게 물었다.

「런던에서요. 그 이상은 말 안 하겠어요.」

「아무리 힘들어도 우린 계속 얘기를 나눠야 돼요. 아델라, 우린 상대방 밖에 의지할 사람이 없어요. 그러니까 얘기를 해줘요. 무슨 일이 있어도 비밀은 지킬게요.」

「비밀이라뇨? 내가 어떤 일을 당했는지 모르는 사람이 있을 것 같아요?」

「다른 사람이 아니라 아델라에게 진실을 듣고 싶은 거예요. 계속 이렇게 앉아서 밤새도록 쳐다보고만 있어도 난 아무 상관없답니다.」

매들린이 느긋하게 말했다.

아델라는 마음의 결정을 내리지 못하고 한참 동안 매들린을 보고만 있었다. 괴로워서 온몸이 갈기갈기 찢길 것 같았다. 이젠 속이는 것도 지쳤고, 너무 외로워.

「그럼 로던에게 돌아가면 내가 했던 얘기를 할 건가요?」

아델라가 쉰 목소리로 속삭였다.

「난 로던에게 돌아가지 않을 거예요. 스코틀랜드에 있는 사촌을 찾아가서 같이 살 생각이에요. 기어가는 한이 있더라도 꼭 갈 거예요.」

매들린이 성난 목소리로 말했다.

「로던에겐 말하지 않는다고 해도 그래요. 큰오빠한테는 사실대로 털어놓을 건가요?」

「말해도 된다고 하기 전엔 절대 입을 열지 않겠어요.」

매들린이 대답했다.

「궁정에 있을 때 로던을 만났어요. 그 사람은 잘생긴 남자였고, 나한테 사랑한다는 말도 했었지요.」

아델라가 눈물을 흘리기 시작했다. 몇 분이 지나서야 그녀는 평정을 찾았다.

「난 제럴드 남작과 정혼한 몸이었어요. 내가 열 살 때 정해진 일이었지요. 로던을 만나기 전엔 불만이 없었어요. 하지만 제럴드를 어렸을 때 보고 그후로는 한번도 본 적이 없어요. 마주쳐도 누군지 알아 볼 수 있을지 의문이라구요. 큰오빠는 작은오빠와 길라드가 동행한다면, 궁정에 들어가도 좋다고 허락해줬어요. 사실 궁정에서 제럴드를 만날 예정이었어요. 식구들 입장에선 혼인식도 얼마 남지 않았으니까 그 전에 서로 만날 기회를 주고 싶었던 거지요. 던컨 오라버니는 로던이 국왕 폐하와 함께 노르망디에 있는 줄 알았어요. 사실을 알았으면 절 궁정 근처에 얼씬거리지도 못하게 했겠지요.」

아델라는 심호흡을 하고 계속 말을 이었다.

「제럴드는 사정이 생겨서 올 수가 없었어요. 제럴드가 거느린 가신(家臣)의 성을 누군가 공격해서 보복을 하러 가야 했거든요. 지금 생각해도 화가 나고 실망스러워요.」

매들린은 아델라의 손을 꼭 붙잡았다.

「나라도 실망했을 거예요.」

「모든 일이 너무 빨리 진행됐어요. 우린 이 주 동안 런던에 머물기로 했고, 난 큰오빠가 로던을 얼마나 싫어하는지 알고 있었어요. 그래서 우린 남들의 눈을 피해서 몰래 만났어요. 로던은 나한테 언제나 따뜻하게 대해줬고, 난 누군가에게 관심을 받는다는 게 즐거웠지요. 큰오빠가 없어서 몰래 만나는 건 그렇게 어렵지 않았어요.」

「로던이라면 던컨이 있었어도 분명히 무슨 수를 찾아냈을 거예요. 내 생각엔 로던이 던컨에게 상처를 주려고 아델라를 이용한 것 같아요. 물론 아델라는 여자인 내가 봐도 매력적이지만 로던이 진심이었다는 생각은 안 해요. 원래 로던은 자신을 제외한 그 누구도 사랑하지 못하는 인간이거든요.」

「로던은 날 건드리지 않았어요.」

매들린은 아델라한테서 의외의 말이 나와 어리둥절했지만 애써 담담한 표정을 지으면서 말을 이었다.

「그래서요?」

「로던이 찾아낸 빈방에서 만나기로 약속을 했어요. 다른 사람들이 머무는 객실과는 멀리 떨어져 있었지요. 나도 내가 무슨 짓을 하려는지 알고 있었어요. 하지만 그때 난 로던을 사랑한다고 믿고 있었어요. 그러면 안 된다는 걸 알면서도 내 감정을 어떻게 해볼 도리가 없었어요. 그 사람은…… 너무 멋있었으니까요. 어쩌면 좋아요. 큰오빠가 이 사실을 알면 절 죽이려고 할 거예요.」

「그렇게 자책하지 말아요. 던컨에게는 비밀로 하면 되잖아요.」

「로던은 날 만나러 왔어요. 하지만 혼자 온 게 아니라 친구를 데리고 왔는데…… 사실 제 몸에 손을 댄 건 그 인간이었어요.」

아델라의 고백에 반응을 보이지 않으려고 매들린은 안간힘을 썼다. 하지만 감정을 숨기는 데에 도가 튼 매들린에게도 쉽지 않은 일이었다.

아델라는 매들린의 얼굴에서 잠시도 시선을 떼지 않았다. 분명히 혐오감을 드러낼 거라고 기대하는 눈치였다.

「이런 얘기를 들어도 아무렇지도…….」

「끝까지 계속 얘기해봐요.」

매들린이 쉰 목소리로 말했다.

처음엔 머뭇거리던 아델라의 입을 통해서 끔찍한 이야기가 모두 쏟아져 나왔다. 아델라가 말을 마친 뒤 매들린은 한동안 마음을 가라앉힐 시간을 가졌다.

「로던과 같이 있던 친구가 누구였지요? 이름을 말해봐요.」

「모르카였어요.」

「나도 그 나쁜 놈이 누군지 알아요.」

매들린이 격분해서 말했다. 하지만 이내 겁에 질린 아델라를 보고 그녀는 화를 억눌렀다.

「던컨에게 모두 털어놓지 그랬어요. 로던을 자진해서 만났다는 사실만 빼놓고 얘기하면 되잖아요. 그리고 모르카란 인간도 공범이라는 말을 했어야지요.」

「너무 부끄러워서 차마 말을 할 수가 없었어요. 그리고 너무 심하게 맞아서 어차피 죽을 목숨이라고 생각했었어요. 로던도 모르카 이상의 책임이 있으니까요……. 아아, 이젠 저도 잘 모르겠어요. 하지만 길라드와 작은오빠는 로던의 이름을 듣고 나더니 그 이상은 들으려고 하질 않았어요.」

말을 끝낸 아델라는 눈물을 흘리기 시작했다.

「이젠 됐어요. 울지 말고 내 말 똑바로 들어요. 아델라에게 죄가 있다면 로던 같은 나쁜 인간을 사랑하게 됐다는 거예요. 던컨에게 모르카에 대한 애길 털어놓았으면 좋겠지만 결정은 내가 아니라 아델라가 하는 거예요. 지금 이 순간부터 아델라가 말하지 말라고 하는 한 비밀은 꼭 지키겠다고 맹세할게요.」

「그 말 믿어요. 매들린이 로던하고는 전혀 다른 사람이라는 걸 아니까요. 사실 생김새까지도 전혀 다른 걸요.」

「천만다행이지 뭐예요.」

아델라는 매들린이 너무 좋아하는 것 같아서 미소를 지었다.

「하나만 더 물어볼게요. 지금까지 왜 미친 사람처럼 행동했어요? 형제분들 때문에 그런 건가요?」

아델라가 고개를 끄덕였다.

「이유가 뭐지요?」

매들린이 의아해서 물었다.

「집에 돌아와서 난 목숨을 부지했다는 사실을 알게 됐어요. 그때부터 혹시 모르카의 아이를 가지진 않았을까, 걱정이 되기 시작했어요. 그러면 분명히 큰오빠는 억지로 혼인을 시킬 테고 그러면…….」

「던컨이 설마 자기 누이동생을 로던에게 주려고 할 것 같아요?」

매들린이 끼여들었다.

「아뇨. 당연히 그럴 리가 없지요. 그게 아니라 저를 다른 누군가와 짝을 맺어주려고 할 거란 얘기였어요.」

「그래서 아이를…… 가졌어요?」

아델라는 모르카의 아이를 가졌다는 생각만 해도 속이 뒤집어질 것만 같았다.

「나도 모르겠어요. 이번 달엔 월경을 걸렀지만, 원래 불규칙적이거든요. 몸에 변화가 생긴 것 같지도 않구요.」

말을 마친 아델라는 얼굴을 붉혔다.

「지금 당장은 뭐라고 말할 단계가 아닌 것 같아요. 하지만 혹시라도 아이를 가졌다면 어떻게 할 생각이었어요? 던컨은 고집이 좀 세서 그렇지 눈은 멀쩡한 사람이잖아요.」

「밤이 될 때까지 방에만 틀어박혀 있을 생각이었어요. 내가 봐도 너무 한심한 생각이었지요. 지금까지 제대로 생각을 안 했지만, 한 가지는 분명해요. 오라버니가 억지로 누군가와 혼인을 시키면 자결하겠어요.」

「제럴드 남작은 어떻게 하구요?」

「난 이제 순결하지도 않고, 파혼을 당한 거나 다름없어요.」

「제럴드 남작이 파혼하겠다고 했어요?」

매들린이 한숨을 내쉬면서 물었다.

「아뇨. 하지만 큰오빠 말로는 그럴 거라고 하더군요.」

「지금 제일 고민되는 게 뭐예요? 던컨이 알면 억지로 혼인해야 할지도 모른다는 사실인가요?

「그래요.」

「그럼 그 일을 제일 먼저 해결해야지요. 우리 둘이서 머리를 맞대고 근심거리를 없앨 계획을 세우자구요.」

「둘이서 같이요?」

아델라의 간절한 목소리와 기대감으로 반짝거리는 눈동자가 매들린의 마음에 스며들었다. 갑자기 결심이 확고해지는 느낌이었다. 매들린은 벌떡 일어나서 의자 주위를 천천히 돌기 시작했다.

「던컨이 자기 누이동생을 아무에게나 시집보낼 정도로 무정한 사람이라고는 절대 생각하지 않아요.」

아델라가 뭔가 말을 하려고 하자 매들린은 손을 들어서 저지했다.

「하지만 내 생각이 어떻든 그건 별로 중요하지 않아요. 생각해봤는데, 내가 던컨에게 약속을 받아내면 어떻겠어요? 어떤 상황이 오든지 아델라가 원하는 한 계속 여기서 살아도 좋다는 약조를 해달라고 할 게요. 그렇게 하면 마음이 좀 편해지겠어요?」

「그러면 내가 아이를 가졌을지도 모른다는 얘기도 해야 하나요?」

매들린은 한동안 대답을 못하고 계속 방안을 빙빙 돌았다. 무슨 수로 던컨에게 약조를 받아낸 다지? 나한테 그럴 만한 능력이 있을지 의심스러워.

「아뇨. 굳이 그 얘기를 꺼낼 필요는 없어요.」

매들린은 아델라의 정면에 멈춰 서서 슬며시 미소를 지었다.

「일단 약속을 먼저 받아내기만 하면 돼요. 나중에 던컨이 사실을 알게 된들, 이미 벌어진 일을 어쩌겠어요. 설마하니 한번 뱉은 말을 주워 담기야 하겠어요?」

「이제 보니까 매들린은 보통이 아니네요. 큰오빠가 한번 약조를 하면 절대 번복하지 않는다는 사실을 알고 그러는 거죠? 그래도 나중에 속았다는 걸 알면 매들린에게 굉장히 화를 낼 걸요.」

아델라의 얼굴에서 어느새 미소가 사라졌다.

「그 사람은 원래 나에게 원한이 많은 사람이에요. 나만 보면 잡아먹지 못해서 안달이에요. 그래도 난 던컨이 하나도 무섭지 않아요. 겉보기에는 무섭게 행동하지만 속마음은 따뜻한 사람이라는 걸 아니까요.」

매들린은 내심 자기 생각이 맞기를 기도했다.

「그럼 이제 걱정은 안 하겠다고 약속해요. 너무 힘든 일을 겪었으니까 월경을 거르는 게 당연한 일일지도 몰라요. 나도 옆에서 지켜봐서 알아요. 전에 벌목꾼의 아내였던 프리더의 아들이 우물에 빠져서 오랫동안 나오지 못한 적이 있어요. 아마 그때 프리더는 목이 바싹 바싹 타는 기분이었겠지요. 다행히 아이는 무사히 구조했지만 두 달쯤 뒤에 프리더가 다른 하녀에게 월경을 안 한다는 얘기를 하더군요. 그랬더니 그 하녀는 아들 때문에 너무 놀라서 반쯤 저승에 갔다 왔는데 그게 당연한 게 아니냐고 하더라구요. 그 하녀의 애길 듣고 정말 현명한 사람이구나, 그런 생각을 했었어요. 이름이 생각나면 애길 해줄 텐데……. 여하튼 그 하녀 말대로 프리더는 다음 달에 월경을 다시 시작했답니다.」

그 얘기를 듣고 아델라가 고개를 끄덕였다.

「그리고 아이가 생겼으면 무사히 출산할 때까지 함께 노력해봐요. 그럴 수 있지요? 설마 아이를 미워하진 않을 거죠? 아델라처럼 아이에 겐 아무 죄도 없어요.」

「아버지를 닮아서 사악한 영혼을 타고날지도 모르지요. 어찌 되었든 간에 한 핏줄이니까요.」

「그런 식으로 생각하면 나도 로던처럼 사악할 테니까 당연히 지옥에 떨어지겠네요. 안 그래요?」

「아뇨. 매들린은 로던하고는 달라요.」

아델라가 항의를 했다.

「아이도 모르카와는 별개의 존재예요. 그러니까 아이를 잘 보살펴줘 야 돼요.」

「어떻게요?」

「아이에게 애정을 주고, 그 아이가 자라서 바른 길을 선택할 수 있 게 도와줘야지요.」

매들린은 한숨을 내쉬더니 고개를 흔들었다.

「지금으로선 아이가 생겼는지 어쩐지 확실하지 않으니까 그 문제는 나중에 생각해도 늦지 않아요. 많이 피곤하죠? 아델라가 쓰는 방은 청소 를 해야 하니까 오늘은 여기서 자요. 내가 다른 방을 찾아볼게요.」

아델라는 매들린을 따라 침대가 놓인 곳으로 가서 그녀가 이불을 펼 치는 모습을 물끄러미 지켜봤다. 이제 나도 마음을 터놓을 수 있는 친구 가 생긴 거야.

「큰오빠에겐 언제 약조를 받아낼 생각이에요?」

「내일 말할게요. 아델라에겐 인생이 걸린 일이라는 거 잘 알고 있어 요. 그러니까 나도 잊지 않고 꼭 얘기할 게요.」

매들린은 아델라가 침대에 누울 때까지 기다렸다가 대답했다.

「또 어떤 남자가 내 몸에 손을 댄다고 생각하면 끔찍해요. 죽을 때까지 그런 일은 없었으면 좋겠어요.」

매들린은 아델라의 말이 너무 격해서 다시 홍분하는 건 아닐까 걱정스러웠다.

「이제 그만 얘기해요. 다 잘될 테니까 아무 걱정하지 말고 쉬어요.」

매들린은 이불을 덮어주면서 아델라를 달랬다.

응석을 받아주는 매들린이 고마워서 아델라가 슬며시 미소지었다.

「그 동안 못 되게 굴어서 미안해요. 혹시 도움이 된다면 작은오빠에게 부탁을 할까 해요. 큰오빠에게 말해서 매들린을 스코틀랜드에 보내주면 안 되겠냐구요.」

왜 던컨에게 직접 말하지 않고 에드먼드를 통해서 말하겠다는 거지? 아델라가 던컨을 무서워하고 있다는 인상이 더욱더 짙어졌다.

「하지만 솔직히 매들린이 여기 있었으면 좋겠어요. 그 동안 너무 외로웠거든요. 내가 너무 이기적인가요?」

「정직해서 좋은 걸요. 난 정직한 사람을 제일 존경해요. 그거 알아요? 지금까지 난 한번도 거짓말을 한 적이 없어요.」

매들린이 일부러 잘난 척을 하면서 말했다.

「정말 한번도 안 해봤어요?」

그 말을 마치고 아델라는 깔깔대고 웃었다.

「내 기억이 맞는다면 아직 없어요. 그리고 난 아델라가 날 필요로 하는 한, 여기 남아 있을 거예요. 솔직히 말하면 이렇게 추운 날씨에 여행하긴 싫거든요.」

매들린이 싱긋 웃으면서 말했다.

「매들린도 나처럼 수치스러운 일을 겪었으니, 다들…….」

「남들이 무슨 말을 하든 상관없어요. 이렇게 된 게 우리 두 사람의 책임은 아니잖아요. 그리고 제일 중요한 건 마음 아닌가요? 우리 마음이 떳떳하고 남부끄럽지 않으면 되는 거예요.」

매들린이 단호하게 말했다.

「마음씀씀이가 보통 사람들과는 많이 다르군요. 내가 매들린 입장에 있었으면 우리 집안 사람들을 모두 증오했을 거예요.」

「사실 웩스턴 형제들은 하나같이 애정이 쉽게 가지 않는 사람들이긴 해요. 그래도 밉다는 생각은 안 들어요. 이상한 일이지만 여기 온 뒤로 안심이 돼요. 여기 있으면 안전하다는 느낌도 들구요. 정말 희한한 일이지요? 안 그래요? 포로로 잡혀 있으면서 안전하다는 느낌을 받다니……. 어떻게 그럴 수가 있는지 나도 생각 좀 해봐야겠어요.」

인정하긴 했지만 자신에게도 너무나 의외의 사실이었다. 매들린은 아델라의 팔을 토닥거린 다음 몸을 돌렸다.

「혹시 모르카 때문에 바보 같은 짓을 하려는 건 아니겠죠?」

「갑자기 그건 왜 묻는 거죠?」

「내가 모르카가 한 짓이라고 했을 때, 매들린이 지은 표정이 생각나서 그래요. 아무 일도 안 하겠다고 약속해줘요. 그럴 거죠?」

아델라가 겁먹은 얼굴로 물었다.

「상상력이 너무 지나쳐서 그래요. 그러고 보니까 우리 둘 사이에 공통점이 또 하나 늘었네요.」

매들린은 모르카에 대한 화제를 다른 곳으로 돌리려고 애썼다. 결국 매들린의 생각대로 아델라는 불안감을 떨치고 다시 미소를 찾았다.

「너무 지쳐서 오늘밤엔 악몽을 꿀 것 같지도 않아요. 매들린도 어서 잠자리에 들어요. 내일 던컨 오라버니하고 얘기를 나누려면 힘을 보충해야 될 테니까.」

「왜요? 던컨을 설득하느라고 힘이 다 빠질 것 같아요?」

「아뇨. 다른 사람은 몰라도 매들린이라면 무슨 약속이든 받아낼 수 있을 거예요.」

아델라가 날 저렇게 믿고 있으니, 어쩜 좋담. 매들린은 어깨가 축 늘어졌다.

「오라버니가 매들린을 바라보는 시선이 남다르다는 건 저도 봐서 알아요. 그리고 길라드의 목숨도 구해줬잖아요. 그 아이가 작은오빠에게 하는 얘기는 나도 들었어요. 그 사실 하나만으로도 매들린이 무슨 부탁을 하든 거절을 못할 거예요.」

「난 이만 가볼게요. 잘 자요, 아델라.」

문을 닫고 나오려는 순간, 아델라의 다음 말이 매들린의 발목을 붙들었다.

「큰오빠는 레이디 엘러너에게 그런 눈길을 준 적이 없답니다.」

「레이디 엘러너가 누구죠?」

매들린은 별로 관심이 없는 척하면서 물었다. 고개를 돌렸더니 아델라가 웃고 있었다. 아무래도 속마음을 들킨 모양이었다.

「큰오빠가 혼인하려고 생각하는 여자예요.」

매들린은 무표정한 얼굴로 고개를 끄덕였다.

「누군지 모르겠지만 정말 안됐어요. 던컨 같은 사람에게 맞춰서 살려면 두 손 두 발이 모두 부르틀 테니까요. 너무 기분 나빠하진 말아요, 아델라. 하지만 던컨은 솔직히 너무 거만해요. 그래봐야 자기만 손해인데 말이에요.」

「큰오빠의 생각이 그렇다는 얘기였지 혼인을 한다고는 안 했어요.」

매들린은 아무 말 없이 문을 닫고 나왔다. 하지만 층계참까지 간신히 갔을 때에야 참고 참았던 눈물이 쏟아지고 말았다.

「가장 혹독한 규율 안에서 훈련받은 자가 가장 뛰어나다.」

스파르타의 왕 아르키다모스 2세 (B.C. 360-338)

매들린은 다른 사람들에게 우는 모습을 들키고 싶지 않았다. 아델라를 놔두고 방에서 나왔을 때는 어디로 갈지 마음을 정하지 않은 상태였다. 그저 조용한 곳에서 마음을 정리하고 싶었다.

맨 먼저 마음을 정한 곳이 홀이었는데, 출입구 근처에 갔을 때 길라드가 누군가와 애기를 하는 게 들렸다. 하는 수 없이 매들린은 층계를 계속 내려간 다음 병사들 숙소 근처에 있는 옷걸이용 못에서 자신의 겨울용 망토를 집어들었다. 그리고 바깥으로 통하는 출입구를 힘겹게 밀고 또 밀어서 살짝 몸만 빠져나갈 수 있는 공간만큼 열었다.

바깥 공기가 너무 차가워서 온몸이 덜덜덜 떨렸다. 매들린은 망토를 어깨에 두르고 계속 앞으로 걸어갔다. 달빛에 의존해서 정처 없이 걷던 매들린은 차가운 성벽에 등을 기대고 서서 길을 잃은 어린아이처럼 소리내어 엉엉 울기 시작했다. 얼마나 울었을까, 머리가 깨질 듯이 아프고 뺨이 얼얼했다. 난 어쩜 이렇게 자제심도 없을까. 목소리만 크고, 운도 정말 없어. 울면 기분이 나아질 줄 알았는데 그게 아니잖아. 매들린은 연신 딸꾹질을 해댔다.

가슴이 터지도록 울어도 분노는 가시질 않았다.

아델라에게 얘기를 들었을 때는 아무렇지도 않은 척했지만 사실 너무 마음이 아파서 심장이 갈기갈기 찢기는 기분이었다. 모르카! 그 작자도 로던하고 똑같이 비난받아야 마땅해! 그런데도 그 사실을 덮어둬야 한다니, 생각만 해도 억울하고 분통이 터졌다.

「여기서 지금 뭐 하고 있어?」

매들린은 깜짝 놀라서 헉 소리를 냈다. 어디선가 불쑥 모습을 나타낸 던컨은 어느새 매들린의 옆에 섰다. 그녀는 등을 돌리려고 했지만 던컨이 움직이지 못하게 했다. 그는 매들린의 턱을 치켜 올리더니 자신의 눈을 똑바로 쳐다보게 했다.

던컨이 장님이 아닌 다음에야 울고 있었다는 사실을 숨기지 못하리라. 매들린은 짤막하게 변명을 하려고 했지만 던컨의 손이 얼굴에 닿는 순간 다시 울음이 터져 나왔다.

던컨은 매들린을 품에 안고 그대로 한참 동안 서 있었다. 방금 전에 수영을 끝냈는지 물이 뚝뚝 떨어졌다. 그녀는 던컨의 가슴에 얼굴을 묻고 눈물을 폭포수처럼 쏟아내면서 연신 딸꾹질을 해댔다. 그 덕에 던컨의 가슴 털은, 감촉은 더없이 부드러웠지만 물기가 마를 사이가 없었다.

「이런 날씨에 반나체로 돌아다니다니 얼어죽겠어요. 하지만 저번처럼 당신 발을 녹여줄 생각은 전혀 없어요.」

매들린은 던컨의 가슴을 쓰다듬고 있었다. 매들린은 지금 자신이 무슨 행동을 하고 있는지 알고 있는 걸까. 그런 행동이 던컨에게 어떤 영향을 미치는지 그녀는 아무것도 모르고 있었다.

매들린은 갑자기 몸을 빼려고 하다가 잘못해서 던컨의 턱에 머리를 부딪혔다. 기죽은 목소리로 미안하다고 사과를 하면서 그만 실수로 고개를 들었는데 던컨의 입술이 너무 가까이 다가와 있었다. 텐트 안에서 키스했던 기억이 겹쳐지자 매들린은 도저히 그 입술에서 시선을 뗄 수가 없었다. 그때처럼 던컨에게 키스를 하고 싶었다.

매들린의 마음을 읽었는지, 던컨은 천천히 입술을 겹쳐왔다.

처음엔 위로 삼아 가볍게 키스를 할 생각이었다. 하지만 매들린이 목을 부둥켜안고 입술을 여는 순간, 이성적인 생각은 사라지고 말았다. 던컨의 혀가 때를 놓치지 않고 매들린의 입 속을 파고들었다.

날 이렇게 빨리, 이 정도로 뜨겁게 달아오르게 하다니. 매들린은 초심자였지만 키스에 소질이 있었다! 던컨은 되도록 자제하려고 했지만 매들린이 그렇게 놔두질 않았다. 목구멍에서 나오는 원색적인 신음 소리를 듣자 위로를 해주겠다는 애초의 의도는 완전히 내팽개치고 말았다.

던컨은 매들린이 몸을 떠는 걸 느끼고 그제야 자신들이 바깥에 나와 있다는 사실을 깨달았다. 매들린은 계속 키스를 해달라고 하겠지. 던컨은 그런 생각을 하면서도 마지 못해서 그녀를 놔줬다. 하지만 이내 키스를 다시 안 하고는 도저히 배겨내지 못할 것 같다는 생각이 뇌리를 스쳤다. 결국 매들린이 키스 해달라고 말할 틈도 없이 던컨이 먼저 입술을 겹쳤다.

뜨겁게 달아오른 매들린은 온몸에 기운이 하나도 없어서 키스를 멈추고 싶어도 멈출 수가 없었다. 그리고 던컨의 손이 가슴을 스쳤을 때의 기분은 말로 표현할 수가 없었다! 하지만 키스 이상을 바라는 자신의 욕구가 얼마나 거센지 깨닫는 순간, 매들린은 던컨의 품에서 빠져 나왔다.

「반나체로 계속 이렇게 있다가는 얼음 덩어리가 되겠어요. 빨리 들어가지 그래요.」

매들린이 까끌까끌한 목소리로 말했다.

던컨은 한숨을 내쉬었다. 또 시작이야. 틈만 나면 아랫사람 다루듯이 이래라 저래라 한다니까. 던컨은 싫다고 반항하는 매들린을 안고 성을 향해 걸어가기 시작했다.

얼마 후 평정을 찾은 던컨이 입을 열었다.

「아델라가 당신한테는 무슨 일이 있었는지 털어놓던가?」

「네. 하지만 나한테 캐물어 봤자 아무 소득이 없을 걸요. 날 고문한다고 해도 절대……」

「매들린.」

던컨이 땅이 꺼져라 한숨을 내쉬었다.

「아델라에게 절대 비밀을 지키겠다고 약속했어요. 특히 당신에겐 더욱더 얘기를 할 수가 없어요. 아델라가 당신을 무서워하니까요. 당신에겐 유감스러운 일이겠지만 사실이 그런 걸요.」

화를 낼 거라는 기대와는 달리 던컨은 순순히 고개를 끄덕였다.

「그게 당연한 거야. 핏줄을 따지기 전에 이 성의 영주라는 내 직책을 먼저 생각해야지.」

「어떻게 그게 당연한 일이 될 수가 있어요? 가족들끼리는 원래 가까워야 하는 법이에요. 식사도 같이 하고 절대로 서로 싸우면 안 돼요. 그리고……」

「삼촌하고 단둘이 살았다는 사람이 어떻게 그렇게 잘 알아?」

던컨이 화가 나서 말했다.

「그래도 가족들이 서로 어떻게 지내야 하는지 아무것도 모르는 어떤 사람보다는 나아요.」

이번엔 매들린이 반격을 했다.

「내 방식에 대해서 이래라 저래라 하지 마.」

던컨이 낮게 으르렁거렸다.

「내가 언제 이래라 저래라 했다는 거예요?」

매들린이 톡 쏘았다.

「그나저나 아까는 왜 울고 있었어?」

던컨이 재빨리 화제를 바꾸면서 말했다.

「우리 오라버니란 사람이 아델라에게 한 짓을 생각하니까 마음이 아파서 견딜 수가 없었어요. 오라버니는 분명히 세상 끝나는 날까지 지옥

불에 타는 형벌을 받을 거예요.」

「맞는 말이야.」

「당신이 오라버니를 죽이고 싶다고 해도 비난할 생각은 없어요. 죽어 마땅한 사람이니까요.」

던컨이 고개를 흔들었다.

「날 비난하지 않아도 되니까 기분이 한결 나아지는 느낌이야?」

매들린은 언뜻 던컨의 목소리에 장난기가 섞여 있다는 생각이 들었다.

「난 살인은 무조건 안 된다는 생각을 버렸어요. 내가 왜 이렇게 변했나, 그리고 앞으로 내가 해야 할 일이 뭔가. 그런 생각을 했더니 서글퍼지더군요. 그래서 울었어요.」

매들린이 작게 말했다.

출입구에 도착한 던컨은 한 손으로 가볍게 문을 열었다. 세상에. 이 사람은 정말 사람이 아닌 것 같아. 난 아까 두 손으로 밀어도 잘 안 열려서 얼마나 고생했는데.

「당신이 해야 할 일이라니, 그게 뭐지?」

던컨이 궁금증을 못 참고 물었다.

「내 손으로 죽여야 할 사람이 있어요.」

문이 쾅 닫힘과 동시에 매들린이 작게 고백을 했다. 던컨은 귀를 의심했지만 질문은 일단 방에 들어갈 때까지 보류하기로 했다.

「그냥 걸어갈게요. 어서 내려줘요.」

던컨은 매들린의 말을 무시하고 계단을 올라갔다. 한 층, 두 층. 탑 꼭대기까지 올라갈 줄 알았는데 갑자기 방향을 바꾸더니 깜깜한 통로를 쭉 따라 걸었다. 너무 어두워서 어디로 가는지 불분명했다.

전에는 미처 눈여겨본 적이 없는 통로라서 매들린은 궁금증이 더 컸다. 던컨은 복도 맨 끝에 있는 방의 문을 열고 안으로 들어갔다. 던컨이 쓰는 방이 분명했다. 나한테 쓰라고 방까지 내주다니, 정말 고마운걸. 매들린이 속으로 중얼거렸다.

침실의 분위기는 따뜻하고 포근했다. 하지만 벽난로에 지핀 모닥불에

서 나오는 따뜻한 열기와 어슴푸레한 빛이 아니었으면 황량한 느낌을 받았을지도 모른다. 반대편 벽 중앙에 창문이 하나 있었는데 덧문 대신 털가죽이 덮여 있었다. 그리고 커다란 침대가 벽난로 근처 벽의 대부분을 차지하고 있었다.

가구라고는 침대와 궤짝이 전부였지만 전체적으로 방 분위기는 깔끔했다. 매들린은 왠지 기분이 좋아져서 미소를 지었다. 던컨도 자신처럼 어지르는 건 별로 안 좋아하는 눈치였다.

그런데도 왜 홀은 그렇게 지저분하게 놔두는 걸까? 왠지 앞뒤가 안 맞잖아. 나중에 던컨이 기분이 좋아 보일 때 한번 물어봐야지. 하지만 그게 언젠데? 항상 험상궂은 얼굴만 하고 있는 사람인걸. 내가 나이를 먹어 백발 노파가 된들, 그 성질이 어디 가겠어?

던컨은 아직 매들린을 놓아줄 생각이 없는지 벽난로에 가더니 선반에 대고 어깨를 문지르기 시작했다. 갑자기 어깨가 가려운 모양이지? 매들린은 슬그머니 웃음이 나왔다.

그녀는 있는 힘껏 던컨을 붙들고 있었다. 점잖지 못하게 셔츠를 벗고 있으면 어떻게 해. 자꾸 신경이 쓰이잖아. 사실 매들린은 던컨의 벗은 몸을 만지는 게 좋았다. 아니, 너무 좋아서 탈이었다. 따뜻한 체온, 손바닥을 통해서 느껴지는 근육의 움직임. 던컨의 몸은 청동으로 만든 조각을 연상시킬 정도로 아름다웠다.

던컨이 곁에 있으면 왜 이런 식으로 반응을 하는지 이해할 수 있으면 좋으련만. 심장이 다시 미친 듯이 뛰기 시작했다. 슬쩍 고개를 들었더니 던컨이 자신을 뚫어져라 쳐다보고 있었다. 너무 잘생겼어. 차라리 추하게 생긴 사람이었으면 얼마나 좋을까.

「이렇게 밤새도록 날 안고 있을 작정이에요?」

심통이 난 목소리로 매들린이 물었다.

던컨이 갑자기 어깨를 으쓱했다. 떨어질까 불안해진 매들린은 던컨의 목을 세게 끌어안았다. 그러자 던컨이 의미심장한 미소를 지었다. 이제 보니까 자기를 꼭 끌어안게 하려고 일부러 그런 거였어.

「묻는 말에 대답을 하면 놔줄게.」

던컨이 입을 열었다.

「알았어요.」

「누군가를 죽일 작정이라고 했지?」

「그래요.」

매들린은 일부러 던컨의 턱을 쳐다보면서 대답했다. 던컨이 어떻게 반응할지 내심 궁금했지만 막상 당사자는 한동안 말이 없었다. 살인을 할 생각을 하다니, 그러면 되냐고 설교를 하겠지.

설마하니 웃음을 터뜨릴 줄은 전혀 예상하지 못했었다. 처음엔 가슴이 떨리면서 낮게 울리는 소리가 들리더니, 어느새 점차 소리가 커졌고 급기야 너무 웃느라 숨도 제대로 쉬지 못했다.

아까 내가 제대로 들었군. 하지만 사람을 죽이겠다니. 다른 사람도 아니고 매들린이? 농담도 그런 농담이 없었다. 그러나 심각한 표정으로 봐선 매들린은 진심인 것 같았다.

매들린은 던컨의 반응이 맘에 들지 않은 눈치였다. 하지만 아무리 해도 웃음이 나오는 걸 참을 수가 없었다. 그는 매들린을 바닥에 내려놓은 후 도망가지 못하게 양쪽 어깨에 손을 얹었다.

「당신에게 살인을 결심하게 한 그 불쌍한 인간이 누구지? 혹시 우리 집안 사람 중의 한 사람인가?」

「그럴 리가 있어요? 그렇지만 솔직히 내가 심성이 악한 사람이었으면 당신이야말로 제일 첫 번째로 처치했겠지요.」

매들린이 몸을 빼면서 말했다.

「우리 가족 중의 한 사람이 아니면, 당신이 '처치'할 작자가 누구지? 얘기 좀 해봐, 자칭 온순하고 착한 아가씨.」

던컨은 그녀가 살인을 표현하는데 썼던 우스꽝스러운 말을 들먹였다.

「그래요. 난 정말 온순하고 착한 여자라니까요. 몇 번을 말해야 알아듣겠어요?」

침대 위에 앉은 매들린은 필요 이상으로 오랫동안 치마의 주름을 편

다음 무릎 위에 양손을 겹쳤다. 다른 사람을 죽인다는 얘기를 이렇게 쉽게 하다니, 어떻게 그럴 수가 있지?

「누군지 절대 말못해요. 그리고 이건 내 문제니까 신경 쓰지 말아주세요.」

「이번에도 사람을 죽이고 나서 구토를 할 작정인가?」

매들린은 아무 대답이 없었다.

「이번에도 그때처럼 울 거야?」

던컨은 길라드를 공격한 병사를 죽인 뒤에 매들린이 보였던 반응을 나열하고 있었다.

「그 작자를 죽이기 전에 아무것도 안 먹으면 돼요. 그리고 눈물이 나오면 아무도 없는 곳에 들어가서 울면 되구요. 이제 됐어요?」

매들린은 심호흡을 하고 표정을 가다듬었다. 벌써 살인을 저지른 사람처럼 죄의식이 들기 시작했다.

「사람의 생명은 함부로 다루면 안 되지만, 그렇다고 정의를 무시할 순 없어요.」

그 말이 떨어지기가 무섭게 던컨이 다시 배를 잡고 웃기 시작했다.

「난 이제 자야겠어요. 그러니까 나가주세요.」

매들린이 성이 나서 말했다.

「지금 나더러 내 방에서 나가라는 거야?」

던컨이 웃음기가 없는 목소리로 물었다.

「그래요. 내가 너무 무례하게 굴었다면 사과드릴게요. 오늘밤에 여기서 잘 수 있게 해줘서 정말 고마워요. 내일 하인들이 아델라의 방을 깨끗이 치우는 대로 저도 곧바로 제 방으로 돌아갈게요.」

매들린은 숨을 몰아쉬면서 일장연설을 마쳤다. 그녀는 차마 던컨의 눈을 똑바로 볼 자신이 없었다.

「솔직해서 좋군.」

「사실 그래서 손해보는 걸요.」

매들린은 한숨을 쉬면서 고개를 숙이고 무릎에 올려놓은 손을 내려다봤다. 던컨이 빨리 나가줬으면 좋겠다고 생각하던 차에 갑자기 툭 하고 뭔가 떨어지는 소리가 들렸다. 고개를 들었더니, 던컨이 반대쪽 부츠를 마저 벗어서 바닥에 떨어뜨리고 있었다.

「솔직히 셔츠도 안 입고 서 있다니 부끄럽지도 않아요? 이젠 방에서 나가기 전에 미리 옷을 다 벗고 나갈 생각이에요? 레이디 엘러너 앞에서도 이런 식으로 활보하고 다니는지 궁금하네요.」

매들린은 얼굴이 달아오르는 걸 느꼈지만 던컨을 아예 무시하기로 마음먹었다. 그렇게도 자기 몸을 과시하고 싶다면 해보라지. 난 눈을 꼭 감고 있으면 되니까. 어디 잘 자라는 인사를 해주나 봐라.

매들린은 살짝 살짝 곁눈질을 하면서 던컨을 훔쳐봤다. 그는 벽난로 앞에 무릎을 꿇고 앉아서 통나무를 하나 던져 넣었다. 하마터면 매들린은 고맙다는 말을 할 뻔했다. 이제 던컨은 무시하기로 마음먹었잖아. 저 사람이 옆에 있으면 정신이 산란해진다니까.

던컨은 몸을 일으키고 문가로 걸어갔다. 그리고는 예고도 없이 갑자기 널빤지를 쇠로 만든 고리 안에 차례로 밀어 넣었다. 매들린은 너무 놀라서 눈이 커다래졌다. 자신은 이제 여기 갇히고 말았다. 하지만 정말 문제가 되는 건 던컨이 이 방 안에 있다는 사실이었다. 아무리 제대로 교육받은 온순하고 착한 처녀라고 해도 그게 뭘 의미하는지 착각할래야 착각할 수가 없었다.

격분한 매들린은 침대에서 벌떡 일어난 다음 문가로 달려갔다. 어서 여기서 빠져나가야 돼.

던컨은 매들린이 한참 동안 빗장을 풀려고 끙끙대는 모습을 지켜봤다. 하지만 생각했던 대로 빗장 밑에 있는 자물쇠가 워낙 보기 드문 거라 문을 열지 못하고 있었다. 저렇게 해봐야 밤을 새도 문이 열릴 리가 없지. 던컨은 매들린의 기분을 생각해서 속옷은 벗지 않기로 마음먹었다. 그도 그럴 것이 매들린은 당장이라도 폭발할 것 같은 모습이었으니까.

「침대로 돌아와, 매들린.」

던컨은 침대보 위에서 몸을 쭉 펴면서 말했다.

「당신…… 옆에서 잘 순 없어요.」

매들린이 말을 더듬었다.

「우린 전에도 잠자리를 같이…….」

「그 텐트 안에서 한번 그런 적이 있었지요. 하지만 그때는 어쩔 수 없는 상황이었잖아요. 너무 추워서 체온을 나눌 수밖에 없었어요.」

「아니. 그날 이후로 난 매일 밤 당신 곁에서 잤어.」

던컨이 폭탄 선언을 했다.

「말도 안 되는 소리는 하지도 말아요!」

매들린은 애써 험상궂은 표정을 지으면서 말했다.

「정말이야.」

던컨이 씩 웃었다.

「어쩌면 그렇게 거짓말을 쉽게 할 수가 있어요?」

매들린은 몸을 다시 돌리고 빗장을 풀기 위해서 안간힘을 썼다. 하지만 괜히 애꿎은 엄지손가락에 가시만 박히고 말았다. 매들린은 성이 나서 소리를 꽥 질렀다.

「아야야! 이게 뭐야. 당신 때문에 이 망할 놈의 가시만 손가락에 박혔잖아요!」

매들린은 뭐라고 계속 투덜대면서 고개를 숙이고 엄지손가락을 들여다봤다.

던컨은 한숨을 내쉬었다. 그 소리가 얼마나 컸는지 방 안 전체에 퍼질 정도였다. 던컨은 인기척도 없이 다가와서 매들린의 손을 붙잡았다. 기겁을 한 매들린은 뒤로 펄쩍 뛰다가 던컨의 턱을 머리로 강타하고 말았다.

「당신은 움직이는 것도 늑대하고 똑같아요.」

매들린은 별다른 저항 없이 던컨의 손에 붙들려서 난로 쪽으로 갔다.

「칭찬으로 한 말이 아니니까, 그만 웃어요.」

던컨은 벽난로의 선반 위에서 바늘처럼 끝이 날카로운 단검을 집어들었다. 매들린은 눈을 꼭 감고 있다가 손끝이 따끔거려서 눈을 떴다. 잘

감시해야지. 잘못 하다가 엄지손가락을 잘릴지도 몰라.

매들린이 몸을 숙이는 통에 던컨은 엄지손가락을 제대로 들여다 볼 수가 없었다. 그는 매들린의 손을 불빛을 향해 들어올렸다. 순간 두 사람의 이마가 부딪혔다. 하지만 둘 중 어느 누구도 얼굴을 치우려고 하지 않았다.

던컨의 몸에서 좋은 냄새가 나.

매들린의 몸에서 또 장미향기가 나는군.

결국 가시는 손끝에서 빠져 나왔다. 매들린은 신뢰감이 가득 담긴 표정으로 물끄러미 던컨을 올려다봤다. 던컨은 저도 모르게 좌절감을 느끼고 얼굴을 찌푸렸다. 매들린이 저렇게 쳐다보고 있으면, 부둥켜안고 키스하고 싶다는 생각만 머릿속에 가득 찼다. 제길. 어떻게 눈빛만 마주쳐도 안고 싶은 마음이 들 수가 있지?

벽난로 선반 위에 단검을 올려놓은 던컨은 매들린의 손을 꼭 붙들고 침대로 끌고 갔다.

「가시 하나 빼낼 재간도 없으면서 사람을 죽일 생각을 해?」

던컨이 중얼거렸다.

「당신하고 같은 침대를 쓸 순 없어요. 당신처럼 거만하고 고집이 센 남자는 정말이지 처음 봤어요. 이젠 더 이상 못 참겠어요.」

매들린이 소리를 버럭 질렀다. 하지만 던컨과 너무 가까이 붙어 있었던 게 실수였다. 그는 말 그대로 매들린을 번쩍 들어올리더니 퍽 소리와 함께 자신의 몸 위에 떨어뜨렸다. 그런 다음 어깨로 툭 쳐서 침대에 떨어지게 옆으로 밀어버렸다.

던컨은 매들린을 대놓고 무시할 생각인지 눈을 감아버렸다.

「날 그렇게 꼴 보기 싫어하는 사람이 옆에서 잠을 잘 생각은 왜 해요? 그리고 그 얘긴 지어낸 말이죠? 우리가 그 동안 계속 같이 잤으면 내가 기억을 못할 리가 없잖아요.」

매들린은 던컨의 얼굴을 정면으로 쳐다보면서 따졌다.

「당신이라면 잘 때 누가 업어가도 모를 걸. 그리고 난 당신을 꼴 보기 싫다고 생각한 적이 없어, 매들린.」

던컨은 눈을 감은 채로 미소지었다.

「당신은 날 증오해요. 그러니까 갑자기 그 마음을 바꿀 생각은 하지 말아요.」

매들린이 반박을 했다.

한참 동안 기다렸지만 던컨은 아무 대꾸도 하지 않았다.

「내가 섣불리 행동만 안 했으면 당신 같은 사람을 만나지 않았을지도 몰라요. 당신을 구하겠다고 덤벼들었으니, 정말 내가 미쳤지. 그런데 지금까지 당신은 날 어떻게 대접했어요? 이런 데까지 억지로 끌고 오질 않나, 남의 성질만 버리게 만들지 않나. 그 사이에 벌써 내가 길라드의 생명도 구했다는 사실도 잊어버렸나보죠? 참 편리한 사고방식이네요.」

계속 눈을 감고 있으니까 무슨 생각을 하는지 알 수가 없잖아. 매들린이 화가 나서 속으로 생각했다.

「이젠 아델라까지 돌보는 신세가 되고 말았어요. 그것도 왠지 당신이 뒤에서 꾸민 일이 아닐까 의심스러워요.」

매들린은 눈살을 찌푸리면서 계속 말을 이었다.

「나야말로 당신이 꾸민 책략에 희생당한 사람이에요. 이젠 인정할 때도 됐잖아요. 당한 사람은 당신이 아니라 바로 나라구요. 그 동안 내가 겪은 일을 생각해보면……」

순간 코고는 소리가 찬물을 끼얹었다. 화가 머리끝까지 치민 매들린은 귀에 대고 소리를 꽥 질러버리고 싶었지만 차마 엄두가 안 났다.

「누군가를 증오해야 할 사람은 바로 나예요. 내 나름대로 세운 계획이 있어서 망정이지, 안 그랬으면 당신에게 안 좋은 마음을 품었을 거예요. 당신 때문에 평판이 안 좋아져서 이젠 혼인도 제대로 못하게 됐어요. 솔직히 말해서 그래봐야 오라버니만 손해보는 셈이긴 하지만. 전부터 돈을 제일 많이 싸다 안겨주는 사람에게 날 팔겠다고 떠들어댔거든요. 이젠 날 보기만 해도 당장 죽이려고 하겠지요. 이게 모두 당신 탓이에요.」

매들린은 마지막 말을 특히 강조했다.

「당신 같은 사람에게 무슨 약조를 받아내겠어요? 아델라에게 그렇게 하겠다고 약속을 했는데……」

매들린이 하품을 하느라고 말을 끝까지 잇지 못했다.

그제야 던컨이 몸을 움직였다. 하품하느라 감았던 눈을 떴더니 어느새 던컨은 자신에게 몸을 굽히고 있었다. 두 사람의 얼굴이 닿을락 말락하면서, 뜨겁고 달콤한 숨결이 매들린의 뺨을 간지럽혔다. 던컨은 한쪽 허벅지로 매들린을 움직이지 못하게 누르고 있었다.

어떡해. 이 사람 밑에 깔리고 말았잖아!

「날 억지로 어떻게 해보겠다면 나도 생각이 있어요. 당신이 저지른 짓을 레이디 엘러너에게 말하겠어요.」

매들린이 불쑥 말했다.

또 시작했군. 던컨은 천장을 향해 눈을 부라렸다.

「이봐. 당신 머릿속엔 오로지 내가 억지로 어떻게……」

매들린은 손으로 던컨의 입을 살짝 쳤다.

「조용히 해요. 그럴 생각이 없다는 사람이 남의 몸에 다리는 왜 휘감고 있어요?」

미리 짜기라도 한 것처럼 서로의 입에서 동시에 한숨이 흘러나왔다.

「당신 때문에 바보가 된 기분이 들잖아요.」

「언제는 바보가 아니었나?」

던컨이 심드렁하게 대꾸했다.

「옆으로 좀 가요. 그렇게 코끼리 같은 몸으로 누르고 있으니까 숨을 쉴 수가 없잖아요.」

던컨은 몸을 들어올리고 양쪽 팔꿈치로 몸무게를 지탱했다. 서로의 하복부가 밀착되면서 매들린의 몸에서 나는 열기가 고스란히 느껴졌다.

「나한테 무슨 약조를 받아내고 싶어?」

「사실은 내일까지 기다리려고 했어요. 아니, 당신이 좀 기분이 좋아보일 때……」

매들린은 누가 쫓아오기라도 하는 것처럼 허겁지겁 말을 이었다.

「매들리이인.」

길게 잡아 늘여서 부른 이름이 곧바로 긴 한숨으로 이어졌다. 꾹 다문 입술과 긴장한 턱을 보니 던컨은 짜증을 내기 일보직전인 듯했다.

「어떤 상황이 온다고 해도 아델라가 원하는 한 여기서 살 수 있게 해줘요. 억지로 혼인을 시키지 않는다는 약속도 해주세요. 어때요, 이 정도면 알아듣겠어요?」

던컨이 얼굴을 찌푸렸다.

「내일 아델라하고 얘길 해봐야겠군.」

「아델라는 당신이 무서워서 제대로 말도 못해요. 하지만 내가 당신에게 약조를 받았다는 얘기를 들으면 아델라도 완전히 달라질 테니까 두고봐요. 아델라는 지금 아주 불안한 상태예요. 그러니까 당신이 부담을 조금만 덜어주기만 해도 마음이 한결 가벼워질 거예요.」

던컨은 웃음이 나오려고 했다. 역시 예상했던 대로 매들린은 아델라의 보호자 역할을 떠맡기로 작정한 모양이었다. 던컨은 계획했던 대로 착착 맞아떨어져서 흡족했다.

「알았어. 아델라한테 내가 약속을 했다고 말해. 제럴드에게는 내가 말을 하면 되겠군.」

「제럴드는 결혼 상대자를 새로 찾아야겠군요. 아델라 말로는 파혼당한 거나 진배없다고 하던데요. 분명히 순결한 여자를 찾으려고 하겠지요. 정말 맘에 안 드는 사람이에요.」

「사람을 만나기도 전에 그런 식으로 비난해도 되는 거야?」

던컨이 성난 목소리로 말했다.

「제럴드도 아델라가 무슨 일을 겪었는지 알아요?」

매들린이 찡그린 얼굴로 물었다.

「지금쯤이면 영국 전역에서 모르는 사람이 없겠지. 로던이 알아서 손을 써뒀을 테니까.」

「우리 오라버니란 작자는 정말 사악한 인간이에요.」

「버튼 삼촌도 그렇게 생각을 하시던가?」

「우리 삼촌의 성함은 어떻게 알았어요?」

「당신이 말해줬잖아요.」

눈을 동그랗게 뜬 매들린을 보자 던컨은 미소가 절로 나왔다.

「언제요? 그런 말을 한 기억이 전혀 없어요.」

「당신이 아팠을 때 나에게 삼촌에 관해서 모두 얘기해줬어.」

「글쎄, 기억이 안 난다니까요. 그리고 어떻게 그 말을 다 듣고 있어요? 사람이 예의가 좀 있어봐요.」

「당신 목소리가 좀 컸어야지.」

던컨이 그때 일을 떠올리고 씩 웃으면서 말했다.

분명히 날 약올리려고 과장을 하는 거야.

「그럼 내가 또 무슨 말을 했는지 말해봐요.」

매들린이 의심스럽다는 듯이 말했다.

「너무 많아서 하나 하나 얘기하면 밤을 샐 텐데. 그냥 있는 말 없는 말 모두 털어놨다고 생각해.」

「있는 말 없는 말 모두 털어놨다니, 그게 무슨 소리예요!」

매들린이 충격 받은 얼굴로 물었다.

어쩌지? 혹시 '당신하고 키스하는 게 얼마나 좋은지 모르겠다'는 말을 떠들어댔으면 어떻게 해.

던컨의 눈이 장난기로 반짝 반짝 빛났다. 날 약올리려고 한 말일지도 몰라. 그렇게 생각하니까 맘에 안 들었다. 저 얼굴에서 미소가 싹 가시게 한 방 먹여줘야지.

「내가 침대에 끌어들인 남자들 이름도 들었겠군요. 어쩌지요? 이제 내 정체를 들켰으니 속임수도 통하질 않겠네요.」

매들린이 한숨을 내쉬면서 말을 마쳤다.

「우리가 만난 순간에 벌써 당신 정체는 들통이 났어.」

던컨이 부드러운 목소리로 말했다.

순간 매들린은 꼭 애무를 받은 느낌이 들었다.

「그게 무슨 뜻이에요?」

「당신은 말이 너무 많아서 탈이야.」

던컨이 미소를 지으면서 말했다.

「우습지도 않네요. 이번 주 내내 날 무시한 사람이 누군데 그래요. 그래서 당신하고 몇 마디 하지도 않았는데 어떻게 그런 말이 나와요?」

「난 사실을 말했을 뿐이야.」

던컨은 매들린을 뚫어져라 쳐다보면서 대꾸했다. 격분한 매들린의 초록색 눈동자에서 불꽃이 튈 것만 같았다. 매들린은 언제나 약을 올리면 반응을 바로 바로 보인다니까. 그만 둬야 한다는 생각도 들었지만 매들린의 반응을 보는 게 너무 재밌었다.

「내 말을 듣는 게 별로 달갑지 않다, 이 말이죠?」

매들린이 성난 고양이처럼 사납게 물었다.

「그래.」

갑자기 던컨이 짓궂은 악당처럼 보였다. 이마에 스르륵 흘러내린 검은 머리칼, 이를 드러내고 히죽대는 모습. 아마 성인군자가 와도 화를 안 내고는 못 배기리라.

「그럼 다시는 당신하고 말을 안 하겠어요. 내가 하늘에 맹세컨대 절대 말을 안 할 거예요. 이제 속이 시원해요?」

던컨이 다시 고개를 끄덕거렸다.

매들린은 심호흡을 한 뒤 '어쩜 그렇게 무례할 수가 있느냐'고 말을 할 참이었다. 하지만 갑자기 던컨이 고개를 숙이더니 입술을 그녀의 입술에 살짝 비볐다. 깜짝 놀란 매들린은 일순 잠잠해졌다.

매들린은 자진해서 입술을 벌리고 딘컨의 혀를 받아들였다. 던컨은 매들린의 얼굴을 감싸면서 천천히 혀로 입 안을 구석구석 애무했다. 손가락 사이에 매들린의 매끄러운 머리카락이 얽혔다.

어느새 키스는 점점 더 진해지기 시작했다. 서로의 혀가 얽히고, 또 얽혔다. 던컨은 매들린을 안고 싶어서 미칠 것만 같았다. 도저히 안 되겠다 싶어 몸을 빼려고 하는데, 매들린이 머뭇머뭇 대면서 등을 쓰다듬었다. 하지만 키스가 다시 깊어지면서 등을 쓰다듬는 손길도 점점 대담해졌다. 두 사람의 뜨겁고 촉촉한 입술은 끊임없이 상대방을 갈구했다.

매들린이 몸을 부르르 떨면서 신음 소리를 냈다. 순간 던컨은 자제심을 있는 대로 끌어 모아서 입술을 뗐다.

애욕으로 습기를 머금은 눈동자와 새빨간 입술. 던컨은 어떻게든 다시 그 입술을 맛보고 싶어서 몸이 떨렸다. 하지만 어차피 안지 못한다면 지금 그만두는 게 나았다.

던컨은 좌절감 때문에 끙 신음을 내면서 옆으로 몸을 굴렸다. 그는 매들린의 허리에 팔을 감고 몸 위에 올려놓았다.

매들린은 눈물이 나올 것만 같았다. 던컨이 키스를 하면 왜 반항을 못하는 걸까? 아니, 그것보다 던컨에게 키스를 하지 않으려고 해도 도저히 그렇게는 안 되는걸. 내 자신이 혐오스러워. 왜 이렇게 매춘부처럼 헤프게 구는 걸까?

던컨이 손끝 하나만 대도 매들린은 이성을 완전히 잃었다. 심장은 미친 듯이 박동 치고, 몸이 뜨거워졌고, 끊임없이 더 많은 것을 갈구하는 마음이 타올랐다.

갑자기 던컨이 하품을 길게 했다. 이런 키스쯤은 아무렇지도 않다는 말이지. 어쩌면 저렇게 기분 나쁜 사람이 있을까. 정말 상종하지 못할 사람이야. 하지만 그런 생각을 하면서도 매들린은 던컨의 가슴에 등을 바짝 밀어붙였다. 갑자기 던컨이 신음 소리를 내더니 매들린의 허리를 양쪽에서 붙들고 꼼짝도 못하게 했다.

어쩜 저렇게 자기 생각만 할 수가 있지! 잠옷도 아니고 가운을 입고 자는 게 얼마나 불편한지 눈치도 못 챘나? 편하게 하려고 움직였더니. 갑자기 던컨이 몸을 부르르 떨었다. 또 잔소리를 할지도 모르겠네. 아휴. 이젠 나도 모르겠다.

매들린은 너무 지쳐서 하품을 하다가 이내 잠이 들었다.

하지만 던컨은 극도로 힘든 시험을 당하고 있었다. 매들린이 등을 조금만 더 움직인다면 끝장이라는 것쯤은 알고 있었다. 그는 눈을 꼭 감고 숨을 가다듬었다. 열까지 세면 좀 괜찮아 질 거야.

　던컨의 품에 폭 안겨서 잠이 든 순진한 아가씨는 자신이 어떤 위험에 처했는지 전혀 모르고 있었다. 일주일 내내 던컨은 매들린의 엉덩이에 정신을 뺏기고 있었다. 살짝 살짝 엉덩이를 흔들면서 걷는 모습이 머리에 떠올랐다.

　다른 사람들도 나처럼 이런 느낌을 받을까? 던컨은 저도 모르게 얼굴을 찌푸렸다. 병사들이 어떤 시선으로 매들린을 훔쳐보는지 던컨도 직접 목격해서 알고 있었다. 충성심이 강한 앤서니만 해도 태도가 완전히 변하고 말았다. 처음엔 잔뜩 못마땅한 표정으로 침묵만 지키고 있었는데 일주일이 채 가기도 전에 매들린에게 한마디라도 더 하려고 정신이 없었다. 그리고 전처럼 뒤에 뚝 떨어져서 걷지 않고 매들린 바로 옆에 딱 달라붙어서 다녔다.

　앤서니 대신 자신이 그 자리에 있기를 얼마나 바랐는지!

　던컨은 매들린에게 끌리는 앤서니를 나약하다고 탓할 수가 없었다. 하지만 길라드는 조금 사정이 달랐다. 확실히 매들린에게 완전히 빠진 눈치였는데, 아무래도 문제가 될 소지가 있었다.

　매들린이 옴죽거리기 시작했다. 던컨은 또다시 고통스러운 열망에 휩싸였다. 그는 외마디 소리를 내면서 침대보를 획 하고 걷어버렸다. 하지만 매들린은 잠에서 깨지 않았다.

　「남의 속도 모르고 갓난아기처럼 잘만 자는군.」

　던컨은 침대에서 나와 문가로 걸어갔다.

　호수에 가서 한 번 더 수영을 할 작정이었다. 몇 가지 문제를 매듭짓기 전엔 매들린을 안고 싶어도 안을 수가 없었다. 아무래도 체념하고 수영을 좀더 자주 하는 수밖에 없을 것 같았다. 이제는 그 목적이 심신단련이 아니라 잔뜩 흥분한 하복부를 식히기 위해서였지만.

　제기랄. 정말 한심해서 못 봐주겠군. 던컨은 문을 쾅 닫고 나갔다.

12

「그래서 말이에요, 아델라. 갓 태어난 아기를 요모조모 살펴보고 뭔가 흠이 있다 싶으면, 스파르타인들의 아버지는 창 밖으로 던지거나 아니면 절벽에서 떨어뜨렸대요. 어머나. 내 말을 듣고 충격을 받았군요. 그럴 줄 알았어요. 하지만 버튼 삼촌이 분명히 그렇게 말씀하셨는 걸요. 그리고 삼촌은 재미있으라고 일부러 과장을 섞어서 말씀하실 분은 아니에요.」

「스파르타 출신의 여자들은 어땠대요?」

아델라가 호기심이 가득한 목소리로 물었다. 던컨의 여동생은 가구를 재배치하고 있는 매들린을 방해하지 않으려고 침대 끄트머리에 앉아 있었다. 하녀들이나 하는 일이니까 그만두라고 수도 없이 말했지만 매들린은 직접 하겠다고 끝까지 고집을 피웠다.

　매들린과 마음을 열고 친구가 된 지 삼 주가 조금 넘었다. 일단 자신이 겪었던 시련을 솔직히 털어놓자 죄의식도 덜해지고 마음의 상처도 아물기 시작했다. 매들린이 했던 말이 맞았어. 자신이 그런 끔찍한 얘기를 했는데도 매들린은 전혀 충격을 받은 것 같지가 않았다. 이상한 일이지만, 그래서 더 도움이 되는 것 같았다. 매들린은 아델라를 이해하긴 했지만 불쌍하게 생각하지는 않았다.

　아델라는 매들린의 충고를 듣고 그대로 따랐다. 매들린이라면 어떻게 해야 제일 좋은지 알고 있으리라는 믿음 때문이었다. 아델라는 과거는 되돌릴 수 없다는 사실을 받아들였고, 이젠 모든 걸 잊기 위해서 노력하고 있었다. 모두 매들린의 충고를 따른 덕이었다. 물론 말처럼 쉽지 않은 일이었지만 매들린의 무조건적인 헌신과 우정에 힘입어 조금씩 고민에서 벗어날 수 있었다. 그리고 일주일 전에 월경을 다시 시작하면서 걱정거리도 하나 덜었다.

　매들린은 아델라에게 새로운 세상을 눈뜨게 해줬다. 매들린의 입에서 흘러나온 이야기들은 너무나 진귀하고 재미있어서 듣다보면 시간 가는 줄 몰랐다. 매들린은 어쩌면 그렇게 기억력이 좋고 아는 게 많은지! 얘기를 듣다보면 또 새로운 얘기를 듣고 싶어서 벌써부터 좀이 쑤셨다.

　아델라는 매들린을 보면서 슬며시 미소지었다. 매들린의 지금 모습은 정말 가관인걸. 먼지가 묻어서 콧날은 거뭇거뭇했고, 머리에 묶어놓은 초록색 리본은 조금씩 풀리고 있었다.

　매들린은 일손을 잠시 멈추고 빗자루에 몸을 기댔다.

　「내가 하는 얘기가 재미가 있나보죠?」

　매들린은 흘러내린 곱슬머리를 쓸어 올리다가 또 이마를 지저분하게 더럽히고 말았다.

　「스파르타 출신의 여자들도 분명히 남자들처럼 품위가 없고 무시무시했겠지요. 그렇지 않고서야 어떻게 그런 남자들 틈에서 목숨을 보존하고 살았겠어요?」

　아델라가 깔깔대면서 웃었다. 그 소리를 듣고 매들린은 마음이 따뜻

해지는 걸 느꼈다. 아델라가 그 사이에 얼마나 변했는지 깜짝깜짝 놀랄
정도였다. 눈에선 생기를 찾았고, 무엇보다 자주 웃었다.

「새로 오신 신부님 앞에서는 이런 얘길 하면 안 되겠지요? 앞으로
조심해야겠어요.」

아델라가 작게 말했다.

「빨리 뵙고 싶네요. 진작부터 성직자가 옆에 있었으면 웩스턴 형제
들도 조금은 달라졌을지도 몰라요.」

「아뇨. 전에는 존 신부님이라고, 성직자를 한 분 모시고 있었어요.
하지만 그분이 돌아가시고 성당이 불에 탄 뒤로는 다들 냉담하게 됐어
요. 그나저나 빨리 스파르타인들에 관해서 더 얘기해줘요.」

「잘은 몰라도 여자들은 스무 살 전후가 되면 모두 살이 뒤룩뒤룩 쪘
을 거예요. 삼촌에게 들은 얘기가 아니고 추측한 거라 정확하진 않지만
요. 그리고 침대에 남자를 여러 명씩 끌어들였다는 얘기도 있어요.」

매들린은 숨을 헉 하고 들이마시는 아델라를 보고 만족스럽게 고개를
끄덕였다.

「한 번에 한 사람 이상을 상대했다구요?」

아델라가 얼굴을 붉히면서 작게 속닥거렸다.

매들린은 아랫입술을 자근자근 물어뜯으면서 그게 가능한 일인지 심
각하게 생각해봤다.

「내 생각엔 그랬을 것 같진 않아요.」

한참만에 매들린이 대답했다. 매들린은 문에 등을 보이고 서서 말을
했고, 아델라 역시 이야기에 정신이 팔려 있었다. 그래서 두 사람 모두
던컨이 문가에 서 있다는 사실을 까맣게 모르고 있었다.

던컨이 앞으로 나서려고 하는데 매들린이 입을 열었다.

「한 번에 여러 남자 밑에 깔리는 건 불가능할 걸요.」

아델라는 킥킥대고 웃었고, 매들린은 어깨를 으쓱해 보였다. 그리고
던컨은 어처구니가 없어서 천장을 한번 올려다봤다.

매들린은 빗자루를 벽에 세워 놓고 침대 옆에 놓인 궤짝 앞에 무릎을

꿇고 앉았다.

「이걸 옮기기 전에 먼저 안에 있는 내용물을 모두 꺼내야겠어요.」

「하던 얘기나 계속 해줘요.」

아델라가 졸라댔다.

「스파르타에서는 금욕이란 단어가 존재하지 않았대요. 그래서 결혼을 안 하면 죄를 짓는 거나 다름이 없었답니다. 미혼 여성들은 미혼 남자를 찾아서 떼거지로 거리를 활보하고 다녔대요. 그래서 남자를 찾으면 위에서 깔아뭉갰다는군요.」

「깔아뭉개다니, 그게 무슨 말이에요?」

「남자를 깔아뭉개고 피가 솟구칠 때까지 때렸대요. 이건 진짜 있었던 일이에요.」

매들린이 궤짝 안에 머리를 쑥 밀어 넣은 채 큰소리로 말했다.

「다른 얘기는 없어요?」

「젊은 남자들은 한번도 본 적이 없는 낯선 여자들하고 함께 깜깜한 방에 갇혔대요. 그리고 아마…… 내가 무슨 말을 하려는지 아델라도 알지요?」

매들린은 궤짝 안에 쌓인 먼지 때문에 재채기를 했다.

「남편의 얼굴을 보기도 전에 임신을 하는 여자들도 있었대요.」

그녀는 몸을 일으키다가 궤짝의 덮개에 머리를 부딪혔다. 아픈 자리를 문지르는 와중에 느슨해진 리본이 풀어져버렸다.

「이건 말하기가 좀 뭐 하지만 그래도 얘기할게요. 던컨을 보고 생각한 건데, 아마 레이디 엘러너는 깜깜한 방을 더 좋아할 것 같아요.」

매들린은 농담으로 한 말이었는데 갑자기 아델라가 당황해서 어쩔 줄 몰라했다. 바로 직전에 문가에 서 있는 던컨의 모습을 발견한 것이다.

「내가 너무 품위 없는 말을 했어요. 던컨은 이 성의 영주이고, 무엇보다 아델라에겐 오라버니잖아요. 그러니까 그런 얘길 해서 기분을 상하게 하면 안 되는 건데…… 정말 미안해요.」

「사과는 받아주기로 하지.」

던컨의 쩌렁쩌렁한 목소리를 듣고 화들짝 놀란 매들린은 궤짝에 다시 머리를 찧고 말았다. 그녀는 고개를 돌리고 던컨을 쳐다봤다.

「언제부터 거기 서 있었어요?」

매들린은 수치심 때문에 얼굴을 붉히면서 천천히 몸을 일으켰다.

던컨은 아무 말 없이 문가에 서서 매들린을 지켜보고만 있었다. 매들린은 가운에 잡힌 주름을 펴다가 허리 위 부분에 커다랗게 얼룩이 진 걸 발견했다. 그녀는 재빨리 양손을 포개서 더럽혀진 자리를 대강 가렸다. 머리칼이 흘러내려서 왼쪽 눈을 가렸지만, 차마 손을 들어올릴 수가 없었다. 그랬다간 가운에 지저분하게 얼룩진 자국을 던컨도 보게 될 것 아닌가.

난 던컨에게 붙들린 포로일 뿐이야. 그런데 지저분하게 보이건 말건 무슨 상관이야? 매들린은 흘러내린 머리칼을 입으로 훅 하고 불면서 일부러 심각한 표정을 지으려고 애썼다.

하지만 맘처럼 쉽지가 않았다. 매들린의 마음을 꿰뚫어 본 던컨은 절로 미소가 나왔다. 매들린은 전과는 다르게 갈수록 감정을 쉽게 내보였다. 던컨은 그래서 마음이 유쾌해졌다. 물론 매들린의 단정치 못한 모습도 맘에 쏙 들었지만.

매들린은 던컨이 더러워진 가운을 보고 비웃는 거라고 생각했다. 머리끝에서 발끝까지 샅샅이 훑어보는 그의 모습을 보고 있자니 그런 생각은 더욱더 확고해졌다.

「방에 올라가서 내가 갈 때까지 기다리고 있어, 매들린.」

「이 일을 먼저 끝내면 안 돼요?」

매들린이 온순한 목소리를 내려고 애쓰면서 물었다.

「안 돼.」

「이봐요, 던컨. 아델라는 방 분위기를…….」

하마터면 해선 안 될 말을 할 뻔했다. 아델라는 탑 위에 있는 매들린의 방처럼 방 분위기를 안락하게 만들고 싶어했다. 매들린이 방을 어떻게 바꿔놨는지 알게 되면 던컨은 화가 나서 펄쩍 뛸지도 모른다.

매들린은 고개를 돌리고 아델라를 쳐다봤다. 불쌍한 아델라는 양손을 꼭 붙들고 바닥만 내려다보고 있었다.

「오라버니한테 인사하는 걸 잊으면 어떻게 해요, 아델라.」

「어서 오세요, 영주님.」

아델라는 고개를 들지도 않고 작게 속삭였다.

「세상에, 오라버니에게 영주님이 뭐예요.」

매들린은 던컨을 째려봤다. 어디, 아델라에게 딱딱거리기만 해봐라.

던컨은 '갑자기 왜 그러냐'는 듯이 한쪽 눈썹을 치켜 올렸다. 이번엔 매들린이 계속 머리로 아델라를 가리켰지만 여전히 못 알아듣고 어깨만 또 으쓱거렸다.

「누이동생한테 인사도 안 해줄 참이에요, 던컨?」

「지금 날 가르치려고 드는 건가?」

「당신이 아델라를 무섭게 하는 꼴은 못 봐요.」

던컨은 웃음이 나오는 걸 간신히 참았다. 소심하기만 했던 매들린은 이제 아델라의 보호자 노릇을 단단히 하고 있었다.

「그래, 아델라. 오늘은 기분이 좀 괜찮으냐?」

던컨은 매들린을 한번 노려보고 아델라에게 말했다. 아델라는 고개를 끄덕이더니 슬그머니 던컨을 보고 미소지었다. 인사 한번 했더니 태도가 아예 확 바뀌는군. 던컨이 놀라서 속으로 중얼거렸다.

던컨은 방에서 나가려고 몸을 돌렸다. 빨리 여기서 나가지 않으면 매들린에게 또 무슨 소리를 듣겠군.

「매들린을 여기 더 있으라고 하면…….」

「오라버니의 말을 거역하면 안 돼요, 아델라.」

매들린은 던컨이 혹여 버럭 고함이라도 칠까봐 겁이 나서 아델라의 말을 가로챘다.

그녀는 치마를 들고 던컨의 뒤를 따라 나가면서 어깨 너머로 한마디 덧붙였다.

「뭔가 이유가 있으니까 나더러 방에 올라가 있으라고 했겠지요. 나더러 왜 방에 올라가 있으라고 했어요?」

던컨의 걸음걸이를 따라잡기 위해서 매들린은 달릴 수밖에 없었다. 층계 앞에 섰을 때 던컨은 몸을 돌렸다. 그러다가 문득 얼룩덜룩해진 그녀의 콧등에 시선이 머물렀다. 그는 엄지손가락으로 얼룩을 닦아냈다.

「쯧쯧. 얼굴이 먼지투성이라 지저분하군. 나도 스파르타인들처럼 당신을 창 밖으로 던져버릴까?」

「이보세요. 스파르타인들은 포로를 창 밖에 던지는 짓은 안 했어요. 뭔가 결함이 있는 갓난아이들만 그렇게 했다구요. 다들 전사로서는 나무랄 데가 없었지만 마음은 차가운 사람들이었지요.」

「스파르타인들은 철저한 통제하에서 지배를 했었지.」

던컨의 엄지손가락이 천천히 매들린의 아랫입술을 쓰다듬었다.

「동정심 같은 건 끼여들 여지가 없었어.」

매들린은 발이 달라붙은 것처럼 꼼짝도 할 수가 없었다.

「그래요?」

「그래. 지배자는 원래 그런 식으로 통치를 하는 거야.」

「아니에요.」

「내 말이 맞아. 그래서 스파르타인들은 무적이었지.」

「스파르타인들을 본 적이 있어요, 던컨?」

매들린이 더듬대면서 물었다.

너무 우스꽝스러운 질문이라서 던컨은 미소가 절로 나왔다.

「과거에는 무적이었을지도 몰라요. 하지만 지금은 모두 사라지고 아무도 남아 있지 않다구요.」

매들린이 떨리는 목소리로 말했다.

던컨은 매들린을 강렬한 시선으로 바라보면서 천천히 품에 끌어당겼다. 하지만 실망스럽게도 키스는 하지 않았다.

매들린은 한숨을 내쉬었다.

「이젠 나도 더 이상 참지 않아.」

던컨이 고개를 숙이고 입술을 가까이 대면서 속삭였다.

「그래요?」

매들린이 숨을 가쁘게 몰아쉬면서 물었다.

「그래.」

던컨은 뭔가에 화가 난 사람처럼 성난 목소리로 대꾸했다.

「이젠 키스해도 좋아요. 참을 필요가 없다구요.」

던컨은 아무 말 없이 매들린의 손을 잡더니 위층으로 끌고 올라갔다.

「당신은 얼마 안 있으면 포로 신세에서 벗어나게 될 거야.」

「그럼 날 여기까지 데리고 온 게 실수라는 걸 인정하는 거예요?」

매들린이 겁먹은 목소리로 물었다.

「난 절대로 실수는 안 하는 사람이야, 매들린.」

두 사람은 탑 꼭대기에 있는 매들린의 방에 도착했다. 던컨이 문을 열려고 하자 갑자기 매들린이 몸으로 막았다.

「문은 나도 열 수 있어요. 그리고 당신도 인간인 만큼 분명히 실수를 할 거예요. 나야말로 당신이 저지른 실수 중에서도 제일 최악의 실수라니까요.」

이런. 내가 말을 잘못 했잖아. 나를 포로로 붙잡은 게 최악의 실수라고 말 할 참이었는데. 매들린은 엉겁결에 자신을 모욕하는 짓을 하고 말았다.

던컨은 미소를 지으면서 매들린을 밀치고 문을 열었다. 그러자 매들린은 잽싸게 방에 먼저 들어가서 문을 쾅 하고 닫으려고 했다. 하지만 가만히 보고만 있을 던컨이 아니었다. 난 이제 큰일 났어. 매들린은 몸을 사리면서 속으로 중얼거렸다.

방을 둘러본 던컨은 한동안 눈을 의심했다. 황량한 감옥 같았던 방은 어느새 사라지고 손님을 들여도 될 만큼 안락한 분위기를 자아내고 있었다. 말끔해진 벽 중앙에는 베이지 색의 커다란 태피스트리가 걸려 있었다. 정복왕(征服王) 윌리엄이 치렀던 마지막 전투를 소재로 다룬 태피스트리 속의 병사들은 청색과 붉은 색으로 자수가 놓여 있었다. 간단한 디자인이긴 했지만 보기에 아주 좋았다.

침대에는 청색 퀼트가 깔려 있었고, 벽난로 앞에는 커다란 의자 두개가 비스듬하게 놓여 있었다. 붉은 색 쿠션을 얹혀놓은 의자 앞쪽에는 각각 발 받침대가 하나씩 있었다. 던컨은 문득 아직 완성되지 않은 태피스트리가 의자 옆에 세워져 있는 걸 발견했다. 바닥에 달라붙은 갈색 실들도 눈에 들어왔다. 지금까지 진행된 바느질만으로도 디자인의 윤곽이 뭔지 감이 단번에 잡혔다. 매들린은 늑대를 소재로 태피스트리를 만들 작정이었다!

일순 던컨의 턱이 경련을 일으켰다. 매들린은 던컨이 소리를 지르면 지지 않고 마구 퍼부어줄 생각에 미리부터 화를 낼 준비를 하고 있었다.

하지만 던컨은 아무 말 없이 몸을 돌리고 나가더니 문을 닫았다. 그는 홀로 통하는 출입구에 가서야 참고 또 참았던 분통을 터뜨렸다. 마침 던컨을 발견하고 길라드가 달려왔다.

「레이디 매들린이 오늘 아침은 벌써부터 손님들을 맞는답니까?」

길라드가 혈기 왕성한 목소리로 물었다.

「손님! 지금 손님이라고 했냐!」

던컨이 버럭 내지른 소리는 꼭대기까지 들릴 정도로 엄청나게 컸다. 길라드는 놀라서 입을 쩍 벌렸다. 던컨이 이렇게 소리를 지르는 모습은 태어나서 지금까지 본 적이 없었다. 마침 홀을 향해서 걸어 들어오던 에드먼드는 던컨이 휭 하고 걸어가는 모습을 볼 수 있었다.

「무슨 일 때문에 저렇게 화가 난 거야?」

길라드가 물었다.

「누구 때문에 저렇게 화가 났느냐고 물어봐야 옳겠지.」

에드먼드가 대답했다.

「무슨 소린지 이해를 못하겠어.」

에드먼드는 씩 웃으면서 길라드의 어깨를 세게 후려쳤다.

「당사자인 큰 형님도 모른단다. 하지만 얼마 안 있으면 깨닫게 되겠지. 어디, 나하고 내기 해볼래?」

13

매들린은 태피스트리를 붙들고 있었지만 머릿속에서는 던컨이 했던 말만 떠올리고 있었다.

'당신은 얼마 안 있으면 포로 신세에서 벗어날 거야.'

언젠가는 던컨에게 그게 무슨 말이냐고 물어봐야 한다는 건 알고 있었다. 하지만 비겁한 행동이라는 걸 알면서도 던컨의 입에서 무슨 대답이 나올지 무서워서 차마 물어볼 엄두가 나지 않았다.

문이 벌컥 열리더니 아델라가 방으로 뛰어들어왔다. 무슨 일 때문에 마음이 상했는지, 당장이라도 울음을 터뜨릴 것 같은 얼굴이었다.

「왜 그래요?」

매들린이 벌떡 일어났다. 분명히 또 던컨 때문일 거야.

아델라는 급기야 울음을 터뜨렸다. 매들린은 황급히 문을 닫은 다음 아델라를 부축해서 의자에 앉혔다.

「자자, 진정하고 여기 앉아요. 무슨 일인지는 모르겠지만 아델라 생각처럼 그렇게 나쁜 일은 아닐 거예요.」

매들린은 아델라의 팔을 토닥거리면서 달랬다. 좋지 않은 일이 아니었으면 좋겠는데.

「무슨 일인지 얘기해봐요. 이번에도 내가 해결해줄 테니까.」

아델라는 고개를 끄덕였지만 매들린과 시선이 마주치는 순간, 다시 울기 시작했다. 매들린은 의자에 자리를 잡고 앉아서 아델라가 입을 열 때까지 기다렸다.

「로던이…… 매들린을 데려오라고 병사들을 보냈어요. 큰오빠는 전령(傳令)을 성안에 들어오게 허락했어요. 그래서 매들린을 이 방으로 올라가 있으라고 한 거예요. 전령이 매들린을 보면 안 되니까요.」

「왜요? 내가 여기 포로로 잡혀 있다는 사실을 모르는 사람이 어디 있어요? 로던…….」

「그게 아니에요. 작은오빠가 길라드에게 하는 말을 들었거든요. 큰오빠는 매들린이 여기서 대접을 잘 받고 있다는 사실을 전령에게 보여주고 싶지 않아서 그러는 거래요.」

아델라가 가운 소매로 눈물을 찍어내느라고 말을 잠깐 멈췄다.

「매들린도 여기서 대접을 잘 받고 있다는 생각에는 동의하지요? 그렇죠?」

「세상에. 그래서 운 거예요? 난 여기서 정말 잘 지내고 있잖아요. 주위를 한번 둘러봐요. 아델라, 내 방이 어디 감옥 같아요?」

매들린이 미소를 지을락 말락 하는 얼굴로 물었다.

「난 전령이 하는 말을 몰래 들었어요. 길라드하고 작은오빠는 큰오빠가 동석하라고 명령을 해서 숨어 있을 필요가 없었지요. 분명히 내가 몰래 엿듣는 건 아무도 못 봤어요. 그건 확실해요.」

「국왕 폐하께서 보내신 칙사(勅使)였어요, 아니면 우리 오라버니가 보낸 전령이었나요?」

매들린은 내심 무서워서 심장이 튀어나올 것 같았지만 아델라에게는 내색할 수 없었다. 매들린이 여기서 허물어지면 아델라마저 걷잡을 수 없이 무너지게 되는 건 자명한 일이었다. 얼마 전부터 매들린에게 의지하면서 겨우겨우 새 삶을 살아가기 시작한 아델라. 그런 아델라의 신뢰를 저버릴 수는 없는 노릇이다.

「그건 잘 모르겠어요. 처음부터 제대로 듣지 못했거든요.」

「그럼 아델라가 들은 얘기를 해봐요.」

매들린이 불안감을 억누르면서 말했다.

「매들린은 국왕 폐하의 궁정에 곧바로 소환되야 한다고 했어요. 그리고 전령은…… 매들린이 벌써 몸을 더럽혔다고 해도…….」

아델라의 목소리가 갈라지면서 갑자기 말을 멈췄다. 매들린은 감각이 없어질 때까지 아랫입술을 질겅질겅 씹어댔다. 어서 얘기하라고 다그치면서 아델라의 어깨를 붙잡고 마구 흔들고 싶은 충동을 억지로 참았다.

「로던에게 돌아가면 혼인을 하게 될 거라고 했어요.」

「때가 왔군요. 오라버니가 무슨 일을 벌일 거라는 것쯤은 우리도 예상하고 있었잖아요. 혹시 내가 혼인하게 될 남자가 누군지 들었어요?」

「모르카였어요.」

아델라는 양손에 얼굴을 파묻고 걷잡을 수 없이 눈물을 흘리기 시작했다. 매들린은 이젠 차마 감정을 숨기지도 못했다. 당장이라도 구토가 나올 것 같아서 견딜 수가 없었다.

「던컨은 전령에게 뭐라고 했어요? 그렇게 하겠다고 하던가요?」

「오라버니는 아무 대답도 안 했어요. 결국 전령은 얘기를 끝내고 성 밖에서 기다리고 있는 다른 병사들과 합류하러 나갔구요.」

「병사들을 얼마나 보냈대요?」

「모르겠어요. 전령이 떠나자마자 작은오빠와 길라드는 목소리를 높이기 시작했어요. 그런데도 큰오빠는 등짐을 지고 서서 벽난로만 들여다

보고 있지 뭐예요?」

「버릇이 또 나왔군요.」

매들린이 말했다.

「그게 무슨 말이에요?」

「던컨은 이 성에서 두 가지 역할을 수행해야 되잖아요. 이곳을 다스리는 군주로서의 역할, 그리고 웩스턴 가문의 장남이라는 역할 말이에요. 그 사람은 언제나 혈연을 따지기 전에 영주로서의 입장을 앞세우려고 해요. 그래서 되도록 가족들을 외면하려고 하는 거예요. 에드먼드와 길라드가 무엇 때문에 싸웠는지 대강 짐작이 가요. 분명히 에드먼드는 날 로던에게 돌려보내자고 했을 테고, 길라드는 안 된다고 했겠지요.」

아델라가 고개를 흔들었다.

「아니에요. 작은오빠는 매들린을 로던에게 돌려보내자는 말은 안 했어요.」

「에드먼드가 날 옹호했다구요?」

「그래요. 그저 날 캐서린 언니에게 잠깐 보내자는 얘기를 했을 뿐이에요. 내가 너무 힘들어 할까봐 걱정하는 눈치였어요. 하지만 난 가기 싫어요. 매들린, 언니는 나하고 나이 차이도 너무 많이 나는데다가 형부는 너무 특이한 사람……」

매들린은 의자에서 일어나서 천천히 창가로 걸어갔다. 그녀는 덧문을 열고 황량한 바깥 정경을 내다봤다.

「그거 알아요, 아델라? 스파르타의 아이들은 아주 어린 나이에 엄마 품에서 떨어져서 병사들과 같이 살았답니다. 그 아이들은 도둑질을 하는 법도 배웠어요. 도둑질을 잘하는 것도 재간이라고 생각했거든요(스파르타인들은 아이들에게 훔친 음식만 먹게 하는 일도 자행했는데, 발각되거나 붙들리면 절대로 안 된다고 교육을 시켰다).」

「무슨 말을 하는 거예요, 매들린? 지금 옛날 얘기를 들려줄 상황이 아니잖아요.」

갑자기 매들린은 몸을 돌리고 아델라를 정면으로 바라봤다. 굵은 눈물이 뺨을 타고 흘러내리고 있었다. 아델라는 지금까지 매들린이 우는 모습은 한번도 본 적이 없었다.

「옛날 얘기를 하면 마음이 편해지거든요. 하지만 먼저 마음을 가다듬고 머릿속을 정리해봐야겠어요. 그래야 어떻게 해야 할지 결심이 설 것 같아요.」

매들린의 고통스러운 눈빛에 말문이 막힌 아델라는 순순히 고개를 끄덕거렸다.

매들린은 다시 고개를 돌리고 창 밖을 내다봤다. 내가 가면 우리 늑대한테는 누가 먹을 걸 주지? 갑자기 던컨의 모습이 늑대와 겹쳐졌다. 던컨도 우리 늑대처럼 내가 보살펴줘야 하는데. 아니, 어쩌면 늑대보다도 더 많이 내 손길이 필요할지도 몰라.

스스로 생각해도 이해할 수 없는 감정이었다. 던컨의 지루하고 외로운 삶을 자기 손으로 어떻게든 바꿔야 한다는 느낌.

「삼촌하고 나는 매일 저녁 난로 가에 앉아 있곤 했어요. 나는 솔터리(중세에 존재했던 삼각형 모양의 현악기)를 연주하는 법을 배웠고, 삼촌도 가끔 피곤하지 않으실 때는 비옐르(핸들을 돌려서 연주하는 중세의 현악기)를 같이 연주하시기도 했답니다. 하루 중에서 그때가 제일 마음이 편했던 것 같아요.」

「주위에 젊은 사람들은 없었나요? 매들린이 매번 노인들 얘기만 하는 것 같아서 그래요.」

「버튼 삼촌은 그린스테드 장원에 계시는데 영주님인 모튼 경은 아주 나이가 많은 분이세요. 처음엔 버튼 삼촌하고 단둘이 살았지만 나중엔 로버트 신부님과 새뮤얼 신부님도 같이 오시게 됐답니다. 노인 분들끼리 사이가 아주 좋았지만 남작 님과 체스를 두려고 하진 않으셨어요. 그래서 저만 늘 체스 상대를 해드렸답니다. 남작 님이 체스를 할 때 속임수를 워낙 많이 쓰시거든요. 삼촌은 그건 죄가 아니다, 너무 늙어서 고집이 센 거라고 말씀하시곤 했지요.」

매들린은 한동안 아무 말 없이 칠흑처럼 어두운 바깥 정경을 응시하고 있었다. 하지만 아무리 해도 분노는 가시지 않았고, 마음에 평정을 찾을 수가 없었다.

「어떻게든 매들린을 보호해줄 만한 사람을 찾아봐야 돼요.」

아델라가 속삭였다.

「로던에게 억지로 끌려가면 기껏 세워놓은 계획이 모두 물거품이 되겠지요. 난 스코틀랜드에 가야 돼요. 에드위스라면 날 기꺼이 받아줄 테니까요.」

「하지만 매들린, 스코틀랜드에는……..」

아델라는 캐서린 언니가 스코틀랜드에 살고 있고, 형부는 국왕의 사촌이라는 말을 할 참이었다. 하지만 매들린이 말할 틈을 주지 않았다.

「지금 이 상황에서 계획이 엉망이 된 것만 따져봤자 그게 무슨 의미가 있겠어요? 어차피 로던의 손에 죽지 않으면 모르카와 혼인을 하는 신세가 될 것을요. 그렇게 되면 역시 모르카 손에 죽겠지요. 이러나저러나 죽는 건 마찬가지예요. 하지만 로던이 나에게 신경을 쓰는 이유를 모르겠어요. 던컨이 성을 완전히 잿더미로 만들었으니까 살의를 품고 뒤쫓아온 건 이해가 가요. 하지만 이제 와서 왜 나를 찾는 건지 이해를 못하겠어요. 어차피 난 세간에서 몸을 망친 여자라고 낙인이 찍힌 만큼 정략결혼을 시킬만한 처지도 아니잖아요.」

매들린이 떨리는 목소리로 말을 마쳤다.

「그러지 말고 여기 있어요. 큰오빠가 분명히……..」

매들린은 아델라의 말이 끝나기도 전에 몸을 획 돌리더니 문가로 걸어갔다.

「아까 나더러 보호자가 필요하다고 했지요? 그럼 문제는 간단하네요. 던컨이야말로 그 일에 적격이잖아요.」

「어떻게 하려고 그래요?」

「던컨은 로던의 병사들을 내쫓아버려야 돼요. 지금 가서 그렇게 하라고 지시를 내려야겠어요.」

말을 마친 매들린은 문을 벌컥 열고 아래층으로 달음박질했다. 아델라도 정신없이 그 뒤를 따라갔다.

「정말 큰오빠에게 지시를 내릴 생각이에요?」

아델라가 걱정스러운 목소리로 물었다.

「그래요!」

매들린이 큰소리로 외쳤다.

아델라는 너무 놀라서 계단에 주저앉고 말았다. 어떻게 해. 매들린이 너무 흥분해서 이성을 잃었나봐. 아델라는 매들린이 머리카락을 날리면서 나선 계단을 내려가는 모습을 지켜봤다. 어느새 아래층으로 내려간 매들린은 시야에서 사라져버렸다. 큰오빠가 아무리 무서워도 내가 옆에서 매들린을 도와줘야 돼. 솔직히 자신은 없지만, 큰오빠에게 내가 직접 부탁할 수 있을지도 몰라. 나한테 그럴 만한 용기가 있으면 좋겠는데.

매들린은 심호흡을 한번 한 다음에 홀 안으로 들어갔다. 에드먼드와 길라드는 식탁에 앉아 있었고 던컨은 등을 돌린 채 벽난로 앞에 서 있었다.

마침 에드먼드가 길라드와 긴히 무슨 애기를 하고 있었다.

「그럼 그렇게 하는 거야. 큰형이 매들린을……」

매들린은 에드먼드가 미처 끝내지 못한 말을 '로던의 병사들에게 넘겨주는 게 좋겠다'는 정도로 해석을 해버렸다.

「내가 가긴 어딜 간다고 그래요!」

매들린의 우렁찬 목소리를 듣고 던컨은 천천히 몸을 돌렸다. 매들린은 한참 동안 던컨을 바라본 다음 나머지 형제들에게 시선을 돌렸다. 길라드는 매들린이 성질을 내는 게 우스운지 슬며시 미소를 지었고, 에드먼드는 험악한 표정이었다.

하지만 정작 던컨은 무표정한 얼굴을 하고 있었다. 매들린은 치마를 들어올리고 천천히 던컨이 서 있는 곳까지 걸어갔다.

「당신은 전에 자기 맘대로 날 포로로 붙잡았어요. 그건 당신이 결정한 일이었지요. 하지만 이번엔 내가 결정을 내릴 차례예요. 난 계속 포로로 남아 있겠어요. 내 말이 무슨 말인지 알아듣겠어요?」

매들린이 던컨을 정면으로 응시하며 말했다.

던컨은 깜짝 놀란 얼굴로 매들린을 바라봤다. 내 말을 제대로 듣긴 들은 모양이지? 귀머거리가 아닌 이상 못 들었을 까닭이 없잖아. 내가 얼굴에 대고 소리를 버럭 질러댔는걸.

던컨이 아무 말 없이 계속 쳐다보고만 있자 불안감이 스물 스물 피어올랐다. 나한테 또 겁을 주려는 거야. 하지만 나도 이번엔 당하고 있지만은 않겠어.

「당신은 나한테서 절대 못 벗어나요, 던컨.」

매들린이 떨리는 목소리로 말했다.

에드먼드는 의자를 뒤엎으면서 벌떡 일어났다. 그 소리를 듣고 매들린은 양 허리에 손을 얹은 채 천천히 식탁으로 걸어갔다.

「계속 그렇게 얼굴을 찌푸리고 있어봐요. 내가 한 대 후려쳐서라도 그 얼굴을 펴놓고 말 테니까.」

길라드는 매들린이 이렇게 화난 모습은 본 적이 없었다. 큰형이 로던에게 자길 보낼 거라고 생각하는 건가? 갑자기 미소가 나왔다. 불쌍한 매들린. 형이 어떤 사람인지 잘 모르는군. 그리고 자신을 너무 과소평가하고 있고. 매들린처럼 온순한 여자가 던컨에게 대들 생각을 하다니, 직접 눈으로 확인하지 않았으면 믿기 힘든 일이었다. 길라드는 결국 웃음을 터뜨리고 말았다.

매들린이 그 소리를 듣고 길라드를 노려봤다.

「그렇게 재밌어요?」

길라드는 실수로 고개를 끄덕이고 말았다. 매들린은 다짜고짜 근처에 있던 술병을 획 하고 집어던졌다. 길라드가 간신히 피하는 걸 본 매들린은 다른 술병을 또 하나 집어들었다. 하지만 에드먼드가 위에서 손을 뻗어서 술병을 빼앗아버렸다. 성이 난 매들린은 에드먼드를 엉덩이로 확 밀어버렸다. 순식간에 균형을 잃은 에드먼드는 쿵 소리를 내면서 뒤로 나가 떨어졌다.

「날 또 비웃기만 해봐요.」

매들린이 길라드를 노려보면서 말했다.

「이리와, 매들린.」

던컨은 벽난로 선반에 기대고 서서 얼마나 지루한지 졸려서 죽겠다는 표정을 짓고 있었다.

매들린은 말대꾸도 한번 안 하고 던컨의 말을 따랐다. 하지만 문득 자신이 무슨 일을 했는지 깨닫고 그 자리에 멈춰 서서 고개를 흔들었다.

「난 이제 당신의 명령을 듣지 않겠어요. 날 죽이고 싶으면 죽여요. 로던에게 돌아갈 바엔 차라리 죽는 편이 나아요.」

매들린은 손톱이 손바닥에 박힐 정도로 주먹을 꽉 쥐었다. 손이 너무 떨려서 가만히 놔둘 수가 없었다.

「에드먼드, 길라드. 너희들은 나가 있어라. 그리고 나갈 때 아델라도 데리고 가라.」

던컨은 매들린에게서 시선을 떼지 않고 부드럽지만, 냉랭한 목소리로 명령을 내렸다.

출입구 근처 벽 뒤에 숨어 있던 아델라는 던컨의 명령을 듣고 홀 안으로 달려 들어왔다.

「난 매들린하고 같이 있을래요, 오라버니.」

「안 돼.」

던컨이 차가운 목소리로 말했다.

「내가 옆에 있어 줬으면 좋겠다고 생각하면……..」

「오라버니가 하라는 대로 해요.」

매들린은 저도 모르게 목소리를 높이고 말았다.

아델라가 눈물을 흘리자 매들린은 화가 더 치밀었다. 그녀는 아델라의 어깨를 토닥거리면서 억지 미소를 지었다.

「난 모르카하고 혼인하지 않을 거예요. 아니, 어떤 남자하고도 혼인하지 않는다고 해야 옳겠지요.」

「아니. 당신은 혼인해야 돼.」

던컨이 씩 웃으면서 말했다.

매들린은 뺨을 한 대 얻어맞은 기분이었다. 그녀는 한 발자국 뒤로 물러나면서 고개를 내저었다.

「난 절대 모르카하고 혼인하지 않겠어요.」

「그래. 모르카하고 혼인할 일은 없지.」

매들린은 혼란스러워서 말문이 막혀버렸다.

던컨은 동생들이 출입구로 나가는 모습을 지켜보고 있었다. 하지만 세 사람은 모두 발에 쇠고랑을 차기라도 한 것처럼 느릿느릿 움직이고 있었다. 필시 우리 두 사람이 무슨 얘기를 하는지 어떻게 해서든 조금 더 들어보겠다는 수작이렷다! 저 녀석들이 반항하는 건 모두 매들린 책임이야. 전엔 고분고분한 녀석들이었는데 매들린하고 같이 지내면서 완전히 변해버렸어! 그래. 매들린이 이 집에 발을 들여놓은 순간부터 모든게 뒤죽박죽이 되고 말았지.

던컨은 변화를 싫어했지만 이젠 어쩔 도리가 없었다. 철저히 매들린의 편인 만큼 길라드가 특히 반대를 할 게 분명했다. 던컨은 한숨을 내쉬었다. 식구들을 다스리는 것보다, 전투를 한번 치르는 편이 훨씬 낫다는 생각을 하면서.

「에드먼드, 너는 가서 신부님을 모셔와라.」

던컨이 갑자기 큰소리로 말했다.

그 말을 듣고 에드먼드가 의아한 얼굴로 던컨을 쳐다봤다.

「어서!」

하도 싸늘한 목소리라서 매들린은 등골이 오싹했다. 에드먼드에게 말을 하려고 하는데 갑자기 던컨이 냉정하게 말을 이었다.

「내 말에 복종하라고 지시할 생각은 꿈도 꾸지 마. 그랬다가는 당신의 그 빨간 머리채를 휘어잡아서 입을 싸매 버릴 테니까!」

그 소리를 듣고 격분한 매들린은 헉 하고 숨을 들이마셨다.

그럼 그래야지. 던컨이 만족해서 속으로 되뇌었다. 지금 상황에서는 매들린의 기세를 조금은 꺾을 필요가 있었다. 던컨은 자신이 하고자 하는 일을 매들린이 순순히 따라주기를 바랐다. 그가 매들린에게 원하는 건 복종이었다.

하지만 기대와는 다르게 매들린은 살의를 내뿜으면서 던컨을 향해서 걸어갔다. 위협을 해서 복종을 하게 만들겠다는 의도가 별로 먹혀 들어가지 않았다는 얘기였다.

「어떻게 날 그렇게 모욕할 수가 있어요! 내 머리카락이 빨갛다니, 제정신으로 하는 말이에요! 어디 눈이 있으면 한번 봐요. 이게 빨간색인지. 내 머리카락은 갈색이에요! 갈색!」

매들린이 버럭 버럭 소리를 질렀다.

던컨은 일순 귀를 의심했다. 여느때나 다름없이 매들린은 모순된 행동을 하고 있었다. 아무래도 세상물정을 몰라도 너무 모르는 것 같았다. 성 밖에서는 로던의 병사들이 진을 치고 내일 아침까지 매들린을 내놓지 않으면 공격하겠다고 위협을 하고 있었다. 그런 마당에 고작 머리카락 색 때문에 화를 내다니. 던컨은 고개를 내저었다. 그리고 내가 보기엔 확실히 갈색보다는 붉은 기가 더 도는 것 같은데, 뭘 그래. 자기 머리카락 색깔을 어떻게 나보다도 모를 수가 있지?

「날 이렇게까지 모욕할 수가 있어요?」

매들린은 그 말을 끝으로 눈물을 흘리기 시작했다.

「당신을 로던에게 보내지 않아, 매들린.」

던컨이 매들린을 품에 안고 쉰 목소리로 말했다.

「난 내년 봄까지만 여기 있을 거예요.」

그때 에드먼드가 신부를 데리고 출입구에 모습을 나타냈다.

「로렌스 신부님을 모셔왔습니다.」

매들린은 던컨의 품에서 빠져 나와서 신부님을 돌아봤다. 하지만 생각보다 너무 젊어서 매들린은 깜짝 놀랐다. 왠지 어디선가 본 사람 같아. 어디서 봤지? 하지만 버튼 삼촌을 찾아온 신부님들 중에서 저렇게 젊은 사람은 거의 없었는데…….

던컨은 매들린을 갑자기 옆에 세웠다. 벽난로가 바로 옆에 있어서 까딱 잘못 했다가는 가운에 불이 붙을지도 몰랐다. 매들린은 불안해서 던컨을 옆으로 밀었지만 그는 꿈쩍도 안 했다. 던컨은 매들린의 어깨에 팔을 걸치고 바싹 끌어당겼다. 이상하게도 던컨이 곁에 있어서 그런지 매들린은 마음이 한결 편안해졌다. 그녀는 양손을 꼭 쥐고 차분한 얼굴로 돌아갔다.

로렌스 신부는 뭔가 걱정스러운 눈치였다. 얼굴에 여기 저기 얽은 자국과 흉터가 남아서 그런지 신부는 그다지 좋은 인상을 주지 못했다. 더구나 몰골이 지저분해 보이기까지 했다.

길라드가 한판 싸움이라도 벌릴 기세로 홀 안으로 뛰어 들었다. 어느새 에드먼드와 길라드는 성격을 서로 뒤바꾼 모양이었다. 에드먼드는 뭐가 좋은지 히죽댔으며 길라드는 험상궂은 표정을 짓고 있었다.

「혼인은 내가 하겠습니다, 형님. 그 정도 희생은 나도 감수 할 수 있어요.」

길라드는 매들린에 대한 감정을 숨기기 위해서 일부러 희생이라는 단어를 써서 말했다.

「매들린은 제 목숨을 구해주질 않았습니까!」

길라드가 벌개진 얼굴로 계속 말했다.

하지만 던컨은 길라드의 속마음을 꿰뚫어 보고 있었다. 그의 막내 동생은 매들린을 사랑하고 있다고 믿고 있었다. 그런 감정이 너무 훤히 들여다 보여서 비칠 지경이었다.

「나에게 반항할 생각은 하지 마라, 길라드. 결정은 이미 내렸으니까 너는 따르기만 하면 되는 게야. 내 말이 무슨 말인지 알겠냐?」

던컨이 작지만 위협적인 목소리로 말했다.

길라드는 화를 억누르지 못하고 길게 한숨을 내쉬더니 천천히 고개를 끄덕였다.

「혼인이라뇨?」

매들린이 입에 담을 수도 없는 말이나 되는 것처럼 작게 말했다.

그리고 다음 말은 큰소리로 고함을 쳤다.

「희생이라니요!」

14

「난 어느 누구하고도 혼인할 생각이 없어요.」

사실 매들린은 소리를 지를 생각이었는데 목에 뭔가 걸린 것처럼 이상한 소리가 나왔다. 이제야 던컨이 무슨 생각을 하는지 알았기 때문이었다. 길라드는 더 이상 반대를 안 하겠다고 했지만 매들린은 사정이 달랐다.

던컨은 의지가 확고한지, 발버둥치는 매들린을 싹 무시하고 신부에게 혼인의식을 시작하라고 신호를 했다.

로렌스 신부는 당황했는지 의식에 필요한 말이 뭔지 제대로 기억도 못하고 있었지만 매들린은 격분한 나머지 그것을 눈치채지 못했다. 아니, 자신을 숨도 쉬지 못할 정도로 꽉 끌어안고 있는 남자에게 소리를 질러대느라고 정신이 없었다.

　마침내 던컨이 매들린을 아내로 맞이하겠다고 맹세를 했다. 이내 신부는 매들린에게 고개를 돌리더니 던컨을 남편으로 맞겠냐고 물었다.

　「아뇨. 싫습니다.」

　매들린이 고개를 단호하게 내저으면서 말했다.

　던컨이 갑자기 팔에 힘을 줬다. 얼마나 꽉 끌어안았는지, 매들린은 뼈가 부서지는 듯한 충격을 받았다. 이어 던컨은 매들린의 머리채를 틀어잡으면서 고개를 쳐들었다.

　「제대로 다시 대답해, 매들린.」

　「이 손이나 먼저 놔요.」

　매들린이 명령조로 말했다.

　던컨은 머리채를 놓긴 했지만 다시 어깨에 묵직한 팔을 둘렀다.

　「다시 물어보시오.」

　던컨은 신경이 곤두선 로렌스 신부에게 말했다.

　기절하기 일보직전으로 보이는 로렌스 신부는 더듬거리면서 다시 질문을 했다.

　하지만 매들린은 아무 말 없이 입을 꾹 다물고 있었다. 어디 이렇게 아침까지 서 있으라고 하지. 난 상관 안 하니까. 이런 웃기지도 않은 일을 억지로 강요하다니, 어처구니가 없어. 내가 그렇게 고분고분하게 따를 줄 알아?

　그때 매들린은 길라드가 끼여들 거라고는 생각지도 못했다. 그는 살의가 가득한 시선으로 던컨을 보고 있었다. 매들린은 길라드가 검집에 손을 대고 위협적으로 한 발자국 나서는 순간, 숨을 헉 하고 들이마셨다. 어떻게 해. 던컨하고 싸울 작정인가봐. 도저히 안 되겠어.

　「네. 네. 던컨을 남편으로 맞아들이겠어요.」

　매들린이 불쑥 말을 했지만 길라드의 결의에 찬 얼굴을 보고 있자니 한마디 덧붙이지 않을 수가 없었다.

　「기꺼이 남편으로 맞겠다고 맹세하겠습니다.」

갑자기 검집에 올려놓았던 길라드의 손이 툭 떨어졌다. 매들린은 안도한 나머지 어깨를 축 늘어뜨렸다.

에드먼드와 길라드 사이에 서 있었던 아델라는 뭐가 좋은지 싱글벙글이었다. 평상시에는 늘 험악한 표정을 하고 있던 에드먼드까지 히죽대고 있었다. 매들린은 두 사람에게 소리를 빽 질러주고 싶은 마음이 굴뚝같았으니 길라드가 너무 격분한 것 같아서 도저히 엄두가 나지 않았다.

신부는 일사천리로 의식을 끝마쳤다. 성직자답지 않게 욕지기를 나지막하게 내뱉더니 잽싸게 밖으로 나가버렸다. 안색이 완전히 새파래진 걸로 봐서, 던컨 때문에 겁을 잔뜩 먹은 것 같았다. 매들린은 신부의 심정을 십분 이해하고도 남았다.

그제야 던컨은 매들린의 몸을 놓아주었다.

「이렇게 엉터리 같은 혼인예식은 듣도 보도 못했어요. 신부님이 축복도 안 해주셨잖아요.」

매들린은 길라드가 듣지 못하게 던컨에게 소곤댔다. 던컨은 그 말을 듣고도 뻔뻔스럽게 매들린에게 미소를 던졌다!

「나더러 절대 실수를 안 한다고 했었죠. 그러나 이번 일은 당신이 실수하는 거예요. 도대체 무슨 이유로 자기 인생까지 망치려고 그래요? 우리 오라버니에 대한 복수심이 한도 끝도 없어서 이런 짓까지 저지르는 건가요? 어디 대답해봐요.」

「이 결혼은 엉터리가 아니라 진짜야. 그러니까 어서 내 방에 가서 기다리고 있어주시겠습니까? 부인. 내가 금세 가지요.」

던컨은 일부러 말투까지 바꿔가면서 '부인'이라는 말을 강조하고 있었다. 매들린은 놀라서 던컨을 올려다보았다. 던컨의 눈은 장난기로 반짝거리고 있었다.

아델라의 손이 어깨에 닿는 순간, 매들린은 화들짝 놀랐다. 이젠 모든 게 잘 풀릴 테니까 걱정하지 말라는 의미인 것 같았다. 말이야 쉽지. 아델라가 내 입장이라면 그런 생각을 못 할 거야. 늑대와 맺어진 사람은 나지, 아델라가 아니니까.

매들린은 더 이상 웩스턴 집안 사람들하고 같이 있기가 힘들어졌다. 그녀는 치마를 들어올리고 천천히 밖으로 나가려고 했다. 하지만 에드먼드가 팔을 붙들고 못 나가게 했다.

「한 식구가 돼서 기쁩니다, 형수님.」

에드먼드의 심각한 태도와 미소는 매들린의 분노에 부채질을 했다. 차라리 험상궂은 표정을 지었다면 이렇게까지 기분이 나쁘진 않으리라.

「날 보고 웃지 말아요, 에드먼드. 계속 그러면 한 대 쳐서라도 웃지 못하게 할 테니까요.」

「아까는 정 반대의 이유를 들어서 날 한 대 치겠다고 위협을 했던 것 같은데요.」

매들린은 에드먼드가 무슨 소리를 하는지 알 수가 없었다. 지금 상황에서는 그런 사소한 일까지 신경 쓸 마음의 여유가 없었다. 매들린은 '에드먼드 같은 사람은 이따 저녁을 먹다가 목이 콱 막혀버렸으면 좋겠다'고 중얼대면서 밖으로 나가버렸다.

매들린의 뒤를 따라가려고 하는 길라드를 에드먼드가 말렸다.

「매들린은 이젠 형수야. 길라드, 그걸 잊지 마라.」

에드먼드는 던컨이 듣지 못하게 작은 목소리로 말했다. 던컨은 아까 전부터 등을 돌리고 벽난로 앞에 서 있었다.

「난 매들린이 행복하길 바래. 지금까지 마음 고생을 너무 많이 했어. 이제부터라도 행복하게 살 권리가 있단 말이야.」

「눈이 있으면 똑바로 봐라. 매들린과 형이 상대방을 어떤 시선으로 바라보는지, 네 눈엔 안 보이는 게야? 두 사람은 서로를 아끼고 있어.」

「형이 착각한 거야. 매들린은 큰형을 증오하고 있어.」

「매들린은 원래 남들을 미워할 줄 모르는 사람이다. 그건 너도 잘 알잖냐. 넌 그저 사실을 인정하고 싶지 않은 게야. 내가 왜 그 동안 매들린에게 화를 냈을 것 같으냐? 처음부터 난 두 사람이 상대방에게 끌리고 있다는 걸 눈치채고 있었어. 형은 매들린이 사경을 헤매고 있을 때 한순간도 곁에서 떠나려고 하지 않았지. 그것만 봐도 뻔하지 않냐.」

「책임감 때문에 그렇게 한 거야.」

길라드가 반박을 했다.

「형은 자기가 원해서 매들린하고 혼인을 한 거야. 우리 형 같은 위인이 사랑 때문에 혼인을 하다니, 정말 놀랍지 않냐? 요즘엔 그런 일은 흔치 않지. 매들린을 아내로 맞는다고 형에게 이득 될 게 뭐가 있냐? 영지가 들어오겠냐, 아니면 그렇다고 지참금이 들어오겠냐? 한마디로 국왕 폐하의 눈에 나는 짓만 하는 셈이지.」

「큰형은 매들린을 사랑하지 않아.」

길라드가 고집스럽게 중얼거렸다.

「내 말이 맞아. 물론 당사자는 아직 모르고 있는 것 같지만.」

에드먼드가 던컨의 뒷모습을 눈으로 쫓으면서 말했다.

그러나 던컨의 머릿속엔 다른 생각들이 꽉 차 있었다. 전령은 내일 아침까지 매들린을 내보내지 않으면 공격을 할 것처럼 말을 했었다. 하지만 그게 허세라는 걸 눈치채지 못할 던컨이 아니었다. 솔직히 실망스러운 마음도 없지 않았다. 로던에게 충성을 맹세한 녀석들과 전투를 하고 싶어서 좀이 쑤시던 차였다. 하지만 성밖에서 오들오들 떨고 있는 로던의 조무래기들이 그렇게 바보짓을 할 리가 없었다. 수적으로 압도적으로 불리했고, 전사로서의 자질 면에서도 던컨의 병사들을 따를 수가 없었다. 로던의 속셈은 뻔했다. 국왕의 개입 없이도 여동생을 찾으려고 이렇게 노력했다는 걸 국왕 폐하에게 보여주기 위해서 병사들을 보낸 게 틀림없었다.

던컨은 잠시 그 일은 접어두고, 다른 쪽에 관심사를 돌렸다. 얼마나 있어야 매들린은 나를 남편으로 받아들이게 될까? 그게 언제가 되든 나한테는 별 상관이 없는 일이긴 하지. 하지만 하루라도 빨리 현실을 받아들여야 매들린도 마음이 한결 편해질 텐데.

던컨은 매들린을 지켜야 하는 자신의 역할이 자랑스럽고 소중했다. 무엇보다 자신에게 절대적인 신뢰감과 용기 있는 근성을 보여준 매들린을 외면할 수는 없었다. 그래. 이렇게 성급하게 판단을 내린 건 순전히 의무감 때문이야. 매들린을 로던에게 보내는 건 아이를 사자 우리에 쳐 넣는 것과 똑같은 일이니까.

「젠장.」

그는 매들린의 몸을 처음 만졌을 때부터 절대로 보내지 못하리라는 사실을 알고 있었다.

「그 여자 때문에 나만 바보가 되는 기분이야.」

하지만 매들린은 던컨을 즐겁게 해줬다. 매들린을 만나기 전까지는 자신이 얼마나 융통성 없는 인생을 살아왔는지 인식조차 못하고 있었다. 어린아이처럼 순진한 표정 하나만으로 던컨에게 반응을 이끌어낼 수 있는 매들린. 언제나 매들린에게 키스하고 싶다는 생각만 머리에 가득 차 있었다. 물론 화가 나서 목이라도 조르고 싶다는 생각이 들 땐 예외였지만. 로던과 한 핏줄이라고 해도 문제가 될 건 없었다. 매들린은 던컨처럼 사악한 영혼을 소유하고 있지 않았다. 오히려 천성적으로 순수했고, 정이 너무 많아서 탈이라고 할 수 있을 정도였다. 오죽하면 던컨이 갖고 있던 냉소적인 생각들이 사라졌을까.

던컨의 입가에 미소가 어렸다. 내가 방에 들어가면 매들린은 어떻게 나올까? 겁을 먹을까, 아니면 일부러 아무렇지도 않은 표정을 지을까?

그는 홀을 나와서 앤서니를 찾았다. 그에게 몇 마디 지시를 내린 다음 수영을 하러 갔다. 그날은 일부러 시간을 끌었다. 매들린에게 준비를 할 시간을 주고 싶어서였다.

벌써 매들린이 홀 밖으로 뛰어 나간 지 한 시간이 지나고 있었다. 그 정도면 됐다고 생각한 던컨은 계단을 한꺼번에 두 개씩 뛰어올라갔다. 던컨은 오늘밤 매들린을 안을 생각이었다. 하지만 어떻게 설득해야 할지 난감했다. 매들린이 아무리 힘들게 하더라도 강제로 범할 생각은 전혀 없었다. 물론 시간은 걸리겠지만 결국은 자진해서 내 품에 안기겠지.

그러나 아무도 없는 방안에 들어섰을 땐 분통이 터지는 걸 억지로 참았다. 하는 수 없이 던컨은 한숨을 내쉬면서 탑 꼭대기로 올라갔다.

나한테서 숨을 수 있다고 생각하는 걸까? 던컨은 우스워서 미소를 지었다. 하지만 문이 아무리 해도 열리지 않자 매들린이 안에서 빗장을 걸었다는 사실을 깨달았다. 그 순간 던컨의 얼굴에서 미소가 싹 사라져버렸다.

정신없이 방안에 돌아온 매들린은 극도로 흥분한 상태였다. 혼자 있고 싶었지만 벌써 모드가 방에 들어와서 일을 하고 있었다. 하는 수 없이 목욕물이 욕조에 채워질 때까지 기다려야 했다. 그날 따라 일이 더디게 진행되었다. 평상시라면 더운물을 양동이에 채워서 운반해오는 하인들과 모드에게 고맙다는 생각이 들었겠지만 그날은 달랐다. 빗장을 걸기 전에 던컨이 방에 들어온다는 상상만 해도 겁이 덜컥 났다.

그녀는 침대 밑에 숨겨둔 널빤지를 꺼낸 다음 끙끙대면서 쇠로 만든 고리에 차례로 밀어 넣었다. 일을 마친 뒤 매들린은 안도감에 한숨을 내쉬었다.

갑자기 무리를 해서 그런지 어깨가 뻣뻣했다. 기분도 별로 안 좋았고, 온몸에서 긴장감이 풀리질 않았다. 아무리 애를 써봐도 논리적으로 생각을 할 수가 없었다. 던컨은 로던을 화나게 하려고 나와 혼인한 걸까? 그럼 레이디 엘러너는 어떻게 되는 거지?

매들린은 오랫동안 물 속에 몸을 담그고 있었다. 머리는 전날 감았기 때문에 신경 쓰지 않아도 됐다. 그녀는 머리를 틀어 올리고 리본으로 고정시켰으나 시간이 흐르면서 머리칼이 한 가닥 혹은 몇 가닥씩 어깨에 흘러내리기 시작했다.

목욕을 하면 조금 나아질까 싶었지만 불안한 마음은 더하면 더했지 사라지지 않았다. 분이 풀릴 때까지 소리를 지르고 싶었고 수치심 때문에 울고 싶은 마음도 들었다. 아직 마음을 정하지 못해서 그렇지, 안 그랬으면 벌써 소리를 지르고 있거나 울거나 둘 중 하나였으리라.

그녀는 던컨이 계단을 올라오는 소리를 듣고 욕조에서 벌떡 일어났다. 가운을 집어드는 손이 덜덜 떨리고 있었다. 방안이 너무 추워서 그래.

갑자기 발자국 소리가 사라졌다. 문 밖에 던컨이 서 있다는 얘기였다. 매들린은 겁이 나서 쪼르르 방 맨 구석에 달려가서 어린아이처럼 덜덜 떨었다. 그녀는 허겁지겁 옷깃을 여미고 제대로 됐나 몇 번이나 확인을 해봤다. 던컨은 저 문을 열고 들어올 수가 없어. 그러니까 그렇게 흥분할 필요가 없단 말이야.

「문에서 떨어져 있어, 매들린.」

그 목소리가 하도 부드럽게 들려서 매들린은 깜짝 놀랐다. 분명히 지금 이런 상황에서는 위협을 할 사람인데. 그리고 갑자기 뚱딴지 같이 문에서 비키라는 얘기는 왜 해?

이내 매들린은 던컨에게 대답을 들을 수가 있었다. 어찌나 소리가 큰지 매들린은 소스라치게 놀라서 뒤로 펄쩍 뛰다가 벽에 머리를 부딪히고 말았다. 이내 뿌지직 소리를 내면서 빗장 역할을 하는 널빤지가 부러졌다. 순간 매들린의 입에서 외마디 비명이 튀어 나왔다.

문은 완전히 박살이 났고, 던컨은 그나마 남은 나무 조각들을 잡아채서 바닥에 던져버렸다. 애초엔 매들린을 끌고 아래층으로 내려갈 생각이었지만 커다랗게 뚫린 구멍을 통해 몸을 움츠리고 구석에 있는 매들린을 보는 순간 마음이 약해졌다. 가까이 다가가면 창 밖으로 뛰어내릴 지도 모른다는 염려도 없지 않아 있었다. 얼굴 표정을 봐서는 충분히 그러고도 남을 것 같았다.

던컨은 일부러 한숨을 길게 내쉬면서 느긋하게 문가에 기대고 섰다. 그는 매들린이 마음의 안정을 찾을 때까지 기다리면서 부드럽게 미소를 지었다.

「당신은 노크도 할 줄 몰라요?」

방금 전까지 겁에 질려서 덜덜 떨던 여자는 사라지고 없었다. 매들린은 어느새 몸을 펴고 똑바로 서서 던컨을 노려보고 있었다.

던컨은 웃음이 나오려는 걸 간신히 참았다. 이런 상황에서 자존심마저 상하게 한다면, 좋을 게 하나도 없었다.

「내가 노크를 했으면 문을 열어줄 생각이었나, 어부인 마님?」

「날 그렇게 부르지 말아요. 내 의지와는 상관없이 혼인예식을 치렀으니까요. 당신이 내 방 문을 어떻게 만들어놨는지 한번 봐요. 당신 덕에 난 찬바람을 맞으면서 자게 생겼단 말이에요.」

「그럼 문을 열어줄 생각이었다는 건가?」

던컨이 씩 웃으면서 말했다.

매들린은 보기만 해도 너무 사랑스러웠다. 허리까지 늘어뜨린 머리는 벽난로 불빛을 받아 구불구불한 머리카락에 붉은 기가 더욱더 짙어졌다. 꼿꼿하게 세운 등, 양손을 얹은 허리하며 애써 여며놓은 옷깃이 느슨하게 풀리면서 가슴 계곡이 확연하게 보였다.

매들린은 언제쯤이면 여며놓은 가운이 조금씩 느슨해지고 있다는 사실을 깨달을까? 던컨도 그녀가 가운 밑에 아무것도 입지 않았다는 사실은 아까부터 알고 있었다. 어느새 매들린의 양쪽 무릎이 모두 드러났다.

던컨의 얼굴에서 서서히 미소가 사라지면서 눈빛마저 어두워졌다. 매들린을 만지고 싶다는 생각 외엔 아무 생각도 안 났다.

갑자기 왜 저러는 걸까? 매들린은 의아한 마음이 들었다. 안색이 왜 저렇게 흙빛으로 변했지? 휴우. 그런데도 내 눈에는 왜 저렇게 잘생긴 것처럼 보이는 걸까.

「물론 문을 열지 않았겠지요. 그래도 노크는 했어야죠.」

매들린은 어색함을 무마하려고 불쑥 말을 꺼냈다. 던컨이 날 저런 시선으로 계속 쳐다보지만 않는다면…….

「당신은 전에 거짓말을 해본 적이 없어?」

던컨은 천천히 방안으로 들어왔다.

「난 언제나 사실만 말해요. 아무리 고통스럽고 힘든 일이라고 해도 그 사실은 변함이 없어요.」

매들린은 던컨이 제대로 들을 수 있게 가까이 다가갔다. 따끔하게 한마디 해줘야겠어. 하지만 매들린은 가운 자락에 걸려 넘어지면서 발가락을 욕조 밑 부분에 채이고 말았다. 던컨이 제때 잡아주지 않았으면 욕조물에 얼굴을 처박았을지도 모른다.

매들린이 몸을 숙이고 아픈 발가락을 문지르는 동안 던컨은 그녀의 허리를 붙들고 있었다.

「당신 옆에 있으면 매번 다쳐요.」

「내가 언제 당신을 다치게 했다고 그래?」

던컨이 지지 않고 맞받아 쳤다.

「당신이라는 존재 자체가 위협이 되는 걸요. 그 손이나 치워요.」

매들린은 몸을 펴다가 던컨의 팔이 허리에 감겨 있다는 걸 깨달았다.

「내 방까지 밀가루 포대처럼 운반되어서 갈 건가, 아니면 새 신부처럼 고분고분하게 내 뒤를 따라 올 거야?」

던컨은 매들린의 몸을 억지로 돌리고 자신을 쳐다보게 했다. 하지만 매들린은 고개를 숙이고 던컨의 가슴만 쳐다보고 있었다. 그는 부드럽게 매들린의 턱을 들어올렸다.

「날 그냥 놔두면 안 돼요?」

매들린은 던컨을 똑바로 쳐다보면서 물었다.

「나도 그럴려고 얼마나 노력했는지 몰라.」

매들린의 귀에는 그 말이 여름 바람처럼 부드럽고 감미롭게 들렸다.

던컨은 엄지손가락으로 천천히 매들린의 뺨을 쓰다듬었다. 어떻게 손끝만 스쳤는데도 정신이 하나도 없을까?

「날 또 유혹하려고 하는군요.」

매들린이 속삭였다. 던컨의 손가락이 아랫입술을 어루만졌지만, 반항하고 싶은 의지가 없었다.

「누가 할 소리.」

던컨의 쉰 목소리를 듣는 순간 심장고동이 빨라졌다. 매들린은 혀로 던컨의 손가락 끝을 살짝 건드렸다. 이 이상은 안 돼. 하지만 고작 그 정도 애무를 하면서도 쾌감이 온몸에 퍼져나갔다. 정말 내가 던컨에겐 유혹적으로 비칠까? 던컨에게 받는 키스만큼이나 짜릿한 생각이었다. 매들린은 던컨에게 키스를 받고 싶었다. 키스만 딱 한번 하는 거야. 그리고 나서 나가라고 해야지.

던컨은 느긋한 얼굴로 가만히 서 있기만 했다. 점점 초조해진 매들린은 까치발을 하고 던컨의 턱에 쪽 하고 뽀뽀를 했다.

하지만 던컨은 아무런 반응을 보이지 않았다. 용기를 얻은 매들린은 양손을 던컨의 어깨에 올려놓았고, 이내 던컨의 몸이 긴장을 하는 게 느껴졌다. 갑자기 키스를 해야 할지 어쩔지 망설여졌다.

「잘 자라고 키스를 해줄게요. 사실 당신하고 키스하는 게 정말 좋지만, 그 이상은 안 돼요.」

매들린의 귀에도 평상시의 자기 목소리처럼 들리지 않았다.

던컨은 움직이지 않고 그대로 있었다. 키스하는 게 좋다는 고백을 듣고 던컨이 화가 났는지 아니면 기분이 좋아졌는지 알 수가 없었다. 매들린의 입술이 던컨의 입술에 닿기 전에는. 그제야 매들린은 던컨도 자신과 키스하는 걸 얼마나 좋아하는지 알 수 있었다. 물론 자신만큼은 좋아하는 것 같진 않았지만.

매들린은 만족스러워서 한숨소리를 냈다.

던컨은 참지 못하고 낮게 으르렁대는 소리를 냈다.

처음엔 입을 꾹 다물고 있던 던컨도, 매들린의 혀가 애무를 시작하면서 반응을 보였다. 그는 순간적으로 자제심을 던져버리고 매들린의 입 안에 혀를 깊숙이 밀어 넣었다.

매들린은 키스를 영원히 계속 하고 싶었다. 그래서 그녀는 던컨에게서 떨어질 수밖에 없었다.

매들린의 허리를 붙들고 있었던 던컨은 그녀가 몸을 뗐을 때도 가만히 있었다. 매들린이 다음엔 어떻게 나올지 궁금해서 견딜 수가 없었다. 지금도 그렇지만 매들린은 언제나 예측하기 힘든 행동을 해서 던컨을 즐겁게 해주곤 했다.

매들린은 차마 던컨의 시선을 쳐다볼 수가 없었다. 부끄러워서 뺨이 달아오르기 시작했다.

던컨은 갑자기 매들린을 번쩍 들어서 양팔로 안았다. 하지만 무릎이 드러나지 않게 가운 끄트머리를 꼭 붙들고 있는 매들린을 보니까 미소가 절로 나왔다. 하마터면 '당신이 아파서 누워 있을 때, 벌써 볼 건 다 봤어. 그런데 지금 와서 체면을 차리는 것도 우습잖아' 라는 말이 목구

멍에서 나오려다가 도로 들어갔다. 팔에 안긴 매들린이 잔뜩 긴장하는
게 느껴졌기 때문이었다.

계단을 반쯤 내려갔을 때 매들린은 중요한 걸 놓고 왔다는 사실을 깨
달았다. 던컨과 같이 밤을 보내려면 그게 꼭 필요했다.

「방에 잠옷을 두고 왔어요. 이 옷은 너무 헐렁거려서…….」

「잠옷 같은 건 없어도 돼.」

「잠옷이 있어야 한다니까요.」

던컨은 매들린의 말을 묵살해버렸다. 등뒤에서 침실 문이 쾅 하고 닫
히는 순간, 매들린은 패배를 시인하지 않을 수가 없었다. 불행하게도 두
사람은 이미 던컨의 방안에 있었으니까.

던컨은 매들린을 침대에 내려놓고 문에 빗장을 걸어버렸다. 그는 몸
을 돌리고 천천히 팔짱을 낀 다음 매들린에게 미소를 지었는데 빰에 옴
폭 들어간 자리가 생겼다. 아무래도 보조개라고 해야 할 것 같았지만 던
컨처럼 덩치가 큰 남자에게는 어울리지 않는 말이었다. 전사들은 원래
보조개 같은 건 없는 법이야. 하지만 저렇게 빰에 옴폭 들어간 자리가
생기니까 너무 매력적인걸.

왜 이렇게 마음이 갈팡질팡할까. 이게 모두 저 사람 책임이야. 저렇게
가만히 서서 쳐다보고만 있으니까 불안해지잖아. 저 괴상한 웃음의 의미
는 또 뭐야? 지금 내 처지는 굶주린 늑대에게 몰려서 구석에 숨은 생쥐
나 다름없어.

「지금 일부러 날 겁주려는 거예요?」

매들린이 겁에 질린 목소리로 물었다.

던컨은 머리를 내저었다. 아무래도 억지로 쥐어짠 미소가 매들린의
마음을 편하게 해주기는커녕 역효과를 낸 것 같았다.

「그런 적 없어.」

던컨은 조금씩 매들린에게 다가왔다.

「난 당신이 무서워하지 않았으면 좋겠어. 물론 처녀에겐 첫 경험이
두려운 법이지만.」

　매들린을 달래보겠다는 던컨의 시도는 불발로 끝났다. 그도 그럴 것이 매들린이 갑자기 침대에서 벌떡 일어났던 것이다.
「첫 경험이라니요! 그런 일은 없어요!」
　매들린이 큰소리로 부르짖었다.
「난 오늘밤 당신을 안을 거야.」
「당신 옆에서 억지로 자라고 했으면 됐잖아요! 절대로, 절대로 그 이상은 안 돼요!」
「매들린, 우린 이제 부부야. 첫날밤에 남편이 아내를 안는 건 당연한 일이라고.」
「그럼 여자가 싫다는 데도 억지로 혼인을 한 건 당연한 일인가요?」
　매들린이 당장이라도 눈물을 쏟을 것 같은 얼굴로 물었다.
　던컨은 일부러 '글쎄, 나도 모르겠다'는 식으로 어깨를 으쓱거렸다. 매들린을 울릴 바엔 차라리 화를 내게 하는 편이 낫다.
「혼인은 불가피한 일이었어.」
「불가피한 일이었다고요? 결국 정략결혼이라는 의미겠지요. 어디, 내 말이 틀렸어요? 한 가지만 물어볼게요. 날 오늘밤 억지로 범하는 것도 불가피한 일에 속하나요?」
　매들린은 던컨에게 대답할 틈도 주지 않고 계속 말을 이었다.
「나에게 혼인을 하려고 하는 이유도 설명할 생각도 안 했잖아요. 난 그게 제일 괘씸해요.」
「그럼 내가 하는 행동을 일일이 당신에게 설명해야 한다는 게야!」
　던컨이 소리를 버럭 질렀다. 하지만 매들린이 침대 구석에 앉아서 양손을 신경질적으로 잡아뜯는 모습을 보자 조금만 더 참을 걸 하는 생각이 들었다.
　던컨은 마음을 가라앉히려고 애쓰면서 벽난로 앞에 섰다. 그는 매들린에게 시선을 고정시킨 채 일부러 아주 천천히 튜닉의 목 끈을 차례차례 풀기 시작했다. 매들린이 어떤 반응을 보이는지 보고 싶었던 것이다.
　매들린은 던컨을 쳐다보지 않으려고 애썼지만 워낙 존재 자체가 무시할 수 없는 사람이라 쉽지가 않았다. 햇빛에 타서 청동 색으로 그을린 육체는 어느새 벽난로 불빛을 받아 황금빛깔을 띠고 있었다. 부츠를 벗느라고 몸을 굽히면서 근육들이 움직이는 모습이 눈에 들어왔다.

어쩌면 좋아. 저 사람 몸을 만져봤으면 좋겠어. 매들린은 고개를 내저었다. 아니야. 난 저 사람이 이 방에서 나갔으면 소원이 없겠어. 거짓말. 던컨이 옆에 있어 줬으면 좋겠지? 매들린은 땅이 꺼져라 푹푹 한숨을 내쉬면서 중얼거렸다.

「나더러 매춘부라고 했던 사람이 누군데 그래요. 파문 당한 신부님과 동거하느니 어쩌느니…… 그런 말을 했었잖아요. 설마하니 매춘부와 잠자리를 같이 하고 싶은 건 아니겠죠.」

매들린이 불쑥 말을 꺼냈다.

「사실 경험 없는 처녀보다 매춘부를 상대하는 게 유리한 점이 많지. 당신도 내 말이 무슨 뜻인지 이해하지?」

던컨이 미소를 지으면서 말했다.

무슨 말인지 전혀 이해 못하겠어. 하지만 모르겠다고 하면 속임수가 들통이 나잖아. 이제 어쩐담.

「아니에요. 처녀보다 그런 여자들을 상대하는 게 유리하진 않아요.」

매들린이 중얼거렸다.

「그런 여자들이라니, 우리 같은 여자라고 해야 옳은 게 아닌가?」

매들린은 마침내 손을 들었다. 자신은 매춘부도 아니었고, 던컨도 그 사실을 알고 있었다.

던컨은 아무 대답도 하지 않는 매들린을 가만히 바라봤다. 이렇게 계속 가다가는 어쩔 수 없이 거짓말까지 하겠는걸.

「매춘부들은 남자들을 즐겁게 해주는 방법이란 방법은 모두 알고 있어, 매들린.」

「난 매춘부가 아니에요. 당신도 그걸 알잖아요.」

던컨이 입에 미소가 번졌다. 매들린의 정직한 면이 얼마나 맘에 드는지 몰랐다. 배신이라는 단어에 익숙해진 던컨이었지만 매들린이 절대 거짓말을 하지 않는다는 사실은 누구보다 잘 알고 있었다.

그는 옷을 마저 벗고 침대 반대편으로 걸어갔다. 매들린은 등을 보이고 앉아 있었는데 얼마나 긴장했는지 어깨가 나무 막대기처럼 빳빳해 보였다. 던컨은 침대에 누운 다음 촛불을 끄고 하품을 크게 했다. 매들린이 내 눈을 봤으면 하품은 억지라는 사실을 알았을 텐데. 아무리 겁 많고 순진해 빠진 매들린이라도 장님이 아닌 이상 내가 흥분해 있다는 것을 눈치채지 못할 리가 없지.

「매들리인.」

던컨은 이름의 마지막 부분만 강조해서 일부러 길게 잡아늘여서 발음했다. 항상 매들린에게 뭔가 불만이 있을 때마다 나오는 버릇이었다. 저렇게 부르니까 매들린도 아니고 린처럼 들리잖아. 그 소리가 매들린은 듣기 싫게 느껴졌다.

「내 이름은 린이 아니에요.」

「어서 침대에 누워.」

「난 너무 지쳤어요.」

매들린도 바보 같은 말이라는 걸 알았지만 너무 무서워서 머리를 짜낼 수가 없었다. 마르타가 하던 얘기를 자세히 들어 둘 걸. 하지만 지금 와서 후회해봐야 무슨 소용이 있어. 이젠 어떻게 하면 좋지? 구역질이 나올 것만 같아. 안 돼! 던컨 앞에서 음식을 토하다니, 그런 망신이 어디 있어! 갑자기 뱃속이 울렁대면서 불안감만 더 커졌다.

「이젠 어떻게 해야 할지 모르겠어요.」

매들린의 고뇌에 찬 목소리를 듣자 던컨은 왠지 마음이 아파 왔다.

「당신도 우리가 텐트에서 같이 밤을 보냈을 때를 기억해?」

던컨이 부드럽게 물었다.

매들린은 고개만 끄덕거렸다.

「그날 밤 절대로 당신을 억지로 안지 않겠다고 약속을 했었지. 그 이후로 내가 언제 한번이라도 약속을 깬 적이 있었나?」

「그걸 내가 어떻게 알아요? 당신이 나한테 생전 약속을 한 적이 있었어요?」

　매들린은 혹시 던컨이 붙잡으면 어쩌나 해서 몸을 돌려봤다. 하지만 그게 실수였다. 던컨은 실오라기 하나 걸치지 않은 알몸으로 누워 있었던 것이다. 매들린은 담요를 집어들고 던컨에게 집어던졌다.

　「이걸로 가려요. 점잖지 못하게 당신…… 다리를 내보이고 있으면 어떻게 해요?」

　매들린은 다시 얼굴을 붉혔다.

　「난 당신을 안고 싶어, 매들린. 그렇다고 억지로 안는 건 싫어. 하룻밤을 꼬박 새는 한이 있어도 당신이 안아달라고 빌게 만들 거야.」

　「그런 일은 절대 없어요.」

　「그렇게 될 거야.」

　던컨이 장난을 치는 건지 아니면 진심으로 하는 얘긴지 알 수가 없었다. 그래서 던컨의 안색을 살펴봤지만 아무 감정도 드러나 있지 않았다. 도대체 이 사람은 무슨 생각을 하는지 알 수가 없어. 불안해진 매들린은 아랫입술을 자근자근 씹었다.

　「정말 약속해요? 날 억지로 안지 않을 거죠?」

　매들린이 마침내 입을 열었다.

　던컨은 화가 났다는 걸 숨기지도 않고 고개를 끄덕였다. 내일 아침에 일어나면 절대 남편에게 그런 식으로 질문을 하면 안 된다고 한마디 해야겠군. 오늘밤만 봐주기로 하자.

　「당신을 믿어요. 이상한 일이지만 지금까지 계속 당신을 믿었어요.」

　매들린이 속삭였다.

　「나도 알아.」

　거만하기 짝이 없는 대답이었으나 매들린은 슬며시 웃음이 나왔다. 갑자기 마음이 안정되는 느낌이었다. 매들린은 안도의 한숨을 내쉬었다.

　「잠옷이 없으니까 당신 셔츠라도 입어야겠어요.」

　매들린은 던컨의 대답이 나오기도 전에 벌써 장롱을 열고 그 안에서 셔츠를 찾아냈다. 그녀는 던컨이 자신을 보고 있는지 어쩐지 알 수가 없어서 침대로부터 등을 돌리고 서서 재빨리 가운을 벗고 셔츠를 입었다.

셔츠는 간신히 무릎을 덮을 정도까지 오는 길이였다. 그녀는 서둘러서 이불을 덮으려고 하다가 던컨과 부딪히고 말았다.

매들린은 엄청나게 오랜 시간을 들여서 만족할 때까지 계속 이불을 덮은 걸 고치고 또 고쳤다. 던컨의 몸을 건드리면 안 된다는 건 알지만 그래도 따스한 몸의 온기는 나눠 받고 싶었다. 결국 한참만에 자리를 잡은 매들린은 길게 한숨을 내쉬었다. 지금쯤이면 던컨도 나 때문에 지겨워 죽겠다는 생각을 하지 않을까? 그럼 얼마나 좋을까. 하지만 솔직히 말해서 던컨에게 붙들려서 확 안겼으면 좋겠다는 생각이 들었다. 던컨은 걸핏하면 날 붙잡아서 자기 품에 확 끌어당기는 걸 뭐. 사실은 그렇게 싫진 않아. 아늑하고 보호받는 기분도 들거든. 그리고 사랑 받는 느낌도 들고. 물론 착각이라는 건 알지만 사랑 받는 척한다고 죄가 되진 않잖아. 안 그래?

던컨은 매들린의 머릿속에서 무슨 생각이 돌아가는지 알 수가 없었다. 생각했던 것보다 매들린을 침대에 눕히는 데에만 엄청난 시간이 소요됐다. 지금 겪고 있는 시련과 비교하면 얼음처럼 차가운 호수에서 수영하는 일은 아무것도 아니었다. 앞으로 보상받을 일을 생각하면 이 정도 고문은 참아낼 수 있어. 이렇게 힘든 것도 무의미한 일은 아니라고.

그런 생각을 하면서 던컨은 팔꿈치에 머리를 기대고 매들린을 내려다봤다. 놀랍게도 매들린은 자신을 올려다보고 있었다. 사실 던컨은 이불 밑에 숨어 있을 거라고 생각했었다.

「잘 자요, 던컨.」

매들린은 수줍게 미소를 지으면서 속삭였다.

「잘 자라고 키스해줘.」

매들린은 던컨의 오만방자한 말투가 맘에 안 들었다.

「아까 전에 해줬잖아요. 혹시 하도 시시한 일이라서 기억을 못하는 건 아니에요?」

매들린이 달콤한 목소리로 말했다.

날 지금 약올리려고 하는 소린가? 던컨이 판단하기엔 매들린이 그만큼 마음이 편해졌다는 증거였다. 승리감마저 들었다. 매들린이 그만큼 자신을 믿고 있다고 생각하니까 기뻤다. 하지만 시간이 갈수록 몸이 홍분하면서 집중력이 흐려졌다. 매들린의 입술에 정신을 빼앗긴 던컨은 천천히 입술을 아래로 내렸다. 그는 팔로 매들린의 허리를 감고 도망가지 못하게 했다. 강제로 키스하진 말아야지. 난 그저 매들린을 설득할 방법을 찾을 때까지 옆에 붙어 있게 하려는 것뿐이야.

저항감을 없애려고 시작한 키스였다. 던컨은 혀를 매들린의 입 속에 밀어 넣은 다음 탐욕스럽고, 잔인하다 싶을 정도로 거칠게 그녀의 혀를 찾았다. 던컨은 매들린에게 쾌감을 느끼게 하고 싶었다. 그런 그의 기대에 부응이라도 하듯이 매들린은 혀로 던컨의 혀를 건드리면서 부드럽게 뺨을 쓰다듬었다.

키스가 점점 진해지면서 던컨은 매들린의 한숨소리를 삼켰다. 그는 목덜미를 애무하다가 맥박이 뛰는 자리를 찾아내고 천천히 그 주위를 엄지손가락으로 쓰다듬었다.

매들린은 던컨의 온기를 조금 더 가까이에서 느끼고 싶었다. 던컨에게 키스하는 게 너무 당연하고 자연스럽게 느껴졌다. 던컨의 목에 팔을 감았더니 별로 맘에 안 드는지 낮게 으르렁대는 소리를 냈다. 그녀는 던컨의 입술을 보고 미소를 지었다.

던컨은 고개를 들고 매들린을 바라봤다. 촉촉하게 젖은 입술, 반짝 반짝 빛나는 눈동자. 던컨은 마음이 따뜻해지는 걸 느끼면서 미소를 되돌렸다. 왜 웃음이 나오는지는 자신도 알 길이 없었지만.

매들린은 몇 번 주저하다가 손으로 던컨의 목덜미를 쓰다듬었다. 던컨은 키스를 다시 하고 싶은 유혹을 뿌리칠 수가 없었다. 그는 매들린의 아랫입술을 이로 살짝 깨물었다. 그러자 아랫입술이 톡 하고 던컨의 입 속에서 포도알처럼 튀어 올랐다. 매들린은 뭐가 그렇게 재밌는지 까르르 웃었지만 던컨은 고문당하는 게 괴로워서 신음 소리를 냈다.

키스가 점점 뜨거워졌다. 던컨은 매들린의 얼굴을 단단히 감싸고 마음껏 입술을 탐했다. 매들린은 신음을 하면서 몸을 계속 밀착시켰다. 그 바람에 매들린의 발가락이 던컨의 다리에 난 털을 문질렀다.

던컨은 키스를 하면서 매들린이 다리를 움직이지 못하게 허벅지 사이에 가뒀다. 아무리 해도 매들린에 대한 갈망을 채울 수가 없었다. 그는 매들린의 어깨와 등에서 느껴지는 감촉을 손으로 마음껏 음미했다.

매들린은 쾌감 때문에 몸을 떨었고, 머릿속이 하얗게 빈 느낌이었다. 소용돌이에 휩싸여서 도저히 빠져 나올 수 없는 기분. 신선하면서도 자극적인 감각이 온몸 구석구석까지 퍼지면서 마음까지 지배하고 있었다.

매들린은 던컨의 따스한 온기에 끌려서 정신없이 몸을 밀어대다가 어느 순간 허벅지 사이에서 단단해진 던컨의 남성을 느꼈다. 그녀는 깜짝 놀라서 숨을 멈추고 몸을 뒤로 빼려고 했다. 하지만 던컨의 뜨거운 키스에 취하면서 두려움이 모두 사라져버렸다. 마음속에서는 저항감이 들었지만 어느새 육체는 반응을 하고 있었다. 그녀는 본능적으로 허벅지로 던컨의 하복부를 감싸면서 따스한 온기가 다리 사이에 스며드는 감각에 젖었다. 하지만 던컨이 허리를 움직이면서 하복부를 문지르기 시작하자 저항감이 다시 되살아났다. 그녀는 양손으로 던컨의 허벅지를 밀어내려고 안간힘을 썼다. 그러나 시간이 지나면서 매들린의 저항도 미약해졌다. 던컨의 원색적인 움직임을 통해 자신도 몰랐던 욕망이 더욱더 거세게 일어나기 시작했다. 어느새 매들린은 던컨의 등에 손톱을 세우고 몸을 더욱더 밀착시켰다.

던컨은 매들린의 엉덩이를 손으로 감싼 다음 확 끌어당겨서 단단해진 남성을 확연하게 느낄 수 있게 했다. 던컨의 가슴에서 원색적이고 색정적인 소리가 흘러나왔다. 그 소리는 신화에 나오는 사이렌의 노래처럼 매들린을 단숨에 매혹시켜버렸다. 그녀는 아무런 저항 없이 던컨에게 격정적으로 키스했다.

던컨은 거리낌없이 키스에 응하는 매들린 때문에 정신을 잃을 것만 같았다. 그는 억지로 입술을 떼고 목선을 따라 가면서 키스를 했다. 던컨은 당장 매들린과 하나가 되고 싶어서 미칠 지경이었지만 아직은 그럴 때가 아니었다. 서두르면 안 돼. 매들린에게 시간을 줘야 하니까. 하지만 던컨의 몸은 그런 생각에 귀를 기울이려고 하지 않았다. 매들린의 몸에서 풍기는 살 내음에 취해서 이성적인 생각은 뒷전으로 밀리고 말았다. 던컨은 지금까지 이렇게 몸과 마음을 압도하는 열정에 휩싸여 본 적이 없었다. 키스 외에도 더 많은 것들이 기다리고 있다는 생각만으로도 폭발할 것만 같았다.

매들린도 이 이상 던컨에게 몸을 맡기면 안 된다는 사실은 알고 있었다. 그녀는 던컨의 허리를 힘껏 끌어안고 찰싹 달라붙어 있었다. 매들린은 심호흡을 하고 마음을 가라앉히려고 했지만 마음먹은 대로 되지 않았다. 던컨은 입술과 혀로 목을 살짝 살짝 애태우듯이 애무를 하더니, 이내 노골적이고 에로틱한 말을 귓가에 속삭였다.

그는 매들린에게 자신이 어떤 식으로 애무를 하고 키스를 하고 싶은지 자세하게 이야기했다. 그리고 매들린 때문에 미칠 것 같다는 얘기도 잊지 않았다. 그는 떨리는 손으로 매들린의 머리카락을 쓸어내고 눈썹에 입을 맞췄다. 그 모습을 본 매들린은 던컨의 말이 틀리지 않았음을 실감했다.

던컨이 마음만 먹으면 저항을 해봤자 힘으로 무마시킬 수 있다는 건 알았다. 하지만 그렇다고 해서 던컨이 무섭다는 생각은 들지 않았다. 던컨에게 그만두라는 말 한마디만 하면 억지로 강요하지 않으리라는 믿음이 있었다. 던컨은 언제나 자신이 곁에 있으면 최대한 힘을 억제하려고 애썼고, 부드러운 애무와 달콤하고 금지된 밀어들을 귓가에 속삭였다.

던컨에게 안겨 있으면 생각을 하고 싶어도 할 수가 없어. 아주 조금이라도 떨어져 있을 수만 있다면, 나한테 그럴만한 힘이 있다면 좋겠는데. 매들린은 있는 힘껏 몸을 굴려서 옆으로 빠져 나왔다. 던컨도 매들린을 따라 몸을 움직였다. 어느새 담요는 어디론가 도망가버리고 던컨은 매들린의 몸을 완전히 덮어버리고 말았다. 두 사람의 다리가 얽히면서 이제 장애물이라고는 얇아빠진 셔츠 하나뿐이었다.

그는 천천히 셔츠를 매들린의 가슴 위로 들어올렸다. 그리고 매들린이 저항하지 못하게 단숨에 벗겨버렸다. 매들린도 어쩌면 던컨이 벗기는 걸 도와주려고 했을지도 모른다.

던컨의 가슴이 매들린의 부드러운 가슴에 닿는 순간, 매들린의 머릿속에서 경계심이 모두 날아가버리고 말았다. 숱이 많은 가슴 털이 유두를 스쳤고, 매들린은 쾌감에 못 이겨 신음을 했다. 던컨의 거칠고 가쁜 숨소리도 그의 손길 이상으로 자극적이었다.

던컨은 고개를 들고 매들린을 응시했다. 매들린의 눈동자는 욕망 때문에 초점을 잃고 흐려져 있었다.

「나한테 키스하는 게 좋아요, 던컨?」

생각지도 않은 질문이 매들린의 입에서 나왔다. 던컨은 나오지도 않는 목소리를 가다듬고 말했다.

「그래. 난 당신한테 키스하는 게 좋아.」

그는 갑자기 미소를 지었다.

「당신이 나한테 키스하는 걸 좋아하는 만큼.」

「그래요. 나도 당신하고 키스하는 게 좋아요.」

매들린이 속삭였다. 그녀는 몸을 떨면서 혀끝으로 아랫입술을 신경질적으로 문질렀다. 던컨은 신음을 하면서 한동안 눈을 꼭 감고 있었다.

던컨은 매들린 때문에 미칠 지경이었다. 이렇게 구애하는 것도 점점 힘에 겨웠다. 그는 당장 그 자리에서 매들린을 안고 싶었다. 하지만 아직도 매들린은 준비가 덜 되어 있었다. 힘들어서 죽는 한이 있어도 어떻게 해서든지 끝까지 버텨내야 돼.

던컨은 심호흡을 하고 매들린의 모양 좋은 눈썹과 콧등에 차례로 입을 맞췄다. 매들린은 숨을 멈추고 던컨이 입술에 키스해주기만 기다렸다. 하지만 던컨은 얼굴을 내리고 목덜미에 키스를 하기 시작했다.

「키스해줘요, 던컨.」

자신이 너무 대담하게 굴고 있다는 걸 알았다. 이게 모두 사전지식이 너무 없어서 그러는 거야. 남녀 관계에 관해서 들은 적이 없는 걸. 이런 쾌감, 이성마저 마비시키는 쾌감이 존재한다는 사실을 말해준 사람도 없었지. 그런 걸 알았으면 이렇게 정신없이 빠져들진 않았을지도 몰라.

갑자기 매들린은 지금까지 자신이 무슨 짓을 하고 있는지 깨달았다. 자신과 싸우고 있었다고 생각했지만, 사실은 그건 매들린이 임의로 만들어낸 허상이었다. 그 허상 속에서 매들린 자신은 순결한 몸으로 남겠다는 의지를 갖고 있는데, 던컨이 그걸 방해하는 것처럼 마음대로 상상하고 있었다. 던컨에게 자신의 의지를 억지로 꺾어버리는 악역을 떠맡겨버린 것이다. 그렇게 되면 모든 책임은 던컨에게 전가될 테고, 자신은 그저 던컨이 억지로 강요한 쾌감에 희생당한 순진한 여자로 남게 되는 것이리라.

매들린은 수치심 때문에 고개를 들 수가 없었다. 던컨은 자신에게 억지로 강요하고 있는 게 아니었다.

「난 겁쟁이예요.」

「무서워하지 않아도 돼.」

던컨이 부드러운 목소리로 말했다.

매들린은 던컨에게 얼마나 안기고 싶은지, 얼마나 던컨을 원하는지, 행동이 아닌 말로써 보여주고 싶었다. 오늘 하루만이라도 던컨의 여자가 되고 싶었다. 던컨이 자신을 사랑하게 될 거라는 생각은 안 했지만, 오늘 하룻밤만은 던컨이 속삭이는 밀어가 진실이라고 가장하고 싶었다. 던컨이 육체만 내준다고 해도, 그것만으로 충분하다고 자위할 수 있을 것 같았다.

「내 어깨를 붙들고 있어, 매들린.」

다소 냉정한 목소리였지만, 매들린의 가슴을 어루만지는 손길은 부드럽기만 했다.

던컨은 손바닥으로 매들린의 양쪽 가슴을 감쌌다. 그녀는 고통스러울 정도로 달콤한 쾌감을 느끼면서 본능적으로 몸을 젖혔다.

던컨이 손가락으로 유두를 쓰다듬자 그것은 이내 단단하게 부풀어올랐다. 처음 맛보는 쾌감에 놀란 매들린이 외마디 소리를 냈다. 던컨은 그 소리를 무시하고 아래로 움직여서 유두를 입 안에 머금었다. 비단처

럼 부드러운 던컨의 혀는 매들린에겐 고문이나 다름없는 애무를 계속
했다. 이윽고 던컨이 유두를 삼킬 것처럼 강하게 빨기 시작하자 매들린
은 미칠 것만 같았다. 그녀는 던컨의 어깨를 붙들고 신음 소리를 내면서
몸부림을 쳤다.

던컨이 애무를 끝냈을 때 매들린은 양쪽 가슴이 전보다 훨씬 부푼 것
처럼 느껴졌다. 던컨은 이내 매들린의 입술에 오랫동안 뜨거운 키스를
했다.

그는 더 이상 기다릴 수가 없었다. 하지만 마음 한구석에서는 매들린
이 아직 안아도 좋다는 말을 하지 않았다는 사실을 뚜렷하게 인식하고
있었다. 고개를 들었더니, 매들린의 눈동자에 눈물이 가득 고여 있었다.

「그만 뒀으면 좋겠어?」

던컨이 나오지 않는 말을 억지로 꺼냈다.

「왜 우는지 얘기해줘, 매들린.」

그는 매들린의 눈썹에서 또르르 굴러 떨어지는 눈물을 엄지손가락으
로 받아냈다.

하지만 매들린은 계속 말이 없었다. 던컨은 거칠게 매들린의 머리채
를 휘어잡았다.

「당신이 나한테 솔직했으면 좋겠어. 당신 눈을 보면, 얼마나 사랑을
나누고 싶어하는지 알 수 있어.」

「그래선 안 된다는 건 알지만, 그래도 당신하고 사랑을 나누고 싶어
요. 더 이상은 못 기다리겠어요.」

「당신은 이제 내 아내야, 매들린. 그러니까 우리가 지금 하는 일 때
문에 죄의식을 가질 건 없어. 부부 사이에서는 이게 당연하고 자연스러
운 거야.」

던컨은 매들린에게 다시 뜨겁게 키스를 했다. 매들린도 던컨에게 지
지 않을 정도로 격렬하게 키스에 응했다. 매들린이 어깨에 손톱을 세웠
을 때 던컨은 갑자기 몸을 뒤로 뺐다.

「나하고 한몸이 되길 바란다고 얘기해줘. 내 몸이 당신 몸 안에 들

어갔으면 좋겠다고, 그렇게 말해줘.」

던컨은 매들린의 눈동자를 들여다보면서 허벅지로 천천히 다리를 벌렸다. 그리고 매들린이 알아채기도 전에 손으로 몸에서 가장 민감한 부분을 감쌌다. 던컨은 매들린이 욕망으로 미끌미끌하게 젖을 때까지 끊임없이 손가락으로 쓰다듬고 어루만졌다. 그는 애무를 하면서 줄곧 매들린이 열정적으로 반응하는 모습을 지켜보고 있었다.

던컨의 손가락이 천천히 매들린의 몸을 뚫고 들어왔다. 매들린은 본능적으로 몸을 젖혔고, 그 모습을 지켜보는 던컨은 죽을 것만 같았다. 매들린은 믿을 수 없을 만큼 뜨겁게 달아올라 있었다. 그런 열정은 던컨 한 사람만의 것이었다.

「이제 고문은 그만 해요. 던컨, 날 안아줘요.」

던컨은 신음 소리를 내듯이 매들린의 이름을 부른 뒤에 입술을 겹쳤다. 그는 최대한 천천히 매들린의 허벅지 사이에 자리를 잡았다. 그런 후에 매들린의 허리를 들어올리고 몸 안에 흥분한 남성을 밀어 넣었다. 매들린이 몸부림을 치면서 던컨의 남성이 더욱더 깊이 들어갔다.

던컨은 처녀막이 가로막는 걸 느끼고 움직임을 멈췄다.

「내 허리에 다리를 감아.」

던컨은 매들린의 목덜미에 얼굴을 파묻으면서 신음 소리를 냈다. 매들린이 던컨의 말대로 했을 때, 던컨은 몸을 힘껏 밀었다. 매들린은 아픔 때문에 비명을 지르면서 몸을 뒤로 빼려고 했다.

「괜찮아, 매들린. 이젠 안 아플 거야. 약속할게.」

던컨이 속삭였다.

그는 매들린의 몸이 적응할 때까지 기다리려고 했지만 도저히 참을 수가 없었다. 처음엔 천천히 움직였으나 점점 속도가 빨라지고 움직임이 거칠어지기 시작했다. 던컨의 손가락이 민감한 곳을 문지르자 매들린은 극도로 달아올랐다.

얼마 지나지 않아서 통증은 머릿속에서 잊혀졌다. 던컨은 매들린의 몸을 완전히 채우고 있었다. 그녀는 던컨을 좀더 깊게 받아들이려고 허리를 젖히면서 몸을 움직이기 시작했다.

갑자기 던컨의 움직임에 힘이 더해지기 시작했다. 던컨의 몸에 숨어 있던 힘이 풀어져 나와서 매들린을 감싸고 또 몸 안에 스며들었다. 매들린은 그 감각을 즐기면서 자신의 부드러운 몸으로 던컨의 힘을 감쌌다. 이젠 누가 누군지 구분할 수 없을 정도로 하나가 된 느낌이었다. 자신은 던컨에게 속해 있고 던컨은 자신에게 속해 있었다. 몸과 마음 그리고 영혼까지.

매들린은 자제력을 완전히 잃고 열정적으로 뭔가를 얻기 위해서 안간힘을 썼다. 그녀는 감각에 몸을 내맡기고 자신의 남편이자 연인인 남자에게 자신의 모든 걸 내주었다. 그건 그 역시 자신의 모든 걸 내주었기 때문이었다.

던컨이 귀에 뭔가 속삭였지만, 매들린은 너무 흥분해서 이해를 할 수가 없었다. 그저 자신을 끌어올리는 어떤 힘의 존재만 온몸으로 느끼고 있었다.

절정이 너무나 압도적이었기 때문에 매들린은 비명을 질렀다. 그건 던컨의 이름이었다. 갑자기 매들린은 너무 무섭고 겁이 나서 상처받기 쉬운 상태가 되고 말았다. 동시에 던컨에게 보호받고 사랑 받는 느낌도 받았다.

매들린에게 보답이라도 하듯이 던컨도 낮게 으르렁대는 소리를 내면서 절정에 올랐다. 그는 매들린의 이름을 소리치면서 힘껏 끌어안았다. 그리고 마지막으로 매들린의 몸 위에 쓰러져서 한숨처럼 그녀의 이름을 중얼거렸다.

두 사람의 몸은 땀에 젖어서 반들거렸다. 서로의 열정이 안개처럼 자욱하게 퍼진 방안에 독특한 사향 냄새가 떠돌아다니고 있었다. 매들린은 던컨의 어깨를 핥아서 소금기를 음미했다.

던컨은 기운이 하나도 없어서 움직일 수가 없었다. 그리고 무엇보다 지금 이 상태로 영원히 있고 싶다는 마음이 들었다. 전에는 한번도 이렇게 철저히 만족감을 느껴본 적이 없었다.

얼마쯤 시간이 흘렀을까, 정신을 수습한 던컨은 팔꿈치에 머리를 기대고 매들린을 바라봤다. 그녀는 눈을 감고 있었는데, 뺨은 빨갛게 달아올라 있었다. 갑자기 소심한 새끼고양이로 돌변했군. 던컨은 그런 매들린이 너무 귀여워서 씩 웃었다. 방금 전까지 그렇게 열정적으로 반응했던 여자가, 이제는 부끄러워서 얼굴을 붉히고 있다니. 매들린이 어깨에 남긴 상처는 최소한 일주일은 갈 것 같았다.

「나 때문에 아팠어?」

「그래요.」

매들린이 수줍게 대답했다.

「많이 아팠어?」

던컨이 걱정스럽게 물었다.

「아뇨. 아주 조금 아팠어요.」

「그럼 내가 당신 기대를 만족시켰나?」

매들린이 슬쩍 던컨을 훔쳐봤더니 오만한 미소를 짓고 있었다.

「그래요.」

「아주 조금?」

매들린은 웃으면서 고개를 내저었다. 저 사람은 내가 얼마나 만족했는지 확인 받고 싶은 거야. 내가 저 사람에게 확인 받고 싶은 것처럼.

「아주 많이요.」

던컨은 만족스럽게 고개를 끄덕였다. 물론 미리 알고 있던 사실이었지만 직접 듣고 나니까 더욱더 마음이 뿌듯해졌다.

「당신은 열정적인 여자야, 매들린. 그걸 부끄러워 할 필요는 없어.」

던컨은 매들린에게 오랫동안 열정적으로 키스를 했다. 다시 매들린을 바라봤을 때는 이미 수줍은 태도는 사라지고 없었다. 어느새 매들린의 눈동자 빛깔이 진 녹색으로 변해 있었다. 그 눈동자를 보고 있자 빨려 들어갈 것 같았다.

던컨은 갑자기 겁이 나면서 마음이 약해졌다. 자신의 본래 성격과는 너무나 어울리지 않는 감정이라 이해하기가 힘들었다. 조심하지 않으면 자칫 삼손처럼 될지도 모른다. 더구나 매들린은 데릴라보다 훨씬 더 매혹적인 여자가 아닌가. 미리 방어막을 치지 않으면 자신이 갖고 있던 힘을 모두 매들린에게 빼앗기게 될지도 모른다.

던컨은 눈살을 찌푸리면서 몸을 옆으로 굴렸다. 그런 후 뒷머리에 양손을 깍지 끼고 똑바로 누웠다. 매들린은 던컨의 팔꿈치에 깔린 머리칼을 잡아 빼려고 끙끙댔다. 하지만 던컨은 매들린을 싹 무시하고 천장만 보고 있었다.

던컨은 마음속으로 오랫동안 외면해왔던 진실을 받아들이려고 애썼다. 지금까지 자신은 매들린을 안고 있을 때만 그런 감정을 솔직하게 내보였다. 매들린이 품안에 있으면 아무리 노력해도 그런 감정을 숨길 수가 없었다. 매들린의 존재는 어느새 던컨의 마음속에 커다랗게 자리 잡고 있었다. 던컨을 좌지우지 할 수 있는 힘. 매들린이 그런 힘을 갖고 있다는 사실이 던컨을 불안하게 했다. 더구나 던컨은 본디 불안감을 쉽게 느끼지도, 별로 많이 느끼지도 않는 사람이었다.

매들린은 이불을 턱까지 끌어올리고 누워서 던컨이 험상궂은 표정을 짓는 모습을 지켜봤다. 갑자기 겁이 났다. 내가 저 사람을 실망시킨 걸까? 사실 조금 서툴고, 소극적으로 굴긴 했으니까.

「지금 혹시 후회하는 거예요?」

매들린이 머뭇거리면서 물었다.

그녀는 던컨을 쳐다볼 수가 없어서 눈을 감았다. 이내 불안함과, 수치심이 몰려왔다.

「아니야.」

던컨이 냉정하게 한마디 내뱉었다. 아무 위안이 안 되는 말이었다. 마음에 상처를 받은 매들린은 굴욕감을 느꼈다. 꿈처럼 달콤했던 정사의 여운은 어느새 사라지고 버림받은 느낌과 극도의 좌절감이 몰려 들어왔다. 매들린은 울음을 터트렸다.

하지만 던컨은 자신의 감정을 인정한 이후로 매들린을 무시할 수밖에 없었다. 지금 방이 떠나가라 울부짖고 있는 여자. 남편을 존중할 줄도 모르고 도무지 종잡을 수 없는 여자. 그 여자는 자신의 마음속 깊숙한 곳에 자리 잡고 있었다. 그 사실은 던컨을 동요하게 만들었다.

갑자기 매들린이 얘기한 아킬레스가 된 기분이었다. 필시 아킬레스도 자신의 발꿈치가 약점이었다는 사실을 알고 나선 기분이 좋았을 리가 없다. 지금 던컨이 그렇듯이 격분하지 않았을까?

던컨은 어떻게 해야 자신을 매들린의 유혹에서 보호할 수 있을지 감이 전혀 안 잡혔다. 시간을 들여서 생각을 해봐야겠어. 그래. 그리고 되도록 멀리 떨어져 있어야겠어. 매들린이 곁에 있으면 제대로 생각을 할 수가 없으니까. 젠장. 던컨은 새삼스럽게 다시 화가 치밀었다.

던컨은 길게 한숨을 내쉬었다. 그도 매들린이 자신에게 뭘 바라는지, 뭘 필요로 하는지 알고 있었다. 자포자기 심정으로 신음 소리를 내면서 던컨은 이불을 획 젖혀버리고 매들린을 품에 끌어안았다.

「그만 울어.」

하지만 매들린은 던컨의 목덜미가 축축해질 때까지 눈물을 흘렸다. 그녀는 던컨에게 '당신은 경멸받아야 마땅한 사람이다. 다시는 절대 말을 하지 않겠다. 그리고 당신 같이 둔감하고 거만한 사람은 처음 봤다'고 퍼부어줄 작정이었다. 그러려면 계속 터져 나오는 울음을 먼저 그쳐야 했다. 울먹이는 소리로 얘기를 해봤자 불쌍하게만 보일 테고 자신이 얼마나 화가 났는지 보여줄 수가 없었다.

「지금 후회하는 거야?」

울음소리가 더 이상 참기 힘들어진 던컨이 물었다.

매들린은 고개를 끄덕이다가 던컨의 턱에 머리를 부딪혔다.

「정말 후회해요. 당신을 실망시켰다는 건 알아요. 그러니까 그렇게 무서운 얼굴로 쏘아붙였겠지요. 내가 뭔가 제대로 못했으니까 그러는 거 아니냐구요.」

그럼 지금까지 날 만족시키지 못했다고 생각해서 울고 있었던 건가? 던컨이 슬며시 미소를 지었다. 아무튼 뒤통수치는 데 일가견 있는 여자라니까.

갑자기 던컨의 품에서 몸을 빼다가 매들린은 또 던컨의 턱에 머리를
부딪혔다.

「다시는 내 몸에 손댈 생각은 하지 말아요.」

매들린은 너무 화가 난 상태라 자신이 알몸이라는 사실을 잊고 있었
다. 던컨의 몸이 튈 듯이 반응했다. 매들린은 던컨을 옆으로 마주보는
자세로 누워 있었다. 던컨의 시선이 풍만한 가슴과, 장밋빛 돌기에 머물
렀다. 그는 저도 모르게 손을 뻗어서 엄지손가락으로 유두 주위에 원형
을 그렸다. 화가 난 그녀는 던컨의 손을 찰싹 갈겨서 옆으로 치웠다.

매들린은 이불을 덮어서 가슴을 가리려고 했지만 던컨이 가만히 있지
않았다. 한동안 이불을 사이에 두고 줄다리기가 벌어졌지만, 결국 던컨
의 손에 들어가고 말았다. 던컨은 휙 하고 이불을 바닥에 던져버렸다.
매들린이 이불을 주우려고 하는데 던컨이 팔을 붙잡고 자신의 몸 위로
끌어올렸다.

그는 매들린의 양쪽 손을 모두 꼭 붙들고 씩 웃었다. 하지만 이내 매
들린이 무릎으로 다리 사이를 치자 던컨의 미소는 대번에 사라지고 말
았다.

던컨은 신음 소리를 내면서 매들린의 발목을 움직이지 못하게 자신의
다리로 감았다. 그런 연후에 매들린의 손을 놔주고 천천히 고개를 아래
로 끌어당겼다.

「내 말 잘 들어, 매들린. 당신은 서툰 게 아니라 경험이 없었던 거야.
그리고 당신은 날 만족시켜줬어. 솔직히 믿어지지 않을 정도로.」

매들린은 한참 동안 던컨을 응시했다. 어느새 매들린의 눈에는 눈물
이 가득 고였다.

「정말이에요? 내가 정말 당신을 만족하게 했어요?」

던컨이 화가 나서 고개를 끄덕였다. 내일 아침에 일어나면 절대 남편
에게 그런 식으로 질문을 하면 안 된다고 한마디 해줘야지.

「당신도 나를 만족하게 해줬어요.」

던컨의 말에 화가 모두 풀린 매들린이 속삭였다.

「나도 알아.」

던컨은 눈물에 젖은 매들린의 빰을 닦았다.

「당신이 그걸 어떻게 알아요?」

매들린이 못마땅한 얼굴로 물었다.

「그거야 당신이 찢어지는 소리로 내 이름을 불렀고, 나한테 빌면서…….」

「난 남에게 절대 빌지 않는 사람이에요. 괜히 과장하지 말아요.」

매들린이 말을 잘랐다.

던컨은 그 말을 듣고 오만하기 짝이 없는 미소를 던졌다. 매들린은 '당신처럼 거만한 사람은 처음 봤다'고 쏘아붙이려고 했지만 던컨의 입술이 막아버렸다.

매들린은 하복부에 밀착한 던컨의 남성을 느끼고 애태우듯이 움직이기 시작했다. 던컨은 부드럽게 몸을 옆으로 움직이면서 말했다.

「이제 눈 좀 붙여봐. 지금 바로 안으면 통증이 너무 심해서 안 돼.」

매들린은 고개를 숙이고 던컨의 말을 키스로 막아버렸다.

「이렇게 당신 몸 위에 있으니까 기분이 좋은데요.」

매들린이 수줍어하면서 다시 속삭였다.

「명령이야. 어서 자.」

던컨이 웃으면서 말했다.

「난 자고 싶지 않아요.」

던컨의 목덜미를 살짝 살짝 물면서 매들린이 말했다.

「당신한테서 좋은 냄새가 나요.」

매들린의 혀가 던컨의 귓불을 희롱하기 시작했다.

이 이상 매들린이 하는 대로 놔뒀다가는 또 일을 저지를 것 같았다. 던컨은 매들린을 다시 또 아프게 하고 싶지 않았다. 하지만 매들린은 너무 순진해서 그걸 모르고 있었다.

이렇게 빨리 사랑을 나누면 얼마나 몸이 불편하고 아픈지 보여줘야 할 필요가 있겠어.

던컨은 손을 두 사람의 하복부가 겹쳐진 곳으로 움직였다. 이내 던컨의 손가락이 매들린의 몸 안으로 들어갔다. 매들린은 신음을 하면서 던컨의 어깨에 손톱을 세웠다.

「날 안고 싶다고 말해봐.」

던컨이 욕망 때문에 거칠어진 목소리로 명령했다.

매들린은 천천히 몸을 뒤로 젖혔다. 고통과 쾌감이 섞여서 뭐가 뭔지 구분을 할 수가 없었다. 그녀는 몸을 숙이고 던컨의 가슴에 자신의 가슴을 비벼댔다.

「당신을 안고 싶어요, 던컨.」

그 순간 던컨의 자제력이 완전히 사라져버리고 말았다. 매들린이 옆으로 몸을 굴리고 누우려고 하자 던컨이 고개를 내저었다.

「내가 당신한테 비는 모습을 보고 싶어서 그래요?」

매들린이 떨리는 목소리로 물었다.

던컨은 매들린의 이마에 키스를 하면서 천천히 몸 안으로 들어갔다. 던컨의 하복부에 다리를 벌리고 앉아 있던 매들린의 입에서 신음 소리가 나왔다. 내가 밑에 깔리지 않아도 되는 거였구나. 이성을 완전히 잃기 전에 매들린의 머리에 마지막으로 떠오른 생각이었다.

15

신약성서 中, 루가 복음 12장 34절

던컨은 언제나 자신이 현실적인 사람이라고 믿고 있었다. 물론 고집
스럽고 자신만의 방식을 강요하는 면이 있다는 건 인정하지만 그렇다고
결점이라는 생각은 안 했다. 그는 매일 똑같은 일상생활을 보내는 게 훨
씬 편하고 위험 부담이 없다고 믿고 있었다. 더구나 엄청난 인원의 아랫
사람을 거느린 영주로서, 질서와 규율을 유지할 의무가 있었다. 그날그
날 계획을 제대로 세우지 않으면 쓸데없이 혼란만 생기는 법이었다.

혼란이라. 갑자기 자신의 사랑스럽고 온순한 아내가 떠올랐다. 물론
입 밖에 내놓진 않았지만 그는 매들린이야말로 '혼란'이라는 단어에 새
로운 의미를 부여한 장본인이라고 생각하고 있었다. 정말이지 매들린과
혼인하기로 결심한 이후로 인생이 얼마나 혼란스럽고 종잡을 수가 없게

됐는지 말로 표현하기가 힘들었다. 매들린과의 갑작스러운 혼인. 지금까지 살면서 그렇게 무모한 일을 저질러보기는 난생 처음이었다.

던컨은 사실 결혼하기 전처럼 일상사에 아무 방해를 받지 않고 지낼 수 있으리라고 믿었다. 그리고 매들린을 철저히 무시할 수도 있을 거라는 생각도 했었다. 하지만 그건 철저한 오산이었다.

매들린은 던컨이 생각했던 것보다 훨씬 더 고집이 셌다. 그래서 그렇게 자신의 위치를 망각하고 대담하게 행동하는 것이리라.

던컨은 변화를 싫어했다. 짐작컨대 매들린도 그 사실을 알고 있었다. 하지만 던컨이 간섭하지 말라고 명령을 하면 매들린은 어린아이처럼 순진한 표정을 지었다. 그리고는 콧노래를 부르면서 뭐든지 자기가 하고 싶은 대로 마음껏 바꿔버렸다.

그래도 매들린은 아직까지 수줍음을 모두 버리진 못했는지 걸핏하면 얼굴을 붉히곤 했다. 던컨이 한참 동안 물끄러미 쳐다보고 있으면 어느새 얼굴을 붉히고 있었다.

매들린이 그 동안 손을 댄 일은 한두 가지가 아니었다. 제일 눈에 띄게 변한 건 홀이었는데, 솔직히 던컨도 그다지 불만은 없었다. 매들린은 허락도 받지 않고 흔들거리는 식탁 받침대를 치우고 여기 저기 자국이 남은 오래된 식탁도 병사들이 머무는 숙소에다 옮겨놓았다. 그뿐이 아니었다! 멋대로 목수까지 고용하고 전보다 좀 작은 식탁을 새것으로 짜게 했다.

하인들은 농담 삼아 매들린은 병적으로 청소를 좋아한다고 말하곤 했다. 솔직히 던컨 앞에서 대놓고 말하지 못해서 그렇지 청소에 환장했다고 생각하는 눈치였다. 그러면서도 다들 매들린을 기쁘게 하기 위해서 시키는 대로 열심히 손을 놀렸다.

바닥은 말끔하게 문질러서 묵은 때를 벗겨내고, 지저분해진 벽은 색을 다시 칠했으며 장식도 새로 했다. 바닥에 골풀도 새로 깔았는데, 수상쩍게도 장미향 비슷한 냄새가 나는 것 같았다. 전과는 달리 이제는 벽난로 위에 감청색 바탕에 하얀 실로 웩스턴 가문의 문장을 수놓은 커다란 깃발이 매달려 있었고, 벽난로 앞쪽에는 등받이가 긴 의자가 두개 놓여 있었다. 어떻게 보면 홀은 매들린이 쓰던 방과 분위기가 많이 비슷했다. 그리고 앉을 수 있는 공간도 여럿 만들었는데, 그 때문에 홀이 전보다 좁아 보였다. 도대체 홀 안에서 앉아 있어야 할 필요가 뭐가 있어? 던컨은 그 점을 이해할 수가 없었다. 물론 분위기가 아늑해 보이긴 했지만 던컨에게 있어서 홀이라는 공간은 음식을 먹고 가끔씩 벽난로 앞에서 몸을 녹일 수 있기만 하면 족했다. 도대체 누가 홀 안에서 시간을 때우려고 하겠어? 하지만 그런 단순한 사실도 이해하지 못하는지 매들린은 던컨의 홀을 게으름뱅이 소굴로 만들어버렸다.

그리고 병사들조차 홀 안에 들어올 때는 미리 부츠를 깨끗이 닦곤 했다. 던컨은 그 사실에 만족을 해야 할지 어쩔지 알 수가 없었다. 어찌됐든 병사들도 이젠 매들린의 암묵적인 명령에 복종하고 있었다.

하지만 복병은 따로 있었다! 사냥개들 때문에 매들린은 제일 골치를 썩여야 했다. 기껏 녀석들을 아래층으로 내몰면 어느새 다시 홀 안으로 돌아와 있었다. 결국 매들린은 그 문제도 해결을 봤다. 사냥개들의 우두머리가 되는 녀석을 알아낸 다음 고깃덩어리를 눈앞에 흔들어대서 아래층까지 유인했다. 그런 후에 사냥개가 아래층에서 먹는 버릇을 확실히 들일 때까지 계단에는 얼씬도 못하게 했다.

이젠 식사하면서 뼈를 휙휙 등뒤로 던지는 사람들도 없어졌다. 길라드에게 들은 바에 의하면, 매들린은 나긋나긋한 목소리로 식탁 상단에 서서 '교양 있는 사람처럼 먹거나 아니면 아예 먹지 말라'고 선포를 했다고 한다. 그래도 불평을 하는 사람은 없었다. 다들 하인들처럼 매들린을 기쁘게 해주려고 안간힘을 쓰는 눈치였다.

그래. 이젠 새끼고양이가 아니라 암사자처럼 됐지. 매들린은 하인들이 혹여 웩스턴 일가의 일원에게 조금이라도 불손한 태도를 보이면 수치심 때문에 얼굴이 벌개질 때까지 설교를 늘어놓았다.

그러고 보니까 매들린은 나한테도 설교를 늘어놓았지. 물론 아직도 매들린은 감정을 자제하는 버릇을 완전히 버리진 못했지만, 그래도 전보다는 훨씬 자주 속마음을 드러내놓곤 했다.

그리고 걸핏하면 던컨의 의견에 반발을 하곤 했다. 전날 던컨은 길라드와 윌리엄 국왕과 국왕의 형제들인 로버트와 헨리 왕자에 대해서 얘기를 나눴다. 길라드가 홀을 나서기가 무섭게, 매들린은 던컨에게 왕자들 때문에 걱정이라는 말을 했다. 그리고 이어서 위엄 있는 목소리로 국왕이 왕자들에게 좀더 신뢰감을 보여줘야 한다고 덧붙였다. 매들린의 생각엔 국왕에게 인정받지 못한다는 생각에 불만을 품고 왕자들이 문제를 일으킬 소지가 있다는 것이다.

도대체 여자가 정치에 대해서 알면 얼마나 안다고 그래? 필시 자기가 무슨 말을 하고 있는지도 모르고 있겠지. 던컨은 꾹 참고 있다가 매들린에게 윌리엄 국왕이 형님인 로버트 왕자에게 노르망디(영국 해협에 면한 프랑스 서북부 지방. 윌리엄 국왕은 정복왕(征服王) 윌리엄의 차남이었음)를 하사해주지 않았느냐고 반박했다. 그리고 노르망디라고 하면 영국 국토 전역보다 훨씬 더 값어치가 있는 영지인데도, 로버트 왕자는 동생인 윌리엄 2세에게 양도하고 십자군에 참가했다, 그럼 그건 무책임하고 신뢰를 저버린 행동이 아니냐는 말도 했다.

매들린은 던컨의 논리적인 항변을 무시하고, 계속 던컨이 윌리엄 국왕과 똑같은 짓을 저지르고 있다고 말했다. 중요한 일을 결정할 때도, 항상 길라드와 에드먼드는 아무 역할도 못하고 있질 않느냐, 그러니까 아무래도 왕자들처럼 자기 위치가 불안하지 않겠냐는 말도 잊지 않았다.

던컨은 매들린을 품에 획 하고 끌어당겨서 키스를 했다. 그래야 더 이상 길게 잔소리를 하지 않을 것 같아서였다. 결국 그 방법은 아주 효과가 있었다.

하루에도 열 번 이상 던컨은 사소한 집안 일에 신경을 쓸 여력이 없다고 되뇌었다. 보통 사람이나 다름없는 병사들을 훈련시켜서 특출한 전사로 만드는 일이야말로 자신이 해야 할 일이 아닌가.

그렇기 때문에 그는 형제들과 여동생 그리고 고집스럽고 제멋대로 행동하는 아내와 일정한 거리를 두려고 애쓰고 있었다. 사소한 집안 일은 신경 쓰지 않는다고 쳐도, 매들린을 둘러싼 문제에 관해서는 그게 쉽지 않은 일이었다.

지금까지 병사들이 몇 번이나 매들린의 목숨을 구해줬는지 모른다. 하지만 매들린은 매번 고맙다는 말을 하지 않았다. 무례해서 그런 게 아니라 사실은 무지에서 비롯된 일이었다. 그녀는 자신의 충동적인 행동이 얼마나 위험한 결과를 초래할 수 있는지 자각을 못하고 있었다.

어느 날 오후, 매들린은 서둘러서 마구간으로 가다가 활 쏘는 연습을 하고 있던 병사들 앞을 획 하고 지나쳤다. 그러다가 우연히 어떤 병사가 날린 화살이 간발의 차이로 매들린의 머리를 스쳐지나갔다. 불쌍한 병사는 그 즉시 얼굴이 새파래져서 바닥에 무릎을 꿇고 말았다. 결국 그 병사는 하루 종일 과녁이 어딘지 구분도 못하고 훈련을 끝마쳐야 했다. 정작 당사자인 매들린은 아무것도 모른 채 뭐가 그렇게 바쁜지 부리나케 마구간으로 달려갔다.

그 비슷한 사건들이 하도 많이 일어나서 일일이 셀 수가 없었다. 매일 저녁 앤서니에게 그날 있었던 일을 보고 받아야 하는 시간이 무서워질 정도였다. 앤서니는 지쳐서 얼굴이 수척해 보였지만 한번도 불평을 입에 담지 않았다. 하지만 매들린의 뒤치다꺼리를 할 바엔 차라리 목숨을 걸고 전장에 나가는 편이 낫겠다고 생각할 게 분명했다.

시간은 좀 걸렸지만 던컨은 매들린이 왜 그렇게 조심성이 없고 부주의한지 깨닫게 됐다. 그 이유는 아주 간단했다. 매들린 스스로가 안전하다고, 보호받고 있다고 느끼고 있기 때문이었다. 매들린이 열병에 시달리고 있을 때 던컨은 그녀의 어린 시절에 대해서 모든 걸 알게 되었다. 남의 눈에 띄지 않으려고 애쓰던 말이 없던 아이. 매들린의 엄마는 남편과 의붓아들의 손이 닿지 않게 딸을 보호하려고 애를 썼다. 엄마가 돌아가신 후 로던과 단둘이 살았던 2년 동안은 매들린에겐 끔찍한 세월이었다. 얼마 안 지나서 매들린은 웃지도, 울지도 않고 화도 내지 못하는 아이로 변해 있었다.

버튼 삼촌하고 함께 한 세월은 물론 나름대로 행복하다고 할 수 있겠지만, 그래도 던컨은 매들린이 그 또래의 아이들처럼 행동했을지 의문이었다. 성직자와 같이 살면서 더욱더 자제하는 습관이 몸에 베었을 것이다. 그리고 나이 많고 약한 노인을 의지해봤자 얼마나 의지가 됐겠는가. 오히려 매들린이 삼촌을 책임져야 하는 상황이라고 해야 정확할지도 모른다. 그런 마당에 보통아이들처럼 장난치고, 말썽을 부리는 일은 엄두도 낼 수가 없었으리라.

사실 매들린은 버튼 삼촌에게 자제하는 법을 배운 것 같았다. 아마 삼촌도 로던의 학대에서 매들린이 살아남기 위해서는 감정을 숨기는 수밖에 없다고 생각했을지도 모른다. 두 사람 모두 매들린이 금새 로던에게 돌아가야 한다고 생각했지 그게 십 년의 세월이 될 거라고는 상상도 못했다. 결국 매들린은 로던이 언제 데리러 올지 모른다는 불안감 속에서 그 세월을 보내야만 했을 것이다.

원래 불안한 마음이 없으면, 조심도 안 하는 법이었다. 매들린이 바로 그런 경우였다. 안전하다고 느끼기 때문에 그 동안 방패처럼 둘러왔던 경계심과 자제심을 모두 버린 것이리라.

던컨은 매들린 자신보다 훨씬 더 많이 매들린을 이해했다. 그녀는 겉보기엔 덤벙대고 말썽만 일으키는 것 같았지만 사실은 바뀐 인생에 적응하고, 새롭게 경험한 일들을 하나하나 음미하느라고 조심할 틈이 없었던 것이다. 결국 매들린에게 주의를 주는 건 남편인 던컨이 해야 할 의무였다. 매들린을 보면 갓 태어난 망아지가 혼자서 일어서려고 애쓰는 모습이 연상되곤 했다. 확실히 매들린은 눈에 넣어도 아프지 않을 만큼 사랑스러운 여자였지만 무슨 일이 생길까봐 한시라도 눈을 뗄 수가 없었다.

하지만 던컨은 자기 자신의 감정은 해석하지 못하고 있었다. 사실 던컨은 매들린을 포로로 잡으려고 로던의 성을 공격했었다. 눈에는 눈, 이에는 이. 복수심 외엔 다른 이유가 없었다.

매들린이 얼어붙은 발을 녹여주기 전까지는.

그 순간부터 모든 게 변해버렸다. 그날 이후로 두 사람이 하나로 묶여 있다는 사실은 부정할 수가 없었다. 던컨은 절대 매들린을 놓아줄 수가 없었다.

그래서 결국 매들린과 혼인을 했다. 그리고 그 다음 날 로던의 병사들은 전령과 함께 웩스턴 영지를 떠났다.

날이면 날마다 던컨은 자신이 왜 그런 무모한 결정을 내렸는지 새로운 이유를 찾아냈다. 어떻게 해서든지 자신의 감정을 논리적으로 그리고 이성적으로 해석하고 싶었다.

월요일, 던컨은 자신이 매들린과 혼인한 이유는 안전하게 보호받을 수 있는 피난처를 제공하기 위해서라고 결론을 내렸다. 그건 목숨을 걸고 자신을 구하려고 했던 매들린의 헌신적인 행동에 대한 보답이었다.

화요일, 던컨은 자신이 매들린과 혼인한 이유는 욕정 때문이라고 결론을 내렸다.

하지만 수요일에 던컨은 다시 생각을 바꿨다. 자신이 매들린에게 혼인 서약을 한 이유는 매들린이 약하고 자신은 강하기 때문이라고 결론을 내렸다. 병사들과 함께 훈련을 하다가 그런 생각이 들었다. 매들린은 무릎을 꿇고 충성을 맹세하지 않았을 뿐 병사들처럼 가신(家臣)이나 다름없었다. 물론 매들린을 지켜줘야 한다는 사실은 변함이 없었지만. 결국 그런 연민의 정 때문에 자신은 매들린을 아내로 맞은 것이다.

목요일이 되니까 다른 생각이 들었다. 매들린과 혼인을 한 이유는 그녀를 보호하는 동시에 매들린에게 자신의 존재 가치를 깨닫게 하기 위해서였다. 로던과 함께 지내면서 매들린은 하찮은 존재인양 취급을 받았다. 그래서 매들린은 자신이 무가치한 인간이라고 믿게 되고 말았다. 하지만 혼인을 함으로써, 던컨은 매들린에게 자긍심을 높이는 기회를 줄 수 있었다.

불행하게도 그 생각 역시 하루도 못 가서 집어치웠다.

던컨은 고집스럽게 진실을 인정하지 않으려고 했다. 사실 그는 매일 밤 열정적으로 사랑을 나누고, 낮에는 매들린을 무시할 수 있으리라고 믿었다. 실지로 지금까지 가족들과 거리를 유지하는데 성공하질 않았던

가. 그는 웩스턴 영지의 영주이자, 집안의 맏형이었다. 그렇기 때문에 더더욱 공사를 구분해야 할 필요가 있었다. 솔직히 매들린은 던컨의 마음에 큰 비중을 차지하고 있지만 그렇다고 그의 인생을 좌지우지하게 할 순 없었다.

일주일 내내 진실과 힘겨운 씨름을 하느라 던컨은 마음에 잔뜩 구름이 낀 상태였다. 매들린과 혼인한 지 이 주가 지난 금요일 오후 결국 폭풍이 몰아쳤다. 아주 맹렬하게.

던컨이 안뜰로 들어오는데 갑자기 에드먼드가 고함을 치는 소리가 들렸다. 고개를 돌리는 순간 매들린이 마구간으로 걸어 들어가는 모습이 보였다. 마구간의 출입구는 활짝 열려 있었고 실레노스는 고삐를 풀어놓은 상태였다. 실레노스는 먼지를 일으키면서 전속력으로 매들린을 향해 달려갔다.

손에는 고삐를 들고 마구간지기가 실레노스의 뒤를 따라서 달렸다. 앤서니도 바로 뒤에서 달리면서 매들린에게 조심하라고 소리를 쳤다. 하지만 천둥처럼 울리는 말발굽 소리에 묻혀버렸는지 매들린은 뒤도 돌아보지 않았다.

던컨은 순간 매들린이 이제 죽는다고 생각했다. 매들린이 죽는다……매들린이…….

「안 돼!」

영혼 깊숙한 곳에서 우러나온 비명 소리였다. 던컨은 심장이 갈가리 찢기는 느낌이었다.

주위에 있는 사람들이 모두 매들린을 구하기 위해서 달려갔다.

실레노스는 매들린을 짓밟기 일보직전에 갑자기 멈춰 섰다. 그 바람에 매들린의 얼굴에 먼지가 자욱하게 피어올랐다. 매들린은 기침을 하면서 손을 흔들어댔고, 실레노스는 매들린의 손을 밀어댔다.

그 장면을 보고 다들 너무 놀라서 딱딱하게 굳어버렸다. 엄청나게 사납기로 유명한 종마 실레노스가 땅을 앞발로 차면서 매들린을 다시 밀어댔다. 매들린은 깔깔대고 웃으면서 손바닥을 펴고 실레노스가 설탕을 핥아먹게 했다.

매들린은 설탕을 삽시간에 먹어치운 실레노스를 다정하게 토닥거렸다. 그녀는 실레노스 바로 뒤편에 서 있었던 제임스와 앤서니를 발견했다. 앤서니는 몸이 안 좋은지 제임스에게 기대고 있었다.

「상처가 또 도졌군요, 앤서니. 안색이 좀 창백해 보이네요.」

매들린이 걱정스럽게 물었다.

앤서니는 아무 말 없이 고개만 거세게 흔들었다. 제임스는 멍한 표정으로 매들린을 쳐다보고 있었다.

「왜 그런 얼굴을 하고 계세요? 혹시 우리 순한 강아지가 문을 부셨어요? 그 동안 열심히 노력하더니 생각보다 꽤나 오래 걸렸네요.」

매들린은 제임스의 침묵을 실레노스 때문이라고 단정했다.

「이리와, 실레노스. 너 때문에 제임스가 별로 기분이 안 좋은 모양이다.」

매들린은 그 말을 끝내고 천천히 마구간으로 걸어갔다. 실레노스는 순한 강아지처럼 매들린 뒤를 졸졸 따라 갔다.

던컨은 당장 매들린 뒤를 쫓아가고 싶었다. 날 이렇게 죽을 만치 놀라게 하다니, 당장 죽여 버리겠어. 하지만 다리가 후들거려서 한 발자국도 움직일 수가 없었다.

망할. 던컨은 벽에 기대고 서서 중얼거렸다. 백살 먹은 노인처럼 기운이 다 빠져버렸다. 다시 흘낏 쳐다봤더니 에드먼드 역시 혼이 나간 표정으로 땅에 무릎을 꿇고 있었다.

평정을 찾은 사람은 앤서니뿐이었다. 그는 휘파람을 불면서 어슬렁어슬렁 던컨에게 걸어오고 있었다. 던컨은 그를 당장 죽여버리고 싶었다.

앤서니는 위로의 뜻인지 던컨의 어깨에 손을 얹었다. 매들린 같은 여자를 아내로 둬서 안됐다는 의미인지 아니면 방금 목격한 일 때문에 위로를 하는 건지 알 수가 없었다. 던컨은 두 가지 이유가 모두 맘에 안 들었다!

「말씀 드릴 게 있습니다.」

앤서니가 부드러운 목소리로 말했다.

「뭐야?」

던컨이 험상궂은 얼굴로 물었다.

「부인께선 무슨 일이 있어도 실레노스를 타시려고 작정한 것 같습니다.」

「내 눈에 흙이 들어가기 전엔 안 돼!」

던컨이 소리를 버럭 질렀다.

뻔뻔스럽게도 앤서니는 미소를 지었다. 그리고 속보이게 던컨에게 들킬까봐 싹 고개를 들렸다.

「이젠 부인을 호위하는 게 얼마나 뼛골이 빠지는 일인지 아셨겠지요. 부인께서 뭔가 하겠다고 작정을 하면 도저히 말릴 재간이 없습니다.」

「이제 보니 내 애마를 완전히 버려놨잖아!」

던컨이 소리를 버럭 질렀다.

「그런 셈이지요.」

앤서니가 웃음기가 묻어나는 목소리로 대꾸했다.

「젠장. 난 매들린이 죽는 줄 알았어.」

던컨은 쉰 목소리로 속삭였다. 고개를 숙였더니 덜덜 떨리고 있는 손이 눈에 들어왔다. 갑자기 다시 분노가 솟구쳤다.

「내 손으로 죽이고 말겠어. 두고 봐. 내가 저 여자를 어떻게 죽이는지 구경하고 싶으면 보러 와도 좋아.」

던컨이 다시 소리를 버럭 버럭 질러댔다.

「이유가 뭡니까?」

앤서니가 벽에 기대고 서서 호기심이 가득한 얼굴로 물었다.

「그럼 자네도 그날 하루는 심심하지 않을 것 아닌가?」

그 말을 듣고 앤서니가 껄껄 웃어댔다.

「그게 아니라 전 영주님이 왜 부인을 죽이고 싶어하는지 물어본 겁니다.」

던컨은 앤서니의 웃는 낯짝이 꼴도 보기 싫었다.

「앞으로 물을 길어오는 일은 자네한테 맡기면 되겠군. 무거운 양동이를 질질 끌어서 주방에 갖다놓는 일을 하면 아주 재밌겠지? 안 그래?」

모욕적인 말인데도 앤서니는 별로 후회하는 내색이 없었다.

「음. 정말 위험한 임무로군요. 영주님, 앤셀 녀석 말을 듣고 나니까 더 겁이 나는데요.」

「지금 무슨 소리를 하는 겐가?」

「어제 앤셀은 하마터면 익사할 뻔했답니다. 계단에 서 있다가 어깨에 공을 정통으로 맞고 빗물을 담아둔 통에 빠져버렸지 뭡니까? 그래서…….」

던컨은 앤서니가 더 이상 말을 못하게 손을 들어올렸다. 그는 평정을 찾으려고 잠깐 눈을 감았다. 분명히 앤셀이 그 지경이 된 건 매들린 때문이겠지. 어제 오후에 매들린이 아이들과 공놀이를 하는 모습을 봤던 기억이 떠올랐다.

그때 에드먼드가 두 사람 곁에 다가왔다.

「뭐가 그렇게 좋아서 웃고 있나, 앤서니?」

에드먼드가 어처구니가 없다는 듯이 물었다. 사실 에드먼드도 방금 목격한 일 때문에 하도 놀란 상태라, 웃을 기분이 전혀 아니었다.

「영주님께서 글쎄 부인을 죽이겠다고 하시는군요.」

「젠장. 그거야 당연하지. 자네도 눈이 있으면 형님을 한번 쳐다보게. 지금 이 상태로는 순한 강아지 한 마리도 못 잡을 걸」

방금 전까지 성을 내던 에드먼드의 입가에 천천히 미소가 어렸다.

던컨에겐 모욕적인 말이었다. 젠장. 에드먼드 녀석도 아까 매들린이 내 말한테 강아지라고 하는 얘기를 들었군.

「내 생각엔 말이야, 앤서니. 처음엔 매들린이 형님에게 붙들린 포로였지만 이젠 사정이 뒤바뀐 것 같으이.」

「수수께끼 같은 말은 집어쳐라, 에드먼드. 그걸 들어줄 기분이 아니니까.」

던컨이 못마땅한 목소리로 말했다.

「형수를 사랑한다는 사실을 인정하기가 싫은 거겠지. 형이 지금 어떤 상태인지 잘 살펴보고 판단해 보슈. 그럼 머리를 쾅 하고 얻어맞은 기분이 들면서 뭔가 떠오를 테니까.」

에드먼드가 고개를 흔들면서 그 자리를 떠났다.

「이 세상에 부인 같은 분을 사랑하지 않을 사람이 어디 있겠습니까? 누구한테나 쉽게 사랑을 받으실 분입니다.」

앤서니가 입을 열었다.

「쉽다고? 차라리 철퇴를 씹어 먹는 게 쉽겠구먼.」

두 사람은 너무 안 어울렸다. 던컨은 아주 오래된 거목처럼 언제나 그 모습 그대로였지만, 매들린은 바람처럼 종잡을 수가 없는 여자였다.

하지만 매들린이 꽁꽁 언 발을 녹여준 그 순간부터…… 그에겐 승산이 없었다. 던컨은 이제야 알 것 같았다. 자신은 매들린을 진심으로 사랑한다는 것을.

「내 인생이 이 이상 혼란스러워 지는 건 못 참아. 앞으로는 묵과하고만 있지 않겠어.」

던컨이 맹세라도 하듯이 선언을 했다.

「시간이 지나면 안정이 될 테고…….」

「매들린이 너무 늙어서 운신도 못하게 됐을 때라면 모를까. 그때쯤이면 나도 조용히 살 수 있겠지.」

던컨이 앤서니의 말을 가로챘다.

「조용히 산다고 하셨습니까? 왠지 제 귀에는 지루하게 들리는군요. 솔직히 말해서 부인 때문에 삭막하기만 했던 웩스턴 성이 어느새 '사람 냄새가 나는 집'으로 바뀌질 않았습니까?」

앤서니는 던컨을 달래주려고 한 말이었다. 하지만 던컨이 험상궂은 표정을 짓는 것으로 보아 아무 효과가 없었던 모양이었다. 어쩌면 영주님은 지금에야 매들린이 얼마나 소중한 존재인지 깨달았을지도 모르지.

영주님의 평소 성격으로 미루어보아 필경 그 사실을 기분 좋게 받아들이진 못할 게야.

앤서니는 던컨에게 절을 꾸벅 하고 어디론가 사라졌다.

이제 주위에 남은 사람이 아무도 없어서 다행이었다. 던컨의 머릿속엔 실레노스가 매들린을 향해서 질주하는 모습이 끊임없이 떠오르고 또 떠올랐다. 아마 죽어서 땅에 묻힌다고 해도 그 순간에 겪었던 공포는 절대 잊을 수가 없으리라.

매들린은 실레노스에 이어 던컨마저 포로로 만들어버렸다. 그런 생각을 하는 순간, 슬그머니 미소가 떠올랐다. 에드먼드의 말이 맞아. 이젠 내가 매들린의 포로가 된 셈이군.

갑자기 던컨은 40일 동안 동굴에서 단식을 하고 나온 기분이 들었다. 자신의 감정을 인정한 이상, 매들린을 무시해야 할 필요가 없어져버렸다. 그런 만큼 이제는 마음껏 매들린에 대한 갈증을 채울 수 있었다. 하지만 먼저 따끔하게 일러둘 필요가 있어. 즐거운 시간은 그 다음에 가져도 늦지 않지.

한동안 설교를 한 다음에 키스를 할 작정으로 던컨은 매들린을 찾아나섰다. 하지만 아직도 화가 풀리지 않았다. 이게 모두 매들린 책임이야. 그 여자가 아니었으면 심장이 갈가리 찢어지는 느낌도, 죽음보다 더 끔찍한 공포도 느끼지 못했겠지. 우선 던컨은 그런 감정을 느끼는 게 싫었을 뿐더러 사랑이라는 감정이 생소하기만 했다. 심장의 고동이나 공포심은 오래지 않아 극복이 될 터이지만 누군가를 사랑한다는 사실을 자연스럽게 받아들이려면 꽤나 오랜 시간이 소요될 것 같았다.

그때 성의 남쪽 방향의 보초를 책임지고 있는 퍼거스가 큰소리로 방문객이 찾아왔음을 알렸다. 바람에 나부끼는 깃발의 모양을 보고 퍼거스는 제럴드 남작이 수행원을 거느리고 행차했다는 사실을 알았다.

이것으로 그날 하루는 완전히 엉망이 되고 말았다. 젠장. 그냥 전령이나 보낼 것이지, 여기까지 찾아온 이유가 뭐야. 사실 던컨은 제럴드에게 전령을 보내서 아델라의 상태에 대해서 알렸다. 전령을 통해 파혼을 통고하리라고 생각을 했는데 의외로 제럴드는 먼 거리를 마다하지 않고 여기까지 몸소 나타난 것이다. 아직 해결해야 할 문제가 남아 있었다.

제길. 어떻게 잘 넘겨야 할 텐데. 제럴드가 찾아왔다는 얘기를 듣고 아델라가 또 전처럼 되면 어쩌지? 기껏 이젠 좀 괜찮아졌다 싶으니까 또 이런 일이 생기는 군.

갑자기 속단은 아닐까 하는 생각이 들었다. 제럴드는 오래된 친구인 만큼 아델라 말고도 찾아올 이유는 많았다. 어느새 나도 매들린한테 전염된 모양이군. 안 좋은 것만 닮는다더니.

매들린은 던컨의 집중력을 흐려놓는 재주를 타고난 것 같았다. 이틀 전에 병사들에게 중요한 지시를 하달하고 있는데 우연히 매들린의 모습이 눈에 들어왔다. 결국 부드럽게 흔들리는 엉덩이에 정신을 파느라 무슨 말을 하고 있었는지 까맣게 잊고 말았다.

던컨의 입가에 미소가 피어올랐다. 병사들은 기대에 찬 눈으로 쳐다 보고 있는데, 무슨 말을 하고 있었는지 잊어버려서 말문이 막힌 채 바보처럼 서 있었다. 십중팔구 병사들의 눈에도 한심하게 비쳤을 것이다. 길라드가 나서서 얘기를 안 해줬으면 계속 그렇게 멍청하게 서 있었을 지도 모른다.

던컨은 퍼거스의 고함소리를 듣고 현실로 돌아왔다. 그는 제럴드 남작 일행을 성안으로 들이라고 명령을 내렸다.

마구간에서 나오다가 매들린은 던컨에게 붙들렸다. 그는 인사도 제대로 하지 않고 다짜고짜 명령부터 내렸다.

「아델라한테 가서 제럴드 남작이 찾아왔다고 얘기해. 저녁식사에 동석해야 한다는 얘기도.」

의외의 소식에 놀란 매들린이 눈을 동그랗게 떴다.

「남작이 왜 여길 찾아왔대요, 당신이 와 달라고 했어요?」

「그런 적 없어.」

던컨이 무뚝뚝하게 대답했다. 하라는 대로 냉큼 치마를 번쩍 들고 성안으로 뛰어 들어갈 것이지. 던컨은 매들린이 고분고분한 태도를 보이질 않아서 짜증이 났다. 더구나 가까이 있으니까 키스를 하고 싶다는 생각만 들었다.

「어서 내가 시키는 대로 해.」

「내가 언제 당신이 시키는 대로 안 한 적 있어요?」

매들린이 미소를 지으면서 대꾸를 했다. 그리고는 몸을 획 돌리고 성을 향해 걸어가기 시작했다.

「그나저나 그 사이에 별고 없으셨나요?」

가다가 말고 매들린은 고개만 돌리고 큰소리로 외쳤다.

필시 '인사 좀 하고 살아라'는 뜻으로 한 말이렷다! 지금으로선 매들린의 멱살을 잡고 마구 흔들어줄 시간이 없는 게 한이었다.

「이쪽으로 와봐, 매들린.」

던컨이 부드러운 목소리로 말했다.

「왜요?」

매들린이 의아한 얼굴로 던컨 앞에 서서 물었다.

던컨은 한참 동안 목을 가다듬더니 찡그린 얼굴로 입을 열었다.

「당신도 그 사이에 별일 없었지?」

사실 이 말을 하려던 게 아니었는데. 던컨은 계속 얼굴을 찌푸리고 있었지만 매들린은 방실 방실 웃고 있었다. 그는 갑자기 매들린을 품에 안고 키스를 했다.

매들린은 너무 놀라서 몸이 굳어졌다. 던컨은 지금까지 한번도 대낮에 매들린을 포옹한 적이 없었다. 아니, 언제나 모르는 사람처럼 무시를 하곤 했었다. 하지만 지금은 누가 볼지 모르는데도 아랑곳 없이 키스를 하고 있었다.

거친 키스였지만, 자극적이고 열정적이었다. 키스에 몰입하려고 하는데 갑자기 던컨이 몸을 뒤로 뺐다.

「다시는 내 말을 강아지라고 부르지 마. 무슨 말인지 알아듣겠어?」

던컨이 씩 웃으면서 말했다.

매들린은 볼을 붉히면서 당혹스러운 얼굴로 던컨을 올려다봤다.

던컨은 매들린을 놔두고 뚜벅뚜벅 걸어가기 시작했다. 치마를 들고 던컨을 쫓아간 매들린은 그의 손을 붙잡아서 못 가게 했다. 이내 던컨이 웃는 얼굴로 고개를 돌렸다.

「어디 아파요?」

매들린이 걱정스럽게 물었다.

「아니.」

「그런데 왜 자꾸 그렇게 웃는 거예요?」

「제발 부탁이니까 가서 아델라한테 제럴드가 찾아왔다고 전해줘.」

「방금 뭐라고 했어요? 나더러 제발 부탁이니까 라고…….」

매들린이 안색이 변해서 말했다.

「내가 시키는 대로 히리니까.」

매들린은 아무 말 없이 고개만 끄덕였다. 그녀는 그 자리에 못이 박힌 듯 서서 던컨이 멀어져 가는 모습을 지켜봤다. 너무 놀라서 다시 쫓아갈 생각도 못했다. 던컨은 언제나 판에 박힌 듯한 행동을 하는 사람이었다. 그런데 갑자기 완전히 다른 사람처럼 행동하고 있었다. 태양이 뜨거운 여름이었으면, 아마 더워서 정신이 약간 어떻게 되었다고 할 수 있겠지만 지금은 한겨울이었다. 매들린은 던컨의 갑작스러운 태도 변화를 어떻게 해석해야 할지 난감했다.

그녀는 한숨을 내쉬면서 고개를 내저었다. 나중에 시간이 있을 때 생각해봐야지. 매들린은 허겁지겁 아델라를 찾으러 갔다.

마침 아델라는 침대에 앉아서 머리를 땋고 있었다.

「손님이 오셨어요, 아델라.」

매들린이 일부러 밝은 목소리로 알렸다.

기분이 좋아 보였던 아델라는 손님의 정체를 알고 나서 갑자기 태도가 돌변했다.

「난 그 사람이 떠날 때까지 여기 있겠어요. 큰오빠는 나하고 약속을 해놓고, 어떻게 제럴드를 여기 부를 수가 있어요?」

아델라가 소리를 질렀다.

가늘게 떨리는 어깨, 꼭 모아 쥔 손. 그것만으로도 아델라가 얼마나 겁에 질려 있는지 알 수 있었다.

「던컨이 부른 게 아니에요. 그러니까 괜히 사서 걱정하지 말아요, 아델라. 던컨이 절대 약속을 깨지 않는다는 걸 알면서 그래요.」

「전처럼 미친 척을 할까봐요. 그럼 제럴드도 나한테 넌더리가 나서 금새 도망갈 거예요.」

아델라가 심각한 얼굴로 말했다.

「바보 같은 소리하지 말아요. 그렇게 해봐야 제럴드에게 동정만 받을 뿐이에요. 그리고 아델라가 아직 충격에서 벗어나지 못했다고 생각을 하겠지요. 제럴드에게 혼인하고 싶지 않다는 의사를 전하고 싶어요? 그럼 최대한 예쁘게 차려입고 정중하게 대해주세요. 그럼 제럴드도 아델라의 마음이 확고하게 정해졌다는 걸 알아줄 거예요. 그리고 무엇보다 제럴드는 던컨이 상대할 테니까, 아델라가 고민하지 않아도 돼요.」

「하지만 난 제럴드를 만나고 싶지 않아요. 그 사람도 나한테 무슨 일이 있었는지 아는데 어떻게 얼굴을 마주 보겠어요. 창피해서 도저히 만날 수가 없어요.」

아델라가 흥분해서 소리를 질렀다.

「창피하긴 뭐가 창피해요! 죄지은 것도 없는데. 그 일은 아델라의 책임이 아니잖아요. 제럴드도 바보가 아닌 이상 그 정도는 알아요.」

아델라는 그 말을 듣고 약간 안심한 눈치였다. 그래서 매들린은 일부러 화제를 바꾸기로 마음먹었다.

「제럴드 남작에 대해서 기억나는 게 있으면 말해봐요. 어떻게 생겼어요?」

「머리카락은 검은색이었고, 눈은 갈색이었어요.」

아델라가 대답했다.

「잘생겼어요?」

「기억이 안 나요.」

「그럼 성격은 좋았어요?」

「작위가 있는 남자들은 원래 성격이 안 좋아요.」

아델라가 대꾸했다.

「그게 무슨 소리예요?」

매들린은 아델라의 머리를 다시 땋기 시작했다.

「성격이 안 좋아도 아무 지장이 없으니까요. 그나저나 그 사람이 잘 생기든 말든 무슨 상관이 있다고 그래요?」

아델라는 매들린을 쳐다보려고 고개를 돌리려고 했다.

「머리가 비뚤어지니까 가만히 있어요. 그리고 난 남작이 어떤 사람 인지 궁금해서 물어봤던 것뿐이에요.」

매들린은 아델라가 고개를 돌리지 못하게 막았다.

「난 절대 아래층에 못 내려가요.」

그 말을 마친 아델라는 눈물을 흘리기 시작했다.

「하기 싫은 일은 하지 않아도 돼요. 그리고 던컨은 약속을 꼭 지키 는 사람이잖아요? 아델라는 던컨 옆에 서서 제럴드를 그저 손님처럼 대 하기만 하면 돼요. 물론 던컨이 알아서 처리를 하겠지만, 아델라도 최소 한 그 정도는 해야 한다고 생각해요.」

「그럼 나하고 같이 아래층까지 내려가줄래요? 그리고 계속 내 옆에 있어줄 거죠?」

아델라가 눈물을 닦으면서 물었다.

「당연하죠. 이거 하나는 꼭 기억해요, 아델라. 무슨 일이 생기든 혼 자가 아니라는 걸. 우리 두 사람이 함께 어려움을 극복하는 거예요.」

아델라가 고개를 끄덕였다.

「난 가서 저녁이 준비됐나 살펴보고 옷을 갈아입어야겠어요. 아델라 도 그 동안에 준비하고 있어요.」

매들린은 아델라의 어깨를 가볍게 토닥거렸다. 그녀는 문을 천천히 닫고 방에서 나왔다. 이젠 기적을 바라는 수밖에 없었다.

16

「사랑은 모든 걸 점령하노니, 우리 모두 사랑에 굴복할지어다.」

버질 著 목가집 중에서

저녁식사 준비 때문에 거티에게 몇 가지 지시를 내린 다음 매들린은 탑 꼭대기에 있는 방으로 올라갔다. 던컨이 문을 부셔놓은 지 이 주째, 그리고 다시 문을 만들어놓은 지 일주일이 되는 날이었다. 하지만 새로 만든 문은 방안에서 빗장을 채울 수 없게 되어 있었다. 전엔 안에도 쇠고리들이 붙어 있어서 널빤지를 끼워놓을 수 있었지만, 이젠 아니었다. 매들린은 고리가 없는 문을 볼 때마다 웃음이 나왔다. 분명히 던컨이 그렇게 하라고 미리 지시를 내린 게 틀림없었다.

매들린은 감청색 가운을 입고 그 위에 무릎까지 오는 하얀색 겉옷을 걸쳤다. 그녀는 일부러 웩스턴 남작을 상징하는 청색과 백색의 옷을 골라 입었다. 던컨의 아내이자, 안주인으로 부끄럽지 않은 모습을 보이고 싶었다. 그리고 던컨이 자신을 자랑스럽게 생각해주길 바랐다.

매들린은 오랫동안 공들여서 빗질을 했다. 그런 후엔 침대에 앉아서 길다란 청색 리본 세 개를 꼬아서 허리띠를 만들었다. 그녀는 허리띠를 낙낙하게 두르고 약간 비스듬하게 흘러내리게 했다. 그게 최신 유행이라고 아델라에게 들었기 때문이었다. 그 방면에선 아델라가 매들린보다 훨씬 더 많이 알고 있었다.

지금 내가 어떤 모습일까? 아델라처럼 내 방에도 거울이 있었으면 좋을 텐데. 아니야, 그런 생각을 하면 안 되지. 그런 불필요한 사치품을 갖고 싶어하다니, 언제 이렇게 허영심이 많은 여자가 됐을까(당시엔 유리 거울이 흔치 않아서 아주 귀중했다. 대량생산이 된 것은 15세기 이후)?

아델라의 방으로 가려고 계단을 반쯤 내려왔을 때 갑자기 불안감이 엄습했다. 제럴드 남작이 날 던컨의 아내가 아니라 로던의 여동생으로 취급하면 어떻게 하지? 남작이 로던을 증오한들, 그게 이상한 일일까? 로던은 아델라와 혼인을 하려고 했던 제럴드의 인생마저 엉망으로 만들어버렸다.

매들린은 머릿속으로 끔찍한 광경을 계속 떠올렸다. 제럴드 남작에게 목을 졸리는 모습을 상상하던 매들린은 억지로 마음을 가라앉혔다. 지금까지 내가 겪은 일들을 생각하면 아무것도 아니지 뭐.

노크를 하고 방에 들어가자 아델라는 벌써 준비를 끝낸 상태였다. 그녀는 장밋빛 가운을 겉에, 핑크 색 옷을 속에 받쳐입고 있었다. 머리는 말끔하게 땋아서 틀어 올린 스타일이었다. 아델라는 그날 따라 매력적이었다!

「세상에! 우리 순둥이 아델라. 너무 예뻐서 깨물어주고 싶어!」

「그렇게 말하니까 꼭 내가 어린애가 된 것 같잖아요. 사실 난 매들린보다 두 살이나 많은데, 잊었어요?」

아델라가 미소지었다.

「내 귀에는 칭찬해줘서 고맙다는 얘기로는 안 들리는데요.」

매들린이 짐짓 심각하게 말했다.

「예쁘게 봐줘서 고마워요.」

아델라가 웃으면서 말했다.

「하지만 매들린은 여자인 내가 봐도 언제나 예쁜 걸요. 오늘밤엔 특별히 흰색과 청색을 맞춰서 입었군요. 분명히 또 오라버니가 매들린 때문에 정신이 쏙 빠지겠어요.」

「한 방에 있어도 내가 있는지도 모를 걸요.」

매들린이 대꾸했다.

「에이. 내 말이 맞다니까요. 아직도 오라버니가 맘에 안 차요?」

시간이 남아도는 사람처럼 아델라가 침대에 앉아서 느긋하게 묻자 매들린은 아델라의 손을 붙잡고 문가로 잡아끌었다.

「나도 모르겠어요. 어떤 때는 우리 두 사람 모두 결혼생활에 만족하고 있다는 생각이 들다가도, 던컨은 분명히 내가 없어지기만을 바라고 있다는 확신이 들 때도 있어요. 던컨이 왜 나하고 결혼했는지 모를 정도로 바보는 아니랍니다.」

「로던에게 복수하려고 그랬다는 얘긴가요?」

아델라가 얼굴을 찌푸리면서 물었다.

「그것 봐요. 아델라도 벌써 알고 있었군요.」

매들린이 목소리를 높였다.

아델라는 아무리 복수심 때문이라도 던컨이 그렇게 극단적인 방법까지 동원하진 않았을 거라고 말하려고 했다. 하지만 매들린이 그럴 틈도 주지 않고 계속 말을 이었다.

「던컨이 결혼생활에 익숙해지기를 바라는 건 뜬구름을 잡는 일하고 똑같아요. 그 사람은 일시적인 방편으로 어쩔 수 없이 혼인을 했으니까요. 그리고 국왕 폐하가 성당에 명해서 혼인을 무효로 만들려고 하실 게 분명해요.」

「지금 국왕 폐하는 반란을 진압하러 노르망디에 가셨다잖아요.」

「나도 그렇게 들었어요.」

「방금 전에 오라버니가 결혼생활에 익숙해지길 바란다는 얘기를 했었지요? 그게 무슨 뜻이에요?」

「던컨은 희생을 감수하고 나와 혼인을 했어요. 나 때문에 레이디 엘러너를 포기했잖아요. 난 그저 그 사람이 불행해지지만 않았으면…….」

「말도 안 돼. 희생은 무슨 희생이에요! 매들린이 지금 우리 모두에게 얼마나 소중한 사람이 됐는지 알고 하는 소리예요?」

아델라가 고개를 내저으면서 말했다.

매들린이 아무 대꾸를 안 하는 틈을 타서 아델라가 말을 이었다.

「우리 오라버니를 사랑해요?」

「아뇨. 난 사랑 같은 건 안 해요. 지금까지 내가 사랑했던 사람은 모두 내 곁을 떠났으니까요. 그리고 난 늑대를 사랑할 생각은 없어요. 그저 우리 두 사람이 함께 있는 동안 별탈 없이 지내기만 하면 돼요.」

아델라가 미소를 지었다.

「이런. 오라버니를 정말 늑대라고 생각한 거예요? 매들린, 오라버니도 감정이 있는 인간이랍니다. 그리고 내 생각엔 매들린이 진실을 말하는 것 같지 않아요.」

「난 언제나 있는 그대로의 진실을 말해요.」

기분이 상한 매들린이 대꾸했다.

「그럼 자신을 속이고 있는 거라고 해야겠지요. 어쩌면 매들린은 오라버니에게 마음을 주지 않으려고 애쓰고 있을지도 몰라요. 그래도 솔직히 난 매들린이 벌써 오라버니를 사랑하고 있다고 믿어요. 그게 아니라면 내 질문을 듣고 갑자기 왜 그렇게 당황했어요?」

「내가 언제 당황했다고 그래요!」

매들린이 날카로운 목소리로 대꾸했다. 하지만 아델라를 몰아붙이기가 무섭게 후회감이 밀려들었다.

「아델라, 사람의 인생이라는 건 말이지요. 생각처럼 그렇게 단순하고 만만하지 않은 것 같아요. 정말이지 던컨을 생각하면 불쌍하다는 생각이 들려고 해요. 오로지 복수심 때문에 자기 미래를 바꿔버렸으니까요. 그래서 이렇게 어쩔 수 없이 나하고 붙어 있게 됐잖아요. 지금 와선 분명히 경솔하게 행동했다고 땅을 치고 후회하겠지요. 내가 보기엔 워낙 고집이 세니까 인정을 못하는 것뿐이에요.」

「그건 매들린이 오라버니를 몰라서 하는 말이에요. 우리 오라버니란 사람은 지금까지 경솔, 아니 그 비슷한 일도 해본 적이 없어요.」

아델라가 반박했다.

「글쎄요. 무슨 일이든 처음이란 게 있는 법이잖아요.」

「오라버니가 아까 안뜰에서 키스를 하는 걸 모드가 봤대요.」

아델라가 작게 말했다.

「그래서 쪼르르 달려와서 아델라에게 애길 했겠군요. 안 그래요?」

「당연하죠. 모드가 어떤 사람인데요. 성안에서 제일 빠른 소식통이 되고 싶어서 거티하고 신경전까지 벌이는 걸요.」

아델라가 웃으면서 말했다.

「나도 너무 의외라서 얼마나 놀랐는지 몰라요. 던컨이 사람들 앞에서 키스를 하다니…… 어디가 아파서 잠깐 제정신이 아니었을지도 모르지요.」

매들린이 한숨을 내쉬었다.

두 사람은 홀로 통하는 출입구 바깥쪽에 있는 계단에 도착했다.

「잠깐만요. 너무 겁이 나서 못 가겠어요.」

아델라가 갑자기 발을 멈췄다.

「나도 그래요.」

「정말이에요? 매들린은 왜 겁이 나는데요?」

의외의 말을 들어서 그런지, 아델라는 불안감이 조금 가셨다.

「제럴드 남작은 내 얼굴만 봐도 끔찍하게 싫겠지요. 난 로던의 누이 동생이잖아요. 저녁식사 내내 가시 방석에 앉아 있는 기분일 거예요.」

「그건 걱정하지 말아요. 제럴드가 기분 나쁜 소리를 하면 큰오빠도 보고만 있지는 않아요.」

매들린은 반신반의했지만 그냥 고개를 끄덕였다. 아델라가 위로라도 하듯이 매들린의 손을 한번 꽉 잡았다가 놓았다. 매들린은 아델라에게 고맙다는 의미로 미소를 지어 보였다.

두 사람은 홀 안으로 통하는 출입구 앞에서 발을 멈췄다. 어느새 아델라는 매들린의 손을 아플 정도로 힘껏 쥐고 있었다.

제럴드가 던컨과 함께 벽난로 앞에서 서 있는 모습을 봤기 때문이었다. 두 남자 모두 매들린과 아델라를 뚫어져라 쳐다봤다. 둘 다 너무 놀라서 말문을 잃은 것처럼 보였다.

매들린은 제럴드 남작에게 미소를 지은 다음 재빨리 던컨에게 시선을 돌렸다. 던컨은 웃지도 않는 얼굴로 매들린에게 강렬한 눈길을 보냈다. 그녀는 저도 모르게 얼굴을 붉혔다. 던컨은 언제나 키스를 하고 나면 저런 시선으로 바라보곤 했다.

네 사람 모두 아무 말 없이 시선만 교환하는 상황이 되자 금세 분위기가 어색해졌다. 그 사실을 제일 먼저 깨달은 매들린은 절을 하면서 똑같이 따라하라고 아델라를 쿡쿡 찔렀다. 이어 매들린이 먼저 홀 안에 들어왔고 아델라가 뒤를 따랐다.

매들린은 오만하면서도 기품과 품위 있는 모양세로 걸었다. 표정은 심각했고 전체적으로 기묘할 정도로 차분한 인상을 주고 있었다. 던컨은 뭔가 이상하다는 느낌을 받았다.

「무슨 일이야? 뭣 때문에 겁을 먹은 거야?」

던컨은 매들린에게 다가가서 고개를 숙이고 작게 속삭였다.

「그건 어떻게 알았어요? 저기…… 제럴드 남작도 내가 로던의 누이라는 걸 알아요?」

매들린이 겁에 질린 목소리로 물었다.

던컨은 고개를 끄덕였다. 매들린이 무슨 일로 고민을 하는지 알 것 같았다. 그는 매들린의 어깨에 팔을 두른 다음 옆구리에 바싹 끌어당겼다. 그리고 그런 상태로 제럴드 남작에게 인사를 시켰다.

다행히 제럴드는 매들린을 보고도 기분이 상한 것 같지 않았다. 공손하게 절을 하더니 따스한 미소를 보냈다.

나름대로 괜찮게 생긴 사람이지만, 잘생겼다는 생각은 안 들어. 던컨이 바로 옆에 서 있으니까 비교가 되는 걸. 솔직히 말해서 어떤 남자라도 던컨 옆에 있으면 눈에 띄지 않을 거야. 나라 안팎을 뒤져봐도 아마 던컨보다 나은 사람은 없을 걸.

매들린은 아델라를 도와주라고 말할 생각으로 던컨을 올려다봤다. 하지만 던컨의 눈동자와 마주치는 순간, 미소조차 나오지 않았다. 정말 눈동자 색이 너무 특이해. 회색에 은빛 반점들이 별처럼 박혀 있으니까 너무 신비스럽고 예쁜 걸.

「왜 날 그렇게 쳐다보는 거지?」

던컨이 매들린의 얼굴에 대고 속삭였다.

「내가 어떻게 봤는데요?」

매들린이 숨가쁜 목소리로 한마디 하더니, 얼굴을 붉혔다. 던컨은 갑자기 매들린을 번쩍 들고 위층에 가서 사랑을 나누고 싶어졌다.

마침 홀 안에 들어오던 에드먼드는 던컨의 입술이 매들린의 입술에 닿을락 말락 하는 걸 봤다. 아델라는 저쪽에서 고개를 푹 숙이고 있고, 제럴드는 아델라만 쳐다보고 있었다.

「다들 별일 없어요?」

에드먼드가 우렁차게 고함을 쳤다.

매들린은 펄쩍 뛰다가 던컨의 코에 얼굴을 부딪혔다. 던컨은 한 발자국 뒤로 물러났다가 기운이 없어서 축 늘어지려는 매들린을 재빨리 붙들었다. 아델라는 몸을 돌리고 억지 미소를 지었고, 제럴드 남작은 인사 대신 고개를 끄덕였다.

「세상에, 제럴드. 안 본 사이에 정말 추악한 영감이 돼버렸군.」

에드먼드가 활기찬 목소리로 떠들어댔다.

그제야 정신을 차린 던컨은 매들린의 팔을 꽉 붙든 다음 식탁으로 데리고 갔다. 매들린을 데리고 위층에 올라가려면 최대한 빨리 식사를 끝내는 수밖에 없어.

「자자, 이젠 저녁 먹을 준비를 해야지.」

매들린은 던컨이 갑자기 서두르는 이유를 알 수가 없었다. 사실 저녁을 먹기 전에 잠깐 담소를 나눌 시간이 있으리라고 생각했었다. 하지만 던컨의 단호한 얼굴을 보자 아무 소리 안 하는 편이 좋을 것 같았다.

던컨은 식탁의 상석에, 매들린이 바로 그 왼쪽에 앉았다.

「그거 알아요, 던컨? 우리가 식사를 같이 하는 건 이번이 처음이네요.」

매들린이 웃으면서 속삭였다.

하지만 던컨은 별다른 반응이 없었다. 아니, 저녁식사 내내 던컨은 거의 말이 없었다. 물론 식사 도중에 들어오는 길라드에게 험악한 표정을 지어 보이긴 했지만. 매들린은 던컨이 손님 앞에서 길라드를 나무라지 않은 것만으로도 하늘에 감사했다.

에드먼드 말에 의하면 로렌스 신부는 아프다는 핑계로 동식하지 않았다. 분명히 던컨이 무서워서 자리를 피했을 거야. 매들린은 신부를 탓할 수가 없었다. 아직 너무 어려서 던컨에게 성직자로서 올바른 충고를 해줄 수 있는 나이도 아니었다.

에드먼드와 길라드는 돌아가면서 제럴드에게 질문 공세를 퍼부었다. 하도 오랜만에 만났기 때문에 할말이 많은 모양이었다.

매들린은 세 사람이 스스럼없이 농담을 주고받는 모습을 보고 넋을 잃었다. 용모가 추하다는 둥 할 줄 아는 게 뭐가 있냐는 둥……. 하지만 오래지 않아 그것도 일종의 애정을 표현하는·방식이라는 걸 깨달았다.

제럴드 남작은 웃는 모습이 아주 보기 좋은 사람이었다. 에드먼드는 언젠가 제럴드가 전투 중에 검을 잃어버렸다는 얘기를 하면서 약골이라고 놀려댔다. 그 말을 듣고 제럴드는 호쾌하게 웃더니 에드먼드의 실수담을 늘어놓기 시작했다.

매들린과 마주 앉은 아델라는 식탁만 내려다보고 있었다. 하지만 매들린은 살짝 살짝 그녀의 입술에 미소가 어리는 모습을 놓치지 않았다.

제럴드는 식사를 거의 마칠 때까지 아델라에게 한마디도 안 했다. 에드먼드가 두 사람 중간에 끼여서 앉아 있는 바람에 제럴드는 있는 힘껏 목을 빼고 아델라를 계속 쳐다만 보는 중이었다. 저러다가 목에 쥐가 나진 않을까 모르겠네. 매들린이 속으로 중얼거렸다.

한동안 그런 제럴드를 무시하고 있던 에드먼드가 사정을 봐주기로 했는지 자리에서 일어났다. 그는 술병을 가지러 가는 척하면서 멀찌감치 가버렸다. 아델라를 빼고는 에드먼드의 의도가 뭔지 모르는 사람이 없었다. 에드먼드의 접시 바로 앞쪽에 술병이 놓여 있었던 것이다.

「그 동안 잘 지냈어, 아델라? 당신이 힘들 때 같이 있어주지 못해서 미안……..」

아델라는 물론 제럴드의 얼굴까지 시뻘개졌다. 좋지 않았던 과거의 애기를 꺼낸 것이 실수였던 것이다.

갑자기 어색한 침묵이 감돌았다.

「아델라는 런던에서 자네를 만나지 못해서 섭섭해했네, 제럴드. 그리고 아델라, 제럴드가 잘 지냈냐고 묻고 있잖니?」

던컨이 아델라를 위로해주려는 듯이 부드러운 목소리로 말했다.

「전 별일 없이 잘 지냈어요, 제럴드.」

아델라가 대답을 했다.

「안색을 보니까 건강해 보이는 걸.」

「네. 몸 상태는 좋아요.」

매들린은 던컨이 고개를 들고 천장을 보는 모습을 쳐다봤다. 아무래도 '건강해 보인다느니, 몸 상태는 좋다느니' 하는 말만 주고받는 게 우스꽝스러운 모양이었다.

「아, 정말 잘 먹었습니다. 이렇게 맛있게 먹어보기는 난생 처음인 것 같은데요.」

제럴드가 매들린에게 치하의 말을 했다.

「맛있게 드셨다니 저도 기쁘네요.」

「정말 맛있게 잘 먹었습니다. 아무래도 과식한 것 같아요.」

제럴드는 매들린에게 말을 한 뒤 아델라에게 시선을 돌렸다.

「저녁식사 후에 나하고 같이 산책하지 않겠어? 물론, 오라버니의 허락을 먼저 받아야겠지만.」

제럴드가 던컨을 보면서 허겁지겁 덧붙였다.

아델라가 거절을 할 틈도 없이 던컨은 흔쾌히 허락했다. 아델라는 그 즉시 매들린에게 도와달라는 시선을 애타게 보냈다.

매들린은 어떻게 해야 할지 감이 안 잡혔지만 던컨의 마음을 돌리기로 마음먹고 다리를 살짝 발로 건드렸지만 던컨은 고개도 돌리지 않고 시치미를 떼고 있었다. 다시 한 번 매들린은 좀더 세게 던컨의 다리를 밀었다.

여전히 시선 한번 안 주는 던컨 때문에 짜증이 난 매들린을 힘껏 다리를 찼다. 하지만 그 바람에 애꿎은 신발만 벗겨졌다.

매들린을 무시하는 척하고 있던 던컨은 슬쩍 식탁 밑으로 손을 뻗어서 그녀의 발을 붙잡은 다음 자신의 무릎 위에 올려놓았다.

매들린은 수치심에 휩싸였다. 아무도 못 보고 있기에 망정이지, 던컨은 매들린의 발바닥을 쓰다듬고 있었다. 그녀는 식탁을 양손으로 꼭 쥐고 발을 확 잡아 빼려고 했다. 하지만 아무 보람도 없이 균형만 잃고 의자에서 떨어질 뻔했다. 결국 넘어지지 않으려고 버둥대다가 상체가 옆으로 쏠리면서 길라드에게 부딪히고 말았다. 길라드는 난감한 표정을 지으면서 매들린의 팔을 붙잡고 똑바로 일으켜 세워줬다.

아델라가 얼굴을 붉히고 있는 매들린을 필사적으로 바라보고 있었다. 매들린은 아무래도 이젠 자신이 나서야 할 것 같다는 생각이 들었다. 발을 붙들려서 걷어차지는 못하지만 그런다고 포기할 순 없었다.

「식사 후의 산책이라, 정말 좋은 생각이네요.」

던컨이 그 말을 듣고 얼굴을 찌푸렸다. 도대체 무슨 속셈이지?

「던컨하고 저도 같이 가면 되겠네요. 안 그래요?」

설마 던컨이 손님들 앞에서 싫다는 말은 안 하겠지? 매들린은 아델라를 쳐다보고 웃었다. 매들린의 말을 듣고 아델라는 안심한 눈치였다.

「그건 곤란한데.」

던컨이 부드러운 목소리로 말했다.

매들린과 아델라의 안색이 동시에 변했다.

「왜 안 되는데요?」

제럴드 앞이라 매들린은 억지로 미소를 지었다.

던컨도 미소를 돌렸지만, 눈빛은 냉랭하기 짝이 없었다. 분명히 날 창밖에 집어던지고 싶겠지. 매들린도 던컨이 말대꾸하는 걸 싫어한다는 사실은 눈치채고 있었다. 참 피곤한 성격이야. 성격이 저러니까 스스로도 얼마나 짜증이 날까? 매들린은 던컨이 약간 불쌍하다는 생각을 하면서 속으로 생각했다. 어차피 난 기분 내키는 대로 말대꾸를 할 건데 뭐.

「당신하고 저녁식사 뒤에 긴히 할말이 있거든.」

「무슨 말을 할 건데요?」

매들린이 불만스럽게 물었다.

「사나이들과 말의 관계가 어떤 건지 확실하게 알려주지.」

던컨이 대답했다.

에드먼드는 코방귀를 뀌었고, 길라드는 정신없이 웃어댔다. 매들린은 두 사람을 노려본 다음 다시 던컨을 쳐다봤다. 사나이들과 말의 관계라니. 차라리 내 목을 조르겠다고 얘길 할 것이지. 한번 톡 쏘아주고 싶긴 했지만 적당한 말이 떠오르지 않았다. 더구나 말대꾸를 해봐야 또 무슨 말을 꺼내서 망신을 줄지 예측할 수가 없었다.

매들린은 던컨을 싹 무시하기로 마음먹었다. 매들린을 바라보는 던컨의 눈에 미소가 스며들었다.

「던컨이 괜찮다고 하면 당신한테 선물을 줬으면 싶은데, 아델라.」

제럴드가 아델라에게 조심스럽게 말했다.

「정말이요? 뭔지는 몰라도 여기까지 들고 오시느라 힘드셨겠어요. 하지만 전 받을 수가 없어요, 제럴드.」

「뭘 갖고 왔는데?」

길라드가 예의 없이 한마디 톡 던졌다. 하지만 제럴드 남작은 별로 기분이 상한 눈치가 아니었다. 그는 씩 웃더니 고개를 내저었다.

「뭐냐니까?」

길라드가 재촉했다.

「악기야. 솔터리(중세시대에 쓰던 현악기의 일종)를 갖고 왔어.」

「그러고 보니까 캐서린 누님도 하나 가지고 있었지. 그래도 연주하는 솜씨가 영 시원치 않았어. 시집가면서 그 물건도 들고 가서 내심 얼마나 안도했는지 모른다고. 누님이 연주하는 걸 듣고 있으면 끔찍해서 이가 득득 갈릴 지경이었거든.」

길라드가 씩 웃으면서 다시 제럴드를 쳐다봤다.

「의도는 좋았지만 여기 있어봐야 먼지투성이만 될 텐데. 아델라는 어떻게 연주하는지 모른단 말이야. 그리고 캐서린 누님이 다시 와서 가르쳐준다고 하면, 그건 내가 결사적으로 막을 거야.」

「매들린도 어떻게 연주하는지 알아.」

아델라가 불쑥 한마디 했다. 그녀는 매들린이 전에 삼촌하고 같이 매일 저녁 연주를 했다는 얘기를 잊지 않았던 것이다. 제럴드가 기껏 준비한 선물을 저렇게 헌신짝처럼 취급하다니, 길라드 때문에 나까지 민망하잖아.

「나한테 어떻게 연주하는지 가르쳐줄 거죠, 매들린?」

「그거야 당연하죠. 선물까지 준비해 오시고, 신경 써주셔서 고맙네요, 남작 님.」

매들린이 아델라와 제럴드에게 차례로 말했다.

「그래요. 신경 써줘서 고마워요.」

아델라가 뒤에서 누가 쫓아오는 것처럼 황급하게 말했다.

제럴드는 씩 웃으면서 자리에서 일어났다.

「그럼 지금 솔터리를 갖고 오지요.」

그는 가다 말고 고개만 돌리더니 아델라를 보면서 큰소리로 말했다.

「산책하기 전에 매들린에게 한두 곡 연주해달라고 하면 어떨까? 물론 던컨이 사나이들과 말에 대한 애기를 빨리 해야 한다면 어쩔 수 없겠지만.」

제럴드는 던컨이 껄껄대고 웃는 소리를 들으면서 홀을 나갔다.

「어딜 가는 거냐?」

에드먼드가 자리에서 일어서는 길라드를 보고 물었다.

「형수님에게 의자를 새로 하나 갖다주려고. 아무래도 의자가 어떻게 됐는지, 계속 옆으로 쓰러지려고 하잖아.」

매들린은 천천히 던컨에게 고개를 돌리고 무섭게 노려봤다. 무슨 소리를 하기만 했단봐라. 당장 창 밖으로 던져버릴 테니까.

한편 아델라는 제럴드의 의견에 적극 찬성하고 있었다. 매들린이 연주를 하면 그만큼 산책을 뒤로 늦춰도 된다는 얘기였다. 아델라는 어떻게 해서든지 '산책'을 최대한 미루고 싶은 마음뿐이었다. 그래서 그녀는 매들린에게 연주를 해달라고 조르기 시작했다.

「이런, 아델라. 오늘밤은 좀 곤란할 것……」

「사나이와 말에 관한 얘기를 빨리 듣고 싶어서 그러는 모양이지?」

던컨이 부드럽게 속삭였다.

매들린이 언짢은 얼굴로 쳐다보는데 던컨이 환하게 웃으면서 뺨에 보조개가 보일 듯 말 듯 생겼다. 그리고 형제들이 모두 보는 앞에서 매들린에게 윙크까지 했다!

매들린은 멍한 얼굴로 던컨이 빵을 반으로 쪼개는 모습을 보고 있었다. 앗, 그러고 보니까 이젠 저 사람이 내 발을 잡고 있지 않잖아. 언제 손을 놓은 거지?

「내가 개구리처럼 꽥꽥대면 어쩌려고 그래요? 그래서 당신까지 망신 당하면요?」

매들린은 던컨의 무릎에서 발을 치우면서 물었다.

「당신 때문에 망신당하는 일은 없어.」

던컨이 대답했다.

생각지도 않은 말이라 매들린은 말문이 막혔다. 그렇게 얘기해줘서 고맙긴 하지만, 혹시 날 약올리려고 농담을 하는 건 아닐까? 그게 아니면 진심?

「당신이 무슨 일을 하든 난 절대 부끄럽지 않아.」

「왜요?」

매들린이 던컨에게 몸을 숙이고 다른 사람이 듣지 못하게 개미 같은
소리로 물었다.

「내가 당신을 선택했으니까. 당신이 설혹 약간 모자라는…….」

던컨도 고개를 숙이고 속삭였다.

「어디 나더러 약간 모자란다는 말만 해봐요. 제럴드가 준비한 선물
로 세게 후려쳐서 바닥에 나가떨어지게 만들 테니까.」

던컨보다는 되려 매들린이 자기가 꺼낸 말에 질겁을 했다. 그는 매들
린의 손을 꽉 잡고 끌어당겼다.

「만지지 말아요.」

매들린이 주위를 둘러보면서 속삭였다. 에드먼드와 아델라는 길라드
가 하는 얘기를 듣느라 정신이 없었다.

「싫어.」

「당신이 만지는 게 싫단 말이에요.」

「거짓말. 나한테 안겨 있으면 좋아서 신음을 하면서 빌기까지…….」

매들린은 재빨리 던컨의 입을 손으로 덮으면서 화덕에 얼굴을 달군
사람처럼 얼굴을 시뻘겋게 물들였다. 던컨은 홀이 떠나가라 큰소리로 웃
어젖혔다. 그 소리를 듣고 에드먼드와 길라드가 동시에 무슨 일인지 말
해보라고 끈질기게 졸라댔다. 매들린은 일순 던컨이 말을 하진 않을까
불안해서 숨을 멈췄다. 하지만 다행히 던컨은 '글쎄. 맘대로들 상상해라'
는 식으로 어깨를 으쓱하더니 화제를 돌렸다.

매들린은 안도의 한숨을 내쉬면서 시선을 돌렸다. 그러다가 문득 아
델라가 슬쩍 슬쩍 소매를 고치랴, 머리를 쓰다듬으랴 바쁘게 손을 놀리
는 모습이 눈에 들어왔다.

매들린은 조금씩 뭔가 감이 잡히기 시작했다. 나 좀 봐. 이렇게 눈치
가 없으면 어떻게 해. 아델라는 제럴드에게 예쁘게 보이고 싶은 거야.

지금 와서 생각해보니까 제럴드도 아델라에게 마음이 있는 눈치였어.
그런 일이 있었는데도 마음이 변하지 않다니. 매들린은 갑자기 제럴드에
대한 애정이 듬뿍 솟아났다.

그러자 갑자기 걱정이 되기 시작했다. 아델라는 계속 여기 남기로 마음을 굳혔고, 던컨도 그렇게 하라고 약속을 했잖아. 이젠 어쩌지?

「왜 그렇게 얼굴을 찡그리고 있어요?」

길라드가 물었다.

「휴우. 나이를 먹을 수록 세상사가 점점 복잡해지는 것 같아요.」

매들린이 대답했다.

「영원히 안 늙고 살 수는 없어요.」

에드먼드가 심각한 얼굴로 한마디 했다.

「하나만 물어볼게요, 에드먼드. 어렸을 때도 항상 그렇게 험상궂은 얼굴을 하고 다녔지요?」

매들린이 장난스럽게 물었다.

불시에 공격을 당한 에드먼드는 험악한 표정을 지으려다가 멈칫했다. 매들린은 그 모습을 보고 웃음을 터뜨렸다.

「어렸을 때의 일은 별로 기억나는 게 없어요. 그래도 길라드 녀석이 어땠는지는 확실히 기억하지요. 이 녀석은 정말 한시도 말썽을 부리지 않을 때가 없었어요.」

에드먼드가 짓궂게 말했다.

「형수님도 어렸을 때 장난을 잘 쳤습니까?」

길라드가 망신을 당하지 않으려고 슬쩍 화제를 돌렸다. 내가 어렸을 때 얼마나 난폭하고 제멋대로 굴었는지 알면 매들린이 분명히 실망하겠지.

「어머, 아뇨. 난 아주 조용한 아이였어요. 옳지 않은 일은 절대 하지 않았답니다.」

그 말을 듣고 던컨과 나머지 웩스턴 형제들이 웃음을 터뜨렸다. 매들린은 기분이 상했지만, 스스로를 너무 성인군자처럼 추켜세운 면도 없지 않았다.

「물론…… 나한테도 결점들이 있긴 있었어요.」

매들린이 말을 더듬거렸다.

「형수님이요? 에이, 그럴 리가 없어요.」

에드먼드가 웃으면서 말했다.

저 말을 칭찬으로 받아들여야 하는 건가? 매들린은 얼굴을 붉혔다.

「그런 말을 하니까 매들린이 부끄러워 하잖냐.」

던컨이 에드먼드를 짐짓 타이르는 척하면서 말했다.

「결점이 뭐였는지 말해줄래요?」

아델라가 싱글벙글해서 물었다.

「믿기 힘든 얘기겠지만 사실 난 정말 덤벙대는 아이였어요.」

매들린의 말을 믿기 힘들어하는 사람은 아무도 없었다. 던컨은 웃음을 터뜨리려는 길라드에게 고개를 내저었다. 에드먼드는 술을 마시다가 매들린의 말을 듣고 사레가 들려서 캑캑거렸다. 아델라는 에드먼드의 등을 치면서 깔깔대고 웃었다.

제럴드 남작이 솔터리를 들고 홀에 들어와서 아델라 바로 앞에 놓았다. 볕에 말려 탈색한 나무로 만든 솔터리는 삼각형 모양으로 현은 12줄이었다.

「로렌스 신부님에게 방사(카톨릭에서는 개인소지품에 성직자의 축복을 받는데, 이를 방사라고 함)를 받아야겠어요.」

아델라가 말했다.

「내일 아침 미사 때 받으면 되겠지. 아참, 신부님에게 성당을 다시 세우기 전까지는 홀에서 미사를 올려야 한다고 얘기했어, 형.」

길라드가 던컨에게 말했다.

던컨은 고개를 끄덕이고 자리에서 일어났다. 다른 사람들이 벽난로 앞에 놓인 의자에 앉으러 간 사이에 매들린은 잽싸게 몸을 숙이고 아까 떨어뜨린 신발을 찾았다.

던컨은 매들린의 허리를 붙들고 일으켜 세웠다. 어느새 신발은 던컨의 손에 대롱대롱 매달려 있었다. 매들린은 신발을 뺏으려고 손을 위로 뻗었다.

「왜 그렇게 못마땅한 표정을 짓는 거지?」

던컨은 매들린을 식탁 위에 올려놓고 신발을 발에 신겨줬다.

「당신이 장난을 치니까 그렇잖아요. 난 그게 싫어요.」

「왜?」

던컨은 그녀를 바닥에 내려놓았지만 허리는 꼭 붙들고 놔주지 않았다.

「왜냐구요?」

매들린은 무슨 말을 해야 할지 몰랐다. 이게 모두 저 사람 책임이야. 저렇게 키스하고 싶어 죽겠다는 시선으로 쳐다보는데, 내가 무슨 생각을 할 수 있겠어? 나도 키스하고 싶다는 생각만 드는 걸.

「왜 내가 장난을 치는 게 싫은 거지?」

던컨이 매들린을 내려다보면서 물었다.

「당신은 원래 한겨울에 얼어붙은 풀처럼 차갑고, 딱딱한 사람이에요. 하지만 지금은 여름 바람에 이리저리 흔들리는 풀잎처럼……」

던컨은 매들린이 너무 당황한 모습이라 차마 웃을 수가 없었다.

「지금까지 날 한겨울에 얼어붙은 풀에 비교한 사람은 아무도 없었는데. 어쨌든 그 알아듣기 힘든 비유는 그만두고 솔직히 얘기해줬으면 좋겠어. 부탁이야.」

「방금 전에 '부탁이야' 라고 했어요?」

매들린이 질겁해서 물었다.

「난 당신이 장난치는 게 싫어요. 당신이 나에게 정겹게 대하는 것처럼 착각하게 되니까요. 차라리 화내는 게 당신다워서 편해요.」

「그럼 내가 정겹게 대하는 게 싫어?」

던컨이 어처구니가 없어서 물었다. 여자들이란, 도대체 이해하기 힘든 족속이라니까.

「그래요.」

「젠장. 왜 싫다는 거야.」

매들린은 솔직하게 털어놓기가 싫어서 입을 꾹 다물고 있었다.

「당신이 대답할 때까지 밤새도록 이렇게 서 있을 줄 알아.」

던컨이 위협을 했다.

「내 말을 듣고 분명히 비웃을 걸요.」

「나더러 한겨울에 얼어붙은 풀잎이라고 했을 때도 안 웃고 가만히 있었잖아. 그래서 당신이 무슨 말을 해도 웃을 것 같지는 않은데.」

「알았어요, 알았어. 당신이 나한테 정겹게 굴면, 당신을 사랑하고 싶어져서 그래요. 이제 속이 시원해요?」

매들린이 성이 난 목소리로 말했다.

던컨은 마음이 아주 흐뭇했다. 매들린이 던컨의 표정을 봤으면 얼마나 기뻐하고 있는지 알 수 있으련만. 불행히도 그녀는 던컨의 가슴만 쳐다보고 있었다.

「그렇게 되면 나만 상처받겠지요.」

매들린은 눈물이 나올 것만 같았다.

「당신이 상처받지 않게 해주지.」

너무 오만방자한 목소리였다. 매들린은 화가 머리끝까지 치밀어서 던컨을 노려봤다. 던컨은 더 이상 참을 수가 없었다. 매들린의 입술이 너무 가까이 있어서 도저히 유혹을 뿌리 칠 수가 없었다. 던컨은 몸을 숙이고 매들린의 입술에 거칠게 키스를 했다.

「이런, 젠장. 지금 다들 매들린이 연주하는 것만 기다리고 있잖아. 형 눈엔 그것도 안 보여!」

에드먼드가 고함을 쳤다.

던컨은 매들린의 입술에 한숨을 내뿜으면서 천천히 그녀를 놓아줬다. 그는 엄지손가락으로 천천히 매들린의 아랫입술을 쓰다듬었다.

「다른 사람이 있다는 건 잊어버렸어.」

던컨이 이를 드러내면서 웃었다.

「나도요.」

매들린이 얼굴을 붉히면서 속삭였다.

던컨은 매들린을 벽난로 앞에 데리고 가서 빈 의자에 앉히려고 했다.

「여긴 당신이 앉을 자리예요. 당신은 몸집도 제일 크니까 등받이가 제일 높은 의자에 앉아야 돼요.」

매들린이 우기는 바람에 던컨은 할 수 없이 그 자리에 앉았다.

「여기 앉으세요」

에드먼드가 의자를 내주면서 말했다.

매들린은 에드먼드에게 고맙다는 애기를 하고 자리에 앉았다. 제럴드가 씩 웃으면서 매들린에게 솔터리를 건네줬다. 매들린은 손을 부들부들 떨면서 솔터리를 무릎에 올려놓았다. 사람들 앞에 나서는 데 익숙지 않아서 그런지 너무 긴장이 됐다.

제럴드는 아델라가 앉은 의자의 바로 뒤에서 등받이에 팔을 걸치고 서 있었다. 길라드와 에드먼드는 벽난로를 사이에 두고 난간에 기대고 있었는데 모두들 매들린의 일거수 일투족을 살피고 있었다.

「너무 오랜만이라 제대로 연주를 할 수 있을지 모르겠어요. 사실 제대로 배운 것도 아니라서 삼촌과 친구 분들에게만 들려드렸어요」

매들린이 고개를 숙이고 솔터리를 보면서 말했다.

「분명히 그분들은 매들린이 정말 잘 한다고 생각했을 걸요」

매들린의 손이 떨리는 걸 보고 아델라가 그녀의 용기를 북돋으려고 한마디 했다.

「네. 그런 말씀을 하시긴 했어요. 어떻게 다들 귀머거리들만 모였는지……」

매들린이 웃으면서 말했다.

던컨은 몸을 굽히고 매들린을 제외한 다른 사람들에게 경고의 시선을 보냈다. 어디 웃기만 해봐. 가만히 안 둘 테니까.

갑자기 제럴드 남작이 기침을 했고 뒤이어 길라드가 고개를 돌리고 벽난로 속을 들여다봤다. 아무래도 내가 너무 꾸물대니까 지겨운가봐. 매들린이 속으로 중얼거렸다.

「부활절에 부르는 라틴 성가를 조금 부를까 해요」

매들린이 입을 열었다.

「한겨울에 얼어붙은 풀잎에 대한 노래는 없어?」

던컨이 씩 웃으면서 물었다.

매들린은 의외의 질문을 받고 말문이 막혔다. 세상에. 내가 무슨 말을 못해.

「한겨울에 얼어붙은 풀잎은 발로 밟으면 두 동강이 나지요. 하지만 여름 바람에 이리저리 흔들리는 풀잎은 너무 오랫동안 발로 밟고 있으면 숨이 막혀버린답니다.」

매들린이 즉흥적으로 시를 읊듯이 노래를 했다.

「그런 노래도 있었답니까?」

길라드가 의아한 얼굴로 물었다.

「슬픈 곡조로군.」

던컨이 감상을 말했다.

「혹시 폴리페모스를 소재로 한 노래는 없습니까?」

에드먼드가 끼여들었다.

「폴리페모스가 뭡니까?」

제럴드 남작이 호기심 어린 목소리로 물었다.

「외눈박이 거인이야.」

에드먼드가 의미심장하게 웃으면서 매들린을 바라봤다.

「그리고 키클롭스들의 우두머리였지요. 에드먼드도 오디세우스에 대한 이야기를 아나봐요?」

매들린이 에드먼드에게 물었다.

「조금은요.」

에드먼드가 대답했다. 사실은 매들린이 열병을 앓았을 때 그녀에게 들은 이야기가 전부였다.

「저기요, 제럴드. 매들린은 정말 진기한 얘기를 많이 알고 있어요.」

아델라는 흥분한 나머지 저도 모르게 제럴드의 손을 건드렸다.

「난 오디세우스에 관한 애긴 한번도 못 들어봤단 말입니다. 왜 지금까지 나한테 그런 애길 해준 사람이 없었지?」

제럴드가 다소 화가 난 목소리로 말했다. 그 소리를 듣고 매들린은 슬며시 미소를 지었다.

「오디세우스에 대해서 모른다고 해도 그건 부끄러워 할 일이 아니에요. 혹시 오리야끄(Aurillac. 프랑스 중부의 도시)의 제르베르(오토 3세가 임명한 프랑스 출신의 교황, 실베스터 2세)에 대해서 들어보셨어요?」

「수도사 말씀입니까?」

제럴드가 물었다.

매들린은 고개를 끄덕인 다음 아델라에게 시선을 돌렸다. 아무래도 아델라는 오리야끄의 제르베르에 대해서 모르리라 생각했기 때문이었다.

「지금으로부터 백 년쯤 전에 오리야끄 출신의 제르베르라는 수도사가 있었어요, 아델라. 그분은 수도원를 떠나서 스페인으로 유학 길을 떠났답니다. 나중에 프랑스에 돌아와서 랭스(Reims. 파리 동북부에 위치한 도시)에 있는 성당 학교(중세 수도사들이 수도원 밖에 세운 학교)에서 학생들을 가르쳤어요. 그때 자신이 번역한 고전들을 학생들에게 배우게 했대요. 사실 오디세우스에 관한 이야기를 지은 사람은 호머라는 시인이었어요. 제르베르는 그리스어로 된 원작을 라틴어로 번역을 했었지요.」

「혹시 호머하고 제르베르는 친한 사이였어요?」

아델라가 물었다.

「아뇨. 호머(그리스 출신의 일리아드, 오디세이의 저자)는 아주 오랜 옛날에 그리스라는 곳에 살았던 시인이랍니다. 제르베르가 태어나기 몇 백 년 전에 벌써 죽은 사람이에요. 호머의 이야기들은 수도원에 안전하게 보관되어 있는데, 사실 성당에서 못마땅하게 여기는 부분도 있답니다. 하지만 그렇다고 신을 모독할 생각으로 이런 이야기를 곡조로 부르는 건 아니니까 오해하지 마세요. 솔직히 말해서 사실이라고 믿을 순 없는 내용이거든요.」

다들 잔뜩 흥미가 생긴 눈치였다. 매들린은 던컨이 고개를 끄덕이자, 솔터리를 연주하기 시작했다.

처음엔 귀에 거슬리는 소리를 몇 번인가 냈지만 매들린은 시간이 가면서 점점 키클롭스와 대면한 오디세우스에 대한 시구에 몰입하게 되었다. 그녀는 솔터리를 내려다보면서, 자신이 버튼 삼촌 옆에 앉아서 노래를 들려드리고 있다고 상상을 했다. 그렇게 하니까 마음도 안정되고 손도 떨리지 않았다. 매들린의 목소리는 힘이 더해졌고, 더욱더 청아해졌다. 던컨은 매들린의 목소리가 매혹적이라고 생각하면서 속으로 감탄했다. 매들린이 처음에 홀 안에 앉아서 쉴 자리를 만들었을 때 이해하기 힘들다고 생각했던 던컨이었다. 그런 그가 이제는 의자에 기대고 앉아서 만족스럽게 미소짓고 있었다.

매들린은 오디세우스와 그의 부하들이 폴리페모스에게 붙들렸을 때의 이야기를 노래로 부르기 시작했다. 외눈박이 거인, 폴리페모스는 오디세우스 일행을 동굴 속에 가두고 커다란 돌을 입구에 막아놓았다. 거인은 본디 밤에는 양들을 동굴 속에 놔두고 아침이면 풀을 뜯게 하려고 들판에 데리고 나갔다. 그래서 양이 밖으로 나오기 위해선 동굴 입구를 막아놓은 돌을 아침마다 치울 수밖에 없었다. 그러던 어느 날, 오디세우스는 외눈박이 거인의 눈을 멀게 하고, 병사들에게 양들의 배에 매달려서 동굴 밖으로 나가는 법을 일러줬다. 눈먼 폴리페모스는 동굴 입구에 서서 병사들을 찾으려고 허공에 손을 휘휘 내저었고, 양들의 배 밑에 매달린 병사들은 무사히 탈출할 수 있었다.

매들린이 노래를 끝마쳤더니 다들 다른 곡조를 불러달라고 졸라댔다. 그리고 흥분해서 어느 부분이 제일 재미있었는지 떠들어대기 시작했다.

「폴리페모스에게 자기 이름이 '우티스(그리스어로 아무도 아니다라는 뜻)'라고 말하다니, 정말 오디세우스는 머리가 기발하군.」

길라드가 감탄해서 말했다.

「그래. 오디세우스에게 눈을 찔린 폴리페모스가 지르는 비명 소리를 듣고 키클롭스들이 몰려와서 누가 그런 짓을 했느냐고 물어봤지.」

제럴드가 숨가쁘게 말했다.

「그래서 폴리페모스가 아무도 아니다라고 소리를 질러대니까, 키클롭스들은 별일이 아닌가 싶어서 다들 돌아가버렸고.」

에드먼드의 말이 끝나자 다들 한바탕 즐겁게 웃었다.

매들린은 청중들의 반응이 너무 열렬해서 기분이 좋아졌다. 그녀는 슬며시 던컨을 쳐다봤는데 그는 벽난로 불꽃을 쳐다보면서 만족스럽게 미소를 짓고 있었다.

던컨의 옆모습은 정말 아름다워. 던컨을 계속 바라보고만 있자 갑자기 따스한 온기가 온몸에 퍼졌다. 그때 그녀는 던컨이 누구와 닮았는지 깨달았다. 바로 오디세우스였다. 그래. 던컨은 내가 어렸을 때 상상하곤 했던 위대한 전사, 오디세우스와 닮았어. 오디세우스는 매들린의 상상 속에서 존재하는 절친한 친구였다. 의지할 사람이 없어서 무섭고 쓸쓸할 때마다 매들린은 그에게 솔직한 심정을 토로하곤 했다. 그리고 언젠가는 오디세우스가 마술처럼 갑자기 나타나서 자신을 데리고 같이 떠날 거라고 상상하면서 즐거워했다. 오디세우스라면 날 위해서 싸워주고, 로던 오빠가 괴롭히지 못하게 날 지켜주겠지. 그리고 날 사랑해줄 거야.

매들린은 성인이 되면서 그런 꿈을 접어버렸다. 사실 지금까지 어린 시절에 몰래 몰래 키워왔던 꿈에 대해서는 완전히 까맣게 잊고 있었다.

하지만 이제 던컨을 바라보면서, 매들린은 그 꿈이 이루어졌다는 사실을 깨달았다. 던컨이야말로 매들린의 오디세우스였다. 매들린이 꿈속에서 그리던 연인, 보호자, 그리고 로던의 손에서 자신을 구해준 구세주.

아아. 난 이 사람을 사랑하고 있었어.

17

「왜 그래요, 매들린. 몸이 불편해서 그래요?」

아델라가 벌떡 일어나더니 매들린에게 달려갔다. 매들린은 당장이라도 기절할 사람처럼 안색이 창백했다. 힘없이 바닥에 떨어지려는 솔터리를 아델라가 아슬아슬하게 받았다.

매들린은 고개를 내저었다. 그녀는 일어서려고 했지만 다리가 후들거려서 힘이 하나도 없었다. 사실 아직도 충격의 여파가 가시지 않은 상태였다. 자신은 던컨을 사랑하고 있었다.

「난 괜찮아요. 조금 피곤해서 그래요. 그러니까 그렇게 흥분하지 않아도 돼요.」

「노래 한 곡조만 더 불러줄 수 있어요?」

아델라가 죄책감을 느끼면서 물었다. 하지만 난 지금 지푸라기라도 붙잡고 싶은 심정이라 어쩔 수가 없는 걸. 매들린이 도와주면 고맙다는 표시로 뭘 해줘야 할 텐데. 그래. 내일 아침에 침대에서 식사를 할 수 있게 음식 쟁반을 직접 날라다줘야지.

아델라가 어떻게든 시간을 끌고 싶어한다는 건 알고 있었다. 매들린도 그 마음을 십분 이해했지만, 그래도 산책을 피할 방법이 떠오르지 않았다.

「좋은 악기 보시는 눈이 있으시네요, 남작 님.」

매들린이 제럴드에게 말했다.

「던컨이야말로 보는 눈이 있지요.」

남작이 미소지었다.

매들린은 그게 무슨 소린지 이해가 안 갔다. 곧이어 에드먼드와 길라드가 앞다퉈서 연주 솜씨가 빼어나다고 칭찬을 아끼지 않았다. 매들린은 부끄러워서 얼굴이 빨개졌다. 사실 칭찬에 익숙지 않은 매들린이었다. 웩스턴 집안 사람들은 정말 이상해. 저렇게 아무렇지도 않게 칭찬을 할 수 있을까?

웩스턴 집안 사람들을 만나기 전에는 한번도 예쁘다는 말을 들은 적이 없었다. 그런데 다들 돌아가면서 한 번 이상씩 그런 칭찬을 해줬다. 자신을 정말 예쁘다고 생각하는 것처럼 보일 정도였다.

「계속 그렇게 추켜세우지 마세요. 허영심이 많은 여자가 될까봐 두렵네요.」

매들린이 수줍게 웃으면서 말했다.

하지만 정작 던컨은 아무 말도 없었다. 매들린은 던컨의 안색을 살폈다. 저 사람 듣기에도 내 연주가 괜찮았을까?

던컨은 하루 종일 뭔가 이상하게 행동하고 있었다. 낮에는 보는 눈도 있는데 키스를 하질 않나, 저녁식사 시간에는 끊임없이 장난을 쳤다. 던컨의 본래 모습을 알았기에 망정이지, 안 그랬으면 유머 감각이 있다고 착각했을지도 모른다. 말도 안 돼. 던컨이? 그런 생각을 하는 것 자체가

우스꽝스럽지.

　매들린은 제럴드가 아델라의 손을 잡고 바깥으로 나가는 모습을 지켜봤다. 아델라는 나가면서도 계속 고개를 돌리고 매들린에게 애원하는 시선을 던졌다.

　「너무 오래 있지 말아요, 아델라. 감기 걸릴지도 모르니까.」

　매들린이 큰소리로 말했다.

　지금 상황에서는 그 이상 해줄 수 있는 게 없었다. 아델라는 고맙다는 인사 대신 고개를 끄덕이고 제럴드와 함께 사라졌다.

　길라드와 에드먼드도 벌써 홀에서 나가고 없었다. 이젠 던컨과 매들린 단둘뿐이었다.

　매들린은 어색함을 없애려고 가운에 잡힌 주름을 펴고 자세를 고쳐 앉았다. 방에 돌아가고 싶은 마음만 들었다. 당장 생각해야 할 일이 너무 많아졌어. 결정해야 할 일도 많고.

　「사나이들과 말의 관계에 대해서 얘기하고 싶다면서요.」

　매들린이 자신을 뚫어져라 쳐다보고 있는 던컨에게 말했다.

　「뭐라고?」

　「아까 전에 그랬잖아요. 사나이들과 말의 관계가 어떤 건지 확실하게 알려주겠다고. 기억 안 나요?」

　「아, 그거.」

　던컨이 빙그레 웃었다.

　「좀더 가까이 와봐. 그럼 나도 얘길 시작할게.」

　바로 앞에 있으면서 좀더 가까이 오라니? 매들린은 의아한 생각이 들었다.

　「오늘은 정말 당신 같지가 않아요.」

　매들린이 던컨 바로 옆에 서면서 말했다.

　그녀는 입술을 신경질적으로 깨물면서 의자에 앉아 있는 던컨을 내려다봤다. 그러다가 갑자기 손으로 던컨의 이마를 짚었다.

　「열은 없네요.」

왠지 실망한 목소리였다. 던컨은 그녀를 붙든 다음 무릎 위에 앉혔다. 그 즉시 매들린은 옷매무새를 가다듬고 최대한 새침한 태도로 앉았다.

「혹시 뭔가 고민거리가 있어서 그래?」

던컨이 엄지손가락으로 매들린의 아랫입술을 문질렀다.

고민거리가 있는 게 당연하지. 그날 내내 던컨은 완전히 낮선 사람처럼 굴고 있었다. 남편이 갑자기 180도로 변했는데도 고민하지 않을 여자가 있을까? 매들린은 한쪽 눈에 흘러내린 머리칼을 쓸어 넘기다가 실수로 던컨의 턱을 팔꿈치로 치고 말았다.

민망해진 매들린이 사과를 했지만 던컨은 완전히 체념한 얼굴로 고개만 끄덕였다.

「당신 목소리는 개구리하고는 영 딴판이던 걸.」

매들린이 빙긋 웃었다. 지금까지 받은 칭찬보다 백 배는 더 듣기 좋은 걸.

「고마워요. 이젠 사나이들과 말의 관계에 대해서 얘기해도 돼요.」

던컨의 손이 천천히 등을 스쳤다가 어깨에 닿았다. 매들린은 저도 모르게 몸을 부르르 떨었다. 그는 매들린을 가슴에 끌어안았다.

「당신은 여자라서 잘 모르겠지만, 우리 남자들은 원래 자기들이 소유한 말에 특별한 애정을 갖고 있거든.」

던컨이 따스한 목소리로 얘기를 시작했다. 매들린은 던컨의 가슴에 등을 바싹 붙이면서 하품을 하고 눈을 감았다.

「우리 남자들은 말이 즉각즉각 복종을 해주기를 바래. 왜냐, 그건 전장터에서 말을 통제하느라 시간을 낭비하면 제대로 싸울 수가 없으니까. 전투가 치열한 상황에서는 목숨까지 잃을 가능성이 있다고.」

던컨은 몇 분 동안 계속 설명을 이어갔다.

「당신 때문에 이제 내 말은 순한 강아지처럼 됐어. 이젠 어쩔 거야? 다시 생각해도 정말 화가 치미는군.」

던컨이 못마땅한 목소리로 말했다. 하지만 매들린의 손바닥에 놓인 설탕을 핥아먹던 실레노스가 떠올라서 갑자기 웃음이 나왔다. 던컨 외에는 아무도 손을 못 댈 정도로 난폭하던 실레노스였다.

「그래. 실레노스를 쓸모 없는 놈으로 만든 건 당신이니까, 당신이 책임져. 싫으면 싫다고 미리 얘기해도 좋아. 하지만 난 벌써 당신에게 실레노스를 주기로 마음을 다져 먹었어. 그러니까 우선 녀석을 쓸모 없는 놈으로 만들어서 미안하다고 사과해. 그 다음엔 선물을 줘서 고맙다는 얘기를 해야겠지.」

하지만 매들린은 아무 반응이 없었다. 던컨은 얼굴을 찌푸리면서 매들린의 고개를 들어올렸다.

어느새 매들린을 깊게 잠들어 있었다. 십중팔구 던컨이 한 말을 한 마디도 못 들었으리라. 아무리 봐도 이건 내가 화를 내야 되는 상황인데. 이렇게 남편한테 존경심이 없어도 되는 건가? 던컨은 매들린을 깨우지는 않고 살짝 입을 맞췄다. 매들린은 다시 몸을 바싹 붙이면서 손으로 던컨의 목덜미를 더듬었다.

마침 홀 안에 들어오던 에드먼드는 던컨이 매들린의 정수리에 입을 맞추는 광경을 목격했다.

「형수는 잠이 들었어?」

「내 설교를 듣다가 겁을 먹어서 기절해버렸지.」

던컨이 냉담한 목소리로 대꾸했다.

에드먼드는 껄껄대고 웃다가, 이내 매들린이 잠들어 있다는 사실을 자각하고 목소리를 낮췄다.

「푹 잠이 들어서 깨진 않을 테니까 걱정 마라.」

「신경을 많이 써서 형수도 많이 고될 거야. 오늘 저녁은 음식들이 특히 맛있었지? 아까 보니까 형수가 자기 추종자들에게 '완벽' 해야 한다고 신신 당부하더라고. 그 덕에 난 파이를 네 개가 먹어 치웠지 뭐야. 그리고 그 파이는 형수가 특별히 자기만의 비법을 거티에게 전수해서 만든 거라더군.」

「뭐? 추종자?」

「그래. 하인들 모두 매들린에게 충성심이 대단해.」

「그래서 너는 어떠냐?」

「이젠 형수잖아. 나도 형수를 위해서라면 목숨도 바칠 수 있어.」

에드먼드가 진심으로 말했다.

「나도 네 맘 안다.」

던컨이 만족스러운 목소리로 말했다.

「알면서 사람 무안하게 뭐 하러 묻는 게야? 그나저나 제럴드에게 형수하고 관련된 무슨 소식은 못 들었어?」

에드먼드가 던컨 맞은편에 자리를 잡고 앉으면서 물었다.

던컨이 고개를 끄덕이려고 하는데 매들린의 머리가 턱에 닿자 싱겁게 미소지었다.

「제럴드가 소식을 가져오긴 했지. 국왕 폐하는 아직도 노르망디에 계시고, 로던 녀석은 자기 가신들을 불러모으고 있다는구나.」

「삼 주 후면 나도 라인홀드 남작에게 가야 된다는 건 형도 알지? 가신(家臣)의 의무가 있으니까. 하지만 순위로 치자면 국왕 폐하가 제일 첫 번째 주군이고, 형이 두 번째, 라인홀드 남작이 세 번째지. 그러니까 혹시 내가 여기 남아 있어야 할 상황이 되면 남작도 알아서 양해를 해줄 게야(중세시대의 귀족들은 여러 주군을 모셨는데 한꺼번에 여러 주군에게 의무를 행사해야 할 경우, 우선 순위를 따졌다).」

「라인홀드 남작도 제럴드하고 같이 우리편에 서줄 게다. 그럼 모두 합쳐서 머리 수가 천은 넘겠지.」

「스코틀랜드에 있는 캐서린 누이는 잊었수? 매형이라면 아마 최소한 병사 팔백 명은 끌어 모을 수 있을 걸.」

에드먼드가 자신 있게 말했다.

「나도 안다. 그래도 캐서린 누이까지 결부시키고 싶지 않아.」

던컨이 대답했다.

「국왕 폐하께서 로던의 편을 들면 어쩔 거야?」

「그런 일은 없어.」

「뭘 믿고 그렇게 자신만만하지?」

「솔직히 국왕 폐하를 오해하는 사람들이 많긴 하지. 성격이 불같고, 자제력이 없다고들 하니까. 하지만 너도 알다시피 지금까지 난 국왕 폐하를 위해서 수없이 전장에 나가질 않았냐. 언젠가 병사 하나가 실수로 국왕 폐하를 땅바닥에 넘어뜨린 일이 있었어. 다른 병사들이 나서서 실수를 저지른 병사를 죽이겠다고 맹세를 했지. 하지만 정작 국왕 폐하는 호탕하게 웃으면서 병사의 어깨만 한번 툭 치고 그냥 보내주시더구나.」

에드먼드가 한동안 생각에 잠겼다.

「그래도 폐하는 도가 지나칠 정도로 로던을 총애하고 있잖아.」

「글쎄. 내 생각엔 그래도 어느 정도 선을 긋고 계실 것 같다.」

「그러기만 하면 얼마나 좋겠어.」

「참, 너하고 상의할 일이 또 있다. 팰컨 영지에 관한 얘기야.」

「무슨 일인데?」

팰컨은 아직 척박한 황무지였지만 일단 사람들의 손이 닿기만 하면 기름진 땅이 될만한 영지로, 웩스턴 영지의 최남단에 자리 잡고 있었다.

「난 네가 그 땅을 맡아줬으면 좋겠다, 에드먼드. 그곳에 네가 성을 지어라. 사실은 가능하면 너한테 정식으로 양도해주고 싶은데…… 국왕 폐하가 허락하실 것 같지 않아서 말이야. 물론 폐하를 기쁘게 할 방법을 찾아낸다면 또 모르겠지만.」

에드먼드는 던컨의 말을 듣고 심장이 멎는 줄 알았다.

「그런 얘기는…… 전엔 한 번도 안 했잖아.」

에드먼드가 말을 더듬거렸다. 태어나서 처음으로 에드먼드는 짜릿한 기분을 느꼈다. 자신만의 영지를 소유하다니…… 너무 엄청난 일이라 믿기가 힘들었다. 갑자기 마음속에서 희망의 불꽃이 맹렬하게 타올랐다.

「갑자기 왜 그런 생각을 했지?」

에드먼드가 물었다.

「네 형수 때문이야. 매들린은 길라드와 내가 얘기하는 걸 듣고 로버트와 헨리 왕자 때문에 걱정이라고 하더구나. 국왕 폐하가 믿고 맡기질 않기 때문에 내심 불만이 많을 거라고 말이다.」

「로버트 왕자는 노르망디를 받았잖아.」

에드먼드가 끼여들었다.

「그래. 하지만 국왕 폐하의 동생인 헨리 왕자는 약간의 재산과 자그마한 영지만 하나 물려받았지. 내가 보기에도 확실히 내심 불만이 많아. 비록 형들 때문에 왕위는 오르지 못했지만, 자질이나 기질을 따진다면 태어나길 지도자로 태어난 사람이야.」

「그게 이 일하고 무슨 상관이 있는데?」

「매들린의 애기를 듣고 나도 뭔가 깨달은 바가 있었거든. 물론 넌 나하고 라인홀드 남작에게 가신으로서의 의무를 계속 수행해야겠지만, 국왕 폐하의 윤허만 받으면 팰컨 영지는 네게 양도하마. 너라면 머리가 좋으니까 잘 꾸려나갈 게야.」

에드먼드는 칭찬을 받고 기분이 좋은지 미소를 지었다.

「국왕 폐하께서 청원을 받아들이지 않으시면 그곳에 성을 짓고 감독관으로 지내면 될 일이야. 국왕 폐하도 그건 반대하시진 않을 게다.」

「난 형의 의견에 찬성이야.」

에드먼드가 싱글벙글해서 대답했다.

「얼마 안 있으면 길라드 녀석도 40일 동안은 꼬박 소먼트 남작 밑에 있어야겠구나. 남작의 가신인 만큼 길라드도 의무는 다 해야지(가신은 주군을 위해 보통 30~40일 동안 성을 수비하는 일이나, 전장에 종군하는 등의 의무를 수행해야 했다).」

「길라드라면 통솔력이 있으니까 앤서니처럼 최고 지휘관이 될 수 있을 거야.」

「그러려면 먼저 성깔을 죽여야지. 성깔을.」

에드먼드도 수긍하고 고개를 끄덕였다.

「제럴드가 형수에 관한 소식을 애기해줬다면서. 그 애기나 어서 해 봐.」

「헨리 왕자가 아무래도 뭔가 꾸미고 있는 것 같다고 하던 걸. 제럴드도 헨리 왕자가 소집한 모임에 참석해달라는 부탁을 받았다는구나.」

「모임이라고? 언제, 어디서 하는 건데?」

「클레어 가문에서 헨리 왕자를 손님으로 초대하는 형식으로 모임을 갖는다고 하더군. 하지만 그게 언제인지는 나도 모르겠다.」

「혹시 헨리 왕자는 제럴드에게 현 국왕 폐하를 배신하고 자신을 지지해달라고 부탁하진 않을까? 그나저나 형은 어떻게 된 거야? 형도 모임에 참석해달라고 초대받았어?」

「아니. 헨리 왕자도 내가 국왕 폐하 편에 설 거라는 걸 아니까.」

던컨이 대답했다.

「그럼 헨리 왕자가 반란을 일으킬지도 모른다는 애긴가?」

「그런 일이 생긴다고 해도, 나는 국왕 폐하의 편에 설 게다. 국왕 폐하께 끝까지 충성하겠다고 맹세를 했으니까.」

「제럴드 말을 언뜻 들어보니까 불만을 품은 자들이 점점 늘어나고 있다는 걸. 국왕 폐하를 암살하려는 음모를 꾸미는 자들이 한둘이 아니라던데.」

「제럴드는 나 때문에 모임에 참가하게 된 것 같다고 했지. 헨리 왕자는 왕위에 올랐을 때를 대비해서, 내가 자신을 국왕으로서 예우를 할 것인지 알고 싶어하는 눈치야. 제럴드가 나하고 친하니까 녀석을 통해서 내 심중을 떠보고 싶다는 거겠지.」

「그럼 우린 사태를 관망하고 있다가 모임이 어떤 식으로 결론이 날지 두고봐야겠군.」

「그래. 아직은 움직일 때가 아니야.」

던컨이 고개를 끄덕였다.

「음. 생각할 게 많아서 골치를 좀 썩겠는 걸.」

에드먼드가 얼굴을 찌푸렸다.

「한 가지만 물어보자, 에드먼드. 아직도 길라드는 자기가 매들린을 사랑한다고 믿고 있냐?」

던컨이 화제를 바꾸면서 물었다.

「지금 적응하고 있는 중이야. 아직 완전히 감정을 정리하진 못했지

만, 형수님의 태도가 워낙 분명하니까 열정도 조금씩 식는 눈치고. 녀석
이 고심하고 있다는 건 어떻게 알아차렸수?」

「길라드는 원래 얼굴에 '나 지금 무슨 생각하고 있소' 하고 써놓고
다니는 녀석이잖냐. 녀석이 혼인예식이 진행되는 동안 검에 손을 댄 건
알고 있었냐? 분명히 매들린이 억지로 혼인을 하는 거라고 생각했던 게
지.」

「말은 똑바로 하셔. 매들린은 강제로 혼인을 당했잖아! 길라드가 검
에 손을 대는 장면을 못 봤으면, 형수는 절대로 혼인 서약을 안 했을 거
야.」

던컨이 씩 웃었다.

「그래, 맞다. 내가 길라드를 어떻게 할까봐 겁이 난 게야. 매들린은
항상 약자 편에 서려고 하거든.」

에드먼드는 던컨이 자고 있는 매들린의 등을 부드럽게 쓰다듬는 모습
을 흘끗 쳐다봤다.

「그럼 형수는 우리가 형의 마수를 피해서 여길 떠났으면 하는 거
야?」

에드먼드가 장난스럽게 물었다.

「그럴 리가 있냐? 너희들이 여길 떠나면 격분해서 내 탓을 할 걸. 얼
마 후에 너희들이 주군에게 봉사하러 40일 동안 자리를 비운다는 말만
들어도 아주 못마땅하게 생각할 게다.」

그 말을 듣고 에드먼드가 고개를 끄덕였다.

「매들린은 내가 너와 길라드의 인생을 계속 좌지우지하게 될까봐 걱
정하는 모양이다. 너희 둘이 독립적으로 판단하고 행동하지 못하게 막을
거라고 생각하는 것 같아.」

「별 괴상한 생각을 다 하는군. 그래도 형수 때문에 형 인생이 완전
히 바뀌었잖아. 우리도 그렇고. 형하고 지금처럼 오랫동안 얘기해보기는
이번이 처음이야. 형수가 여기 오면서 우리 형제들도 훨씬 더 단합이 잘
되는 것 같고. 안 그래?」

던컨은 아무 대답도 없었다. 에드먼드는 일어나서 출입구 쪽으로 걸어갔다. .

「생각할수록 분해.」

갑자기 에드먼드가 가다가 말고 고개를 돌리면서 말했다.

「뭐가 분하다는 게냐?」

「내가 먼저 매들린을 붙잡았어야 하는 건데.」

「축복 받은 줄 알아라, 에드먼드. 그랬으면 내가 너한테서 매들린을 빼앗았을 테니까.」

던컨이 웃으면서 말했다.

마침 그때 잠에서 깬 매들린은 하품을 하면서 졸린 눈을 비볐다.

「에드먼드에게 뭘 뺏는다는 거예요, 던컨?」

던컨은 머리를 가다듬는 매들린의 팔꿈치를 요리조리 피했다.

「당신하고는 전혀 상관없는 일이야.」

「당신 욕심만 차리지 말아요. 원래 형제끼리는 빵 한쪽도 나눠 먹는 거라고 하잖아요.」

그 말을 들었는지 바깥에서 에드먼드가 웃어젖히는 소리가 들렸다.

「갑자기 에드먼드가 왜 저러죠?」

매들린이 의아해서 던컨에게 물었다.

「글쎄. 낸들 아나?」

던컨이 시치미를 떼면서 씩 웃었다.

그때 갑자기 아델라가 홀 안으로 뛰어 들어오더니 매들린을 보자마자 울음을 터뜨렸다.

「난 이제 어떻게 해요. 제럴드가 파혼하지 않겠대요. 이젠 어쩌면 좋지요?」

던컨의 무릎에서 몸을 일으키는 순간, 아델라가 기다렸다는 듯이 매들린의 품에 뛰어들었다. 그 모습을 보고 던컨은 끙 하고 한숨을 내쉬면서 자리에서 일어났다.

「그 질문은 나에게 해야 하는 것 아니냐?」

아델라는 매들린의 몸을 꼭 붙잡고 놓지 않고 있었다. 그런데도 던컨은 매들린의 팔을 붙들고 출입구 쪽으로 잡아끌었다.

「안 돼요. 아델라를 이렇게 놔두고 그냥 나가란 말인가요?」

매들린이 고개를 내저었다. 던컨과 아델라가 자신을 사이에 두고 양쪽에서 줄다리기를 하는 기분이었다.

「이봐요, 던컨. 팔 좀 놔요. 이러다 팔 떨어지겠어요!」

마침 그때 제럴드 남작이 홀 안으로 뛰어 들어오는 바람에 매들린을 위층에 데리고 올라가려던 던컨의 계획은 무산되고 말았다. 내일 해결하려고 했더니…… 안 되겠군. 당장 처리를 해버려야지.

「자네는 아직도 아델라하고 혼인하고 싶나?」

던컨이 다짜고짜 제럴드에게 물었다.

「그래. 내 아내가 될 사람은 아델라뿐이야.」

제럴드가 도전적으로 대꾸했다.

「아델라에게 원하는 만큼 여기서 지내도 된다고 약속했네, 제럴드.」

제럴드의 격분한 얼굴을 보는 순간, 던컨은 한숨이 절로 나왔다.

「그런 약속을 하다니, 내가 실수를 했어.」

다들 놀라서 입을 벌리고 있었다. 던컨은 지금까지 실수를 인정해 본 적이 없는 사람이 아니었던가. 던컨은 주위를 둘러보고 빙그레 웃었다.

「아델라, 괜히 목만 아프니까 소리는 그만 지르고 내가 무슨 약속을 했는지 제럴드에게 똑똑히 얘기해봐라.」

던컨이 아델라에게 단호한 목소리로 명령했다.

「내가 원하면 죽을 때까지 여기 남아 있어도 된다고 했잖아요.」

매들린의 품에서 얼굴을 들고 아델라가 속삭였다.

그 말을 듣고 제럴드가 한 발자국 앞으로 나섰지만 던컨이 가만히 있으라는 시선을 던졌다.

「이번엔 제럴드, 내가 전에 자네에게 어떤 약속을 했었나?」

던컨이 지루해하는 목소리와 표정으로 물었다. 매들린은 던컨이 무슨 생각을 하는지 알 수가 없었다. 그녀는 저도 모르게 던컨의 손을 꼭 쥐었다.

「분명히 나에게 아델라를 아내로 맞아도 된다고 허락하질 않았나!」

「난 아델라에게 이곳에 남아 있어도 된다고 약속했네. 그러니까 재주껏 아델라의 마음을 바꿔놓게. 내 말이 무슨 애긴지 알아듣겠나?」

「그럼 그 말은……」

「시간이 얼마가 걸리든 내 집에 계속 손님으로 머물러도 좋다는 말이지.」

제럴드는 처음엔 깜짝 놀란 표정이었지만 이내 의미심장한 미소를 지었다.

「당신이 여길 떠나지 않겠다면 어쩔 수 없지. 나도 여기 계속 남아 있겠어.」

「뭐라고요?」

아델라가 다시 소리를 빽 질렀다.

「당신 오라버니가 말했듯이, 당신이 내 진심을 알아줄 때까지 여기 남아 있겠어. 내 말이 무슨 말인지 알아들었어?」

아델라가 귀머거리도 아닌데 못 들었을 리가 없지. 어쩌면 바깥에서 보초를 서고 있는 병사들까지 들었을지도 몰라. 매들린이 중얼거렸다.

아델라를 위로해주려고 하자 던컨이 매들린의 손을 확 잡아끌었다. 왜 그러느냐고 물어보려고 했더니 뼈가 부러질 정도로 손을 꽉 쥐었다.

한편, 격분한 아델라는 치마를 들어올리고 제럴드에게 달려갔다.

「어디 두고 봐요. 당신이 늙어서 허리가 꼬부라져도 절대 내 마음은 안 변해요.」

「내 능력을 과소 평가 하는군.」

제럴드가 자신만만하게 미소지었다.

「이 세상에 당신처럼 고집 센 사람은 없을 거예요! 당신은…… 당신은 플레베이우스야(Plebeius. 로마시대의 평민을 뜻함. 귀족인 Patricius 파트리키우스의 반대 개념)!」

그 말을 마친 아델라는 몸을 획 돌리고 밖으로 뛰쳐나갔다.

「플레베이우스가 뭐야?」

제럴드가 에드먼드에게 물었다.

에드먼드는 자신도 모르겠다는 의미인지 어깨를 으쓱하면서 매들린을 쳐다봤다.

「형수가 하는 얘기를 주워 듣고 하는 말인 것 같은데.」

「맞아요.」

매들린이 고개를 끄덕거렸다.

「그건 폴리페모스보다 더 추악한 겁니까?」

에드먼드가 물었다.

매들린이 고개를 내저었다.

「그래도 나보다는 높이 평가 됐으니 다행인 줄 알아. 형수가 나에게 했던 말에 비하면 뭔지는 몰라도 양호한 거야.」

에드먼드가 실실 웃으면서 말했다.

매들린은 에드먼드가 무슨 말을 하는지 알 수가 없었다. 갑자기 던컨은 모두에게 잘 자라는 인사를 하더니 매들린을 반 강제로 끌고 나왔다. 그 바람에 매들린은 에드먼드에게 질문을 할 기회를 잃고 말았다.

두 사람은 아무 말 없이 던컨의 방으로 갔다. 던컨이 방문을 여는 순간, 매들린의 머릿속에서는 아델라의 문제며 에드먼드가 했던 말이 사라져버렸다. 던컨은 어느새 매들린의 방에 놓여 있었던 물건들을 옮겨놓았다. 벽난로 앞에 놓인 의자 두 개와 침대보는 물론 벽난로 위에 걸어놓은 태피스트리까지 모두 원래는 매들린의 방에 있던 물건들이었다.

마침 방에서 나오던 모드는 던컨의 지시대로 매들린이 목욕할 준비를 끝냈다는 말을 남기고 사라졌다.

문이 닫히자 매들린은 던컨에게 몸을 돌리고 말했다.

「당신 앞에서 목욕은 못해요. 그러니까 당신은 그 동안 수영이나 하고…….」

「새삼스럽게 왜 그렇게 낯을 가려? 그 동안 벗은 몸은 꽤 봤는데.」

던컨은 매들린의 허리띠를 풀어서 의자에 던져놓고 겉옷을 벗기기 시작했다.

「그래도 매번 침대 안에서만 그랬잖아요. 그것도 이불을 덮은 상태에서…….」

매들린이 말을 끝까지 잇지 못했다.

던컨이 껄껄대고 웃었다.

「어서 욕조에 들어가. 물이 식어서 차가워지면 어쩌려고 그래.」

「당신은 얼음처럼 차가운 호수에서 수영을 하면서 뭘 그래요.」

던컨은 천천히 속옷을 어깨 위로 끌어올렸다.

「한겨울에 수영을 하는 이유가 뭐예요? 수영이 그렇게도 좋아요?」

매들린이 얼굴을 붉히면서 물었다.

던컨의 정신을 분산시키려고 꺼낸 말이었다. 하지만 던컨은 입으로 질문에 대한 답을 하면서, 손으로는 옷을 벗기는 두 가지 일을 동시에 할 수 있는 것 같았다.

「좋아서 하는 일은 아니야.」

던컨은 빠른 속도로 속옷을 벗겨내면서 대답했다. 그는 매들린 앞에 무릎을 꿇고 앉아서 스타킹과 신발을 벗겨낸 다음 발끝에서부터 허리까지 부드럽게 어루만졌다.

「왜…… 그럼…… 수영을 왜 하는데요?」

매들린이 말을 더듬거렸다.

「심신을 단련하려고.」

던컨이 애무를 멈추자 매들린은 저도 모르게 실망감이 들었다.

「좀더 쉬운 방법도 있잖아요.」

매들린이 속삭였다.

그녀는 머리를 앞으로 늘어뜨려서 가슴을 가리려고 했지만 충분치가 않았다. 그래서 머리채 끝을 손으로 꼬는 시늉을 하면서 던컨이 볼 수 없게 팔로 가슴을 가렸다.

던컨은 일어나서 부드럽게 매들린의 손을 치우고 손바닥으로 가슴을 감쌌다. 던컨의 엄지손가락이 분홍색 돌기 주위를 핑그르르 도는 순간,

매들린의 발가락이 골풀 속에서 오그라들었다. 그녀는 본능적으로 몸을 숙이고 던컨의 손에 가슴을 밀었다.

「지금 당신에게 키스를 하면 목욕은 포기해야 될 거야. 내가 당신을 얼마나 안고 싶은지 알아?」

던컨이 부드럽게 속삭였다.

「알아요. 나도 언제나 당신을 안고 싶으니까요.」

매들린은 마지못해서 몸을 돌리고 욕조가 놓인 곳으로 걸어갔다.

던컨은 매들린에게 시선을 주지 않으려고 애썼다. 오늘밤은 서두르지 않기로 마음먹었잖아. 던컨은 오늘만은 아무리 힘들어도 시간을 들여서 천천히 사랑을 나눌 생각이었다.

달콤한 밀어를 귓가에 속삭이면서 부드럽게 애무를 해줘야지. 던컨은 어떻게 해서든지 매들린이 사랑한다는 말을 하게 만들 작정이었다. 사실 던컨은 불안한 상태였다. 자신이 매들린을 얼마나 사랑하는지 인정하게 되니까 더더욱 사랑한다는 말을 듣고 싶었다.

무슨 수를 써서라도 매들린이 나를 사랑하게 만들어야지. 그리고 내가 마음을 안 먹어서 그렇지 집중적으로 구애를 하면 넘어오지 않을 리가 없어.

던컨은 슬그머니 미소를 지었다. 그는 거짓말은 절대 안 하려는 매들린의 성격을 십분 활용할 작정이었다. 던컨은 벽난로 앞에 무릎을 꿇고 앉아서 통나무를 집어넣었다.

매들린은 던컨이 뒤돌아볼까봐 걱정하면서 재빨리 몸을 씻었다. 그러다가 문득 자신이 처한 상황이 너무 우스워서 급기야 큰소리로 웃음을 터뜨렸다.

던컨은 욕조 옆으로 걸어가서 허리춤에 손을 올려놓고 무슨 일로 웃느냐고 물었다. 셔츠를 벗어 던진 던컨의 모습을 보는 순간, 매들린은 숨이 막혔다. 아, 이 사람이 곁에 있으면 왜 이렇게 쉽게 흥분이 되는 걸까?

「그 동안 매일 밤 당신 옆에서 알몸으로 잠을 잤잖아요. 그런 마당에 지금 와서 체면을 차리다니, 아무리 생각해도 우습잖아요.」

매들린은 욕조에서 몸을 일으키고 던컨을 똑바로 쳐다봤다. 어느새 부끄러워하는 기색은 사라지고 없었다.

물방울이 맺힌 피부, 물에 젖어서 달라붙은 머리카락. 매들린은 너무 매력적이었다. 던컨은 몸을 숙이고 매들린의 이마와 콧등에 차례로 입을 맞췄다. 그녀가 몸을 떠는 모습을 보고 던컨은 모드가 의자에 걸쳐놓은 천을 집어들었다. 그는 매들린의 몸을 천으로 감싸고 욕조에서 들어올린 다음 벽난로까지 안고 갔다.

매들린은 벽난로 불빛을 등지고 서서 눈을 감았다. 던컨이 단단한 가슴을 매들린의 부드러운 가슴에 대고 문질렀다. 벽난로 불꽃의 온기는 매들린의 등을, 그리고 던컨의 부드러운 시선은 마음을 따스하게 했다.

세상에 둘도 없는 보물처럼 소중하게 품에 안긴 느낌. 너무 달콤한 기분이라, 매들린은 던컨이 천으로 직접 몸을 닦아주는 데도 가만히 있었다. 갑자기 던컨은 매들린을 품에 안고 난폭하게 입술을 겹쳤다. 그는 천을 옆으로 내던지고 매들린의 엉덩이를 양손으로 감싼 다음 자신의 하복부에 확 끌어당겼다.

두 사람의 혀가 얽히면서 매들린은 던컨의 입 안에 신음 소리를 흘렸다. 등을 쓰다듬던 매들린의 손이 허리띠 안쪽을 스치자 던컨은 몸을 뒤로 뺐다.

「침대로 가요, 던컨.」

매들린이 던컨에게 애원했다. 하지만 던컨은 키스를 하려고 하는 매들린의 입술을 일부러 피했다.

「조금 있다가.」

던컨은 매들린의 턱에 살짝 입을 맞추고 천천히 머리를 가슴으로 미끄러뜨렸다.

「당신은 정말 예뻐.」

던컨은 매들린의 가슴을 손으로 쓰다듬으면서 반대쪽 가슴을 입술과 혀로 애무했다. 매들린은 다리가 후들거려서 쓰러질 것만 같았다. 던컨은 무릎을 꿇고 매들린의 복부에 뜨겁게 키스했다. 허벅지를 쓰다듬던 던컨의 손이 다리 사이를 파고드는 순간, 매들린은 숨을 멈췄다. 그는 매들린의 허벅지에 길게 남은 흉터를 따라 입을 맞추면서 손으로 민감한 곳을 끊임없이 자극하고 쓰다듬고 애무했다.

던컨은 그녀의 허리를 꼭 붙들고 허벅지 사이에 입술을 댔다. 매들린은 힘이 없어서 무릎이 꺾였지만 던컨이 꼼짝도 못하게 했다. 그는 입술과 혀로 뜨겁게 달아오른 매들린의 몸에서 나오는 습기를 음미했다. 꿀처럼 달콤하고 잘 숙성한 포도주처럼 자극적인 맛이 입 안에 감돌았다.

매들린은 숨을 쉬기 힘들 정도로 몰려드는 쾌감 때문에 죽을 것만 같았다. 그녀는 던컨의 어깨를 손톱이 파고들 정도로 꽉 붙잡고 작게 신음 소리를 냈다. 매들린의 입술에서 흘러나오는 원색적이고 에로틱한 소리 때문에 던컨은 미치기 일보직전이었다.

던컨은 천천히 매들린을 바닥에 눕히면서 입술을 겹쳤다. 던컨의 손이 매들린의 다리 사이를 헤집고 몸 안으로 들어갔다. 매들린은 던컨의 이름을 부르면서 몸을 젖혔다. 쾌감이 물결처럼 끊임없이 매들린의 몸을 휩쓸고 지나갔다. 던컨은 매들린이 진정할 때까지 꼭 끌어안고 감미로운 말을 속삭였다.

던컨의 품에서 축 늘어진 매들린은 키스로 고마운 마음을 대신 표현했다. 갑자기 던컨은 몸을 일으키고 재빨리 옷을 벗어 던졌다. 그는 바닥에 몸을 눕히고 매들린을 몸 위로 끌어올렸다.

던컨은 자신에게 남은 자제심이 얼마 안 된다는 걸 알고 있었다. 그는 매들린의 다리를 벌리고 손으로 민감한 부분을 다시 자극했다. 매들린은 던컨의 이름을 중얼대면서 손과 입술로 고문은 그만 하라고 애걸했다.

던컨은 매들린의 허리를 들어올리고 한번에 바로 매들린의 몸 안에 들어갔다. 뜨겁고 촉촉하고 꽉 조이는 느낌. 매들린은 등을 뒤로 젖히고 천천히 몸을 아래로 내렸다. 두 사람의 몸이 완전히 하나가 되는 순간, 동시에 신음 소리가 나왔다. 매들린은 본능에 몸을 맡기고 천천히 던컨의 몸 위에서 움직였다. 던컨은 매들린의 허리를 붙들면서 좀더 빠르고 거칠게 움직이라고 지시했다.

던컨이 매들린보다 먼저 절정에 도달했다. 이어 던컨의 만족스러운 신음 소리와 몸에서 느껴지는 감촉에 자극을 받은 매들린도 절정에 올랐다.

그녀는 픽 소리를 내면서 던컨의 가슴에 쓰러졌다. 던컨은 아파서 신음 소리를 냈지만 매들린은 너무 지쳐서 미안하다는 말도 입밖에 낼 수가 없었다.

매들린은 던컨의 가슴을 쓰다듬었다. 까슬까슬한 가슴 털과 부드럽고 따스한 피부, 풀 내음처럼 싱그러운 살 냄새.

던컨은 매들린을 안은 채로 천천히 몸을 옆으로 굴렸다. 그는 팔꿈치에 머리를 베면서 무심코 허벅지를 매들린의 다리 위에 걸쳐놓았다.

던컨은 의기양양한 얼굴로 매들린을 내려다봤다. 왜 저렇게 오만한 표정을 짓고 있는 거지? 매들린은 던컨의 이마에 흘러내린 머리칼을 뒤로 넘겨주려고 손을 뻗었다.

「당신을 사랑해, 매들린.」

매들린의 손이 허공에서 그대로 굳어졌다.

던컨은 매들린의 커다래진 눈을 보고 자신이 무슨 말을 했는지 깨달았다. 이럴 생각은 없었는데. 나도 모르게 말실수를 했군. 던컨은 씩 웃으면서 매들린이 사랑한다는 말을 하기만을 기다렸다.

매들린은 던컨이 한 말을 믿을 수가 없었다. 하지만 던컨의 진지한 표정과 눈빛은 진심이라는 걸 말해주고 있었다.

갑자기 매들린은 눈물을 흘리기 시작했다.

「내가 사랑한다는 말을 해서 지금 우는 게야?」

「아뇨.」

매들린이 고개를 흔들면서 속삭였다.

「그럼 왜 기분이 상했지? 무슨 일이야?」

던컨이 다소 불안한 목소리로 물었다. 매들린은 눈물을 훔치다가 팔꿈치로 던컨의 턱을 쳤다.

「겁이 나서 그래요, 던컨. 당신은 날 사랑하면 안 돼요.」

던컨은 한숨을 내쉬었다. 아무래도 설명을 제대로 들으려면 몇 분은 더 기다려야 할 것 같았다. 매들린은 너무 몸을 떨고 있어서 제대로 말을 할 상황이 아니었다.

던컨은 매들린을 안고 침대에 눕혔다. 매들린은 아무 말 없이 옆에 누운 던컨의 품속을 파고들었다.

「겁나는 이유가 뭐지? 내가 당신을 사랑하는 게 그렇게 끔찍해?」

던컨의 목소리가 너무 부드러워서 매들린은 다시 눈물을 흘렸다.

「우린 계속 이렇게 지낼 수가 없어요. 분명히 국왕 폐하가……」

「축복을 내려주시겠지.」

던컨의 목소리가 하도 자신감에 넘쳐 있어서 매들린은 다소 위안을 받았다.

「국왕 폐하가 당신 편을 들어주실 거라고 생각하는 이유가 뭐죠? 알아듣게 설명해줘요.」

던컨이 한숨을 내쉬었다.

「국왕 폐하와 나는 어릴 때부터 서로 알고 지냈어. 물론 단점도 많지만 나름대로 지도자로서 능력이 있는 분이야. 삼촌에게 들은 얘기가 있어서 국왕 폐하를 못마땅하게 생각한다는 건 알아. 사실 국왕 폐하는 수도원에서 여러 가지 귀중한 보물들을 멋대로 빼앗는 바람에 미운 털이 박히게 됐지. 더구나 성직자 임명도 제때제때 하질 않아서 원성도 많이 들었고. 성직자들은 국왕 폐하가 자기들 뜻대로 움직여주지 않으니까 더욱더 깔보는 게야.」

「하지만 당신 생각엔……」

「내가 말하고 있을 때는 끼여들지 마.」

명령조의 말이긴 했지만 마음 상하지 말라는 뜻인지 던컨은 매들린의 팔을 부드럽게 한번 쥐었다가 놓았다.

「자랑하려고 하는 말은 아니지만 스코틀랜드와 동맹하고 평화를 유지하게 된 것도 사실은 내 역할이 컸어. 국왕 폐하의 입장에서 보면 난 충분히 이용가치가 있는 사람이라고. 필요하다고만 하면 언제든 정예 부대를 동원해줄 수 있으니까. 더구나 국왕 폐하는 내가 절대로 배신하지 않는다는 사실도 알고 계셔.」

「하지만 로던은 국왕 폐하와 특별한 관계인 걸요. 마르타도 그렇고. 삼촌 친구 분들한테도 들었어요.」

「마르타가 누군데?」

「사제관에서 일하던 하녀였어요.」

매들린이 대답했다.

「사제관에서 일하는 하녀라…… 그러니까 더욱더 믿을 만한 얘기라고 생각한 건가?」

「그게 아니에요. 전부터 로던은 심심하면 국왕 폐하를 자기 맘대로 할 수 있다고 떠벌리곤 했다구요. 그러니까 그런 생각을 할 수밖에요.」

「두 사람이 특별한 관계라니, 그게 무슨 의미야?」

「끔찍해서 도저히 말 못해요.」

고개를 세차게 흔들면서 매들린이 말했다.

던컨은 화가 나서 한숨을 내쉬었다. 사실 던컨도 전부터 국왕의 취향이 남다르다는 사실을 눈치채고 있었다. 그래서 로던이 궁정에서 단순한 사무관 노릇을 하고 있으리라는 생각을 버린 지 오래였다. 하지만 매들린이 그 일을 알고 있으리라고는 상상도 못했다.

「국왕과 오라버니가 죄받을 짓을 하고 있는 건 사실이에요. 그러니까 내 말을 믿어요.」

「나도 당신이 뭘 말하려는지 알아. 하지만 국왕 폐하는 명예를 버리고 날 배신하지 않아.」

「명예라뇨? 로던의 성에서 기둥에 묶여서 죽을 뻔했던 사람이 할말인가요? 그때도 당신은 로던이 명예를 지킬 거라고 생각했다가 당했잖아요. 안 그래요?」

「난 당신 오빠를 믿은 적이 없어. 로던에게 붙들리는 것도 내가 세운 계획의 일부였을 뿐이야.」

던컨이 귀에 거슬리는 목소리로 대꾸했다.

「병사들이 성안에 들어오기도 전에 당신은 오라버니 손에 죽었을지도 몰라요. 사실 얼어죽을 뻔한걸 내가 구해줬잖아요.」

사실 매들린의 추측은 틀렸지만 던컨은 지적할 생각도 안 하고 가만히 있었다.

「로던은 날 이용해서 당신을 어떻게든 힘들게 만들려고 하겠지요.」

「나라 안에서 로던이 아델라에게 한 짓을 모르는 귀족들은 없어. 혹여 국왕 폐하가 진실을 외면하고 로던에게 돌아선다면 도저히 만회할 수 없는 실수를 저지르는 셈이지. 국왕 폐하를 모시는 우리 가신(家臣)들도 그렇지만, 국왕 폐하 역시 주군으로서 불명예스러운 짓을 하면 안 되거든. 그렇지 않으면 우리가 국왕께 충성을 맹세한 의미가 없어지니까. 날 믿어, 매들린. 로던은 이번 싸움에서 절대 승산이 없어.」

매들린은 생각에 잠겨 있다가 한참만에 속삭였다.

「난 당신 말을 한번도 의심해 본 적이 없어요. 우리가 텐트에서 처음 함께 자던 날, 내 몸에 손을 대지 않겠다고 약속을 했었잖아요. 기억나요? 그때도 난 당신 말을 믿었어요.」

던컨은 그때 일이 떠올라서 빙그레 미소를 지었다.

「그래서 이젠 당신도 그게 얼마나 웃기는 얘긴지 알겠군. 당신도 모르는 사이에 내가 어떻게 할지도 모른다고 생각하다니 얼마나 황당한 얘기야? 그 동안 당신이 깨지 않고 잠만 자고 있을 것 같아?」

「사실 난 잠이 들면 누가 와서 업어가도 모르잖아요. 그러니까 당신이 무슨 짓을 한들 내가 잠에서 깼을지 의문스러워요. 쿨쿨 잠만 자고 있었을지도 모르지요.」

매들린이 장난스럽게 대꾸했다.

「원래 하려던 얘기는 이게 아니었잖아. 아까 난 당신에게 사랑한다는 말을 했었지. 당신도 나한테 하고 싶은 말이 있으면 해봐.」

「당신에게 사랑한다는 말을 듣다니 영광이에요, 낭군 님.」

「뭐! 영광이라고!」

저도 모르게 던컨은 소리를 버럭 질렀다. 나한테 사랑한다는 말은 못해줄 망정 영광이라니! 망할. 어떻게 그런 말이 나오는 거야?

갑자기 던컨은 매들린을 침대에 똑바로 눕히더니 위에서 내려다봤다. 턱 근육이 실룩대는 걸 봐선 정말 화가 났다는 증거였다.

매들린은 부드럽게 던컨의 어깨를 쓰다듬었다가 손바닥을 팔 아래로 미끄러뜨렸다. 던컨의 몸이 대번에 굳어졌다. 매들린은 던컨의 눈동자에서 시선을 떼지 않았다. 손끝을 통해서 강인한 육체가 내뿜고 있는 힘이 느껴졌지만 전과는 다르게 던컨의 눈동자는 상처받기 쉬운 어린애의 눈동자와 닮아 있었다.

던컨은 장난기로 반짝반짝 거리는 매들린의 눈을 보고 긴장을 풀었다.

「나한테 지금 장난치겠다는 게야?」

「아뇨. 당신이 사랑한다는 말을 해줬기 때문에 난 지금 세상에서 제일 귀한 선물을 받은 기분이에요.」

매들린이 잠깐 말을 멈췄다.

「사실 지금까지 살면서 사랑한다는 말을 해준 사람이 없었어요. 그런데 어떻게 당신을 사랑하지 않을 수가 있겠어요?」

던컨은 화가 나서 한숨을 크게 내쉬었고 그 여파로 매들린의 머리가 들썩거릴 지경이었다.

「길라드 녀석이 먼저 당신에게 사랑한다는 얘기를 안 해서 다행인 줄 알아야겠군.」

「안 그래도 그런 얘기를 했어요.」

매들린은 던컨의 경악하는 얼굴을 보고 미소를 지었다.

「그래도 그건 사랑을 고백 받았다고 할 순 없지요. 날 진심으로 사랑해서가 아니라 한때의 열정 때문에 그런 말을 한 거니까요.」

난데없이 매들린은 던컨의 입에 입술을 쪽 맞추더니 허리를 꼭 끌어안았다.

「난 아주 오래 전부터 당신을 사랑했어요. 하지만 바보같이 얼마 전까지는 깨닫지 못했지요. 솔직히 말하자면 아까 홀에서 다들 벽난로 앞에 앉아 있을 때 갑자기 내 감정을 알았어요. 당신을 만난 뒤로 난 내가 무가치한 사람이 아니라는 생각을 하게 됐어요. 당신이 내색은 안 했지만 날 소중하게 생각하는 마음을 느낄 수 있었으니까요.」

「당신은 내겐 세상에서 제일 소중한 사람이야, 매들린. 과거에도 그랬지만, 앞으로도 영원히.」

매들린의 눈에 눈물이 고였다.

「당신이 날 사랑한다니 왠지 기적 같아요. 사실 복수를 할 작정으로 날 붙잡았던 거잖아요. 안 그래요?」

「그래.」

던컨이 인정했다.

「그럼 나하고 혼인한 이유가 뭐예요? 그때도 날 사랑했었어요?」

매들린이 갑자기 얼굴을 찌푸리면서 물었다.

「솔직히 난 욕정 때문이라고 생각했지. 당신을 안고 싶어서 죽을 지경이었거든.」

던컨이 씩 웃으면서 말했다.

「복수심에 욕정이라니. 동기 한번 거창하네요.」

매들린이 대꾸했다.

「동정하는 마음도 없지 않아 있었지.」

「동정하는 마음이라뇨! 그럼 날 동정하기 때문에 사랑한다는 의미예요? 그런 의미냐구요?」

매들린이 격한 목소리로 물었다.

「하하. 어떻게 내가 전에 떠올렸던 생각들을 그대로 나열할 수가 있지?」

매들린은 던컨의 웃음소리를 듣고 기분이 팍 상해버렸다.

「욕정, 동정심, 그리고 복수심 때문에 날 사랑한다면……」

「내가 전에 로던의 성을 떠나기 전에 뭐라고 했었는지 기억이 나?」

던컨이 매들린을 달래려고 끼여들었다.

「눈에는 눈, 이에는 이라고 했잖아요.」

매들린이 대꾸했다.

「난 그때 당신이 이젠 로던과 관계없다는 말을 했었어. 그 다음에 내가 무슨 말을 했는지 기억해?」

「내가 당신에게 속한 사람이라는 말을 했었지요.」

「결국 나도 모르는 사이에 진실을 얘기했던 거야.」

매들린의 볼에 입을 맞추면서 던컨이 말했다.

「진실이라뇨? 도대체 무슨 뜻으로 한 말이었어요? 아직도 잘 이해를 못하겠어요.」

「글쎄. 나도 내가 한 말이었지만 무슨 의미인지 제대로 이해를 못했던 것 같아. 처음엔 당신과 혼인까지 할 생각은 없었고 그저 내 곁에 두겠다는 생각뿐이었어. 물론 나중엔 마음이 바뀌었지만. 지금 와서 생각해보면 얼어붙은 내 발을 녹여준 당신의 따뜻한 마음씨가 우릴 맺어준 거야.」

「그렇게 생각해요?」

매들린의 눈에 눈물이 가득 고였다.

「그래. 내 발을 녹여준 그 순간, 당신 스스로 내 사람이 될 운명을 불러들인 셈이지. 이런 단순한 사실을 왜 그렇게 오랫동안 깨닫지 못했을까?」

「흠, 나더러 바보라고 한 사람이 누구였는데 그래요?」

매들린이 장난스럽게 말했다.

「내가 언제 당신에게 바보라는 말을 했다고 그래? 누구야? 누가 당신더러 바보라는 거야? 누군지 모르겠지만 그놈한테 꼭 결투를 신청해야겠어.」

「이봐요, 남작 님. 당신이 그랬으면서 누굴 탓하는 거예요? 뭐, 사실 나도 당신에게 별로 듣기 좋지 않은 말을 하긴 했지만.」

「그래? 난 한번도 못 들었는데?」

「내가 바보예요? 당신이 등을 돌리고 있을 때 몰래 그랬다구요.」

「당신은 너무 솔직해서 한번은 무슨 일이 크게 일어나지 않을까 걱정이야. 물론 내가 곁에서 당신을 보호해주겠지만.」

「나도 언제나 당신을 보호해줄 거예요. 그게 아내의 의무니까요.」

던컨의 회의적인 표정을 보고 매들린은 크게 웃음을 터뜨렸다.

「그거 알아요? 당신이 날 사랑한다고 했으니까 이젠 당신이 하나도 무섭지 않아요.」

매들린이 과장을 조금 보태서 말했다.

던컨은 매들린의 목소리가 너무 오만하다고 생각했다.

「나도 알아.」

매들린은 던컨의 목소리가 너무 쓸쓸하게 들렸기 때문에 웃음을 터뜨렸다.

「당신에게 사랑한다는 말을 다시 들어야겠어.」

던컨이 명령하듯이 말했다.

「정말 오만하기 짝이 없는 사람이야. 그래도 난 당신을 진심으로 사랑해요.」

매들린은 던컨의 턱에 입을 맞췄다.

「당신을 위해서라면 목숨도 버릴 수 있어요, 낭군 님.」

그녀는 던컨의 아랫입술을 혀로 비볐다.

「당신을 사랑하는 마음은 영원히 변하지 않을 거예요.」

던컨은 만족감에 신음하면서 천천히, 부드럽게 매들린과 사랑을 나누기 시작했다.

「던컨?」

「왜?」

「날 사랑한다는 사실은 언제 깨달았어요?」

「그만 하고 이젠 자. 조금 있으면 벌써 새벽이야.」

매들린은 아직 잠들고 싶지 않았다. 그날 밤이 영원히 끝나지 않고 계속 되기만을 바랐다.

「언제 있었던 일인지 말해줘요.」

그녀는 일부러 등을 던컨의 복부에 밀어대면서 재촉했다.

던컨이 한숨을 내쉬었다. 대답을 해주기 전까지는 절대 포기하지 않겠지.

「오늘이야.」

「아하.」

「그건 무슨 소리야?」

「이제야 좀 이해가 가는군요.」

「도대체 무슨 말을 하는지 모르겠군.」

「어쩐지 당신이 평상시하고는 너무 다르다 싶었어요. 오죽하면 내가 불안한 마음까지 들었겠어요? 그럼 그게 언제였어요?」

「뭐가?」

「정확하게 언제 날 사랑하는지 깨달았느냐구요?」

매들린이 고집스럽게 물었다.

「당신이 내 말에 깔려 죽을 뻔했을 때.」

「세상에. 설마하니 실레노스가 그런 짓을 할 거라고 생각했어요?」

매들린이 깜짝 놀라서 되물었다.

던컨이 매들린의 머리를 내려다보면서 미소지었다. 내가 자기 때문에 얼마나 마음을 졸였는지 전혀 모르고 있군.

「당신은 내 말을 완전히 쓸모 없는 놈으로 만들어놨어. 내가 그 애기를 하는 동안 당신은 내 무릎에서 쿨쿨 잠만 자고 있었지.」

「난 그저 실레노스를 예뻐해준 것뿐이에요. 말에게 애정을 준다고 해서 해가 될 건 없잖아요.」

「애정을 주는 것도 정도껏 해야지. 날 좀 봐. 밤새 쉬지도 못하고 이러다가 죽을지도 몰라. 도무지 만족할 줄 모르는 어떤 여자 때문에 기운이 다 빠졌다고.」

던컨이 중간 중간에 하품을 하면서 장난스럽게 말했다.

「칭찬해줘서 고맙네요.」

「실레노스는 당신이 가져도 좋아.」

「정말이에요? 실레노스를 내가 가져도 돼요?」

매들린이 어린아이처럼 흥분해서 물었다.

「당신 덕에 난폭하고 용맹스럽던 내 야생마는 온순한 강아지가 됐다고. 이젠 녀석은 내 말보다는 당신 말을 먼저 들으려고 할 게야. 아마 죽을 때까지 그 순간은 못 잊겠지.」

「뭘 잊지 못한다는 거예요?」

던컨은 매들린의 질문을 묵살했다. 그는 매들린의 고개를 돌리고 한참 동안 노려봤다.

「내 말 잘 들어, 매들린. 나에게 제대로 승마하는 법을 배우기 전엔 절대 실레노스를 타면 안 돼. 알아들었어?」

「당신은 내가 말을 타는 법도 모른다고 생각해요?」

매들린이 시치미를 떼면서 물었다. 내가 말을 탈줄 모른다는 건 어떻게 알았을까?

「내 말대로 하겠다고 약속해.」

던컨이 명령했다.

「알았어요.」

갑자기 마음이 불안해진 매들린은 아랫입술을 자근자근 씹었다.

「혹시 자고 일어나면 마음을 바꾸진 않겠지요?

「당연하지. 실레노스는 이제 당신 거야.」

「실레노스 애기를 하는 게 아니에요.」

「그럼 그게 무슨 애기야?」

「자고 일어나도 날 사랑하는 마음을 바꾸진 않을 거죠?」

매들린이 불안한 얼굴로 물었다.

「당연하지.」

던컨은 매들린의 입술에 맹세의 키스를 한 후에 눈을 감고 침대에 누웠다. 너무 지쳐서 기운이 하나도 없었다.

「그러고 보니까 당신, 오늘밤에 수영을 빼먹었잖아요! 어머나, 당신이 그럴 때도 다 있네요.」

매들린은 아무 대꾸도 안 하는 던컨의 옆구리를 쿡쿡 찔렀다.

「수영은 왜 안 했어요?」

「날씨가 너무 추워서 얼어죽을까봐.」

다른 사람이라면 모를까 던컨의 입에서 그런 말이 나오니까 왠지 이상했다.

「이봐요, 던컨. 하나만 물어봐도 돼요? 아까 벽난로 앞에서 사랑을 나눴을 때 느낌이 어땠어요? 그러니까…… 나한테…… 거길…… 키스했을 때 말이에요.」

매들린이 얼굴을 붉히면서 수줍게 물었다.

「당신에겐 꿀처럼 달콤한 맛이 났있지.」

갑자기 던컨은 그때 일이 떠오르면서 흥분이 됐다. 밤새 사랑을 나눴으면서도 아직까지 그럴 맘이 있다는 게 신기했다. 정말이지 자신이 매들린에게 느끼는 욕망은 어디가 한계인지 알 수가 없었다.

매들린은 몸을 옆으로 굴리고 던컨의 눈동자를 들여다봤다. 그녀는 천천히 던컨의 턱을 쓰다듬고 손을 아래로 부드럽게 움직였다.

「당신에게 어떤 맛이 날지 궁금해요.」

던컨이 대답할 틈도 없이 매들린은 몸을 숙이고 던컨의 배꼽에 입을 맞췄다. 그녀는 던컨의 복부가 튈 듯이 긴장하는 걸 보고 미소를 지었다. 매들린의 손이 먼저 아래로 움직였고 입술과 혀가 뒤를 따랐다. 던컨은 매들린의 손이 하복부에 닿자 숨을 멈췄다. 잠이 싹 달아난 던컨은 매들린에게 몸을 맡기면서 조금씩 정신이 아득해졌다. 이 세상에서 제일가는 부자가 된 느낌. 그건 모두 매들린이 자신을 사랑하기 때문이었다.

18

무정한 겨울이 냉혹한 마음을 가차없이 내보이면서 연일 지독한 날씨가 이어졌다. 끔찍하게 울부짖는 바람이 얼어붙은 입으로 대지를 힘껏 물고 있었고 겨울은 영원히 끝나지 않을 것처럼 느껴졌다. 하지만 어느새 희망을 안고 다가온 봄은 따스한 태양 빛에 재생이라는 선물을 휘감아서 대지에 내려보냈다. 차갑던 바람도 봄의 입김을 받아 마법처럼 부드러운 미풍으로 모습을 바꿨다.

겨울 내내 얼어붙어 있던 나뭇가지들도 미풍의 위안을 받아 어느새 만지면 휠 정도로 부드러워졌다. 푸릇푸릇한 새싹과 나뭇잎들이 하나 둘 얼굴을 내밀면서 나무들의 모양새도 풍성해졌다. 가을 바람에 실려 대지에 떨어졌던 씨들은 어느새 다채로운 색과 향기를 뿜어내는 꽃으로 모습을 바꾸고 한가롭게 떠다니는 벌과 나비를 유혹하고 있었다.

매들린은 던컨을 사랑하고, 사랑 받는 즐거움에 담뿍 취해서 꿈같은 나날을 보내고 있었다. 사랑한다는 고백을 받은 뒤 처음 몇 주일 동안은 던컨이 자신에게 싫증을 느끼지 않을까 해서 불안감에 사로잡혀 있었다. 그래서 던컨을 기분 좋게 해주려고 갖은 애를 다 썼다. 하지만 결국은 언성을 높이는 일이 생기고 말았다. 마침 던컨도 별로 기분이 안 좋았고 매들린도 지칠 대로 지친 상태였기 때문에 쉽게 해결할 수 있는 사소한 오해가 크게 불거지고 말았다.

사실 매들린은 무슨 일로 싸우기 시작했는지 전혀 기억할 수가 없었다. 그저 던컨이 소리를 버럭 질렀다는 사실 외엔. 결국 매들린은 전처럼 침착한 모습을 가장했지만 오래지 않아 평정을 잃고 울음을 터뜨리고 말았다. 그녀는 던컨이 자신을 사랑하지 않는 게 분명하다고 외치면서 탑 꼭대기로 달려갔다.

던컨은 왜 그렇게 혼자 맘대로 생각하고 맘대로 결론을 내리느냐고 고함을 치면서 뒤를 쫓아왔다. 어느 순간 매들린은 던컨이 화가 난 이유를 깨달았다. 던컨이 이젠 자신을 사랑하지 않는다고 생각했기 때문이다. 어떻게 그런 말도 안 되는 생각을 할 수 있냐고 따지던 던컨은 급기야 성이 떠나갈 정도로 큰 목소리로 사랑한다는 말을 외쳤다.

그날 밤 매들린은 아주 중요한 교훈을 얻었다. 이젠 마음껏 화가 나면 화가 나는 대로 소리를 질러도 상관없다는 사실을. 웩스턴 집안 사람들과 부딪히면서 살아가다 보니 어느새 전에 세웠던 원칙들은 모두 무용지물이 되고 말았다. 전과는 다르게 매들린은 닫아걸었던 마음을 열고 마음껏 감정을 발산했다. 웃고 싶을 땐 큰소리로 웃고 성이 나면 성이 나는 대로 불같이 화를 냈다.

부부는 닮는다고 했던가. 어느새 매들린은 던컨과 성격이 비슷해지는 느낌을 받았다. 길라드와 에드먼드가 주군에게 40일 동안 봉사하러 떠났을 때는 얼굴에 '나 지금 화났으니까 성질 건드리지 말라'는 말을 써 붙여 놓은 것 같은 표정을 하고 다녔다.

던컨은 왜 그렇게 앞뒤가 안 맞느냐고, 전엔 두 사람을 좀더 믿고 맡기라는 말을 하지 않았느냐고 지적했지만 매들린은 이성적으로 받아들이지 않고 막무가내였다. 던컨은 매들린의 그런 마음을 이해했다. 이젠 길라드와 에드먼드 그리고 아델라는 매들린에게는 하나밖에 없는 가족이었다. 매들린이 어미 닭처럼 누구 하나라도 곁에서 사라질까봐 전전긍긍하는 이유가 있었다. 어릴 때부터 줄곧 정에 굶주렸기 때문에 주위에 자신을 아껴주는 사람들이 계속 곁에 있어줬으면 하는 것이리라.

매들린은 언제나 중재자 역할을 자처하고 나섰다. 누군가 불합리한 일을 당하고 있다는 생각이 들면 지체 없이 끼여들었다. 하지만 누군가 자신의 편을 들어주기라도 하면 의외의 일이라도 되는 것처럼 깜짝 깜짝 놀라곤 했다.

사실 매들린은 아직도 자신을 과소 평가하는 버릇을 버리지 못했다. 그래서 던컨에게 사랑 받는 것도 일종의 기적처럼 생각하고 있었다. 원래 던컨은 감정을 잘 표현하는 성격이 아니었지만 그래도 매들린에게는 자주 애정 표현을 해야 할 필요가 있다는 생각을 갖고 있었다. 오랜 세월 불안과 공포감에 길들여져서 그런지 매들린은 아직도 자신감이 많이 부족했다.

아델라가 골치를 썩이지만 않았으면 완벽한 나날을 보내고 있다고 자부했을지도 모른다. 던컨은 되도록 아델라에게 따뜻하게 대해주려고 했지만 날이 가면 갈수록 울화가 치밀었다. 그래서 그만 실수로 매들린에게 아델라가 하는 짓이 하도 한심해서 입에 재갈을 물리고 싶다는 말을 하고 말았다. 그 말이 떨어지기가 무섭게 매들린은 질겁해서 아델라를 변호하고 나섰다. 그리고 남을 동정할 줄 아는 법을 배워야 한다는 잔소리도 아끼지 않았다.

매들린은 무정하다고 비난을 했지만 사실은 그 반대였다. 던컨은 제럴드가 측은해서 견딜 수가 없었다. 성경에 나오는 욥이 다시 태어났어도 제럴드만큼 인내심을 보여줬을지 의문이었다. 아델라는 제럴드의 마음을 바꾸기 위해서 별별 수단을 다 동원했다. 어떤 때는 마음에 상처를 주려고 잔인한 말을 퍼붓는가 하면, 비명을 지르거나 큰소리로 울어댔다. 그래도 제럴드는 요지부동이었다. 던컨이 보기엔 제럴드는 황소처럼 미련하거나 아니면 당나귀처럼 고집이 세거나 둘 중 하나였다. 아니, 어쩌면 두 가지 모두 해당될지도 모른다.

그래도 던컨은 내심 제럴드에게 감탄하고 있었다. 마녀같이 돌변해서 걸핏하면 비명을 지르는 아델라를 보고도 전혀 꺾이지 않는 걸 보면 경이로울 정도였다.

사실 던컨은 두 사람의 일은 아예 싹 무시하고 싶었지만 매들린이 옆에서 가만 있지 않았다. 집안 대소사에 관여해서 질서를 바로잡는 일은 던컨의 몫이라면서 끊임없이 잔소리를 해댔다.

그리고 더 이상 식구들에게 냉정하게 거리를 두는 짓은 그만둬라, 동생들과 허물없이 지낸다고 해서 존경받지 못할 일은 없다는 얘기도 했다. 두 사람이 혼인한 이래 던컨이 지금까지 말싸움에서 한번이라도 이겨본 적이 있었는지!

가족들에 대한 태도가 옳지 않았다는 사실은 던컨도 인정했다. 하지만 그 말을 하면 분명히 매들린이 그 외의 좋지 않은 버릇들을 모두 뜯어 고쳐야 한다고 나설 것 같아서 입을 꾹 다물고 있었다.

이젠 던컨도 가족들과 함께 저녁식사를 했다. 처음엔 매들린의 마음을 기쁘게 해주려고 한 일이었지만 어느새 자신도 그 시간을 즐기고 있었다. 이런 저런 화젯거리를 내놓으면 불꽃이 팍팍 튀는 논쟁으로 이어지곤 했다. 에드먼드와 길라드는 뭐든 이해하는 속도가 빨랐고 어느새 던컨은 조금씩 두 사람의 의견에 귀를 기울이기 시작했다.

지금까지 가족들에게 둘러쳤던 방어막을 없애고 보니 잃는 것보다 얻는 게 훨씬 더 많다는 사실을 깨달았다. 지금까지 던컨이 그랬던 것처럼 선친은 영주로서의 권위를 잃지 않으려고 엄격한 태도를 고수했다. 어쩌면 자식들에 대한 애정을 내보이면 존경심도 잃게 된다고 생각하셨을지도 모른다. 이유야 어찌 되었든 간에 던컨은 이젠 아버지의 방식을 따를 필요가 없다는 사실을 알고 있었다.

던컨은 매들린에게 고마운 마음이 들었다. 권위를 잃지 않기 위해서 엄격한 태도를 취할 필요가 없다는 것과 상대방에게 애정을 표현한다고 해서 권위를 잃지는 않는다는 사실을 가르쳐준 건 매들린이었다. 길라드와 에드먼드 그리고 아델라에게 어떤 오빠나 형이 되어야 하는지 알려준 것도 매들린이었다. 사실 그전까지는 명목상으로만 형이자 오라비였지 진정한 의미에서 보면 명령만 내리는 군주나 다름없었다. 언젠가 매들린은 가족들의 틈바구니에 낄 수 있게 해줘서 고맙다는 말을 했었다. 사실은 고마워서 절이라도 해야 할 사람은 매들린이 아니라 던컨이었다. 그래. 나야말로 매들린이 없었으면 영원히 가족들과 섞이지 못하고 겉돌았겠지.

던컨은 전처럼 시간에 맞춰서 병사들에게 훈련을 시켰지만 그래도 오후에 한 시간 동안은 매들린에게 승마하는 법을 지도했다. 매들린이 기대 이상으로 잘 따라와줬기 때문에 실레노스를 타고 성밖에 있는 언덕에 올라가도 좋다는 허락을 내렸다. 물론 만일을 대비해서 던컨은 항상 투덜대면서 매들린의 뒤를 바짝 따라 갔다. 도대체 있지도 않은 늑대에게 먹이를 주겠다고 고집을 부리는 이유가 뭐야?

매들린은 던컨에게 언덕의 한쪽 면은 나무가 우거져 있고 다른 면은 풀 한 포기 없는 이유가 뭐냐고 물었다. 던컨은 성과 마주보는 방향의 언덕은 나무를 모두 깎아냈기 때문에 그렇다고 대답했다. 그렇게 하면 적들이 공격해와도 궁수들의 화살을 피할 만한 자리가 없어져서 유리하다는 것이다. 하지만 언덕 반대편은 어차피 보초들의 시야에 들어오지 않는 이상, 나무를 깎아낼 필요가 없다는 게 그의 설명이었다.

던컨의 설명을 듣고 매들린은 감탄을 금치 못했다. 그녀는 던컨에게 '안전'과 '보호'와 관련된 일이 아니면 안 하느냐고 장난스럽게 물었다. 던컨은 눈을 빛내면서 웩스턴 영주로서 당연히 해야 할 의무가 아니냐고 응수했다.

매들린은 미래가 어떻게 될지 불안해하고 있었다. 그래서 아직도 로던의 로자만 들어도 민감하게 반응을 보였다. 하는 수 없이 다들 되도록 로던의 이름은 입 밖에 내지 않으려고 노력했다. 던컨 역시 매들린의 불안감을 모두 씻어줄 재간이 없었기 때문에 두 사람 모두 로던이나 앞날에 대한 화제는 기피하고 있었다.

하지만 어느새 봄도 가고 따뜻한 여름이 찾아오면서 던컨도 조금씩 걱정이 되기 시작했다. 머지 않아 매들린과 연관된 일로 국왕 폐하에게 소환을 받으리라는 추측 때문이었다. 그는 매들린에게는 내색하지 않고 조용히 병력을 끌어 모으기 시작했다.

6월이 막바지로 치닫고 있을 때 그 사이에 웩스턴 성을 떠나 있었던 제럴드 남작은 아델라에게 구애를 하려고 다시 돌아왔다. 마침 던컨은 국왕이 보낸 서한을 읽은 뒤라 몸과 마음이 모두 다급한 상황이었다. 그래서 친구를 보고도 반갑게 인사할 기분이 아니었다. 제럴드 역시 던컨과 비슷한 심정인지 던컨에게 인사 대신 고개만 끄덕거렸다.

「클레어 가문에서 소집한 모임에 갔다 왔네.」

제럴드가 목소리를 낮춰서 말했다.

그 말을 듣고 던컨은 앤서니에게 옆으로 오라는 신호를 보냈다.

「중요한 일이니 만큼 아무래도 앤서니도 같이 애길 나누는 게 좋을 것 같아.」

제럴드가 고개를 끄덕였다.

「방금 전에 던컨에게 클레어 영지에서 돌아왔다는 말을 하던 참이었지. 헨리 왕자 전하도 거기 계셨었네. 던컨, 자네에 관해서 여러 가지를 물으시더군.」

제럴드는 앤서니에게 간단하게 설명을 해준 다음 본론으로 들어갔다.

세 사람은 천천히 홀을 향해서 걸어갔다.

「헨리 왕자 전하는 만약의 경우 자신이 왕위에 오르게 됐을 때 자네가 어떤 입장을 취할지 알고 싶어하는 눈치였어.」

「자네에게 어떤 질문을 하던가?」

제럴드의 말을 듣고 던컨이 얼굴을 찌푸렸다.

「글쎄. 왠지 나만 모르는 정보를 다들 알고 있다는 느낌을 받았네.

그 치들끼리 뭔가 꾸미는 일이 있는 것 같기도 했고.」

「헨리 왕자가 왕위를 전복하려는 의도를 갖고 있는 것 같던가?」

「글쎄. 그런 인상은 못 받았네. 그저 자네에 대한 얘기만 묻더군.」

「내가 계속 현 국왕에게 충성을 바칠 것인지 아니면 자신에게 돌아설 것인지 그런 얘길 묻던가?」

「아닐세. 하지만 자네가 거느린 병력이라면 왕위도 전복할 수 있겠지.」

「무슨 뜻으로 하는 말인가? 설마 헨리 왕자는 내가 국왕 폐하에게 반역 행위를 하리라고 생각하는 건 아니겠지?」

던컨이 황당하다는 듯이 물었다.

「그럴 리가 있나. 다들 자네가 명예를 얼마나 소중하게 여기는 사람인지 알고들 있네. 헨리 왕자 전하 역시 자네를 높이 평가하고 있고. 그래도 모임 내내 전하는 왠지 불안해하는 눈치였어. 그 이유가 뭔지 알 수는 없었지만.」

홀 안에 들어갔더니, 매들린이 식탁 옆에 서서 야생화 한 다발을 불룩한 항아리에 꽂고 있었고 바로 그 옆에서 남자아이들 셋이 바닥에 앉아서 파이를 먹고 있었다.

매들린은 제럴드를 보고 미소를 지으면서 공손하게 절을 했다.

「한 시간만 있으면 저녁식사 준비가 끝나요, 제럴드. 다시 보니까 정말 좋네요. 제럴드가 왔다고 하면 아델라도 아주 좋아할 거예요.」

세 사람 모두 누가 먼저라고 할 것 없이 코웃음을 쳤다.

「난 사실을 말한 것뿐인데 왜들 그러세요?」

매들린이 고집스럽게 말했다. 그녀는 아이들에게 몸을 돌리고 말을 이었다.

「애들아, 이젠 나가서들 먹어라. 그리고 윌리, 넌 가서 아델라 아가씨를 찾아오렴. 손님이 오셨으니까 빨리 내려오셔야 한다고 말씀드려야 한다. 그 정도는 할 수 있겠지?」

아이들은 벌떡 일어나서 문 밖으로 달려나갔다. 그런데 갑자기 윌리가 매들린의 다리를 꽉 끌어안고 매달렸다. 매들린이 윌리의 머리를 쓰다듬어주는 모습을 보고 있자 던컨의 마음속에서 뭔가 따뜻한 기운이 솟았다.

아이들은 모두 매들린을 열정적으로 좋아했다. 그래서 매들린이 가는 곳마다 졸졸 따라다녔는데 어떻게든 칭찬 한마디를 받아보려고 다들 열심이었다. 매들린은 아이들의 이름을 모두 외우고 있었다. 영지 안에 오십 명이 넘는 아이들이 산다는 사실을 고려하면 대단한 일이었다.

윌리가 매들린의 다리를 놓고 출입구로 휭 하고 달려갔다. 매들린은 윌리가 더럽혀놓은 가운을 내려다보고 한숨을 쉬었다.

「윌리, 영주님한테 인사하는 걸 또 잊었구나.」

매들린이 큰소리로 아이의 뒤통수에 대고 외쳤다.

비틀 비틀대다가 간신히 멈춰선 아이는 몸을 돌리고 서툰 몸놀림으로 인사를 했다. 던컨이 고개를 끄덕였더니 아이는 미소를 지으면서 밖으로 나갔다.

「뉘 집 아이들이지?」

제럴드가 물었다.

「하인들의 아이라네.」

갑자기 어디선가 비명 소리가 들려왔다. 필시 윌리가 아델라에게 제럴드가 도착했다는 소식을 알린 게 분명했다. 제럴드와 던컨은 미리 짜기라도 한 것처럼 동시에 한숨을 내쉬었다.

「그렇게 한숨 짓지 말아요, 제럴드. 아델라가 그 동안 남작 님이 없어서 얼마나 쓸쓸해했는데요. 안 그래요, 앤서니?」

「저로선 아주 약간이나마 그럴 가능성이 있어 보인다는 말씀을 드려야겠군요.」

던컨은 앤서니가 마지못해서 대답하는 걸 보고 웃음을 터뜨렸다.

「아주 약간이나마 그럴 가능성이 있어 보인다고? 아주 교묘한 말솜씨로군.」

제럴드가 씩 웃었.

「부인을 실망시켜 드리긴 싫으니까요.」

앤서니가 매들린을 슬쩍 보면서 대꾸했다.

제럴드는 던컨과 앤서니 바로 옆자리에 앉은 뒤 매들린이 건네준 술잔을 들이켰다.

「길라드와 에드먼드는 주군에게 봉사하러 떠났나?」

던컨은 고개를 끄덕이면서 술잔을 받아들었다. 하지만 매들린의 손을 놓아줄 생각도 없이 계속 붙들고 있었다. 매들린은 던컨에게 몸을 기대고 슬며시 미소를 지었다.

「로렌스 신부님이 이젠 미사를 집전하실 수 있다고 하시네요, 던컨.」

매들린은 제럴드에게 몸을 돌리고 말을 이었다.

「신부님이 손에 화상을 입으셔서 그 동안 미사도 못 드렸답니다.」

「에드먼드가 있었으면 이렇게 오랫동안 고생을 하진 않았겠지요.」

앤서니가 한마디 덧붙였다.

「안 그래도 전부터 로렌스 신부에게 몇 마디 해줄 작정이었어.」

던컨이 불만스러운 목소리로 말했다.

「신부님이 별로 맘에 안 드는 모양이지?」

제럴드가 물었다.

「그래.」

「그 동안 신부님하고 별로 부딪히지도 않았잖아요. 그런데 싫고 좋고가 어디 있어요?」

이상한 생각이 들어서 매들린이 물었다.

「로렌스 신부는 성직자가 지켜야 할 의무가 뭔지 모르는 사람이야. 성당 뒤에 숨어서 나올 생각도 안 하고. 너무 소심해서 맘에 안 들어.」

던컨이 심드렁하게 대꾸했다.

「자네가 그렇게 신앙심이 깊은 줄은 몰랐네 그려.」

제럴드가 끼여들었다.

「신부님이 해야 할 일을 소홀히 하시니까 던컨이 그런 말을 하는 거예요.」

매들린이 앤서니의 술잔에 포도주를 다시 따르면서 말했다.

「오늘 아침에 수도원에서 서신이 도착했네. 다른 성직자를 보내달라고 부탁했거든. 매들린이 내 대신 청원서를 써줬지.」

던컨이 뽐내듯이 말했다.

매들린이 던컨의 팔을 쿡쿡 찌르는 바람에 포도주가 쏟아질 뻔했다. 던컨은 매들린을 보고 미소를 지었다. 왠지 매들린은 남들에게 읽고 쓸 줄 안다는 사실을 알리고 싶어하지 않았다. 자랑해야 할 일인데도 부끄럽게 생각하고 있었다(당시에는 성직자를 제외하고 읽고 쓸 줄 아는 사람들이 거의 없었다).

「서한에 뭐라고 적혀 있었어요?」

매들린이 물었다.

「처리해야 할 일들이 많아서 아직 봉투도 안 뜯어봤어. 저녁식사 후에 들여다보면 돼.」

발작적인 비명 소리가 다시 대화를 방해했다. 아무래도 아델라가 별로 기분이 좋지 않은 모양이었다.

「매들린, 당신이 가서 어떻게든 아델라가 입을 다물게 해봐. 제럴드, 난 자네가 오는 게 별로 달갑지가 않을 것 같네.」

던컨이 매들린과 제럴드에게 번갈아 가면서 말했다.

「던컨의 말에 기분 상해하지 마세요. 골치 아픈 일을 여러 가지 떠맡고 있어서 그렇답니다.」

매들린이 황급하게 던컨을 옹호했다.

「매들린, 내 대신 변명하지 않아도 돼. 가서 아델라나 진정시켜줘. 부탁이야.」

던컨이 한숨을 길게 내쉬었다.

「알았어요. 가는 김에 로렌스 신부님께 저녁식사를 같이 하자고 말씀드려야겠어요. 만의 하나 신부님이 식탁에 나오시면 저녁식사를 하는 동안엔 싫은 소리를 하지 말아주세요. 하지만 식사 후엔 고함을 치던 싫은 소리를 하건 맘대로 해도 좋아요.」

매들린은 명령조로 말했다. 그녀는 던컨이 험상궂은 표정을 짓는 모습을 보고 장난스럽게 미소를 던졌다.

「국왕 폐하가 돌아오셨네.」

매들린이 홀에서 나감과 동시에 제럴드가 나지막하게 말했다.

「준비는 다 됐어.」

던컨이 대답했다.

「자네가 소환을 받으면 나도 같이 가겠네. 자세히 설명을 드리기만 하면 국왕 폐하도 금세 수긍하실 게야. 그리고 이건 자네만의 문제가 아니야. 다른 사람도 아니고 로던이 걸린 일이니까. 두고 보게. 놈을 꼭 내 손으로 죽이고 말 거야.」

「국왕 폐하의 소환장은 벌써 받았네.」

던컨이 차분한 목소리로 말했다.

「언제 받았나?」

제럴드가 놀라서 물었다.

「자네가 도착하기 바로 직전에.」

「언제 떠나면 됩니까?」

앤서니가 물었다.

「당장 런던으로 오라는 명이셔. 이틀 후에 출발하면 될 게야. 하지만 앤서니, 자네는 여기 남아 있게.」

앤서니는 별다른 반응을 보이진 않았지만 내심 의아한 마음을 품고 있었다. 전엔 항상 던컨과 동행했기 때문에 이례적인 일이었다.

「매들린도 데려갈 건가?」

제럴드가 물었다.

「여기 있는 게 더 안전해.」

「국왕 폐하의 진노를 피할 수 있다는 애긴가?」

「아니, 로던 때문에 남겨 두고 가는 게야.」

던컨은 앤서니에게 몸을 돌렸다.

「매들린을 부탁하네. 아무래도 난 이게 함정은 아닐까 하는 생각이 들어.」

「그게 무슨 말인가?」

「로던이라면 옥새를 마음대로 빼돌릴 만한 능력이 있지 않나. 왠지 소환장을 읽어보니까 국왕 폐하가 쓰신 글이 아닐지도 모른다는 느낌이 들더군.」

「그럼 성엔 병력을 얼마나 남겨두고 가실 작정입니까? 영주님이 안 계신 틈을 타서 로던이 성을 공격할 수도 있으니까요. 필시 영주님이 부인과 동행하지 않으리라는 걸 로던도 미리 계산하고 있을 겝니다.」

「그래. 나도 그 생각을 안 해본 게 아니야.」

던컨이 고개를 끄덕거렸다.

「내가 데리고 온 병사 백 명과 앤서니를 남겨두면 어떻겠나?」

제럴드가 끼여들었다.

제럴드와 앤서니가 병력을 얼마나 남겨둬야 할지 토론하는 동안 던컨은 자리에서 일어나서 벽난로 앞으로 걸어갔다. 문득 출입구 쪽으로 고개를 돌렸더니 매들린이 모퉁이를 돌고 있었다. 로렌스 신부에게 가려는 모양이지? 꼬맹이 윌리는 매들린의 치마에 매달려서 떨어지지 않으려고 열심히 달리고 있었다.

10여 분 정도 흘렀을까, 갑자기 윌리가 홀 안으로 뛰어 들어왔다. 아이는 겁에 질린 얼굴로 던컨이 앉은 의자 앞에서 갑자기 멈춰 섰다.

「나에게 할 얘기가 있는 게냐?」

던컨이 되도록 부드러운 목소리로 물었다.

앤서니가 뭐라고 말을 하려는데 던컨이 손을 들어서 막았다. 그는 고개를 숙이고 윌리에게 가까이 오라고 손짓했다. 윌리는 손가락을 빨면서 던컨을 올려다보고만 있었다. 던컨이 짜증을 내기 일보직전, 윌리는 용기를 내서 작게 속삭였다.

「신부님이 때려요.」

그 말이 떨어지기가 무섭게 던컨은 벌떡 일어나서 밖으로 뛰어나갔다.

그 바람에 의자가 요란한 소리를 내면서 바닥에 떨어졌다.

「무슨 일인데 그래?」

제럴드는 던컨을 쫓아 달려나가는 앤서니에게 물었다.

「매들린!」

그 말을 듣고 사태를 짐작한 제럴드는 검을 뽑아들고 달려갔다.

한편 성당에 도착한 던컨은 빗장이 걸린 문을 단번에 부셔버렸다. 그 소리를 듣고 로렌스 신부는 매들린을 끌어안고 목에 단검을 들이댔다.

「다가오지 마! 조금이라도 움직이면 이 여자의 목을 그어버리겠다.」

신부가 위협적으로 소리를 질렀다. 그는 매들린의 목을 끌어안고 천천히 뒤로 움직였다. 그러다가 어느 순간, 탁자가 다리에 걸려서 신부는 뒤를 흘끗 돌아봤다.

던컨은 그 틈을 놓치지 않고 신부를 덮쳤다. 그는 매들린의 얼굴에 닿을락 말락 하는 단검을 빼앗아서 곧바로 신부의 목을 그어버렸다. 던컨이 매들린을 확 잡아 빼면서 신부의 몸이 뒤로 쓰러졌다.

결국 로렌스 신부는 바닥에 떨어지기 전에 목숨이 끊어졌다.

탁자가 벽에 부딪히면서 촛대가 쓰러졌다. 던컨은 탁자에 불이 붙었는데도 눈길 하나 주지 않고 부드럽게 매들린을 안아들었다. 매들린은 몸을 축 늘어뜨리고 던컨의 가슴에 기댔다.

「왜 이렇게 늦게 왔어요?」

매들린은 소리 없이 눈물을 흘리기 시작했다.

던컨은 어떻게든 마음을 진정해 보려고 심호흡을 했다.

「다치지 않았어?」

「지금보다 더 안 좋은 꼴도 봤는 걸요.」

매들린의 씩씩한 대답을 듣고 던컨은 마음을 조금 가라앉혔다. 하지만 그때 매들린이 고개를 들었고, 던컨은 다시 격분하고 말았다. 왼쪽 눈은 퉁퉁 부었고 입가에선 피가 흘러내리고 있었다. 더구나 목덜미에는 할퀸 자국이 수도 없이 많았다. 던컨은 신부를 다시 살려낸 다음 죽도록 패주고 싶었다!

「난 이제 괜찮아요.」

그녀는 분노로 몸을 부르르 떠는 던컨의 턱을 쓰다듬으면서 속삭였다.

마침 그때 성당에 들어온 길라드는 불이 난 걸 보고 하인들을 부르러 나갔다. 앤서니는 옆에 서 있다가 매들린을 안은 던컨이 지나갈 수 있게 나무판자를 치워버렸다. 아까 던컨이 문을 부수면서 문틀에 남은 거라고는 그게 전부였다.

「그거 아세요? 이 사람은 문을 부수는 낙으로 산답니다.」

매들린이 잔뜩 찌푸린 얼굴의 앤서니를 위로하려고 말했다. 앤서니는 멈칫 했다가 이내 천천히 미소를 지었다.

던컨은 매들린을 안고 성당에서 나왔다. 그녀는 던컨의 어깨에 뺨을 대고 하염없이 눈물을 흘렸다. 너무 끔찍한 일을 겪어서 그런 걸까? 안 울려고 해도 자꾸 눈물이 나와.

던컨이 쓰는 방에 들어서는데 매들린은 이가 딱딱 맞부딪혔다. 던컨은 벽난로에 불을 지피고 매들린을 담요로 감싸서 무릎에 앉힌 다음 상처를 치료했다. 방안 기온이 조금씩 올라가면서 던컨은 땀을 흘리기 시작했다.

「당신도 아까 그 사람 눈을 봤어요? 분명히 미친 것 같았어요. 아무래도 날…… 그자에게 겁탈당했으면 당신 마음도 변하지 않았을까요?」

「그런 소리하지 마. 내 마음은 무슨 일이 있어도 절대로 변하지 않아.」

퉁명스러운 대답이었지만 매들린은 불안감이 가셨다. 그녀는 한동안 아무 말 없이 던컨의 가슴에 기대고 있었다.

「그자는 날 죽이러 왔대요.」

잠이 든 줄 알았던 매들린이 갑자기 불쑥 입을 열었다.

「그게 무슨 소리야?」

매들린은 고개를 돌리고 던컨을 쳐다봤다. 목소리는 부드러웠지만 눈빛은 등골이 서늘할 정도로 차가웠다.

「성당에 갔더니 로렌스 신부가 제의(祭衣)를 안 입고 꼭 농부 같은 복장을 하고 있더라구요. 더구나 화상을 입었다는 손도 멀쩡했구요.」

「계속 얘기해봐.」

무슨 대답을 할지 궁금하다는 시선을 던지는 매들린에게 던컨이 짤막하게 말했다.

「흉터도 하나 없이 깨끗했어요. 손을 다쳐서 미사를 집전하지 못한다고 한 사람의 손이 아니었어요.」

던컨이 고개를 끄덕였다.

「그래도 모른 척하기로 하고 당신이 수도원에서 받았다는 서한에 대해서 말을 했죠. 그랬더니 갑자기 광분해서 자기는 로던이 보낸 첩자라고 말했어요. 국왕 폐하가 당신 편을 들면 날 죽여야 한다는 명을 로던에게 받았대요. 던컨, 그자도 짐승이 아니라 인간인데 어떻게 그런 나쁜 마음을 품을 수가 있죠? 로렌스 신부는 먼저 날 죽이고 나서 여길 빠져 나가겠다는 말도 했어요.」

매들린은 다시 던컨의 가슴에 축 늘어졌다.

「당신도 나처럼 무서워서 겁이 났어요, 던컨?」

매들린이 작게 물었다.

「난 무서움이나 겁 같은 건 원래 없는 사람이야.」

던컨이 딱딱하게 말했다.

「내 말은 겁이 났냐는 말이 아니라 걱정을 했냐는 의미였어요.」

매들린이 미소를 지으면서 일부러 말을 고쳤다.

「뭐! 걱정을 했냐고! 젠장. 난 그때 화가 나서 눈에 보이는 게 아무것도 없었어!」

던컨이 저도 모르게 홍분해서 말했다.

「나도 알아요. 당신이 신부를 덮칠 때는 꼭 우리 늑대개를 보는 것 같았어요.」

던컨은 매들린의 부은 입술에 부드럽게 입을 맞췄다. 매들린은 던컨의 손을 잡고 일으켜 세운 다음 침대로 데리고 갔다. 침대 위에 앉은 매들린은 던컨에게 앉으라는 듯이 바로 옆자리를 툭툭 쳤다.

불이 활활 타오르는 벽난로 때문에 방안 공기가 숨이 막힐 정도로 뜨거웠다. 땀을 비오듯이 흘리고 있던 던컨은 옷을 벗고 매들린 옆에 앉았다. 그는 매들린의 양쪽 어깨에 팔을 두르고 가까이 끌어당겼다. 매들린을 꽉 끌어안고 당신을 얼마나 사랑하는지 아느냐고 말하고 싶었다. 매들린보다는 자신을 위해서 꼭 그 말을 해야 할 필요가 있었다.

「많이 무서웠지?」

「조금이요.」

매들린이 고개를 숙이면서 대답했다. 화제를 돌리고 싶어서 그러는 건지, 손가락으로 던컨의 허벅지에 계속 원을 그리기 시작했다.

「아주 조금만 무서웠어?」

「당신이 날 구해주러 올 거라는 확신이 있었기 때문에 그렇게 많이 무섭진 않았어요. 물론 당신이 늑장을 부리는 바람에 조금 초조해지긴 했지만요. 그 작자가 내 가운을 찢는데…….」

「그놈 때문에 당신이 죽었을지도 몰라.」

던컨이 분에 못 이겨서 떨리는 목소리로 말했다.

「아뇨. 당신이 있는 한 그 작자는 날 죽이지 못해요.」

매들린이 자신에 찬 목소리로 말했다.

이 여자는 날 그렇게까지 믿고 있구나. 그런 생각을 하니까 어느새 겸허한 마음이 들었다.

매들린의 손가락이 조금씩 다리 사이로 움직이고 있었다. 던컨은 매들린의 손을 꼭 붙들고 허벅지에 올려놓았다.

「너무 더워요. 날씨가 이렇게 더운데 왜 불을 지폈어요?」

매들린이 속삭였다.

「당신이 계속 떨고 있으니까 그렇지.」

「이젠 괜찮아졌어요.」

「그럼 난 수도원에서 도착한 서신을 가지러 내려가봐야겠어.」

「가지 말아요.」

매들린이 간절한 목소리로 말했다.

「지금부터 눈을 감고 한두 시간 정도 자는 거야. 알았어?」

던컨이 단호하게 말했다.

「난 자기 싫어요. 그나저나 옷을 벗고 싶어서 그런데, 당신이 좀 도와줄래요?」

던컨이 옷을 벗기는 동안 매들린은 협조할 생각도 안 하고 가만히 있었다.

「그런데 성당에 와볼 생각은 어떻게 했어요?」

「꼬맹이 윌리가 알려줬지.」

「윌리가 성당까지 따라 왔었나보죠? 세상에. 꼬맹이 윌리가 얼마나 놀랐을까? 이제 겨우 다섯 살이 된 아인데…… 그 아이에게 뭔가 해줄 만한 게 없을까요? 어떻게든 보답을 해줬으면 좋겠어요.」

「제길. 이게 모두 내 탓이야. 내가 사전에 철저히 식솔들을 관리했다면 이런 일도 없었겠지.」

매들린은 위로하듯이 던컨의 어깨에 손을 올려놓았다.

「식솔들을 관리하는 건 내 일이에요. 지금 생각해보면 아마 이런 일은 없었을 거예요. 만약에…….」

「나도 알아. 내가 당신 옆에 있었으면 이런 일도 없었겠지.」

던컨이 매들린의 애기를 끝까지 듣지도 않고 말했다.

「그 말을 하려던 게 아니었어요. 당신은 너무 속단하는 경향이 있어요. 별로 안 좋은 버릇이란 건 당신도 알죠? 그리고 그때 당신은 나보다 더 중요한 일을 논의하던 중이었잖아요.」

「당신보다 중요한 일은 없어.」

던컨이 강한 어조로 말했다.

「아까는 나도 내 몸 하나쯤 지킬 수 있었으면 이런 일은 없었다고 말할 참이었어요.」

「무슨 말을 하고 싶어서 그래?」

던컨이 의아해서 물었다.

「로렌스 신부는 나보다 별로 몸집이 크지도 않았잖아요. 그리고 앤셀은 키가 나하고 똑같구요.」

「난데없이 앤셀을 들먹이는 이유가 뭐지?」

「앤셀도 적이 공격할 때를 대비해서 방어하는 법을 배우잖아요. 그러니까 나도 배울 수 있어요. 가르쳐줄 거죠?」

「그 얘기는 나중에 해.」

매들린이 순순히 고개를 끄덕였다.

「좋아요. 대신 내가 명령하는 대로 해야 돼요.」

「어떤 분부를 내릴 작정이신가요, 부인?」

던컨이 장난스럽게 물었다.

매들린은 아무 말 없이 속옷에 달린 리본을 끌러냈다. 그 모습을 보고 던컨은 고개를 내저었다.

「몸에 멍이 너무 많이 들어서 지금은……」

「당신이라면 그 정도는 너끈히 극복할 수 있어요. 물론 지금 내 모습이 너무 흉측해 보이긴 하겠지만요.」

「외눈박이 거인 키클롭스 저리 가라 추한 걸. 도저히 눈을 뜨고 봐줄 수 없을 정도야.」

매들린은 던컨의 말을 듣고 웃음을 터뜨렸다. 입으로는 그런 말을 하면서도 던컨은 매들린의 속옷을 벗기기 시작했다.

「나하고 사랑을 나눌 때 눈을 질끈 감으면 되겠네요.」

매들린이 장난스럽게 말했다.

「까짓 거 내게 주어진 시련이다 생각하고 견디면 돼.」

「그자가 내 몸에 손을 댔을 때의 느낌이 아직도 남아 있어요. 그러니까 내가 잊을 수 있게 날 안아줘요. 그럼 나도 전처럼 다시 깨끗해진 기분이 들 것 같아요. 부탁이에요.」

매들린이 떨리는 목소리로 속삭였다.

던컨은 키스로 대답을 대신했다. 매들린은 이내 모든 걸 잊고 던컨에게만 매달렸다.

몸과 마음이 깨끗해지는 느낌을 받으면서.

19

운명의 장난인지 어쩐지 매들린이 겪었던 불행한 사건으로 인해 아델라와 제럴드의 사이는 급진전하게 됐다.

그날 저녁 매들린은 저녁 식탁에 굳이 나오겠다고 우겼다. 던컨과 함께 홀에 들어갔더니 아델라가 벌써 식탁에 자리를 잡고 앉아 있었고 제럴드는 뭔가 생각에 잠긴 얼굴로 벽난로 앞에서 초조하게 왔다갔다하고 있었다.

던컨이 옆에서 땅이 꺼져라 한숨을 내쉬었다. 매들린은 던컨에게 제발 참으라고 하려다가 입을 다물었다. 그래봐야 서로 감정만 상할 것 같아서였다.

아델라는 매들린을 보고 큰소리로 비명을 질렀다.

「어쩜 좋아. 어떻게 된 거예요? 혹시 실레노스 녀석이 난폭하게 굴어서 낙마했어요? 그런 거냐구요?」

매들린은 고개를 옆으로 돌리고 던컨을 노려봤다.

「방에서 나오기 전에 나더러 아무렇지도 않아 보인다고 했잖아요.」

「그걸 믿었어?」

던컨이 씩 웃으면서 대꾸했다.

「아델라 방에 있는 거울을 한번 들여다봤어야 하는 건데. 당신도 아델라의 얼굴을 한번 봐요. 아무래도 나 때문에 속이 메슥거리는 것 같아요. 다들 내 얼굴을 보고 있으면 식욕이 싹 달아나겠어요. 안 그래요?」

던컨이 고개를 내저었다.

「무슨 소리야? 난 지금 코끼리 한 마리도 씹어 먹을 수 있을 것 같은데. 당신을 만족시키느라고 기운을 다 썼더니…….」

매들린은 아델라가 들을까봐 무서워서 던컨의 옆구리를 쿡 찔렀다.

「이젠 그 신부가 내 몸에 손을 댔던 기억이 모두 없어졌단 말이에요. 그래서 나도 조금…… 대담하게 군 것뿐이에요.」

「대담? 대담한 정도가 아니었지. 당신은…….」

매들린은 던컨의 옆구리를 다시 세게 찌른 다음 아델라와 제럴드에게 시선을 돌렸다.

마침 아델라는 제럴드에게 사건의 경위를 들은 뒤였다.

「보기만 해도 맘이 아파서 매들린의 얼굴을 도저히 못 보겠어요.」

아델라가 걱정스러운 목소리로 말했다.

「거짓말을 하면 지옥에 가요.」

매들린이 던컨을 노려보면서 말했다.

던컨은 저녁식사 도중에 절대 로렌스 신부의 이름을 들먹이지 말라고 명령을 내렸다. 아델라는 전처럼 제럴드를 대놓고 무시하고 있었다. 안 그래도 칭찬을 한마디 했다가, 제럴드는 아델라에게 타박만 당했다.

「두 사람에게 할말이 있으니까 잘 들어.」

던컨이 냉랭한 목소리로 말했다.

아델라는 단박에 겁에 질린 표정을 지었고 제럴드는 의아해하는 눈치였다.

세 사람은 던컨을 따라 벽난로 쪽으로 걸어갔다. 던컨이 제일 먼저 의자에 앉았고 제럴드도 자기 의자를 찾아가서 앉으려고 했다. 그때 던컨이 입을 열었다.

「안 돼, 제럴드. 자네는 아델라 옆에 서 있어.」

이어 던컨은 아델라에게 몸을 돌렸다.

「어떻게 하는 게 가장 널 위하는 길인지 이 오래비는 알 것 같다. 아델라, 너도 내 판단을 믿지?」

아델라가 천천히 고개를 끄덕거렸다.

「그럼 제럴드와 키스를 해라. 당장!」

「뭐라구요?」

아델라가 사색이 돼서 물었다.

「매들린은 하마터면 그 망할 놈의 신부에게 안 좋은 일을 당할 뻔했다. 그래서 그 기억을 없애기 위해서 내 도움을 받았지. 아델라, 넌 아직 한번도 널 사랑하는 남자에게 키스를 받은 일이 없지 않냐. 그러니까 제럴드에게 키스를 시켜보고 혐오감이 생기는지 알아서 판단해봐라.」

매들린이 생각하기에도 정말 기발한 착상이었다.

하지만 아델라는 얼굴을 시뻘겋게 물들이면서 새된 목소리로 말했다.

「다들 보는 데서 하란 말이세요?」

제럴드가 미소지으면서 아델라의 손을 붙들었다.

「난 이 세상 사람들이 모두 와서 구경한다고 해도 상관없어. 당신만 허락해준다면.」

아무래도 저 친구가 조금 흥분했군. 지금 이 상황에서 아델라에게 허락을 받으니 마느니 하는 말이 왜 나와? 던컨이 속으로 중얼거렸다.

제럴드는 아델라가 물러날 틈도 없이 재빨리 입술에 가볍게 키스를 했다. 아델라는 당황한 표정으로 제럴드를 올려다봤다. 다시 한 번 제럴드의 입술이 아델라의 입술을 덮었다.

한편 매들린은 두 사람이 키스에 열중하는 모습을 멀뚱멀뚱 보고 있
자니까 민망해졌다. 그래서 그녀는 던컨이 앉은 의자 옆으로 가서 괜히
천장을 올려다봤다.

한참만에 제럴드가 고개를 들고 한 발자국 물러섰다. 얼굴이 새빨개
진 아델라는 당황한 것 같으면서도 굉장히 놀란 눈치였다.

「그때는 이렇지 않았어요. 모르카……」

아델라의 얼굴에서 갑자기 핏기가 가셨다.

「제럴드도 알아야 돼요, 아델라.」

아무것도 모르는 제럴드와 던컨은 누가 먼저라고 할 것 없이 얼굴을
찌푸렸다.

「매들린, 부탁이니까 대신 말해줄래요? 도저히 내 입으로는 말을 못
하겠어요.」

「좋아요. 하지만 던컨도 제럴드와 같이 듣게 해줘요. 그럼 내가 아델
라 대신에 말을 할게요.」

아델라는 던컨을 한번 쳐다보더니 한참만에 고개를 끄덕였다. 그녀는
제럴드에게 몸을 돌리고 말했다.

「매들린 얘기를 듣고 나면 다시는 나에게 키스하고 싶은 생각이 사
라질 거예요. 미안해요. 제럴드, 난……」

아델라가 갑자기 울음을 터뜨렸다. 그녀는 자신을 품에 안으려는 제
럴드에게 고개를 내저었다.

「당신을 사랑해요, 제럴드. 그리고 정말 미안해요.」

아델라는 그 말을 남기고 밖으로 뛰어나갔다.

「앉으세요, 제럴드. 그리고 던컨. 내가 그 동안 숨기고 있었다고 화
내지 말아요. 아델라에게 비밀을 지키겠다고 약속해서 그런 거니까요.」

매들린이 긴장한 목소리로 말했다.

「화내지 않을게.」

던컨이 약속했다.

매들린은 차마 제럴드를 볼 수가 없어서 시선을 바닥에 떨어뜨리고

애기를 했다. 그녀는 제럴드가 궁정에 오지 않아서 아델라가 실망을 하는 바람에 로던의 꾀임에 넘어갔다는 말을 특별히 강조했다.

「아마 제럴드를 벌주고 싶어서 그랬겠지요. 물론 아델라는 깨닫지 못한 것 같지만.」

용기를 내서 제럴드를 쳐다봤더니 수긍한다는 듯이 고개를 끄덕였다. 매들린은 아델라에게 들었던 이야기를 빼놓지 않고 그대로 옮겼다. 매들린은 두 사람이 격분할 거라고 생각하면서 차마 나오지 않는 말을 억지로 입 밖으로 내보냈다. 아델라를 저렇게 만든 인간은 로던이 아니라 모르카라고.

하지만 의외로 두 사람 모두 아무 반응이 없었다.

매들린의 이야기를 끝까지 들은 제럴드는 자리에서 일어나더니 천천히 홀 밖으로 걸어나갔다.

「제럴드가 앞으로 어떻게 나올 것 같아요?」

매들린은 눈물을 닦으려다가 얼굴의 상처를 건드리자 흠칫했다.

「나도 몰라.」

던컨이 성난 목소리로 대답했다.

「내가 그 동안 숨기고 있어서 화가 났어요?」

던컨이 고개를 내저었다. 갑자기 머릿속에 떠오르는 생각이 있었다.

「나에게 전에 누군가를 죽일 작정이라고 했었지? 그게 모르카였군. 그렇지?」

매들린이 고개를 끄덕였다.

「그자가 저지른 짓을 생각하면 가만히 있을 수가 없었어요. 그렇다고 아델라와의 약속을 깨고 다른 사람에게 털어놓을 수도 없었구요. 약속은 약속이니까요. 나도 내 맘대로 누군가를 단죄할 수 없다는 건 알아요. 그건 신의 소관이니까요. 하지만 그때는 이성적으로 생각할 수가 없었어요. 그래서는 안 된다는 걸 알지만 지금도 모르카를 죽이고 싶어서 미칠 것 같아요. 아델라가 얼마나 힘들었을지 생각하면…… 난…….」

던컨은 매들린을 무릎에 앉히고 부드럽게 끌어안았다.

두 사람 모두 한동안 침묵을 지켰다. 매들린은 제럴드 때문에 걱정이었다. 그가 아델라를 포기해버릴까 아니면 계속 구애를 할까?

던컨은 마음을 가라앉히려고 애썼다. 아델라가 로던에게 잠깐 마음을 줬다고 해서 탓하진 않았다. 로던의 꼬임에 넘어간 것도 사실은 너무 순진해서 남을 의심할 줄 몰랐기 때문이었다. 그런 아델라를 나무랄 순 없었다.

「모르카 놈은 내가 알아서 처리하지.」

생각에 잠겨 있던 던컨이 매들린에게 말했다.

「안 돼.」

고함을 지른 사람은 제럴드였다. 매들린과 던컨은 제럴드가 성큼성큼 다가오는 모습을 지켜봤다. 그는 분노 때문에 온몸을 떨고 있었다.

「그놈은 내가 죽일 거야. 어디, 안 된다는 말만 꺼내봐. 그랬다가는 자네도 내 손으로 죽여버릴 테니까.」

매들린은 던컨의 안색을 살폈지만 화가 났는지, 모욕을 받은 기분인지 알 수가 없었다.

한참 동안 제럴드를 지긋이 쳐다본 던컨이 천천히 고개를 끄덕였다.

「좋아, 제럴드. 난 자네 뒤를 맡지.」

그 말을 듣고 제럴드는 던컨의 맞은편 의자에 털썩 주저앉았다.

「아델라에게 제가 할말이 있다고 전해주시겠습니까?」

제럴드가 매들린에게 부탁했다.

매들린은 고개를 끄덕이고 아델라의 침실로 달려갔다. 하지만 침실에 가까이 가면 갈수록 불안감 때문에 속이 메슥거렸다. 제럴드가 무슨 생각을 하는지 알면 얼마나 좋을까?

하지만 장본인인 아델라는 제럴드가 떠날 거라고 결론을 내린 뒤였다.

「그래야 나중에 후회를 안 해요. 키스는 모르겠지만 그 이상은 아무래도 못할 것 같아요. 어차피 혼인을 해봐야 그 사람을 침대에 가까이 오지도 못하게 할 걸요.」

아델라가 흐느끼면서 간신히 말을 이었다.

「아델라가 그걸 어떻게 알아요? 물론 쉬운 일이 아니겠지만 제럴드도 그렇게 쉽게 포기할 사람이 아니에요.」

「어차피 날 떠날 사람인데 그게 무슨 상관이에요.」

그러나 아델라의 예상과는 다르게 제럴드는 계단 바로 아래쪽에서 기다리고 있었다. 그는 아무 말 없이 아델라의 팔을 잡고 아래층으로 데리고 내려갔다.

던컨은 매들린에게 다가가서 번쩍 들어올렸다.

「당신, 지금 너무 피곤해 보여. 가서 좀 쉬어야지.」

「아델라가 돌아올 때까지 기다리면 안 될까요? 내가 곁에 있어줬으면 좋겠다고 생각할지도 몰라요.」

계단을 올라가기 시작하는 던컨에게 매들린이 저항의 말을 했다.

「나도 당신이 곁에 있어줬으면 좋겠어. 그리고 아델라는 제럴드에게 맡겨.」

매들린은 마지못해서 고개를 끄덕거렸다.

「일이 생겨서 내일부터 잠깐 동안 성을 비우게 될 거야.」

「어딜 가는데요? 당신이 처리해야 할 일이 생겼어요?」

매들린은 실망한 마음을 숨기려고 일부러 밝은 목소리로 물었다. 던컨을 계속 내 옆에 붙들어 놓을 수는 없잖아. 할 일도 많은 사람인데.

「그래. 처리할 일이 생겼어.」

던컨은 일부러 짧게 대답했다. 그날 겪은 일만으로도 힘겨울 텐데 국왕 폐하의 소환장이 도착했다는 말을 들으면 아마 잠 한숨 못 잘 게 분명했다.

두 사람은 모퉁이를 돌다가 계단을 내려오는 모드와 마주쳤다. 던컨은 매들린의 목욕물을 준비하겠다는 모드의 말을 듣고 고개를 내젓더니 자신이 알아서 하겠다고 얘기했다.

「모드, 오늘은 네 아들에게 내가 빚을 졌다.」

던컨의 말을 듣고 모드의 얼굴이 확 밝아졌다. 윌리가 영주님의 부인을 구했다는 얘기는 자세히 들어서 알고 있었다. 그 애길 듣고 아들이 얼마나 자랑스러웠는지 모른다.

「그 아이에겐 내가 적당한 보답을 해줄 생각이야.」

모드는 너무 감격해서 말문을 잃은 듯했다.

「정말 감사합니다, 영주님. 우리 윌리가 아씨를 귀찮게 쫓아다녔습지요. 그런데도 아씨께선 고맙게도 언제나 우리 아들놈에게 친절한 말씀만 해주셨답니다.」

「똑똑한 아들을 두었더구나.」

던컨이 칭찬의 말을 덧붙였다.

하늘처럼 높아 보이기만 했던 주인이 말을 걸어준 것만 해도 황송한데 칭찬까지 받다니, 모드는 현기증이 났다. 그녀는 던컨에게 다시 고맙다는 인사를 하고 황급하게 계단 아래로 질주했다. 거티가 내 애기를 들으면 놀라서 자빠지겠지!

「당신은 정말 좋은 사람이에요, 던컨. 그래서 내가 그렇게 사랑하나 봐요.」

매들린이 던컨의 뺨을 쓰다듬으면서 속삭였다.

던컨이 '그 정도 일을 갖고 뭘 그러냐'는 뜻인지 어깨를 으쓱했다. 매들린은 균형을 잃지 않으려고 던컨의 어깨를 꽉 붙들었다.

「난 내가 해야 할 일을 한 것뿐이야.」

매들린은 슬며시 미소를 지었다. 칭찬 받고 당황하는 건 모드하고 똑같네.

「모드에게 목욕물을 준비하지 말라고 했으니 이젠 어쩌죠? 당신하고 같이 호수에서 수영이라도 할까요?」

매들린이 장난스럽게 물었다.

「좋은 생각이야.」

「장난으로 해본 소리예요. 난 수영하는 게 싫단 말이에요.」

매들린이 황급하게 말했다.

「어렸을 때 호수에 빠진 일이 있었어요. 발은 진흙 속에 푹푹 빠지고 가운은 물에 젖어서 어찌나 무겁던지. 결국 그날 목욕을 두 번이나 했어요. 머리카락에까지 진흙이 달라붙어서 가관이었다구요.」

던컨이 껄껄 웃었다.

「우리가 수영을 할 호수는 바닥이 대부분 단단한 암석이라서 그런 걱정은 할 필요가 없어. 그리고 옷을 입고 수영하는 사람이 당신 말고 또 누가 있겠어? 그때 익사하지 않은 게 신기한 일이로군.」

하지만 매들린은 마음을 바꿀 생각이 별로 없는 듯했다.

「물이 어찌나 맑은지 바닥까지 보일 정도라고.」

던컨이 한마디 덧붙였다.

얼마 후 매들린은 침실에서 옷을 벗고 던컨이 튜닉을 벗는 모습을 지켜보고 있었다.

「나하고 같이 수영 안 할 거야?」

던컨이 웃으면서 물었다.

「싫어요. 바깥에 병사들도 있는데 어떻게 나체로 활보를 하고 다녀요? 나더러 그런 일을 하라고…….」

「이런 한밤중에 호수 근처에서 얼쩡대는 사람이 있을 것 같아? 더구나 달빛이 약해서…….」

매들린이 깜짝 놀라서 던컨의 말을 잘랐다.

「이봐요. 뭐 하는 거예요?」

던컨은 망토를 들고 침대 가에 서 있었다.

「당신이 이걸 덮어쓰면 내가 그대로 안고 호수로 갈게.」

매들린은 마음을 정하지 못하고 입술을 깨물었다. 사실 날씨가 너무 덥고 끈적거려서 수영을 하고 싶긴 했다. 그래도 혹시 수영하는 장면을 다른 사람에게 들킬지도 모른다는 생각 때문에 불안했다.

「나더러 피곤해 보인다면서요. 그런데 어떻게 수영을…….」

「그건 거짓말이었어.」

「거짓말을 자주 하면 지옥에 간다고 했잖아요.」

얇은 담요 하나만 걸친 매들린은 너무 매력적이었다.

「내 대신 당신이 비누 좀 찾아봐줘요.」

매들린은 던컨이 안 보는 사이에 재빨리 망토를 걸칠 작정이었다. 그녀는 아직도 던컨 앞에서 알몸을 내보이는 게 부끄럽고 쑥스러웠다.

내가 그 맘을 모를까봐. 던컨은 씩 웃으면서 비누를 찾으러 갔다. 매들린은 그 사이에 망토를 집어들려고 했지만 역부족이었다.

던컨은 어느새 한 손에는 비누를, 다른 손에는 자그마한 거울을 들고 침대 가에 서 있었다. 그는 매들린에게 거울을 건네주면서 말했다.

「언젠가 에드먼드도 당신에게 맞아서 그런 눈을 했었지.」

「장난치지 말아요. 내가 언제 에드먼드를 때렸다고 그래요?」

매들린은 거울을 들고 얼굴을 들여다봤다.

이윽고 매들린이 지른 비명 소리가 방안에 울려 퍼졌다. 그 모습을 보고 던컨이 껄껄 웃었다.

「정말 키클롭스하고 똑같잖아!」

매들린은 거울을 떨어뜨리고 머리채로 열심히 얼굴을 가렸다.

「내가 이런 몰골인데도 어떻게 참고 키스를 했어요? 눈은 시퍼렇고…….」

매들린의 울먹이는 목소리를 듣는 순간, 던컨의 얼굴에서 미소가 사라졌다.

「당신을 사랑하니까 그 정도는 아무렇지도 않은 거야. 고작 멍이 한두 개 들었다고, 내가 변심할 것 같아? 당신은 날 그 정도로 밖에 안 보는 거야?」

던컨은 매들린의 턱을 치켜 올리고 진지한 목소리로 말했다.

매들린이 고개를 내저었다. 그녀는 천천히 담요를 걷고 던컨 옆에 똑바로 섰다. 던컨에게 사랑한다는 말을 듣고 보니 부끄러운 마음도 사라져버렸다.

「수영하러 가고 싶어졌어요. 하지만 금세 들어와야 돼요. 당신하고 사랑을 나누고 싶으니까요.」

던컨은 매들린의 얼굴을 살짝 감싸고 입을 맞췄다.

「당신이 싫다고 해도 안을 거니까 걱정 마.」

던컨의 의미 심장한 눈빛이 매들린의 가슴을 두근거리게 했다.

던컨은 매들린의 몸에 망토를 걸쳐주고 팔에 안아 들고서 밖으로 나갔다. 던컨의 말대로 호수까지 가는 도중에 마주친 사람도 없었을 뿐더러 달빛이 약해서 주위 경관이 잘 보이지도 않았다.

매들린은 호수 가에 앉아서 발가락으로 톡톡 물을 건드렸다. 던컨은 너무 차갑다고 하는 매들린에게 그 정도도 못 참느냐고 장난스럽게 대꾸했다. 매들린은 망토를 꽉 뒤집어쓴 채 던컨이 아무렇지도 않게 옷을 벗는 모습을 지켜봤다.

던컨은 깨끗한 자세로 호수에 뛰어들었다. 매들린은 살짝 발부터 물에 담근 다음 천천히 안으로 들어가기 시작했다. 이윽고 수면에 떠오른 던컨은 매들린의 손에서 망토를 잡아채서 멀찍이 던져버렸다.

몇 분 지나지 않아서 매들린은 물 속에 있는 게 점점 편해졌다. 나체로 수영하는 게 이렇게 자극적일 줄은 꿈에도 몰랐다. 부끄럽긴 했지만 던컨에게도 그 얘기를 솔직하게 털어놨다.

그녀는 대강 몸을 씻고 머리를 감았다. 비누를 헹구려고 호수에 머리를 몇 번 담갔다가 빼는데 던컨이 바로 앞에 와서 섰다.

던컨은 사실 매들린에게 뭔가 말을 할 작정이었다. 하지만 매들린의 모습을 보는 순간, 무슨 생각을 했는지 잊어버리고 말았다. 매들린은 반짝이는 눈에 장난기를 담고 미소를 짓고 있었다. 호수 물이 출렁이면서 풍만한 가슴을 살짝 살짝 건드렸다. 던컨은 유혹을 뿌리치지 못하고 매들린의 가슴을 손으로 감쌌다.

그녀는 던컨에게 몸을 기울이고 키스를 해달라는 듯이 고개를 젖혔다. 던컨의 입술이 거칠게 매들린의 입술을 덮쳤다. 키스가 깊어지면서 두 사람의 혀가 뜨겁게 얽혔다.

던컨은 키스 한번만 하고 방에 돌아가서 사랑을 나눌 생각이었다. 하지만 매들린은 키스만으로는 부족한지 몸을 비비면서 대담하게 던컨의 흥분한 남성을 손으로 감쌌다.

던컨은 매들린의 몸에 팔을 두르고 확 품속으로 잡아끌었다. 키스가 열기를 띠면서 점점 더 깊어졌다. 흥분한 매들린은 정신없이 던컨의 어깨를 쓰다듬었다. 던컨은 매들린을 들어올리고 자신의 가슴을 매들린의 부드러운 가슴에 문질렀다. 매들린의 입에서 끊임없이 신음 소리가 흘러나왔다.

던컨은 욕망 때문에 거칠어진 목소리로 매들린에게 허벅지로 양다리를 감으라고 일렀다. 그는 천천히 매들린의 몸 안으로 들어갔다. 매들린은 손톱을 세우고 던컨에게 허리를 밀어댔다.

「안 돼. 당신을 거칠게 다루고 싶지 않아. 부드럽게 그리고 천천히 안고 싶어.」

던컨이 쉰 목소리로 속삭였다.

「지금은 싫어요. 다음에 부드럽게…… 안아줘요.」

매들린이 작게 신음했다.

결국 욕망에 무릎을 꿇은 던컨은 매들린의 몸을 마음껏 탐닉했다. 두 사람은 쾌락을 주고 또 그만큼 받았다. 먼저 절정에 오른 매들린이 몸을 한껏 젖혔다. 던컨은 매들린의 비명 소리가 새어나가지 않게 입술을 거칠게 겹쳤다. 이윽고 절정에 오른 던컨은 떨리는 몸이 진정할 때까지 매들린을 꼭 끌어안고 있었다.

매들린은 기운이 하나도 없어서 던컨의 품에 축 늘어졌다. 던컨은 흡족한 얼굴로 미소를 지었다.

「당신은 정말 뜨거운 여자야.」

매들린은 그 말을 듣고 해방감을 느끼면서 마음껏 웃었다. 하지만 이내 주위 광경을 의식하는 순간, 표정이 딱딱하게 굳어졌다.

「잠깐만요. 혹시 누가 우릴 봤으면 어쩌죠?」

매들린은 던컨의 목덜미에 얼굴을 파묻었다.

「아무도 못 봤으니까 걱정 마.」

던컨이 껄껄 웃으면서 말했다.

「그걸 어떻게 알아요?」

「당신도 주위를 한번 둘러봐. 달빛이 약해서 깜깜하잖아.」

「정말 다행이에요.」

매들린이 가슴을 쓸어 내렸다.

「그렇긴 해도 당신이 낸 신음 소리가 하도 커서 자다 깬 사람들이 꽤 많을 걸. 그거 알아? 당신은 흥분하면 흥분할수록 신음 소리도 점점 커진다고.」

「어쩌면 좋아.」

매들린은 민망해서 물 속에 쑥 들어가려고 했지만 던컨이 옆에서 붙들었다.

「오해하지 마. 난 불평하는 게 아니니까. 나하고 있을 때는 마음껏 신음 소리를 내도 좋아.」

던컨은 그 말을 끝내자마자 매들린을 안고 일부러 뒤로 넘어졌다. 그는 물 속에서 매들린이 숨이 막힐 때까지 키스를 했다.

매들린은 한번도 물놀이를 해본 일이 없었다. 그래서 던컨이 물을 튀겼을 때 멋도 모르고 짜증을 냈다. 하는 수 없이 던컨은 매들린에게 물을 튀기라고 얘기를 해야 했다. 매들린은 던컨이 '물에 빠뜨리기 놀이'를 하자고 했을 때 유치하다고 코웃음을 쳤다. 하지만 그 말이 끝나기도 전에 던컨을 발로 밀어서 넘어뜨리려고 했다.

그러나 균형을 잃고 넘어진 건 던컨이 아니라 매들린이었다. 그의 손에 이끌려서 수면에 올라온 매들린은 푸푸대면서 재채기를 연신 해댔다.

두 사람은 호수에서 거의 한 시간을 보냈다. 그 사이에 던컨은 매들린에게 수영하는 법도 가르쳐줬다.

「지금 수영하는 거야 아니면 물 속에 가라앉고 있는 거야?」

매들린은 기분이 상하지 않았다는 표시로 던컨을 꽉 끌어안고 키스를 했다.

던컨의 품에 안겨서 침실로 돌아온 매들린은 지쳐서 기운이 하나도 없었다. 던컨은 뒤통수에 양손을 깍지 끼고 매들린이 빗질을 하는 모습을 지켜봤다.

「사실 국왕 폐하에게 초대를 받았어. 그래서 내일 떠나는 거야.」

던컨은 일부러 아무렇지도 않게 지루하다는 듯이 말했다.

「초대라뇨?」

매들린이 빗질을 하다가 멈추고 던컨을 노려봤다.

「그래, 알았어. 그럼 소환을 받았다고 하지. 당신이 걱정할까봐 말을 안 하고 있었어.」

「나도 알아야 할 권리가 있어요. 그러니까 날 무시하지 말아요.」

「당신을 무시하려고 그런 게 아니야. 보호하려고 그랬지.」

「보호라뇨? 이번 여정이 위험할지도 모른다고 생각하는군요. 그럼 우린 언제 떠나요?」

「우리가 아니야. 당신은 여기 남아야 돼. 그 편이 안전하니까.」

매들린은 반박을 하려고 했지만 던컨이 단호하게 고개를 내저었다.

「당신이 옆에 있으면 걱정하느라고 집중력이 흩어질 수가 있어. 그러니까 당신은 여기 남아.」

「내 곁에 돌아올 거예요?」

던컨은 매들린의 기묘한 질문을 듣고 깜짝 놀랐다.

「당연하지.」

「그게 언제죠?」

「나도 얼마나 오래 걸릴 지 몰라.」

「몇 주, 몇 달, 아니 몇 년이 지나도 돌아오지 않으면요?」

던컨은 겁에 질린 매들린의 눈동자를 보면서 가족들에게 버림받아서 삼촌과 단둘이 외롭게 살았던 어린 계집아이의 모습을 떠올렸다. 그는 매들린을 몸 위로 끌어올리고 키스를 했다.

「내가 당신 곁을 떠날 것 같아? 당신은 이제 내 아내라고. 젠장.」

「그래요. 난 당신 아내였지요. 뭔가 무서운 일이 생기거나 장래가 걱정될 때마다 그 사실을 떠올려야겠어요. 내가 당신에게 영원히 묶인 몸이라는 걸요.」

던컨이 안도의 미소를 지었다. 이젠 괜찮은 것 같군.

「당신이 혹시 죽기라도 하면 내가 당신 무덤을 기어코 찾아내서 침을 뱉어줄 테니까 알아서 해요.」

매들린이 위협적으로 말했다.

「절대 그런 일은 없을 테니까 걱정 마.」

「약속해요?」

「그래. 약속해.」

매들린은 던컨의 얼굴을 부드럽게 감쌌다.

「당신이 어딜 가든 내 마음도 함께 따라 간다는 것. 그 사실만은 잊지 말아줘요.」

「내가 어딜 가든 내 마음은 언제나 당신 곁에 있다는 것도 잊지 말아줘.」

두 사람은 서로의 마음을 맹세라도 하듯이 다시 사랑을 나눴다.

던컨은 동트기 전에 옷을 입고 앤서니를 불러오라고 시킨 다음 홀에서 기다렸다. 수도원에서 보낸 서한의 봉인을 뜯고 있는데 앤서니가 홀 안으로 들어왔다.

앤서니는 식탁에서 던컨과 마주보는 자리에 털썩 앉았다. 이윽고 빵과 치즈가 가득 담긴 쟁반을 들고 거티가 모습을 나타냈다.

앤서니가 어느 정도 배를 채우는 동안 던컨은 서한을 끝까지 읽었다. 던컨은 양피지를 획 하고 던지더니 식탁을 주먹으로 쾅 내리쳤다.

「안 좋은 소식입니까?」

「수도원에 로렌스 신부라는 작자는 없었어.」

「그럼 그때 죽은 신부는……」

「로던이 보낸 첩자야. 그건 전부터 알고 있었지만 그래도 나는 그자가 성직자라고 믿고 있었어.」

「그럼 최소한 성직자를 죽이진 않았다는 얘기가 되는군요. 더구나 그자가 로던에게 돌아가서 밀고할 일은 이제 없을 테고 말입니다.」

「내가 조금만 더 주의를 했으면 그자의 행동이 수상쩍다는 사실을 좀더 빨리 알아챘을 게야. 순전히 내가 부주의했기 때문에 매들린이 목숨을 잃을 뻔했어.」

「부인께서 영주님의 책임이라고 생각하지 않는다는 걸 아시지 않습니까? 그리고 그자의 정체가 아직까지 밝혀지지 않았다고 상상해 보시지요. 생각하고 싶지도 않은 일이 벌어졌을지도 모릅니다. 고백성사라도 해서 우리 비밀을 모두 알게 됐다고 생각해 보십시오.」

앤서니가 끔찍한지 몸을 떨었다.

「결국 매들린과 난 부부가 아니란 말이 되잖나!」

던컨이 다시 주먹으로 식탁을 내리쳤다. 그 바람에 양피지가 위로 튀어 올랐다가 야생화를 꽂아놓은 단지 옆에 떨어졌다.

「이럴 수가. 저도 그 생각은 미처 못했습니다.」

「매들린이 알면 발작을 일으킬 게야. 시간만 있으면 떠나기 전에 성직자를 하나 불러와서 혼인을 할 텐데.」

「그러려면 몇 주는 걸릴 테지요.」

던컨이 고개를 끄덕였다.

「어딜 가시는지 부인께 말씀드렸습니까?」

앤서니가 물었다.

「그래. 하지만 이 얘기는 매들린에겐 비밀로 해야 돼. 이번에 나간 김에 성직자를 꼭 데리고 와야겠군. 하지만 혼인하기 직전에는 어쩔 수 없이 사실을 밝혀야겠지. 젠장. 복잡하기 짝이 없구먼.」

앤서니가 미소를 지었다. 영주님 말대로 부인이 사실을 알면 발작을 일으킬 테지.

던컨은 애써 로렌스에 관한 문제는 접어두고 만약의 사태에 대비해서 세워놓은 계획들을 앤서니에게 자세하게 일러줬다.

「자네는 이 나라 최고의 전사 밑에서 훈련받은 사람이야. 그러니까 안 믿을 수가 없지.」

던컨은 기분을 바꾸려고 일부러 자화 자찬을 했다. 앤서니가 그 말을 듣고 씩 웃었다.

「병사를 이렇게 많이 남겨 두고 떠나실 줄은 몰랐습니다. 이 정도 병력이라면 왕위도 전복할 수 있겠습니다.」

「혹시 제럴드는 못 봤나?」

「아뇨. 병사들이 지금 마구간 앞에 집결해 있습니다. 어쩌면 남작 님도 거기서 기다리고 계실지 모르지요.」

앤서니가 대답했다.

던컨은 앤서니와 함께 마구간으로 가서 병사들에게 함정이 있을 수도 있으니까 조심하라고 일렀다. 그리고 성에 남겨진 병사들에게도 지침을 내렸다.

「내가 떠난 틈을 타서 로던이 공격을 해올지도 모른다. 그에 대비해서 철저하게 준비태세를 갖춰주기를 바란다.」

얼마 뒤 일장연설을 마친 던컨은 홀로 돌아갔다. 매들린은 계단을 내려오다가 던컨을 보고 환하게 미소를 지었다. 던컨은 매들린을 품에 끌어안고 입을 맞췄다.

「조심하겠다는 약속을 잊으면 안 돼요.」

매들린이 속삭였다.

「약속할게.」

그는 매들린의 어깨에 팔을 두르고 밖으로 나왔다. 마구간으로 가는 도중에 두 사람은 불에 타서 새까맣게 그을린 성당을 지나쳤다.

「천상 성당을 다시 지어야겠어.」

성당에 대한 얘기가 나오자 수도원에서 보냈다는 서한이 매들린의 머릿속에 떠올랐다.

「로렌스 신부님이 소속된 수도원에서 보낸 서한을 보여주면 안 돼요? 무슨 내용인지 궁금해요.」

「내가 벌써 읽어봤어.」

「당신도 글을 읽을 줄 아는군요! 그럴 것 같다는 생각은 했지만 당신이 말을 안 하니까 알 수가 있어야지요. 그런 건 자랑하고 다녀야 되는 거예요. 가만히 보면 당신은 날 깜짝 깜짝 놀래키는 재주를 타고난 것 같아요.」

「당신이 상상했던 것보다 내 성격이 지루하진 않다는 말인가?」

던컨이 미소지으면서 물었다.

「그래요. 하지만 정말 당신이 떠나지 않았으면 좋겠어요. 당신의 도움을 받아서 내 몸 하나쯤은 내가 간수하고 싶단 말이에요. 내가 앤셀 정도로 내 몸을 지킬 능력이 있었어도 당신이 날 두고 가진 않았을 텐데.」

「그런 일은 없어. 그래도 이번에 일 마치고 돌아오면 당신이 하고 싶다는 대로 해줄게.」

던컨이 매들린을 달래려고 한마디 했다. 매들린 말도 일리가 있어. 여자들이 알아서 도움이 될 만한 것들이 있긴 하니까.

제럴드 남작이 아직 도착하지 않았기 때문에 시간이 조금 있었다. 던컨은 매들린에게 몸을 돌리고 입을 열었다.

「그럼 지금 첫 번째 수업을 시작하지. 당신은 오른손잡이니까 언제나 단검은 허리 왼쪽에 차야 돼.」

던컨은 매들린의 단검을 꺼내서 허리띠 왼쪽에 있는 고리에 끼워 넣었다.

「왜요?」

「그래야 무기를 신속하게 쓸 수 있으니까.」

「당신은 허리 오른쪽에 검을 차고 다니잖아요. 그리고 검을 잡을 때도 오른손보다 왼손을 많이 쓰지요. 맞아. 그 계단! 혹시 계단을 왼쪽 벽에 설치한 것도 이 일하고 관련이 있어요?」

던컨이 고개를 끄덕거렸다.

「선친께서도 오른손보다는 왼손을 더 즐겨 쓰셨지. 당신도 알다시피 적은 항상 아래쪽에서 위로 올라오는 법이야. 아버님께선 계단에서 넘어지지 않게 오른손은 벽에 대고 왼손으로 검을 쓰면서 싸우곤 하셨지. 그래서 계단을 왼쪽에 설치해놓은 거야.」

「돌아가신 아버님께선 머리가 비상하신 분이셨군요. 자신이 왼손잡이라는 점까지 세세하게 고려해서 성을 지을 생각을 하다니, 정말 대단해요.」

「사실은 삼촌이 먼저 착안한 아이디어였어.」

던컨은 매들린의 관심을 돌렸다고 생각하고 안심했지만 그건 오산이었다. 갑자기 매들린이 화제를 수도원에서 받은 서한 쪽으로 돌렸다.

「서한에 뭐라고 적혀 있었어요?」

「별로 중요한 내용은 없었어. 로렌스가 전에 수도원에서 로던의 성에 파견된 신부라는 얘기가 골자였지.」

거짓말하는 건 괴로웠지만 그렇다고 매들린에게 걱정을 끼치고 싶진 않았다.

「로렌스 신부도 우리 오라버니와 만나기 전에는 선한 사람이었을 거예요. 당신이 없는 동안 수도원에 시신을 돌려보내야겠어요. 수도원 측에서는 제대로 장례를 치르고 싶어할 테니까요.」

「안 돼. 벌써 내가 알아서 준비를 했으니까 당신은 신경 쓰지 마.」

던컨이 소리를 버럭 질렀다.

던컨의 태도가 갑작스럽게 돌변해서, 매들린은 의아했다. 그때 제럴드 남작이 씩 웃으면서 두 사람에게 다가와서 인사를 했다.

「이 일이 끝나면 아델라하고 혼인을 하기로 했어. 드디어 내가 아델라의 고집을 꺾었지.」

매들린은 그 소식을 듣고 얼굴이 확 밝아졌다. 던컨도 웃으면서 제럴드의 어깨를 철썩 후려쳤다.

「아델라는 지금 어디 있나?」

「방에서 울고 있네. 작별 인사는 하고 왔지.」

제럴드가 싱글벙글한 얼굴로 말했다.

「정말 아델라하고 혼인하고 싶은 게야? 자네도 알다시피 앉아서 하는 일이라고는 징징대는 것밖에 모르는 아이가 아닌가.」

「던컨!」

매들린이 질색을 해서 외쳤다.

제럴드가 껄껄 웃었다.

「그래도 혼인하기 전까지 원 없이 울면 좀 괜찮아지지 않을까?」

갑자기 던컨은 매들린을 붙잡고 키스를 했다.

「언제 갔었나 싶을 정도로 빨리 돌아올게.」

매들린은 눈물이 나오려고 했지만 억지로 미소를 지었다. 병사들 앞에서 눈물을 보일 순 없었다. 그녀는 안뜰 중앙에 서서 던컨이 떠나는 모습을 지켜봤다.

앤서니가 매들린 곁에 와서 섰다.

「별일 없을 거예요. 던컨이 나한테 조심하겠다고 약속했으니까요.」

「그럼요. 영주님은 절대 약속을 깨실 분이 아닙니다.」

「던컨이 없는 동안 부지런히 몸을 놀려야겠어요. 그 사람이 돌아오면 방어하는 법을 배우기로 했어요.」

「방어하는 법이라뇨?」

앤서니가 의아해서 물었다.

「아무래도 던컨은 내 몸 하나쯤은 내가 지킬 수 있어야 한다는 생각을 했나봐요.」

매들린은 일부러 던컨의 생각인양 교묘하게 말을 바꿨다. 그래야 앤서니에게 협조를 받기가 쉽지. 거짓말을 하는 건 아니니까 괜찮아.

「그러고 보니까 앤서니에게 배워도 되겠네요. 잠깐 시간 좀 내서 저한테 가르쳐줄 수 있겠어요?」

일개 병사도 아니고 남자도 아닌 여자가 그런 걸 배우겠다고? 앤서니는 한동안 말문을 잃고 매들린을 쳐다봤다.

「아무래도 네드에게 가서 부탁을 해봐야겠어요. 내가 쓸 수 있게 활하고 화살을 만들어 달랠 거예요. 집중하면 분명히 금세 배울 수 있을 거라고 믿어요.」

「네드에겐 제가 말하겠습니다.」

마음이 약해진 앤서니는 저도 모르게 약속을 하고 말았다.

매들린은 좋아서 몇 번이고 고맙다는 말을 반복했다. 앤서니는 꾸벅 절을 하고 매들린 곁을 떠났다.

해야 할 일이 하나 더 늘었군. 가장 중요한 임무는 영주님 부인을 안전하게 보호하는 일이었다. 하지만 이젠 매들린 때문에 불상사가 생기지 않게 병사들을 보호하는 임무도 떠맡아야 했다.

얼굴을 찌푸리고 있던 앤서니가 대장간 앞에서 갑자기 웃음을 터뜨렸다. 영주님이 어서 돌아오시기만을 비는 수밖에. 이걸 어쩌나. 일주일 후엔 다들 등판에 화살을 최소한 하나씩 꽂고 다닐지도 모르겠군.

「남을 저울질하는 대로 너희도 저울질을 받을 것이다.」

신약성서 中, 마태오 복음 7장 2절

　제일 먼저 위험을 감지한 던컨은 병사들에게 멈추라는 신호를 보냈다. 병사들은 물론 말까지 아무 기척도 내지 않자, 숲에는 기분 나쁜 정적이 흘렀다.

　던컨의 오른편에 있던 제럴드는 친구의 판단을 믿고 다음 신호가 떨어질 때까지 기다렸다. 지금까지 던컨이 전사로서 얻은 명성은 가히 전설적이었다. 사실 제럴드는 과거에 던컨과 함께 전장에 나간 일이 있었다. 바로 옆에서 직접 목격한 던컨의 전투능력은 상상을 초월했다. 그런 이유로 던컨은 제럴드에겐 친구이기 이전에 스승이나 다름없었다.

　던컨의 신호를 받고 몇몇 병사들이 흩어져서 주변 지역을 훑기 시작했다.

「너무 조용해. 너무 조용하단 말이야.」

「나라면 이런 곳에 함정을 파놓지 않을 걸세.」

제럴드가 말했다.

「지당한 말이야.」

「그런데도 자넨 뭔가 낌새를 눈치챈 모양이지?」

「감이 와. 놈들은 바로 아래쪽에 매복하고 있는 게 틀림없어.」

던컨이 대답했다.

휘파람 소리가 왼쪽에 있는 숲에서 희미하게 들렸다. 던컨은 그 즉시 고삐를 잡아당기고 병사들을 세 종대로 나눴다.

「병력이 대략 얼마나 되지?」

휘파람을 불었던 병사가 일행에게 돌아오자 던컨이 물었다.

「그건 모르겠습니다. 방패를 서너 개 보긴 했습니다만.」

「그 수에 백을 곱한다고 치면 삼, 사백 명 정도 되겠지. 아무래도 그 정도 병력은 되지 않을까 싶어.」

「놈들은 지금 계곡 아래 교차 지점에서 잠복하고 있습니다.」

병사가 말했다.

「우리가 여길 내려가면 사방에서 포위를 할 작정이로군.」

던컨이 그 말을 끝내고 검을 뽑아들려고 하는데 제럴드가 팔을 붙들었다.

「혹시 모르카가 그 중에 있으면……」

「놈은 자네가 처치해.」

던컨이 냉정한 목소리로 대꾸했다.

「물론 로던은 자네 몫이야.」

제럴드가 말했다.

「아니. 놈은 필시 병사들 꽁무니에 숨어 있거나 아니면 국왕 폐하의 궁정에 있을 걸세. 이제야 알겠군. 로던이 국왕 폐하 몰래 소환장을 위조한 거야. 놈의 이런 뻔한 수작을 받아주는 것도 이번이 마지막이야.」

던컨은 병력의 삼분의 일이 반원을 이루면서 왼편에 위치한 비탈길을 행군하는 모습을 지켜봤다. 이어 오른편에 위치한 교량에서는 두 번째 종대가 다시 반원 모양으로 흩어졌다. 동과 서로 갈린 병사들의 행렬은 서서히 원형에 근접해졌고, 던컨과 제럴드가 이끄는 나머지 종대는 명령을 기다리고 있었다.

「이렇게 하면 녀석들이 친 포위망에 우리가 겹으로 포위망을 둘러친 셈이로군.」

제럴드가 흡족한 목소리로 말했다.

「이젠 우리 차례야. 제럴드, 자네가 먼저 녀석들에게 우리가 왔다는 걸 알려주게.」

제럴드로서는 명예로운 일이었다. 그는 안장에서 몸을 일으키고 검을 공중에 치켜 올리면서 '진격'을 외쳤다.

그 소리가 떨어지기 무섭게 병사들은 계곡 아래로 진격하기 시작했다. 포위망이 좁아지면서 매복하고 있던 로던의 병사들은 꼼짝없이 속수무책으로 당했다.

한편 제럴드는 계곡 반대편에 있던 모르카를 발견했다. 이내 두 사람의 시선이 허공에서 부딪혔다. 모르카는 그렇게 멀리 떨어진 곳에서 날 어떻게 해볼 작정이냐는 듯이 코웃음을 치며 말 위에 오를 차비를 했다.

격분한 제럴드는 모르카가 도망치기 전에 어떻게든 그쪽으로 가려고 미친 사람처럼 싸웠다. 근처에서 싸우던 던컨은 제럴드의 등뒤를 공격하는 병사를 두 번이나 막아줘야 했다. 정신을 차리라고 계속 소리를 질렀지만 제럴드는 완전히 이성을 잃은 상태였다.

던컨은 제럴드 때문에 격분했다. 전장에서는 감정을 최대한 억제해야 살아남을 수 있는 법이었다. 그런데 제럴드는 병사들을 지휘하는 입장에서 모든 원칙들을 무시하고 있었다.

말 위에 오른 모르카는 제럴드가 어떻게든 가까이 오려고 안간힘을 쓰는 모습을 지켜봤다. 모르카의 얼굴에는 비웃음이 떠올라 있었다. 말을 탄 것도 아니고, 여기까지 기어서 올 건가.

결국 제럴드는 너무 서두르다가 발을 헛디디고 바닥에 무릎을 꿇고 말았다. 모르카는 계곡이 떠나가라 웃음을 터뜨렸다. 기회를 놓치지 않고 모르카가 계곡 아래로 전력질주로 말을 몰았다. 그는 안장에 몸을 기대고 허공에 검을 휘두르면서 제럴드를 향해서 다가왔다.

제럴드는 일부러 못 일어나는 척 가만히 있었다. 그는 고개를 숙이고 한쪽 무릎을 꿇은 채, 모르카가 가까이 올 때까지 기다렸다.

모르카가 검을 내리치는 순간, 제럴드는 옆으로 몸을 날렸다. 그는 칼등으로 모르카를 후려쳐서 땅에 떨어뜨렸다. 모르카는 검을 집으려고 몸을 굴렸지만 제럴드가 그 손을 짓뭉개버렸다. 모르카가 고개를 들었더니 제럴드 남작의 검이 목덜미를 겨누고 있었다.

목에서 방울방울 피가 솟아오르기 시작하자 공포에 질린 모르카는 눈을 감고 우는소리를 냈다.

「지옥에 가면 네놈이 겁탈할 여자들이 있을 것 같냐, 모르카?」

그 말을 듣고 모르카의 눈이 커다래졌다. 결국 죽기 바로 직전에 모르카는 아델라를 겁탈한 사실을 제럴드에게 들켰다는 걸 알았다.

한편 던컨은 두 사람의 싸움을 목격하지 못했다. 전투가 끝나자, 던컨은 부하들과 함께 전사한 적군의 시체를 센 다음 상처를 치료했다.

몇 시간 뒤 해가 서편으로 넘어가기 시작했을 때 던컨은 제럴드를 찾으러 나갔다. 그는 바위에 앉아 있는 제럴드를 발견하고 말을 걸었지만 아무 대답이 없었다.

「도대체 왜 그러고 있는 건가? 검은 어디다 둔 게야?」

던컨이 고개를 흔들면서 물었다.

한참만에 제럴드는 고개를 들었다. 눈이 새빨갛고 퉁퉁 부어 있는 걸로 보아 지금까지 울고 있었던 게 분명했다.

「제자리를 찾아갔네.」

제럴드가 감정이 없는 목소리와 표정으로 말했다.

던컨은 모르카의 시체를 발견하고 나서야 제럴드가 한 말의 의미를 깨달았다. 제럴드의 검은 모르카의 사타구니에 박혀 있었다.

던컨의 부대는 전장 바로 위쪽에 위치한 산마루에 야영을 했다. 제럴드와 던컨은 음식을 거의 입에 대지도 않고 식사를 마쳤다. 두 사람은 밤이 올 때까지 한마디도 안 했다.

제럴드는 분노를 가라앉히기에 바빴고, 던컨은 끓어오르는 분노를 더욱더 부채질하기에 바빴다.

「난 지금까지 내 자신을 속여 왔네. 아델라에게 일어났던 일을 나름대로 극복했다고 생각했었지. 하지만 아까 모르카를 보는 순간, 마음속에서 뭔가 툭 끊어지는 느낌이었어. 그 망할 놈은 날 보고 웃었지.」

한참만에 입을 연 제럴드는 상심한 마음을 그대로 내보였다.

「이렇게 변명을 늘어놓는 이유가 뭔가?」

던컨이 부드러운 목소리로 물었다.

「자네가 날 죽이고 싶어하는 것 같아서.」

제럴드가 고개를 내저으면서 희미하게 미소를 지었다.

「말 한번 잘했군. 내가 아니었으면 자네는 벌써 죽었어. 왜 그렇게 무모한 짓을 했지? 복수심 때문에 죽을 뻔하지 않았나?」

던컨은 제럴드에게 생각할 시간을 주려고 잠깐 말을 멈췄다. 자신이 왜 그렇게 제럴드에게 화가 났는지 이젠 좀 알 것 같았다. 그건 제럴드를 통해서 자신의 모습을 봤기 때문이었다.

「나도 내가 얼마나 무모한 짓을 했는지 알고 있네. 변명할 여지가 없어.」

「난 자네에게 변명을 들을 생각이 없어. 이번 일을 교훈 삼아 다시는 이런 실수를 하지 않으면 되는 게야. 사실 나도 자네하고 똑같은 짓을 했었네. 복수심 때문에 매들린을 잃을 뻔했지. 나한테 포로로 잡히는 바람에 매들린은 전장에서 중상을 입었어. 로던하고 내가 벌인 싸움에 희생양이 된 게지. 자네나 나나 돌아가면서 바보짓을 한 셈이야.」

「그래. 맞는 말이야. 그리고 자네는 매들린을 포로로 잡은 걸 후회하는지 몰라도 나는 고맙게 생각해. 매들린이 아니었으면 아델라와 맺어질 수 없었을 테니까.」

「난 후회한 적이 없어. 매들린이 나와 로던이 벌이는 싸움 때문에 피해를 봐서 유감스럽다는 의미였네.」

「사랑스러운 아델라. 오늘 내가 죽었으면 아델라는 영원히 행복을 누리지 못했겠지. 나 아닌 다른 사람은 절대 아델라를 행복하게 해줄 수 없어.」

던컨이 그 말을 듣고서 미소를 지었다.

「글쎄. 자네가 죽으면 아델라가 슬퍼할지 아니면 축배를 들지, 그건 나도 모르겠군.」

제럴드가 고개를 젖히고 웃음을 터뜨렸다.

「내가 지금부터 하는 얘기는 절대 입 밖에 내서는 안 되네. 그랬다가는 내 손에 죽을 줄 알아.」

호기심이 동한 던컨은 고개를 끄덕였다.

「사실 아델라는 나에게 조건을 하나 달고 혼인을 승낙했네.」

제럴드는 말하기가 껄끄러운지 머뭇거렸다.

「아델라의 몸에 절대 손을 대지 않겠다고 맹세를 했지.」

「말도 안 돼. 고문을 즐기는 취미도 있었나? 그래서 어떻게 할 건가? 맹세를 지킬 작정이야?」

던컨이 웃음을 참으면서 물었다.

「그래.」

「그럼 일생을 수도승처럼 살겠다는 말인가?」

던컨이 기가 막혀서 물었다.

「아니. 그럴 생각은 전혀 없네. 나도 자네에게 한 수 배웠거든.」

「지금 무슨 소리를 하는 게야?」

「자네는 아델라에게 일생 동안 웩스턴 성에서 살아도 된다고 허락을 해줬어. 그리고 동시에 나에겐 아델라가 마음을 바꿀 때까지 성에서 지내도 좋다고 했지. 그래서 나도 비슷한 생각을 머리에서 짜냈네.」

던컨이 고개를 끄덕였다.

「아까 말했듯이 아델라의 몸에 손을 대지 않겠다는 약속을 하긴 했어. 하지만 아델라가 내 몸에 손대는 건 상관없지 않겠나.」

그제야 이해를 한 던컨이 미소를 지었다.

「물론 시간이 걸리겠지. 날 사랑하긴 하지만 아직 완전히 믿지는 못하니까. 그래도 언젠가는 분명히 내 매력에 굴복하는 날이 올 게야.」

그 말을 듣고 던컨이 껄껄대고 웃었다.

「그럼 내일은 로던을 찾아 떠나는 겐가?」

제럴드가 화제를 바꿨다.

「아니. 라인홀드 남작을 찾아갈 생각이네. 내가 세워둔 계획에서 남작의 성채가 중요한 역할을 하거든.」

「계획이라니?」

「라인홀드의 영지에 들어가면 다른 제후들에게 전령을 띄울 생각이네. 일만 잘 풀리면 이 주안엔 제후들과 같이 런던에 도착할 수 있을 게야.」

「제후들의 병력을 모두 끌어 모을 작정인가?」

제럴드가 놀라서 물었다. 사실 던컨이 마음만 먹으면 끌어 모을 수 있는 병력은 어마어마한 규모였다. 물론 권력 때문에 치사한 쟁탈전을 벌이긴 했지만, 웩스턴 남작을 대하는 제후들의 태도는 한결같았다. 던컨은 제후들 사이에서 존경을 받았을 뿐 아니라 동경의 대상이었다. 그래서 제후들은 나름대로 가능성이 있어 보이는 기사들이 있으면 던컨 밑에 보내서 훈련을 받게 했다.

던컨은 지금까지 한번도 제후들에게 협조를 구한 적이 없었다. 하지만 제럴드가 생각하기에도 던컨의 부탁을 거절할 제후는 아무도 없었다.

「그럴 생각은 없네. 난 국왕 폐하를 위협하려는 게 아니라 정당하게 맞서고 싶은 거야.」

「자네도 알겠지만 난 언제나 자네 편이네.」

제럴드가 단호하게 말했다.

「국왕 폐하가 로던이 저지른 짓을 알고 계실지 의문이야. 하지만 계속 방관만 하시게 놔둘 순 없지. 그래서 내가 나서려는 거야.」

「제후들 앞에서 국왕 폐하께 주청(奏請)을 할 작정인가?」

「그래. 제후들 모두 아델라가 어떤 일을 겪었는지 알고 있으니까.」

「그럼 아델라도 국왕 폐하와 제후들 앞에서……」

「아니. 그 아이는 그냥 성에 남아 있을 게야.」

던컨이 제럴드의 말을 잘랐다.

「그럼 도대체 무슨 이유로……」

「난 제후들 앞에서 국왕 폐하께 진실을 밝히고 싶을 뿐이야.」

「국왕 폐하가 어떻게 나오실 것 같은가?」

「그건 두고 봐야 알겠지. 국왕 폐하가 명예를 모르는 분이라고 생각하는 사람들이 많다는 건 나도 알아. 하지만 최소한 나한테는 불명예스러운 일은 한번도 하질 않으셨네.」

제럴드가 고개를 끄덕였다.

「이번엔 매들린도 같이 가야겠지?」

「그래.」

던컨이 마지못해서 대답했다.

제럴드가 보기에도 던컨은 매들린을 사람들 앞에 내세우고 싶지 않은 눈치가 역력했다.

「아무래도 매들린이 전후사정을 말해야겠지. 당연히 로던은 내게 불리한 말만 할 테니까.」

「매들린이 증언을 어떻게 하느냐에 따라서 결과가 확 달라지겠구먼.」

제럴드가 얼굴을 찌푸리면서 말했다.

「그럴 리가 있겠나. 인정하긴 싫지만, 매들린은 지금까지 로던과 나에게 이용당했어. 나는 매들린을 통해서 로던에게 복수를 하려고 했고, 로던 역시 매들린을 이용해서 날 어떻게 해볼 속셈을 갖고 있었지.」

던컨이 무거운 목소리로 말했다.

「자네는 매들린을 로던의 손아귀에서 벗어날 수 있게 해줬어. 사실 나도 매들린의 과거에 대해 조금은 알고 있네. 아델라 말에 의하면 로던에게 가혹한 대접을 받았다면서?」

던컨이 고개를 끄덕였다.

솔직히 던컨은 이제 분쟁이니 다툼이니 하는 것들이 지겨웠다. 무엇보다 매들린과 한시도 떨어져 있고 싶지 않았다. 던컨은 갑자기 오디세우스가 된 기분이 들어서 미소를 지었다. 매들린의 상상 속의 영웅 오디세우스는 오랜 세월 갖은 풍상을 겪다가 결국 사랑하는 아내의 품으로 돌아갔다고 했다.

매들린을 다시 품에 안으려면 거의 보름이나 있어야겠군. 던컨이 한숨을 내쉬었다.

「그래도 최소한 런던에 도착하기 전까지 시간은 충분…….」

「시간이 충분하다니, 그게 무슨 소린가?」

제럴드가 물었다.

「매들린하고 혼인할 시간 말일세.」

제럴드의 눈이 커다래졌다. 던컨은 몸을 돌리고 숲 속으로 들어갔다.

뒤에 남은 제럴드는 당혹감을 느꼈다. 젠장, 저 친구가 도대체 지금 무슨 소리를 한 거야?

던컨이 떠난 사이에 웩스턴 성에는 약간의 변화가 있었다. 매들린 때문에 어쩔 수 없이 취한 조치였다.

매일 오전 시간에는 안뜰에서 사람을 찾아보기가 힘들었다. 푹푹 찌는 날씨라 하인들도 바깥에서 골풀을 짜고 빨래도 하고 싶었지만, 그래도 다들 고집스럽게 성안에서 일을 했다. 그리고 오후가 되기를 기다렸다가 바깥에 나와서 신선한 공기를 마시곤 했다.

좀더 구체적으로 말해서 다들 매들린이 활 쏘는 연습을 끝나기만을 목을 빼고 기다렸다.

매들린은 어떻게 해서든지 과녁을 맞추겠다는 결심을 하고 덤벼들었지만 아무리 앤서니가 지도를 해도 별 성과가 없었다. 하고자 하는 의욕은 넘쳤지만 매번 과녁보다 일 미터 남짓 위쪽으로 화살을 날렸다.

별 수 없이 네드는 매들린에게 계속 화살을 대줘야 했다. 성벽 밖으로 날려보낸 화살만 해도 족히 오십여 개는 넘었다. 하지만 시간이 지나면서 나무들과 오두막, 그리고 빨랫감에 걸린 화살을 다시 수거해서 사용할 수 있을 만큼의 실력은 쌓았다.

앤서니는 매들린 앞에서 느긋한 태도를 보이려고 애썼다. 그는 매들린이 어떤 마음으로 연습을 하는지 알고 있었다. 자기 몸 하나는 스스로 지키고 싶다는 마음 외에 던컨에게 뭔가 보여주고 싶다는 의도가 숨어 있었다. 사실 그건 앤서니의 추측이 아니었고 매들린이 하루에도 수도 없이 떠들어대는 얘기였다.

앤서니도 매들린이 왜 그렇게 똑같은 말을 앵무새처럼 반복하는지 알고 있었다. 이렇게 진도가 안 나가는데 계속 연습을 해봐야 소용이 없지 않겠느냐, 그러니까 이제 그만두자, 뭐 그런 말을 들을까봐 겁이 나는 거겠지.

오후 늦게 국왕 폐하가 보낸 칙사가 웩스턴 성에 도착했다. 칙사는 앤서니의 기대와는 다르게 직접 왕명을 전하지 않고 양피지 두루마리를 하나 건네줬다. 앤서니는 모드를 불러서 칙사에게 식사 대접을 하라고 일렀다.

마침 매들린은 홀 안에 들어오다가 칙사가 모드를 따라서 주방으로 가는 모습을 봤다.

「던컨이 보낸 서신인가요?」

앤서니의 손에 들린 양피지를 보고 매들린이 물었다.

「국왕 폐하께서 보낸 전갈입니다.」

앤서니는 자그마한 궤가 놓인 주방 반대편으로 걸어갔다. 섬세하게 조각해놓은 나무상자 하나가 궤 위에 놓여 있었는데 매들린이 전부터 장식품이라고만 생각했던 물건이었다. 하지만 앤서니가 상자를 열고 양피지를 그 안에 집어넣는 걸 보고 생각이 바뀌었다. 아무래도 던컨이 중요한 문서를 보관하는 상자임에 틀림없었다.

「지금 읽지 않고 그냥 넣어둘 거예요?」

매들린이 앤서니에게 물었다.

「영주님이 오실 때까지 기다려야지요. 아니면 수도사들을 불러서…….」

「내가 대신 읽어드릴게요.」

매들린이 말을 가로챘다.

앤서니는 그 말을 듣고 적지 않게 놀란 눈치였다.

「정말이에요. 글을 읽을 수 있어요. 하지만 다른 사람들에겐 말하지 말아줬으면 좋겠어요. 놀림감이 되긴 싫으니까요.」

매들린의 말을 듣고 앤서니가 고개를 끄덕였다.

「던컨이 떠난 지 벌써 삼 주가 지났어요. 어쩌면 한 달이 더 걸릴지도 모른다고 했었죠? 그럼 그때까지 기다렸다가 수도원에 요청해서 성직자를 보내달라고 할 건가요? 화급을 다투는 문제일지도 모르는데 그렇게 지체할 순 없잖아요.」

「그거야 당연하지요.」

앤서니는 상자를 열고 양피지를 매들린에게 건네줬다. 그는 팔짱을 끼고 탁자에 기대고 서서 국왕이 보낸 공문에 귀를 기울였다.

매들린은 라틴어로 된 문구를 번역해서 차분한 목소리로 낭송을 했다. 하지만 공문을 모두 읽고 나자 손이 덜덜 떨리기 시작했다.

국왕은 인사말도 없이 시종일관 격앙된 어조로 명령을 내리고 있었다. 처음부터 끝까지 매들린이 국왕 앞에 모습을 보여야 한다는 내용 일색이었다. 심지어 매들린을 소환하기 위해서 군대를 보내겠다는 얘기까지 있었다. 국왕이 군대까지 동원한다는 사실에 매들린은 더욱 불안해졌다.

「국왕 폐하가 병사들을 보낸다는 말씀이군요. 그 외에 다른 내용은 없습니까?」

앤서니가 떨리는 목소리로 말했다.

「아무래도 국왕 폐하 마음속엔 제후 두 사람 그리고 각자의 여동생, 그런 식의 단순한 구도가 잡혀 있나봐요 국왕 폐하가 쓰신 표현을 빌자면 여동생들이 제각각…… 오라비 곁에 돌아가면 분쟁이 해결될 거라고 하셨어요.」

매들린의 눈동자에 눈물이 차 올랐다.

「아니면 제가 던컨과 혼인을 해야 한다는 명령을 내리셨어요.」

「국왕 폐하께서는 두 분이 벌써 혼인하셨다는 사실을 모르고 계시는 군요.」

앤서니가 얼굴을 찌푸리면서 물었다. 매들린은 아직 던컨과 혼인한 게 아니라는 사실을 모르고 있었다.

「그리고 아델라는 로던의 신부가 돼야 한다는 말씀도 하셨어요.」

「말도 안 돼.」

앤서니가 끔찍해서 중얼거렸다.

「아델라에겐 비밀로 해야 돼요. 국왕 폐하가 날 소환하셨다는 애기 만 할 생각이에요.」

매들린이 다급하게 말했다.

「알겠습니다. 그리고 혹시 글을 쓸 줄도 아시는지요?」

앤서니가 갑자기 물었다.

매들린이 고개를 끄덕이자 앤서니가 다시 입을 열었다.

「국왕 폐하가 아직 군대를 보내지 않으셨으면 시간을 좀 벌 수 있을 겁니다.」

「시간을 벌어야 할 이유라도 있어요?」

「그 사이에 영주님이 웩스턴 성에 돌아오시면 되니까요.」

앤서니는 궤에서 나무상자를 가져와서 매들린에게 건네줬다.

「양피지와 물감은 안에 있으니까 꺼내서 쓰세요.」

매들린은 식탁에 앉아서 국왕에게 보낼 서신을 쓸 준비를 했다. 앤서 니는 등을 돌린 채 무슨 말을 써야 할지 고민하느라 초조하게 왔다갔다 했다.

문득 매들린은 야생화를 꽂아놓은 단지 옆에 놓인 양피지에 눈길이 갔다. 봉인이 뜯겨진 서한은 로앤 수도원에서 보낸 것이었는데 그녀는 궁금증을 못 이기고 서한을 읽기 시작했다.

매들린이 서한을 모두 읽고 난 후에 앤서니가 몸을 돌렸다. 그는 매들린의 손에 들린 서한을 보고 더 이상 연극을 해봐야 소용이 없다는 사실을 깨달았다.

「영주님께서는 부인에게 걱정을 끼치고 싶지 않아서 비밀로 하신 겁니다.」

앤서니는 매들린을 위로하려고 어깨에 손을 얹었다.

그녀는 아무 말 없이 고개를 들고 앤서니를 바라봤다. 기묘할 정도로 침착한 표정. 던컨에게 포로로 붙잡히고 얼마 동안 자주 보였던 바로 그 표정이었다.

앤서니는 매들린이 내심 극도의 공포감을 느끼고 있음을 직감했지만, 어떻게 도와줘야 할지 난감했다. 던컨이 돌아오는 대로 혼인을 할 생각이었다고 말할 수도 없었다. 그래봐야 던컨이 매들린에게 거짓말했다는 사실만 상기시키는 결과가 될 테니까.

「부군께서는 부인을 사랑하고 계십니다.」

앤서니가 거친 목소리로 말했다.

「그 사람은 내 남편이 아니에요. 그러니까 부군이라는 표현은 어울리지 않아요.」

매들린은 앤서니가 대답할 기회도 없이 등을 돌려버렸다.

「국왕 폐하께 어떤 말을 전하고 싶어요?」

매들린이 부드럽지만, 범접하기 힘든 목소리로 물었다.

앤서니는 아무래도 변명은 당사자인 던컨이 하는 게 낫겠다는 생각이 들었다. 그래서 국왕 폐하께 보낼 서신에만 신경을 쓰기로 마음먹었다.

결국엔 짤막한 서신이 완성되었다. 웩스턴 남작이 아직 성에 돌아오지 않아서 국왕 폐하의 칙명을 받들 수가 없다는 내용이 전부였다.

앤서니는 매들린에게 서신을 두 번 정도 읽어달라고 했다. 매들린은 앤서니에게 그만하면 됐다는 말을 듣고 양피지에 부채질을 해서 말렸다. 그런 후에 둘둘 말릴 수 있게 양피지 뒷면에 기름을 발랐다.

앤서니는 서신을 국왕의 칙사에게 건네주고 서둘러서 국왕께 전해달

라고 요청했다. 매들린은 방에 들어가서 옷가지를 챙겼다. 국왕의 군대
가 언제 들이닥칠지 모르기 때문에 미리 준비하는 편이 나을 것 같아서
였다.

그녀는 아델라에게 가서 자초지종을 설명하고 오후 내내 애기를 나눴
다. 그러나 국왕이 아델라를 로던과 맺어줬으면 한다는 말은 하지 않았
다.

매들린은 저녁식사를 거르고 탑 꼭대기에 있는 방으로 올라갔다. 그
리고 창가에 서서 한 시간 동안 마음을 정리했다.

로렌스의 정체를 좀더 빨리 알아챘어야 하는 건데. 조금만 주의해서
살폈으면 그 사람의 행동이 얼마나 부자연스러웠는지 알 수 있었을 것
을. 이게 모두 던컨의 책임이야. 혼인예식이 진행될 때 하도 마구잡이로
나와서 로렌스에게 신경을 쓸 틈이 없었어.

던컨이 지금까지 계속 자신을 속이고 있었다는 생각은 안 했다. 그
역시 로렌스가 성직자라고 믿고 있었던 게 틀림없었다. 그래도 화가 났
다. 나한테 거짓말을 하다니. 수도원에서 온 서신 내용을 지어내서 애기
했잖아. 내가 얼마나 거짓말하는 걸 싫어하는지 알면서…….

「내가 언제 생전 당신에게 거짓말 한 적이 있었어요! 어디 두고봐요.
당신을 보기만 하면 가만히 안 둘 테니까. 나라고 아델라처럼 비명을 못
지를 줄 알아요!」

매들린이 울분을 참지 못하고 소리를 질렀다. 하지만 아무리 해도 기
분이 나아지지 않았다. 그녀는 소리 없이 눈물을 흘리기 시작했다.

자정 무렵, 매들린은 지칠 대로 지쳐서 창가에 기대고 서서 휘영청
밝은 달을 바라보면서 던컨을 생각했다. 오늘밤은 밖에서 야영을 할까
아니면 궁정의 객실에서 자고 있을까?

성벽 밖에 있는 언덕배기로 시선을 돌렸는데 갑자기 뭔가가 움직였다.
저건 늑대개잖아! 몸집이 너무 커서 확실히 개가 아닌 것 같아. 아무래
도 늑대가 맞나봐.

던컨이 옆에 있었으면 얼마나 좋을까. 그럼 우리 늑대를 보여줬을 텐

데. 늑대는 매들린이 낮에 떨어뜨려 놓은 고기 뼈를 입에 물고 언덕 반대편으로 사라져버렸다.

어쩌면 내가 너무 지쳐서 헛것을 봤는지도 모르지. 전에 봤던 그 늑대가 아닐 수고 있고.

매들린의 늑대는 던컨이었다. 그는 매들린을 진심으로 사랑하고 있었다. 그녀는 한번도 그 사실을 의심해 본 적이 없었다. 서신에 대해서 거짓말을 했을지는 몰라도 매들린에 대한 감정까지 속이진 않았다는 사실을 본능적으로 알고 있었다.

매들린은 마음이 불안해서 잠을 이룰 수가 없었다. 앞날에 대한 문제는 모두 던컨에게 맡겨도 된다는 생각에 그 동안 얼마나 편했는지 모른다. 던컨의 아내라는 사실 하나만으로도 이 세상에 두려울 건 아무것도 없었다.

하지만 연극은 오늘로서 막을 내렸다.

매들린은 불안하고 겁이 나서 견딜 수가 없었다. 당장 입궁(入宮)하라는 국왕의 소환장. 자칫하면 로던에게 돌아가야 하는 신세가 될지도 모른다.

매들린은 간절한 마음으로 기도를 올리기 시작했다. 던컨이 아무 일 없이 무사하게 해주시고 아델라와 제럴드가 행복할 수 있게 해주세요. 그리고 에드먼드와 길라드에게도 좋은 일이 있게 해주세요.

마지막으로 매들린은 자신을 위해 기도를 속삭였다. 하느님, 제겐 용기를 주세요.

악마와 대적할 수 있는 용기를.

21

「미련한 자의 어리석은 소리엔 같은 말로 대꾸해주어라. 그래야 지혜로운 체하지 못한다.」

신약성서 中, 잠언 26장 5절

성안에 들어서는 순간, 던컨은 무슨 일이 생겼다는 사실을 깨달았다. 지금쯤이면 마중 나와 있어야 할 앤서니는 물론 매들린까지 모습을 나타내지 않았다.

공포심이 가슴을 짓눌렀다. 던컨은 조급한 마음에 말에 박차를 가했다. 안뜰에서 제럴드와 함께 말에서 내리는데 아델라가 밖으로 달려나왔다. 그녀는 잠깐 멈칫하더니 마음을 정하고 제럴드의 품에 안겨서 울음을 터뜨렸다.

앤서니를 보좌하는 부지휘관인 로버트가 아델라 대신 경위를 설명하기 시작했다. 국왕 폐하가 군대를 보내서 매들린을 소환해갔다는 내용이었다.

「소환장에 국왕 폐하의 봉인이 있던가?」

던컨이 물었다.

「전 잘 모르겠습니다. 그리고 부인께서 소환장을 직접 가지고 가셨습니다.」

로버트가 갑자기 목소리를 낮추면서 던컨의 귓가에 속삭였다.

「아델라 아가씨가 보시면 안 된다는 말씀도 하셨지요.」

아무래도 아델라가 들어서 좋지 않을 내용이 포함되어 있는 듯했다. 아델라를 걱정시키지 않으려고 매들린이 소환장의 내용을 숨긴 게 틀림없었다.

국왕 폐하가 던컨을 이런 식으로 대접할 리가 없었다. 필시 로던이 뒤에서 국왕의 판단을 흐리게 했으리라.

던컨은 병사들에게 떠날 차비를 갖추라고 명령을 내렸다. 너무 화가 나서 이성적으로 생각할 수가 없었다. 그나마 앤서니가 매들린 곁에 있어서 안심이었다. 앤서니는 아주 적은 수의 병사들과 동행했다. 로버트 말에 따르면 너무 많은 병사를 데리고 가면 국왕 폐하가 저의를 의심할지도 모른다는 계산에 따른 행동이었다.

「그럼 앤서니는 소환장이 국왕 폐하가 보내신 거라고 믿었다는 얘긴가?」

던컨이 물었다.

「제겐 아무런 언질도 주지 않으셨습니다.」

던컨이 새 말을 대령하라고 명하자 얼마 후 마구간지기가 실레노스를 끌고 나타났다. 그는 매들린이 왜 실레노스를 타고 가지 않았느냐고 물었다.

「실레노스가 영주님의 말이라는 걸 알면 오라버니가…… 가만두지 않을 거라고 하시더군요.」

평상시에 던컨과 일 대 일로 대화해 본 일이 거의 없던 터라 제임스는 말을 더듬거렸다.

던컨은 고개를 끄덕였다. 실레노스가 걱정 돼서 두고 갔다니, 역시 매들린다운 행동이었다.

한편 아델라는 같이 가게 해달라고 애걸하기 시작했다. 던컨은 초조한 마음으로 제럴드가 아델라를 품에서 떼어놓을 때까지 기다렸다.

제럴드는 아델라의 부탁대로 어머니의 무덤에 걸고 상처 하나 없이 무사히 귀환하겠다는 맹세를 했다. 사실 제럴드의 어머니는 살아 계셨지만 아델라가 안심하는 모습을 보고 던컨은 아무 말도 안 했다.

「지금 가시면 국왕 폐하의 군대를 따라잡을 수 있을까요?」

제임스가 겁에 질린 눈으로 물었다. 던컨은 매들린을 걱정해주는 마구간지기의 마음이 고마웠다.

「벌써 일주일이나 지나질 않았는가. 그래도 매들린은 내가 꼭 데리고 돌아올 테니까 걱정 말게.」

던컨은 그 말을 남기고 런던을 향해서 출발했다. 얼마나 달렸을까, 일행은 말에게 목을 축이고 기운을 회복할 시간을 주려고 멈춰 섰다. 말에게 휴식이 필요하지 않았으면 아마 던컨은 쉬지 않고 런던까지 달렸을게 분명했다.

던컨은 일행과 떨어져서 생각에 잠겨 있었다. 제럴드는 한동안 던컨이 혼자 있게 해준 다음 곁에 가서 말을 걸었다.

「충고 하나 해도 되겠나?」

던컨이 아무 말 없이 고개를 돌리고 제럴드를 쳐다봤다.

「내가 전장에서 모르카를 보고 이성을 잃었던 때를 기억하지? 자네도 나처럼 분노 때문에 일을 그르치지 말게.」

던컨이 고개를 끄덕였다.

「매들린을 보면 마음이 진정될 게야. 벌써 입궁한 지 최소한 일주일은 됐겠지. 그 동안 로던이 무슨 짓을 했을지 생각하면 가슴이 찢어질 것만 같아. 매들린에게 손가락 하나만 댔어봐. 난……..」

「글쎄. 로던이 바보가 아니라면 매들린에게 감히 손을 대지 못했겠지. 생각해 보게. 매들린이 어떤 말을 하느냐에 따라서 자기 운명이 좌우될 텐데 설마하니 그런 짓을 하겠나? 더구나 사람들 눈이 있으니까 어떻게든 누이를 사랑하는 오라비처럼 보이려고 연극을 하겠지.」

「그랬으면 오죽 좋겠나. 난…… 나는 매들린 때문에 걱정이 돼.」

제럴드는 던컨의 어깨를 토닥거렸다.

「매들린을 잃을까봐 겁이 나는 거겠지. 나도 아델라 때문에 그 비슷한 감정을 느껴봐서 잘 아네.」

「그래. 하지만 매들린을 만나면 괜찮아 질 게야.」

「그리고 아까 아델라의 말을 들어보니까 수도원에서 서한을 받았다던데?」

제럴드가 물었다.

「아델라가 그건 어떻게 알았지?」

「매들린이 얘기를 해줬다는군. 아무래도 서한을 발견하고 읽은 것 같아.」

던컨이 어깨를 축 늘어뜨렸다. 걱정이 배는 늘어나는 느낌이었다.

「아델라가 뭐라고 했지? 매들린이 화를 냈다고 하던가? 그러면 얼마나 좋겠나.」

「화를 내는 게 뭐가 좋다는 겐가?」

제럴드가 이해할 수 없다는 듯이 물었다.

「차라리 매들린이 화를 냈으면 좋겠어. 내가…… 있지도 않은 애정을 미끼로 자신을 이용했다고 생각할까봐 걱정이야. 처음 매들린을 만났을 때 로던이 절대 자신을 찾지 않을 거라고 강조를 했었네. 자신에겐 그럴 만한 가치가 없다는 말도 했지. 매들린은 지금까지 한번도 날 속인 적이 없어. 그때도 진심으로 그렇게 믿고 한 말이었어. 로던 녀석이 매들린을 그 지경으로 만든 게야. 놈은 거의 2년 동안 매들린을 손아귀에 쥐고 꼼짝도 못하게 했지.」

던컨이 떨리는 목소리로 말했다.

「2년이라고 했나?」

「그래. 어머니가 돌아가신 다음부터 삼촌과 같이 살기 전까지 2년 남짓한 세월을 로던에게 학대받으면서 지냈네. 로던이란 놈이 얼마나 잔인한지 자네도 잘 알지 않나. 그 동안 많이 강해지긴 했지만 그래도 매들린은 아직…… 마음이 너무 여려.」

제럴드가 고개를 끄덕였다.

「물론 자네가 직접 매들린에게 로렌스가 성직자가 아니라는 사실을 밝히고 싶었겠지. 그래도 로던에게 직접 듣지 않아서 다행이 아닌가.」

「그래. 아무 마음의 준비도 없이 로던에게 듣는 것보다는 어떻게든 미리 알고 있는 게 낫겠지.」

제럴드가 다시 고개를 끄덕였다.

「내가 성을 떠나기 전에 매들린은 나에게 자기 몸을 보호하는 법을 가르쳐달라고 했었네. 하지만 시간이 없었어. 시간이 별로 없었다고. 혹시 매들린에게 무슨 일이 생기면…….」

던컨은 목이 메어서 말을 잇지 못했다.

제럴드는 어떻게 위로를 해줘야 할지 알 수가 없었다.

「달빛이 밝아서 밤새도록 달려도 될 게야.」

이후로 두 사람은 목적지에 도착할 때까지 말 한마디 없었다.

매들린은 어떻게든 잠을 자려고 이리뒤척 저리뒤척했다. 그녀는 클라리사 언니가 쓰는 침실 옆에 있는 방에 갇혀 있었다. 벽이 너무 얇아서 로던이 클라리사와 나누는 대화가 여과 없이 들렸다. 두 사람의 대화를 듣고 있으려니까 속이 매스껍고 머리가 지끈지끈거렸다.

로던은 예상했던 대로 국왕의 병사들을 의식하고 매들린을 반갑게 맞았다. 볼에 입을 맞추고 얼싸안으면서 얼마나 고생했느냐고 물어보기까지 했다. 그리고 특히 앤서니 앞에서는 애정 표시를 더 했다.

하지만 방에 단둘이 남겨지기가 무섭게 로던은 매들린의 뺨을 주먹으로 후려갈겨서 바닥에 쓰러뜨렸다. 아까 반갑다고 입을 맞췄던 바로 그 뺨이었다.

매들린의 볼이 부어오르기 시작했고, 그 즉시 로던은 후회를 하기 시작했다. 혹여 정적들이 보면 자신의 짓이라고 결론을 내릴 것 아닌가.

그래서 그는 매들린을 방에 가둬두고, 대외적으로는 웩스턴 남작에게 하도 시달려서 몇 일 동안 휴식을 취해야 한다는 변명을 늘어놓았다.

로던이야 원래 그렇다고 치고, 클라리사 언니에게 이렇게 실망을 하리라고는 상상도 못했다. 지금 와서 생각해보니 자신은 지금까지 언니에 대한 환상을 품고 있었다. 클라리사 언니가 자신을 사랑한다는 믿음. 삼촌과 같이 살고 있을 때 서신을 아무리 보내도 사라 언니나 클라리사 언니는 답신을 보낸 일이 없었다. 매들린은 언제나 '바빠서 그렇겠지. 시간이 없어서 그래' 라는 생각을 하곤 했었다. 하지만 이젠 매들린도 언니가 로던처럼 이기적이라는 사실을 알았다.

클라리사가 로던에게 '매들린 때문에 얼마나 부끄러운지 얼굴을 들고 다닐 수가 없다'는 말을 하는 게 벽을 통해서 들렸다. 그러다가 문득 클라리사의 입에서 어머니 얘기가 나왔다. 매들린은 좀더 확실히 듣고 싶어서 쪼르르 옆방과 연결된 문에 귀를 댔다.

「넌 그 여자를 갖고 싶어서 안달했었지.」

클라리사가 증오심이 깃든 목소리로 말했다.

매들린은 문을 슬그머니 열었다. 클라리사는 창턱에 놓인 쿠션 위에 앉아 있었고 로던은 바로 옆에 서 있었다. 로던은 매들린에게 등을 보이고 있어서 얼굴이 안 보였다. 두 사람의 손에는 술잔이 들려 있었다.

「레이첼은 정말 매혹적인 여자였어. 그런 여자를 냉대한 아버지가 이상해 보일 정도였으니까. 사실 레이첼은 라인홀드와 혼인할 거라고들 했지만, 아버지가 중간에서 가로채버렸지.」

로던이 쉰 목소리로 말했다.

클라리사는 코웃음을 치더니 술을 한 모금 마셨다. 그녀는 검붉은 와인이 흘러서 가운 앞섶을 적신 것도 모르고 술 한잔을 더 따랐다.

은빛이 도는 금발 머리, 갈색 눈동자. 로던과 많이 닮은 클라리사는 용모가 빼어난 여자였다. 하지만 성을 낼 때 보면 로던처럼 추악하기 짝이 없었다.

「라인홀드는 그때 아버지에 비하면 아무 힘도 없었잖니. 결국 아버지는 생각지도 않게 레이첼에게 뒤통수를 얻어맞았지. 그나저나 라인홀드는 레이첼이 자기 아이를 임신한 상태에서 혼인을 했다는 걸 알고 있나?」

「아니. 혼인하기 전까지 레이첼은 라인홀드와 만나지 못하게 감금당했거든. 매들린이 태어났을 때도 아버지는 눈길 한번 안 주셨지.」

로던이 대답했다.

「그래서 레이첼이 네 품에 안기기를 기대했니? 넌 레이첼을 사랑했었지만 그 여자는 널 벌레만도 못한 인간으로 취급했어. 애가 없었으면 아마 자살했을 게야. 내가 그렇게 수도 없이 죽여버리라고 얘기를 했는데도 눈 하나 깜짝 안 하더구나. 어쩌면 말이다, 로던. 레이첼은 계단에서 떨어진 게 아닐지도 몰라. 누군가 뒤에서 밀진 않았을까?」

클라리사가 입가에 잔인한 미소를 흘리면서 말했다.

「누이가 레이첼을 시기했다는 건 나도 알아. 이젠 그 여자의 딸까지 시기하는군.」

로던이 딱딱하게 말했다.

「입 조심해. 내가 시기하긴 누굴 시기한다는 게야!」

클라리사가 날카로운 목소리로 말했다.

로던은 잠자코 서서 클라리사를 내려다봤다.

「네가 어서 일을 마무리지었으면 소원이 없겠구나. 그럼 매들린에게 라인홀드에 관해서 털어놓을 수 있을 텐데. 그 아이가 놀라는 꼴을 보면 얼마나 고소할까. 네가 자기 엄마를 죽였다는 얘기도 한번 해볼까?」

「어디 입만 한번 벙긋 해봐.」

로던이 소리를 지르면서 클라리사의 손에 들려 있던 술잔을 후려쳤다.

「레이첼은 계단에서 미끄러져서 죽었어. 내가 죽인 게 아니라고!」

「널 피하려고 하다가 발을 헛디뎠는데도?」

클라리사가 코웃음을 쳤다.

「누이가 상관할 일이 아니야! 그리고 매들린이 사생아라는 사실이 밝혀지면 안 돼. 좋을 거 하나 없다고. 그래봐야 누이하고 내 얼굴에 먹칠만 하는 꼴 밖에 더 돼?」

로던이 흥분해서 소리를 질렀다.

「매들린이 고분고분 네 명을 따를지 아니면 배신할지 궁금하구나.」

「그건 걱정 마. 날 무서워하니까 내가 시키는 대로 따를 테니까. 겁이 많은 건 어릴 때하고 전혀 달라지지 않았어. 더구나 매들린은 내 기분을 거스르면 버튼이 죽는다는 걸 알고 있다고.」

「그나저나 모르카가 죽어서 어떡하냐. 잘만 구슬리면 돈이 꽤 많이 들어왔을 텐데. 이젠 저 꼴이 됐으니 어떤 남자가 좋다고 하겠어.」

클라리사가 냉정한 목소리로 말했다.

「아니. 매들린은 내 거야. 절대 다른 놈과 혼인시키지 않을 게야.」

매들린은 클라리사의 천박한 웃음소리를 들으면서 문을 닫았다. 그녀는 침실용 변기에 달려가서 먹은 걸 모두 토했다.

그녀는 로던과 의붓아버지 밑에서 갖은 곤욕을 치렀던 어머니를 생각하고 눈물을 흘렸다. 처음엔 어머니가 혼전에 임신을 했다는 걸 알고 끔찍한 기분이었다. 하지만 다시 생각해보니까 그 얘기는 로던과 한 핏줄이 아니라는 얘기가 아닌가. 어느새 슬퍼서 흘리던 눈물은 기쁨의 눈물로 바뀌어 있었다.

전에 던컨은 라인홀드 남작과 동맹 관계라는 얘기를 했었다. 그녀는 라인홀드 남작이 궁정에 있으면 한번 만나보고 싶었다. 어떻게 생겼을까? 혼인은 했을까? 로던의 말이 맞아. 내가 라인홀드 남작의 사생아라는 사실이 밝혀지면 안 돼. 그래도 던컨에게는 솔직하게 털어놓아야지. 분명히 그 얘기를 들으면 아주 좋아하겠지.

매들린은 가까스로 감정을 억눌렀다. 어떻게든 맑은 정신으로 계획을 세워야 돼. 버튼 삼촌과 던컨을 보호해야 하니까. 로던은 매들린이 자신의 편이 되어 주리라고 믿고 있었다. 아델라 문제도 있긴 하지만 제럴드와 혼인하면 국왕 폐하도 로던 얘기는 못하실 게야.

매들린은 계획을 세우느라고 밤을 지새웠다. 로던이 내 생각대로 움직여줘야 할 텐데. 그리고 제발 던컨에게 아무 일도 없었으면.

새벽녘이 되어서야 매들린은 눈을 감고 잠을 청했다. 그리고 어릴 때 자주 그랬듯이 상상을 하기 시작했다. 당장이라도 로던이 데리러 올지도 모른다고 생각하면 공포심에 사로잡혔다. 그럴 때마다 매들린은 오디세우스가 옆에 서서 자신을 지켜주고 있다고 상상을 했다. 하지만 이젠 상상 속에서 오디세우스는 사라지고 던컨이 침대 가에 서서 자신을 내려보고 있었다.

난 오디세우스보다 더 강한 사람을 찾았어. 이젠 오디세우스 대신 우리 늑대가 날 보호해줄 거야.

다음날 오후 매들린은 로던을 따라 국왕 폐하를 알현하러 갔다. 국왕 폐하의 침소 앞에서 로던은 매들린에게 몸을 돌리고 미소를 지었다.

「이 오래비는 네가 정직하게 얘기하리라고 믿는다. 국왕 폐하에게 네가 어떤 곤욕을 치렀는지, 소중한 네 집이 어떻게 잿더미가 됐는지 자세히 얘기만 하면 되는 게야. 나머지는 내가 알아서 하겠다.」

「그럼 던컨은 끝장이다, 이 말인가요?」

매들린이 냉정하게 물었다.

로던의 얼굴에서 미소가 대번에 사라졌다.

「건방지게 지금 오래비한테 덤벼보겠다는 게야! 버튼 삼촌을 생각해야지. 지금도 바깥에는 내 부하들이 대기 중이지. 내 입에서 한마디만 떨어지면 그 길로 버튼의 모가지를 따버릴 게야.」

「오라버니가 벌써 삼촌을 죽이지 않았다는 보장이 있어요? 원래 욱하는 성미라서 무슨 짓을 했을지 모르는 일이잖아요. 안 그래요?」

격분한 로던은 그 말을 증명이라도 하듯이 매들린의 뺨을 세차게 후려갈겼다. 로던의 손에 끼고 있던 반지에 긁혀 입가가 찢어졌다. 순식간에 피가 턱으로 줄줄 흘러내리기 시작했다.

「네가 주둥이를 함부로 놀리는 바람에 이 지경이 됐잖아!」

로던이 성이 나서 소리를 질렀다. 그는 다시 매들린을 때리려고 손을 올렸지만 갑자기 벽에 쾅 하고 등을 부딪히는 신세가 되고 말았다.

어디선가 갑자기 나타난 앤서니가 로던의 목을 틀어쥐고 있었다. 당장이라도 죽여버릴 기세였다.

사실 매들린은 로던이 화를 내게 하려고 일부러 자극적인 말을 했다. 그런 상황에서 앤서니가 끼여들었으니…… 별로 달갑지가 않았다.

「그 손 놔요, 앤서니.」

매들린이 앤서니의 어깨에 손을 올려놓고 말했다.

「어서요.」

앤서니는 화를 삭이고 로던의 목을 조르던 손을 놓았다. 로던이 바닥에서 정신없이 기침을 해대기 시작했다.

그 틈을 타서 매들린이 앤서니의 귀에 속삭였다.

「내가 세운 계획대로 움직여야 돼요. 내가 무슨 짓을 하든 절대 아무 소리도 하지 말아요. 모두 던컨을 지키려고 하는 일이니까.」

앤서니는 고개를 끄덕였다. 하지만 도대체 그 계획이란 게 뭔지 묻고 싶었다. 로던을 자극해서 죽겠다는 계획도 아닐 테고, 도대체 무슨 속셈일까? 그리고 자기 몸을 돌볼 생각도 안 하고 영주님을 지키겠다니, 지금 영주님을 걱정할 상황인가?

앤서니는 분노를 꾸역꾸역 참고 매들린이 로던을 일으켜 세우는 모습을 지켜봤다.

「오라버니가 삼촌에게 아무 짓도 안 했다니, 믿을 수가 없어요」

매들린의 대담한 태도 때문에 로던은 말문이 막혔다. 소심하고 겁에 질린 계집아이는 어느새 사라지고 없었다.

「국왕 폐하께서 내 얼굴의 상처를 보면 뭐라고 하실 것 같아요?」

「국왕 폐하께는 내가 대신 말하면 돼! 자, 방까지 데려다줄 테니까 어서 따라와. 내가 나오라고 할 때까지 한 발자국도 못 나올 줄 알아.」

로던이 성질을 버럭 냈다.

「국왕 폐하는 언제가 되든 내게 직접 설명을 듣고 싶어하실 걸요. 내일 아니면 다음주로 미룬들 어차피 한 번은 겪어야 할 일이에요. 내가 국왕 폐하를 알현하면 뭐라고 말할 건지 알아요?」

매들린이 로던의 팔을 뿌리치면서 말했다.

「진실을 말해야지, 진실을. 네가 솔직하게만 말하면 웩스턴 남작은 그 길로 끝이야. 버튼이 살아 있는 한 어차피 넌 내 말을 따르게 되어 있어.」

그 말을 마친 로던은 자신만만하게 웃었다.

「오라버니가 원하는 대로 국왕 폐하께 진실을 말할 수도 있어요. 하지만 나는 아무 말도 안 할 참이에요. 국왕 폐하가 질문을 하시면 가만히 서서 오라버니만 쳐다보고 있을 생각이에요. 절대 한마디도 안 하겠어요.」

매들린의 위협을 듣고 화가 난 로던은 다시 손을 들어올렸다. 하지만 앤서니가 한 발자국 앞으로 나서는 순간, 매들린에게 앙갚음하겠다는 욕구가 온데간데없이 사라졌다.

「나중에 얘기하자. 단둘이 있으면 아무래도 네 마음을 바꿔놓기도 쉽겠지. 안 그러냐?」

로던이 의미심장한 얼굴로 말했다.

「지금 얘기해요. 안 그랬다가는 앤서니를 시켜서 오라버니가 날 학대한다는 말을 국왕 폐하께 고하라고 하겠어요.」

매들린이 두려운 마음을 숨기면서 말했다.

「국왕께서 그 말을 듣고 눈 하나 깜짝하실 것 같으냐!」

로던이 목소리를 높였다.

「나도 오라버니처럼 국왕 폐하의 신하예요. 그리고 오라버니가 버튼 삼촌을 죽이려고 한다는 사실도 국왕 폐하께 알리겠어요. 제후 한 사람이 성직자를 죽였다는 말을 들으면 성당에서 어떻게 나올지 궁금하군요. 아마 국왕 폐하께서도 그 얘기를 들으면 별로 안 좋아하실 걸요.」

「국왕 폐하께서 네 말을 믿으실 것 같냐! 더구나 네 소중한 삼촌은 아직도 온전히 살아 있다. 하지만 계속 이렇게 고집을 피우면 죽여버릴 게야. 계속 그렇게 날 자극해봐. 그럼……」

「버튼 삼촌과 같이 살 수 있게 날 보내줘요. 그게 오라버니가 할 일이에요.」

로던의 얼굴이 시뻘겋게 달아올랐다. 매들린의 성격이 이렇게까지 바뀌리라고는 상상도 못했다.

「내가 오라버니가 원하는 대로 일부의 진실만 말했으면 좋겠지요? 국왕 폐하 앞에서 오라버니가 웩스턴 남작을 죽이려고 했다고 말하면 어떻겠어요?」

「쓸데없는 얘기를 나불거리기만 해봐!」

귀청이 떨어질 정도로 큰소리로 로던이 외쳤다.

「그럼 내가 해달라는 대로 해줘요. 내가 삼촌에게 가 있는 동안 웩스턴 남작의 문제는 알아서 처리하면 되잖아요. 내가 진실을 말하면 오라버니가 바라는 대로 웩스턴 남작은 끝장이 나겠지요. 하지만 내가 함구하고 있으면 오라버니가 끝장이에요.」

매들린은 눈물이 나올 것만 같았다. 일부러 골라서 한 말이었지만 던컨을 욕되게 하는 것 같아서 마음이 아팠다.

「이 일만 끝나면……..」

「날 죽여도 좋아요. 아무 상관없으니까 맘대로 해요.」

매들린이 아무 감정 없는 목소리로 말했다.

「한 시간 후에 여길 떠나라. 내 부하들이 알아서 널 호위해줄 게야. 그러니까 웩스턴 남작의 하수인들은 따라갈 필요가 없다. 남작은 이제 너와는 아무 상관이 없어. 그도 여동생을 찾았고 넌 내 품에 돌아왔으니까 된 게야.」

로던이 앤서니를 흘낏 쳐다보면서 말했다.

「알았어요.」

매들린은 앤서니가 대꾸할 틈도 없이 말했다. 앤서니는 매들린과 시선을 교환한 뒤 마지못해서 고개를 끄덕였다. 하지만 약속을 지킬 생각은 없었다. 매들린이 어디로 가든 뒤를 밟을 작정이었다.

「국왕 폐하께서 우리를 기다리고 있으실 게야. 가서 네 마음이 변했다고 말씀드려야겠다. 하지만 너도 말했다시피 조만간에 국왕 폐하와 대면해야 할 게다.」

「때가 되면 정직하게 사실 그대로 말씀드리겠어요.」

매들린이 대답했다. 하지만 로던이 뭔가 의심쩍다는 시선을 던지자 재빨리 한마디 덧붙였다.

「물론 오라버니의 뜻을 따르겠어요.」

「그래. 좋다. 어쩌면 삼촌의 집에 가 있는 것도 괜찮을 듯싶구나. 삼촌을 보면 네가 앞으로 어떻게 행동해야 할지 알게 될 테니까.」

망할 계집애 같으니. 로던이 속으로 중얼거렸다. 버튼이 얼마나 늙고 약해빠졌는지 눈으로 확인하면 저도 알겠지. 내가 손가락 하나만 까딱하면 저 세상으로 간다는 사실을. 그러면 필시 전처럼 소심하고 겁 많은 자기 본래 성격을 찾을 게야.

「방에 돌아가서 물건을 챙겨라. 짐이라고 해봐야 변변찮은 것들뿐이지만. 국왕 폐하께는 내가 말씀을 드리면 될 게야.」

매들린은 일부러 비굴하게 로던에게 머리를 조아렸다.

「혹여 국왕 폐하께서 오라버니의 부탁을 들어주시지 않고 저에게 남아 있으라고 하시면…….」

「부탁이라고 했냐?」

로던이 천박하게 웃었다.

「이런 사소한 일은 내가 알아서 처리하면 된다. 윌리엄에게 굳이 얘기할 것도 없어.」

그 말을 마친 로던은 몸을 돌리고 반대편으로 걸어갔다. 매들린은 로던의 모습이 사라질 때까지 가만히 지켜보고 있었다. 방으로 돌아가서 짐을 챙기려고 하는데 갑자기 구석에 숨어 있던 앤서니가 모습을 드러냈다.

「너무 위험 부담이 큰 일을 하시려고 하는군요. 부군께서 아시면 못마땅해하실 겝니다.」

「던컨은 제 남편이 아니라는 걸 아시면서 그래요. 그리고 되도록 로던 앞에서 나서지 말아주세요. 자칫 잘못하면 로던이 절 의심할 수도 있어요.」

「저도 부인께서 아델라 아가씨를 보호하려고…….」

「아뇨. 시간을 벌려고 하는 것뿐이에요. 그리고 삼촌의 곁에 있어 드려야 돼요. 제겐 아버지 같은 분이시니까요. 내가 보호해드리지 않으면 로던이…….」

「지금 다른 사람들을 걱정하실 때가 아닙니다. 이곳을 떠나면 신변이 위험해지실지도 모른다는 걸 아셔야지요.」

「여기 있으면 더 위험해요.」

매들린은 앤서니를 위로하듯이 팔을 한번 살짝 붙들었다가 놓았다.

「던컨이 궁정에 도착하면 내가 어디 있는지 알려주세요. 나머지는 그 사람이 알아서 결정할 일이에요.」

「결정이라니요?」

「날 데리러 오든 말든 그건 그 사람이 결정할 일이에요.」

「설마 그런 생각을…….」

매들린이 길게 한숨을 내쉬었다.

「던컨을 의심하진 않아요. 분명히 날 데리러 올 테니까요. 하지만 삼촌을 생각해서라도 너무 늦진 않았으면 좋겠어요. 병사들을 시켜서 삼촌을 보호해드려야 할 텐데.」

「저는 계속 부인 근처에 있겠습니다. 혹여 도움이 필요하시면 큰소리로 절 부르세요.」

「여기 남아서 던컨에게 내가 어디 있는지…….」

「그 일은 다른 사람에게 맡기면 됩니다. 전 이미 영주님께 목숨을 걸고 부인을 지켜드리겠다고 맹세를 했습니다.」

앤서니가 일부러 '부인'이라는 말을 강조했다.

매들린은 아무 대답도 안 했지만, 사실 앤서니의 말을 듣고 안도감을 느꼈다. 그녀는 짐을 챙긴 다음 재빨리 안뜰로 나갔다. 로던의 병사 셋이 매들린을 기다리고 있었다. 그녀는 가만히 서서 병사들이 떠날 차비를 하는 모습을 지켜봤다.

클라리사 언니와 마주치지 않아서 다행이야. 지금쯤 로던은 국왕 폐하에게 던컨에 대한 거짓말을…… 늘어놓느라고 바쁠 테지.

어느새 구경꾼들이 소분을 들었는지 몰려와서 일행을 지켜보고 있었다. 매들린의 얼굴에 시퍼렇게 남은 멍 자국을 보고 여기저기서 수군대는 소리가 들렸다.

그들 중 키가 크고 머리가 붉은 여자 하나가 매들린에게 다가왔다. 상대는 같은 여자가 봐도 아름답다고 생각할 만큼 매력적이었다. 몸가짐 역시 당당하면서도 우아했다. 매들린보다 키가 꽤 컸고 몸매도 풍만했다. 여자는 매들린에게 적대적인 시선을 던졌다.

「제게 하실 말씀이라도 있으세요?」

「나도 내 체면을 생각해서 가만히 있으려고 했어요.」

「저에게 말을 거시면 체면이 구겨진다는 말씀인가요?」

매들린의 말을 듣고 여자는 당황한 눈치였다.

「당연하지요. 이젠 여자로서 모든 게 끝난 사람이…….」

「하시고 싶은 말씀이 있으면 하세요.」

매들린이 여자의 말을 중간에서 가로막았다.

「난 레이디 엘러너예요. 내 얘긴 들었겠지요? 어쩌면 웩스턴 남작 님이…….」

「저도 두 분이 정혼했다는 말씀은 들었어요.」

매들린이 떨리는 목소리로 속삭였다. 화려한 복장의 레이디 엘러너 옆에 서 있으려니까 낡아빠진 가운을 입고 있는 자신이 한없이 초라하게 느껴졌다.

던컨의 정혼녀는 모든 면에서 매들린과 차이를 보였다. 기품이 있고 당당하면서도 차분한 모습이었다. 지금까지 실수라고는 한번도 해본 일이 없는 사람처럼 보여. 매들린이 속으로 중얼거렸다.

「그래요. 아버님께서 남작 님과 상의해서 혼인날짜만 정하면 된답니다. 난 그저 안됐다는 마음이 들어서 위로를 해주고 싶었어요. 쯧쯧. 가없은 사람. 그래도 난 정혼자를 탓할 마음은 없어요. 누이 때문에 복수를 한 것뿐이니까요. 하지만 웩스턴 남작이 손찌검을 해서 그렇게 된 건지 궁금하네요.」

매들린은 레이디 엘러너의 불안해하는 목소리를 듣고 울컥 했다.

「그런 질문을 하시는 걸 보니까 웩스턴 남작에 관해서는 아무것도 모르시는군요.」

그녀는 레이디 엘러너에게서 등을 돌리고 병사들이 대기시켜 놓은 말에 올랐다. 안장에 몸을 실은 매들린은 레이디 엘러너를 내려다보면서 입을 열었다.

「그 사람은 손찌검을 한 적이 없어요. 질문에 대답을 해드렸으니까 저도 한 가지만 여쭤보겠어요.」

레이디 엘러너가 고개를 끄덕였다.

「웩스턴 남작 님을 사랑하세요?」

레이디 엘러너는 아무 말 없이 한쪽 눈썹을 치켜 올렸다. 경멸감이 가득한 얼굴 표정을 봐서는 매들린의 질문이 맘에 안 든 눈치였다.

「날 동정하실 이유는 하나도 없어요, 레이디 엘러너. 던컨은 절대 레이디 엘러너와 결혼하지 않아요. 그러기 위해서는 이 세상에서 제일 소중한 보물을 포기해야 하니까요.」

「그 보물이란 게 뭐지요?」

레이디 엘러너가 부드러운 목소리로 물었다.

「그건 바로 저예요. 날 포기한다면 그 사람은 백치나 다름없어요. 하지만 레이디 엘러너도 아시다시피 던컨은 백치하고는 거리가 멀잖아요?」

갑자기 매들린이 말을 앞으로 몰았다. 그 바람에 레이디 엘러너는 깜짝 놀라서 넘어지지 않으려고 뒤로 물러났다. 이내 먼지가 휘날리면서 레이디 엘러너의 얼굴을 뒤덮었다.

매들린은 레이디 엘러너의 성난 표정을 보고 통쾌한 마음이 들었다. 아주 중요한 전투에서 승리를 거둔 기분이라고나 할까? 그런 발상 자체가 유치하다는 건 알고 있었지만 그래도 짜릿한 승리감을 느꼈다.

22

「우리는 보이는 것으로 살아가지 않고 믿음으로 살아갑니다.」

신약성서 中, 고린토 전서 II 5장 7절

매들린은 모든 걸 털어놓았다.

그 동안 있었던 일을 얘기하는 데 꼬박 이틀이나 걸렸다. 버튼 삼촌은 말 한마디, 감정 하나 놓치지 않으려고 했다.

버튼 삼촌은 매들린을 처음 보고 눈물을 쏟았다. 그 동안 너무 보고 싶었다고 솔직하게 털어놓으면서 그날 하루 종일 흥분을 감추지 못했다. 매들린도 한참을 울었다. 삼촌은 두 사람만 있으니까 흐트러진 모습을 보여도 상관없다는 말씀도 하셨다. 삼촌의 친구 분들은 갑자기 병석에 누운 친구를 만나러 가셨다고 한다.

매들린이 저녁식사 준비를 끝낸 뒤, 두 사람은 전처럼 사이좋게 의자에 나란히 앉아서 담소를 나눴다. 삼촌이 저녁을 드시는 동안 매들린은 지금까지 있었던 일을 말씀드렸다. 사실 간단하게 요약해서 말하려고 했지만 삼촌이 가만 계시지 않았다.

처음 매들린이 삼촌을 봤을 때는 걱정이 앞섰다. 전보다 훨씬 등도 굽었고 어깨도 꾸부정해져 있었다. 하지만 눈빛은 전처럼 맑았고 뭐든 놓치지 않고 날카롭게 지적하는 모습은 여전했다. 친구 분들이 아예 가셨다는 말을 하는 모습이 어찌나 쓸쓸해 보이던지 매들린은 가슴이 아팠다. 그래서 저렇게 갑자기 늙어 보이셨구나. 친구 분들도 안 계시고 너무 외로워서 그런 거야.

매들린은 던컨이 와줄 거라고 자신하고 있었다. 하지만 사흘이나 지났는데도 아무 소식이 없어서 불안한 마음이 들기 시작했다.

「어쩌면 레이디 엘러너를 만나고 마음을 바꿨을지도 몰라요.」

매들린이 걱정스러운 목소리로 말했다.

「그런 바보 같은 소리는 하지 마라. 내가 생각하기에도 웩스턴 남작은 로렌스가 성직자가 아니라는 사실을 모르고 있었던 게 분명하다. 설마하니 아무 감정도 없는데 너와 혼인을 하겠다고 마음을 먹었겠니? 남작이 너에게 사랑한다는 말을 했다고 했었지? 그럼 그 말을 못 믿겠다는 얘기냐?」

「아뇨. 던컨은 진심으로 절 사랑해요. 그래도 왠지 마음 한구석에서 불안감을 버릴 수가 없어요. 밤에 자다가도 어떨 결에 눈이 떠져요. 그리고 똑같은 생각만 반복하게 돼요. 혹시 던컨이 데리러 오지 않으면 나는 어떻게 되는 걸까? 그 사람이 마음을 바꾸면 어떻게 하지?」

「그럼 그 녀석만 바보가 되는 게지.」

버튼 삼촌이 단호하게 대답했다. 이내 노신부(老新婦)의 눈에 장난기가 서렸다.

「그 얘기 다시 해보렴. 레이디 엘러너라고 했던가? 얼굴이 예쁘고 위엄 있게 굴었다는 빨강머리 아가씨 말이다.」

매들린은 삼촌의 말을 듣고 미소를 지었다.

「'던컨에게 제일 소중한 보물은 바로 저예요' 라고 말을 해주었다니까요. 삼촌이 보시기에도 제가 너무 건방진 말을 했지요?」

「아니다. 넌 진실을 그대로 말했을 뿐인 걸.」

「던컨은 바보가 아닌 걸요. 날 잊지 않을 거예요.」

매들린이 눈을 감고 의자 등받이에 머리를 기댔다. 짧은 시간에 너무 많은 일이 생겼지만 이렇게 삼촌 곁에 앉아 있으니까 변한 게 아무것도 없는 것처럼 느껴졌다.

갑자기 해묵은 상처가 욱신욱신 쑤시면서 불안감이 몰려왔다. 아무래도 마음을 다져먹지 않으면 왈칵 눈물을 흘리면서 자기 연민에 빠질 것 같았다. 아무래도 조금 쉬어야 할까봐. 너무 지쳐서 걱정할 기운조차 없는 걸.

「전엔 제 자신을 쓸모 없는 인간이라고 생각했어요. 왜 그렇게 오랫동안 그런 생각을 했는지 모르겠어요.」

매들린이 불쑥 말했다.

「지금이라도 그걸 알았으면 된 게야.」

그때 갑자기 바깥에서 천둥소리가 우르릉 하고 들렸다.

「아무래도 비가 오실 것 같구나.」

버튼 신부는 일어나서 창가로 걸어갔다.

「천둥소리가 아주 가깝게 들리는데요.」

매들린이 졸린 목소리로 말했다.

창 밖을 내다보는 순간, 버튼 신부는 다리가 후들거려서 창턱을 양손으로 붙들었다. 천둥소리는 사라졌지만 번갯불이 눈을 부시게 했다. 하늘이 아닌 대지에서 번쩍거리는 번개.

여기서도 번쩍, 저기서도 번쩍. 셀 수 없이 많은 은빛 번개가 햇빛을 받아 사방에서 뿜어져 나오고 있었다.

전사 한 사람 뒤로 완전 무장한 병사들이 숨소리 하나 내지 않고 죽 늘어서 있었다.

버튼 신부는 눈이 부셔서 손을 이마에 댔다. 그는 전사에게 고개를 한번 끄덕이고 천천히 매들린 곁으로 돌아갔다.

노신부의 얼굴에는 따뜻한 미소가 흘러 넘치고 있었다. 하지만 매들린이 볼 수 없게 고개는 저쪽으로 돌리고 일부러 못마땅한 목소리로 말했다.

「누가 널 찾아 온 것 같구나, 애야. 난 너무 지쳐서 일어나기도 힘드니까 네가 나가보렴.」

매들린은 의아한 마음이 들었다. 문을 노크하는 소리도 못 들었는데.

「마르타가 수다를 떨고 싶어서 왔나봐요?」

버튼 신부는 그 말을 듣고 껄껄 웃으면서 무릎을 쳤다.

지쳐서 기운이 없다는 분이 갑자기 왜 저러시지?

매들린은 별 생각 없이 문을 열었다.

한동안 매들린은 눈앞의 광경을 이해하지 못하고 멍하니 있었다. 너무 놀라서 한 발자국도 움직일 수가 없었다. 그녀는 문가에 가만히 서서 던컨을 올려다봤다.

던컨은 혼자가 아니었다. 은빛 갑옷을 입은 수백 명의 병사들이 일사불란하게 늘어서서 말에서 내리지도 않고 매들린을 응시하고 있었다.

던컨이 소리 없이 손을 쳐드는 순간, 병사들은 일제히 매들린을 향해 검을 치켜 올렸다.

매들린은 지금까지 이런 인사는 받아본 일이 없었다. 철저하게 사랑받는 느낌. 세상에 둘도 없는 보물처럼 소중하게 여겨지는 느낌. 가슴 밑바닥에서부터 자부심이 샘솟기 시작했다.

그때 매들린은 던컨이 왜 그렇게 많은 수의 병사를 대동하고 왔는지 알았다. 자신이 던컨에게 얼마나 소중한 존재인지 보여주고 싶었기 때문이리라.

던컨은 아무 말 없이 매들린을 바라보고 있었다. 어느새 불안감이 마음속에서 썰물처럼 빠져나갔다. 이젠 세상에서 그 어떤 것도 부러울 게 없었다.

매들린의 뺨에 흐르는 눈물을 보고 던컨은 입을 열었다.

「당신을 데리러 왔어, 매들린.」

두 사람이 처음 만났을 때 던컨이 했던 말이었다.

매들린은 머리를 뒤로 젖히면서 일부러 양손을 허리춤에 올려놓았다.

「시간을 너무 지체했군요, 웩스턴 남작 님. 날 이렇게 오랫동안 기다리게 해도 되는 건가요?」

매들린은 자신의 거만한 태도가 던컨의 맘에 들었는지 확신할 수가 없었다. 그때까지 실레노스 위에 가만히 앉아 있던 던컨이 갑자기 예고도 없이 매들린을 확 끌어안았다.

그는 몸을 숙이고 매들린의 입술이 으스러질 정도로 잔혹하게 자신의 입술을 포갰다. 매들린은 던컨의 목에 단단히 팔을 감고 입을 열어 던컨의 혀를 받아들였다. 그 동안 잊고 있었던 감각의 물결에 휩쓸리는 느낌. 매들린은 열정적으로 던컨의 입술을 탐했다.

아득히 먼 곳에서 무슨 소리가 나는 것 같기도 했다. 하지만 이성을 잃은 던컨은 잠깐 입술을 뗐다가 다시 키스에 몰입하기 시작했다.

얼마나 시간이 흘렀을까. 던컨이 고개를 천천히 들었다. 매들린은 그제야 병사들이 환호하고 있다는 사실을 깨달았다.

매들린은 얼굴을 붉히면서도 아무래도 상관없다는 생각을 했다. 던컨의 반응을 살펴보려고 했지만 얼굴에 수염이 가득 자라 있었고, 더구나 먼지투성이라 쉬운 일이 아니었다.

말에서 내린 던컨은 매들린에게 다시 짧지만 강렬한 키스를 했다. 주위에 사람들이 있거나 말거나 아무 상관도 안 한다는 뜻이리라. 매들린은 던컨의 허리에 팔을 감더니 있는 힘껏 꼭 끌어안았다.

던컨은 만족스럽게 한숨을 내쉬었다.

그때 기침소리가 뒤에서 들렸다. 매들린은 삼촌에게 던컨을 소개해야 한다는 건 알고 있었지만 목이 메어서 도무지 소리가 나오질 않았다.

「당신을 사랑해, 매들린.」

던컨이 귓가에 그 말을 속삭이는 순간, 눈물이 걷잡을 수 없이 흐르기 시작했다.

병사들에게 말에서 내리라고 지시를 내린 던컨은 몸을 돌리다가 매들린의 바로 뒤쪽에 서 있는 노인을 발견했다. 그는 매들린과 잠시도 떨어져 있기 싫어서 그녀의 몸을 옆구리에 바싹 끌어당겼다.

「웩스턴 남작입니다.」

「내심 그랬으면 좋겠다고 빌고 있었지요.」

버튼 신부가 웃으면서 몸을 숙이고 절을 하려고 했지만 던컨이 손으로 막았다.

「무릎을 꿇고 절을 해야 할 사람은 바로 접니다. 이제야 만나 뵙게 돼서 정말 영광입니다, 신부님.」

버튼 신부는 던컨의 정중한 말에 몸둘 바를 몰랐다.

「이 아이는 남작 님에겐 세상에서 제일 소중한 보물이겠지요. 안 그렇습니까?」

버튼 신부가 매들린을 쳐다보면서 물었다.

「맞는 말씀입니다. 일생을 다 보내도 신부님께 진 빚을 갚지 못할 겁니다. 제 대신 매들린을 지금까지 보호해주셔서 고맙습니다.」

「아직은 내가 이 아이의 보호자입니다.」

버튼 신부가 던컨의 놀란 표정을 보고 미소지었다.

「물론 보호자 자격을 드릴 생각은 있습니다만. 그러려면 혼인을 해야겠지요? 두 사람이 한시라도 빨리 혼인을 해야 이 늙은이의 마음도 편해질 것 같소이다.」

「그럼 내일 아침에 저희 두 사람을 혼인시켜주시지요.」

버튼 신부도 남작과 조카딸이 열렬한 키스를 주고받는 장면을 목격한 뒤였다. 아무래도 내일까지 미루면 곤란할 것 같았다.

「그럼 오늘밤은 매들린하고 같이 잠자리에 들 생각은 마십시오. 내가 옆에서 지켜보고 있을 테니까요, 웩스턴 남작 님.」

두 사람의 시선이 한동안 허공에서 부딪혔다. 얼마나 시간이 흘렀을까, 던컨의 입가에 슬며시 미소가 어렸다. 자신의 매서운 눈빛을 조금의 동요도 없이 받아내는 사람은 난생 처음이었다.

「그럼 오늘밤에 부탁드리겠습니다.」

던컨이 공손하게 말했다.

두 사람이 하는 말을 듣고 있던 매들린의 얼굴이 새빨개졌다. 던컨과 잠자리를 같이 했다는 사실을 삼촌이 알고 있다고 생각을 하니까 새삼 부끄러웠다.

「저도 오늘밤 던컨과 혼인을 하고 싶어요. 하지만…….」

매들린은 앤서니가 다가오는 모습을 보고 말꼬리를 흐렸다.

「이분이 바로 제가 말씀드렸던 앤서니예요.」

매들린이 미소를 지으면서 버튼 삼촌에게 말했다.

「로던이 우리 조카딸을 때리지 못하게 막아줬다는 분이로구먼.」

버튼 신부가 앤서니의 손을 붙들고 말했다.

「네.」

앤서니가 공손하게 대답했다.

「뭐라고? 국왕 폐하의 보호를 받은 게 아니었나!」

던컨이 고함을 쳤다.

「별일 아니었어요.」

매들린이 나섰다.

「어쩌면 로던 때문에 목숨을 잃었을지도 모르지요.」

신부가 한마디 했다.

「네. 부인을 해치려고 작정한 놈 같았습니다.」

앤서니가 덧붙였다.

매들린의 허리에 두른 던컨의 팔에 힘이 점점 더 들어가기 시작했다.

「아무 일도 아니었다니까요. 그저 한 대 때린 것…….」

던컨을 걱정시키고 싶지 않아서 매들린이 고개를 내저었다.

「아직도 멍든 자국이 남아 있답니다.」

버튼 신부가 고개를 힘껏 끄덕이면서 말했다.

매들린은 버튼 신부를 보면서 얼굴을 찌푸렸다. 삼촌은 왜 자꾸 그런 소리를 하신담. 던컨이 걱정하잖아.

던컨은 매들린의 얼굴을 양손으로 감싸고 천천히 요모조모 뜯어봤다.

「이젠 당신이 있으니까 내게 손을 대지 못해요. 그럼 됐잖아요. 더구나 앤서니가 옆에서 보호해줘서 별일 없었어요.」

그 말을 끝내고 매들린은 버튼 신부에게 몸을 돌렸다.

「왜 자꾸 던컨의 심기를 자극하는 말씀만 하세요?」

「등과 어깨에도 맞은 자국들이 여럿 있더군요.」

버튼 삼촌이 매들린을 무시하고 말했다.

「삼촌!」

「그런 애긴 한번도 안 하셨잖습니까. 제가 알았으면…….」

앤서니가 매들린에게 말했다.

「이제 그만하세요, 삼촌. 도대체 무슨 속셈으로 그러시는 거예요?」

매들린이 단호한 목소리로 말했다.

「넌 아까 전에 오늘밤 혼인하고 싶다는 말을 했었지. 하지만 그 뒤에 하려던 말이 뭐였니?」

신부가 던컨에게 몸을 돌리고 말을 이었다.

「사실 우리 조카딸은 혼인을 뒤로 미루고 싶어합니다. 어때, 내 말이 틀렸니 매들린? 난 너보다도 더 네 마음을 잘 알고 있단다.」

버튼 신부는 던컨과 매들린에게 차례로 말을 했다.

「신부님 말씀이 맞는 게야? 나에 대한 감정이 변한 건 아니겠지, 안 그래?」

던컨은 매들린의 대답을 기다리지도 않고 격렬한 어조로 말을 이었다.

「그래도 난 아무 상관없어. 당신은 내 사람이니까. 당신이 아무리 달아나 봐야 소용없어.」

매들린은 던컨의 불안해하는 얼굴을 보고 깜짝 놀랐다. 이 사람도 이렇게 여린 면이 있었구나. 내가 그랬던 것처럼 이 사람도 내 마음이 변하는 게 무서운 거야.

「당신을 사랑해요, 던컨.」

매들린은 주위가 떠나갈 정도로 큰소리로 말했다.

「그건 나도 알아.」

던컨이 오만한 목소리로 대꾸했다. 매들린은 던컨의 몸에서 긴장이 스르르 풀리는 걸 느꼈다.

「저리해야 할 일이 한두 가지가 아닙니다. 조금 뒤에 제가 말씀드리도록 하지요.」

앤서니가 말을 끝내더니 몸을 돌리고 반대쪽으로 걸어갔다.

「그럼 이 늙은이는 저녁식사 준비를 해야겠습니다.」

「목욕을 제일 먼저 했으면 합니다만.」

던컨은 매들린의 팔을 한번 쥐었다가 놓았다. 버튼 신부 뒤를 따라가는데 갑자기 매들린의 목소리가 뒤통수를 때렸다. 앤서니와 버튼 신부도 그 자리에서 발을 멈췄다.

「아직은 혼인할 수 없어요, 던컨.」

매들린은 양손을 꼭 쥐고 황급하게 말을 이었다.

「제럴드가 아델라와 혼인할 때까지 기다려야 돼요. 안 그러면 로던이…….」

「내가 그럴 줄 알았습니다. 제발 남들 걱정만 하시지 말고 자신도 좀 돌보세요.」

앤서니가 투덜거렸다.

「우리가 혼인을 하면 아델라도 로던과 혼인을 해야 돼요. 국왕 폐하가 보내신 소환장에 그렇게 적혀 있었다구요.」

매들린이 던컨의 얼굴을 올려다보면서 간절하게 말했다.

던컨은 한참 동안 아무 말 없이 매들린을 응시했다.

「한 가지만 물어보지. 당신, 날 믿어?」

「믿어요.」

던컨은 매들린을 끌어안고 이마에 입을 한번 맞추더니 몸을 돌렸다.

「우린 오늘밤 혼인할 게야.」

가다 말고 멈춰 서서 던컨이 말했다.

「좋아요, 던컨. 그렇게 해요.」

매들린이 던컨의 등을 보면서 대답했다. 그 말을 듣고 버튼 삼촌이 갑자기 껄껄대고 웃기 시작했다. 앤서니는 휘파람을 불었고 던컨은 고개만 한번 끄덕거렸다.

그 다음 한 시간은 정신없이 지나갔다. 던컨과 앤서니가 저녁을 먹는 동안 버튼 신부는 그린스테드 장원의 영주인 모튼 남작에게 상황을 설명하러 갔다.

모튼 남작은 간신히 목숨을 부지하고 있을 정도로 건강 상태가 안 좋았기 때문에 예식에 참가할 수가 없었다. 그래서 던컨은 식이 끝난 뒤에 매들린과 함께 인사를 드리러 가기로 했다.

던컨은 앤서니와 함께 모튼 남작의 성 근처에 있는 호수에서 목욕을 한 다음 긴히 얘기를 나눴다. 그 동안 매들린은 가운을 바꿔 입고 머리를 빗었다. 그리고 유행이야 어떻든 상관없다고 생각하면서 던컨의 취향대로 머리를 느슨하게 늘어뜨렸다.

매들린은 웩스턴 남작을 상징하는 청색과 흰색을 염두에 두고 옷을 맞춰 입었다. 감청색 가운을 입고 속에는 흰색 옷을 받쳐입었다. 가운의 가슴 부분에는 자수가 놓여 있었는데 매들린이 근 한 달 동안 공들여서 만들어낸 작품이었다. 자수의 중앙에는 매들린이 상상력을 발휘해서 늑대를 수놓았다.

어쩌면 던컨은 내가 놓은 자수를 못 보고 지나칠지도 몰라. 원래 남자들은 그런 쪽에 무신경하잖아.

「나더러 또 괜한 상상이나 한다고 놀려댈지도 모르지.」

매들린이 혼잣말을 했다.

「누가 당신을 놀려댔다고?」

던컨이 문가에 서서 물었다.

「누군 누구예요? 우리 늑대죠.」

매들린이 장난스럽게 미소지었다.

「왜 그런 얼굴을 하고 있어요? 뭔가…… 불안한 사람처럼 보여요.」

「당신은 날이 갈수록 아름다워지는군.」

던컨이 부드러운 목소리로 속삭였다.

「당신도 날이 갈수록 숨이 막힐 정도로 멋있어요.」

매들린이 싱긋 웃으면서 말을 받았다.

「내가 지금 무슨 생각을 하는 줄 알아요? 신랑될 사람이 혼인식에 검은 옷을 입고 나타난 까닭이 뭘까 궁금해하던 참이었어요. 검은색은 장례식에나 어울리는 색이잖아요. 그렇게도 운명을 탓하고 싶어요?」

매들린은 장난으로 한 말이었지만 던컨은 심각하게 받아들였다.

「달리 가져온 옷이 없어서 그래. 최소한 깨끗하니까 그렇게 크게 문제 될 건 없잖아. 아무래도 당신이 정신을 못 차릴 정도로 키스를 해줘야겠는 걸. 그럼 내 옷이 무슨 색인지 금새 잊어버릴 게야.」

던컨이 의미심장한 시선을 던지면서 매들린에게 다가갔다.

매들린은 식탁 반대편으로 쪼르르 도망쳤다.

「혼인하기 전엔 키스하면 안 돼요.」

한동안 매들린은 던컨을 피해 요리조리 도망쳤다. 마침내 매들린을 품에 안은 던컨은 키스를 하려고 고개를 숙였다. 하지만 그때 문이 벌컥 열리더니 기침소리가 들렸다.

「이제 시작해야지요. 그래도 하나 마음에 걸리는 게 있어서…….」

버튼 신부가 말꼬리를 흐렸다.

「그게 뭔데요?」

던컨의 품에서 빠져 나오면서 매들린이 물었다.

「몸이 두 개가 아닌 이상 신부의 아버지 역할은 할 수가 없지 않겠니. 더구나 증인도 없어서 문제로구나.」

「매들린을 데리고 제단까지 함께 갔다가 혼인 미사를 집전하시면 안 되겠습니까?」

던컨이 물었다.

「그럼 누가 이 여인을 신랑에게 인도하겠습니까, 라는 질문을 한 다음엔 어떻게 합니까? 재빨리 매들린 옆으로 달려가서 대답을 하란 말씀이시오?」

던컨이 그 광경을 머리에 떠올리고 씩 웃었다.

「모양새가 그다지 좋진 않겠지만 그렇게 라도 해야지요.」

버튼 신부가 말했다.

「병사들이 증인을 서면 될 테고, 앤서니가 아버지 역할을 하면 안 되겠습니까?」

「그럼 그렇게 합시다. 내가 바깥에 임시로 제단을 만들었으니까 가서 기다리고 계시지요, 남작 님.」

「그래요. 속시원하게 어서 끝내버립시다.」

매들린은 던컨의 말을 듣고 기분이 상했다.

「속시원하게 어서 끝내버리다니요?」

매들린이 얼굴을 찌푸리면서 물었다.

던컨이 장난스러운 얼굴로 매들린을 내려다봤다.

「처음 만난 순간부터 우리는 하나로 맺어져 있었어. 그건 하느님도 아시고 나도 알고 그리고 당신도 아는 사실이야. 비록 로렌스가 성직자가 아니었다고 해도 우린 벌써 부부나 다름없어.」

「내가 얼어붙은 발을 녹여준 순간부터 말이죠?」

매들린이 작게 속삭였다.

「그래. 그 순간부터.」

매들린은 당장이라도 눈물을 터뜨릴 기세였다. 매들린이 언제 저렇게 감상적인 여자로 변했을까?

「그나저나 다행인줄 알아.」

「뭐가요?」

매들린이 눈물을 찍어내면서 물었다.

「우리가 만난 게 여름철이었으면 어쩔 뻔했어?」

매들린이 까르르 웃음을 터뜨렸다. 그 소리를 듣고 있으려니까 어느덧 던컨은 마음이 따스해졌다.

그때 다시 버튼 신부가 나타나서 던컨을 문까지 밀었다.

「자자, 서두르세요. 다들 기다리고 있습니다.」

던컨이 나간 뒤 버튼 신부는 매들린에게 아내로서 지켜야 할 도리가 뭔지 조언을 해줬다. 그리고 마지막으로 매들린이 얼마나 자랑스러운지 모르겠다는 말도 덧붙였다.

버튼 신부는 자신이 세례를 주고 옆에서 자라는 걸 보고 딸처럼 사랑했던 조카에게 팔을 내밀었다. 제단 앞에서 기다리고 있을 신랑에게 인도해주기 위해서.

혼인예식이 끝난 뒤 던컨은 가신들 앞에 매들린을 내세웠다. 병사들은 모두 매들린 앞에서 무릎을 꿇고 충성을 맹세했다.

던컨은 지친 몸을 이끌고 모든 남작에게 인사를 하러 갔다가 20분도 되지 않아서 사제관으로 돌아왔다. 버튼 신부는 벌써 잠이 든 상태였다. 매들린의 침대는 커튼 하나를 사이에 두고 반대쪽 벽에 놓여 있었다.

매들린은 가운을 입은 채로 침대 가에 앉아 있었다. 던컨은 옷을 벗고 침대에 누워서 매들린에게 키스를 한 다음 잘 준비를 하라고 말했다. 매들린은 마냥 미적대면서 천천히 옷을 벗었다. 중간 중간에 커튼 틈 사이로 삼촌이 주무시고 계신지 몇 번이나 확인을 했는지 모른다. 결국 옷을 다 벗은 매들린은 던컨의 귓가에 대고 바깥에 나가서 자는 게 어떠냐고 속삭였다. 너무 오랫동안 떨어져 있어서 키스만 해도 정신없이 흥분할 게 분명했다. 어쩌면 집이 떠나갈 정도로 소리를 지를지도 몰라.

매들린은 그런 얘기를 던컨에게 계속 떠들어댔지만 별다른 반응이 없었다. 내 말에 반대할 생각이 없나봐. 그녀는 던컨의 안색을 살피려고 고개를 숙였다. 세상에나! 새 신랑은 어느새 깊이 잠들어 있었다.

결국 욕구 불만에 휩싸인 새 신부는 남편의 품에 등을 바싹 붙이고 이를 득득 갈면서 잠이 들었다.

버튼 신부가 내는 인기척 소리를 듣고 던컨은 잠에서 깼다. 그는 뭔가 허전한 느낌을 받으면서 천천히 몸을 일으켰다. 주위를 살펴보는데 새 신부가 담요 한 장을 달랑 걸치고 마룻바닥에 누워서 자고 있었다.

제길. 첫날밤에 그냥 잠이 들어버렸군.

던컨은 침대에 앉아서 한참 동안 새 신부를 바라만 보고 있었다. 이어 쾅 하고 문이 닫히는 소리가 들렸다. 창문을 내다봤더니 버튼 신부가 제의(祭衣)와 성배를 들고 모튼 남작의 성으로 걸어가는 모습이 보였다. 아무래도 미사를 집전하러 가는 듯했다.

던컨은 매들린을 품에 안고 침대에 눕혔다. 붉은 기가 도는 햇살이 매들린의 피부를 황금빛으로 물들였다. 갈색 머리카락은 불꽃처럼 빨갛게 보였다.

던컨은 더 이상 욕구를 참지 못하고 침대에 앉아서 매들린을 애무하기 시작했다. 매들린은 신음 소리를 내면서 반쯤 잠에서 깼다. 던컨이 가슴을 애무했더니 매들린은 신음을 하면서 몸을 젖혔다.

매들린은 눈을 뜨고 던컨을 올려다봤다. 던컨의 뜨거운 시선 때문에 몸이 떨렸다. 그녀는 던컨을 품에 끌어당기려고 했지만 던컨이 고개를 내저었다.

「당신이 원하는 대로 해줄게. 기대했던 것보다 훨씬 더 많이.」

던컨은 몸을 숙이고 매들린의 가슴에 입술을 댔다. 그는 손바닥으로 배를 쓰다듬으면서 분홍색 돌기를 빨았다.

매들린의 신음 소리가 점점 더 커지기 시작했다. 던컨의 손이 천천히 매들린의 다리 사이를 파고들었다. 그는 촉촉한 매들린의 몸 속에 손가락을 밀어 넣었다. 조이고 감아오는 느낌이 너무 자극적이어서 던컨은 정신을 잃을 것만 같았다.

던컨이 갑자기 몸을 획 돌리자 매들린의 뺨이 던컨의 뜨거운 허벅지에 닿았다. 던컨의 습기를 머금은 입술이 허벅지 사이를 더듬기 시작했다. 매들린은 던컨이 부드럽게 허벅지를 벌리는 순간 흐느끼는 소리를 냈다. 그녀는 다리를 좀더 벌리고 던컨에게 애무를 해달라고 애원했다.

던컨은 머리를 좀더 아래로 움직이고 매들린의 허벅지 사이에 얼굴을 파묻었다. 허벅지를 자극적으로 문지르는 까끌까끌한 수염 때문에 매들린은 정신을 잃을 것만 같았다.

자신도 던컨을 똑같이 애무하고 싶었다.

그녀는 던컨의 입술을 향해 허리를 들어올리면서 던컨의 남성을 입에 머금었다. 순간, 던컨의 입에서 신음 소리가 흘러나왔다. 두 사람은 손과 입술로 서로 쾌락을 주고받았다. 흥분한 던컨은 몸을 계속 움직였고 매들린은 허리를 힘껏 젖혔다.

얼마 후 던컨은 갑자기 몸을 빼더니 획 방향을 틀었다. 그런 후에 매들린의 허벅지 사이에 하복부를 파묻었다. 곧바로 사정을 한 던컨은 끝도 없이 이어지는 것 같은 절정감을 맛봤다. 매들린도 뒤를 이어서 던컨과 똑같은 충족감을 맛봤다.

그녀는 너무 기운이 없어서 움직일 수가 없었다. 던컨의 어깨를 옆으로 밀고 싶었지만 그럴만한 힘이 없었다.

던컨은 매들린에게 키스를 하고 얼마나 만족했는지 말해주고 싶었지만 기운이 하나도 없었다. 너무 만족스러워서 움직이고 싶지 않았다.

두 사람은 그 상태로 한동안 절정의 여운을 음미하면서 한가롭게 누워 있었다.

갑자기 매들린이 몸을 굳히더니 침대에서 벌떡 일어났다.

「버튼 신부님은 미사를 집전하러 가셨어.」

던컨이 매들린의 마음을 짐작하고 속삭였다. 그 말을 듣고 매들린은 안도의 한숨을 내쉬면서 침대에 몸을 눕혔다.

「그래도 당신이 하도 비명을 크게 질러서 아마 병사들이 다 들었을 게야.」

던컨이 짓궂게 말했다.

「그러는 당신도 얼마나 크게 소리를 냈는데요.」

매들린이 지지 않고 속삭였다.

던컨은 팔꿈치를 베고 매들린의 눈동자를 들여다봤다.

「당신 때문에 내가 얼마나 행복한지 알아?」

「그럼요. 당신도 내가 얼마나 당신을 사랑하는지 알죠? 과거에도 그랬지만, 앞으로도 영원히.」

매들린이 속삭였다.

「로렌스가 성직자가 아니라는 걸 숨기고 내가 거짓말을 했을 때도 날 사랑했어?」

「그럼요. 당신을 보기만 하면 목을 졸라버릴 생각이었어요. 내가 그때 얼마나 화가 났는지 알아요?」

「다행이야. 혹시 내가 당신에게 했던 다른 말들도 거짓으로 여길까봐 걱정을 했어.」

던컨이 솔직하게 털어놓았다.

「당신이 날 사랑한다는 사실은 한번도 의심한 적이 없어요.」

「그래도 당신이 얼마나 소중한 존재인지 모르고 있었어.」

「이젠 아니에요.」

매들린은 던컨의 목을 끌어당기면서 다시 안아달라고 명령조로 말했다. 처음보다 훨씬 느긋하고 천천히 사랑을 나눴지만 만족감은 다를 바가 없었다.

버튼 신부가 돌아왔을 때는 두 사람 모두 제대로 옷을 갖춰 입고 있었다. 던컨은 식탁에 앉아서 아침 식사를 준비하는 매들린의 모습을 눈으로 쫓고 있었다.

「저희 성에도 신부님이 한 분 필요합니다. 부디 오셔서 제 영혼을 돌봐주지 않으시겠습니까?」

매들린은 던컨의 말을 듣고 너무 기뻐서 손뼉을 쳤다.

버튼 신부는 미소를 지었지만 단호하게 고개를 흔들었다.

「수십 년 동안 이 늙은이를 거둬주신 모튼 남작 님을 이제 와서 버릴 순 없소이다. 그분은 내게 의존하고 계십니다. 내 사리사욕만 채우려고 여길 떠날 순 없지요.」

「그럼 남작 님이 돌아가시면 웩스턴 성에 와주세요. 아무래도 남작 님이 우리보다 더 장수하실 것 같은 불길한 예감이 들지만요.」

「매들린! 불길한 예감이라니. 그런 불경한 말을 입에 담으면 되겠니?」

버튼 신부가 매들린을 타일렀다.

「죄송해요, 삼촌. 병석에 누운 남작 님께 그런 말을 하다니, 제 자신이 너무 부끄러워요.」

매들린이 진심으로 뉘우치면서 말했다.

던컨이 고개를 끄덕거렸다.

「그럼 저희들이 자주 찾아뵈면 되겠군요. 그리고 이곳에서의 일이 끝나시는 대로 웩스턴 성으로 오셨으면 합니다.」

확실히 던컨의 말이 좀더 설득력이 있었는지 버튼 삼촌은 빙그레 웃으면서 고개를 끄덕였다.

「여긴 언제까지 있을 생각이에요?」

매들린이 던컨에게 물었다.

「여름은 여기서 보내면 안 될까요?」

「우린 오늘 출발해.」

던컨은 매들린을 한동안 지긋이 응시했다. 그녀는 한숨을 끙 하고 내쉬었다. 던컨은 또 시선으로 날 제압하려는 거야.

「맘대로 해요.」

버튼 신부가 요리사에게 빵을 얻어오겠다면서 밖으로 나갔다. 매들린은 문이 닫히기가 무섭게 던컨에게 다가갔다.

「내 말을 그렇게 묵살해도 되는 거예요?」

던컨이 빙그레 웃었다.

「하지만 여기 머물겠다는 당신 생각은 너무…….」

「분별이 없는 생각이라는 건 나도 알아요.」

매들린은 한숨을 내쉬더니 던컨의 무릎 위에 앉아서 양팔로 목을 끌어안았다.

「잠깐 동안 현실에서 도피하고 싶었어요. 당신도 이젠 알겠네요. 내가 얼마나 겁쟁이인지.」

그 말을 듣고 던컨은 웃음을 터뜨렸다.

「내 밑에 있는 병사들이 갖고 있는 용기를 몽땅 합쳐도 당신에겐 못 당할 걸. 어느 누가 목숨을 걸고 자기 오라버니의 적을 풀어줄 생각을 하겠어?」

「하지만 난…….」

「그리고 생전 무기라고는 손에 들어본 적도 없으면서 길라드의 목숨
을 구해준 건 누구였지?」

「그때 난 얼마나 무서웠는데요. 그래서……」

「미친 사람처럼 날뛰던 내 누이를 돌봐준 사람은 누구였지? 그리고
난폭하기로 유명한 실레노스를 순한 양처럼 길들인 건……」

「그만 하면 됐어요. 하지만 사실 속으로는 얼마나 무서웠는지 몰라
요. 너무 무서워서 차라리 죽었으면 좋겠다고 생각한 적도 있었어요. 매
번 당신에게 대들면서도 얼마나 겁이 났는데요.」

던컨은 매들린의 입술에 오랫동안 키스를 했다.

「두려움을 느끼지 않는 사람은 없어. 그런 감정을 느끼면서도 자기
의지대로 행동했을 때 용감하다고 할 수 있는 거야. 그런 의미에서 당신
은 내가 아는 어느 누구보다도 용기가 있는 사람이야.」

그 말을 끝내고 던컨은 다시 매들린에게 키스를 했다.

「입궁하면 내가 어떻게 해야 하는지 말해줘요. 국왕 폐하가 질문을
하시면 당신 맘에 드는 대답을 하고 싶어요. 당신이 기분 상하는 행동을
하거나 쓸데없는 말을 해서 누가 되게 하고 싶지 않아요.」

던컨은 매들린의 불안해하는 목소리를 듣고 고개를 내저었다.

「당신이 어떤 행동을 하든 내 기분이 상하는 일은 없어. 그리고 당
신은 국왕 폐하가 질문하시면 진실만 말하면 되는 게야.」

「로던도 나에게 똑같은 말을 했어요. 내가 진실을 말하면 당신은 끝
장이라는 말도 했지요.」

매들린이 중얼거렸다.

「이건 로던과 내 문제야. 당신은 있는 그대로의 사실만 말해주면 돼.
나머지는 모두 내게 맡겨.」

매들린이 한숨을 내쉬었다. 던컨의 말이 옳다는 걸 알기 때문이었다.

「입궁하기 전에 수염을 깎아야겠는 걸.」

매들린의 마음을 가볍게 해주려고 던컨이 경쾌한 목소리로 말했다.

갑자기 매들린이 얼굴을 붉혔다.

「난 당신이 수염을 깎지 않았으면 좋겠어요. 오늘 아침 이후로……
당신의 수염이 맘에 드는 걸요.」

던컨이 고개를 젖히고 웃음을 터뜨렸다. 그는 매들린의 솔직한 모습
이 맘에 들었다. 그래서 다시 매들린의 입술에 거칠게 키스를 했다.

던컨과 매들린은 이틀 후에 런던에 도착했다. 길라드와 에드먼드 그
리고 제럴드가 성문 앞에서 굳은 표정으로 두 사람을 맞았다.

에드먼드는 매들린을 포옹한 후에 던컨에게 제후들이 모두 도착해서
궁정의 객실에 짐을 풀었다고 말했다.

길라드가 다음으로 매들린을 포옹했다. 그는 매들린의 허리를 한쪽
팔로 끌어안은 채 던컨에게 몸을 돌렸다.

「오늘밤에 국왕 폐하를 알현할 생각이야?」

아무래도 이 녀석이 아직도 매들린에 대한 미련을 못 버린 모양이로
군. 던컨은 매들린의 몸을 잡아끌어서 옆구리에 바싹 붙였다.

「지금 가서 뵐 생각이다.」

「로던은 지금 매들린이 삼촌하고 같이 있는 줄 알고 있네. 지금쯤이
면 자네가 도착했다는 소식이 로던의 귀에도 들어갔을 게야. 그리고 자
네가 혼인하지 않았다는 걸 로던도 알고 있어. 그건 잊지 않았겠지?」

제럴드가 한마디 했다.

「우린 혼인을 했네. 버튼 신부님이 예식을 집전해주시고, 병사들이
증언을 서줬지.」

제럴드가 그 소식을 듣고 싱글벙글했다.

「국왕 폐하께서 들으시면 진노하실 게야. 일이 완전히 매듭지기 전
에 혼인부터 덜컥 해버리다니. 국왕 폐하의 입장에서 보면 권위를 무시
한 처사나 다름없어.」

에드먼드가 얼굴을 찌푸리면서 말했다.

던컨이 대답을 하려고 하는데 헨리 왕자가 병사들을 이끌고 던컨 앞
에 섰다. 헨리는 병사들에게 기다리라고 손짓을 한 뒤 던컨에게 몸을 돌

렸다.

「국왕께서 레이디 매들린을 방까지 모셔다드릴 호위병들을 보내셨네.」

헨리가 입을 열었다.

「지금 국왕 폐하께 가서 설명을 드리려고 합니다. 불안해서 매들린을 혼자 보내긴 싫군요. 얼마 전에도 국왕 폐하의 보호를 받지 못한 일이 있어서 저로서는 걱정을 안 할 수가 없습니다.」

던컨이 냉정한 목소리로 말했다.

「국왕께서 레이디 매들린이 여기 있었는지 알고 계셨을지 의문이네. 필시 로던이…….」

「저는 두 번 다시 매들린을 위험에 빠뜨리고 싶지 않습니다.」

던컨이 대꾸했다.

「그럼 그대에게 한 가지 묻겠다, 웩스턴 남작. 그대와 로던의 싸움에 레이디 매들린을 휘말리게 하고 싶은 겐가?」

헨리는 던컨이 대답할 기회도 주지 않고 말을 이었다.

「긴히 할말이 있으니 따라오게.」

던컨은 헨리를 따라 뚝 떨어진 곳에 가서 대화를 나눴다. 말을 하는 쪽은 헨리였고 던컨은 주로 듣고 있는 편이었다. 하지만 던컨의 얼굴 표정을 봐서는 그다지 달갑지 않은 애기인 듯했다.

던컨이 헨리와 함께 일행이 서 있는 곳으로 돌아왔다.

「매들린, 헨리 왕자 전하를 따라가봐. 당신이 묵을 방에 데려다주실 게야.」

「우리 두 사람이 같이 쓸 방인가요?」

매들린이 짐짓 태연한 목소리로 던컨에게 물었다.

「그대는 내 보호 하에 혼자서 방을 쓰게 될 것이야. 이번 일이 마무리 될 때까지 로던이나 던컨 두 사람 모두 그대에게 접근할 수 없게 할 작정이네. 우리 형님이신 국왕 폐하께서는 본디 성격이 급하신 분이시지. 그러니 벌써부터 형님을 자극할 필요는 없지 않겠는가. 그건 오늘밤으로 미뤄도 충분하이.」

헨리 왕자가 던컨 대신 대답을 했다.

매들린은 던컨이 고개를 끄덕이는 모습을 보고 헨리에게 공손하게 절을 했다. 던컨은 매들린을 저쪽으로 데리고 가더니 귓가에 무슨 말인가를 속삭였다.

갑자기 매들린의 표정이 밝아져서 주위 사람들의 궁금증을 자아냈다. 길라드는 매들린이 헨리의 부축을 받으면서 성안으로 걸어가는 모습을 지켜봤다.

「방금 뭐라고 한 거야? 금새 울 것 같던 형수가 왜 저렇게 기분이 좋아졌지?」

「어떤 얘기의 결말을 상기시켜줬을 뿐이다.」

던컨이 어깨를 으쓱하면서 대꾸했다. 매들린을 제외한 다른 사람에게 자세하게 얘기해줄 맘은 없었다.

그때 에드먼드가 가서 옷을 갈아입고 몇 시간 정도 쉬라고 제안했다. 이런 상황에서 잠을 자라고 하다니 어이가 없었지만 아무래도 옷은 바꿔 입어야 할 것 같았다.

「아무래도 형수를 따라가 봐야 할 것 같아. 앤서니도 아마 형수 방문 앞에서 대기하고 있을 테니까 둘이서 같이 밤을 새면 되겠지.」

에드먼드가 던컨에게 말했다.

「그렇게 해라. 그래도 헨리 왕자의 눈에 거스를 정도로 대놓고 나서지는 마라.」

그 말을 남기고 던컨은 성안으로 들어갔다.

「원래 계획대로라면 큰형이 국왕 폐하의 침소에 쳐들어가서 당장 로던을 처벌하라고 요구해야 하는 것 아닌가?」

길라드가 제럴드에게 물었다.

「안 그래도 오늘 오후에 다른 제후들이 던컨을 만나러 올 게다. 분명히 바빠서 매들린에게 신경을 쓸 틈이 없었겠지. 다행히 헨리 왕자가 도와주겠다고 나섰으니 고마운 일이 아니겠냐. 언젠가 던컨도 헨리 왕자에게 고맙다고 생각할 날이 오겠지.」

「헨리 왕자가 이번 일에 신경 쓰는 이유가 뭐지?」

길라드가 물었다.

「던컨의 충성을 받고 싶은 게야. 그나저나 길라드, 축배를 들 일이 생겼으니까 가서 술이나 찾아봐. 조만간에 네 녀석 누이하고 혼인을 하기로 했다.」

「누이에게 허락을 받았어?」

길라드가 정색을 하고 물었다.

「그래. 마음 바꾸기 전에 서둘러서 혼인을 할 작정이다.」

길라드는 제럴드의 말을 듣고 껄껄 웃어댔다.

「그럼 축배를 한잔 들고 나서 에드먼드 형한테나 가봐야겠군.」

「매들린 방 앞에 있는 복도가 꽉 차겠구먼. 그나저나 매들린이 돌아왔다는 사실을 알면 로던이 어떻게 나올지 걱정이야.」

제럴드가 걱정스럽게 한마디 했다.

한편 로던은 사냥하러 나갔다가 오후 늦게나 돼서 성에 돌아왔다. 매들린이 돌아왔다는 소식을 듣고 격분한 로던은 매들린을 찾으러 갔다.

하지만 매들린이 머무는 방 앞에는 앤서니가 버티고 서 있었다. 에드먼드와 길라드는 잠시 자리를 비우고 없었다.

앤서니는 벽에 느긋하게 기대고 서서 혐오감이 깃든 시선으로 로던의 모습을 위 아래로 훑었다. 하지만 로던은 앤서니를 싹 무시하더니 어서 열라고 고함을 지르면서 방문을 쾅쾅 두드렸다.

헨리 왕자가 문을 열고 나와서 로던에게 정중한 태도로 지금 당장은 아무도 매들린과 만날 수 없다는 말을 했다. 그리고 로던이 항의할 틈도 없이 문을 쾅 하고 닫아버렸다.

매들린은 눈을 동그랗게 뜨고 그 광경을 지켜봤다. 헨리 왕자의 이런 모습을 어떻게 해석해야 할지 갈피가 안 잡혔다. 왕자는 지금까지 매들린 곁에서 한시도 떠나지 않았다. 물론 국왕과 알현하기 위해서 매들린이 옷을 갈아입으러 침실에 들어갔을 때는 예외였지만.

「그대 오라비의 화가 나서 시뻘개진 얼굴을 보고 있자니 형님이 성을 내실 때하고 똑같군.」

헨리 왕자가 문을 닫으면서 매들린에게 말했다. 그는 매들린의 손을 붙들더니 창가로 데리고 갔다.

「이렇게 하면 벽이 아무리 얇아도 밖에서 못 들을 게야.」

헨리 왕자가 목소리를 낮췄다. 매들린이 듣기에는 아주 따뜻한 목소리였다.

던컨에 비하면 헨리 왕자는 키도 작고 그다지 잘생긴 편도 아니었다. 권력에 대한 욕심이 많기로 악평이 자자했고 생에 대한 욕구도 남달라서 사생아를 열 다섯 명이나 만들었다. 소문이야 어떻든 간에 나한테는 이렇게 따뜻하게 잘 대해주잖아. 매들린은 선입견을 버리기로 했다.

「오늘 제 남편을 도와주셔서 고맙습니다.」

매들린이 헨리에게 공손하게 말했다.

「질문 한 가지 해도 되겠소? 이곳에 오기 직전에 던컨이 그대의 귀에 대고 뭐라고 했던 것 같은데, 어떤 얘기였는지 자못 궁금하군.」

「오디세우스가 집에 돌아왔다는 걸 잊지 말라고 했습니다.」

그 말을 듣고 헨리는 자세히 설명하라고 명령했다.

「제 남편에게 전에 오디세우스라는 전사에 대한 이야기를 해준 일이 있습니다. 오디세우스는 오랜 세월을 아내와 떨어져서 모험을 해야 했었지요. 마침내 고향으로 돌아왔더니 아내와 보물을 노리는 사악한 자들이 집안에 진을 치고 있었답니다. 그래서 오디세우스는 아내에게 이제 집에 돌아왔다는 내용의 전갈을 보냈지요. 결국 오디세우스는 사악한 자들을 모두 몰아내고 아내를 지켰습니다. 그래서 던컨은 저한테 로던을 알아서 처리하겠다는 뜻으로 그런 말을 한 거랍니다.」

「그런 의미에선 던컨도 나하고 비슷한 처지로군.」

헨리가 천천히 음미하면서 말했다.

매들린은 무슨 말인지 이해가 안 갔다.

「그대에게 다른 할 애기가 있다.」

헨리가 갑자기 냉정한 목소리로 말했다.

「전하께서는 제 남편과 뜻을 함께 하시는 입장이신지요?」

매들린이 물었다.

「그런 셈이지.」

「그럼 제가 도와드릴 수 있는 한 뭐든 하겠습니다.」

매들린의 말을 듣고 헨리는 흡족한 표정을 지었다.

「내가 그대를 위해서 중재에 나선다면, 뭐든 내가 하라는 대로 하겠는가? 혹여 국외로 추방당하는 신세가 된다고 해도 좋은가?」

매들린은 말문이 막혔다.

「그대의 남편 목숨이 달려 있다고 하면 어쩌겠는가?」

「그렇다면 무슨 일이든지 하겠습니다. 혹여 제 목숨을 내놓으시라면, 드리지요.」

매들린이 진지한 목소리로 말했다.

「그대가 날 얼마나 믿는지 알았네. 그러니까 나도 그대를 돕겠다고 약속하지.」

매들린은 절을 하고 헨리 앞에 무릎을 꿇었다.

「정말 감사드립니다.」

「일어나시게. 국왕도 아닌데 내 앞에서 무릎을 꿇어서야 되겠나.」

「차라리 전하께서 왕위에 오르셨으면 좋겠습니다.」

매들린이 고개를 숙이고 작게 말했다.

헨리는 매들린을 일으켜 세우더니 문가로 걸어갔다. 그는 문을 열기 직전에 몸을 돌리고 매들린에게 말했다.

「머지않아 소원성취를 할 수 있을 게야.」

매들린은 그 말이 무슨 의미인지 알 수가 없었다.

「국왕을 알현하는 자리에 들어설 때 그대는 던컨이나 로던 어느 쪽에도 신경을 쓰면 안 되네. 국왕 폐하께서 발언할 기회를 주실 때까지 꾹 참고 기다리게. 내가 바로 옆에 있을 테니까 다른 데 신경 쓰지 않아도 될 게야.」

그 말을 남기고 헨리는 방을 나갔다.

두 시간 뒤에 헨리 왕자가 데리러 왔다. 긴장한 매들린은 어떻게든 침착한 표정을 지으려고 안간힘을 썼다. 하지만 던컨을 한시라도 빨리 보지 않으면 죽을 것만 같았다.

두 사람이 홀에 들어갔더니 저녁식사가 끝났는지 하인들이 식탁을 치우고 있었다. 사람들의 시선을 온몸으로 의식하면서 매들린은 차분한 표정을 지었다. 방을 천천히 둘러봤지만 던컨의 모습이 보이지 않았다.

다행히 던컨은 구석에 있는 벽에 기대고 서 있었고 길라드와 에드먼드도 바로 옆에 있었다. 던컨은 매들린이 홀에 들어오는 모습을 지켜봤다. 혼인할 때 입었던 가운을 입은 매들린은 침착하면서도, 더할 나위 없이 아름답게 보였다.

「여왕처럼 당당한 모습이로군.」

길라드가 속삭였다.

「평상시처럼 덤벙대지도 않는 걸.」

에드먼드가 안타깝다는 듯이 말했다.

「무서워서 그러는 게야.」

던컨은 그 말과 함께 앞으로 나서려고 했지만 길라드와 에드먼드가 가로막았다.

「섣불리 나서지 말고 형수가 올 때까지 기다리고 있어.」

헨리가 아는 사람과 얘기하는 틈을 타서 로던이 매들린 곁으로 갔다.

「한 발자국만 웩스턴 남작 앞으로 가면 죽여버릴 게야. 그리고 네 삼촌이라는 늙은이도 죽이라고 시킬 게다.」

로던이 위협을 했다.

「그럼 던컨과 동생들 그리고 던컨의 편에 선 제후들도 모두 죽일 셈인가요?」

매들린이 성난 목소리로 물었다.

「내 성질을 건드릴 생각은 하지 않는 게 좋아. 이 나라에서 나 이상의 권력을 행사할 수 있는 사람은 아무도 없어.」

로던이 매들린의 팔을 거칠게 붙잡고 말했다.

「국왕 폐하보다도 더 많은 권력을 행사할 수 있다는 말인가?」

헨리가 어느새 끼여들었다.

로던은 튈 듯이 놀라서 헨리를 쳐다봤다.

「전 그저 국왕 폐하의 충성스러운 신하일 뿐입니다. 그 이상도, 그 이하도 아니지요.」

헨리는 매들린의 손을 잡아당겨서 로던에게서 떼어놨다. 그는 한동안 매들린의 팔에 벌겋게 남은 자국을 쳐다보다가 로던에게 경멸의 시선을 던졌다.

「그대의 누이를 내 친구들에게 소개할 작정이네.」

로던은 마지못해서 뒤로 물러섰다. 그는 매들린에게 위협적인 시선을 던진 다음 헨리에게 고개를 숙이고 인사했다.

헨리는 매들린을 데리고 로던에게서 멀리 떨어졌다.

「로던이 뭐라고 하던가?」

「던컨에게 한 발자국만 다가가면 저희 삼촌을 죽이겠다고 위협하더군요.」

「로던은 허세를 부리는 것뿐이니까 신경 쓰지 마시게. 제후들 앞에서 서툰 짓은 하려고 해도 못할 게야.」

헨리가 위로하듯이 말했다.

매들린은 헨리와 함께 테라스와 통하는 문가를 향해 걸어갔다.

「에드먼드와 얘기를 나누고 있는 저분은 누구지요? 얼굴이 너무 심각해 보여서 눈에 확 띄네요.」

헨리가 몸을 돌리고 그쪽을 쳐다봤다.

「라인홀드 남작 말인가?」

「저분이 라인홀드 남작 님이신가요? 혼인은 하셨는지, 그리고 가족관계는 어떻게 되는지요?」

매들린이 애써 담담한 목소리로 물었다.

「아직 독신이네. 라인홀드 남작에게 관심을 갖는 이유가 뭔가?」

헨리가 말했다.

「어머니와 전에 알고 지내시던 분이라 여쭤봤습니다.」

매들린은 계속 라인홀드 남작을 뚫어져라 쳐다봤다. 이윽고 남작과 시선이 마주친 매들린은 따뜻한 미소를 보냈다.

클라리사 언니의 말이 사실이라면 라인홀드 남작은 매들린의 아버지였다. 그녀는 남작과 단둘이서 잠깐만이라도 얘기를 나눴으면 좋겠다고 생각했다.

매들린은 자신이 사생아라는 사실이 전혀 부끄럽지가 않았다. 다른 사람들에게는 비밀로 해야겠지만 그래도 던컨에게는 말할 필요가 있었다. 어쩌면 좋아. 던컨에게 말한다는 걸 까맣게 잊고 있었네.

「잠깐 던컨과 단둘이서 얘기를 해도 될까요?」

매들린이 헨리에게 물었다.

「다행히 로던은 자리를 비웠구먼. 어떻게든 국왕 폐하의 마음을 흔들어보려고 나갔겠지. 테라스에 나가서 기다리고 있게나. 던컨에겐 내가 가서 얘기를 할 테니.」

테라스로 나간 지 얼마 안 돼서 바로 던컨이 모습을 나타냈다.

그는 매들린을 품에 안고 부드럽게 입을 맞췄다.

「힘들지? 조금만 있으면 끝날 게야. 당신도 날 믿지? 약속……」

「당신도 날 믿지요?」

「그래. 국왕 폐하가 조금 있으면 오실 테니까 내 옆에 서 있어. 」

그 말을 듣고 매들린이 고개를 단호하게 내저었다.

「로던은 내가 당신에게 불리한 증언을 하리라고 믿고 있어요. 헨리 왕자는 로던이 마지막까지 방심하고 있는 편이 유리하다고 하셨어요. 너무 기분 나쁜 표정을 짓지 말아요, 던컨. 조금만 있으면 끝날 테니까요. 아참. 그리고 기쁜 소식이 하나 있어요. 사실은 몇 일 전에 알았는데 너무 정신이 없어서……」

「매들리인.」

던컨이 매들린의 이름을 일부러 길게 늘어뜨려서 발음했다. 아무래도 내가 또 횡설수설 했나봐.

「사실은 내가 서출이래요.」

던컨이 깜짝 놀란 표정을 지었다.

「무슨 뜻인지 모르겠어요? 난 사생아라구요. 정말 기쁘지 않아요? 로던하고 한 핏줄이 아니라니, 이렇게 기쁜 일이 어디 있어요?」

매들린이 흥분해서 말했다.

「도대체 어떤 인간이 당신을 사생아라고 불렀어?」

던컨이 성난 목소리로 물었다.

「로던이 클라리사 언니하고 하는 얘기를 듣고 알았어요. 로던과 아버지가 돌아가신 엄마를 적대한 이유를 이제야 알 것 같아요. 절 임신한 몸으로 혼인을 했기 때문이었어요. 내가 사생아라서 불쾌해요?」

던컨은 뚫어져라 매들린을 응시했다. 아무래도 마음이 불편한 모양이야. 매들린이 속으로 중얼거렸다.

「그런 소리는 하지 마.」

던컨은 고개를 내저었다. 어느새 그의 입가에 미소가 서서히 번지기 시작했다.

「그런 얘기를 듣고 좋아할 사람이 당신 말고 또 누가 있을까?」

던컨의 입에서 참고 참았던 웃음이 터져 나왔다.

「내가 사생아라서 마음에 걸려요?」

매들린이 속삭였다.

「어떻게 그런 질문을 할 수가 있어?」

「당신을 사랑하니까요.」

매들린이 일부러 한숨을 내쉬었다.

「내가 사생아라서 싫다고 해도 상관없어요. 당신은 죽을 때까지 나만을 사랑한다고 약속했으니까요.」

「그래. 맞는 말이야.」

던컨이 웃으면서 대답했다.

매들린에게 키스를 하려고 던컨이 몸을 숙이는데 갑자기 나팔 소리가 들렸다.

「아버지가 누군지 혹시 알아?」

「라인홀드 남작이요.」

던컨이 미소 짓는 모습을 보고 매들린이 계속 고개를 끄덕였다.

「내 얘기가 맘에 드나봐요?」

「아주 맘에 들어. 라인홀드 남작은 아주 좋은 분이야.」

던컨이 매들린의 귓가에 속삭였다.

「시간이 됐네. 국왕 폐하가 기다리고 계시니까 어서 나가세.」

헨리가 뒤에서 매들린을 불렀다.

던컨은 몸을 덜덜 떠는 매들린을 한번 꼭 끌어 안아줬다. 멀어져 가는 매들린의 뒷모습을 보면서 던컨은 어떻게든 위로가 될 만한 말을 찾았다.

「라인홀드 남작의 머리카락은 빨간색이야, 부인. 불꽃처럼 빨간색이라고.」

던컨이 매들린의 뒤통수에 대고 외쳤다.

「빨간색이 아니라 갈색이에요. 어떻게 빨간색하고 갈색도 구분하지 못해요?」

매들린이 돌아보지도 않고 대꾸했다.

던컨은 매들린의 웃음소리를 들으면서 안도의 한숨을 내쉬었다.

23

구약성서 中, 잠언 10장 7절

윌리엄 2세가 천천히 상석으로 걸어가는 동안 홀 안에는 쥐 죽은 듯한 침묵이 감돌았다. 국왕이 의자에 앉자 모두들 머리를 숙였다.

매들린의 눈에는 웃음기가 사라진 지 오래였다. 그녀는 홀 중앙에 혼자 서서 헨리 왕자가 국왕과 나지막하게 얘기를 나누는 모습을 지켜봤다. 국왕은 헨리의 말을 듣고 고개를 흔들면서 손을 내저었다. 헨리 왕자의 청을 들어주지 않겠다는 의사 표시였다.

매들린은 눈을 감고 용기를 내려고 애썼다. 헨리 왕자의 말로는 로던에게 제일 먼저 발언권이 주어지고, 그 다음이 던컨, 그리고 매들린이 마지막 순서라고 했다.

눈을 살며시 떴더니 던컨이 다가오고 있었다. 그는 매들린의 눈을 응시하면서 천천히 옆에 섰다. 두 사람 모두 아무 말 없이 한동안 서로를 바라보고만 있었다. 매들린은 눈빛을 통해 던컨의 마음과 힘이 전해지는 느낌을 받았다.

「당신 이름이 호명될 때까지 여기 서 있어.」

던컨은 그 말을 남기고 국왕이 앉아 있는 상석으로 걸어갔다.

국왕 앞에 선 로던과 던컨은 몸을 돌리고 상대방을 정면으로 응시했다. 두 사람은 10미터 정도의 간격을 두고 대치하고 있었다.

이윽고 국왕은 일장연설을 하기 시작했다. 제후 두 사람의 분쟁, 죄 없이 목숨을 잃은 병사들. 천차만별로 갈라지는 증언. 국왕은 진실을 밝히겠다는 말을 마지막으로 공식적인 연설을 마쳤다.

제일 먼저 발언권을 받은 로던은 무죄를 주장하면서 던컨이 자신의 성과 이백여 명의 병사들을 살육함은 물론 소중한 여동생을 포로로 잡아서 죽이려고 했다고 선언했다.

이어 아델라를 그렇게 만든 건 자신이 아니며 던컨이 죄를 덮어씌운 거라고 단언했다. 또한 자신이 궁정에 있는 동안 던컨이 예고도 없이 성에 쳐들어왔으며 그 사실을 증언해줄 목격자들이 있다는 말도 잊지 않았다.

증인들을 부르겠다는 로던의 말에 국왕은 고개를 끄덕였다. 로던의 호명을 받은 사람들은 국왕 앞에 무릎을 꿇고 앉아서 눈 하나 깜짝하지 않고 거짓말을 했다. 예수님을 배신한 유다 같은 인간들. 매들린이 속으로 중얼거렸다.

어느새 매들린 곁에는 에드먼드와 길라드가 서 있었다. 그녀는 어느새 에드먼드의 튜닉 가장자리를 저도 모르게 손으로 마구 비틀었다. 고개를 돌린 에드먼드는 튜닉을 빼내고 대신 손을 붙잡아줬다. 길라드도 옆에서 반대쪽 손을 붙잡았다.

에드먼드와 길라드는 국왕이 증인을 세워도 된다고 허락을 내릴 줄은 몰랐다. 화도 나고 걱정이 됐지만 매들린에게는 아무 내색도 하지 않으려고 했다.

로던은 마지막으로 국왕에게 머리를 조아리면서 몇 가지 말을 덧붙인 다음 정의가 실현되기만을 바란다는 말로 이야기를 마쳤다.

다음은 던컨의 차례였다. 국왕은 웩스턴 남작이라는 호칭 대신 던컨이라는 이름을 호명했다. 아직까지 던컨에게 좋은 감정을 품고 있다는 증거였다.

로던과는 다르게 던컨은 간단하게 말을 끝냈다. 로던이 아델라를 폭행했고 자신을 죽이려고 했기 때문에 보복을 했다고 설명했다. 증인은 한 사람도 부르지 않았다.

「증인이 있으면 불러도 좋다.」

국왕이 말했다.

「방금 전에 진실을 말씀드리지 않았습니까. 증인 같은 건 필요 없습니다.」

던컨이 냉정하게 대답했다.

형에게 증인을 세우라는 얘기는 모욕이나 다름없지. 에드먼드가 길게 한숨을 내쉬었다. 과거에 불명예스러운 짓을 한 적이 없으니까 당연히 국왕도 믿어줄 거라고 생각하는 게야.

던컨은 로던이 두 번이나 함정에 빠뜨리려고 했다고 주장했지만 증거가 없었다. 처음 있었던 일은 길라드가 증언을 할 수도 있겠지만 로던이 뒤에서 조정했다는 사실은 증명할 길이 없었다. 두 번째 벌어졌던 일은 제럴드가 증언을 할 순 있겠지만 결국 책임은 로던이 아닌 모르카에게 돌아갈 상황이었다.

생각에 잠겨 있던 에드먼드는 매들린의 이름이 호명되는 순간 현실로 돌아왔다. 매들린은 어깨를 똑바로 펴고 차분한 표정으로 천천히 국왕 앞에 섰다. 그런 후에 무릎을 꿇고 고개를 숙였다.

「로던의 말을 들어보니 지금까지 겪은 고초가 너무 가혹해서 이 자리에 나올 상황이 아니라고 하더군. 그래서 짐은 그대에게 더 이상 강요하지 않기로 마음먹었다.」

매들린은 너무 놀라서 말문을 잃었다. 로던이 왜 저녁 내내 그렇게 자신만만했는지 이제야 알 것 같았다. 국왕을 설득해서 매들린이 말할 기회를 아예 없애버린 것이다.

「이 몸도 국왕 폐하께 충성을 다하는 가신입니다. 비록 군대를 거느리고 폐하를 보좌하지는 못하지만, 제가 할 수 있는 일이라면 뭐든지 하겠습니다. 그러니 부디 제게도 국왕 폐하의 질문에 대답할 기회를 주시지 않으시겠는지요」

국왕이 그 말을 듣고 고개를 끄덕거렸다.

「그대 오라비의 말처럼 정신이 혼미하진 않은 듯하구나. 짐은 그대의 청을 받아들일 테니 어서 이야기를 시작하라.」

국왕이 매들린에게 명령했다.

「언젠가 제 방으로 가는 길에 오라버니가 병사에게 보고를 받는 모습을 우연히 목격했습니다. 웩스턴 남작이 오라버니와 만나기를 요청했다는 말이었습니다.」

「그럼 로던이 성에 있었단 말인가?」

국왕이 놀라서 물었다.

「네. 오라버니는 병사에게 시켜서 휴전이라는 명목으로 웩스턴 남작을 성안으로 들어오게 했지요. 웩스턴 남작은 성안으로 들어온 직후 포로로 잡혔습니다. 오라버니는 가신에게 명해서 남작을 죽이라고 했습니다. 증거를 없애기 위해서 남작을 동사시키기로 했지요.」

로던은 숨을 헉 들이마시더니 매들린에게 다가가려고 했다. 하지만 던컨이 검에 손을 대는 모습을 보고 멈칫했다.

「저 아이는 지금 정신이 오락가락해서 자기가 무슨 말을 하는 줄도 모릅니다. 그러니까…….」

「그만 하라! 앞으로 중간에 끼여드는 자가 있으면 용서치 않겠다.」

국왕이 손을 흔들면서 목소리를 높였다.

「그대는 하던 얘기를 계속 하라. 로던이 웩스턴 남작을 동사시키려고 했다고?」

「남작이 동사하면 병사들을 시켜 시신을 멀리 내다버릴 계획이었습니다. 그래서 그의 옷을 벗기고 기둥에 묶어놨습니다. 오라버니는 가신들에게 남작을 지켜보고 있으라고 명을 한 뒤, 런던으로 떠났습니다. 하지만 가신들은 너무 추워서 다들 성안으로 들어가버렸지요. 그래서 제가 던컨을 풀어줬습니다.」

「그런 연후에 던컨의 병사들이 성을 공격해왔나?」

「성벽을 타고 안으로 들어왔습니다. 주군인 웩스턴 남작을 보호해야 한다는 의무감 때문이었겠지요.」

매들린이 차분한 목소리로 설명했다.

「그랬었군.」

매들린은 그 말의 의미가 뭔지 알 수가 없었다. 로던을 흘끗 쳐다봤더니 득의양양한 미소를 짓고 있었다. 던컨은 매들린에게 계속 얘기하라는 듯이 고개를 끄덕였다.

「병사들이 성안에 들어온 후에는 어떻게 됐지?」

한참만에 국왕이 물었다.

「전투가 시작됐습니다.」

「그래서 그대는 포로로 잡혔나?」

「오라버니의 학대에서 벗어났다고 해야 옳을 겁니다. 신에게 맹세컨대 오라버니는 자주 제게 손찌검을 했습니다.」

갑자기 여기저기서 웅성대는 소리가 들렸다.

「웩스턴 남작은 이 몸을 자신의 성에 데리고 갔습니다. 그 전까지 언제나 오라비 때문에 겁에 질려 있었던 저는 난생 처음 보호받는 느낌이 뭔지 알게 됐습니다. 웩스턴 남작은 명예를 아는 사람이라, 제게 잘 대해줬습니다. 그래서 제게 손찌검을 할지도 모른다는 두려움은 느낀 적이 없었습니다. 단 한번도요.」

국왕은 로던을 한동안 노려보다가 다시 매들린에게 시선을 돌렸다.

「그럼 로던의 성은 누가 태웠는가?」

「그건 웩스턴 남작이 한 짓입니다!」

로던이 소리를 질렀다.

「조용히 하라! 지금 그대의 누이에게 묻고 있질 않은가.」

국왕이 쩌렁쩌렁한 목소리로 말했다.

「성이 폐허가 된 것은 휴전이라는 애초의 말을 어긴 오라버니가 자초한 일입니다.」

매들린이 국왕에게 고했다.

「그럼 남작에게 정절을 잃은 일도 없다는 애긴가?」

국왕이 지친 얼굴로 물었다.

「저 사람은 제 몸에 손을 대지 않았습니다!」

매들린이 목소리를 높였다.

다시 한 번 홀에 나지막하게 웅성거리는 소리가 퍼져나갔다.

「진실만을 고하기로 맹세를 했으니 사실을 말하겠습니다. 오라버니의 말처럼 웩스턴 남작이 제게 손을 댄 게 아닙니다. 오히려 그를 유혹한 건 저였습니다.」

여기저기서 숨을 헉 들이마시는 소리가 들렸다. 던컨이 낮게 으르렁대는 소리를 내더니 매들린 옆에 서서 손으로 입을 막았다. 매들린이 옆구리를 찌르자 던컨은 손을 치우고 어깨에 올려놓았다.

「지금 자신이 얼마나 수치스러운 말을 하고 있는지 알고 있는 겐가?」

국왕이 큰소리로 물었다.

「전 던컨을 사랑합니다. 하지만 던컨은 혼인하기 전에는 제 유혹을 받아주지 않았습니다.」

매들린이 또렷한 목소리로 대답했다.

「그대는 누이가 강제로 정절을 빼앗겼다고 하질 않았던가?」

국왕이 로던을 노려보면서 물었다.

그는 다시 매들린에게 시선을 돌렸다.

「그럼 로던이 던컨의 여동생의 정절을 빼앗았다는 애기는 사실인가?」

「네. 레이디 아델라가 제게 그날 있었던 일을 자세하게 들려줬습니다. 사실 모르카의 짓이었지만 오라버니가 뒤에서 조정해서 벌어진 일이었다고 했습니다.」

「무슨 말인지 알겠다.」

국왕은 격분한 것처럼 보였다. 그는 한동안 계속 질문을 던졌고 매들린은 사실대로 털어놨다.

「마지막으로 더 할말이 있는가?」

매들린의 말이 끝난 뒤 국왕이 로던에게 물었다.

로던은 얼굴이 시뻘겋게 달아올라서 한동안 말을 못하고 있었다.

「제 누이가 한 말은 모두 거짓입니다.」

로던이 더듬대면서 말했다.

「무어라고! 항상 진실만을 말한다고 그대가 침이 마르게 칭찬했던 누이가 아니었던가?」

국왕이 버럭 고함을 질렀다.

로던은 입을 꾹 다물었다. 국왕은 이번엔 던컨에게 몸을 돌렸다.

「할말이 남아 있으면 해도 좋다.」

「아내만 유혹을 했던 게 아닙니다. 저도 아내를 유혹했습니다.」

던컨이 부드럽게 말했다.

국왕은 미소를 짓더니 로던에게 먼저 말했다.

「로던, 그대는 짐의 신의를 저버렸으니 다시는 궁정에 발을 들이지 말라.」

이어 국왕은 던컨에게 몸을 돌렸다.

「짐의 동생인 헨리는 그대에게 분노를 식힐 시간이 필요하다는 말을 했네. 폭력을 동원해서 무고한 생명을 희생시킨 점은 못마땅하지만, 그대의 여동생의 명예를 위해서 보복을 한 것이니 탓하지는 않겠다. 한 달 정도 스코틀랜드로 여행을 떠나라.」

그 말을 듣고 던컨의 몸이 굳어졌다. 매들린은 던컨에게 제발 가만히 있으라는 뜻으로 손을 꽉 잡았다.

「그리고 여행에서 돌아온 다음에도 계속 로던과 대적하고 싶다면 그렇게 하라. 원한다면 목숨을 걸고 싸워도 좋다.」

던컨은 한 달이나 기다려야 한다는 사실이 별로 맘에 안 들었다. 하지만 매들린이 몸을 떨기 시작했기 때문에 결단을 내렸다.

「스코틀랜드로 바로 떠나겠습니다.」

국왕이 고개를 끄덕거렸다.

「로던에게는 모든 지위를 박탈하는 대신 한 달 동안 숨어 있을 기회를 주겠다.」

「제가 꼭 찾아낼 겁니다.」

던컨은 국왕에게 절을 했다. 국왕이 홀을 먼저 나갔고, 로던이 쏜살같이 뒤쫓아갔다.

「당신에게 할말이 있어.」

던컨이 나지막한 목소리로 속삭였다.

「난 지금 너무 지쳤어요, 던컨. 그리고 국왕 폐하께 우리가 떠난다는 말씀을 드렸잖아요.」

매들린이 던컨에게 억지로 미소를 지으면서 말했다.

「우리라니?」

「그럼 날 여기 두고 갈 생각이에요?」

매들린이 사색이 돼서 물었다.

「그럴 리가 있나.」

「장난 좀 치지 말아요. 안 그래도 힘들어 죽겠는데 당신까지 왜 그래요?」

매들린이 투덜거렸다.

그때 라인홀드 남작이 두 사람의 대화에 끼여들었다.

「부인도 자네처럼 용기가 있는 분이더군. 국왕 폐하께 당당하게 맞서는 모습을 보고 감탄했네. 어떻게 목소리도 한번 안 떨 수가 있지?」

매들린은 남작의 얼굴에서 시선을 떼지 못했다. 던컨이 그 모습을 보고 입을 열었다.

「남작 님, 이쪽은 제 아내인 매들린입니다. 과거에 아내의 어머님과 알고 지내셨다는 얘기는 들었습니다.」

「정말 레이첼과 많이 닮았어.」

잠깐 동안 감회에 젖었던 남작이 정신을 차리고 말을 이었다.

「이렇게 만나 뵙게 돼서 영광입니다, 남작 부인.」

매들린은 남작의 미소가 마음에 들었다. 갑자기 감정이 복받쳐 올랐다. 그녀는 억지로 미소를 짓고 남작에게 말했다.

「언제 시간이 되면 저희 어머니 얘기를 같이 나눴으면 좋겠어요. 남작 님, 스코틀랜드에서 돌아오면 저희 집을 한번 찾아주시겠어요?」

「저로서는 영광입니다.」

라인홀드 남작이 미소지으면서 대답했다.

제후들이 앞다퉈서 축하 인사를 하러 몰려오는 바람에 대화가 끊겼다. 매들린은 못내 아쉬움을 느끼면서 던컨의 손을 꼭 붙들었다. 무슨 말이라도 해줄 줄 알았는데 던컨은 아무 말이 없었다.

「떠나기 전에 짐을 챙기러 방에 갔다와도 되겠어요?」

매들린이 던컨에게 물었다.

「지금 걸치고 있는 옷이면 충분하니까, 그만 둬.」

「나한테 화가 났군요?」

매들린이 한숨을 내쉬면서 물었다.

던컨은 천천히 고개를 내저었다.

「날 유혹하다니, 국왕 폐하 앞에서 그렇게 아무렇지도 않게 거짓말을 해도 되는 게야?」

입으로는 비난을 하면서도 던컨은 씩 웃었다.

「거짓말이라뇨! 난 당신이 키스해줬으면 좋겠다고 얼마나 바랐는지 몰라요. 그리고 당신이 키스를 그만두는 게 싫었어요. 더구나 야영을 하던 날, 텐트 안에서 내가 먼저 당신에게 키스를 했잖아요. 그러니까 내가 먼저 유혹을 한 게 맞아요.」

「당신이 그런 얘기를 안 했으면 지금쯤 로던과 결판을 냈을지도 모르지.」

던컨이 심드렁하게 대꾸했다.

「그래서요? 내가 그 얘기를 안 했으면 국왕 폐하가 어떻게 하셨을 것 같아요? 당신하고 로던이 서로 다른 말을 하는데 누가 유죄이고 무죄인지 판단을 내릴 수 있었겠어요? 결국 당신의 손과 발을 묶어서 호수에 던졌겠지요. 당신이 가라앉으면 무죄가 증명될 테지만 그래봐야 무슨 소용이 있어요? 당신은 이미 죽은목숨인 것을. 난 일생 동안 당신이 죽어서 남긴 명예만 끌어안고 잠자리에 들 생각은 없어요. 살아 있는 당신을 원한다구요(당시에는 유죄, 무죄를 판결하는 수단으로 시죄법(試罪法)을 동원했다. 주인공은 그 중에서도 물의 시죄법을 언급하고 있음. 손과 발이 결박된 상태로 성직자가 종교적 의식을 치른 물 속에 들어간 다음 물위로 떠오르면 유죄, 가라앉으면 무죄로 판결).」

매들린은 그만 울음을 터뜨리고 말았다.

「성당에서라면 모를까, 국왕 폐하는 그런 방법은 안 쓰신다고.」

던컨이 한숨을 길게 내쉬면서 말했다.

「아.」

그때까지 울고 있던 매들린의 입에서 외마디 소리가 나왔다. 내가 잘못 알고 있었잖아.

던컨은 터져 나오는 웃음을 꾹 참고 매들린을 끌어안았다.

「조금 뒤에 출발할 거야. 그 동안 마음껏 날 유혹해도 좋아, 부인.」

4시간 뒤 일행은 야영을 했다. 매들린은 지친 몸을 이끌고 냇가에 가서 대강 몸을 씻었다. 야영지로 돌아와 보니 던컨이 텐트를 세운 뒤였다. 다른 사람들은 조금 떨어진 곳에 야영을 하고 있었다.

「버튼 삼촌은 괜찮으실까요?」

매들린이 걱정스럽게 물었다.

「걱정하지 않아도 돼. 믿을 만한 호위병들을 남겨 두고 왔으니까.」

그 말을 듣고 매들린이 고개를 끄덕였다.

「우리가 처음 같이 텐트에서 밤을 보냈던 날을 기억해요?」

「당연하지.」

「모닥불이 너무 가까이 있어서 텐트에 불이 붙을까봐 내심 얼마나 걱정했는데요.」

「당신은 원래 걱정을 끌어안고 사는 사람이잖아. 오죽 걱정이 많았으면 그날 밤에도 옷을 입은 채 그냥 잤을까?」

던컨이 장난스럽게 말했다.

「그 덕에 정절을 지켰잖아요. 내 안에 당신을 유혹하고 싶은 마음이 있다는 건 나도 몰랐어요.」

매들린은 던컨의 못마땅한 표정을 보고 웃음을 터뜨렸다.

「당신 정절을 지켜준 사람은 나야.」

매들린은 속옷만 입고 가죽을 깔아놓은 바닥에 몸을 눕혔다. 달빛은 부드럽게 주위를 감싸고 산들바람이 기분 좋게 불어오는 밤이었다.

「당신도 옷을 벗어, 매들린.」

어느새 튜닉과 부츠를 모두 벗은 던컨이 말했다.

매들린은 던컨의 손을 잡아끌면서 귓가에 속삭였다.

「오늘밤은 안 돼요. 병사들이 볼지도 몰라요.」

「걱정하지 마. 난 지금 당신을 안아야겠어. 당장.」

던컨은 매들린의 입술에 키스를 했다. 그녀는 던컨의 목에 팔을 감고 신음을 하면서 반사적으로 몸을 젖혔다.

「당신이 너무 소리를 크게 내서 걱정이에요.」

던컨의 입술이 귓불을 애무하는 틈을 타서 매들린이 속삭였다. 그녀는 쾌감 때문에 몸을 부르르 떨었다.

던컨은 매들린의 말을 듣고 고개를 들고 껄껄 웃었다.

「매번 비명을 지르는 사람이 누군데 그래? 난 원래 자기 통제가 철저한 사람이라 아무 소리도 안 낸다고.」

「그래요?」

매들린의 손이 천천히 던컨의 남성을 애무했다.

얼굴에서 웃음기가 사라진 던컨은 매들린의 입술에 거칠게 키스를 했

다. 그는 매들린의 속옷 밑에 손을 넣고 촉촉하게 젖은 하복부를 쓰다듬
었다. 던컨의 손가락이 여러 개 몸 속에 파고들자 매들린은 허리를 뒤로
젖혔다.

두 사람은 정신없이 속옷을 벗어 던졌다. 던컨은 신음 소리를 내는
매들린의 입술을 자신의 입술로 틀어막았다. 그는 매들린의 허벅지를 벌
리고 몸 속으로 밀고 들어갔다. 던컨은 매들린의 자극적인 신음 소리와,
등을 애무하는 손길에 호응해서 금새 절정에 올랐다.

던컨은 순간적으로 비명을 지르고 싶었지만 꾹 참고 매들린의 입술에
거칠게 키스를 했다. 거의 동시에 두 사람이 내지른 비명 소리는 상대방
의 입술이 삼켰다.

「당신을 사랑해.」

한참만에 던컨이 품에 안긴 매들린에게 속삭였다.

「나도 당신을 사랑해요, 던컨.」

한동안 두 사람은 나른한 기분에 젖어서 절정의 여운을 음미했다.

「궁정에서 내가 당신을 유혹했다고 말했을 때 많이 민망했어요?」

매들린이 갑자기 물었다.

껄껄 웃는 던컨을 쳐다보려고 고개를 돌리다가 매들린은 머리를 던컨
의 턱에 부딪혔다.

「아니. 민망하다는 말은 여자들에게나 어울리는 표현이야.」

던컨이 오만한 목소리로 대꾸했다.

「그럼 남자들에게 어울리는 표현은 뭐죠?」

「지쳐서 나가 떨어졌다는 말. 너무 열정적으로 사랑을 나눠서 손 하
나 까딱할 기운이 없다는 말.」

「그 말은 입 다물고 어서 잠이나 자라는 의미예요?」

「그래.」

「그럼 한 가지만 물어보고 당신 말대로 할 게요.」

던컨의 한숨소리를 듣고도 매들린은 무시를 했다.

「오라버니가 가짜로 세운 증인들은 누구예요? 그 사람들도 당신처럼

제후인가요?」

「그놈들이 제후라니, 말도 안 돼.」

「혹시 군대를 거느리고 있진 않아요?」

매들린이 불안한 얼굴로 물었다.

「그자들은 군대를 거느릴 만한 능력이 없어. 그렇긴 해도 돈만 많이 준다고 하면 로던 주위로 그런 양심 없는 자들이 벌떼처럼 몰려들겠지. 하지만 다행히 이젠 로던에게 그럴 만한 재력이 없으니 다들 제 갈길 찾아서 떠날 게야. 아무리 문제를 일으키고 싶어도 곁에 남아 있는 사람이 없는데 로던 혼자서 발악해봐야 무슨 소용이 있겠어?」

매들린은 그 말을 듣고 안도의 한숨을 내쉬었다.

「스코틀랜드에 가면 당신도 내 사촌인 에드위스를 만날 수 있을 거예요. 사실은 당신을 만나기 전에 에드위스와 같이 살려고 했어요.」

「이번에 가면 당신도 캐서린 누님을 만나겠군.」

던컨이 졸린 목소리로 말했다.

「그럼 누님이 스코틀랜드인과 혼인했어요?」

매들린이 믿기 힘들다는 듯이 물었다.

「그래.」

「그럼 누님의 부군 되시는 분은……」

「아니. 매형은 빨간 머리가 아니야.」

던컨이 끝까지 듣지도 않고 말했다.

「갑자기 난데없이 무슨 말이에요? 난 그저 캐서린 누님과 당신 매형이 에드위스를 아는지 궁금하다고 말하려던 참이었어요.」

대답 대신 던컨의 코고는 소리가 들렸다. 매들린은 던컨의 품에 등을 바싹 붙이면서 눈을 감았다.

그날 밤 매들린은 너무 행복한 꿈을 꿨다. 아무것도 모르던 어린 시절의 꿈을.

「사랑과 명예, 세상에서 가장 소중한 보물……」

한 달 여의 스코틀랜드에서의 체제 기간 동안 매들린은 더 없이 행복한 시간을 보냈다. 그녀는 대번에 스코틀랜드인들의 매력에 흠뻑 빠졌다. 이 세상에서 제일 가는 전사란 전사는 모두 여기 모인 것 같아. 물론 던컨을 당해낼 사람은 아무도 없지만. 고대 스파르타인을 연상시키는 강렬한 존재감과 투박하지만 변하지 않는 성실함. 어쩌면 그래서 더 스코틀랜드인들에게 끌렸는지도 모른다.

다들 던컨을 가족처럼 대했다. 던컨의 누이 캐서린 역시 매들린을 아주 반갑게 맞아줬다. 캐서린은 아주 매력적인 여자였고 남편을 진심으로 사랑하고 있었다.

하지만 에드위스를 만나볼 기회가 없었다. 캐서린이 에드위스를 초대하겠다고 약속을 했지만 생각보다 너무 먼 곳에 살고 있어서 그것도 쉽지가 않은 일이었다.

던컨은 매들린에게 약속한 대로 자기 몸을 지키는 방법을 가르쳐줬다. 하지만 일단 매들린이 활과 화살을 집어들면 혼자 연습하게 놔두고 그 자리를 피했다. 계속 실수하는 모습을 보고 있다가는, 짜증이 울컥 치밀 것 같아서였다. 아무리 연습을 해도 매들린은 과녁을 맞추지 못했다. 앤서니가 말했던 대로 언제나 과녁보다 1미터 정도 위쪽으로 활을 날렸다.

8월 말, 던컨은 매들린과 함께 웩스턴 영지로 돌아왔는데 얼마 전에 윌리엄 2세가 승하했다는 비보가 두 사람을 기다리고 있었다. 국왕은 헨리 왕자와 수행원을 이끌고 사냥하러 나갔다가 변을 당했다고 한다. 병사 하나가 사슴을 겨냥했는데 우연치 않게도 화살이 국왕의 목을 깨끗이 관통해버렸다. 국왕은 그 자리에서 즉사했다고 한다.

목격자의 증언에 따르면 병사는 사슴을 겨누고 있었지만 활이 날아가는 도중에 시뻘건 악마의 손이 땅에서 불쑥 솟아 나왔다는 것이다. 악마는 화살을 가로채서 국왕을 향해 날렸다.

결국 국왕의 죽음은 악마의 소행으로 결론지어졌고 목격자들은 모두 무죄가 선언되었다. 그리고 헨리 왕자가 곧바로 왕위에 올랐다.

매들린은 두 사람이 자리를 비운 동안 그런 일이 생겨서 얼마나 다행인지 몰랐다. 하지만 정작 던컨은 영국에 남아 있었으면 국왕을 살릴 수도 있었을지도 모른다면서 굉장히 화를 많이 냈다.

두 사람 모두 악마의 손이니 뭐니 하는 새빨간 거짓말을 믿지 않고 있었다. 하지만 그렇다고 헨리 왕자가 계략을 꾸민 일일지도 모른다는 사실을 입 밖에 내지는 않았다.

던컨이 스코틀랜드에서 한 달 체류하게 된 것도 사실 헨리 왕자가 윌리엄 2세에게 주청을 했기 때문이었다. 매들린이 보기에도 헨리 왕자는 던컨이 런던에 남는 걸 바라지 않은 게 분명했다. 어쩌면 던컨의 목숨을 구하려고 그랬을지도 모른다는 생각이 들었다. 하지만 매들린은 그런 의사를 던컨에게 한번도 내비치지 않았다.

제럴드와 아델라는 10월 첫째주 일요일에 부부가 되었다. 그리고 매들린이 혼인한 지 닷새만에 모튼 남작이 죽었기 때문에 버튼 신부는 약속대로 얼마 전에 웩스턴 성으로 이사를 왔다.

던컨은 로던을 잡기 위해서 영국 전역에 병사들을 풀어놨다. 새로 국왕이 된 헨리 역시 로던을 끔찍하게 싫어했기 때문에 이젠 그를 비호해 줄 사람이 아무도 없었다.

매들린은 로던이 영국을 떠났다고 믿고 있었다. 하지만 던컨은 로던이 어딘가 숨어서 보복할 기회만 엿보고 있을 거라고 생각했다. 물론 매들린에게는 아무 말도 안 했지만.

새로 왕위에 오른 국왕 앞에 무릎을 꿇고 충성을 맹세하라는 내용의 소환장이 도착했다. 던컨은 매들린을 두고 가야 한다는 사실이 못내 불안했다.

던컨이 소환장을 들고 홀에 앉아 있는데 매들린이 아침을 먹으러 내려왔다. 그때 이미 던컨은 점심식사를 마친 뒤였다.

매들린은 근래에 자주 피곤함을 느꼈다. 그리고 아침마다 매번 속이 안 좋아서 구역질을 했지만 던컨에게는 걱정시키고 싶지 않아서 아무 애기도 안 했다.

하지만 던컨은 매들린의 상태를 잘 알고 있었다. 그는 매들린이 임신한 걸 스스로 깨달을 때까지 참을성 있게 기다리기로 마음먹었다.

매들린은 던컨이 벽난로 옆에 있는 의자에 앉아 있는 모습을 보고 미소지었다. 날씨가 제법 쌀쌀했기 때문에 벽난로 불빛이 더욱더 반갑게 느껴졌다. 던컨은 매들린을 무릎에 앉혔다.

「당신한테 할말이 있어요, 던컨. 남들은 모두 점심을 먹을 시간에 이제야 잠에서 깨다니, 아무래도 몸이 아픈 것 같아요. 그래서 어제 모드에게 약을 지어달라고 했었지요.」

「그래서 약을 먹었어?」

던컨은 웃음을 참으면서 물었다. 아무래도 너무 심각해 보이는 걸.

매들린은 고개를 흔들었다. 그녀는 머리를 뒤로 넘기려고 하다가 던컨의 가슴을 팔로 쳤다.

「아뇨. 슬쩍 웃기만 하더니 그냥 가버리지 뭐예요. 모드가 갑자기 왜 그러는지 모르겠어요.」

던컨이 길게 한숨을 내쉬었다.

「아들을 낳았는데 머리칼이 빨간색이면 당신은 분명히 기분 나빠하겠지?」

매들린이 눈을 동그랗게 뜨더니 손으로 아랫배를 쓰다듬었다.

「우리 딸은 나처럼 갈색 머리일 거예요. 그리고 그 아이는 이 세상에서 제일 멋진 엄마를 갖게 되는 거구요.」

던컨이 껄껄 웃으면서 매들린에게 키스를 했다.

「당신도 날 닮아서 날이 갈수록 오만해지는군. 태어날 아이는 아들이니까 더 이상 왈가왈부 하지 마.」

매들린은 고개를 끄덕였다. 하지만 마음속에서는 사랑스러운 딸을 품에 안은 광경을 떠올리고 있었다.

「그리고 이제는 들짐승들에게 먹이를 주러 다니지 마. 나는 당신이 성밖에 나가지 않았으면 해.」

「들짐승이 아니라 우리 늑대라니까요.」

매들린이 장난스럽게 말했다. 사실 지금은 늑대가 아니라 개라고 생각하고 있었지만 던컨에게는 아무 소리도 안 했다.

「알았어요. 오늘까지만 주고 내일부터는 그냥 놔둘 게요.」

던컨은 매들린과 같이 가주기로 약속을 했다. 그녀는 던컨을 기다리는 동안 안뜰에 나가서 활쏘기 연습을 했다. 하지만 해가 저물기 시작하는데도 던컨은 여러 가지 잡무를 처리하느라고 바빴다.

매들린은 네드가 만들어준 헝겊 주머니에 화살을 챙겨 넣었다. 여느 때처럼 앤서니가 삼베바구니에 주방에서 얻은 음식을 챙겨 가지고 왔다. 그녀는 화살을 담은 헝겊주머니는 등에 묶고 활은 한쪽 어깨에 맸다.

「저녁상에 토끼 한 마리 정도는 올릴 수 있을 것 같아요.」

매들린이 자랑스럽게 말했다.

천지가 개벽하기 전에는 불가능한 일이지. 앤서니가 마음속으로 중얼거렸다.

이윽고 앤서니와 함께 언덕에 오른 매들린은 바닥에 천을 깔고 그 위에 음식 찌꺼기를 산더미처럼 쌓았다. 그리고 살점이 두툼하게 붙은 커다란 뼈다귀 하나를 맨 위에 올려놓았다.

그때 앤서니는 뒤쪽에서 인기척을 느꼈다. 고개를 돌렸더니 화살이 공기를 쉬익 가르면서 앤서니의 어깨에 박혔다. 그는 허공에 손을 휘두르다가 균형을 잃고 땅에 쓰러졌다. 마침 그때 망루에서 그 광경을 목격한 보초병이 적이 나타났다고 고함을 쳤다. 성벽 위에 죽 늘어선 병사들은 일제히 활을 겨누고 적이 모습을 내보이기만을 기다렸다.

마침 그때 던컨은 말에 몸을 싣고 있었다. 매들린을 기쁘게 해주려고 몰래 뒤따라갈 생각을 했던 것이다. 던컨은 보초가 내지른 소리를 듣고 즉시 전속력으로 말을 몰았다. 병사들도 황급하게 말을 타고 던컨의 뒤를 쫓아갔다.

매들린은 화살을 하나 꺼내들고 활에 재운 다음 조심스럽게 조준을 했다. 로던을 대신해서 증인을 섰던 남자의 모습이 눈에 들어왔다. 결국 또 로던이 꾸민 일이라는 얘기였다.

격분한 매들린은 활시위를 힘껏 당기고 곧바로 다시 재빨리 활에 화살을 재웠다. 첫 번째 화살을 맞고 누군가 바닥에 쓰러졌다.

던컨은 언덕 주위를 한 바퀴 돈 다음 병사들에게 반대편으로 가라고 지시했다. 중간에서 파고 들어가서 매들린 앞을 차단할 작정이었다.

오래지 않아 던컨의 병사들이 로던의 끄나풀들과 전투를 벌이기 시작했다. 매들린은 앤서니를 부축하려고 활을 팽개쳤다. 균형을 잃고 넘어지는 바람에 언덕 아래로 굴러 떨어진 앤서니는 간신히 몸을 일으키고 천천히 매들린이 서 있는 쪽으로 올라왔다.

「몸을 숙여요!」

앤서니가 갑자기 소리를 질렀다.

하지만 매들린이 미처 피할 사이도 없이 누군가 몸을 붙들더니 반대편으로 확 돌렸다. 로던의 얼굴과 마주친 매들린은 저도 모르게 비명을 질렀다.

로던의 눈은 광기로 번들거렸다. 매들린은 로던의 발을 콱 밟으면서 무릎으로 사타구니를 찼다. 로던은 바닥에 넘어지면서도 매들린을 꼭 붙들고 놓아주질 않았다.

그녀는 몸을 옆으로 굴렸지만 로던이 조금 더 빨랐다. 그는 휘청대면서 몸을 일으키더니 무릎을 꿇은 상태에서 매들린의 턱을 주먹으로 있는 힘껏 후려쳤다. 매들린은 그 자리에서 정신을 잃고 쓰러졌다.

로던은 몸을 일으킨 다음 언덕 아래쪽을 쳐다봤다. 부하들이 모두 목숨을 보존해보겠다고 정신없이 도망치고 있었다.

「어디 숨어 있는 게냐, 웩스턴 남작! 내가 이년을 죽일 거니까 똑똑히 보고 있어!」

로던이 목이 터져라 외쳤다.

다급해진 던컨은 언덕 위로 정신없이 달리기 시작했다. 로던은 던컨이 방해하기 전에 매들린을 죽이려고 땅에 떨어뜨린 단검을 찾기 시작했다.

단검은 음식 찌꺼기 위에 떨어져 있었다. 그는 천박하게 웃으면서 단검을 집으려고 몸을 숙였다. 그 순간 어디선가 낮게 으르렁거리는 소리가 들렸다.

던컨은 로던이 양손을 쳐드는 모습을 목격했다. 이어 갈색 물체가 전광석화처럼 로던의 목덜미를 향해 덤벼들었다. 로던은 분수처럼 피를 내뿜으면서 바닥에 쿵 하고 쓰러졌다.

던컨은 병사들에게 움직이지 말라고 손짓을 했다. 그는 늑대에게 시선을 고정한 채로 천천히 활과 화살을 꺼내들었다. 녀석은 보통 늑대 보다 거의 두 배는 몸집이 커 보였다. 늑대는 로던의 시신을 툭툭 건드리면서 이를 드러내고 나지막하게 으르렁댔다.

제발, 매들린이 깨어나면 안 되는데. 그는 늑대를 한 발에 명중시키기 위해서 천천히 앞으로 움직였다.

그때 갑자기 늑대가 바닥에 쓰러져 있는 매들린 옆으로 갔다. 던컨은 눈앞이 캄캄하고 심장이 멎어버린 기분이었다.

늑대는 킁킁대면서 매들린의 냄새를 한번 맡더니 이내 음식 찌꺼기에 관심을 돌렸다. 아무래도 그 동안 매들린의 몸에서 나는 냄새에 익숙해진 모양이었다. 던컨은 늑대가 뼈다귀를 물고 언덕 아래로 사라지는 모습을 지켜봤다.

그는 활과 화살을 내동댕이치고 매들린에게 달려가기 시작했다. 던컨은 무릎을 꿇고 매들린을 부드럽게 안아들었다. 정신을 차린 매들린은 부어오른 턱을 손으로 문질렀다.

「다들 갔어요?」

매들린이 작게 속삭였다. 던컨이 하도 꽉 끌어안아서 숨을 쉬기도 힘들었다.

「로던은 죽었어.」

매들린은 눈을 감고 로던의 영혼을 위해서 기도했다.

「앤서니는 괜찮아요? 어서 상처를 치료해야 하는데…… 어깨에 화살을 맞았어요.」

매들린이 몸을 옴죽대면서 다급하게 말했다.

던컨이 계속 몸을 떨고 있었기 때문에 매들린은 일부러 혼자서 떠들어댔다. 한참만에 마음을 가라앉힌 던컨은 천천히 매들린을 끌어안은 팔에 힘을 뺐다.

「이젠 끝났어요?」

「그래. 당신 늑대가 당신을 구했어.」

던컨이 안도감에 한숨을 내쉬면서 말했다.

「나도 그럴 줄 알았어요. 당신이라면 날 언제나 구해줄 거라고 믿었으니까요.」

매들린이 미소를 지으면서 말했다.

「그게 아니야. 당신 늑대가 로던을 죽였다니까.」

던컨이 얼굴을 찡그리면서 말했다.

매들린은 고개를 내저었다. 내 기분을 풀어주려고 장난을 치는 거야.

전에도 내가 무서워할 때마다 농담을 하곤 했잖아.

「일어날 수 있겠어? 혹시……」

던컨이 물었다.

「난 괜찮아요. 그리고 우리 딸아이도 무사하니까 걱정하지 말아요.」

매들린이 아랫배를 쓰다듬으면서 말했다.

던컨은 매들린을 일으켜 세운 다음 앞을 보지 못하게 막아섰다.

「로던의 시신을 보면 마음만 불편해 질 게야.」

로던의 목덜미는 늑대의 이빨에 물어 뜯겨서 갈가리 찢겨 있었다. 한 번 보면 잊혀지기 힘들 정도로 참혹한 광경이었다.

그때 앤서니가 두 사람에게 다가왔다. 뭔가 믿어지지 않는 광경을 목격한 사람처럼 보였다.

「앤서니, 어깨는……」

「대수롭지 않은 상첩니다. 그리고 그거 아십니까? 부인이 쏜 화살이 어떤 자의 심장을 정확하게 관통했지 뭡니까?」

앤서니가 말을 더듬댔다.

던컨은 앤서니의 말을 믿지 않았다.

「매들린이 쓰는 화살이 맞던가?」

「예.」

두 사람은 천천히 매들린에게 시선을 돌렸다. 둘 다 꽹장히 놀란 눈치였다. 순간적으로 기분이 상한 매들린은 사실을 숨기고 싶은 충동이 생겼다. 하지만 뭐든 숨기는 건 매들린의 체질상 맞지가 않았다.

「사실은 발을 맞추려고 했어요.」

그 말을 듣고 던컨과 앤서니의 입가에 경련이 일어났다. 웃음을 간신히 참은 던컨은 매들린을 안아들고 언덕 아래로 내려갔다.

「늑대가 당신 목숨을 구했어.」

던컨이 이번엔 제대로 설명을 하려고 다시 말했다.

「나도 알아요. 내 사랑.」

매들린이 던컨의 턱을 쓰다듬으면서 속삭였다.

던컨은 한숨을 내쉬었다. 아무래도 나중에 설명을 해줘야겠군. 지금은 내가 아무리 말해봐야 소용이 없겠어.

「이젠 먹이를 주지 않아도 돼, 매들린. 앞으로는 내가 알아서 처리할 테니까. 당신 늑대는 앞으로 편하게 살아갈 자격이 충분히 있어.」

「계속 그렇게 농담만 할 거예요? 가뜩이나 힘들어서 죽겠는데.」

매들린이 성난 목소리로 말했다.

던컨의 입가에 미소가 피어올랐다. 이제는 아예 날 손에 쥐고 흔들려고 하는군. 그래도 싫지는 않아. 그는 또 멍이 들었다고 투덜대는 매들린의 머리에 턱을 문질렀다.

웩스턴 남작은 한시라도 빨리 매들린을 집에 데리고 가고 싶었다. 아내가 있는 집으로 돌아가는 오디세우스의 심정도 그랬을까?

매들린은 던컨을 늑대라고 부르길 좋아했지만 그는 그저 오디세우스보다 강한 인간에 불과했다.

그래봐야 미약한 인간의 몸이었지만 남들이 엄두도 내지 못하는 일을 하나 해냈다.

던컨은 천사를 손에 넣었다.

자신만의 천사를.

역자 후기

　이 소설은 줄리 가우드의 초기작에 속하는 작품으로 신부(Bride) 보다 2년 앞선 87년도에 출간이 되었습니다. 10년이 지난 지금까지 계속 인기를 끌고 있기 때문에 재판을 거듭하고 있는 작품이지요. 그만큼 이 소설은 재미가 있습니다.
　이 소설을 재미있다고 말할 수 있는 근거를 몇 가지 들자면 다음과 같습니다.
　첫째, 남녀 주인공들이 만나는 첫 장면이 흥미롭게 구성되어 있다.
　둘째, 남녀 주인공이 모두 현실적이고, 다분히 매력적이다.
　셋째, 줄리 가우드 특유의 유머감각을 다분히 맛볼 수 있다.

　우선 이 책의 서두 부분을 잠깐 짚고 넘어갔으면 합니다.
　웩스턴 남작인 던컨은 일명 '늑대'라는 별명을 가진 전사였지요. 그는 정적(政敵)이었던 로던의 꼬임에 넘어가서 포로로 붙들리게 됩니다. 로던은 한겨울이라는 점을 이용해서 던컨의 옷을 모두 벗기고 기둥에 묶어서 동사시키려고 합니다. 감시하던 보초병들도 추위를 견디지 못하고 모두 들어간 사이, 로던의 누이였던 매들린이 몰래 모습을 나타냅니다. 그녀는 던컨을 풀어주고 낡은 성당으로 데리고 간 다음, 눈 속에 파묻혀서 감각이 거의 사라진 던컨의 발을 녹여주려고 애를 쓰지요. 급기야 매들린은 속옷을 걷어올리고 자신의 따뜻한 몸에 얼음처럼 차가운 던컨의 발을 파묻습니다.

그 순간부터 두 사람의 인생은 180도 달라지게 됩니다. 던컨은 누이의 원수를 갚기 위해서 매들린을 포로로 삼았지만, 어느새 매들린을 지켜주겠다는 결심을 합니다. 한편, 어린 시절부터 의붓오빠인 로던에게 학대를 받으면서 자랐던 매들린은 던컨을 통해서 난생 처음 자신의 존재 가치를 조금씩 깨닫게 되지요.

이 소설의 주인공 매들린은 줄리 가우드의 소설에 나오는 여 주인공들 중에서 개인적으로 제일 맘에 드는 인물입니다. 아버지와 의붓오빠인 로던의 냉대를 받으면서 자란 매들린은 던컨을 처음 만났을 때 '난 있으나 마나한 존재다. 원한다면 날 죽여도 좋다'는 말을 서슴없이 합니다. 그렇다고 매들린이 냉소적인 인물이라는 얘기는 아닙니다. 가족들의 절대적인 애정을 받지 못하고 자랐기 때문에 자신의 존재 가치를 전혀 모르고 있었던 것이지요.

어린 시절의 끔찍했던 경험은 매들린을 감정 하나 제대로 표현할 줄 모르는 사람으로 만들었습니다. 던컨을 처음 만났을 때 매들린은 화가 나도 화를 내지도 못하고, 슬퍼도 울지도 못하며, 기뻐도 웃을 수 없는 성격이 몸에 베인 상태였습니다. 하지만 매들린은 던컨을 통해서 조금씩 감정을 솔직하게 내보이는 법을 배우게 됩니다.

이 소설 속에서 매들린은 그 누구보다도 용기 있는 인물로 묘사됩니다. 생전 무기를 들어본 적이 없으면서도 던컨의 동생인 길라드를 구하기 위해서 로던의 병사에게 덤벼들기도 하고, 말을 탈줄 모르면서도 난폭하기 짝이 없는 던컨의 애마를 순한 양처럼 길들이기도 하지요. 그리고 무엇보다 던컨을 구하기 위해서 그렇게도 무서워하던 의붓오빠에게 되돌아갑니다.

이번엔 던컨에 관해서 얘기해 볼까요? 던컨은 엄격했던 아버지의 영향을 받아서 가장 가까운 가족들에게조차 되도록 거리를 유지하려고 했습니다. 영주로서의 권위를 유지하기 위해서는 다정한 모습을 보이면 안 된다고 생각했던 것이지요. 그는 명예를 무엇보다 소중히 생각하고, 언제나 규칙적인 삶을 살아가기 위해서 노력하는 인물이었습니다. 하지만 매들린을 만나면서 스스로 세웠던 원칙들이 모두 깨지고 맙니다. 매들린을 이용해서 로던에게 복수하겠다는 애초의 생각이 어느새 로던에게서 매들린을 지켜주겠다는 생각으로 바뀝니다. 그리고 가족들에게도 전과는 다르게 속마음을 드러내 보이게 됩니다.

그는 다른 사람들과는 다르게 매들린의 차분한 겉모습 속에 열정적인 모습이 숨겨져 있다는 사실을 간파합니다. 그래서 어떻게든 매들린이 본 모습을 찾을 수 있게 옆에서 도와주려고 애씁니다. 던컨의 동생이었던 길라드 역시 매들린을 사랑하게 되지만 던컨처럼 매들린의 본 모습을 보지는 못하고, '온순하고 차분한 여자'라는 믿음을 갖고 있습니다. 어떻게 보면 매들린이 던컨을 사랑하게 된 것도 당연한 일이 아닐까요? 이 세상에서 남들이 몰라주는 자신의 본 모습을 발견하고, 사랑해준 사람이었으니까요.

이 소설에는 다른 줄리 가우드의 작품들처럼 웃음을 자아내는 장면들이 여러 번 등장합니다. 자칫하면 어두워 질 수 있는 분위기가 시종일관 밝고 즐거운 것은 작자 나름대로 웃음을 끌어내는 장치들을 곳곳에 숨겨놓았기 때문입니다.

한 예로 매들린은 어린 시절의 경험으로 인해 말에 대한 공포심을 갖고 있었습니다. 그래서 다른 말 보다 몸집이 훨씬 크고 난폭한 던컨의 말을 타게 됐을 때도, 극도의 공포심을 느꼈었지요. 하지만 그녀는 던컨에게 '무섭다.'는 말을 하는 대신 말에게 '실레노스'라는 이름을 지어주고 사람을 대하듯이 이런저런 얘기를 털어놓습니다. 결국 난폭해서 던컨 외에는 손을 댈 수 없었던 실레노스가 매들린 앞에서만은 순한 양으로 돌변하게 됩니다.

던컨의 성에서 머물게 된 매들린은 우연히 성밖에 있는 언덕을 배회

하는 늑대 비슷한 들짐승을 보게 됩니다. 후반부에 보면 이 짐승은 늑대라는 사실이 밝혀지게 되지만, 매들린은 늑대인지 개인지 확신을 못하고 '늑대 개'라는 애칭을 지어주면서 먹이까지 날라다줍니다.

결말부에 가면 자기 몸은 스스로 지키겠다면서 화살연습을 하던 매들린에게 실전에서 실력을 발휘할 기회가 옵니다. 연습할 때마다 과녁보다 늘 일 미터 위로 화살을 날리던 매들린은 정작 실전에서는 로던의 하수인의 심장을 정확하게 맞춰서 던컨을 경악하게 만들지요. 하지만 진실은 그게 아니었습니다……

이 소설에서 제일 매력적인 부분을 꼽자면 주인공들이 다분히 결점투성이라는 점입니다. 배경만 중세일 뿐, 현실 속에서 우리들이 친숙하게 볼 수 있는 모습을 볼 수 있습니다. 흔히들 콤플렉스(Inferiority complex) 없는 사람이 어디 있느냐는 애기를 합니다. 여주인공 매들린 역시 가만히 살펴보면 오빠의 학대로 인해서 남보다 몇 배는 열등감을 끌어안고 사는 인물입니다. 그래서 칭찬을 해도, 칭찬으로 쉽게 받아들이지 못하는 모습을 보이기도 합니다. 열등감 덩어리였던 매들린이 던컨과의 사랑을 통해서 조금씩 자신의 가치를 깨닫게 되는 과정. 애정을 표현할 줄 몰랐던 던컨이 매들린을 통해서 조금씩 사람들에게 마음을 열게 되는 과정. 이 두 가지 과정이 이 소설의 주된 뼈대를 이루고 있다고 해도 과언이 아닙니다.

마지막으로 중세 로맨스의 세계에서 우리와 친숙한 인물을 만나는 즐거움을 독자들과 함께 나눌 수 있어서 기쁘다는 말로 역자 후기를 마치고자 합니다.

HEART OF FIRE

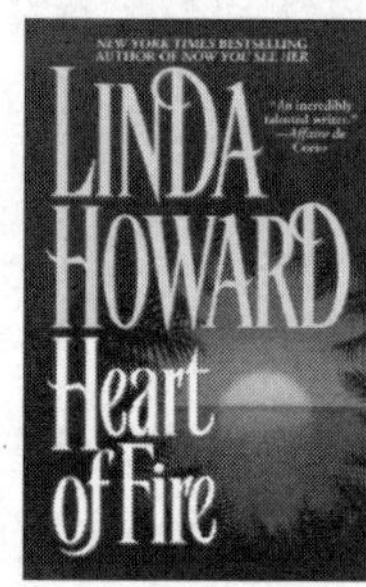

끝없이 이어지는 매력적인 사랑

여왕의 심장(THE QUEEN'S HEART) - 잉카도 마야도 아닌 또 다른 문명 도시 Anzer의 땅! 녹색의 바다 밑에 존재하는 도시의 여왕이 다른 부족의 남자와 사랑에 빠진다. 하지만 남자는 Anzer를 지키다 죽임을 당하고 슬픔에 빠진 여왕은 자신의 심장은 현세뿐 아니라 내세에서도 영원히 그가 아닌 그 누구에게도 속하지 않을 것이라고 그의 시체 앞에 맹세한다. 그녀가 죽은 뒤 그녀의 심장는 보석으로 변했고, 영원히 그의 것일 수 있도록 그녀가 사랑하던 남자의 무덤 앞에 놓여지게 되었다는 붉은 다이아몬드 원석.

여전사들만이 사는 사라진 아마존과 그 안에 존재하는 붉은 다이아몬드.
전설이라고 단정지을 수밖에 없는 이야기지만 고고학자 질리안 셔우드는 그 이야기가 사실이라고 믿고 있다. 그리고 그 전설을 증명하기 위해서 그 어떤 일도 참아 낼 생각이었다. 심지어 여행 내내 그녀를 유혹하는 무법자 벤까지도. 브라질에서 가장 능력 있는 아마존 강 여행 안내인 벤은 카키색 군복 차림에 잘 그을린 얼굴과 나른해 보이는 푸른 눈동자로 그녀를 긴장하게 만든다. 그들은 자신들의 앞에 놓인 위험들을 예견하면서 함께 파란만장한 열정과 배신이 가득한 여행길에 자신들을 던져 넣는다. 벤은 질리안에게 여행의 최종 목적지를 알려주고 여행에서 빠질 것을 제안하는 권위적인 사내였지만, 목숨을 건 여행이라는 사실을 알고 끝까지 그녀를 지켜준다. 그리고 끝도 없고 풀리지 않는, 신비한 사랑의 미로 속으로 끝없이 빠져들게 되는데……

12월초 감미롭고 신비한 로맨스가 여러분을 찾아갑니다.

옮긴이
장 은 영

서울 출생.
덕성여대 영문학과 졸업.
번역서로는
『남자가 여자를 사랑할 때』『황금빛 해변』『오월의 궁전』
『천년의 약속』『천상의 선물』 등이 있다.

매들린의 기도

지은이/줄리 가우드
옮긴이/장은영
펴낸이/양장목
펴낸곳/현대문화센타
주소/서울시 은평구 대조동 191-1 (122-030)
전화/384-0690~1 팩스/384-0692
E-mail/hdpub@hanmail.net
출판등록일/1992년 11월 19일(제3-448호)

초판 1쇄 인쇄일/1999년 11월 11일
초판 1쇄 발행일/1999년 11월 15일

값/12,000원

ISBN 89 - 7428 - 125 - 2

※ 잘못 만들어진 책은 교환해 드립니다.